書目題跋叢書

儀顧堂書目題跋彙編

陸心源　著

馮惠民　整理

中華書局

圖書在版編目(CIP)數據

儀顧堂書目題跋彙編/(清)陸心源著;馮惠民整理.
–北京:中華書局,2009.9
(書目題跋叢書)
ISBN 978 – 7 – 101 – 05491 – 0

Ⅰ.儀…　Ⅱ.①陸…②馮…　Ⅲ.私人藏書 – 題跋 –
中國 – 清代　Ⅳ.I264.9　G256.4

中國版本圖書館 CIP 數據核字(2007)第 030997 號

責任編輯：李肇翔

書 目 題 跋 叢 書

儀顧堂書目題跋彙編

〔清〕陸心源 著

馮惠民 整理

*

中 華 書 局 出 版 發 行

(北京市豐臺區太平橋西里 38 號　100073)

http://www.zhbc.com.cn

E-mail：zhbc@ zhbc.com.cn

北京瑞古冠中印刷廠印刷

*

850×1168 毫米 1/32·23⅝印張·2 插頁·400 千字
2009 年 9 月第 1 版　2009 年 9 月北京第 1 次印刷
印數：1 – 3000 冊　定價：58.00 元

ISBN 978 – 7 – 101 – 05491 – 0

《書目題跋叢書》出版説明

書目題跋,是讀書的門徑,治學的津梁。

早在漢成帝時,劉向奉詔校經傳、諸子、詩賦,每一書成,"輒條其篇目,撮其指意,録而奏之"(《漢書·藝文志》),並把各篇書録編輯在一起,取名《别録》。這裏所謂的"條其篇目",就是在廣泛搜集傳本、考證異同的基礎上,確定所録各書的篇目、次序;所謂的"撮其指意",就是撰寫各書的書録。劉向所撰書録,在内容上應該包括:書名篇目、文本鑒别、文字校勘、著者生平、著述原委、圖書主旨及學術評價等,實際上就是我們今天所説的書目題跋或提要之濫觴。劉向死後,其子劉歆又在《别録》的基礎上,"撮其指要,著爲《七略》",對後世書目題跋的發展產生了深遠的影響。

此後,隨着圖書事業的日益繁榮,官私藏書的日趨豐富,圖書目録的著録形式也變得多種多樣。在官修目録、史志目録之外,各種類型的私家目録解題也大量涌現。

南朝劉宋時,王儉依劉向《别録》、劉歆《七略》之體,撰成《七志》。《七志》雖無解題或提要,却在每一書名之下,爲撰著者作一小傳,豐富了圖書目録的内容,開創了書目而有作者小傳的先河。梁阮孝緒的《七録》則增撰了解題,繼承了劉向《别録》的傳統,是私家解題的創新之作。唐代的毋煚撰有《古今書録》,其自序云"覽録而知旨,觀目而悉詞",可知,《古今書録》也應該是書目解題一類的著作。

到宋代,官修《崇文總目》,不僅每類有小序,每書都有論説,而且在史部專列目録一類。這不僅説明圖書目録的高度發展,而且説明當時對書目題跋的重視，此後的許多官私書目也大都有書目解題或題跋。尤袤的《遂初堂書目》，羅列版刻，兼載版本，爲自來書目之創格。而流傳至今、最爲著名的是晁公武的《郡齋讀書志》。晁公武曾接受井度（字憲孟）的大批贈書，加上自己的收藏，"躬自校讎，疏其大略"，撰成《郡齋讀書志》，成爲我國現存最早的私家書目解題或稱書目題跋；稍後的陳振孫（號直齋）利用自己傳録、積累的大量書籍，仿照晁公武《郡齋讀書志》的體例，撰爲《直齋書録解題》，並首次以"書録解題"名其書。晁氏《讀書志》、陳氏《書録解題》是書目解題的傑作，號稱爲宋代私家圖書目録的"雙璧"。《四庫全書總目》評價《書録解題》説："古書之不傳於今者，得藉是以求其崖略；其傳於今者，得藉是以辨其真僞，核其異同。亦考證之所必資，不可廢也。"（卷八五）

到了明代，隨着藏書、刻書事業的發展，私家題跋也日見增多，如徐𤊹的《紅雨樓題跋》、毛晉的《隱湖題跋》，都是當時的名作；又如高儒（自號百川子），所撰《百川書志》，也部分撰有簡明提要。

入清以後，由於文禁森嚴，許多文人學者埋頭讀書，研究學問，私人藏書盛況空前，私家解題的撰述也豐富多彩。明末清初，錢曾的《讀書敏求記》，專門收録所藏圖書中的宋、元精刻，記述其授受源流，考訂其繕刻異同及優劣，開啟了以後編輯善本書目的端緒。稍後，黄丕烈的《百宋一廛書録》和《藏書題識》，注重辨別刊刻年代，考訂刊刻粗精，成爲獨闢蹊徑的鑒賞派目録學著作。瞿鏞的《鐵琴銅劍樓藏書目録》每書必載其行款，陳其異同；楊紹和的《楹書隅録》在考核同異，檢校得失的同時，又詳録前人序跋，間附己意。周中孚號鄭堂，其《鄭堂讀書記》仿《四庫全書總目》的體例，著録圖書四千餘種，被譽爲《四庫提要》的"續編"。至於藏書家張金吾，把"宋、元舊槧及鈔帙之有關實學而世鮮傳本者"，逐一著明版式,鈔録序跋,對《四庫全書》不曾收入的圖書,則"略附解題"。
陸心源仿照張氏的成規,撰成《皕宋樓藏書志》,專門收録元代以
前所撰序跋,"於明初人之罕見者",亦"間録一二",陸氏"間有考
識,則加'案'字以別之"。上述諸書,既著録了衆多古籍善本,又
保存了前人所撰大量序跋,其中,間有著録原書或本人文集不見記
載的資料,不僅查閲方便,而且史料價值很高。丁丙的《善本書室
藏書志》,既著録明人著作,又留意鄉邦文獻,鑒賞、考證,兼而有
之。沈德壽的《抱經樓藏書志》則仿張、陸二氏而作,收録範圍延
至清代。繆荃孫的《藝風藏書記》、耿文光的《萬卷精華樓藏書記》
也都各有所長。所有這些,都可歸之爲藏書家自撰的書目題跋。

　　此外,有些藏書家和學者,不是爲編撰書目而是從學術研究入
手,邊收集圖書,邊閲讀、研究,遇有讀書心得和見解,隨得隨記,這
便是類似讀書札記的書目題跋。清人朱緒曾性嗜讀書,邊讀邊記,
日積月累,被整理成《開有益齋讀書志》,其内容皆與徵文考獻有
關,被稱爲"方駕晁、陳,殆有過之"。除了藏書家自撰或倩人代撰
書目題跋之外,有些學者或藏書家在代人鑒定或借觀他人藏書時,
也往往撰有觀書記録或經眼録,有的偏重於記録版本特徵,有的鑒
定版本時代,有的則兼及圖書内容、作者行實,這些文字,也可以歸
於書目題跋之内。

　　總之,書目題跋由來久遠,傳承有緒。書目題跋,既可以説它
是伴隨圖書目録而産生,又可以説它是圖書目録的一個流派。有
書目不一定都有題跋,有題跋也不一定有相同的體例、相同的内
容。書目題跋既是一個相當寬泛的概念,又是一種相對靈活的著
録形式。不同的撰者有不同的背景、不同的學問專長、不同的價值
取向,因此,所撰題跋又各有側重、各有特色,各有其參考價值。與
普通圖書目録相比,書目題跋具有更多的内容、更多的信息,更高

的參考價值，對讀者閱讀、研究古籍，也更能發揮其引導作用。一部好的書目題跋，不啻爲一部好的學術著作。而且，近人自撰或編輯他人題識、札記，也往往以“題跋”名書，如陸心源所撰《儀顧堂題跋》、《儀顧堂續跋》，潘祖蔭、繆荃孫等人所編黃丕烈《士禮居藏書題跋記》，吳壽暘所編其父吳騫所撰《拜經樓藏書題跋記》，今人潘景鄭先生所編錢謙益所撰《絳雲樓題跋》，可見，“書目題跋”之稱，已被學者廣泛采用。

有鑒於此，我局於 1990 年出版了《清人書目題跋叢刊》十輯，2006 年又在該叢刊的基礎上，增編爲《宋元明清書目題跋叢刊》十九册，雖説還不夠完善，但已爲讀者提供了重要而有價值的參考資料。由於上述叢刊所收書目題跋僅至清代爲止，晚清以來的許多重要書目題跋尚付闕如，而已經收入叢刊的，也有個別遺漏，加之成套影印，卷帙較大，不便於一般讀者參考，於是決定編輯出版這套《書目題跋叢書》。

這套《書目題跋叢書》與上述叢刊不同，以收集晚清以來重要、實用而又稀見的，尤其是不曾刊行的書目題跋爲主，同時適當兼收晚清以前重要題跋專書的整理本或名家增訂本、批注本；以提要式書目和題跋專著爲主，同時適當兼收重要學者和著名藏書家所撰題跋的輯録本；以圖書題跋爲主，同時適當兼收書畫題跋及金石、碑傳題跋。在出版方式上，不采用影印形式，而是按照古籍整理的規範，標點排印，以方便廣大的文史研究者、工作者、愛好者，尤其是年輕的讀者閲讀和使用。

我們希望，這套叢書的出版，能夠得到國内外學者的支持和協助，並受到廣大讀者的歡迎。

中華書局編輯部
2007 年 10 月

整 理 説 明

陸心源,字剛甫,號存齋,晚號潛園老人。浙江歸安(今臨安)人,世居吳興(今湖州)。生于清道光十四年(1834),卒于光緒二十年(1894)。曾官廣東南韶兵備道,調高廉道,後署福建鹽法道。陸氏年輕時就好讀書,嗜收藏,且家境富饒,"偶遇異書,傾囊必購"。到其晚年,已有各類藏書十五萬卷,成爲當時四大藏書家之一。其事迹,詳見本書附錄所收俞樾撰陸心源《墓誌銘》和繆荃孫撰《神道碑銘》。陸氏去世不久,其藏書于光緒三十三年(1907),以十二萬銀元賣歸日本岩崎氏靜嘉堂文庫,這不僅使該文庫的珍本、善本大大豐富,而且使其較爲稀少的史部、集部藏書,從此也大爲改觀。

陸氏不僅藏書閎富,而且著述頗豐。這本《儀顧堂書目題跋彙編》僅是陸氏著述中屬于書目題跋的部分。其中《儀顧堂題跋》十六卷,收入各類題跋 323 篇,其中書畫、碑銘 48 篇;《儀顧堂續跋》十六卷,收入各類題跋 307 篇,其中書畫、碑銘 35 篇;《儀顧堂集》卷十七至卷二十計四卷,撰有各類題跋 61 篇。《皕宋樓藏書志》一百二十卷、《續志》四卷,是陸氏仿效張金吾《愛日精廬藏書志》而作,與上述各書體例不同。它專門收録元代以前學人所撰序跋,于"明初人之罕見者",亦"間録一二",陸氏"間有考識,則加案字以別之"(見《皕宋樓藏書志·例言》)。這些案語,有的以記載行款字數、藏書鈐記爲主,有的也有關于内容多寡、卷帙存佚以及人物事迹方面的詳細考證,可以與上述題跋互相參考。故本書于《皕宋樓藏書志》及《續志》,僅摘錄陸氏所撰"案語"計330條,並于每條之後注明該書名在原書中的卷數、葉碼,以便讀者檢核。此外,又附錄陸跋輯佚11篇。以上所收陸氏書目題跋、案語1032篇,算是比較完備的。

許多藏書家往往又是學問家。如黃丕烈既是藏書家,又是鑒賞家;顧廣圻既是藏書家,又是舉世公認的校勘學家。陸心源也是如此。他既是藏書家,又可以説是考據家、文獻家。由于陸氏學問淵博、擅長考證,其所撰題跋既夥,又很有學術價值,所以備受學人重視。潘祖蔭説,陸氏題跋于"版刻源流,收藏姓氏,剖析異同,如指諸掌",並譽之爲"七百年來未有此作"(見《儀顧堂題跋序》)。我們通讀陸氏所撰題跋之後發現,除了上述特點之外,陸氏還側重于補正前人缺失,尤其是對前人認爲"始末未詳"的人物,陸氏參稽各書,對其字號里貫、生卒年代、履歷事迹及著述,逐一進行細緻的考證,並儘量注明了依據。其中尤以宋人爲詳。

如:影宋鈔本《宋提刑洗冤錄》,題曰"宋慈惠父編",《文淵閣書目》云"不著撰人名氏",《四庫全書總目》云"始末未詳",錢大昕《養新録》亦云不知何許人;陸氏不僅考出了宋慈的籍貫、履歷及卒年,而且對編撰緣起、主要內容作出中肯的評價(見《題跋》卷六)。《郡齋讀書志》有《印格》一卷,云"皇朝晁克一撰,張文潛甥也",又云"其父補之愛之尤篤";陸氏據張末《宛丘集》等書考得,"克一,姓楊,名吉老",其父姓楊名補之,而非晁補之,從而糾正了這個沿襲已久的錯誤,指出:校者見有"其父補之"四字,心中習知晁補之,而不知有楊補之,遂改楊爲晁。不知晁補之娶戶部侍郎杜純之女,安得爲文潛甥乎(見《題跋》卷五)。陸氏很推崇朱緒曾的《開有益齋讀書志》,説它"仿《郡齋讀書志》之例而精核過之",但

在《開有益齋讀書志》卷四載有《分門古今類事》一書,朱氏定爲
"宋如璋之父作";陸氏據《四川通志》考得,如璋爲崇寧五年
(1106)進士,《類事》成書于乾道己丑(1169),上距崇寧五年六十
四年,"即使如璋早達,亦將九十歲人矣。其爲如璋之子所述無疑
也"(見《題跋》卷五)。《職官分紀》爲富春孫逢吉撰,有元祐七年
(1092)秦觀序,四庫館臣懷疑此孫逢吉即《宋史》中之孫逢吉,但
此人又登南宋興隆元年(1163)進士第,上距秦觀作序之年晚一百
餘年;陸氏考得,同名同姓之孫逢吉竟有三人,字號不同,籍里各
異,《浙江通志》所載之杭州富春之孫逢吉,才是《職官分紀》的撰
著者(見《續跋》卷十一)。莫伯驥《五十萬卷樓藏書跋文》全採陸
說,並云:"同姓名録爲學古工具之一。存齋所考至確,足爲讀者
之助。"(見《跋文》史部三)其他如《唐子西集》中有《別永叔》詩一
篇,《四庫全書總目》懷疑此"永叔",非歐陽永叔,並云歐陽修卒
時,作者唐庚"方五六歲",兩人"斷不相及,或他人所作誤入,抑別
有字永叔者",但又不曾考出此"永叔"究為何人(《四庫全書總
目》卷一五五別集類八);陸氏根據所見鈔本,《別永叔》原作《別勾
永叔》,從而解決了此"永叔"非"歐陽永叔",而是勾永叔的懸案,
並云"若非鈔本僅存,千古疑團莫釋矣"(《題跋》卷十一)。又如
《舊史證誤》一書,每條皆注出處,《大典》本多缺。陸氏除逐條注
出出自何書之外,又指出遺漏若干條(見《題跋》卷五)。《宋駁啓
札截江網》,諸家書目罕見著録。該書所録各類詩文皆係全文,宋
人詩集之不傳者二百餘人,"可藉是以得其梗概",陸氏便把這些
人名逐一録出(見《續跋》卷十一)。《會稽掇英續集》,厲鶚撰《宋
詩紀事》時未見,陸氏據《會稽掇英續集》補《宋詩紀事》遺漏四十
九人(見《題跋》卷十三)。此外,陸氏以《唐崔公故夫人鄭氏墓誌
銘》、《唐阿史那氏墓誌》,補正《唐書》,以《李光弼碑》補正《魯公

文集》等，都是難得的資料。

　　由此可見，陸氏所撰題跋不僅爲我們介紹了許多稀見的古籍善本，而且糾正了前人的不少疏誤，解決了許多前人不曾解決的問題。陸氏題跋，不啻爲一部很有價值的學術著作。

　　當然，陸氏所撰題跋，也有一些疏漏和缺點。除了個別文字錯誤、疏漏之外，陸氏有時炫奇侈博，在鑒別版本方面未盡精當，甚至把南宋本誤爲北宋本，把明本誤爲宋本，宋本誤爲明本，皕宋樓所藏，並不都是宋本。著名藏書家傅增湘於 1929 年秋親赴日本考察漢文古籍，歸國後撰成《藏園東游別録》四卷，著録日藏漢籍 230餘種。其中的"靜嘉堂文庫觀書記"，所録各書幾乎都是陸氏舊藏。這些觀書記録又被部分收入中華書局出版的《藏園群書經眼録》中。上述記録對陸氏所定版本的評論或同或異，是我們研究陸氏題跋的必要參考資料。爲方便讀者，本書已將傅跋摘注於相關條目之後。

　　此外，陸氏對同一書的同一版本，往往一跋再跋，而各跋的內容，絶大部分可以相互補充，個別條目卻又相互差異。如《皕宋樓藏書志》載有宋刻《册府元龜》的存卷細目，並云總計存有 483 卷，而《儀顧堂集》也有一個細目，又云存卷爲 471 卷，兩者相差十餘卷之多。國家圖書館藏二十卷本《儀顧堂集》（索書號 11328），保留了無名氏的批注。在"北宋本册府元龜"這一篇題跋中，無名氏竟改正陸氏疏誤三十餘處。又如，《題跋》卷八"原本秦九韶數書九章跋"，稱秦九韶既"非無恥之徒"，又"能於舉世不談算法之時，講求絶學，不可謂非豪傑之士"，而在《續跋》卷八"同治烏程縣志跋二"中卻云，"秦九韶之爲人，有不孝、不義、不仁、不廉之目"，並引《劉後村集》謂"其人暴如虎狼，毒如蛇蝎，非復人類"。同出一口，同評一人，善惡懸殊，以至於此。故余嘉錫云："尚論古人，不能平心靜氣以出之,求其務協是非之公,而惟以私意爲愛憎,學者著述,不當如是。"(見本書附錄余嘉錫《書儀顧堂題跋後》)《宣和書譜》一書,歷來不知撰人名氏,陸氏根據《衍極》卷三"大德壬寅,延陵吳文貴和之,裒集宋宣和間法書文字,始晉終宋,名曰《宣和書譜》二十卷"的記載,認爲《宣和書譜》當系"吳文貴和之據元時内府所藏及勢家所得成之"(見《題跋》卷九)。而丁丙《善本書室藏書志》卷十七著錄明鈔本《宣和書譜》、《宣和畫譜》各二十卷,卷末有大德壬寅新日長至延陵吳文貴"題識"云:"宣和書畫《譜》,乃當時秘錄,未嘗行世。近好古雅德之士,始取以資攷訂,往往更相傳寫,訛舛滋甚,余竊病之。暇日博求善本,與雅士參校,十得八九,遂鋟諸梓。"又有大德七年正月錢塘王芝《後序》云:"大德中年,芝被徵至京師,俾彙次秘府圖書,遂獲盡窺金匱所藏古今妙迹,山積雲湊,誠前代之所未有。而《譜》内舊物,亦或在焉。"又云:"明年竣事南歸,適吳君和之刻二《譜》於梓,余嘉其有志於古也,因爲書於篇末。"據此,已經可以證明,吳文貴僅僅是搜集各本、梓行刊刻而已。陸氏僅據《衍極》的記載,就定爲吳文貴所纂輯,未免失之草率。

前面我們提到,把"楊克一"誤爲"晁克一",出自汪士鐘所刻《郡齋讀書志》,陸氏便譏之爲"妄更其姓,真有不如不刻之歎"。吳壽暘所編《拜經樓藏書題跋記》也有若干疏誤,包括把明刻誤爲元刻,元刻誤爲宋刻者,陸氏便責怪"耳食者",不該把它"奉爲金科玉律"。宋代同名史炤者有三,瞿氏《鐵琴銅劍樓藏書記》,把咸淳中官利州統制的史炤,誤認爲是著《通鑒釋文》的史炤,前後相距近二百年,於是,陸氏便譏之爲"癡人說夢"。如果陸氏得知他的題跋也有一些疏誤,不知有何感歎。由此我們想到了胡三省的那句話:"人苦不自覺。前注之失,吾知之;吾注之失,吾不能知也。"（見《新注資治通鑑序》）這種"不自覺"，大概是許多人的通病。但願本書的整理，能夠多一點"自覺"，少一點遺憾。

本書的整理始于 1997 年前後。當時兒女們準備出國學習，爲了聯繫方便，他們爲家裏配備了電腦。出于好奇，筆者便利用早晚閑暇時間一字一句地録入《儀顧堂題跋》。因爲在長期編輯工作中，經常翻閱這類書籍，對陸氏題跋有所瞭解。後因當時缺字太多，又學不會更多的操作技巧，當時也不曾想到出版，便中途停頓，一放就是十年。2006 年年初，中華書局在影印《清人書目題跋叢刊》、《宋元明清書目題跋叢刊》之後，又醞釀整理出版標點本"書目題跋叢書"，主要收集晚清以來重要、實用而又稀見的書目題跋，以滿足一般讀者的需要。在李肇翔先生和書局領導的鼓勵和支持下，同意把陸氏題跋的整理出版，列入選題計劃。於是筆者又重新撿起，斷斷續續地輸入、校改，用了八九個月的時間，總算把有關數據基本完成。

在整理過程中，對於書中的文字，除了個別明顯疏誤、又有十分把握的以外，一般不予改動，以存原貌。在本書中，凡屬整理者存疑的地方，都用【】標出，並改排六宋（唯本書第 532 頁《儀顧堂集》卷二十"北宋本冊府元龜跋"除外）；重要改動，則在脚注中説明。書中涉及的古籍甚多，需要核對原書的地方，又不可能去逐一核對，錯誤之處，自知難免，希望讀者不吝指教。

書後所附"四角號碼書名人名索引"，由國家圖書館善本部程有慶幫助編製，在此謹致謝忱。

馮惠民

2008 年 10 月

總　目

儀顧堂題跋

儀顧堂題跋目録

卷十二

序

　　晁、陳解題，歐、薛著録，各矜偏嗜，遂號專家。至若邯鄲圖籍，附以《書畫》之志；夾漈《金石》，次於《校讎》之略。四水潛夫、慶湖居士、金壇蒹葭、莊蕭蓼塘，虹月、鷗波之舫，墨林、青父之齋，雖亦塞屋充箱，連簏照軫，而部居僅分，流略不別。是猶庪懸偶設，未必審音；牢膳雜陳，鮮能知味。惟我同年陸存齋觀察，博物贍聞，深識宏覽，四部七略，百宋千元，令適逸文，鬐鬣殘甓，莫不簿録精審，異佳有裁，裒然巨編，爲世津逮。頃又輯刻《題跋》都十六卷，郵來問序。觀其刊落野言，糾正譌字之義，牽連如瓜蔓之抄，精詣絕特，有風葉之喻，推之京蜀相臺、撫建公庫、麻沙書帕等，諸自郿支那足利，間亦用夷，版刻源流，收藏姓氏，剖析異同，如指諸掌。夫潛庢《跋尾》，但詳古刻；簡莊《跋文》，不出群經。桃溪、篁里，雖亦兼綜其學，其識更非二家之比。觀察此書，意娖群籍，名蹟碑版，了以餘力，意惟思適居士庶幾能之，然而居士豬肝爲累，馬尾空讎，平津江都，迭更府主。太倉之米五升，文館之燭一把，往往寫同給札，段迫還瓨。群玉之府，等於傳舍，兼金之珍，坐嘆居奇，轉瞬即非，銘心安在。而觀察則富擁百城，精傳三館，粵海挂冠，復因帶經之藏，一游閩嶠。紅雨、小草，間有餘燼；江浙故家，畸零掇拾。歲月屢屆，遂成大觀，譬之謨觴之水，百川灌輸，潤蘋復起，亦嗟向若。吳興藏弃具有端系，文章新集，在義熙之初，志雅雜鈔，本善和之積。弁山宅子，不減春明，若水籤題，半歸秋壑。他若蘭坡、梅屋，前溪後林，練布新樓,蜀山別業,近逮疏雨眠琴,蠹舟夢好,芳椒嚴氏與四録異家,華芨范君亦八求粗識,飄風流電,蕩爲烟埃。而觀察獨際聖明之世,守流通之約,墨緣書福,良非偶然,南望娜嬛,不禁神往也已。光緒庚寅(1890)七月吳縣潘祖蔭序。

儀顧堂題跋卷一

周易口義跋

《周易口義》十二卷，明刊本，宋倪天隱述其師胡瑗之説也。《提要》云：天隱，始末未詳。葉祖洽作《陳襄行狀》稱，襄有二妹，一適進士倪天隱，殆即其人。董棻《嚴陵集》載其《桐廬縣令題名碑記》一篇，意其嘗官睦州也。愚案：天隱字茅岡，桐廬人，學者稱爲千乘先生。治平、熙寧中，曾爲合肥學官，嘗作《草堂吟》。晚年主桐廬講席，弟子千人，見彭汝礪《鄱陽集》、黃宗羲《宋元學案》。所述《周易口義》，晁氏《郡齋讀書志》祇載上下《經傳》，而《繫辭》、《説卦》不載。《宋史·藝文志》既有《易傳》，又有《口義》，不知即一書也。

影宋本周易集解跋

《易傳》二十卷，下題“李氏集解”，影寫宋刊本。每葉十六行，行十八字。前有鼎祚自序，後有慶曆甲申計用章序。以胡震亨刊本校之，卷一“用九見群龍無首吉也”，胡本作“用九天德不可爲首也”，“德合无疆”下脱“蜀才”二字，“曰”下脱“天有无疆”四字，“陰疑于陽必戰”下脱“孟喜曰”云云十六字。卷二《小畜》注“三不能陵”上，脱“王弼曰”云云三十四字。卷四“剝牀以膚”注“在下而安人者牀也”下脱“在上而處牀者”六字。卷五“遯亨”下脱

"虞翻曰"云云五十三字,《大壯》"九二貞吉"注"虞翻曰變"下脫十二字,《明夷》"文王以之",虞翻注"拘羑里"上脫"迷亂荒淫"二十七字,《損彖》"元吉無咎可貞"下脫"荀爽曰"云云十四字。卷六《萃初六象》"其志亂也"下脫"虞翻曰"云云十字。卷七《渙象》盧氏注"艮爲丘山"下脫"渙群"云云十九字。卷九《繫辭》"神農氏作"注"虞翻曰"下脫"沒作終起也"云云十四字;"是故易者象也"注"易謂日月"上脫"虞翻曰"三字;"一致而百慮"下,脫"盡也"二字;"精義入神以致用也"注"干寶曰能精義理之微以得"下脫"未然之事是以涉于神道而造禍福也"十五字,而誤接"窮神知化,侯果注解義入神"云云四十字;"德之盛也"下注"虞翻注故德之盛"後,脫"侯果曰"云云四十五字;"繫于苞桑",荀爽注"故而不可忘也"下,脫"陸績曰"云云十二字,而誤以陸績注"陽之卦"云云,接爽注"不可忘也"下。此外,句之脫落,字之訛謬,更難枚舉。凡干寶之"干",宋本皆作"于",津逮、學津兩本,與胡本同,雅雨堂本與宋本多合,惟計用章序亦缺。

淙山讀周易記跋

　　《淙山讀周易記》二十卷,宋方實孫撰,抄本。《提要》云,實孫不知何許人,惟劉克莊《後山集》有實孫《樂府跋》、《經史說跋》。愚案:實孫字端仲,福建莆田人。慶元五年進士,嘗以所著《易說》上于朝,入史局,著有《讀書》一卷、《讀詩》一卷、《經說》五卷、《讀論語孟中庸大學》四卷、《史論》一卷、《太極說》、《西銘說》及此書。

厚齋易學跋

《厚齋易學》五十二卷,宋馮椅撰,《宋史·藝文志》、《文獻通考》皆著于録。《提要》:椅字儀之,一作奇之,號厚齋,南康都昌人。《宋史·馮去非傳》云,父椅家居授徒云云。愚案:南宋時,江西有兩馮椅:一浮梁人,淳熙八年進士,官國子博士;一即厚齋,紹熙四年進士,受業于朱文公,官江西運幹,贈尚書,著《古孝經輯注》一卷,及《易》、《書》、《詩》、《語》、《孟》、《太極》、《西銘輯説》、《喪禮》、《小學》、《孔子弟子傳》、《讀史記》及詩文志餘,合二百餘卷。子四人:去非,《宋史》有傳;去辨,侍郎;去弱,知甯國府;去疾,徽猷閣。

易變體義跋

《易變體義》十六卷,宋都絜撰,《宋史·藝文志》、《文獻通考》、《直齋書録解題》、《文淵閣書目》著于録。原本久佚。今本十二卷,乾隆中館臣從《永樂大典》録出。前有張九成序、曾幾序、絜自序及進書表。案:絜字聖與,江蘇丹陽人,宣和六年進士。紹興中以左朝散郎知南安軍,勤身率下,宣布德澤。二十二年代還,言差役之法,別縣有物力稅錢,各從等第,今乃有兩處同時執役者,望明降指揮,從之。旋知南雄州,召爲吏部郎中。二十八年,因登對奏進此書,除左朝請大夫,提舉兩浙東路常平茶鹽。二十九年,以出賣官田,爲諸路倡轉一官,尋改戶部郎中,未幾,擢大府少卿,總領淮西財賦,奏言江東所屯現兵,歲費錢七百萬緡,米七十萬石,而監司守令恬不加意,乞將弛慢之尤者按劾黜責,以警其餘,從之。三十一年,升司農少卿,明年罷免。見《建炎以來繫年要録》、《京口耆舊傳》、《輿地紀勝》。

童溪王先生易傳跋

《童溪易傳》三十卷，題曰“迪功郎前韶州州學教授王宗傳景孟撰”。前有宗傳自序及林焞炳叔序，二十七卷有宗傳自識。案：宗傳，福建寧德縣八都鄉童溪人，因以童溪爲號。學問淹博，尤精于《易》，與阮齡元膚爲友，論《易》最契。淳熙八年以上舍登第，嘗自贊曰：“二十一年太學，晚年方得一官；三十二卷《易》書，自謂無愧二聖。何事窮能到骨，只緣氣要衝山。童溪已辦鈎竿，一任興來臨水，興罷登山。”其高曠如此。見《八閩通志》及本書。其説主義理而斥象數，徵人事而遠天道，引程伊川之説最多，蓋程氏學也。胡安定、司馬溫公、蘇東坡、朱子發、張橫渠、周濂溪六家之言，亦時見徵引，龔涂甫、耿南仲則偶一及之耳。時或徵引史事，證成其義，于楊誠齋《易傳》相近，非楊慈湖《易傳》比也。其説“豐其沛”，“日中見昧”，“觀盥而不見”，皆據陸氏《經典釋文》折衷古義，亦非廢古書不讀，惟于《説卦》、《序卦》不着一字，殆偏于言理不言數之故歟？

影元抄張清子周易本義附録集注跋

《周易》十一卷，題曰“建安後學中溪張清子纂集”，卷末題曰“建安後學張熙孫點校”[①]，海寧周松藹照元板所影寫也。每半頁十一行，每行二十六字，小字雙行。案：清子字希獻，號中溪，福建建安人。見董真卿《周易會通》、俞炎《讀易舉要》。其書以朱子《本義》爲主，以晦庵《師友問答》、《易學啓蒙》及黃勉齋幹、李果齋方子、廖槎溪德明、陳器之植、陳安卿淳、董叔重銖、晏亞夫淵、黃升卿

----

① “張熙孫”，“熙”字原缺，據宋刊本補。

杲、黃子耕嚞、輔漢卿廣、襲蓋卿夢錫、潘謙之柄、沈莊仲偘、甘吉父節、萬正淳人傑、余公晦大雅、金敬直去僞、陳才卿文蔚、程氏洵、葉賀孫味道、曾氏祖道、胡伯豐詠、楊仲思道夫、吳伯豐必大、李守約宏祖、林正卿學蒙、弟學履、潘子善時舉、黃去私義剛、林子武夔孫、游連叔敬仲、黃子洪士教、童蜚卿伯時、滕德輝璘、德履珙、周舜弼謨、方伯謨士繇、吳叔夏旭、李季子季禮、林聞一賜、張元德洽、蔡念成、何叔京鎬、呂氏燾、湯叔永泳、廖益仲謙、范念德伯崇、范元裕、錢子山木之、黃顯子、黃有開、魏元壽椿、劉用之砥、郭友仁德元、度善性正、林履之砥、用之礦、徐仁甫容、鍾氏鎮、舒氏高、蕭氏佐、竇文卿從周諸家之説爲附録。卜子夏、王輔嗣、韓康伯、孔仲達、胡安定、石祖徠、邵康節、程明道、伊川張橫渠、司馬溫公、蘇東坡、王荆公、呂東萊、張南軒、游定甫、楊龜山、楊誠齋、王童溪宗傳、郭兼山忠孝、白雲雍、京口先生李季辨過、朱子發震、陸希聲、潘天錫夢錫、耿希道、王師公、鄭東卿、劉長民牧、林榕臺、林黃中栗、鄭舜舉諧、宋齊愈、錢藻、陳子明、都聖與絜、莊氏、龔氏、于氏、李氏、凌氏、景氏、牧氏、辛氏、孫氏、徐氏、袁梅巖樞、楊彬夫文煥、毛伯玉璞、程可久迥、馮當可時行、項平庵安世、李去非開、馮奇之椅、李子思舜臣、董宗台以翼、晁以道説之、劉壽翁彌邵、吳忠畝綺、蔡節齋淵、徐進齋幾、邱可行富國之説，而參以己説爲集注。其中引徐進齋、邱行可之説爲最多。董真卿稱有大德癸未自序，今不存，各家書目罕見著録。朱竹垞《經義考》注未見，阮文達亦未進呈，蓋罕覯之秘笈也。余得之周季貺太守，太守得之陳蘭鄰後人，蓋蘭鄰于嘉慶中官浙江得之松靄後人者也。徐幾字子與，富國字行可，彌邵字壽翁，皆建安人，各著有《易説》。劉、徐皆蔡節齋門人，邱又徐之門人也。書前列各家姓氏，有引其説而姓氏未列者，周濂溪、趙汝楳、趙庸齋閶、邱逢辰、蔡西山、鄭少梅、林疑問、謝疊山、柴氏也。

影宋本禹貢論禹貢山川地理圖跋

程尚書經進《禹貢論》二卷、《後論》一卷、《禹貢圖》二卷,影寫宋刊本。論前有淳熙四年自序,末有後序。圖前有自序,後有淳熙辛丑承議郎提舉福建路市舶彭椿年序、淳熙辛丑迪功郎充泉州州學教授陳應行跋,直學林冠英、陳讜,學錄王伯修、石起山,學正林元鎮、校勘掌膳王沖遠等銜名四行。椿年序曰:"淳熙四年,程公以侍從講《尚書》禁中,門下省頒其奏劄曰:"《禹貢》大川七,而諸儒沿襲,乃偽爲六。予聞之,有會于心而疑其是正之難也。已而聞上即講殿問黑水甚詳,知公有見,俾之來上。程公具以其所知爲書以奏。上見,大加褒勞,詔付秘書省藏以垂後。"與周密《癸辛雜識》所稱大昌"進講《禹貢》,阜陵厭之,宣諭宰執,既而補外"之言相反。果如密言,孝宗方且厭之,椿年敢僞造褒勞之詔,刊版傳布乎? 必不然矣。且大昌以刑侍兼侍講,非吏部也,而云以天官兼經筵,其爲傳聞失實可知。密游賈似道之門,本非端人,每好誣衊正人,其祖秘在高宗時專以攻擊正人爲事,見《繫年要錄》。想其家世,本非清流,其言不足信也。《山川地理圖》傳本尤稀,《通志堂經解》祇刊其"叙說"而無圖。乾隆中館臣始從《永樂大典》輯出二十九圖,以聚珍版印行,尚缺九州山水實證及禹河、漢河二圖。此從淳熙辛丑泉州刊本影寫,三十一圖完具,與《書錄解題》合,誠可寶也。明嘉靖時,吳純甫藏有宋本,見《歸震川集》,道光中歸上海郁氏,近歸豐順丁雨生中丞家。《宋史·藝文志》《禹貢圖論》五卷,蓋《論》二卷、《後論》一卷、《圖》二卷,合之得五卷,與泉州本合;又云《禹貢論》五卷、《後論》一卷,恐傳寫之訛也。

書説跋

《書説》二十五卷，宋呂祖謙撰，其門人時瀾所增修也。案：瀾字子瀾，自號南堂拙叟。其先開封人，後家東陽。淳熙八年進士，授迪功郎，監潭州南嶽廟。刻意問學，不汲汲于利祿。十三年，用高宗慶壽恩轉修職郎，調溫州天富鹽官，攝郡文學，調邵武軍泰寧尉，改教授臨安府學，分教西外宗學，以倪思薦改秩，知寧國府寧國縣。或有以邑敝不可爲者，瀾曰：“安有不可爲之邑？其身不正，是爲私罪，私罪斷不可有也；催科政拙，是爲公罪，公罪其可無乎？”于是，大書其楹曰：“刑罰如加諸身，賦斂如取諸己”。邑爲鄉十五，其二舊稱頑鄉。瀾曰：“吾知其良而已。”削去惡名。其鄉感奮，課反出諸鄉之右。漕臣以爲有古循吏風，薦之。秩滿，得通判袁州。終更，再通判台州。嘉定十五年卒。東萊以博洽聞，乾道、淳熙間，卓然以孔、孟、周、程爲師，瀾其上弟也。著有《南堂雜著》、《易講義》、《左氏講義》、《用録》、《日記》藏于家。見陳宓《復齋先生集·通判時君墓誌銘》。

尚書精義跋

《尚書精義》五十卷，宋黃倫撰。《提要》云：《宋史·藝文志》載有是書十六卷，陳振孫《書録解題》亦著于録，稱爲三山黃倫彝卿所編，知爲閩人。此本前有建安余氏萬卷堂刊行，小序稱爲“釋褐黃君”，則又曾舉進士，然《閩書》及《福建通志》均已不載其名，其仕履則莫能詳矣。愚案：梁克家《三山志》卷二十九乾道四年太學兩優釋褐黃倫字彝卿，閩縣人，授左承務郎。太學録渡江釋褐，始于此。

書蔡傳旁通跋

《書蔡傳旁通》六卷,題曰"後學東滙澤陳師凱撰、後學豫章朱萬初校正",影寫元刊本。卷一、卷四分上中下三卷,卷六分上下兩卷。前有引用書目、隱字審音,末有"至正乙酉歲四月余氏勤有堂印木記"。《提要》:師凱家彭蠡,故自題曰東滙澤,其始末則不可得詳。愚案:師凱字叔才,都昌人,專究理學,纂《蔡傳旁通》,見《西江人物志》。或曰即陳澔可久之子也。查陳澔《禮記集説序》,亦題東滙澤,容再考。

明刊讀書管見跋

《讀書管見》二卷,元王充耘撰,明初刊本,每半頁十行,每行十七字,有"千頃堂圖書"白文方印,蓋黃虞稷舊藏也。前有無名氏序云:"耕野王先生用《書經》登二甲進士,授承務郎,同知永新州事,棄官養母,著書授徒,益潛心是經,易簀之際,書其卷端曰:'凡爲吾徒,須人録一編,以的本付吾兒。'未幾,而元綱板蕩,藏書遭焚。是編賴先生從子光薦置複壁中僅免,乃加補茸,付先生之子吉"云云。則是書又經光薦補茸,非充耘原本矣。《西江人物志》:充耘字與耕,吉水人,元統進士,著有《讀書管見》、《四書經疑》等書。序稱"耕野",不曰"與耕",疑耕野其號,與耕乃其字耳。後有梅鷟跋。前序不署姓名,吳兔床疑亦出鷟手是也。

毛詩講義跋

《毛詩講義》五卷,宋林岊撰,《宋史·藝文志》、《文獻通考》、《文淵閣書目》皆著于録。原本久佚。今本十二卷,館臣從《大典》輯出。案《中興館閣續録》,林岊字仲山,福州長樂人,淳熙十五年進士，開禧二年八月除校書郎。三年三月，除秘書郎，七月除著作佐郎，以避祖諱，改除秘書丞，十一月知衢州。《福建通志》作古田人，紹熙元年特奏名，嘉泰間守全州，與《館閣續録》不合。或甴由衢移全，事無不合，一以爲紹熙特奏，一以爲淳熙進士，終不可合耳。

元刊韓魯齊三家詩考跋

《韓魯齊三家詩考》六卷，宋王應麟撰，元刊本，每半頁十一行，每行二十二字。前爲《三家詩傳授圖》，卷一《韓詩》，卷二《魯詩》，卷三《齊詩》，卷四《逸詩》，卷五《詩異字異義》，卷六《補遺》，與《玉海》刊本不同，無王伯厚自序及後序，而有延祐甲寅胡一桂序，即一桂所刊也。一桂既撰《詩集傳》，附録纂疏，復以《詩考》刊置于後，以證朱子黜序之當。其言曰：“毛氏之于三家，最爲後出。安有小序，三家不得之于前，而毛氏乃得之于後也？”蓋墨守考亭之學也。

元刊毛詩句解跋

《新刊直音旁訓纂集東萊毛詩句解》十五卷，題曰“宜春李公凱仲容”，宋季坊刊本，每半頁十三行，行大字廿二三，小字廿五六不等。宋諱有缺有不缺，宋季坊刊往往如此。公凱事蹟無考，據題名知爲江西宜春人，字仲容而已。其書以《東萊讀書記》爲宗，隱括其意，顯易其辭字之難者，各爲直音，人名、語助及字義之隱奧者，則訓于傍，故曰直音傍訓句解也。雖爲鄉塾啟迪幼學之書，而不逐時風，尊尚小序，其亦異乎依草附木者矣。前有竹垞老人七十二歲手跋，與《曝書亭集》所刊小有不同。有“彝尊私印”四字白文方印、“竹垞”二字朱文方印、“陳經之印”四字白文方印。蓋即竹

垞所藏、後歸吾鄉陳抱之者，恐世間無第二本矣。仲容所著尚有
《周易句解》十卷、《柯山尚書句解》三卷，今皆不傳。

元槧春秋辨疑跋

右《春秋辨疑》十卷，元刊本，每葉二十四行，行二十三字，題
曰"三楚隱士子荆蕭楚著、臨江後學性善周自得校正"。《四庫》所
收乃從《永樂大典》輯出，此則其原本也。《大典》本篇目相同，惟
《王天子天王辨》末"又可知矣"下，脫注文數百字、正文數百字，
《書滅辨》下篇"然後辨故"下，脫三百餘字，餘則無大異也。兩本
皆祇四十五篇，《江西志》、《萬姓統譜》稱四十九篇者誤也。朱竹
垞《經義考》注"佚"，則書之罕見可知矣。《大典》本胡序脫二十
餘字，校《澹庵文集》又有不同。先生之葬也，澹庵爲之誌墓，今存
集中，亦館臣所未見者。

宋婺州本五經正文跋

右宋刊《五經正文》十冊，不分卷，書估所謂澄清本者也。"澄
清"二字無徵，想書估以澄清堂帖爲世所寶，故捏爲是名。自來藏
書家罕有以《五經正文》著錄者，惟《欽定天祿琳琅書目》有宋刊
《五經》，行密字展，與此相似，亦不言何人所刊。以愚考之，當爲
南宋婺州刊本。案《景定建康志》卷三十三所列諸經正文凡四：曰
監本、曰川本、曰建本、曰婺本。諸刻經文，今不數見，而他書之所
存者尚多，以余所藏，蜀則有《春秋》杜注、《周禮》鄭注、前後《漢
書》、《六臣文選》，監則有單疏《爾雅》、前後《漢書》、單《吳志》、
《通鑑》、《武經七書》、《廣韻》、《册府元龜》、《宋文鑑》，建則有十
行本《諸經注疏》、杜注《左傳》、許氏《說文》、《纂圖周禮》、《纂圖
禮記》、《北史》、《新唐書》、《方輿勝覽》、《王右丞集》、《山谷詩

注》、《陸狀元通鑑》，婺則有《尚書》、《周禮》殘本。蜀本皆大字疏
行，監本比川本略小，建本字又小于監本而非巾箱，惟婺本《重言
尚書》、《周禮》兩書款格狹小，與此書近，字體方勁，亦復相同，證
以《建康志》，定爲婺本，當不謬耳。宋帝諱自孝宗以前皆缺，避光
宗諱，"惇"字不缺，當是孝宗時所刻。乾隆中秦氏所刻《九經》，疑
即從此出，惟秦氏改每葉四十行爲三十六行耳。宋刊書，字數、行
數相等，如每葉二十行，則每行必二十字上下。此書每頁四十行，
每行二十七字，故《天祿琳琅》云"行密字展"也。

六經雅言圖辨跋

　　莆陽二鄭先生《六經雅言圖辨》六卷，明人影寫宋刊本，吳兔
牀拜經樓舊藏，盧抱經、杭堇甫皆用朱筆校過者也。明《文淵閣書
目》、焦氏《經籍志》、《千頃堂書目》皆著于錄，惟不著二鄭之名，此
本亦同。次二行題曰"甲科府教許一鶚家藏、甲科府教方澄孫校
正"，核其文，即《四庫》所收之鄭樵《六經奧論》也。《提要》摘其
《天文辨》，稱夾漈先生論《詩》引晦庵《說詩》，《書論》引《文公語
錄》，證其不出樵手，如老吏斷獄，不可易矣，而未定爲何人所著。
吳兔牀《愚谷文存》謂《六經奧論》之名，必後人妄題，是矣；又據
《道園學古錄》稱夾漈著述五十餘種，疑即在五十餘種之中。不知
夾漈著述不止五十餘種，見《宋史·藝文志》，《夾漈遺稿》及《八閩
通志》并無此書之名也，兔牀誤矣。《文淵閣書目》有《六經圖辨》，
無《六經奧論》，至董氏《元賞齋書目》，始有《六經奧論》，可見成
化以前無此名，必黎溫刊板所妄改耳。蓋淺人見書題"莆陽二鄭"
而不著其名，但知莆田之有鄭樵，不知有鄭厚，故妄題之，不知二鄭
非一鄭也。明人書帕本，大抵如是，所謂"刻書而書亡"者也。其
撰人，當從《弘治興化府志》作鄭厚與弟樵同撰者爲近。厚字景

韋,樵之從兄也。四歲讀書,能默記,八歲通解經旨,與樵倡爲物理之學。宇文虛中遺之書曰:"士弊于俗學久矣,安知亦有淵源深渺,不爲俗學所漬如二君者乎?"紹興五年成進士,調泉州觀察推官。趙鼎知泉州,事無巨細,悉以屬之。言者希檜旨,劾以諂事趙鼎,謗議朝政,遂罷歸。少時嘗著《藝圃折衷》,論多過激。紹興十三年,駕部員外郎王恭摘書中詆《孟子》語言于朝,詔令建州毀板,已傳播者焚之。檜死,起昭信軍節度推官,改知湘潭縣,卒于官,年六十一,著有《通鑑類要》四十卷,見《宋史·藝文志》、《弘治興化府志》、陳壽祺《福建通志》所引林光朝撰墓誌及《建炎以來繫年要錄》。竊謂此書即《藝圃折衷》之焚餘,後人又有所附益耳。《折衷》今不可見,必辨論經傳而折其衷者,板雖毀,書雖焚,如元祐黨人文字,豈能禁其不傳?惟無弛禁明文,不敢公然刊行,故易其名曰《六經雅言圖辨》,折衷與辨,其義一也。又恐獨題鄭厚之名,形跡易露;樵以進書得官,與厚以著書獲咎相反,故以夾漈之説雜之。曰"莆陽二鄭"者,樵與厚齊名故也。曰家藏者,其意若曰流傳自昔,知其姓不知其名耳。不然,古來刊書,有題編次、有題校正者,未聞有題爲家藏者也。許一鶚字國深,莆田人,淳祐元年進士,餘無考。方澄孫,字蒙仲,淳祐七年進士,廷對萬言,請錮秦檜子孫,竄史嵩之,調邵武軍學教授,哀學中贏錢及教官例券,置貢士莊。歷官泉州通判,爲趙葵參議官,遷知邵武軍卒,年四十九,見《福建通志》。書爲澄孫校正,結銜但題府教,不題通判泉州及知邵武軍,必澄孫官教授時所刊,事在淳祐末、寶慶初矣。書中徵引南宋人著述尚多,如《易》舉正條下,引晁公武進《易解》;秦以《詩》廢而亡條,引陳君舉説;"武成"條,引林少穎;"《書》疑"條,引胡五峰、吳才老;"《書》、《詩》逸篇"條,引洪邁"舊日爲三山教"等語。厚爲漁仲從兄,漁仲卒于紹興三十二年,年五十九。景韋長漁仲三歲，以檜死後起官、改官之時計之，其卒當亦在紹興、隆興之間。容齋生于政和五年，少穎生于政和二年，明仲生于元符元年，才老仕于紹興時，皆與景韋時代相接。公武之《易解》，據《書錄解題》，進于乾、道間，非景韋所得見；君舉生于紹興十一年，至隆興之初才二十歲，其所著書亦非景韋所得見。今觀所引公武《易解》、陳君舉說及《正朔總論》之晦庵詩說、《古今文尚書辨》之文公《語錄》，辭句、序次，顯然後增，皆門弟子所附益也。蓋亦猶胡安定《周易口義》、公是先生《弟子記》之例，爲門弟子述其師之說，故不題撰人姓名，而但稱"莆陽二鄭"；雅言者，口義、語錄之變文，不然，但曰"六經圖辨"足矣，何必曰"雅言圖辨"乎？後有重刊是書者，宜改題曰鄭厚弟子述其師及樵之說，則無往而不可通矣。《千頃堂書目》于《六經圖辨》之外，別出車似慶《六經奧論》，注云"或作鄭樵者非"，未知何據？

宋本毛晃增修互注禮部韻略跋

《增修互注禮部韻略》五卷，前有紹興三十三年十二月衢州免解進士毛晃進表，卷一第二行題曰"衢州免解進士毛晃增注"，第三行題曰"男進士居正校勘重增"。每頁二十二行，行大字十四，小字二十八九不等。每卷後注明增若干字、圈若干字、重增若干字。凡廟諱、舊諱，御名、嫌名，例不許用者皆不收，或字同音異、准式不礙者，隨韻收入，仍注其下曰："某某切者，係廟諱嫌名，合當迴避，其餘照式許用"云云，藉此可見宋代避諱之例，與後世微有不同。"霸"下注云"又若穫切，係御名同音，合當迴避，其忽郭切照式許用"，蓋謂與"擴"同音也，當爲寧宗時刊本。晃之增注，在高宗時，居正重增，在寧宗時耳。晃之仕履，諸書不甚詳。考《弘治衢州府志》，晃字明敬，江山人，紹興中免解進士，嘗閉戶著書，留意字學,增注監本《禮部韵》行于世,學者稱鐵研先生。子居正,亦第進士,有名于時,即其人也。

六 經 圖 跋

《六經圖》六卷,宋楊甲撰,毛邦翰補萬曆中新都吳氏覆宋乾道撫州陳森刊本。案:甲字嗣清,四川遂寧人。乾道二年,對策言恢復之志不堅者二事,上覽對不悅,置第五,賜文林郎。清議推之,有聲西州。初試,邑有部使者,頗以繡衣自驕,怒其不降,意誣劾以罪,趙衛公爲白于當路,劾牘竟不下。隱居靈泉山,著有《棣華小稿》,見岳珂《桯史》及《四川通志》。《宋元詩會》小傳顧起元序以爲布衣者誤也。弟輔,《宋史》有傳。毛邦翰,衢州江山人,紹興二十七年進士,乾道初官撫州州學教授,終于轉運判官,見《浙江通志》。

宋刻玉篇殘本跋

湘文觀察出示宋刻《玉篇》殘本,有文氏“玉蘭堂”、“竹塢”兩印,項氏“萬卷堂”印、徐健庵兩印,曾經衡山、文蕭、篤壽、健庵收藏者。余以所藏元刊及曹、張所刻互校,示部以下,字之序次各有不同,偏旁篆法,三本皆無,惟牒文則同。張刻無牒,想所據本偶遺之耳。南宋時,蜀、浙、閩坊刻最爲風行。閩刻往往于書之前後別爲題識,序述刊刻原委,其末則曰“博雅君子,幸毋忽諸”,乃書估惡札,蜀、浙本則無此種語。此書字體,與余所見宋季三山蔡氏所刻《內簡尺牘》、《陸狀元通鑑》相同,證以篆法、前題語,其爲宋季元初閩中坊刻無疑也。書中“恒”字缺筆,“敬”、“楨”、“慎”、“瑗”皆不缺,或者疑非宋刻。不知廟諱或闕或否,官書已不能畫一,周益公序《文苑英華》曾言之,況坊刻乎?不必因此致疑也。宋本流傳日少，小學書尤不易得，譬之殘珪斷璧，彌足珍耳。

宋槧漢隸分韻跋

　　《漢隸分韻》七卷，不著撰人名氏，宋槧元修本，"惇"字缺筆。趙寒山舊藏，後歸拜經樓，亂後乃歸于余。案《宋史·藝文志》小學類有馬居易《漢隸分韻》七卷，卷數與今本合，則是書乃居易所著也。惟分韻與大定六年王文郁《平水韻略》同，不用《禮部韻略》，則居易當是金人，非宋人矣。遼金人著述往往有南宋覆本，如遼釋行均《龍龕手鑑》、金成無已《傷寒論》皆是。不然，元人所著不得收入《宋史》，金人所刊不得避宋諱也。或曰："金人著述，《宋史》誤作宋人，此外有可徵乎？"曰：成無已《傷寒論》，前有金皇統元年嚴器之序，《宋史》既誤爲器之所著，又誤以爲宋人，此書亦猶是也。

儀顧堂題跋卷二

宋耿秉槧本史記跋

《史記》一百三十卷，宋槧本，每頁二十二行，行二十五字，版心有字數及刊工姓名。淳熙丙申，張杅介父守銅川，以蜀小字本《史記》改寫中字，刊於郡齋，而削褚少孫所補。趙山甫爲守，取褚少孫書別刊爲一帙。淳熙辛丑，耿秉爲郡，復以褚書依次第補刊之，《集解》之後，繼以《索隱》，而無《正義》。校以王延喆、柯維熊、毛子晉及官刊本，頗有勝處：《殷本紀》"炮格"，"格"不誤"烙"。《高祖本紀》"司馬尼"，"尼"不誤"尼"；"生此"，"生"不誤"玉"。《楚世家》"抱其上而拜"，不作"抱而入再拜"。《孔子世家》"始有宋而嗣厲公"，"嗣"下不衍"厲"字。《曹世家》"司馬尼"，"尼"不誤"尼"。《韓信盧綰列傳》"自立爲代王"，"代"不誤"大"。皆較諸本爲勝。至《集解》、《索隱》，字句異同，足以正今本之失者，更不勝枚舉耳。

讀兩漢循吏傳書後

設官所以爲民，非以厲民而自養。自官失其守而吏喻於利，世之尸于民上者，鄉鄉而飽而已，呥呥而噍而已，甚則剝民肥己以爲能，克下奉上以爲賢。其視民之疾苦，如秦人視越人之肥瘠，膜然不加欣戚于其心。民亦曰："官不以我爲魚肉斯幸矣，安望利我而愛我爲?"嗟乎,此吏治之不古若而民生所以多困也! 班書傳循吏六人,范書傳循吏十二人,或興文教,或開水利,或課農桑,或息盜賊,或鋤豪强,其權足以有爲,皆卓然有所表現,下至亭長嗇夫,秩卑而權不屬矣,亦能以德爲教,導民以善。良由兩漢去古未遠,亦上之風勸有以使之。居今之世,于牧守中求召、杜、龔、黃,豪傑尚能爲之,若夫身居末吏,謹身率先,如仇覽、朱邑其人者,則曠世不一遇,於以嘆兩漢吏治之盛,非後世所可及也。

宋槧湖北庚司本漢書跋

《漢書》一百二十卷,題曰"正義大夫行秘書少監琅琊縣開國子顏師古注",首行篇名在上,大題在下,"班固"二字在中。前爲顏師古《漢書叙例》,後有張孝曾跋、沈綸言叙、梅世昌等校正銜名五行,梁季祕題。每頁二十八行,每行二十七字,小字雙行,每行三十五六字不等。版心有刻工姓名。紹興初刊于湖北鹽茶提舉司。淳熙二年,梅世昌爲提舉,版已漫漶,命三山黃杲升、宜興沈綸言重校刊二百二十七版。慶元二年,梁季祕爲守,又命郭洵直重刊一百七十版。此則慶元間初印本也①。以今所通行《漢書評林》汲古閣明監本互校,勝處頗多。如:《宣帝紀》"夏四月庚午地震,詔內郡國舉文學高第各一人",韋昭注,汲古本誤作"師古";地節三年,"自丞相以下",汲古閣本奪"自丞相"三字。《哀帝紀》"元壽二年",各本皆衍"元壽"二字,此本不衍。《高惠高后文功臣表》"曲成侯蟲達"下二格,大書"位次曰夜侯恒"六字,各本皆誤作小注。《百官公卿表》竟寧元年,"安平侯王章子然爲執金吾","安平",

---

①　傅增湘云:"此爲慶元修後初印本,古雅精湛,紙墨煥發,光彩照目,使人愛不忍釋。"見中華書局1983年版《藏園群書經眼錄》卷二,頁158。

各本皆誤"安年";鴻嘉元年,"平臺侯史中爲太常","平臺",各本皆誤"平喜"。孝哀建平三年,"右將軍公孫祿爲左將軍,三年免",今本"三"皆訛"一"。錢氏竹汀曰:"《何武傳》哀帝崩,武爲前將軍,與左將軍公孫祿相善。武舉祿可大司馬,而祿亦舉武。有司劾奏武、祿互相稱舉,皆免。事在元壽三年,距建平三年四歲矣。當以此本作'三年免'爲長。"班氏《古今人表》老子在中上,見張晏注;唐天寶元年升爲上上,見《舊唐書·禮儀志》;此本老子在上上,仍唐本也。南監、汲古本老子在中上,則據張晏説而改移矣。《人表》上中"廖叔安",師古注《左氏傳》作"飂",與《左氏傳》合,各本"飂"皆訛"戮"。翻閲所及,偶舉一二,以見宋本之善。卷首副頁有"正德二年丹陽孫道靜"題字,下有"景瞻"二字朱文方印。《叙例》有"陳道復印"白文方印及"汪士鐘印"白文方印、"藝芸主人"朱文方印、"趙宋本"朱文圓印。梁季祕跋後有"陳淳私印"白文方印、"翠羽堂圖書"白文方印。副頁有景瞻、君寵二人題字,蓋明時曾爲孫景瞻、陳白陽兩家收藏,嘉慶中歸于汪閬原,余于常熟故家得之。慶元距今七百年,紙墨如新,完善無缺,誠吾家史部第一等秘笈也。

宋槧蔡琪一經堂本後漢書跋

《後漢書》一百二十卷,帝紀存卷一下至卷十下,志存卷四至卷九、卷二十三至三十,列傳存一至四十八,皆題"宋宣城太守范曄撰、唐章懷太子李賢注"。小題在上,大題在下。每頁十六行,每行十六字,小字雙行,每行二十一字。闌外有篇名。宋諱有缺筆,有不缺筆,至甯宗諱止。蓋嘉定戊辰建甯書舖蔡琪純父一經堂刊本。范書無志,劉昭注范書,以司馬紹統《續漢書志》補其闕。淳化中刻章懷注范書九十卷。乾興中,允孫宣公之奏,以劉注司馬

《續志》補之。琪不辨源委，概題蔚宗、章懷之名，誠爲荒謬，然所據固淳化原刻，勝於今通行本甚多。如：和帝諱肇，其字從戈從肁，與從攴從聿之字不同，見許氏《説文》，今通行本誤作“肇”，此本不誤。《鄭康成傳》“師事京兆第五元先”，通行本奪“先”字；“吾家舊貧，爲父母群弟所容”，《唐史承節鄭公碑》同，言爲父母所優容也，今各本妄加“不”字，作“不爲父母群弟所容”，此本不誤。《續漢書·郡國志》有扶樂縣，屬陳國，無扶桑縣，《阜陵王延傳》云“以汝南之長平、西華、新陽、扶樂四縣，益淮陽國”，注“扶樂故城，在陳州太康縣”，與《郡國志》合。今各本誤“樂”爲“桑”，此本正文及注皆不誤。《東平憲王蒼傳》論“未若貧而樂道”，各本皆奪“道”字，此本不奪。《廣陵思王荆傳》“今天下爭欲思刻賊王以求功”下，毛本奪“寧有量耶，若歸幷二國之衆，可聚百萬，君王爲之主，鼓行無前功”二十五字，此本不奪。《胡廣傳》“詢于芻蕘”下，明嘉靖崇正書院本奪“國有大政，必議之于前訓，諮之于故老”十五字，注“叔向曰”云云二十字，此本不奪。《王龔傳》“蕃氣性高”下，各本皆衍“明”字，此本不衍。《种暠傳》“道德昌則政化明，政化明而萬姓寧”，各本“而”字上皆奪“政化明”三字，此本不奪。《劉陶傳》“民清萬里”，各本“民”誤作“掃”，此本不誤。此外，亦尚多勝處，未可以一眚掩也。蔡琪所刻，尚有《前漢書》，行款悉同。吳免牀拜經樓藏有列傳十四卷，珍同球璧，不能指爲何本，核其款式，即蔡本也。是書刻手精良，字大悅目，有“浙右項篤壽子長藏書”朱文方印、“叢書堂”朱文長印。叢書堂爲明吳文定藏書之所。項子長，嘉興人，子京之兄也。

宋槧吳志跋

《吳志》二十卷，題曰“晉平陽侯相陳壽撰”。前有咸平六年中書門下牒、宋元嘉六年裴松之上表，表後即接目錄。目分上下兩帙，前十卷爲上帙，後十卷爲下帙。後有詳校官杜鎬等、校勘官錢惟演等銜名。卷二末有"承直郎守辟雍正臣趙霄校正"一行，卷六、卷十四、卷十八末有"從事郎試辟雍正臣吳存校正"一行。每卷首行題"某某傳第幾"，下"吳書"，又下"國志幾"。每頁二十八行，每行二十五字。"匡"、"殷"、"玄"、"敬"、"貞"、"徵"、"桓"、"恒"，皆缺避，當爲咸平中國子監刊本，而徽宗時修補者①。正文頂格，注低一格，不作雙行。明南監馮夢禎本款式略同，當即從此本出。長夏無事，校對一過，勝于夢禎本、毛子晉本處甚多：卷一《孫堅傳》注"受命于天，既壽且康"下，"且康、永昌二字爲錯"，不奪"且康"二字。《孫策傳》注"晟與汝父"，"汝"不誤"故"；"虎衆聞其死也"，"聞"不誤"以"；"至廢主自與"，"與"不誤"興"；"公義故不可"，"故"不誤"既"；"議郎王誧"，"誧"不誤"輔"；"詭詐百姓"下有"聞"字；"仰榮顧寵"不誤"寵顧"；"奉辭伐罪"，"伐"不誤"罰"；"其赴水死者二萬餘口"，"二"不誤"一"；"此以危殆"，"此"不誤"比"；"椎兒大奮"，"椎"不誤"推"；"其夜卒"，"其夜"不誤"須臾"。《吳主傳》十三年注"時甘寧在夷陵"，"夷"不誤"江"；二十四年注"尋遣還南"，不誤"南還"。二十五年春正月注"魏略曰"，"略"不誤"啟"；"吳書"下有"曰"字；"少綜經籍"，"綜"不誤"總"；"摩延英俊"，"摩"不誤"覽"。黃武元年注"狃忕累世"，"忕"不誤"挾"；"終非不侵不叛之臣"下有"臣"字。二年正月注"土盛于戊而以未祖"，"祖"不誤"祀"；"敬養賓旅"，"敬"

---

①　　傅增湘云："此本陸心源跋定爲咸平國子監所刻而徽宗時修補者。余諦觀再四，其筆法、雕工，俱極古厚，第卷中避諱已至'桓'字，則已駸駸入南渡矣。"見《藏園群書經眼錄》卷三，頁206。

不誤"教"；"冬十一月"不奪"冬"字。四年注"勑子弟廢田業"，"勑"不誤"勸"。五年春"但諂媚取容"，"但"上不衍"假"字。六年閏月"韓當子綜"，"綜"不誤"琮"。七年春三月注"畏罪而亡"，"亡"不誤"去"；五月"群神群祀"，"神"不誤"臣"。嘉禾元年注"命使事天"，"使"不誤"便"。二年注"氣踴如山"，"踴"不誤"湧"；"加賜衣物珍寶"，"物"不誤"服"。五年"三月"，"三"不誤"二"。赤烏三年"春二月"，"二"不誤"正"；"而吏或不良"，不奪"或"字。七年春正月"人言苦不足信"，"苦"不誤"若"。八年春二月注"合計伺權在苑中"，"中"不誤"守"。十年二月注"武昌宮已一十八歲"，"一"不誤"二"。卷三《孫亮傳》"心不自安"，"不自"不誤"自不"；"留贊爲誕別將蔣班所敗"，不奪"贊爲"二字；太平三年春正月"郡伐官材"，"官"不誤"宮"。《孫休傳》永安五年春二月注"字菌，菌音如迄今之迄"，"菌"不誤"酋"；"字舜，舜音如玄礵之礵"，"舜"不誤舜；"次子罅，罅音如草莽之莽"，"罅"不誤"相"；"同以正民"，"正"不誤"治"；"而民聽易"，"聽"不誤"則"；"休欲令難犯"，"休"不誤"然"；"冬十月王務學業"，"王"不誤"正"，與《御覽》同。《孫皓傳》甘露元年三月"西主失土"，"主"不誤"王"；天璽元年秋八月注"所有土穿駢羅"，"土"不誤"七"。天紀元年八月注"兩邊生葉綠色"，"葉"不誤"菜"；五年注"則天殛之"，"天"下不衍"人"字；"矧僭虐乎"，"僭"不誤"譖"。卷四《劉繇傳》注，"山陰縣民"，"民"不誤"氏"；"恒菲飲食"，"飲"不誤"飯"；"眾數萬人"，不誤"萬餘人"。《太史慈傳》注，"但其後不遵臣節"，"遵"不誤"達"。《士燮傳》"壹弟武領南海太守"，"南海"不誤"海南"；注"搖捎"之"捎"不誤"稍"。卷五《徐夫人傳》注，"召琨還吳"，"吳"不誤"矣"。《孫亮全夫人傳》"追見殺"，"追"不誤"迫"。《孫和何姬傳》"植宣城侯"，"城"不誤

"成";注"舉兵欲還秣陵誅都",不奪"秣陵"二字;"父植","植"不
誤"信"。卷六《孫靜傳》"羅以然火誑朗","羅以"不誤"四維"。
《孫皎傳》"上有遠方瞻望之觀","觀"不誤"視"。《孫翊傳》"後
年",不誤"後卒"。《孫賁傳》注"賁困而後免","困"不誤"因"。
卷七《張昭傳》"萬夫所天恃也","恃"不誤"侍"。《顧雍傳》注,
"是以潘濬欲因會手劍之","因"不誤"同",不奪"會"字。《顧譚
傳》"太傅諸葛恪以雄奇蓋眾","以"不誤"等"。《顧承傳》"還屯
軍章阬","阬"不誤"阮"。《諸葛融傳》"甘果繼進","繼"不誤
"經"。卷八《張尚傳》"叩頭請尚罪得減死","尚罪"不誤"罪尚"。
《闞澤傳》"追思講論","思"不誤"師";"宮府小吏","宮"不誤
"官"。卷九《周瑜傳》"老賊欲廢漢自立久矣",不奪"久"字。卷
十《潘璋傳》"因使召募","募"不誤"璋";"雖名襲任","名"不誤
"各"。卷十二《虞翻傳》注,"惟執事圖之",不奪"惟"字;"奉承草
命","草"不誤"策";"又奏鄭玄解《尚書》違失事目","目"不誤
"因";"今去人財以求馬","人"不誤"入";"下攄人情之歸極",
"攄"不誤"攄";"其文章之士","士"不誤"事";"將上安宗廟",
"將"不誤"勢";"忠子潭","潭"不誤"譚";"昺字世文","世"不
誤"子"。卷十三《陸遜傳》"還屯蕪湖","蕪"不誤"蕪";"但務北
進","但"不誤"得";"下見至尊","下"不誤"不";"及方略大
施","方"不誤"才";注"若不惟算","惟"不誤"推";"審刑賞以
示勸阻","賞"不誤"罰"。卷十三"末可謂克構者哉",不脫"者
哉"二字。卷十四《孫登傳》"登辭疾不受","疾"不誤"候";"刀玄
優弘","刀"不誤"刁"。《孫慮傳》"是後王夫人與全公主有隙",
不奪"有"字。卷十五《賀齊傳》"令松楊長","松陽"不誤"楊松"。
卷十八末"君子等役精神","等"不誤"算"。卷二十《樓玄傳》"郭
逴","逴"不誤"連"。《韋曜傳》"既多虛無","既"不誤"紀";"特

蒙表識","表"不誤"哀"。卷中有"百宋一廛"、"士禮居"、"黃丕烈"印,"蕘圃"、"汪士鐘"、"閬原真賞"各印,後有蕘圃跋,即《百宋一廛賦》所謂"孤行吳志,數冊仍六"者也。

補後漢書年表跋

經進《後漢書年表》十卷,題曰"右迪功郎前權澧州司户參軍臣熊方集補"。舊抄本,盧抱經舊藏也。有"武林盧文弨手校"六字朱文方印。案:方字廣居,豐城人。靖康舉貢上庠,參澧州軍事,雅善書,高宗內禪,大書"堯舜"二字表進,有旨付秘閣,除本路帥幕。性好養生之術,注《道德經》二卷、《豫章録》、《臨汝編》,因補東漢年表,名其居曰"補史"。嘗上書請仿班史,撰著《兩漢人表》,以補范史不足,見《江西通志》及進書狀。

宋板歐公本末跋

《歐公本末》四卷,宋吕祖謙編。每頁十八行,每行十八字,版心有字數及刊匠姓名,後有嘉定壬申嚴陵詹乂民刻版跋。宋諱嫌名,"桓"、"完"、"慎"、"敦"、"構"皆缺避,"頊"注"神宗廟諱",當據稿本原文。《書録解題》、《文獻通考》皆著于録。明以後收藏家無著録者。《四庫》未收,阮文達亦未進呈。其書取歐公著述有關出處行誼、朋友親戚、學術趣向者,掇集成書,故曰本末。字兼歐、柳,紙墨精良。紙背乃延祐四年官冊,蓋元初印本也。乂民字敬叔,遂安人,見陳宓《復齋集》。

元板北史跋

《北史》一百卷,元大德間刊本,首行大題在下,尚存宋本舊式。版心有"信州路儒學刊"、"信州象山刊"、"象山書院刊"、"道一書院刊"、"稼軒書院刊"、"藍山書院刊"、"玉山縣學刊"、"弋陽縣學刊"、"貴溪學刊"、"上饒學刊"等字。每頁二十行,行二十二字,版心有字數及刊工名。間有嘉靖元年二修版,蓋版入南監以後所印也,較明北監本及汲古閣本頗有勝處,如:《魏本紀》卷一"帝乃告諸大臣,爲與魏和親計,四十二年遣子文帝如魏",與魏收《魏書》同。所謂魏者,曹魏也,時在魏元帝景元二年。監本、汲古本"與魏"、"如魏"、"之魏"皆改"晉",不知此時晉未受禪,安得云如晉乎?他如"涼武昭王"有訛"涼"爲"梁"者,"長城大狩"有訛爲"長城太守"者,皆不及此本之善也。

元板南史跋

　　《南史》八十卷,每卷次行題曰李延壽,首行大名在下,每半頁十行,行廿二字,元大德刊本。版心間有字數及嘉靖十年修板。雖刊手不佳,較以汲古閣本,乃知此本之善。如:《謝瀹傳》"嘗與劉悛飲,悛曰:'謝莊兒不可云不能飲。'瀹曰:'苟得其人,自可流湎千日。'悛甚慚。"案:悛爲劉愐子,"流湎"、"劉愐"同音,瀹以悛斥其父名,故引張景陽《七命》之文以報之,悛故慚。汲古本校書者,不知悛父名愐,又習見沉湎,罕見"流湎",改"流湎"爲"沈湎",則瀹之敏不見而悛之慚不可解矣。《王儉傳》,昇明二年爲"長兼侍中"。長兼者,猶唐之檢校,宋之權判,本朝協辦署理也。晉時多有此職,如王績、劉隗具爲長兼侍中,孔愉爲長兼中書令是也。汲古校書者不解"長兼"二字,而習見官名之有長史,妄于"長"下加一"史"字,不知六朝舊制,長史爲三公及大將軍屬官,見《隋書·百官志》。凡稱長史,必繫以府名,如司徒長史、太尉長史之類,無單稱長史者。況長史官卑,侍中官尊,斷無以長史兼侍中之理也。

此外，一二字之訛，難以更僕數耳。

元瑞州路隋書跋

《隋書》八十五卷，湘文觀察所藏，末有"天聖二年五月十一日上御藥供奉藍元用奉傳聖旨"云云五行，版心有"路學"、"浮學"、"饒學"、"堯學"、"番沜"、"餘干"、"樂平"、"平州"、"初庵書院"、"忠定"、"錦江"、"長薌"等字，蓋元翻宋本也。大德乙巳孔文聲跋太平路所刊《漢書》云，"江東建康道廉訪使允太平路學之請，以"十七史"艱得善本，遍牒九路，令本路以《西漢書》率先"云云。所謂九路者，建康道所屬寧國、徽州、瑞州、建康、池州、太平、信州、廣德、鉛山也。余所見者，太平路《漢書》，每卷題曰"太平路新刊《漢書》"；寧國路刊《後漢書》，每卷末有寧國教授題名；池州刊《三國志》，有朱天錫跋；信州刊《北史》，每頁版心有"信州路學"字；建康路刊《新唐書》，前有大德丁未成明瑞序，序後有建康路監造各官題名。此本雖無序跋，以版心字推之，則瑞州路刊本也。其曰"路學"者，瑞州儒學也；"浮學"者，浮梁縣學也；"饒學"者，饒州學也；堯，即饒之省文；"番沜"者，鄱陽學也；"餘干"者，餘干學也；"樂平"者，樂平州學也，故又曰平州。元初饒州、樂平、浮梁、餘干皆爲州，仍隸瑞州路，至元十四年，饒州始升爲路。《隋書》刊于大德乙巳，故仍隸瑞州。"忠定"、"錦江"、"長薌"皆書院名。忠定書院在餘干縣琵琶洲，趙忠定與朱子講道之所；長薌書院在浮梁縣景德鎮；慶元二年，李齊念建錦江書院，在安仁縣，宋倪玠講學之所；初庵書院在德興縣，元學士傅立號初庵，捐俸置田，奏設山長。當時雖牒各學刊刻，書院之有餘貲者，亦預其役耳。各學之版，明初入南監。正德、嘉靖，遞有修補，至嘉靖修補後，版心"路學"等字，已十不存一矣。此本無一修版，版心之字，一一明晰，其爲元版元印無疑也。汲古毛氏所刊《隋書》，訛脫最甚，如：《經籍志》序"繩木棄而不用"句，"不用"訛作"一所"；"據龍圖握鳳紀"句，"握"訛"非"，"紀"訛"欲"；"五服圖儀一卷"下，脫"喪服禮圖一卷"六字。此外不可枚舉。然此本亦有脫誤，《五行志》東魏武定五年秋，"大雨七十餘日，元瑾劉思逸謀殺"云云，"謀"字下脫八字；十年十二月條"侯景之亂"句，"亂"字上脫三十三字，而以"亂"字連于武定五年條"謀"字下，中脫五條，共計脫三百餘字。卷二十六《百官志》上"擬威雄等號"下，脫"懷德、執信、明節、橫朔、弛義同班，擬武猛等號，安朔、寧河、掃冠、靜朔"二十五字。卷六十五列傳《董純傳》，"合戰于昌黎大破之"下，脫"斬首萬餘級，築爲京觀，賊魏麒麟衆萬餘人據單父，純進擊，又破之，及"二十七字。明嘉靖修瑞州本、武英殿本、汲古本皆不缺，此又元本不如他本也。我朝刊刻"二十四史"皆據善本。《天祿琳琅書目》有嘉定本《隋書》，爲汲古毛氏舊藏，想即殿本及毛本所從出，宜乎非元季官書所及矣。

隋書跋二

　　湘翁此書，得之張芙川①，當時以爲宋刊元修本。余既爲題跋，湘翁頗以末有天聖二年數行，仍承宋版格式爲疑。請列四證以明之：宋版官書于廟諱嫌名缺筆維謹，間有疏漏，亦十之一二耳。或空其字，注"某宗廟諱"、"某宗嫌名"及"今上御名"、"今上嫌名"字。此本於宋朝廟諱無一缺筆，一證也。宋世官書，字皆極精，有顏、歐筆意。坊刻稍草率，亦尚整齊。此本字頗草草，二證也。元明人刊書，凡宋朝官牒題名，不刻則已，刻則必仍宋式，如今

_____

① "張芙川"原作"張英川"。張蓉鏡字伯元，號芙川。其妻姚氏，名畹真，號芙初女史。

所行《內經》、《脈經》、嚴州本《文鑑》、嘉靖本《金陀粹編》之類。此本末數行亦此例耳。其證三也。余所藏《隋書》，爲嘉靖修本，末二頁亦嘉靖十年所修，天聖二年五行，亦仍宋式。其證四也。得此四證，湘翁亦當擊節稱快矣。

宋嘉祐杭州刊本新唐書跋

宋本《新唐書》，每葉二十八行，行二十五字，版心有刊匠姓名。紀、志、表、傳各分起訖。前有嘉祐五年六月曾公亮進書表，末題"《唐書》凡二百二十六篇，總二百五十卷，二十一帝本紀一十篇一十卷，十三志五十篇五十六卷，三表十五篇二十二卷，列傳一百五十篇一百六十卷，録二卷"六行。首行大題在下。仁宗以上諱"匡"、"胤"、"炅"、"恒"、"禎"及嫌名"殷"、"敬"、"鏡"、"貞"等字皆缺筆甚謹，不及英宗以下，蓋嘉祐進書時刊本也。全書皆經點抹，卷中多有會稽李安詩題語："自景定甲子迄咸淳丁卯點完。"景定爲理宗年號，咸淳爲度宗年號，蓋宋季人也。有"李安詩伯之克齋藏書"朱文印、"梅谷藏書"、"樹德堂子孫寶之"白文印及季滄葦、汪士鐘印。安詩仕履無考，宋嘉定壬申刊本《大事記》末，有"免解進士充府學直學李安詩同校正"銜名。查嘉定壬申距景定甲子五十二年，當即其人也。《天禄琳琅》載有宋板《新唐書》，行密字整，結構精嚴，于仁宗以上諱及嫌名缺筆甚謹，不及英宗以下。卷末有嘉祐五年六月二十四進書銜名，及中書省奉旨下杭州鏤版劄子，與此本一一皆合，惟佚脱中書省劄子及進書銜名耳，蓋與天禄本同出一版，其爲《唐書》祖本無疑。惟天禄本安詩印凡五見，梅谷印凡二見，此本安詩及梅谷印凡百餘見。又，紀第四、第十，志第十七上、第二十五、第四十四、第五十，列傳第七、第四十七、第六十六、第一百五十下均有安詩題識，卷三末有萬曆癸巳充庵題語，末卷有永樂八年錢唐某某識語，天祿本則無，天祿本紙背有"武侯之裔"篆文紅印，此本亦無，爲少異耳。汲古閣所刊諸史多訛脫，《新唐》尤甚。今以此本校之，訛字不下千餘處。其尤甚者，本紀四垂拱元年"裴居道爲納言"下，脫"丁未流王德真于象州，己酉冬官尚書蘇良嗣爲納言"二十一字；本紀五開元二十年"武德以來功臣"下，脫"後及唐隆功臣"六字；本紀七貞元二年"兵部侍郎柳渾同中書門下平章事"，訛作"劉演"；《五行志》二十五大曆二年七月甲戌"日入時有白氣亘天"下，脫"九月戊午夜白霧起西北亘天，五年五月甲申西北有白氣亘天"二十五字；《地理志》三十三下"師州"注"貞觀三年以契丹室韋部落置僑治"下，脫"營州之廢陽師鎮，後僑治良鄉之東閒城縣一陽師"二十字，又脫"帶州"及注"貞觀十年以乙失草部落置僑治"十三字，而以"帶州"注"昌平之清水店縣一孤竹"十字，連于"師州"注"僑治"下；《百官志》三十七史館修撰注"又于中書省置秘書内省"下，脫"修《五代史》，開元二十年李林甫以宰相監修國史，廷議以爲中書切密之地，史官記事隸門下省疏遠，于是諫議大夫史館修撰尹愔奏徙于中書省，天寶後，它官兼史職者曰史館修撰，初入爲直"七十四字；《食貨志》四十二"比天寶纔四之一"句，誤"纔"爲"德元"二字；《藝文志》四十九"趙武孟《河西人物志》"脫"人物"二字；《宰相表》三大中十三年下一格，脫"八月癸卯絢爲司空，十二月丁酉檢校司徒兼太子太師同平章事荆南節度使白敏中守司徒，絢爲檢校司徒同平章事河中節度使"五十二字；《方鎮表》四東畿格建中四年，脫"罷觀察，置東畿汝州節度置陝西都防禦使，尋升節度使"二十三字；《宗室世系表》十上第六格"仙童"前，脫"仙鶴"二字；"濮三房"第四格，衍"誠平"二字；《宰相世系表》十一上"河南劉氏"第七格，脫"方平"二字；《宰相表》十三下，"姜姓氏以關東大族"上，脫"初姜"二字；

十五下"代北李氏克柔代州刺史"後，少直格二行，其第二"格脫赤忠"、"奉國"二名，當是赤心之弟。姑舉一二，以備考訂。[①]

書宋史李定傳後

《李定傳》：拜太子中允。陳薦疏："定頃爲涇縣主簿，聞庶母仇氏喪，匿不爲服。"定自辨言"實不知爲仇所生，故疑不敢服"，而以侍養解官。曾公亮謂定當追行服，王安石力主之，改爲崇政殿說書。案《老學庵筆記》，仇氏初在民間生子，爲浮屠曰了緣，所謂佛印禪師也。已而爲廣陵人國子博士李問妾，生定，出嫁郜氏，生蔡收，故京師人謂蔡收爲郜六。據此，則仇氏爲定之出母，未歸問時已生子爲僧，蓋倡也。即使定知爲仇氏所出，不過服以出母之服而已。《政和禮》"爲父後者不服"，定爲問後，不服亦無害于宋制。況不喪出母，孔氏已然，何責于定？或定心痛其母不能從一而終，諱言之而以侍養解官，正定之苦心也。而薦等必欲坐以不孝之名，殆爲東坡報復耳，非公議也。《傳》云："定于宗族有恩，得任子，先及兄息，死之日，諸子皆布衣。徒以附王安石驟得美官，又陷蘇軾于罪，是以公論惡之，而不孝之名遂著"云云，亦平心之論也。今世士大夫有匿喪不報者，有甫經應試，僞爲出繼，或竟捏造三代，以冀永不丁憂者，此又定之罪人也。有易俗移風之責者，其亦加諸意哉？

---

① 傅增湘云："此即世所稱嘉祐本也。北京圖書館藏有殘本，與此本正同，均有補版。此宋印本補版差少耳。"見《藏園群書經眼錄》卷三，頁215。

儀顧堂題跋卷三

宋槧通鑑考異跋

《資治通鑑考異》三十卷,每卷題曰"端明殿學士兼翰林侍讀學士大中大夫提舉西京嵩山崇福宮上柱國河內郡開國公食邑二千六百戶食實封一千戶臣司馬光奉敕編集"。"光"字空一格,"敕"字空一格。每頁二十二行,每行大字十九,小字二十三。版心有字數及刻工姓名。楚王殷之"殷"、蹇朗之"朗"、王匡之"匡"、敬暉之"敬"、李守貞之"貞"、蕭炅之"炅"、楊思勖之"勖"、楊慎矜之"慎"、構異謀之"構",有缺有不缺,字體與三山蔡氏所刻《陸狀元通鑑》相近,且多破體,當爲孝宗時閩中坊本。余插架又有明嘉靖、萬曆兩刻:嘉靖本每頁二十行,每行大小皆二十字,版心無字數及刻工姓名;萬曆本即翻嘉靖本,版心有"萬曆十四年"及字數、刻工姓名。此本頗多墨釘,明本無之,或所據本又在此本之前耳。

抄本創業起居注跋

《大唐創業起居注》,上中下三卷,舊抄本,題曰"陝東道大行臺工部尚書上柱國樂平郡開國公臣溫大雅撰"。每頁二十八行,行二十二字。以明胡震亨《祕冊彙函》本校之,胡刻訛舛甚多。卷上"將何以濟",胡刻"何"訛"求";唐人諱"丙"爲"景",刻本皆改"丙";"軍人見此勢",唐人諱"民",以"民"爲"人",刻本改"人"

爲“民”；“甲子之日”，“日”訛“目”；“赤白相映”，“映”訛“晚”；“須有隸屬”，“隸”訛“肆”；“卿以廢立相期”，“廢”訛“二”；“諸軍既是義兵”，“是”訛“見”。卷中“所以納摸試難”，“難”訛“艱”，“試難”二字，本書序“歷試諸難”；“匍匐壘和”，“和”訛“壁”，軍門曰和，見《周禮》鄭注。明人不學，改“難”爲“艱”，改“和”爲“壁”。“知其不可”，“其不”訛“不可”；“以次除授”，“次”訛“資”；“真草自如”，脫“自如”二字；“可爲吾立祠廟也”，“廟”訛“廣”；“敬禮賓友”，“友”訛“客”；“坐對敖庾”，“庾”訛“倉”；“屯營敖庾”，“庾”訛“倉”；“解思此事”，訛“思此解事”；“列統方陣”，訛“統到方陣”；“秬鬯一卣”，“卣”訛“逌”。學津本原出胡本，大略多同，不如抄本遠矣。

通曆跋

《通曆》十卷、唐馬總撰，《續通曆》十卷、荆南孫光憲撰。宋太祖以光憲書所紀非實，詔毀其書，見《郡齋讀書志》。惟《直齋書錄》、王氏《玉海》所載皆云十五卷，必因太祖之言而光憲書有所削併矣。不知何時又失卷一至卷三三卷，而以僞本李燾《通鑑》羼入之，張月霄氏、黃蕘圃氏所藏皆然。此明人抄本，第四卷以後，宋諱皆缺避，當從宋本影寫。惟前三卷之羼亂，與張、黃本同。然自卷四至卷十，起晉迄隋，有論有案，固馬總原書，卷十一至十五多載黃巢、李茂貞、劉守光、阿保機及十國事蹟，固孫光憲原書也。唐人著述，傳世日希，未可以殘缺廢也。

北宋蜀費氏進修堂大字本通鑑跋

《資治通鑑》二百九十四卷，每頁二十二行，每行十九字，小字雙行，版心有字數及刊板銜名。宋諱“朗”、“匡”、“胤”、“殷”、

“貞”、“敬”、“曙”、“徵”、“恒”、“佶”皆缺避，“桓”字不避，蓋徽宗時刊本也①。間附音義于本文之下，如胡身之《釋文辨誤》所引，卷十七“三年，鄅杜令欲執之”，費本注曰“鄅杜，古杜伯國京兆邑”，卷一百廿六“三十年，武陵王軍于溧州”，費本注曰“溧，水名，出丹陽溧水縣”，卷一百六十五“三年，嚴超達自秦郡進圍涇州”，費本注曰“涇州，蓋以涇水爲名”，卷二百八“二年，改贈后父韋玄貞爲鄷王”，費本注“鄷，郡名”，與此本皆合，則爲蜀廣都費氏進修堂本無疑，宋人所謂“龍爪本”者是也。自胡梅磵注行，而史炤《釋文》遂微，然世尚有傳抄者；龍爪本則卷帙繁重，無人重刊，流傳益罕，誠希世之秘笈也。每卷有“靜江學係籍官書”朱文長印。卷六前有朱文木記曰：“關借官書，常加愛護，亦士大夫百行之一也。仍令司書明白，日簿一月一點，毋致久假，或損壞去失，依理追償，收匿者聞公議罰。”案：靜江府，宋屬廣南西路，靜江路，元屬湖廣省，即今廣西桂林府。不曰路學，而曰靜江學，蓋宋時靜江學藏書也。

元版資治通鑑跋

《資治通鑑》二百九十四卷，題曰“朝散大夫右諫議大夫權御史中丞充理檢史上護軍賜紫金魚袋臣司馬光奉敕編集、後學天台胡三省音注”。前有興文署刊版、翰林學士王磐序、仁宗御製序、胡三省《音注序》，後有溫公進書表，同修劉攽、劉恕、范祖禹、檢閱文字司馬康等銜名及元豐七年獎諭詔書、元祐元年奉旨下杭州鏤

①　《資治通鑑》殘本二百二十三卷。陸氏定爲蜀廣都費氏進修堂本，“蓋徽宗時刊本”。傅增湘則定爲元至元二十二年至二十八年間福建翻蜀本。詳見《藏園群書經眼錄》卷三，頁233—234。

版校定范祖禹等銜名、紹興二年兩浙東路提舉茶鹽司公使庫王然等、紹興府餘姚縣刊版銜名、校勘監視張九成等銜名。元刊本，每頁二十行，行二十字，小字雙行。版心有刊工姓名及字數。案：元至元二十七年正月立興文署，召集良工，刊刻諸經子史版本，以《通鑑》爲起端，爲胡梅磵注之祖本，亦元時官刊最善之本也①。閩中李鹿山舊藏，有“曾在李鹿山處”朱文長印。後歸汪士鐘，有“汪士鐘曾讀”朱文長印、“長洲汪文琛鑑藏書畫印”白文長印。

元版通鑑釋文辨誤跋

《通鑑釋文辨誤》十三卷，題曰“天台胡三省身之”，元興文署刊本。每頁二十行，行二十字，小字雙行。版心有字數及刊工姓名。後有三省自序。其書辨史炤《釋文》之誤，而海陵本、廣都費氏本亦間及之，力證司馬公休海陵本《釋文》之僞。案：范祖禹《太史集》卷四十一有《直集賢院提舉西山崇福宮司馬君墓誌銘》，載公休卒于元祐五年九月，述所著書，祇有《孟子解》二卷、文集十卷，並無《通鑑釋文》，可爲身之得一碻證。司馬季思既不辨其僞而刊之，陳直齋《書録解題》亦不辨其僞而録之，誠可笑也。

宋版宋朝編年綱目備要跋

《皇朝編年綱目備要》，題曰“壺山陳均編”，宋紹定二年刊本。前有真西山德秀、鄭文定性之、林岊序及自序。每葉十六行，每行

---

① 　陸氏定爲元興文署刊，爲胡磵注之祖本。傅增湘則云：“此書藏書家多有之，然往往失去王磐序，此本王序尚存，自足珍秘。第印工尚不及余家藏本之圓湛精勁，則爲時略晚，然以視明代印本相去天淵矣。余于寶應劉翰臣啓瑞家曾覯一殘本，出自內閣大庫，墨氣濃郁，鋒棱畢露，更勝余家所藏，實爲初印本。”見《藏園群書經眼録》卷三，頁239。

大字十六,雙行小字二十四。有"嚴蔚"白文印、"二酉堂藏書"朱文印、"士禮居"三字"丕烈"二字朱文印,蓋嚴豹人舊藏,後歸黃氏百宋一廛者也。案:均字平甫,號雲巖,福建莆田縣人,謚正獻,俊卿之從孫也。濡染家世舊聞,又時親炙于從父復齋先生宓,刻屬日奮,初肄業太學,及以累舉恩,當大對不就,歸著此書。端平初,簽書樞密院鄭性之言于朝,有旨令本軍繕錄以進,授迪功郎,不受。郡守楊棟延入郡學爲矜式,力辭不獲,深衣大帶,一至而返。閩帥王居安聞其名,延至福州,甚禮敬之,年七十餘卒。性之題其墓曰"篤行君子",著有《編年舉要備要》、《中興舉要備要》,見《文獻通考》、《書錄解題》、《福建通志》。鄭性之序述均之言曰:"欲纂作二書,一舉其要,一備其目,庶幾于文公朱先生所修《通鑑綱目》之意,而非敢以自比焉。"真德秀序述其言曰:"昔嘗讀朱文公《通鑑綱目》,嘆其義例之精密,輒仿而依之。然文公所述,前代之史,故書法寓褒貶,今所書則據事直書而已。"是其書本爲續《綱目》而作,而不敢居其名。證以真西山序""'舉要'、'備要'合若干卷"、林岊序名曰"皇朝編年,舉要備要"二語,知"舉要"、"備要"並非兩書。所謂"舉要"者,其大書之綱也,"備要"者,其夾注之目也,非"備要"存而"舉要"佚也。均既不敢居《綱目》之名,此書仍題"綱目備要",恐初刊本名"綱目",及就正于真、鄭諸公,始改其名曰"舉要",請列二證以明之:版刊紹定二年,書進于端平元年,刻在前而進于後,刻名"綱目",進曰"舉要",其證一也;余又藏有影宋抄本,每卷題名,"綱目"二字挖空,必挖去"綱目",補刻"舉要",版片經久挖補,"舉要"二字奪落,遂成空白,其證二也。均本鄉曲老儒,罔知忌諱,及質于中朝士大夫,遂改其名,亦可見好學不倦矣。

宋版通鑑長編撮要跋

《續資治通鑑長編撮要》一百八卷,題曰"左朝散郎尚書禮部員外郎兼國史院編修臣李燾編"。宋刊本,每頁二十六行,每行二十三字,版心有字數。前有乾道四年進書表。語涉宋帝皆空一格,每條另起,亦空一格。宋刊存卷三十至三十四、卷三十八之一至四十之一、卷五十七之二至七十五之二、卷七十九至八十八、卷九十一之二至一百、卷一百一之一、卷一百五之一至一百六之二,、餘影寫補全。其書起建隆元年,迄英宗治平四年閏五月,凡一百八年,爲一百八卷。其事迹多者,一卷之中又分子卷。卷三十五、卷三十六、卷三十七、卷三十八、卷四十、卷四十一、卷四十二、卷四十三、卷四十四、卷四十五、卷四十六、卷四十七、卷四十八、卷四十九、卷五十、卷五十一、卷五十三、卷五十四、卷五十五、卷五十六、卷五十七、卷五十八、卷六十一、卷六十三、卷七十四、卷七十五、卷七十六、卷七十七、卷八十六、卷八十九、卷九十、卷九十一、卷九十二、卷九十三、卷九十四、卷九十五、卷九十七、卷一百、卷一百一、卷一百二、卷一百三、卷一百四、卷一百七,皆分二卷;卷八十、卷八十一、卷九十六、卷一百六,皆分三卷;卷八十二、卷八十三、卷八十四、卷一百五,皆分四卷;卷八十五分五卷。總分一百七十二卷。以《大典》五百二十卷本校勘,節去十分之三,故曰"撮要"也。《文獻通考》載文簡進《長編》表四篇,先進一十七卷,續進此本,又進治平至靖康二百八十卷,及淳熙元年知遂寧府時,重別寫呈,並舉要目錄一千六十三卷。案《景定建康志·書籍門》所載,《長編》有節本,有全本。愚謂:此本及二百八十卷本皆節本,一千六十三卷乃全本,故曰"重別寫呈"也。此猶宋時原本,並子卷計之,實一百七十二卷,直齋以爲一百六十八卷,徐氏乾學以爲一百七十五卷,皆傳寫之訛，《文獻通考》又承陳氏之訛耳。

皇宋十朝綱要跋

《皇宋十朝綱要》二十五卷，題“眉山李㙴編。案：㙴字季永，眉州丹陵人，父燾，諡文簡，著《通鑑長編》，《宋史》有傳。㙴，其第七子也，附見《宋史·李璧傳》。紹熙元年進士。慶元三年，除秘書省正字，四年爲校書郎。嘉定四年爲成都路提刑，六年以吏部郎官兼國史院編修官、實錄院檢討官，是月爲秘書少監，十月爲起居郎。時相患㙴與真德秀數論事，十月使金賀正旦。十四年爲沿江制置副使。紹定四年爲焕章閣直學士、四川制置使、知成都府。六年詔赴闕。端平元年權刑部尚書同修國史。嘉熙元年同知樞密院事、四川宣撫使。見《中興館閣錄》《續錄》、《宋史》本紀。是書《四庫》未收，《玉海》及《文淵閣書目》、焦氏《經籍志》、張月霄《藏書志》，皆著于錄，其體例已詳張《志》中。陳平甫《九朝編年引用書目》亦刊其名，叙銜爲“左史“，蓋陳書成于嘉定中，正季永爲起居郎時也。文簡書續《通鑑》而作，不敢自居于《通鑑》，謙辭曰《長編》；此書蓋續《綱目》而作，不敢自居于《綱目》，故曰《綱要》也。

中興兩朝編年綱目跋

《中興兩朝編年綱目》十八卷，不著撰人名氏，影寫宋刊本。每頁十六行，行十六字，小字雙行，每行二十二字。前無序，後無跋。其書記南宋高、孝兩朝事，始建炎元年，終淳熙十六年，大書分注，體例亦與陳均《九朝編年》同。《四庫》未收，阮文達亦未進呈。明《文淵閣書目》始見其名，張月霄《藏書志》著于錄。案：《直齋書錄解題》載均所著書，又有《中興編年舉要備要》十四卷。真西山《九朝編年序》曰“又將次及于中興之後”，《吳禮部集》有《答陳眾仲問〈吹劍錄〉》云，“《續宋編年》於吳曦誅數月後，載李好義遇毒死，又有《題牟成父所作鄧平仲小傳及〈濟邸事略〉後》，吳曦之誅，實楊巨源結李好義之功，爲安丙輩媢忌掩没。近有續陳均《宋編年》者，頗載巨源事，雖能書安丙殺其參議官楊巨源，而復以擅殺孫忠銑之罪歸之，大抵當時歸功于丙，故其事不白”云云。核其所引，與今《四庫》所收記光、寧兩朝之《綱目備要》合。《續編年》者既起于光宗，均之《編年》自當迄于孝宗，則此書即《直齋書錄》《舉要備要》之改名，爲平甫所撰無疑也。《九朝編年》曾經奏進，無所忌諱，故署名；此書創自平甫，時代益近，恩怨益多，故不署名。曰“舉要備要”者，平甫之謙辭；曰“綱目”者，平甫之本意也。

鈔本續宋中興通鑑跋

《續宋中興編年資治通鑑》十五卷，題曰“通直郎戶部架閣國史實錄院檢討兼編修官劉時舉撰”。是書元刊，所見凡三本。一爲雲衢張氏刊本，與李燾《續中興資治通鑑》十八卷本同刊，李書題爲“前集”，是書題爲“後集”。前集錄後有“雲衢張氏鼎新刊行”一行，每葉三十行，每行二十四字。一本不著刻書人姓氏，行款與張本同。一爲陳氏餘慶堂刊，亦與李燾十八卷本及《宋季三朝政要》同刊，每葉二十六行，每行二十二字，目錄後有“陳氏餘慶堂刊”一行及墨圖記五行，即是本所從出也。蕘圃校語謂元本無木碑，蓋由未見餘慶本也。《三朝政要》目後有“皇慶壬子”四字。

宋槧國語跋

《國語》二十一卷，首行篇名在上，大題在下，題曰“韋氏解”，

宋刊元修本①。每頁二十行,每行二十字。版心有字數及刊工姓
名。元修之頁,版心"國"字作"囯",無字數,有"監生某某"銜名,
"匡"、"殷"、"貞"、"敬"、"恒"、"桓"、"構"、"慎"皆缺避,當爲孝
宗時所刻。考至元廿四年國子監置生員二百人,延祐二年增置百
人,與文署掌刊刻經史,皆屬集賢院,見《元史》《百官志》及《秘書
志》。此必南宋監版入元不全,修補印行,所以版心有監生銜名
也。明弘治十五年,先如崑公官清豐令,得宋版于許讚,重爲付梓,
行款一仍宋刊舊式,惟無版心字數及刊工姓名耳。宋初《國語》諸
本題卷次序各異,文憲疑其妄。天聖初,據其宗人同年緘本取官私
所藏十五、六本校正魯魚,附以《補音》,即此本也。漢明帝諱
"莊",諱"莊"之字曰"嚴",《魯語》凡"莊公"皆作"嚴公",猶存漢
人傳抄之舊,明道本則皆改爲"莊"矣。"公父文伯飲南宮敬叔"
條,"魯大夫辭而復之",天聖明道本作"魯夫人辭而復之",當以此
本爲長。《補音提要》云"惜其前二十一卷全失,僅存此音",是四
庫館中祇見孔傳鐸刻本,未得此本,其爲罕覯可知。《提要》所舉
孔本公父文伯條注之誤,此本及天聖本皆同,未知孔本出于何本
也。卷中有"虞山孫孝維考藏圖書"朱文方印、"主司巷舊家"朱文
方印、"李承祖印"朱文方印、"西齋"二字朱文方印、"虞山孫氏慈
封堂丙舍圖書"朱文長印、"小山勞長齡章"朱文方印、"寶晉山房"
朱文方印,蓋自明以來已爲藏書家所珍矣。

毛抄天聖明道本國語跋

　　天聖明道本《國語》二十一卷,題曰"韋氏解",毛氏汲古閣影

宋抄本。每頁二十二行，每行二十一字，小字雙行，每行三十一字。
前有韋昭序，末有"天聖七年七月二十日開印，江陰軍鄉貢進士葛
惟肖再刊正、鎮東軍權節度掌書記魏庭堅再詳、明道二年四月初五
日得真本、凡刊正增減"四行。嘉慶中黃蕘圃影摹版行，絲毫不
爽，此則其祖本也。卷首有"毛晉"二字朱文連珠印、"宋本"二字
朱文橢圓印、"甲"字朱文方印。卷三、卷七末有"毛晉"連珠印、
"汲古主人"朱文方印、"毛扆之印"朱文方印、"斧季"二字朱文方
印。卷四、卷八、卷十二、卷十七前均有"毛晉"連珠印。卷十一末
有"汲古閣"朱文方印、"毛晉之印"朱文方印"毛氏子晉"朱文方
印、"筆研精良、人生一樂"朱文方印、"毛扆之印"朱文方印、"斧
季"朱文方印。卷十六末有"毛晉書印"朱文方印、"汲古得修綆"
朱文長印、"毛扆之印"朱文方印、"斧季"朱文方印。卷二十一末
有"毛晉私印"朱文方印、"子晉"朱文方印、"汲古主人"朱文方
印。此書從絳雲樓北宋本影寫，原裝五本，見《汲古閣秘本書目》。
後歸潘稼堂太史，乾、嘉間爲黃蕘圃所得。黃不能守，歸于汪士鐘，
亂後歸金匱蔡廷相，余以番佛百枚得之。毛氏影宋本尚有精于此
者。此則以宋本久亡，世無二本，故尤爲錢竹汀、段懋堂諸公所重
耳。

宋槧國語補音跋

　　《國語補音》三卷，題曰宋庠撰，宋刊十行本，與《國語》韋昭注
同時所刊。前有敘錄。《國語》有《舊音》一卷，不著撰人名氏。文
憲據"犬戎樹惇"句解有"鄯州羌"語，考唐以前無鄯州之名，改善
鄯國爲鄯州實始于唐，定爲唐人所著，惟音釋簡陋，不足名書，因而
廣之，凡成三卷，故曰《補音》。目錄末云"《補音》三卷，庠自撰，附
于末。"附于末者，附于《國語》韋昭注之後，非散附各條之末也。

宋初刊書,注疏、音義皆別行,今單刊單疏、音義猶有存者,如《尚書》單疏、《儀禮》單疏、《穀梁》單疏、《爾雅》單疏、《經典釋文》、《漢書音義》、《晉書音義》是也。至南宋而有附陸氏"音義"于諸經各條之後者。此本別行,固宋代撰"音義"者之通例也。

元槧戰國策校注跋

《戰國策》十卷,題曰"縉雲鮑彪校注、東陽吳師道重校"。每頁二十二行,每行二十字,注雙行,至正平江路刊本。前有至正十五年牒文、劉向序、曾鞏序、鮑彪序、吳師道序、陳祖仁序,後有李文叔書後、王覺題、孫文忠書後記、劉原父語、姚宏題、吳師道識、姚寬序、師道再識。此書合高誘注、姚宏續注,校正鮑注闕失,每條注明"正曰"、"補曰"以別之,爲《國策》注最善之本。第三、四、五卷末有"至正乙巳前藍山書院山長劉鏞重校勘"一行,第八、九、十卷末有"平江路儒學正徐昭文校勘"一行。元時已有重刊本,行款不同。成化中有坊刊小字本,嘉靖中張一鯤與《國語》同刊,皆有訛舛。此則其祖本也。卷中有"青浦王昶字曰德甫"白文方印、"一字述庵別號蘭泉"朱文方印。

五代史補跋

《五代史補》五卷,題"潯陽陶岳介立",前有岳自序,舊抄本。案:岳字舜咨,湖南祁陽人,侃之後。自署潯陽者,著族望,非潯陽人也。太平興國進士,與寇萊公同年。岳調密州幕屬,萊公守密州,年且少,講少長禮,岳納之。後有啟《謝萊公》云:"與韓非同傳,於老子何傷? 以叔向爲兄,是仲尼太過。"累官太常博士、尚書職方員外郎,知端州。余靖過端州,父老言"前後太守不求硯者,惟包拯與岳二人而已"。五爲郡守,有清名,著有文集及此書。贈刑部侍郎。子弼,《宋史》有傳。見《山谷集》陶君墓誌及范公偁《過庭録》、《劉忠肅集》、《明一統志》。以時刊校一過,知時刊訛奪甚多。卷四"樞密使擅替留守"條,"守思大驚","守思"訛"留守";卷五"世宗面諭江南使"條,"排旗幟戈戟爲",下缺"鹿項"二字;"僧賦牡丹詩"條,"且問曰"下,奪"吾師莫有志願否,寡人固欲聞之。謙光對曰"十八字。

西漢詔令跋

林虙《西漢詔令》十卷,影寫宋刻本。案:虙字德祖,福建福清人。祖槩,父旦,伯父希,《宋史》皆有傳。希、旦始居蘇州之戴城橋。虙幼穎悟絶人,伯父希獲古鏡,有"龍朔"二字,希方諦思,虙在旁遽曰:"非唐高宗時物乎?"希大驚異,稱其當以大名繼祖,遂字之。孔常父掌揚州學,虙年十七,往見常父,坐客或論尊號所起,虙避席對曰:"宇文周宣帝生號天元,唐高宗自稱天皇。自是美稱寖多矣。"眾嘉其敏。元豐中試太學第一,連黜於禮部。紹聖四年始登進士,教授常州,遷揚州,擢河北西路提舉學事,除開封府左司録。時府尹以佞倖進,有所不樂,遂納禄去,歸隱大雲境,自號大雲翁。著有《易説》九卷、《元豐寶訓》二十卷、《大雲集》一百卷,見《宋史·藝文志》、《八閩通志》及《閩書》、《直齋書録解題》。

宋槧石林奏議跋

《石林奏議》十五卷,題曰模編,宋刊本,每頁二十行,行二十五字,後有侄孫篆跋,即《百宋一廛賦》中所謂"眂石林之奏議,鬱剝落而生芒"者也。模者,石林第三子,見《宋史》本傳。《建康總集》一百卷,宋時曾板行,是編爲《總集》所不載。開禧中侄孫篆刊

之台州郡齋①，語詳箋跋。其書按歷官編次，首應天府尹，次兩浙
西路安撫使，次戶部侍郎，次翰林學士，次戶部尚書，次尚書左丞，
次罷政家居，次江西安撫使，次江東安撫大使，次提舉洞霄宫，次江
東安撫制置使，而以福建安撫使終焉。按其歷官事迹，與《宋史》
本傳多合，不叙應天府尹者，略之也。《通鑑長編》稱其爲蔡京門
客，助成元祐黨禁，而本傳無之，或出愛憎之口。惟失身權門，不早
引去，我不能爲石林諱也。

---

①　　"開禧中佺孫箋刊之台州郡齋"，"開禧"原作"慶元"。該書卷末有葉夢得
佺孫箋跋，時間是"開禧丙寅六月既望"，可知"慶元"，當系"開禧"之誤。又，傅增湘
云："此書板式闊大，雕鐫雅雋，海内孤帙，可寶也。"見《藏園群書經眼録》卷四，頁328。

儀顧堂題跋卷四

影宋抄東家雜記跋

《東家雜記》二卷,影寫宋刊本,題曰"右朝議大夫知撫州軍州事兼管內勸農使仙源縣開國男食邑三百戶借紫金魚袋傳編"。前有自序,後有四十六世孫宗翰家譜序,四十八世孫端朝、五十世孫擬跋。每頁二十行,每行十八字。編首列杏壇圖説及琴歌壇作三重,與錢遵王《敏求記》所載宋本合。傳自序與《祖庭廣記》附刻者字句稍有異,而作序歲月亦不同。初頗不解,既而思之,乃得其故,蓋是書先刊于北宋宣和六年,時傳官朝議大夫、知邠州,徽、欽北狩,傳隨高宗南渡,紹興甲寅階朝散大夫,官知撫州,版亡于金,乃改作序年月而重刊之。元措入金,所據者,宣和六年北方所刊之本。此則據紹興刊本所影寫也。

影元抄孔氏祖庭廣記跋

《孔氏祖庭廣記》十二卷,題曰"資政大夫襲封衍聖公知集賢院兼太常丞五十一代孫元措謹續編",前有金正大四年丁亥元措自序、左丞張行信序及宋元豐八年孔宗翰家譜舊引、宣和六年孔傳《祖庭廣記》舊序。每頁二十二行,每行二十字,金時鐫板于南京。此則從蒙古壬寅重雕本所錄出也。其書合家譜、《祖庭雜記》,而增益門類,冠以圖像,故曰"廣記"。其記先聖生日爲"魯襄公二十二年十月二十七日庚子"，與《史記》世家作"十一月庚子"者不同；又聖妃"并官氏"不作"亓官"，與《禮器碑》合，足證明刊《家語》之妄。

廉吏傳跋

《廉吏傳》二卷，宋費樞撰，鈔本。《提要》：樞字伯樞，成都人。自序題"宣和乙巳"，蓋作于宋徽宗末年。前有辛次膺序，稱其以藝學中高第，其仕履始末則無考也。案：樞，廣都人。祖求，熙寧進士，官止眉山令。樞亦登進士第，宣和初，徒步入京師，將至長安，舍旅館。主人婦美少，新寡，夜就之。樞不可，問知乃京師販繒人女，因訪其父，俾取而更嫁之，人稱其清。紹興十六年以左朝散郎知歸州，見《繫年要錄》一百五十五卷。

籀史跋

《籀史》一卷，宋翟耆年撰，舊抄本。案：耆年字伯壽，以父汝文任入官，自少知友名士，劉器之甚愛之，而以著騷見稱于張文潛。好古文，介褊不苟合，自謂爲吏必以戇罷，放浪山谷間，著書自娛。范宗尹欲召之，蘇庠曰："翟子清濁太明，善惡太分，此張惠恕所以不取容于當世也。"既老，自號罾澇老隱，見《嘉定鎮江志》。

宋本名臣碑版琬琰之集跋

《新刊名臣碑版琬琰之集》上二十七卷，中五十五卷，下二十五卷。題曰"眉州進士杜大珪編"，宋刊本。每頁三十行，每行二十五字。前有紹熙甲寅無名氏序。北宋名臣碑狀、墓誌，略具于斯。三集所録，多取之《隆平集》，惟姑溪居士李之儀所撰《范公行狀》，今載《忠宣集》中，此本未録。南宋祇録張浚行狀、劉珙行狀、劉子羽墓誌碑銘、李顯忠行狀、虞雍公守唐事，而于李忠定綱、种忠憲師道、宗忠簡澤、趙忠簡鼎、呂忠穆頤浩、胡忠簡銓、岳武穆飛、韓忠武世忠、朱文公熹、呂成公祖謙、趙忠定汝愚誌狀，不登一字，亦缺典也。

草莽私乘跋

《草莽私乘》一卷，題曰“南村陶宗儀抄輯”，舊抄本。所録凡宋季元初忠臣、孝子、節婦傳序二十篇。《龔開文集》久佚，文信國、陸君實兩傳，藉此以存。程敏政《宋遺民録》不及此本之善。是書手稿，嘉靖中，爲王弇州所藏，江陰李貫從王氏録副以傳。貫字如一，好古嗜書，致盡減先人之産。嘗從事“三禮”，借錢謙益、衛湜《禮記集説》，焚香肅拜而後啓視，其愛書之癖如此。此册即李如一抄本，後歸曹倦圃，有“曹溶之印”白文方印、“秋岳”二字朱文方印、“檇李曹氏”朱文長印、“曹溶私印”朱文方印、“檇李曹氏考藏圖書記”朱文方印。道光中歸百宋一廛，黃蕘圃孝廉有跋。

宋槧歷代故事跋

《歷代故事》十二卷，不著撰人名氏。宋刊宋印本，前有無名氏序。《四庫》未收，各家書目亦未著録。序署“坤寧殿題”，則當爲皇后所製，因以序中“老見永陽郡王”一語求之，知爲宋楊次山所輯，其序則寧宗楊皇后所製也。次山字仲甫，后之兄也。其先開封人，家于越之上虞，少好學能文，補右學生。后受册封永陽郡王，後封會稽郡王，卒年八十八。韓侂胄之誅，悉出其謀，事詳《宋史》《外戚傳》及《后妃傳》。史稱后涉書史，知古今。其序當后所自製。壬申年，寧宗嘉定五年也。其書乃次山手書付刊，書法娟秀可喜。嘉定壬申距今七百餘年，完善如新，良可寶也。[1]

元版吳越春秋跋

《吳越春秋》十卷，題曰“後漢趙曄撰”。前有徐天祐序。卷十末有“大德十年歲在丙午三月音注，越六月書成刊版，十二月畢工”兩行。“前文林郎國子監書庫官徐天祐音注”一行，正議大夫紹興路總管提調學校官劉克昌及儒學梁相等銜名四行。每頁十八行，每行十八字，小字雙行，每行廿六七字不等。版心分上下兩卷。明覆本款式及卷末題名同，惟每頁十六行，每行十七字，版心分十卷，異于元槧耳。是書有宋汪綱刊本，行數、字數與元刻同。卷九“女即捷”末，下多“操其本而刺處女女應即入之三入處女因杖擊之”二十字，今不得見。《四庫》所收，序存，而缺徐天祐姓名，致不辨爲何人所作。《漢魏叢書》本、《古今逸史》本，皆幷爲六卷，仍用天祐注，不著其名，並削其序，最不足據。此本首尾完具，模印精良，雖不及宋本，亦是書之善本也。卷中有“張紹仁印”白文方印、“學安”朱文方印，蓋吳中張學安舊藏也。

影宋本陸氏南唐書跋

影宋本陸氏《南唐書》，姚舜咨舊藏，首行書某紀、某列傳而列“南唐書”于第幾之下，與錢遵王所見宋本合。以汲古閣本校之，篇題既改，誤訛亦頗有。《潘佑傳》脫落尤多。“援據精博”下，脫

---

　　①　傅增湘云：“本書摘《史記》、前後《漢書》、《三國志》、《晉書》、南北《史》、《唐書》、《五代史》、《左傳》、《家語》、《說苑》、《新序》、《國策》諸書，楊次山手書上版，書法雅秀而兼疏古之意。此書自來目錄所未載，可云孤行天壤之祕帙矣。”見《藏園群書經眼錄》卷四、頁335。

"合䢔"二字;"草南漢主書",毛本誤作"草勸南漢書";"文不加點"下,脫"後主咨賞"四字;"中書舍人"下,衍"後主"二字,脫"以"字;"稱之"下,脫"而不名佑"四字;"嘗作文"下,脫"一篇名曰貽別其辭"八字;"物亦無奈我"下,毛本衍"也"字,下脫"兩不相干,故泛然之也,故浩然之也"十四字。幸此本得正其誤。他如《徐遊傳》"大鐵䈰",毛本"䈰"誤作"䈹"。案:"䈰"即《説文》"籭"字,竹器也,可以取粗去細者也。"䈹"字不見于《集韻》、《類篇》,《篇海》始有此字,音忽,釋爲有病竹不堪用者,與䈰義迥殊,蓋刻匠之誤也。《古夫于亭雜録》稱其門人大名成文昭寄以宋槧本凡十五,與今刻十八卷編次小異。愚謂宋本目録、三紀與列傳十五卷,各爲起訖,汲古閣本則通計爲十八卷,恐漁洋未檢全書,但見卷末題列傳十五,而遂誤認爲十五卷耳,非與此本有異同也。

唐餘紀傳跋

《唐餘紀傳》十八卷,吾鄉前明陳水南霆輯。彭文勤《知聖道齋跋尾》譏其全襲陸《書》,倒置前後,改竄名字,以博著述之名,是矣。愚謂更有刪所不當刪,增所不當增者,如陸《書》《徐鍇傳》"薦于烈祖,未及用而烈祖殂。元宗嗣位,起家秘書郎,齊王景達奏授記室。時殷崇義爲學士,草軍書,用事謬誤,鍇竊議之。崇義方得君,誣奏鍇泄禁省語,貶烏江尉。歲餘召還,授右拾遺",今改爲"夢錫得鍇之學于鉉,遂薦于朝,授右拾遺",則事迹不合。傳末"忽入丱角女子夢巨箯簁物"云云數十言,則小説家言,不應入史。惟《潘佑傳》文與宋本陸《書》同,不若毛刻之脫落,"䈰"字亦不作"䈹",蓋所見猶宋本也。光緒十年七夕識。

宋槧方輿勝覽跋

　　新編《方輿勝覽》七十卷,題曰"建安祝穆和父編"。前有嘉熙己亥呂午序及穆自序,宋刊宋印本。每頁十四行,每行大字十四,小字廿三。邊闌外有府州名。其書首敘建置沿革,次爲事要,以白質黑文別之。事要之中,分郡名、風俗、形勝、山川、宮殿、宗廟、館閣、學校、井泉、堂亭、佛寺、道觀、祠廟、古迹、名宦、人物、題詠、四六各類,以黑質白文別之。王象之《輿地紀勝》亦成于理宗時,與穆同時,不相謀而相似。象之繁而和父簡。象之意在備作詩之用,故所採詩幾倍于和父;此則意在備四六之用,故所採四六倍于象之。觀李埴《輿地紀勝》序及穆自序可見也。《提要》謂名爲地理,實類書,誠篤論也。穆爲朱子母黨,曾從朱子游,而沾沾于兔園册子,亦淺之乎爲丈夫矣。卷中有鎮江、揚州、寧國三郡太守白文方印,"樹經堂藏書"朱文方印、"炳喆道人"白文方印、"拙修堂藏書記"朱文方印。呂序係竹坡手書,圓湛遒勁,得蘇之神,可愛也。

宋槧咸淳臨安志跋

　　《咸淳臨安志》一百卷,前有潛說友自序,宋刊宋印本。卷一、卷八十一至八十九、卷六十五、六十六、凡十二卷皆抄補;卷六十四、卷九十、卷九十八、卷九十九、卷一百皆缺。每頁二十行,每行二十字,小字雙行,版心有字數及刊工姓名。宋諱皆缺筆,語涉宋帝皆提行,年號亦空一格。即《百宋一廛賦》所謂"臨安百卷,分豆剖瓜;海鹽常熟,會萃竹垞"者也。字體圓勁,刊手精良,不下北宋官刊。杭州汪氏新刊本摹刊亦精,視此則有霄壤之判矣。卷七十五、七十八,有"毛晉之印"朱文方印、"毛氏子晉"朱文方印;卷二、卷四十六、卷五十四、卷六十、卷六十七、卷八十一,有"高平家藏"

朱文方印、“朝列大夫之章”朱文方印，又一印不可辨，後有黃蕘圃四跋，述得書源流甚詳。黃歸于汪閬原，汪歸于郁泰峰，光緒八年歸于皕宋樓。吳兔牀拜經樓所藏刊本二十卷、影抄七十五卷，今歸杭州丁松生大令。徐健庵傳是樓藏本後歸高江村，乾、嘉間爲鮑以文所得，歸之孫氏，今歸山東楊氏海源閣。

宋槧咸淳毘陵志跋

　　重修《毘陵志》三十卷，史能之修。前有能之自序，宋咸淳刊本[1]。每頁十八行，每行二十字，版心有字數。案：能之字子善，初尉武進，廉恪不擾。嘉熙中知高郵州。咸淳二年，以太府丞知常州，增節浮費，以浚後湖，民賴其利，見《宋史・史彌鞏傳》及《常州府志》、《延祐四明志》。《毘陵志》創于三山教授鄒補之，見《直齋書録解題》，咸淳四年能之重修。宋本今存卷七至卷十九，又卷二十四，餘抄補；卷十二第四頁後缺若干頁，末頁版心頁數字，挖改爲“十”字，究不知爲第幾頁；卷十三缺第十三頁。常州趙味辛氏新刊本，似即據此本付刊，改四卷挖改之末頁爲第五，而與第四頁“沿江兵民”接連；改卷十三之第十四頁爲十三，而與十二頁“兔絲子”接連。其謬甚矣。明之華氏刊《宋諸臣奏議》不辨缺頁而誤連之，頗爲嘉、道間名公所譏，不謂味辛亦蹈其失也。

至順鎮江志跋

　　《至順鎮江志》二十一卷，不著撰人名氏，《永樂大典》傳抄本。《四庫》未收，阮文達進呈。愚案：《成化鎮江志》丁元吉序曰“勝國

---

[1]　傅增湘云：“此書版式闊大，字體整齊，雖鈔補過半，要是俊物。”詳見《藏園群書經眼録》卷五，頁394。

俞用中《至順志》例加精密”,《乾隆鎮江志·俞希魯傳》云“至順中嘗著郡志,序事精密”,則此志乃俞希魯所撰。希魯字用中,鎮江人。父德隣,宋室遺老。希魯學業精博,淵貫群籍,境内碑碣,多所撰述。以茂才除慶元路教授,善于啓迪,擢歸安丞,築海鹽塘,費省而民不勞,升江山令,改永康,遷松江府同知。所至葺廟學,聘名儒講説,平民徭役,卒年九十。著有《竹素鉤元》二十卷、《聽雨軒集》二十卷及此書,見《嘉慶丹徒志》。

元槧東京夢華録跋

幽蘭居士《東京夢華録》十卷,元槧本,每頁廿八行,行二十二字。前有紹興丁卯自序。以張海鵬刊本校之,張本標題無“幽蘭居士”四字,自序“孟元老”上增“東京”二字,每卷增“宋孟元老撰”四字。目録卷三“醫鋪”上奪“諸”字,卷八增“六日崔府君”云云十九字。卷四“潘樓東街巷”條,“衣物圖畫”,“物”訛“服”;“東榆林巷”下,奪“西榆林巷”四字;“飲食果子”條,“霜蜂兒”,“蜂”訛“峰”。卷三“相國寺萬姓交易”條,“案轡弓劍”,“弓”訛“乃”。卷六“元旦朝會”條,“亦士服立班”下,衍“行”字;“其服”下,衍“用”字;“三佛齋”下,衍“使”字;“遼使在左都齋”,“在”訛“舍”;“人使朝辭”,“人”訛“大”。“立春”條,“花粧蘭坐”下,奪“上”字。“車駕幸五嶽觀”條,“太尉知閤御帶”,“御”訛“玉”,蓋御帶者,帶御器械,乃官名,非帶名也。卷七“清明節”條,“謂之子推燕”,下衍“子凡”二字;“四野”下,衍“皆”字;“但一百五日”下,衍“爲”字。“開金明池瓊林苑”條,“明金龍牀”,“牀”訛“狀”。“駕幸寶津樓”條,“殿之南”下,衍“東”字。“諸軍呈百戲”條,“内一人”,“内”訛“曰”;“男子百餘人”,“人”訛“入”。“駕回鑾儀”條,“八日閉池雖”下衍“大”字。卷十末“則幸甚”下,增“孟元老識”

四字。此皆後人妄增妄改處,不如元本之善。卷中有"顧元慶印"白文方印、"顧氏"朱文葫蘆印、"吳郡顧元慶氏珍藏印"朱文方印,後有黃蕘圃兩跋及"士禮居蕘圃過眼""黃丕烈"之印。案:元慶,松江人,與王穉登友善,工書畫,富收藏。

雍正江都縣志跋

《江都縣志》二十卷,雍正七年知縣事平湖陸朝璣所修也。其書掛漏甚多,尤謬者,《人物·李正民傳》也。案:正民字方叔,元豐中御史中丞定之孫,累官中書舍人、禮部侍郎、知吉州、知遂寧府。十年降金,十二年放還,遂不復用,以宮祠終。弟長民,字元叔,博雅如正民,而文辭過之。宣和元年中博學宏詞科,上《廣汴都賦》,由此進用。建炎二年除秘書省正字,五月監南岳廟。紹興二年守監察御史,三年知處州,十年除朝請郎,知泗州,移建昌軍。十三年八月奏言,"宣和以前通令佐並管學事,軍興以來,學校之教中輟。今和議已成,儒風復振,請依舊",從之,移郢州。廿六年,遷江西提刑,明年爲葉義問論罷。見《繫年要錄》、《中興館閣錄》、《揮塵餘錄》。《正民傳》所叙令佐帶管學事奏,乃長民事也,與正民無涉,合而爲一,未免張冠李戴。想宋時舊誌,正民、長民必有合傳,明人妄有刪削,遂合爲一,朝璣又仍其訛耳。

新修鄞縣志跋

《鄞縣志》七十五卷,同治中,我友內閣中書鄞縣徐柳樵時棟所修也。舍人博涉多通,至老不倦,一身精力,萃于此書。採摭宏富,考訂精密,體例悉仿阮文達《廣東通志》、謝蘊山《廣西通志》,而精博過之,實爲近來志書中之善本。惟楊煒事迹詳于《繫年要錄》、孫覿《鴻慶集》"楊君墓誌"而皆未採;朱輔爲朱翌新仲之季

子,字季公,見葉錢《溪蠻叢笑序》,翌《傳》有軾無輔;戴埴爲戴機
之孫,嘉熙二年進士,見《寶慶四明志》,著有《鼠璞》,機《傳》雖附
埴名,而《藝文志》不載《鼠璞》,《進士表》亦無其名:皆百密之一
疏也。

元槧通典跋

　　《通典》二百卷,題曰"京兆杜佑字君卿纂"。前有李翰序,一
百卷後有丁未歲杪李仁伯恕甫跋。丁未爲大德十一年,蓋元成宗
時刊本也。卷十九至二十一、六十一至六十五、八十一至八十五抄
補。是書北宋時有鹽官縣雕本,至元而版已亡,臨川路總管楊錦山
乃命諸學刊成,見李仁甫跋。卷二十六至卷一百爲撫州臨汝書院
所刊,每卷有"撫州路臨汝書院新刊、湘中李仁甫校正"兩行;一百
七卷後有"臨川學教諭晏仲容、直學連元壽照對訖"兩行;一百卷
後有"直學吳用珍監刊"一行。每葉二十八行,每行二十六字。版
心有"第幾冊"三字及刻工姓名,共分四十冊。鹽官本每葉二十
行,每行二十八字,當即此本所從出。國初爲季滄葦所藏,有"江
左"朱文方印、"季振宜藏書"朱文長印、"御史之章"白文方印、
"季振宜印"朱文方印、"滄葦"朱文方印。嘉慶中歸袁又愷,有"袁
又愷書"朱文長印、"袁廷檮印"朱文方印、"五硯主人"朱文方印、
"蘇州袁氏五硯樓藏金石圖書"朱文方印。

新刻五代會要跋

　　聚珍本《五代會要》,凡錯簡二,皆連而爲一。其一第十六卷
"祠部門"僧尼籍帳內"無名"下,"今臣檢點"至"年月日同者"四
百餘字,乃"禮部門"後唐天成三年和凝奏也,上接"未曾團奏",下
接"否委無虛謬"句,"者"字則後人所妄增也,舊抄本不誤。卷二

十一“選事”下，“周廣順三年五月敕三選已上及未成功下開宿引納家狀”，至“三月十五日過官”五百餘字，乃“選限門”周顯德五年吏部流內銓狀，上接“南曹十月內”，下接“畢三月三十日”云云，“功”字則後人所妄增也。抄本誤同，惟《册府元龜》六百三十四引不誤。上年蘇州書局重刻《五代會要》，陳辰田明經從余借抄本校訂，卷十六之誤已據抄本改正，惟卷二十一之誤尚仍其舊。他日當遺書明經，改刻數頁，俾成完璧。抄本卷首王溥結銜，卷末校勘官宋璋銜名，文寬夫、施元之兩跋，皆聚珍本所無，今本刻附于後，善矣。惟王溥題名，仍照聚珍本式，學者不得見宋本舊式，爲可惜也。

朝野雜記跋

《朝野雜記》，甲集二十卷，乙集二十卷，聚珍印本，宋李燾撰〔當爲李心傳撰〕。以舊抄本校一過，前多“宣取《繫年要錄》指揮”兩道、國史院公牒一首、無名氏序一首。卷一“恭淑韓皇后”條，“八月”下，刻本脫“歸于邸第，封新安郡夫人，十六年三月封崇國夫人”二十字。卷四《續通鑑長編》目下，脫“《九朝通略》《東都事略》”八字。卷六“近歲堂部用闕”條末，脫“小使臣初用五年一月□□吏部請用季闕慶元六年閏六月半闕許之”凡雙行小注廿八字。卷十“史館專官”下，脫“陸務觀本末”五小字。卷十一“鎮撫使”條“群臣多以爲不可”，刻本多誤“靈”。十六“營田”條，“農器”下，脫“以之別細”四字。卷十八“四川廂禁民兵數”條，“此乾道之籍也”上，脫“而兵民保甲不仰給者八萬餘人”；“興元良家子”條，“實備它用”下，脫“又私置鹽店六所及收諸津渡鹽稅以給焉，紹熙末楊嗣勛申嚴鹽法，奏言本府自有義士廂禁軍良家子”四十五字。“川秦買馬”條，脫小注“歲收茶帛數”五字。乙集卷十二，“愛王之叛”條末，脫小注八十字。卷十五“太學生校定新制”條，

“嘉定中”下,脱“在上庠有聲,然公試未嘗與選”十二字。十六“四川收兑九十一界錢引”條,“不能守其初約也”下,脱一百七十字。其一二字異同奪落、無關文義者,不勝枚舉耳。

原本麟臺故事跋

《麟臺故事》題曰“紹興元年七月朝請郎試秘書少監程俱記”,從錢叔寶手抄本影寫,存卷一上、卷二中、卷三下三卷。此本有而《大典》本無者四十條,此本無而《大典》本有者,沿革、省舍儲藏、職掌、恩榮祿廩四門,又修纂門兩條、選任門四條、官聯七條,又周必大《玉堂雜記》引故事大宴一條、《中興館閣録》引三館秘書一條,《大典》本及此本皆軼。

影元抄秘書志跋

《秘書志》十一卷,題曰“承務郎秘書監著作郎東平王士點繼志、承事郎秘書監著作佐郎曹州商企翁繼伯同編”。前有文移,影寫元刊本,所記皆元秘書省典故,分十九門。案《元史》,至元二十七年立興文署,召集良工,刊諸經子史版本。今此書載至元十年十一月太保大司農奏,興文署雕印文書屬秘書監本署設官三員,令一員,丞三員,校理四員,楷書一員,掌紀一員,鐫字匠四十名,作頭一,匠戶十九,印匠十六。又,至元十四年十二月中書省奏,奉旨省併銜名,興文署併入翰林院。是至元十年以前,已有興文署之名,不始于二十七年,可據以正《元史》之誤。卷四“表背物件”後,與目録多不合,第二十一頁“聖朝自開國以來”云云,與第五卷第十頁有複羼。卷七、卷八有缺文,惜無别本可以校補。觀其所記庫中儲書一萬八千餘册,法書三百九十九卷四百八十二軸,名畫一千一百五十六軸三百七十一卷,可謂富矣。而賈似道真容兩軸,亦在收

納之例，毋乃不別薰蕕乎？第五卷載趙文敏書《千字文》進御而發
裱背者，至十七卷之多，可知文敏一生書《千字文》不少，宜其流傳
之多也。

慶元條法事類跋

　　《慶元條法事類》八十卷，附《開禧重修尚書吏部侍郎右選格》
二卷，不著撰人姓氏，舊抄本。《四庫》未收，阮文達亦未進呈。原
缺卷一、卷二、卷三首數翻，卷十八至二十七、卷三十三至三十五、
卷三十八至四十六、卷五十三至七十三，凡四十二卷。案：陳直齋
《書錄解題》云，《嘉泰條法事類》八十卷，宰相天台謝深甫子蕭等
表上。初，吏部七司有《條法總類》，淳熙新書既成，孝宗詔仿七司
體分門修纂，別爲一書，以“事類”爲名，至是以慶元新書修定頒
降，則此書即謝深甫所修，以奉詔時言之則曰慶元，以成書日言之
則曰嘉泰，非二書也。《宋史·寧宗本紀》：慶元四年九月頒《慶元
重修敕令格式》，嘉泰二年八月謝深甫上《慶元條法事類》，三年七
月頒行，則當時本名《慶元條法事類》，曰嘉泰者，直齋所獨也。書
雖殘缺，可以補史志之缺者尚多。如《玉海》載“建隆考課”條有四
善四最，而四最僅有其三，“至民籍增益，進丁入老，爲生齒之最”
一條，則惟見于此書。他如十科薦舉之令，由于紹興三年三省樞密
請復舉行元祐司馬光之法，見《宋史·選舉志》，武臣薦舉之格，由
于隆興元年正月三省密院所奏，見《玉海·銓選類》，其沿革損益，
不及此書所載之詳。《寧宗紀》慶元二年十一月重修《吏部七司
法》，開禧元年六月陳自強等上二年頒行開禧重修《尚書吏部右選
格》者，疑即自強所上也。陳氏《書錄》有《吏部條法事類》五十卷，
今不傳。此二卷其僅存者歟？

影宋抄營造法式跋

　　《營造法式》三十四卷，題曰“通直郎管修蓋皇弟外第專一提舉修蓋班直諸軍營房臣李誡奉聖旨編修”。前有“營造式法所奏及誠進書自序看詳”十三頁，後有“平江府今得紹聖《營造法式》舊本目錄看詳共十四册”二行，“紹興十五年五月十一日校勘重刊”一行，“文林郎平江府觀察推官陳綱校勘、寶文閣直學士右通奉大夫知平江軍府事提舉勸農使開國子食邑五百戶王唤重刊”二行。每頁二十行，行二十二字，影寫宋刊本。《四庫》所收，據天一閣范懋柱所進，缺第三十一卷，從《大典》補全。此則猶原本也。案：誡字明仲，鄭州管城人，以父南公蔭補郊社齋郎，調曹州濟陰尉。元祐七年爲將作監主簿，紹聖三年爲將作監丞。崇寧元年爲將作少監，二年爲京西轉運判官，遷將作監大觀初，知虢州，四年卒。誡博學多藝能，藏書數萬卷，手抄者數千卷。工篆籀草隸，又工畫，嘗畫《五馬圖》以進。著有《續山海經》十卷、《續同姓名錄》二卷、《琵琶錄》三卷、《馬經》三卷、《六博經》三卷、《古篆説文》十卷及此書，見《北山小集》李君《墓誌》。《看詳》稱《總釋》二卷、《制度》一十五卷、《功限》一十卷、《料則》三卷、《圖樣》六卷、目錄一卷，總三十六卷。今本三十四卷，目錄一卷，首尾完具，並無缺佚，與墓誌所云三十四卷合，《總例》、《功限》、《料則》、《圖樣》亦與《看詳》合。惟《制度》十五卷，今實十三卷，乃知“五”字蓋“三”字之訛，非有所合併也。除目錄計之，則爲三十四卷，合目錄計之，則爲三十五卷，“六”蓋“五”之訛耳。《看詳》引《通俗文》云“屋上平曰陠，必孤切”，可以補臧鏞堂輯本《通俗文》之缺。引《周髀算經》云“矩出于九九八十一，萬物周事而圓方用焉，大匠造制而規矩設焉。或毀方而爲圜，或破圜而爲方。方中爲圜者謂之圜方，圜中爲

方者謂之方圜焉”，今本《周髀算經》“九九八十一”之下，脫“萬物
周事”云云四十九字，可據此書補之。

儀顧堂題跋卷五

秘書省續編到四庫闕書目跋

《秘書省續編到四庫闕書目》二卷，題曰"紹興改定"，明藍格抄本。《四庫》未收，阮文達亦未進呈。《直齋書錄解題》、王氏《玉海》著於錄。案《崇文總目》六十四卷，每書之下，各出新意著説，紹興中去之，僅存其目，題曰"紹興改定"，見晁、陳兩家書目。此本當亦有注，紹興中去之，故亦題"改定"也。其目經居首，史次之，集又次之，子列于末。其缺者注"闕"字于書名之下。嘉祐訪求遺書詔並目一卷，見《通志·藝文略》。大觀四年五月七日，秘書監何志同奏，慶曆總目號爲全備者，不過二萬餘卷，闕逸甚多，請頒其類求訪，見《玉海》卷五十二。曰"續編"者，仍嘉祐、大觀而言之也。《玉海》又載，淳熙秘閣諸書庫有續搜訪庫經史子集二萬三千一百四十五卷，是紹興以後陸續搜訪，得書甚多。此必紹興末年秘閣底本，故已得者不注"闕"字。鄭樵據秘書省所頒《闕書目錄》集爲《求書缺記》七卷、《外記》十卷，當即據此本爲之耳。

遂初堂書目跋

《遂初堂書目》一卷，題"晉陵尤袤延之撰"，舊抄本。前有毛开序，後有魏了翁跋、陸友仁跋。宋以前書目如《崇文總目》、晁氏《讀書志》、陳氏《書録解題》、鄭氏《通志·藝文略》、馬氏端臨《經籍考》，皆著書名，不載刻本、校本，惟此書所載有杭本《周易》、《周禮》、《公羊》、《穀梁》，舊監本《尚書》、《禮記》、《論語》、《孟子》、《爾雅》、《國語》，京本《毛詩》，高麗本《尚書》，江西本《九經》，川本《史記》、《前漢書》、《後漢書》、《三國志》、《晉書》，嚴州本《史記》，吉州本《前漢》，越州本《前漢》、《後漢》，湖北本《前漢》，杭本《舊唐書》、《後唐書》，川本小字大字《舊唐書》，川本大字《通鑑》、小字《通鑑》、校本《戰國策》，羅列版刻，兼載校本，爲自來書目創格，延陵季氏、傳是徐氏、《宋元刻本書目》之濫觴也。

衢本郡齋讀書志跋

昭德先生《郡齋讀書志》二十卷，題曰"門人姚應績編"。前有晁公武自序，舊抄本。案：公武字子正，鉅鹿人，紹興進士，見《四川通志》。爲四川轉運使井度屬官，紹興十四年，階、成、岷、鳳四州併屬利路。爲經略使者，有旨令安撫使倣雄州安撫司例，措置申樞密院，一府腭眙，莫知其原。公武言：此景德三年故事，顧與今事不類。宣撫司鄭剛中即用其言，奏析利州路爲東西，由此益重之。趙不棄總領四川宣撫使錢糧，辟爲主管文字。十七年以左朝奉郎通判潼川府，以趙不棄薦知恭州，見《繫年要錄》一百五十六。移知榮州，見自序。又知合州，見《四川通志·清華樓記》。轉潼川路轉運判官。二十七年爲侍御史王珪劾罷，見《繫年要錄》一百七十八。以金安節薦，爲侍御史。隆興二年，湯思退罷相，洪适草制作平語，公武擊之，見《金安節傳》及岳珂《桯史》。乾道四年，以敷文閣待制爲四川安撫制置使，見《宋史·孝宗紀》。時米價騰貴，公武以錢三百萬緡糴米六萬石賑糶，民賴之，見《四川通志》。五年知興元府，請以屯田三年所收最高一年爲額，等第均數，召佃收兵及保甲以護邊，從之，復爲四川制置使。六年，雅州沙平蠻寇邊，焚礮門砦。公武調兵討之失利，又與王炎不協罷，見《宋史》《孝宗紀》、《食貨志》。七年，以敷文閣直學士、左朝議大夫，爲臨安少尹，明年罷，見《臨安志》。謂嘉定之符文鎮，山川風物，近似洛陽，因家焉，見《輿地紀勝》。著有《易詁訓傳》、《尚書故訓傳》、《詩詁訓傳》、《中庸大傳》、《春秋故訓傳》、《稽古後録》、《昭德堂稿》、《嵩高樵唱》及此書，見《宋史・藝文志》。

郡齋讀書志跋二

　　衢本《郡齋讀書志》卷四：《字説偏旁音釋》一卷、《字説叠解備檢》一卷，不見撰人名姓。愚案《老學庵筆記》，"《字説》甚行時，有唐博士耜、韓博士兼，皆作《字説解》數十卷，又有劉全美者作《字説偏旁音釋》一卷、《字説備檢》一卷，又以類相從，爲《字會》二十卷"。據此，則《偏旁》、《備檢》二書，皆全美所著也。

衢本郡齋讀書志跋三

　　《讀書志》卷十四，"《印格》一卷，皇朝晁克一撰，張文潛甥也。文潛嘗爲之敘，略云：克一既好古印章，其父補之愛之尤篤，悉録古今印璽之法，謂之《圖書譜》"。袁本《讀書後志》同。愚案：克一姓楊，名吉老，文潛嘗云："吾甥楊吉老，本不好畫竹，一旦頓解，便有作者風行。"《晁无咎集》有《贈文潛甥克一學與可畫竹詩》，又見鄧椿《畫繼》。父補之，歷官鄂州支使，見《宛丘集》卷二十六。《讀書志》所引文潛序，略見《宛邱集》五十六。原本《讀書志》必作"楊克一"，校者見有"其父補之"四字，心中習知有"晁補之"，而不知有"楊補之"，遂改"楊"爲"晁"，不知晁補之娶戶部侍郎杜純之女，二子，長公爲，次公似，見宛邱所撰墓志。安得爲文潛甥乎？汪士鐘刻《讀書志》跋曰："與吳縣黃丈蕘圃互相商榷，增補缺失，一字訂訛，往來之書，日再三返。”乃克一姓楊非晁，《宛邱集》、《畫繼》非僻書，屢屢可證，而妄更其姓，真有不如不刻之嘆矣。

寶刻類篇跋

《寶刻類篇》八卷，不著編輯者姓氏，《永樂大典》傳抄本。是書藍本，于陳思《寶刻叢編》改頭換面，而以鄭夾漈《通志·金石略》、朱長文《墨池編》附益之，殊少心得。凡碑之無書人姓名者皆不錄，體例尤未盡善。碑目僅二千有餘，亦不及《叢編》之富。所載書人，以《范氏碑》爲蔡邕書，時代不合；以《華山碑》爲郭香察書，未知察字之義。他如《禮器碑》爲金鄉師曜奴等書，《衡方碑》爲郭登書，《武班碑》嚴祺書，《張遷碑》爲孫興祖書，皆具本碑而反遺之，亦疏陋之甚者。惟當時所據《寶刻叢編》不若今之殘缺屚亂，既可補《叢編》缺卷之目，亦可校《叢編》屚亂之訛，宜爲金石家所取資也。

輿地碑目跋

《輿地碑目》四卷，宋王象之撰，舊抄本。案：象之字儀父，一作肖父，東陽人，慶元丙辰進士，博學多識，著《輿地紀勝》二百卷，見吳師道《敬鄉錄》。是書從《輿地紀勝》每州碑記門摘出，疑明儒楊用修所爲，惟所見《輿地紀勝》，似亦不全，故舛奪亦往往而有。如安吉州碑所據宋本《輿地紀勝》，卷四第二十六頁與二十七頁倒訂，致《吳大帝廟碑》下，誤以“《湖州刺史題名記》注晁公武《合州廳記》”云云屚入，接連“紹興府碑從嚴寺碑起”。考紹興有香嚴寺，無嚴寺，蓋所見宋本《紀勝》缺卷十之第三十一頁，其三十二頁從“嚴”字起故也。其前尚有《禹陵窆石遺字》、秦李斯《秦望山碑》、《曹娥碑》、《蕭將軍廟碑》、《桐柏山金庭館碑》、《齊永明中石佛銘》、《南明山梁碑》、《隋禹廟碑》、《江淹碑》、《虞世南碑》、賀知章二誥、《龍瑞宫記》、《高行先生徐師道碑》及注，約四百字。卷二《茶陵軍碑記》後有"江陵府上碑記缺"七字，考《紀勝》江陵府分上下二卷，上卷爲沿革、風俗、形勝景物三門，本無碑記，殆抄胥不知文義者所妄加也。

法帖釋文跋

《法帖釋文》十卷，宋劉次莊撰。案：次莊字中叟，長沙人，熙寧六年進士，爲蔡確密客。博洽淹貫，詞翰絶倫。元豐中累官宗正丞。八年爲殿中侍御史，奏言"倉部起請，乞將賈青買到建茶五千斤，往河北出賣，不獨猾商乘影接迹，潛冒賈販，而姦細之人亦必轉入敵界。敵既知其物之重輕，又復可以必致，則異時賜與將不爲珍矣，伏望特賜止絶。"又奏"府界提點范峋于祥符等縣許人買撲都宰殺豬羊及果子牛牙勾當，戶部見行舉問，及訪聞京西路轉運副使沈希顔亦于本部置棚，拘攔人戶，買賣牛馬，出納淨利，近因陳向到任，方行改正。二吏掊克，妄有造立，無有條法，伏望委官根究詣實，重行黜降。"元祐元年奏言，"熙寧以來，新變役法，其意欲以均患利民，蓋富厚之家，安寧休佚，而貧民日入于困乏，乞合郡縣之議，斟酌上聞"。尋出爲江南西路轉運判官。復以交通蔡碩，盜用軍器監錢，抵罪除名。謫居新淦，築室東山寺前，俯瞰清流，自謂有濠梁趣，因號戲魚翁，時稱爲高師。今縣東有高師湖，以次莊得名，見《江西通志》、《通鑑長編》。

粤雅堂刻偶菉竹堂書目跋

《菉竹堂書目》六卷，粤東武氏刊本。前有文莊自序，與《文莊集》涇東稿所載合；後有五世孫恭煥、七世孫國華跋。校以明《文淵閣書目》，書名、分類、冊數，一一皆同，惟卷首"聖製類"删去祖訓、文集、實録、官制、法令等書數百種，卷末删舊志、新志兩類，古今志一類，則删《島夷志》以下數十種而已。閣目每書皆載數部，注明全缺；此則每書祇録一部，不注全缺，但取閣目冊數最多者録之。文莊原序，爲卷二萬有奇，冊四千六百有奇；今冊計二萬三百有奇，浮于原序五倍，卷雖無考，以《書録解題》《千頃書目》所載，約計當在二十萬外，浮于原序十倍。伏讀《四庫提要》，《菉竹堂書目》六卷，經、史、子、集各一卷，卷首曰制，乃官頒各書及賜書、賜敕之類，末卷曰後録，則其家所刊及自著書。有成化七年自序，大率本之馬氏《經籍考》。别出舉業類，而無詩集，亦略有增損。又别有新書目一卷附于後，中載夏言、王守仁諸人集，蓋其子孫所編云云。案：此本卷首雖有聖製，而不曰制，又無後録，亦無附目，卷中有詩集而無舉業，序末亦無成化記年，證與文莊自序固多牴牾，與《提要》尤無一合。蓋書賈抄撮《文淵閣目》，改頭換面，以售其欺，決非館臣所見兩淮經進之本也。恭煥及國華跋，恐亦非真。《粤雅叢書》，世頗風行，恐誤後學，不可以不辨。

拜經樓藏書題跋記跋

《拜經樓藏書題跋記》四卷，海寧吳壽暘虞臣纂。壽暘，海寧人。父騫，號兔牀，好學嗜書，收藏之富，與同里馬寒中道古樓、陳仲魚士鄉堂埒。壽暘輯騫所題記者爲是書，頗爲江浙好事家所重。余觀其書，鑒别未甚精審。如校刻《宋史全文》之游明，乃正統六年進士，而以爲元時坊刻。徐達左，吳人，輯有《傳道四子書》，《曾子》乃四子中之一種，既不知"傳道四子"爲何書，亦不知達左之姓徐。《性理群書句解後編》三十三卷，宋熊節編，熊剛大注，前爲朱子《近思録》，後爲蔡節齋《近思續録》《别録》，既不知爲熊節所編、剛大所注，並沒"群書句解"之名，而題爲"近思正續録"。黃鶴《注杜》，與高楚芳《千家杜詩》截然爲二，而誤爲一。至正六年，江右肅政廉訪使夏臺鎦伯温所刻《道園學古録》，乃大字本，見景泰本《學古録》葉盛跋，兔牀所藏每葉二十六行者，正景泰本也，書賈割去葉跋，兔牀亦認爲元刻，皆疏謬之大者。此外，以明刻爲元刻、元刻爲宋刻者，亦復不少。壽暘僻處海澨，見聞寡陋，原無足怪，獨怪耳食者流奉爲金科玉律，殊可笑也。

開有益齋讀書志跋

《開有益齋讀書志》六卷，上元朱述之先生所著也。先生諱緒曾，道光初舉人。一目十行，無書不覽，藏書甲于江浙。累官浙江秀水、孝豐知縣，有循聲。其書仿《郡齋讀書志》之例，而精核過之。惟《古今分門類事》一條，謂爲宋如璋之父所著，不免千慮一失。案：卷八《先大夫〈龍泉夢記〉》，"如璋不才，虛服靈夢，誠不敢忘，謹鑱于石，以報神貺。政和七年三月日宋如璋記"，是如璋自記其夢之辭也。曰"先大夫"者，子述其父之辭也，與下文"蒲教授《荆山夢記》"即採蒲咸臨之文同。若非其子所著，當曰"宋大夫《龍泉夢記》"矣。如璋，眉州人，崇寧五年進士，見《四川通志》進士表。是書成于乾道己丑，上距崇寧五年六十四年，即使如璋早達，亦將九十歲人矣。其爲如璋之子所述無疑也。

帶經堂陳氏書目書後

《帶經堂書目》五卷，侯官陳蘭鄰大令所藏書也。《經部》則有影元抄張清子《周易本義附録纂注》十六卷、舊抄金仁山《尚書注》十二卷、明抄，張淳《古禮》二十五卷、有乾道曾逮序。《史部》則有明抄李丙《丁未録》四册、明抄劉恕《十國紀年》四十二卷、楊仲良

《長編紀事本末》殘本、馬永錫《職林》四卷。《子》則有影宋本《世說新語》五卷。《集》則謝在杭抄唐黃滔《泉山秀句集》十卷、有楊萬里洪邁序，原本趙湘《南陽集》十卷，宋劉筠《應言》《榮遇》《禁林》三稿三卷，影宋抄原本王珪《華陽集》五十卷，明抄《陳了齋集》三十卷，明刊宋李淑《書殿集》十四卷，影宋抄蔣之奇《荊溪前後集》八十九卷《別集》九卷《外集》三十卷，元至元刊本《宋元絳玉堂集》二十卷、有梁寅序，影宋張舜民《畫墁集》存十八至三十三、四十七至五十六、七十二至七十四凡二十九卷，原本鄭俠《西塘集》二十卷，原本劉跂《學易集》十二卷，殘本《蘆川歸來集》存卷六、卷七、卷十二、十三、十四、卷十六凡六卷，明抄林逋《抄筆集》四十卷，元大德刊尤袤《梁溪集》五十卷、有曾幾序及“杭州聚德堂鋟梓”一行，有“岫”字小印，明抄家鉉翁《則堂文稿》二十卷，明抄足本趙文《青山集》八卷，明抄宋禧《庸庵集》三十卷，皆明以後所久佚者。宋、元刊本則元刊《周易會通》、《書義矜式》，宋刊《儀禮經傳通解》三十七卷《續》廿九卷，淳熙刊《孝經注》，元刊《融堂四書管見》，嘉祐本《說文解字》三十卷，乾道本《楚辭》，宋刊《九家注杜詩》，元刊《離騷草木疏》，宋刊董杲《廬山集》五卷，《英溪集》一卷，亦世所罕見者。予粵東歸田，本無出山之志，後聞陳氏藏書散出，多世間未有之本，遂奉檄一行。昔小山堂主人聞陳一齋藏書散出，有閩中之行，余亦同此意也。及至閩，遍訪陳氏後人，僅得張清子《周易纂注》、金仁山《尚書注》、楊仲良《長編紀事本末》三書，餘皆不可得。其孫字星村者，亦略知書，詢以各種秘冊，則云，最秘之本，其先人別儲一樓，爲蟲蝕盡，或者當在其中。其信然耶？周季貺太守謂其目爲星村所僞造，然如《梁溪集》、《玉堂集》等皆注明藏印及序人姓名，恐非僞造。後之人，其再訪之。

書金石學録後

《金石學録》四卷,嘉興李遇孫金瀾輯,道光四年阮元序。搜羅雖富,疏漏甚多。如:蔡珪字正甫,松年之子,靖之孫,《金史》有傳,而列于宋人蔡絛之前;陳思孝名登,《明史·文苑》有傳,工篆籀,究心金石之學,楊東里稱其"收蓄之富,爲歐、趙以後所僅見",是録于鄭文寶下既引其語,而不列其人;李燾字仁甫,號巽岩,四川丹稜人,著有《通鑑長編》,《宋史》有傳,史繩祖《學齋佔畢》載其《建武中元治道記跋》,今既誤燾爲壽,又有"李燾傳",于李壽則著其號巽岩,于燾則不著其字號。皆疏舛之大者。此外,宋、元明人,掛漏不少。長夏無事,搜得四十餘人,别爲"補録"一卷,以補其缺。光緒五年五日識。

影宋抄史通跋

《史通》二十卷,首行上題"史通",下題"劉氏",中題"内篇""外篇"等字。每卷有目,連屬篇目,明人照寫宋本。每頁十八行,每行十八字。目後有總結云:"右定凡三十六篇,并前序及誌第七篇,共二十八篇。"以明陸文裕本、國朝浦起龍通釋本互校,浦本多與影宋本合。陸本校正固多,而妄删誤改者亦不少。盧抱經所稱影宋本,與此本同出一源,其善處盧氏已盡録于《群書拾補》中。是書明刊,以陸本爲最先,張之象又翻陸本。西江郭延之據張本重刊而加評,王維儉又據郭本而加注,國朝黄叔琳又據王本删訂重刊。浦起龍通釋本雖不言所自,而與此本皆合,則當見影宋本矣。惟卷十七《諸晉史篇》"寄出外戚傳"下,宋本有"案外戚傳"四字,浦本亦奪,而注云"凡例語止此,此下疑有闕文",似所見宋本亦不全。其云"一本作某"者,大抵指陸、張、郭、王諸本而言,間有從他本而以宋本爲別一本者。惜外篇卷十四《惑經篇》削“尋春秋所書，實乖斯義”九字，卷三《五行志篇》、卷七《直言篇》、卷十八《雜說下》，于原注皆有所删削，不及此本之善。

宋板讀史管見跋

致堂先生《讀史管見》八十卷，題曰“徽猷閣直學士左朝請郎提舉江州太平觀保定縣開國男食邑七百戶賜紫金魚袋胡寅明仲撰”。前有“淳熙壬寅簽書平海軍節度判官孫胡大正序”，後有大正識。宋諱“殷”、“匡”、“貞”、“恒”、“桓”、“構”、“慎”、“瑗”皆缺避。每頁二十四行，行二十二字，版心有字數。據大正序，淳熙以前無刊本，至大正官溫陵始刊于州治之中和堂，乃此書初刊本也。其後嘉定十一年其孫某守衡陽，刊于郡齋，并爲三十卷，與《書錄解題》合。有猶子大壯序，明季有重刊本，即《四庫》附存其目之本也。《姚牧庵集》有此書序，謂“宋時江南宣郡有刊板，入元，版歸興文署，學官劉安重刊之。”牧庵嘗得致堂手稿數紙，今摹諸卷首。是此書在宋凡三刊，元人又重刊之，其爲當時所重可知。惟嘉定本與此本卷帙懸殊，未知有無删削，惜架上無三十卷本，無從互校耳。

舊聞證誤跋

《舊聞證誤》四卷，《永樂大典》傳抄本。心傳此書，每條皆注所引書名，《大典》本多缺。愚案：卷一“縣吏受郡事而下之縣者”條，出程大昌《演繁露》卷十二，泰之，大昌字也；“錢若水爲樞密使”條，出王鞏《聞見近錄》；“張忠定爲御史中丞”條，出王闢之《澠水燕譚錄》；“祖宗時雖有磨勘法”條，係證王明清《揮麈後錄》之誤，其前當補《揮麈後錄》一條；“真宗既與契丹和親”一條，出溫公《涑水記聞》；“劉子儀在南陽”條，出洪遵《翰苑遺事》。卷二

"陳恭公當國"條，以《證誤》"趙所記差誤"語推之，當出趙子崧《朝野遺事》，《容齋四筆》同；"進退宰相其帖例草儀"條，出《東軒筆錄》卷十八；"治平四年十一月知諫院楊繪"條，出李燾《長編》；"熙寧六年北人遣蕭禧來議地界"及"地界事久不決"二條，出《韓莊敏遺事》，見《大典》本《長編》二百二十二；"元豐初蔡確排王珪罷相"條，出邵伯溫《聞見前錄》卷十三；"詔議漢王典禮"條，出《東都事略・王珪傳》；"近歲前執政官到闕止繫御仙花帶"條，出《石林燕語》；"韓魏公父諫議大夫國華"條，出馬永卿《嬾真子》卷五。卷三按"紹聖間鄭公肅"條，係證《揮麈餘話》之誤，當補錄《揮麈餘話》一條；"章惇初貶謫，元祐臣寮用白帖子行事"條，以"邵子文指此而云"句推之，當出邵子文《辨誣》；"李孝廣崇寧間爲成都漕"條，出《揮麈後錄》十一；"李端叔爲密院編修官"條，出《揮麈後錄》卷六；"宣和元年九月乙卯范致虛以母憂罷"條，出《東都事略》十一；"國朝宗子自附葬山陵之外"條，出程大昌《演繁露》；"熙寧法宗子出仕者"條，以"建炎元年某知鎮江府"語推之，當出趙子崧《朝野遺事》；"方務德守荊南"條，出《揮麈三錄》卷三；"按孟富文以辛寅九月自戶部尚書"條，係證《揮麈三錄》卷十一之誤，其前應補《揮麈三錄》一條。卷四"李端叔作范忠宣遺表"條，出《揮麈後錄》卷六；"紹興戊午夏熙州野外濼水有龍"條，出洪皓《松漠紀聞》；"吳才老舒州人"條，出《揮麈三錄》；"魯國大長主避兵南來卜居台州"條，出《揮麈前錄》卷三；"白樂天聞白行簡"及"禁中鐘鼓院"二條，出《演繁露》卷十五；"學士院具員文臣"條，以"蔣所記誤"語推之，當出《蔣魏公逸史》；"台州筆吏楊滌"條，出《揮麈前錄》卷三。以上各條，《大典》本皆缺書名，今爲考證如右。

大事記講義跋

　　《大事記講義》九卷《中興大事記》四卷《附錄》一卷，題曰“黃
甲省元新肇慶府學教授溫陵呂中講義、省元國學前進士三山繆列、
蘭臯蔡柄編校”。《附錄》則中所著《中興規模》、《制度》、《國勢》
三論也。影寫宋刊本。案：中字時可，福建晉江人，淳祐七年進士，
歷官肇慶府學教授、沂靖惠王府諸王宮大小學教授，輪對首言當去
小人之根，次言革贓吏之弊。遷國子監丞兼崇政殿說書，奏乞晚輪
二員說書，夜輪講官值宿以備顧問。又言進講經史，乞依正文誦
讀，不宜節貼避忌，匪特可察古今治亂，亦以革臣下諂諛之習。又
言，人能正心則事不足爲，人君能正心則天下不足治。理宗嘉納，
丁大全忌之，出知汀州。在汀期年，演《易》爲十圖。景定中復舊
官，主管成都玉局觀，見《八閩通志》及《閩書》。

歷代名賢確論跋

　　《歷代名賢確論》十卷，題曰“錢福編集”。案：是書《四庫》所
收，分一百卷，前有吳寬序。《提要》云：福、寬二人同時，不應不知
爲福作。福廷對第一，殆書賈重刊所託名。《宋史·藝文志》之
《十七史名賢確論》，蓋即此書。愚謂《提要》所言，誠不刊之論。
此本十卷，與百卷本卷帙懸殊，疑有刪節. 及讀杭州文瀾閣所存殘
本，與此本皆同，並無缺少，惟多分卷帙，蓋亦書賈所合併也。所採
宋人之文，如何去非、張唐英遺集久亡，賴此存其崖略。每頁二十
二行，每行二十四字，版式如劉洪慎獨齋本《文獻通考》、《山堂考
索》。劉洪本閩中麻沙書賈，或亦明代麻沙本歟？

宋元學案跋

《安定學案》:潘及甫,慶曆中登第,不知歷官所至。愚案:及甫字憲臣,江都人,博通經史,厲志文行,聞胡瑗倡學于湖,往從之。瑗見其文,喜曰:"非諸生比也。"遂補學職,妻以女弟。慶曆中,與兄希甫同登進士,爲懷仁尉、筠州判官,及知分寧、霍邱、壽春三縣,所至咸著政績。遷秘書丞,充楚王宫大學教授。律宗室以禮法,神宗嘉之。後以屯田員外郎通判江州,遷左朝散郎。親族之貧寡孤幼者,賴其撫恤。晚得目疾,每命子姪執策讀于前,終日傾耳危坐,無倦容。未卒前一日,猶臥聽《周書》。見《雍正江都縣誌》。

宋元學案跋二

虞申字行父,丹徒人,始從鄉先生姚闢受《易》、《春秋》,略通大義。姚因喻申,使遊京師,介謁胡公。瑗一見,奇其能,以爲他日可任朝廷事,留三年歸,一時名流周伯堅、孔常父,皆作詩誦其賢,惜其去。張君奭字鳴道,金壇人,從安定先生學。瑗獎予之異于流輩,累薦不第,以特科調漢陽軍漢陽尉,遷房州竹山令,以嫌去官,再授池州石埭令。在任引年告老,以朝奉郎致仕。見《京口耆舊傳》。案:二人皆安定弟子之應補者。

宋元學案跋三

《武夷學案》列葉廷珪爲同調而不詳其里貫。愚案:廷珪,福建甌寧縣人,著有《海録本事詩》、《海録選句圖》、《海録碎事》等書,惟《海録碎事》今傳于世。觀其自序,《海録》諸書皆爲詩料而設,其人亦詩人也。傅自得序稱其無日不作詩,並未講學,亦非治經家，蓋辭章之士也。《萬姓統譜》誤“海録”爲“誨録”，《學案》遂列之武夷同調，濫矣。

儀顧堂題跋卷六

宋本孔子家語跋

《孔子家語》十卷,宋刊大字本。每頁十八行,行十七字,小字廿四五不等。有東坡居士兩方印,即《汲古閣秘本書目》所稱北宋蜀大字本,爲東坡所藏,有東坡折角玉印者也。後有毛子晉斧季兩跋。中間稍有缺頁,子晉據他本抄補。愚案:"瑗"字爲孝宗爲皇子時原名,書中"瑗"字缺避,則非北宋刊可知。字亦圓潤,非顏、歐體。鄙意疑爲紹興監本。東坡印亦甚劣,其爲後人僞造無疑,子晉殆爲所愚耳。《家語》雖王肅僞造,而所據多先秦古書。《天祿琳琅書目》祇有影宋抄,此外藏書家更無以宋刊著録者,則此本即非北宋,恐世無第二本矣。汲古秘本散後,不知何時流入皖中,今爲蕭敬孚明經所藏。余游申浦,明經出以相示,因跋其後而歸之。

宋本賈誼新書跋

新雕《賈誼新書》十卷,題曰"梁大傅賈誼撰",宋刊本。目後有"建寧府陳八郎書鋪印"一行,蓋南宋麻沙本也。校以正德九年陸相本、何元朗本、何鏜《漢魏叢書》本,卷七《諭誠篇》"是以國士畜我,我故國士爲之報",何鏜本作"是以國士遇我,我故國士報之",下奪"故曰士爲知己死,女爲悅己容,非冗言也,在主而已"二十四字;何元朗本"舉被而爲禮"下,惟存墨釘。《退讓篇》"梁大夫有宋就者，爲邊縣令”云云至“楚王媿”，凡三百九十二言，何鐣本刪削改易，衹存二百六十四言，何元朗本則全缺。正德陸相本“國士報之”下缺二十餘字，誤接《退讓篇》“使者曰否”云云，而缺其篇首三百餘字，“使”字上又衍“大”字。想所據宋本有缺頁，遂連爲一耳。後來諸本多從陸相本出，故缺文亦相類也。

宋刊明補本賈子新書跋

《賈子新書》十卷，明正德九年長沙守陸宗相補刊本。每頁十六行，行十一字。自序至跋，凡二百七頁。前有黃寶序，後有淳熙辛丑胡价跋。案：是書北宋刊本無聞，淳熙辛丑程給事爲湖南漕使刊置潭州州學。據胡价跋，字句訛舛，以無他本可校，未能是正。正德中，陸宗相守長沙，得殘板數十片，因補刊成之，見黃寶序。是其中尚有宋淳熙殘版，特不多耳。正德十年，吉藩又據陸本重刊於江西。余官閩時，從楊雪滄中翰借校，與此本行款悉同。其後，何元朗、程榮、何鐣諸本皆從此出，惟所據之本摹印有先後，全缺有不同耳。宋本不可見，得此亦不失爲買王得羊矣。此本勝于吉藩本，吉藩本勝于程榮本，程榮本勝于何鐣本，明刻諸本以何元朗爲最劣耳。

宋本新序跋

《新序》十卷，每卷題曰“陽朔元年二月癸卯護左都水使者光祿大夫臣劉向上”，每頁二十二行，每行二十字。前有曾鞏序，連接目録。曾序末有“亦足以知臣之志者”，鞏《集》作“亦足以知臣之考其失者，豈好辨哉”小注二十五字。卷三“樂毅”條，“順庶孽”下，有“史作‘餘教未衰，執政任事之臣修法令，慎庶孽’”小注十九字。卷十“沛公”條，“保宛城”下，有“史作‘與南陽守戰犨東，破

之,南陽守齮走保城守宛'”小注二十一字;“張子房之謀也”下,有
“‘楚雖無疆’,漢史作‘楚唯無疆’”小注十一字。漢五年條,“功”
下、“子房”上,無“張”字,有“一作張子房之謀也”小注八字。漢
六年條,“雍齒與我有故”下,有“《漢書音義》曰‘未起時有故怨’”
小注十一字。高皇帝五年條,“卒爲建信侯”下,有“封之二千戶”
正文五字。孝武皇帝時“大行王恢”條,“代國墮城”下,有“漢史作
‘以飽待飢,正治以待其亂,定舍以待其勞,故按兵覆衆,代國墮
城’小注二十八字;“正遺人獲也”下,有“漢史作‘不至千里馬乏
食。兵法曰遺人獲也’”十八字。

新序跋

　　《新序》十卷,明何允中刊本。每半頁十行,行二十字,前有曾
鞏序。案《隋書·經籍志》,《新序》三十卷《録》一卷,曾鞏序則云
“今可見者十篇”。是《新序》原本三十卷,至宋仁宗時衹存十篇。
《藝文類聚》、《太平御覽》所引,多有出于今本之外者,皆三十篇中
逸文,盧抱經《群書拾補》已搜輯無遺。《群書治要》比今本多四
條:一爲“孟子見齊宣王于雪宮”至“未之有也”,凡九十五字;一爲
“齊有田巴先生者”至“斯齊國治矣”一百七十八字;一爲“臧孫行
猛政”至“退而避位”,凡五百八十九字;一爲“子路治蒲”至“其民
不擾也”一百四十一字。與《類聚》、《御覽》所引大同小異,亦皆三
十篇中逸文也。

説苑跋

　　劉向《説苑》二十卷,明楚府刊大字本,半頁十行,行十九字。
是書有宋咸淳本,盧抱經以程榮本互校,《復恩篇》多“蘧伯玉得罪
于衛君晉大夫有木門子高”一條,“尾生殺身以成其信”一句,見

《群書拾補》。此本比程榮本《復恩篇》"晉趙盾舉韓厥"條"欲誅趙氏"下，多"初趙盾在時"五字，與宋本同，而少"楚莊王賜群臣酒"一條、"陽虎得罪北見簡子"一條。是書明凡五刻，有四川蜀府本、嘉靖何良俊本、程榮《漢魏叢書》本、何鏜《漢魏叢書》本，及此而五。何鏜本出于程榮，程榮本出于何良俊。此本字大悅目，與何良俊本互有得失。

申鑒跋

《申鑒》五卷，漢潁川荀悅著，黃省曾注本。以《群書治要》所引校勘一過，知今本奪落甚多。《政體篇》"民作基"下，奪"制度以綱之，事業以紀之"兩句；"無或詐偽"下，脫"滔巧"二字；"外無異望慮其"下，脫"有罪惡者無"五字；"則賢臣不用"下，脫"賢臣不用"四字；"上不訪"下脫"下"字，"不諫"下脫"上"字。《雜言上》"君子三鑒"下，脫"鑒乎前，鑒乎人，鑒乎鏡"三句；《雜言下》"或曰進諫"條後，脫"或問天子守在四夷有諸"至"一言之冠襲于膝下，患之甚矣"凡一百七十五字。此外，如《傅子帝範注》、《困學紀聞》所引，亦尚有可補此本之缺者。是書刊于正德中，當時宋本必多，省曾意在作注以述寄託，不暇訪求善本，故訛奪如此耳。

中論跋

《中論》二卷，漢北海徐幹撰，明弘治黃華卿刊本。前有無名氏序、曾鞏序，後有石邦哲、陸友仁題記，都穆跋。校以《群書治要》，《法象篇》"行必有檢故"下，脫"言必有防，行必有檢"八字；《修本篇》"不宿義"下，脫"焉言而不行，斯寢道矣，行而不時，斯宿義矣"十七字；《賞罰篇》脫"天地之間，含氣而生者"至"亦萬代不刊之道也"云云凡四百三十餘字，"昔之聖王判爲禮法"至"不亦遠乎”凡五百四十餘字。案：曾鞏序云，始見館閣《中論》二十篇，及觀《貞觀政要》，太宗稱嘗見徐幹《中論》《復三年喪篇》，今書獨闕。又考之《魏志》，文帝稱幹著《中論》二十餘篇，乃知閣本非全書。又晁公武《讀書志》云：李獻民所見《中論》別本，實有《復三年喪》、《制役》二篇。今觀“天地之間”云云一篇，所言皆三年制服之事，即《貞觀政要》所稱《復三年喪篇》也；“昔之聖王”云云一篇所言，皆力役之事，即晁氏所謂《制役篇》也。後有重刊是書者，宜採《治要》補此二篇，則《中論》爲完書矣。

宋刊麗澤論説集録跋

《麗澤論説集録》十卷，宋呂祖謙撰，宋刊本。每葉二十行，行二十字，版心有刊工姓名及字數，間有無字數及刊工姓名者，則元時修版也。宋諱多缺避，至“惇”字止，蓋光宗時刊本。目後有喬年記。是書《宋史・藝文志》“儒家類”著于録作《麗華論説集》，當傳寫之訛。卷中有“譙國戴氏藏書記”朱文長印、“經農”二字白文方印，其人俟考。行款與《東萊文集》同，蓋同時所刊也。

朱子讀書法跋

《朱子讀書法》四卷，宋張洪、齊熙同編。原本久佚，乾隆中館臣從《永樂大典》輯出者。《宋史・藝文志》、《文獻通考》皆無其書，明《文淵閣書目》始著于録。案：洪，饒州永豐人，淳熙十三年解試，見《江西通志》。熙序稱，洪孝謹清修，有志聖賢之學。其居官必有可觀，而《四明志》不爲立傳，《職官表》亦無其名，亦缺典也。

宋槧政經跋

《真文忠公政經》一卷,宋真德秀撰,宋刊本。每葉二十行,每行十八字,版心有刊工姓名。前有淳祐二年王邁序。《宋史·藝文志》、《文獻通考》、《書錄解題》皆無其書,明《文淵閣書目》始著于錄。案:是書爲西山守泉州日所著,門人趙時棣宗華爲大庾令,梓于縣齋。以文瀾閣傳抄本參校,大略多同,惟缺王邁序耳。卷首有“臣馮翼”白文方印、“孫氏鳳卿”白文方印,蓋明孫鳳卿舊藏也。

宋槧心經跋

《心經》一卷,宋真德秀撰,宋槧本。每葉二十行,行十八字,版心有刊工姓名,後有顏若愚跋。《宋史·藝文志》無其書,《書錄解題》、《文獻通考》皆作《心經法語》。明《文淵閣書目》題名與今本同。《四庫全書》“儒家類”著于錄。王瀿軒《政經序》云,端平初,理宗嘗命洪舜俞作序。今《平齋集》無此文,則洪雖受命而未作。校以文瀾閣傳抄本,大略多同,惟缺顏若愚跋。案:若愚,晉江人,嘉定十三年進士,興化教授,見《八閩通志》。

宋槧大學衍義跋

《真西山讀書記》乙集上《大學衍義》四十三卷,前有德秀自序、進書表、尚書省劄子、中書門下省時政記、房申狀。宋槧本,每頁十八行,行十七字,宋諱皆缺避,語涉宋帝皆提行。目錄子目雙行。案:《讀書記》乙集下湯漢序云,《讀書記》惟甲、乙、丁爲成書,甲、丁二記先刊行,乙記上即《大學衍義》,久進于朝,與此本合,是《大學衍義》實《讀書記》中之一集。明弘治刊本削去“讀書記乙集上”六字,萬曆刊本仍之,若非此本僅存,後之人不知乙集上爲何書矣。弘治本半頁十一行，行二十一字，凡提行、款式，一仍宋本之舊，惟西山自序加以注釋，殊無謂也。

宋本真西山讀書記跋

《西山真文忠公讀書記》，甲集三十六卷，乙集下二十卷，丁集八卷，宋福州學刊本，半頁九行，行十六字，小字雙行，行二十四字。前有開慶元年湯漢序，丁集末有監雕福清縣學主張奎、通判福州黃巖孫、福建安撫使參議官涂等銜名。元修之頁，版心有"延祐五年補刊"六字及刊工名。是書近有閩中祠堂刊本，脫落訛謬，幾不可讀。此乃南宋初刊祖本，字畫清朗，體兼顏、歐，尚存北宋官刊典型，非麻沙坊本所能及也。丙集未見傳本，愚觀《心經》、《政經》，雜采前人之説，體例與《衍義》、《讀書記》相近，意者其即丙集乎？

性理群書句解跋

《性理群書句解》二十三卷，宋熊節撰、熊剛大注，文瀾傳抄本。案：節，字端操，福建建陽人，十歲讀《易》，即知問難，至通曉而後止。慶元乙未廷對，值僞學之禁，以納諫、行正、求賢對①。知舉黃由以其不迎合時好，特置前列，且爲奏御，累官通直郎，知閩清縣。著有《中庸解》三卷、《智仁堂稿》及此書。剛大少穎敏，從蔡節齋、黃勉齋遊，問學精專，操行篤至。嘉定七年進士，官建安府學教授，學者稱古溪先生，著有《詩經注解》、《小學集注》，見《性理大全》及李清馥《閩中理學淵源考》。乃《福建通志》不爲立傳，《宋元學案》亦無其名，皆缺典也。

---

① 慶元自乙卯至庚申，僅六年，無"乙未"，有"己未"。《藝風藏書續記》"乙未"作"己未"，"行正"作"行仁"。

宋刊性理群書句解後集跋

《新刊音點性理群書句解後集》，二十三卷，宋麻沙刊本，每半頁十三行，每行大字二十四，小字二十五六不等，不著撰人名氏，惟卷十四有"建安後學熊剛大集解"九字，當亦熊節所編也。各家書目及《福建通志》皆未著錄。卷一至卷十二《近思錄》，卷十四至卷二十《近思續錄》，卷廿二、廿三《近思別錄》。《續錄》爲節齋蔡模所編，取朱文公之格言，依《近思錄》門類編錄，故曰續錄。《別錄》亦節齋所編，所取皆南軒、東萊之格言，故曰別錄。卷首有"武原鄭氏"朱文方印，蓋明鄭端簡公舊藏，後歸海寧吳兔牀拜經樓。有"臨安志百卷人家"白文長印。《拜經樓題跋記》著于錄，題爲"宋刊《近思正續錄》"，而不著《性理群書句解》之名，不知爲熊節所編、熊剛大所注，則吳壽暘之陋也①。

齊民要術跋

《齊民要術》七卷，影寫宋刊本，每葉二十行，行十七字，以《秘册彙函》刻本校之，刻本訛奪甚多。思勰自序題名下，刻本脫雙行注二十八字；序"家有丁車大牛"，脫"有"字；"歲時農收"後，脫"農收"二字；"因地之利"下，脫"謹身節用以養父母"八字；"生習使之然也"，脫"使之"二字；"夫孰自知非者也"，脫"夫""非者"三

---

　　① 此上兩書，《藝風藏書續記》卷二作"《性理群書句解前集》二十三卷《後集》二十三卷"，稱《宋元學案》未采入，梨洲、謝山均未之見，"可不謂驚人秘笈與？"又云徐興公僅得首册，"又三百年，竟得《前》《後集》全部，其寶愛又當何如？"《續記》載撰著人銜名云，《後集》二行"近思錄"三大字，三行"晦庵先生朱文公集編"，四行"東萊先生呂成公同編"，五行"考亭後學熊剛大集解"。是"其書不出節所編"，"麗宋樓未見《前集》刻本，《後集》亦缺首二葉"。可知繆荃孫所藏係該書全本。

字。《雜說》"秋收治田後"，訛"秋收後治糧"。卷一，《耕田篇》
"周書曰"至"百果藏實"，小注訛作正文；"耬不如鏵"，"鏵"訛
"劐"；"休息之"下，"黨正屬民飲酒正齒位是也"小注訛作正文。
《收種篇》"無好厭好"，"厭"訛"籌"，脫下"好"字。《種穀篇》"及
附字"下，脫"令稼不蝗蟲骨汁及繰蛹汁皆肥使"十三字。卷二，
《黍穄篇》注"黍米不成"下脫八字，"皆即濕踐"下脫注十一字，
"又難舂米碎"下脫四字，"疆土可種黍"下脫注二十九字。《水稻
篇》注"田之畦埒也"下脫六字；《禮‧月令》條注"此謂學稼"下脫
十二字。《胡麻篇》首小注"巨勝"下脫五字，"白者油多"下脫十
一字。卷三，《種葵篇》"美于秋菜"下脫注八字；《蔓菁篇》注"非
蕪菁也"下脫二十一字；《種蒜篇》首小注"蒜、菫菜也"下脫三十五
字；"大宛之蒜"下衍"丑"字，脫三十一字；《種葱篇》首小注"廣志
曰"上脫二十八字；《荏蓼篇》首小注"植荏也"下脫四十字；《種薑
篇》首小注"茈音丁"脫十一字；"置屋中"下脫注十三字；《蘘荷芹
蘆篇》首"芹楚葵也"下脫十三字；《種苜蓿篇》首"採苜蓿種歸"下
脫八字，"一如韭法"下脫注十六字；《雜說篇》"入太學入小學"下
皆脫"學"字，注"以和豆黏"下脫九字，"非我也兵也"下脫注三十
五字；"豐年尤宜多穲"，"年"訛"者"；"米石至"下脫"數"字；"月
影長二尺"下脫"赤者"二字。卷四，《園籬篇》"間劚去惡者"，
"劚"訛"斷"；"剝去橫枝"、"剝必留距"，"剝"皆訛"剝"，"剝"，去
木枝也，明人不識"剝"字，妄改爲"剝"；"鼠耳䖸翅"，"翅"訛
"趨"。《種棗篇》首"《爾疋》曰"至"檢棗"，正文誤作小注，"三月
熟"下脫十八字，"大白棗"下脫四字，"三星棗"下脫五字，"崎廉
棗"下脫五字，"赤心棗"下脫十五字，"從燕"下脫三十八字，"擇
去胮爛者"下脫注十一字。《種桃篇》"《爾疋》曰"至"山桃"十字，
正文訛作小注；"桃酢法"前脫正文"又法"二字、注二十四字；"櫻

桃"注，"凡三種"下脱十二字，"一名午桃"上脱二十六字。《種梅杏篇》首小字"蓬萊杏"下脱十四字；《神仙傳》條注"董先生杏"下脱一百一字。《種梨篇》首小字"耐寒不枯"下脱二十二字；"杜如臂"條"去地五六寸"下脱注五十三字，"陽中者"下"陰中枝則奚少"，小注訛作大字；"以土培覆之"下脱"令梨枝僅得出頭以土雍四畔當梨上沃水水盡以土覆"二十二字。《種菜篇》"即于屋裏埋著濕土中"，脱"屋裏"二字。《柰林檎篇》"壓桑法"下脱小注十六字，"又法"下脱小注二十三字。《種柿篇》"如插梨法"訛作"插柿法"，下脱注十四字。《安石榴篇》"一重土"，"重"訛"寸"，"以蒲藳裹"脱"蒲"字。卷五，《種桑柘篇》"凡耕桑田"條後，脱"又法，剝桑十二月爲上時，正月次之，二月爲下。大率桑多者宜苦斫，桑少者宜省剝。秋斫欲苦而避日中，冬春省剝竟日得作。春採者，必須長梯高杌，數人一樹，還條復枝，務令淨盡，要欲旦暮而避熱時。秋採欲省栽去防者，椹熟時多收，曝乾之，凶年粟少，可以當食。《種柘法》，耕地令熟，樓構作壟，柘子熟時多收，以水淘汰，令淨乾，散迄勞之。草生拔卻，勿令荒沒。三年間斸去堪爲渾心扶老，十年中四破爲杖，任爲馬鞭胡牀"一百六十三字，又脱小注二百二十餘字；《禮記·月令》條注"養蠶之器"下脱十字；"永嘉記"條"與重卵相齊"，"重卵"二字訛"種"。"龍魚河圖"條"比至再眠"，"再"訛"在"。《種榆白楊篇》"改雀損穀"訛"改攉損谷"；"白楊"條注"木性多曲"下衍四字，脱廿七字；《種槐柳篇》"楊柳"條"少枝長疾"下脱"一赤已上者插著壟中，二赤一根，數月即生少枝長疾"二十一字；"雜材及枕"，"枕"訛"椀"；"三寸截之"，"截"訛"絶"；《種梓法》條"有草拔令去"，"拔"訛"枝"；"楸既無子"，脱"楸"字，"既"訛"即"；"梧桐"注"今梧桐"下脱二十一字；"樹別下子一石"，脱"樹"字，"別"訛"剝"；"青白二材"，"材"訛"桐"。

《種紅藍花篇》"作燕脂法"，"著瓷碗中"，"瓷"訛"甕"；"合香澤法"，"合"訛"石"；"好清酒"，"好"訛"如"，"蘭香"上脫"澤"字；"豬脂一分"，"脂"訛"腹"，"瀉"下脫"著瓶中"三字；"合手藥法"，"猪胝一具"，"胝"訛"胝"；"作米粉法"，"粱米第一"，"粱"訛"染"；"舒布于牀上"，"舒"訛"書"；"粉英如梳"脫"梳"字；"種藍法"，"相去八寸"下脫小注十二字，又脫正文"白皆即急鋤"五字。卷六，《養牛馬篇》"如穴中著火"，脫"火"字；"尾本欲大欲高"，脫"欲高"二字；"尾下欲無毛"，"毛"訛"尾"。《養豬篇》"豚一宿蒸之"，下脫"不蒸則"三字。卷七，《貨殖篇》"筋角丹砂"，奪"丹"字；"旃席千具"，"席"訛"車"；"臼中擣令碎"，"擣"訛"受"；"直下饋"，"饋"訛"讀"；"實勝凡麴"，"勝"訛"暘"；"作神麴方"，"秋以九月九日"，脫"九日"二字；"然要須善候麴勢"，"善"訛"蓋"；"但不及春秋耳"，"及"訛"兵"；"一切無忌"，"忌"訛"己"；"搦黍令破"，"令破"訛"今頗"。此外，注文訛奪，尚難枚舉。唐以前難讀之書，《要術》居其一。得此抄本校訂，稍覺文從字順，惜祇六卷有半，後數卷無可訂耳。

原本王楨農書跋

　　《農桑通訣》集六、《穀譜》集十、《農器圖譜》集二十，題曰"東魯王楨撰"。其書改卷爲集，可稱創格。嘉靖中山東巡撫邵錫得此本，命布政使顧應祥刊行之。前有嘉靖庚寅臨清閣閔序。雖與聚珍本分卷有異，而大旨多同。《農桑通訣》首"農事起本"、"牛耕起本"、"蠶事起本"三條，列于集一之前，上圖下説。《穀譜》集一之前，有《神農嘗穀圖》、《黃帝火食圖》。每集之前各有總目。《農桑通訣》目首有雙行注五十餘字，言所以名集不名卷之由，皆聚珍本所無。楨自序云，"爲集三十有六，目二百有七十"，則集之名爲楨原本所有,非明人妄加也。凡遇"國"、"家"等字皆頂格,當從元刊翻雕者。《提要》云,今外間所有王楨《農務集》,即從是集摘抄,又云《永樂大典》所載併爲八卷,割裂綴合,已非其舊,則原本之罕見可知矣。徵引古書,多本《齊民要術》而不著所出,已開明人剽竊之習。惟《要術》久無善本,脱訛幾不可讀,當藉此書校正之。

宋刊武經七書跋

《孫子》三卷、《吳子》二卷、《司馬法》三卷、《六韜》六卷、《尉繚子》三卷、《三略》三卷、《李衛公問對》三卷,宋槧本。每頁二十行,每行十九字,版心有字數及刊工姓名,"殷"、"徵"、"貞"、"恒"、"警"、"敬"、"完"、"構"、"讓"、"慎"皆缺避,當爲宋孝宗時刊本。七書彙刊始于宋元豐二年,事見李燾《續通鑑長編》。元豐六年,國子司業朱服言"承詔校定《孫子》、《吳子》、《司馬法》、《衛公問對》、《三略》、《六韜》。諸子所注《孫子》互有得失,未能去取。它書雖有注解,淺陋無足采者,臣謂宜去注行本書,以待學者之自得"。詔《孫子》止用魏武帝注,餘不用注。亦見《長編》。此本《孫子》亦無魏武注,殆因朱説而削之歟?

疑獄集跋

《疑獄集》三卷,上、中兩卷題曰"贈中書令右僕射平章事魯國公和凝集",下卷題曰"將仕郎太子中允男和㠓述",影寫元刊本。前有和㠓序、至元十六年杜震序。㠓先官知縣,後官刑曹,序所稱"三任親民于劇邑,二年作吏于秋曹"是也。是書原本百條,勒成四幅,前二卷爲凝所集,後二卷爲㠓所續,南宋時已佚一卷,故晁公武《郡齋讀書志》亦以三卷本著于録,與此合。今《四庫》著録四卷本,乃後人分第三卷爲兩卷,以足四卷之數,亦非原書也。此本三卷，凡六十六條，爲朱竹垞抄以奉王漁洋者。後有吳長元跋。雖非完本，猶存宋本舊式而未割裂者。昭德所著録，當即此本所從出。《讀書志》謂"上卷爲凝書，中、下爲嶸續"者，誤也。

影宋本宋提刑洗冤録跋

《宋提刑洗冤録》五卷，影宋抄本，題曰"朝散大夫新除直秘閣湖南提刑充大使行府參議官宋慈惠父編"。《文淵閣書目》著於録，不著撰人名氏。《四庫全書》存目"法家類"《提要》云，始末未詳。錢竹汀《養新録》，亦云不知何許人。愚案：宋慈，福建建陽人，嘉定十年進士。少受業于同邑吳雉，雉爲朱子弟子，因得與楊方、黃幹、李方子論質，學益進，補贛州信豐主簿，遷知長汀縣，擢知常州，歷廣東、江西、湖南提點刑獄，終于直煥章閣知廣州廣東安撫大使，淳祐六年卒，年六十四，見《劉後村大全集》。慈博記覽，善辭令，丰裁峻厲，望之可畏。官主簿時，屬平贛州劇賊，及知常州，歲饑濟糶，民無餓者。提刑江西，鱗次保伍，姦無所容。台諫奏取其所行，下浙右諸路以爲法。序稱"四叨臬事"者，由江東而廣東，由廣東而江西，由江西而湖南也；"新除直秘閣"者，由知贛州除直秘閣，提點湖南刑獄也；"充大使行府參議官"者，陳韡爲湖南安撫大使兼節制廣西，辟慈爲參謀也。此書爲淳祐丁未官湖南提刑時所編，采《內恕録》以下數家，參以己見，會萃而成，後世官司奉爲金科玉律。觀其序後識云"賢士大夫如有得于見聞及親所歷涉、出于此集之外者，切望片紙録賜，以廣未備"，可見其求治之殷矣。非賢者而能如是乎？《宋史》"循吏"不爲立傳，亦缺典也。

儀顧堂題跋卷七

巢氏諸病源候論跋

重刊《巢氏諸病源候總論》五十卷，目錄一卷，題曰"隋大業六年太醫博士臣巢元方奉敕撰"，元刊本。前有翰林學士知制誥宋綬序。每半頁十三行，每行二十三字。以明刊本校之，卷十"瘴氣候"條四百七十一字，明刊衹存五十四字；"青草瘴"以下奪四百十七字。此外字句之訛奪，亦復不少。證以《外臺秘要》所採諸論，與此刊亦有異同。聞東洋藏書家尚有南宋刊本，惜不得借校一過耳。

靈樞經跋

《靈樞經》十二卷，明成化熊宗立刊本。愚案：《靈樞》即《鍼經》，見《漢·藝文志》。皇甫謐《甲乙經序》並非後出，《靈寶注》以鍼有九名，改爲《九靈》，又以十二經絡分爲十二卷，王砅又因《九靈》之名，而改爲《靈樞》。其名益雅，而去古益遠，實一書也。請列五證以明之：皇甫謐《甲乙經序》曰，《七略》、《藝文志》，《黃帝內經》十八篇。今有《鍼經》九卷，《素問》九卷，二九十八卷，即《內經》也。又有《明堂孔穴鍼灸治要》，皆黃帝岐伯選事也。三部同歸，文多重複，乃撰集三部，使事類相從，爲十二卷。今檢《甲乙經》稱"素問"者，即今之《素問》，稱"黃帝"者，驗其文，即今《靈樞》，別無所謂"鍼經"者。則《鍼經》即《靈樞》可知，其證一也。《靈樞》卷一九鍼十二原篇已云"先立鍼經"，是"鍼經"之名見于本書，其證二也。王砅云《靈樞》即《黃帝內經》十八卷之九，與皇甫謐同；當是漢以來相傳之舊説，其證三也。楊尚書，隋初人也，所著《黃帝內經太素》、《黃帝內經明堂類成》，中土久佚，今由日本傳來，其書採録《靈樞經文》，與《素問》不分軒輊，與《甲乙經》同。是漢、唐人所稱《內經》，合《素問》、《鍼經》而言，非專指《素問》明矣，其證四也。《靈樞》義精辭奧，《經筋》等篇非聖人不能作，與砅《素問注》相較，精粗深淺，相去懸殊，斷非砅所能僞托，其證五也。《甲乙經》林億等序曰：國家詔儒臣校正醫書，令取《素問》、《九虛》、《靈樞》、《太素經》、《千金方》及《翼外臺秘要》諸家善書，校對玉成，將備親覽。《蘇魏公集·本草後序》曰：嘉祐三年，差掌禹錫、林億、張洞、蘇頌同共校正《神農本草》、《靈樞》、《太素》、《甲乙經》、《素問》及《廣濟》、《千金》、《外臺》等方。是《靈樞》爲宋仁宗時奉詔校正醫書八種之一，非林億所未校，特未通行耳。唐自中葉以後，醫學漸不如古，鍼灸孔穴之法，或幾乎息，粗工藉術餬口，既不知鍼，何論腧穴？《鍼經》遂在若存若亡之間，狡獪者改易其名，詫爲秘笈，不學者逞其臆説，誣爲僞書，幾使秦、漢以來相傳之古籍，與華佗《中藏》、叔和《脈訣》等量齊觀，亦秦火以後之厄運哉！是書宋以前本無異論，至元呂復始謂《九靈》《鍼經》，苟一經二名，《唐志》不應《九靈》之外，別出《鍼經》。愚謂，隋、唐志中一書而數見者甚夥，不但《九靈》《鍼經》而已。呂復淺人，原無足責，董圃杭氏在近時號稱淹博，亦襲復之瞽説，詆爲淺短，誣爲僞託，指爲林億、高保衡所未校，豈目未覩《甲乙經序》及《蘇魏公集》乎？可怪也。

黃帝難經明堂殘本跋

　　殘本《黃帝内經明堂》一卷,題曰"通直郎太子文學臣楊尚善奉敕撰注",有自序。案:《唐書‧藝文志》有楊尚善《黃帝明堂類成》十三卷。尚善自序云,十二經脈各爲一卷,奇經八脈復爲一卷,合爲十三卷。與《唐志》所稱十三卷合,當即此書也。其書取《素問》、《靈樞》、《腧穴》、《針灸》、《論治》,分十二經,編類而音釋之。其釋腧穴諸名曰:中府、一名膺中輸,膺、胸也,輸、委輸也,胸氣歸此,故謂之輸。天府者,肺爲上,蓋爲府藏之天,肺氣歸于此穴,故謂之天府。俠白者,白、肺也,此穴在臂,俠肺兩廂,故名俠白。尺澤者,一尺之中,脈注此處,流動而下,與水義同,故名尺澤。孔最者,孔者、空也,手太陰脈,諸脈中勝,此之空穴,居此脈之左,故曰孔最也。列缺者,列、行列也,列之缺,住之上,故曰列缺也。經渠者,水出流注,入渠徐行,血氣從□出,流注至此,徐引而行。經謂十二經脈,血氣流于此穴,故曰經渠。太淵者,少商初出爲刃,可謂小泉,魚際停□,此中涌注,故曰太泉。水出井,流而動,脈出指,流而上行,大指本節後象魚形,故以魚名之,赤白内呼,故曰魚際。少商者,手太陰脈歸于肺,肺之算于秋,脈之所起,地之方商也。其言如漢人解經,疏通證明,訓詁精確,爲自來注醫書者所未有。惜祇存《肺經》一卷,不得見十二經腧穴命名之義也。尚善所著,見于《新唐書‧藝文志》者,有《老子道德經注》二卷、《莊子注》十卷、《老子指略論》二卷、《道德經三略論》三卷,今皆不傳。《藝文志》作《明堂類成》,此本無"類成"二字,未知何故。卷末有"寬元年以相傳本書寫畢"一行。案:寬元爲日本八十六代四條年號,其元年當宋紹定六年,蓋從七百年前抄本傳録者。

黃帝內經太素跋

《黃帝內經太素》三十卷,題曰"通直郎守太子文學臣楊尚善奉敕撰注",缺卷一、卷四、卷七、卷十六、卷十八、卷二十一共六卷,卷二缺末,卷三缺首,卷六缺尾,卷八缺首,卷十缺首,卷十二缺首,卷十四缺首,卷十七祇存尾三頁,卷二十二首尾皆缺,卷二十九缺首,卷三十缺首。其完全無缺者,僅卷五、卷九、卷十一、卷十三、卷十五、卷十九、卷二十三、卷二十四、二十五、二十六、二十七、二十八,共十二卷耳。案:尚善貫里無考,僅據結銜知爲通直郎太子文學而已。《新唐書·藝文志》著于録。治平中,林億等奉詔校正醫書,《太素》亦在其列,見林億等《甲乙經序》、《蘇魏公集·本草後序》。《素問》新校正及《甲乙經》校正引其説甚多,是此書在北宋必亦刊行,至南宋而始佚,故晁、陳書目遂無其名也。每卷後仁平元年、仁安二年書寫點校等字。案:日本近衛仁平元年爲宋紹興二十一年,六條仁安二年爲宋乾道三年,是從八百年前抄本傳録者。其書以《素問》、《靈樞》分類編次而音釋之,與《甲乙經》相類,與今本多不同,與《素問》新校正所引多合。

北宋本外臺秘要跋

《外臺秘要方》四十卷,題曰"朝散大夫守光祿卿直秘閣判登聞檢院上護軍臣林億上進"。每葉二十六行,每行二十四字。神宗以前帝諱嫌名皆闕避。前有王燾自序及孫兆序,後有皇祐三年內降指揮、熙寧三年鏤版指揮及校正林億等銜名三行,中書門下富弼等銜名八行。每卷後或題"右從事郎充兩浙東路提舉茶鹽司幹辦公事趙子孟校勘",或題"右迪功郎充兩浙東路茶鹽司幹辦公事張寔校勘",當是浙中刻本,故校勘皆浙東官耳。卷一、卷九後有

"朝奉郎提舉藥局兼太醫令醫學博士臣裴宗元校正"一行。以崇禎中程衍刊本校之,刪削幾及二萬字,妄改處亦復不少。黃蕘圃孝廉宋刊之富,甲于東南,僅得目録及第廿三兩卷,見《百宋一廛賦注》。日本雖有全書,模印在後,多糊模處,見《經籍訪古志》。此本宋刊初印,無一斷爛,洎海內外之鴻寶也。書中"痰"字皆作"淡",明本改作"痰";"擔"字皆作"檐",明本改作"擔"。案:《説文》無"痰"字,《廣韻》始有"痰"字,云"胸上水病"。《一切經音義》卷三:"淡,飲胸上液也。"其字作"淡",不作"痰",與此本合。《説文》亦無"擔"字,人部"儋、何也",即今"擔"字。《漢書·貨殖傳》"漿千儋"、《西域傳》"負水儋糧",此"儋"之正字也。《楚辭》"哀時命負檐荷以丈尺兮"、《史記·虞卿列傳》"檐簦"、《范雎列傳》"檐簦",皆從木作"檐"。《禮記·喪服》四"制或曰檐主",宋本注疏亦從木作"檐",與此書合,此儋之假借字也。明刻改"淡"爲"痰"、改"檐"爲"擔",此明人不識字之通病也。是此書不但有功醫學,並可參證小學,宋本之可貴如此。壽書原有雙行夾注,明刊往往于原書夾注上加"通按"二字,竊爲己説,尤可笑也。

北宋本千金方跋

《孫真人千金方》,卷一至卷五、卷十一至十五、卷廿一至三十,凡二十卷,皆北宋本。每葉廿八行,行二十四字。首行題曰"新雕孫真人千金方",版心或題"千金方幾",或題"千金幾",無字數及刊工姓名。卷六至卷十、卷十六至十九,元刊本,題曰"重刊孫真人備急千金要方",每葉廿二行,行二十二字,小黑口,版心題"金方幾"。卷二十配明慎獨齋本,題名、行款,與元刊同,白口,版心有"千金方"及某某類等字。宋刊元刊,皆有"滎陽開國之裔鄭氏家藏圖書"朱文長印。審其印文,必明初人,其明刊本爲黃蕘圃氏所配也，則是書全本明初已不可得矣。卷一爲類八，曰習業第一、精誠第二、理病第三、診候第四、處方第五、用藥第六、合和第七、服餌第八；卷二"婦人上"爲類八，求子方第一、有胎惡阻第二、養胎第三、有胎病方第四、難産第五、子死腹中第六、逆生第七、胞衣不出第八；卷三"婦人中"爲類八，虚損第一、煩悶第二、中風第三、心腹痛第四、惡露第五、下痢第六、小便第七、雜方第八；卷四"婦人下"爲類四，補益第一、不通第二、崩中第三、月水不調第四；卷五"小兒"爲類八〔八，當作九〕，序例第一、初生第二、驚癇第三、客忤第四、癰疽第五、傷寒第六、咳嗽第七、癥結第八，雜病第九；卷十一爲類五，肝臟脈論第一、肝虚實第二、肝勞第三、肝筋極第四、癥結癖氣第五；卷十二爲類七，膽府脈第一、膽虚實第二、咽門第三、髓虚第四、補虚煎第五、吐血方第六、萬病方第七；卷十三爲類八，心臟脈論第一、心虚實第二、心勞第三、脈極第四、脈虚實第五、心腹痛第六、胸痹第七、頭風第八；卷十四爲類七，小腸腑脈論第一、小腸虚實第二、舌論第三、風眩第四、風癲第五、驚悸第六、好忘第七；卷十五爲類七，脾臟脈論第一、脾虚實第二、脾勞第三、肉極第四、肉虚實第五、熱痢第六、冷痢第七；卷二十一爲類五，消渴第一、虚悶不得眠第二、淋閉第三、尿血第四、水腫第五。卷二十二爲類五，序論第一、菓實第二、菜蔬第三、穀米第四、鳥獸第五。卷二十三爲類六，丁腫第一、癰瘤第二、發背第三、丹毒第四、癮疹第五、瘭疽第六；卷二十四爲類五，九漏第一、腸癰第二、腸痔第三、癬疥第四、惡痰第五；卷二十五爲類八，解食毒第一、百藥毒第二、五石毒第三、蠱毒第四、胡臭第五、脱肛第六、瘤瘻第七、癩病第八；卷二十六爲類四，卒死第一、蛇毒第二、被打第三、火瘡第四；卷二十七爲類十六，平脈火法第一、五臟脈輕重第二、指下形狀第三、五臟脈所屬第四、分別病狀第五、三關對治法第六、五臟積聚第七、陰陽表裏

虛實第八、何時得病第九、扁鵲華佗察色第十、五臟六腑氣絕候第
十一、四時相反第十二、死期年月第十三、扁鵲診諸反逆死脈第十
四、診百病死生第十五、三部死生決第十六；卷二十八爲類八，養性
第一、導引養性第二、黃帝雜忌第三、按摩法第四、調氣法第五、居
處法第六、房中補益第七、服食法第八；卷二十九爲類六，明堂三人
圖第一、三陰三陽流注第二、針灸禁忌法第三、五臟六腑旁通法第
四、用針界例第五、灸例第六；卷三十"孔穴主對法"爲類六，頭病
第一、舌病第二、膝病第三、風病第四、癲病第五、雜病第六。校以
日本覆宋治平本，不但編次先後迥然不同，即字句方藥，幾于篇鮮
同章，章尠同句，惟與治平本校勘記所稱唐本多合，洵爲孫真人之
真本，非林億既校以後刊本所可同日語也。

明刊類證傷寒活人書跋

　　《增注無求子類證傷寒活人書》二十二卷，明吳勉學《醫統正
脈》刊本。以宋本校之，前多《釋音》四葉，《傷寒藥性》四葉，目錄
十六葉。又引《素問》、《靈樞》、《難經》、仲景諸家之説爲之注。
有雙行注者，有低二格雙行列于各條後者，肱有自注，與增注不分，
大約不引舊説者爲肱自注，其引舊説者皆增注也。卷一至十一，分
卷與宋本同；卷十三、十四、十五，即宋本之卷十二、十三也；卷十
六、七、八，即宋本之卷十四、五也；卷十九，即宋本之卷十六；卷二
十，即宋本之卷十七；卷二十一，即宋本之卷十八。其卷二十二，爲
李子建《傷寒十勸》，非肱所著，與卷首之《釋音》、《藥性》皆後人
所增也。增注出何人之手，明刻不著其名。查樓鑰《攻媿集·增
釋南陽活人書序》曰："無求子朱公肱，士夫中通儒也，著《南陽活
人書》。吾鄉王君作肅爲士而習醫，自號誠庵野人，以《活人書》爲
本，博取前輩諸書凡數十家，手自編纂，參入各條之下，名曰《增釋

南陽書》。"據此,則此本爲王作肅所輯,當改題曰"吳興朱肱撰,四明王作肅增注",則得其實矣。

宋版南陽活人書跋

《重校證活人書》十八卷,宋朱肱撰。宋刊本前有肱自序、進書表、青詞、謝表、謝啓,後有肱後序。每葉二十行,每行十九字,每卷各有小序。卷一論經絡,卷二論切脈,卷三論表裏,卷四論陰陽,卷五論治法,卷六論傷寒、傷風、熱病、中暑、溫病、溫瘧、風溫、風疫、中濕、風濕、濕溫、痓病、溫毒之名,卷七論痰證、食積、虛煩、脚氣,與傷寒相似,卷八論發熱,卷九論惡寒,卷十論結胸與痞,卷十一論咳逆,卷十二、十三論藥證,卷十四、十五雜方,卷十六婦人傷寒,卷十七論小兒傷寒,卷十八論小兒瘡疹。《直齋書録解題》、《文獻通考》、《宋史·藝文志》皆著于録。《四庫》未收,阮文達亦未進呈。吳勉學《醫統正脈》所刊分二十二卷,首題"增注無求子傷寒類證南陽活人書",與此不同,非原書也。案:肱字翼中,自號無求子,歸安人。父臨,胡安定弟子,精于《春秋》。兄服,《宋史》有傳。肱、元祐三年進士,著有《酒經》,《四庫全書》著於録。建中靖國元年官雄州防禦推官,知鄧州録事參軍,因日蝕地震上書攻輔弼之失,並遺曾布書隨奏進呈,詔付三省,知不爲布所容,遂致仕歸,尋起爲醫學博士。政和元年,坐書東坡詩謫達州。明年提舉洞霄宫,寓居杭州之西湖。官至朝奉郎、直秘閣。肱善論醫,尤深于傷寒。在鄧州時,太守盛次仲疾,召肱視之,曰:"小柴胡湯證也。"請並進三服。至晚乃覺滿,又視之,問所服藥安在,取以視之,乃小柴胡散也。肱曰:"古人制㕮咀,謂剉如麻豆大,煮清汁飲之,名曰湯,所以入經絡,攻病取快。今乃爲散,滯在膈上,所以胃滿,而病自若也。"因依法旋製,自煮以進,二服遂安。見《通鑑長編紀事本末》、《泊宅編》、《談鑰》、《吳興志》、《酒經序》、《直齋書錄解題》。據肱自序,京師、湖南、福建、兩浙先有印本,錯誤頗多。政和八年重爲參詳,鏤版杭州大隱坊,故曰"重校證"云。《直齋》當據杭州刊本著錄,故亦分十八卷。《郡齋讀書志》二十卷,當據別本著錄。《宋志》、《通考》又以《郡齋》爲藍本耳。原名《無求子傷寒百問方》,大觀中武夷張蕆爲易今名。南陽,仲景里貫。活人者,取華佗語也。肱爲安定再傳弟子,以抗直忤時相,恬於仕進。《湖州府志》列之"藝術",淺之乎,視肱矣。

是齋百一選方跋

　　《新刊續添是齋百一選方》二十卷,宋王璆撰,東洋覆元本。《書錄解題》、《宋史·藝文志》皆著于錄。《解題》三十卷,《宋志》二十八卷,朱竹垞所藏元本亦作二十卷,《曝書亭集》有跋,與此本合,《宋志》及《解題》殆傳寫之訛耳。前有慶元丙辰章楫序及"歲在癸未劉承父刊梓"木記。《四庫全書》未收,阮文達亦未進呈。案:璆,紹興山陰人,字孟玉,號是齋,淳熙中爲淮西幕官,十六年奉檄和州,慶元三年官漢陽守,見本書及《江湖長翁集》。其書分三十一門,方一千有餘。凡方之傳授,治之效驗,記述甚詳,在宋人方書中足稱善本,非王袞《博濟方》、嚴氏《濟生方》所能及也。凡續添之方,皆注明"續添"二字,其爲是齋所續,或爲承父所添,則不可考矣。

元槧風科集驗名方跋

　　《新刊風科集驗名方》二十八卷,題曰"北京大醫趙大中編修、罩懷儒醫趙子中傳習,大元國特賜皇極道院虛白處士趙素才卿補缺、元大德十年劉世榮刊于杭州"。每半葉十行,每行二十一字,板心有字數及刊工姓名。前有閻復安、慶光華、趙素、杜道堅、左斗元敘，元好問《皇極道院銘》，後有鄭滁、狄思聖、臧夢解序。《四庫全書》未收，阮文達亦未進呈。明以來藏書家惟錢遵王《讀書敏求記》著于錄。此本爲明孫雲翼舊藏，後歸同里蔣氏，余以重值得之。第七、八兩卷抄補，九卷全缺。日本多藏中國古書，《經籍訪古志》所載福井榕亭藏本，衹存五、六、十二、十四四卷。此本僅缺一卷，誠海內外之孤本也。趙大中，未詳里貫，金末太醫院官。趙子中，覃懷人。趙素，河中人，字才卿，號心庵，全真教道士也。元初旌車特徵，賜號虛白處士。三年，以母老辭，歸鎮發帑，築館于迎祥觀之故基，賜名皇極道院。著《爲政九要》，述經世之法，蓋非僅以醫名者。素書分十集，七十七類，六百三十二方。廬陵左斗元，因素門人劉君卿之請，增爲二百四十二類，一千九百七十九方，風科諸方略備于斯矣。

博濟方跋

　　《博濟方》三卷，宋王袞撰，傳抄《大典》本，前有袞自序及郎簡序。《提要》云：袞，太原人，其仕履未詳，惟郎簡序稱其嘗爲錢塘酒官而已。愚案：袞，臨川人，自署太原，著郡望也。皇祐元年進士，見《江西通志》。沈遘有《屯田員外郎王袞可都官員外郎制》，見《西溪集》。熙寧八年二月庚辰，中書言堂後官王袞等編定，命官四等過犯，乞付有司；元豐五年五月癸巳，分命大理少卿王袞斷刑，見《通鑑長編》。考郎簡卒于嘉祐元年，年八十九，卒時自云"退居十五年"，見《咸淳臨安志》及《宋史》本傳。是簡之退居武林在慶曆二年，序當作於其時。沈遘以右正言兼知制誥在嘉祐五年，明年出知越州，見《嘉泰會稽志》。其爲翰林學士在英宗時，見《宋史》本傳。集中制語必英宗時作居多，蓋袞于慶曆中爲酒官，至嘉祐、治平間官屯田員外、都官員外，熙寧中爲中書堂後官，元豐中爲大理少卿。時代却合，當即其人。著《婦人良方》之陳自明，乃南宋嘉、熙時人，非袤所及見。卷四"大琥珀丸"下引自明《管見良方》，必非原本所有，蓋爲後人羼入耳。

王梁陳刊本本事方跋

右許叔微《本事方》十卷，王梁陳刊本。前六卷以宋乾道刊校，後四卷以影抄宋淳熙本校。卷一蘇合香丸，卷二衛真湯、白附子散第二方、荆芥散、透頂散兩方、黑龍丸第二方第三方，卷三川芎丸，卷四靈砂丹第二方、寒熱方、牛膝酒浸丸，卷五槐花散第二方第三方、熱毒下血方、梅師第二方、菊花散第二方、治晴病方、針頭丸兩方、牙痛三方、治口舌生瘡三方，加減甘露飲兩方、治耳卒癃閉方，卷六治鼠瘻瘰兩方、治丹從膈起、治火丹、治螢火丹，卷七染鬚髮方，皆兩宋本所無，均爲削去。影宋抄卷七"芎葛湯"後有"保神丸方論"百三十餘字，"桂子加附子湯"前有"大青龍湯溫粉方論"百七十餘言。卷八大柴胡等"三服得汗而解"下有"嘗謂仲景"云云百許言，"密兌法"後有製法七十餘言，"海蛤散治結胸"後有"期門二穴"云云八十餘言，"白虎加人參湯"有方論百餘言；其前有清心丸、竹葉石膏湯方論百四十餘言，瓜蒂散前有五苓散方論二百許字，卷終有"一呷散方論"一百二十餘字。卷九"小柴胡湯日三服"下有"胸中煩而不嘔"云云百三十餘言，"小承氣湯"有方論數十言，"補脾湯"後有"金液丹""來復丹"方論及"氣海灸法"八百餘言，卷終有"來甦丹"百餘言，"褊銀丸"前有"捻金散"數十言，"石可化破"下有"治小兒陽癇"云云百餘言，"醒脾丸"前有"青州白丸子"方論百五十餘字，皆此本所無。淳熙本有所增益，張孝忠敘自言之："雖有非叔微原本，亦無可考，皆爲補録于上。乾道本前有自序兩葉,修治藥法四葉。影抄淳熙本有張郯、張孝忠兩序,命純兒影摹入卷,以存宋本之真"。叔微所著尚有《續本事方》十卷,《四庫》未收,阮文達亦未進呈。余藏有抄帙,所削三十四方皆見《續本事方》。其爲梁陳刊版時羼入,或明以前已羼入,則莫可考耳。

全生指迷方跋

《全生指迷方》四卷,宋王貺撰,文瀾閣傳抄《大典》本也。案:貺字子亨,考城人,本士人,爲南京名醫宋毅叔道方之婿。貺傳其學未精,薄游京師甚困,會鹽法忽變,有大賈覩揭示失驚,吐舌不能入,經旬食不下咽,醫不能療。其家憂懼,榜于市曰:"有治之者,當以千萬謝。"貺利其酬之厚,姑往應之,既見賈狀,謬爲大言:"爾家當勒狀與我,萬一不活,則勿尤我。當爲若針之,可立效。"主者不得已從之,急針舌之底。抽針頃刻,伸縮如平時。自是名動京師。宣和中,以進頌補從事郎,積遷至奉直大夫。靖康中例行追奪。建炎二年,補朝奉郎,假拱衛大夫、合州防禦使,副劉誨爲金軍通問使。其書原名《濟世全生指迷集》。吳敏序之曰:"子亨當官不苟,遇世變,嘗慨然再請出疆使萬里"云。見《書錄解題》、趙希弁《讀書附志》、《建炎以來繫年要錄》。蓋貺本佞倖之徒,以醫得幸,所謂"願出疆使萬里"者,無非熱中徼倖,豈誠有忠臣愛國之心哉!敏亦憸人,其言無足重輕也。

鍼灸資生經跋

《鍼灸資生經》七卷,影寫明正統間廣勤書堂刊本,題曰"大監王公編"。每頁二十四行,每行二十字。前有嘉定庚辰奉議郎提舉淮南東路常平茶鹽公事徐正卿叙,目後有"正統十二年孟夏三峰景達詳咨”木記，卷末有“三峰廣勤葉景達重刊”一行，蓋明時麻沙刻本也。案：趙希弁《讀書附志》，《鍼灸經》七卷，右王執中所編也。執中，東嘉人，嘗爲從政郎、澧州教授云。今觀書中所引，如《靈蘭秘典》、《難經疏》、陸氏《續集驗方》、《耆域方》，今皆不傳，自敘治效所得頗深，蓋士人而精于醫者。閣本有紹定四年趙綸序，此本缺。執中所著，尚有《既效方》，見書中，今不傳。

儀顧堂題跋卷八

元槧六經天文編跋

《六經天文編》二卷，題曰"浚儀王應麟伯厚甫"，元刻元印本，每頁二十行，每行二十字，版心有字數及刻工姓名。是書以《易》、《書》、《詩》、《周禮》、《禮記》、《左傳》諸家注釋爲主，而參以史志。史志之外，兼及《素問》、《易通卦驗》、《乾鑿度》、《春秋緯》、《文耀鈎》、王氏《運氣論》、《參同契》、《大衍曆議》、《皇極經世》、《楚辭天問注》、《解頤新語》、楊泉《物理論》、《稗雅》、洪興祖《楚辭注》、《天文録》、杜佑《通典》諸書所採經説。漢、唐惟鄭司農、鄭康成、虞仲翔、馬扶風、何承天、劉光伯、祖沖之、孔沖遠數家，餘皆宋儒之説也。有"徐氏家藏"白文方印、"張寬德守之"朱文方印、"張任文房之印"朱文方印、"子孫寶之"朱文方印、"曾在汪閬原家"朱文方印。平湖錢夢廬所藏宋本《却掃編》亦有"徐氏家藏""子孫寶之"二印，黄蕘圃定爲元人藏印，惜無確證耳。

原本數書九章跋

《數書九章》十八卷，題曰"魯郡秦九韶"，舊抄本。《宋史·藝文志》不列其名，明《文淵閣書目》始著于録。以《永樂大典》本參校，分卷不同，編次亦異，皆館臣所更定。《提要》所謂"疏者辨之，誤者正之，顛倒者次第之"是也。此則猶原本耳，題曰"魯郡"，著舊望也。案：韶字道古，秦鳳間人。年十八爲義兵首，後寓湖州，累官知瓊州。與吳履齋契合，爲賈似道所陷，謫梅州而卒。周密《癸辛雜識》敘其事甚詳，毀之者亦甚至，焦里堂力辨其誣。愚謂九韶既爲履齋所重，爲似道所惡，必非無恥之徒。能于舉世不談算法之時，講求絕學，不可謂非豪傑之士。父季槱，寶慶中官潼川守。九韶隨侍，見四川石魚題字。其人乃貴公子，非土豪武夫，其爲義兵首也，當以故家世族爲衆所推。自序所云"際時狄患，歷歲遙塞，不自意全于矢石間"者，當在紹興十二年蒙古破興元府時，至淳祐七年卻近十年，故曰"荏苒十禩"也。焦里堂謂爲義兵首不知何年，殆未細考耳。密以詞曲賞鑒游賈似道之門，乃姜特立、廖瑩中、史達祖一流人物。其所著書謗正人，而於侂胄、似道多恕詞，是非顛倒可知。觀九韶所作《十系》，洞達事機，言之成理，其于經世之學，實有所得，惜宋季競尚空談，不能用其長耳。《大典》本題作《數學九章》，明《文淵閣目》同。此本作《數書九章》，豈明以後人所改歟？

弧矢算術跋

《弧矢算術》二卷，明顧應祥撰，嘉靖二十六年刊本。以文瀾閣傳抄本互校，閣本"圓徑圖"後缺二葉，計七百餘字。"假如周天徑一百二十一度七十五分二十五秒"條，"七十三秒七五下爲下法"脫兩葉，計八百餘字。嘉靖距今三百餘年，《四庫》所收已缺四葉，注明原缺，無從校補，無怪宋以前人著述十不存五耳。

毛抄楊輝算法跋

《田畝比類乘除捷法》二卷，《算法通變本末》、《乘除通變算寶》、《算法取用本末》合爲上、中、下三續，《古摘奇算法》一卷，皆題"錢唐楊輝編"，惟《算法取用本末》題"錢唐楊輝、史向榮編"，前有德祐改元自序，序後摹有"謙光"二字白文方印、"晚山書院"白文方印。每葉三十二行，行二十五字。汲古閣影寫宋刊本。案：輝仕履無考，僅據題名，知爲錢唐人。據序後印記，知爲字德輝而已。以郁氏新刊本參校，凡校勘記所補正，此本皆不缺不誤。其未補者，"田方二里"條，"外圍"下闕"求積"二字，"以八除之"下缺"爲"字。"圓田六法"條，"固自乘十二而一"圖殘缺，"圓用周三徑一之法"闕圖，"方圖"缺大半。"今有環田"條，"外周之數"上缺"環田中周"四字，"環田"上缺"九章帶分子"五字，下缺"誤刊"二字。《乘除通變算寶》卷中"重加術"條，"重加定位並"下缺"依本法"三字，"稅錢"上闕"官收"二字，"問"下缺"收"字。"秇地"條，"加"上缺"連身"二字。"米九十七石"條，"繁矣"上缺"見"字；"求一代乘除説莫不隨題"下缺"用意"二字，"其"下缺"可"字，"題以"下缺"覺後知"三字。"求一除"條，"遇四兩"下缺"折組倍"三字，"折"下缺"本從法"三字。"九歸詳説""自伸"下缺"引歸法取"四字，"仍用商除"下缺"是一題涉"四字，"輝嘗原"下缺"作術本意"四字，"混然歸法"下脫"不"字，"算無定數詳説""二十三四"下脫"十六"二字。《算法取用本末》"問題"上缺"遇"字。"直田長九十步"條，"雖可"下脫"倍"字，"而"下脫"因"字。毛本皆不缺。《乘除通變》卷中"官收稅錢"條，"此題若加二位必繁而用重加"，郁本訛作"法身下有二位必須而用重加"。此皆可正郁本之訛而補其缺。蓋郁氏刊是書時，所見皆轉輾傳抄之本，觀跋語"以不得見原本爲恨"，則此本之難得可知矣。卷中有"毛晉私印"朱文方印、"子晉"朱文方印、"汲古主人"朱文方印、"毛㞢之印""斧季"朱文二方印。蓋毛抄之至精者，當與宋刊同觀。

學 林 跋

　　《學林》十卷，宋王觀國撰。《提要》：觀國字至道，長沙人，其事蹟不見于《宋史》，《湖廣通志》亦未之載。愚案：觀國，政和九年進士，簽書川陝節度判官，以招諭逋逃勞轉一官。紹興初，官左承務郎，知汀州寧化縣，主管內勸農事，兼兵馬監押，累升祠部郎中。十四年，御史李文會劾觀國與直學士院劉才邵皆万俟卨腹心，出知邵州，見《繫年要錄》、《宰輔編年錄》、《群經音辨》後跋、劉才邵《欓溪居士集》①、慕容彥《逢摘文堂集》。

明抄緯略跋

　　《緯略》十卷，題曰"高似孫續古集"，明抄本。每卷有目，連屬篇目，尚存宋本舊式，有"寧山記"三字白文方印、"寧山翁書畫印"朱文長印，其人無考。卷中有墨筆批校，黃蕘圃辨爲柳大中筆。每卷之首，版心硃筆題曰卷幾，則何義門筆也。校以守山閣刊本，每卷之目全缺，凡刻本雙行注，此本單行，低一格。卷十"漢甘露鼎""調滋味"下，守山本脫七十六字；"筆囊"條二百九十五字，守山本全缺。此本則完具也。其他字句參差，更不勝枚舉耳。

雞 肋 編 跋

　　《雞肋編》二冊，不分卷，計一百二十葉。每頁二十二行，行二十一字，舊抄本。前有紹興三年清源莊季裕自序，吳尺鳧所手校

---

①　《四庫全書總目》作"欓溪居士集"，"宋劉才卲撰"，注云："案：卲字從卪，不從邑。他書或從邑者，傳寫誤也。"見中華書局影印本卷一五六，頁1349。據此，則"劉才邰"、"劉才邵"，皆誤，當作"劉才卲"。

也。有"敦夙好齋珍藏書畫印"九字朱文長印、"繡谷"二字朱文長印。案：季裕名綽，以字行，太原府清源縣人。南渡後，寓居江西之上饒，博物洽聞。建炎中累官右朝請郎，充江南西路安撫使參謀官。二年，朝奉郎都總管同幹公事。紹興元年，通判建昌軍，奏言大觀以後避"龍"、"天"、"萬"、"載"等字，更易州縣名不當，詔復舊名。十二年，朝奉大夫，知筠州。慈祥清謹，緣飾儒術。又守鄂州，程俱《北山集》有詩送行。著有《杜集援證》、《筮法新儀》及《本草備要》三卷、《明堂針灸經》二卷、《膏肓灸法》二卷，見《天台續集別編》、《三餘集·高安郡門記》、《繫年要錄》卷四十三、《西江志》、《北山小集》、《書錄解題》及陳孝先跋。

坦齋通編跋

　　《坦齋通編》一卷，宋邢凱撰。案：凱字廷舉，江西武寧人，嘉定七年進士。紹定二年召試館職，除秘書省正字，八月通判吉州，擢知江陰軍。嘉熙二年，除著作佐郎兼權司封郎中，官至吏部侍郎致仕。歸築黌岡書院，儲書萬卷，著《筆衡》及此書，見《中興館閣錄》、《南昌府志》。

鶡鳴館本西溪叢語跋

　　《西溪叢語》二卷，題曰"宋剡川姚寬撰"。版心有"鶡鳴館刻"四字，前有嘉靖戊申俞憲序，憲據西京馬西玄抄本刊于武昌者也。鮑淥飲據淡生堂抄本補二條，卷上"海上人"條後、"趙純師孟"條前，補"凡木一歲生一節，來歲後于節再長也"十六字；"宣和貴人"條後、"李商隱"條前，補"《樹萱錄》引杜詩云'虯鬚似太宗，色映寒夜春'，又云'子章髑髏血模糊，懷中瀉出呈大夫'"三十三字。汲古本即從此本出，而佚令威自序。

春渚紀聞跋

《春渚紀聞》十卷，題曰"韓青老農何薳撰、毛子晉校"，宋明抄本。前有"錢曾之印"四字白文方印、"遵王"二字朱文方印，"孫從沾印"白文方印，"慶增氏"朱文方印，後有"錢曾"二字朱文腰圓印，"述古堂圖書記"朱文長印、"孫慶增家藏"朱文方印。蓋汲古閣藏書，後歸述古堂，又歸孫慶增者也。末有"嘉靖丙戌菊月望日謄録"一行，又有"崇禎庚寅以宋本校一過潛在"一行。"潛在"者，毛子晉之號也。案：薳字子遠，浦城人。父去非，喜論兵，著有《備論》二十八篇，爲東坡所奏進。薳博學多聞，工詩，喜鼓琴。見章惇、蔡京相繼柄國，時事日非，遂不仕。以父爲軾所知，凡軾遺文佚事，小辨雜説，無不收誦。先是，去非葬于富陽之韓青谷，薳卜築韓青以保先塋，自號韓青老農。好爲青麻短製，時曳曲竹，聲欬林莽中，步登半峰，以望江潮。吳中人翕然好之，比之和靖處士林逋云。見《福建通志》。

影宋本避暑録話跋

《己卯避暑録話》二卷，題曰"宋葉夢得少藴著"。每半葉十行，每行二十一字，"慎"字注"御名"，凡遇太宗、真宗、仁宗等字，皆提行或空二格，蓋從宋孝宗時刊本影寫，即《津逮秘書》之祖本也。"敦"字亦缺末筆，刊版後所刻改也。

舊抄巖下放言跋

《巖下放言》三卷，題曰"石林翁舊抄本"。卷下"凡人之生"條，"是謂能移此"下，脱"與天爲一而非人也"云云一百七十五字，"孔子與子貢、子夏言《詩》"條，"不可及"上脱一百二十五字，今據別本補錄。別本亦多誤字，獨此葉不缺。

蘆浦筆記跋

《蘆浦筆記》十卷，宋劉昌詩撰，舊抄本。有"馬寒中"三字朱文方印、"衍齋"二字朱文葫蘆印、"華山馬氏"白文方印、"紅藥山房考藏私印"朱文長印，蓋康熙初馬寒中舊藏也。以知不足齋刻本校之，卷二"趙清獻筆記""二日晴，聖駕幸覆考所起居"後，鮑刻脫"考到諸科卷子，三日晴，上巳日，聖駕幸覆考所起居。四日，微雨，春寒，駕幸覆考所起居"九行。淥飲刻是書，先借龔翔麟抄本傳錄，龔本傳自黃俞邰千頃堂。黃本為明萬曆間謝兆申手抄，後又得謝在杭小草齋抄本，補脫文二行，更定三條，可謂勤矣，而不知清獻《日記》中尚缺三行，信乎，傳刻古書之不易也。

鶴林玉露跋

《鶴林玉露》十六卷，明刊本，題曰"廬陵羅大經景綸"。愚案：南宋時，江西有兩羅大經：其一吉水人，嘉定十五年壬午解試，寶慶二年進士；其一咸淳九年解試，廬陵人，未嘗第進士。以時代揆之，當以寶慶進士為近。其人累官容州法曹掾攝校官，立高登祠于學宮，並祀吳元美，見《江西通志》及本書。其卷十六"記竹谷老人畏說"一條，有"同年歐陽景賢"語，"景賢"當即歐陽瑋之字。發解稱同年，自宋已然矣。

琴堂諭俗編跋

《琴堂諭俗編》二卷，宋鄭至道撰，彭仲剛續。原本久佚，從《永樂大典》錄出。案：至道字保衡，福建莆田縣人，祖伯玉，著有《錦囊集》。父叔明，著有《錦囊三集》。至道，元豐二年進士，歷知台州之天台、韶州之樂昌縣，著有《劉阮天台洞記》、《錦囊四集》及此書，見《閩書》。

五總志跋

《五總志》一卷，宋吳垌撰。案：垌，興國永興人。祖中復，官御史，《宋史》有傳。書中所稱"大父事仁宗爲御史"云云是也。中復爲犍爲令，土產紅桑、紫竹、荔枝三香爲民害，作《三戒詩》勒諸石，事見《方輿勝覽》，與書中所云"嘉州歲貢荔枝、紅桑"云云合。父則禮，累官直秘閣，知虢州，著有《北湖集》。崇寧三年，編管荆南，見《長編紀事本末》。書中所稱"崇寧乙酉謫居荆南"，與《北湖集·百憂集行》"疇昔罪臣投荆南"之句合。垌紹興十三年七月爲樞密院編修官，八月提舉浙西茶鹽。十四年十二月改除兩浙運副，十五年七月奏具便民事，乞令常平司支借錢穀，勸民濬決華高等處沿海三十六浦以泄水勢，庶無渰損民田之患，詔可。累官直徽猷閣、成都府路轉運副使、知荆南府。二十四年五月請祠，主管台州崇道觀。時鼎、澧茶寇猖獗，殺傷鼎、澧巡檢，焚潊浦縣。垌未受命，以憂死。嘗編其父則禮所著詩文爲《北湖居士集》十卷。見《繫年要錄》、《方輿勝覽》、《咸淳臨安志》、《北湖集》韓駒序。

鼠璞跋

《鼠璞》一卷，題曰"桃源戴埴仲培父"，宋刻小字本。愚案：埴，鄞縣人。祖機，字伯度，紹熙初以特恩補官，爲金華主簿。父燧，亦進士。見《攻媿集》戴機墓誌。兄塤，紹定五年進士，官大府卿。埴，嘉熙二年進士，持節將漕，見《寶慶四明志》王伯厚《戴氏桃源世譜引》。余初疑桃源爲埴之原貫，但《世譜引》謂爲晉戴逵之後。逵望譙國，後居剡川，與桃源無涉，蓋鄞有桃源鄉，宋張即之居之，著有《桃源志》，戴氏亦世居鄞之桃源鄉，故譜稱桃源戴氏，然則桃源乃鄉名，非縣名也。塇爲四明人，故書中多辨正四明事。新修《鄞縣志》采摭甚備，塇附機傳，而不知即著《鼠璞》之戴塇，《進士表》既無其名，《藝文志》亦無此書，亦缺典也。

澗泉日記跋

《澗泉日記》三卷，《永樂大典》本。案：淲以父蔭補京官，清苦自持，史彌遠當國羅致之，不少屈。一爲京局，終身不出，人但以韓判院稱。南澗晚年有宅一區，伏臘粗給，仲止貧益甚。客至，不能具胡牀，只木杌子而已。長沙吳某得廣東憲專狀，遣吏送酒錢，仲止出問曰：“你官人交割了也？”吏曰：“方去上任。”仲止作色云：“近來官員不到任，先動公使庫物，韓某一生不曾受此！”其清節如此。見《東南紀聞》。

宋槧白氏六帖類聚跋

《白氏六帖事類聚》三十卷，宋仁宗時刊本，每葉二十六行，每行二十六七字不等，小字雙行。每卷有目連屬篇目，“匡”、“敬”、“恒”皆缺筆，“貞”字不缺，蓋仁宗時刊本也①。分十二冊，卷一、二爲第一冊，卷三、四爲第二冊，卷五、六爲第三冊，卷七、八爲第四冊，卷九、十爲第五冊，十一、十二爲第六冊，十三至十五爲第七冊，十六至十八爲第八冊，十九至廿一爲第九冊，卷廿二、廿三爲第十冊，廿四至廿七第十一冊，廿八至三十爲第十二冊。版心有“帖

---

① 　傅增湘著錄爲宋紹興間刊本，並云：“此本與余藏本行款悉同，惟版心記分冊數作十二冊爲小異。避宋諱實至‘構’字。陸心源定爲北宋本，誤矣。”見《藏園群書經眼錄》卷十，頁799。

一”至“帖十二”等字。余見常熟瞿氏北宋本《史記》分三十册，版心亦如此，蓋北宋時舊式，至南宋而無此式矣。案：是書原名《白氏經史事類》，見《新唐書·藝文志》。六帖者，時人以爲括帖之用而名之，見《書錄解題》引《醉吟先生墓誌》。衢本《郡齋讀書志》：“《六帖》，白居易撰，凡天地事物，分門類爲對偶，而不載所出書，曾祖父秘閣公爲之注。”是唐本無注，而注乃公武曾祖秘閣所爲矣。案王珪《華陽集·提點京東諸路刑獄公事兼諸路勸農事朝散大夫行尚書祠部員外郎充秘閣校理上輕車都尉借紫晁君仲衍墓誌銘》稱，仲衍以唐白、傅所撰《事類集》，傳者寖舛，乃參考經史，一以刊是之，仍據舊目，補考摭新，別爲後集三十卷，曰《類事後集》，即此書也。宋經注皆別行，故北宋本經傳有單注單疏本。仲衍注《六帖》時，本與原書別行，故曰《後集》，至刊板時乃合爲一。然自宋至今，無人知爲仲衍注者，可慨也。案：仲衍，字子長，家開封之昭德坊。祖迥、父宗愨，《宋史》皆有傳。初以祖任將作監主簿，召試西掖，賜進士第七，遷至祠部員外郎，召試禁林，充秘閣校理，乞補外，知懷州，專屬風節，誅鋤豪强，衆不敢犯法，就除京東提點刑獄。皇祐五年卒。爲人端粹嗜學，未嘗一日去書。工文章，丞相章得象、晏殊，箋記皆出其手。爲《汴陽雜説》一卷，其言切于規諭，《兩晉文類》五十卷，《史論》三卷，文集二十卷。端方、端稟、端彥，其子也，見墓誌。悦之、詠之、微之、載之、沖之、覺之、貫之，其孫也。公壽、公耄、公逸、公留、公鄲、公休、公武、公遜，其曾孫也。第一册、第六册、第八册、第十册，有“文淵閣印”四字方印，每册有“臣筠”二字朱文方印、“三晉提刑”朱文方印。明永樂十九年取南京書儲左順門北廊，正統十八年移于文淵閣。楊士奇等編爲《文淵閣書目》，“盈”字號第二廚有白字《六帖》四部，内一部注云“四十册”。此本四册，有印，明初必訂四册，所云“四十册”，疑即此本，"十"字乃衍文耳。不然，此書通計不過五百餘葉，安得有四十冊之多耶？其流入民間也，或爲分宜所竊，或由甲申之變，則不可考矣。宋筠，商邱人，犖之子也，官山西按察使，所藏尚有《孔帖》三十卷，今歸內府，見《天祿琳琅書目》。汪氏《藝芸書舍宋刊書目》有南宋麻沙本《白氏六帖》，題曰《新雕添注白氏事類出經六帖》，當是宋季麻沙坊刻，後歸烏程蔣氏。余曾借校一過，妄刪妄增，訛謬奪落，指不勝屈，以視此本，蓋有霄壤之別矣。

古今姓氏書辨證跋

　　鄧名世《古今姓氏書辨證》，失傳已久。乾隆中，館臣從《永樂大典》錄出。名世舉主官階，《繫年要錄》謂劉大中薦，以進士召對，《玉海》則謂以布衣召對，《朱子語類》又謂由趙汝愚薦授著作郎。《提要》以三說不同，未詳孰是。愚案：名世字元亞，江西臨川人，文昌先生考甫之孫也。于書無所不觀，于事無所不學，自幼挾策，一覽無遺。先是，議臣禁《春秋》學，名世獨嗜之。試有司，屢以援《春秋》黜。同舍又告以毋藏元祐黨人文集，笑曰："是足以廢吾身乎？"遂杜門養母，不求仕進，研究經史，尤長《春秋》。嘗以經傳、《國語》參合援據，爲《春秋國譜年譜地譜人譜》凡六卷，辨先儒言《春秋》之失，爲《辯論譜說》十篇並行。御史劉大中宣諭江南，見之，薦于朝。紹興三年十月丁亥，召赴行在。四年三月乙亥，進《春秋》四譜及此書。吏部尚書胡松年看詳，以爲簡古明切，多所證據。三月，以布衣召對，賜同進士出身，授右迪功郎。後進《治人》、《務實》二策，高宗嘉納。九月，除史館校勘。五年二月，除秘書正字，七月丁憂。七年十一月除校書郎。十年五月除著作佐郎。先是，修《哲宗實錄》，亡元祐八年若干卷，名世參考御集及日曆、時政記、玉牒等書補成之。又編《建炎以來日曆》，至紹興九年止，爲書三百七十卷。十一年九月，以譏切時政忤秦檜，爲言者論罷。十一月，以擅寫《日曆》勒停，久之，終于家。二十六年五月，進士鄧椿年言，故父左奉議郎以忤時相廢弛，不該《日曆》賞典，乞褒賞，乃特贈左承議郎。其所著書，尚有《春秋類史》、《春秋公子譜》、《列國諸臣圖》、《宋朝宰相年表》、《皇極大衍數》、《大晟樂書》、文集，合三百卷。見高朱《姓氏書辨證》序、李心傳《繫年要錄》、陳騤《中興館閣錄》、《朱子語類》、《江西人物志》、凌稚隆《萬姓統譜》。名世事蹟，略具于斯。其人其書，皆卓然可傳。《宋史》"文苑"不爲立傳，可以見歐陽玄等之疏矣。《繫年要錄》六十九稱"撫州進士鄧名世"，卷七十四又稱"草澤鄧名世"，《中興館閣錄》亦稱"以草澤上殿"，則前之稱"進士"，衍文也，非不同也。其由草澤召對，出于劉大中之薦，《要錄》、《玉海》皆同。其遷著作佐郎，或出于趙汝愚之推轂。其歷官，初授右迪功郎，終于著作佐郎，《要錄》、《玉海》與《朱子語類》似異而實同也。至《畫繼》，乃雙流人鄧椿字公壽所纂。名世之子名椿年，非名椿，不但里貫如風馬牛，即名亦不同也。《畫繼提要》與《姓氏書辨證提要》兩歧，當從《畫繼提要》爲是。

源流至論別集跋

元刻《源流至論別集》，宋黃履翁撰.《提要》：履翁字吉父，不知其里貫，疑亦閩人也。愚案：履翁，福建寧德縣人，紹定五年進士，以林坰所輯《源流至論》未備，復爲彙輯《別集》十卷，見《閩書》。

詩學大成跋

《詩學大成》三十卷，元刊本，宋毛直方撰，《四庫》所未收也。

愚案：直方，字靜可，福建建安縣人，咸淳中鄉薦，入元不仕，授徒講學，士爭趨之。著有《詩宗群玉府》三十卷、《聊復齋稿》二十卷、《冶靈稿》四卷，見《八閩通志》。

群書編類故事跋

《群書編類故事》二十四卷①，題曰"四明王罃集、泰和梁軺校正"，明宣德刊本，半葉十二行，行廿四字。《研經室外集》云：罃姓名見《寧波府志》。明初曾任廣東肇慶太守，事跡無考。其《明史·藝文志》及藏書家均未著錄。此本從明莫雲卿家藏元刊影寫。愚案：罃字宗器，號樂淡，家貧，積學自立，中永樂六年鄉試。明年授睢寧教諭，擢禮科給事中，改刑科。宣德五年十一月，擇廷臣二十五人爲郡守，以罃守肇慶，奉敕行增修水利，作興學校，令行政舉，境內帖然。居九年，進秩二等。徙治西安，如治肇慶。越三年致仕，卒年七十，見《明史·李驥傳》、《寧波府成化志》、《肇慶府志》。以宣德五年守肇慶、居九年調西安、又三年卒、年七十推之，當終于正統六年辛酉，生于洪武五年壬子，其非元人明矣。《研經》題爲元人，不免爲門客所欺耳。卷首有宣德時序，書賈抽去末頁，以充元刊。以序中"肇慶守四明王公"一語證之，則必宣德中刊也。卷中有"莫雲卿印"四字白文印，前明曾爲莫是龍藏，知阮文達所進呈，即從此本出也。

書勞氏雜識後

右《勞氏雜識》十二卷，仁和勞格季言纂、歸安丁兆慶葆書所

① 《皕宋樓藏書志》作"群書類編故事"，並錄有宣德中某公序，叙此書編撰緣故甚詳，可惜佚去後半。見《藏書志》卷六一、葉二十五。

編也。季言熟于唐、宋典故，考訂詳細，可取者多。惟卷十一"孫奕"一條，頗爲全書之累。蓋宋有兩孫奕，一爲北宋人，以氣節著，一爲南宋人，以著述傳。北宋之孫奕字景山，福建閩縣人，皇祐元年進士，歷知南陵、海陵、吳縣。呂誨知開封，薦知封丘縣。誨拜御史中丞，薦爲臺推，遷監察御史。論新法，爲鄧綰劾奏，出監陳州酒稅。陳襄知杭州，辟爲僉判，移監四州，轉般倉。元祐初，除本路轉運使，卒。見梁克家《淳熙三山志》卷二十六。南宋之孫奕，字季昭，江西廬陵人，號履齋，著有《示兒篇》二十三卷，成于開禧元年而自爲之序。雖無他書可證，而書中數與謝艮齋、周益公評論詩文，周旋往復，屢引張子韶《書解》、林少穎《群經辨惑》、史炤《通鑑釋文》、呂東萊《宋朝文鑑》、胡仔《漁隱叢話》、洪景盧《容齋隨筆》、《欸乃齋記》、《蠙州記》、胡忠簡《保靜庵記跋》及朱晦庵、楊誠齋言論，其爲南宋開禧間人無可疑者。開禧元年距景山登第之歲百五十七年，距景山權御史之歲百三十六年。登第之歲，未見《三山志》，猶可諉爲不知，權御史之歲，《續通鑑長編》載之，《雜識》引之，豈有百三十年前舊御史而猶安然無恙，著書林下者乎？固不待詳其里貫而後明其非一人矣。季言漫不加考，屢引《長編》、《忠惠集》、《古靈集》爲佐證，以補《示兒編提要》之缺，不知其爲景山，非季昭也。夫古來同名同姓，史不絕書，生不同時、居不同方者固多，同時同里亦多有之，而遽可移甲就乙乎？季言讀書精審，猶有此失，況粗莽滅裂者乎？於以歎著書之難也。

儀顧堂題跋卷九

宣和書譜跋

《宣和書譜》二十卷，不著撰人名氏，相傳以爲即蔡京、蔡卞、米芾所定。案：《衍極》卷三云："大德壬寅，延陵吳文貴和之哀集宋宣和間書法文字，始晉終宋，名曰《宣和書譜》二十卷"。據此，則《書譜》爲吳文貴所撰集，非蔡、米所定也。竊謂《書譜》、《畫譜》皆非宣和所集，故陳直齋《書録解題》不著于録。《畫譜》或出宋人之手，故僞作徽宗序文，《書譜》出于文貴，則鄭杓所目擊也。蓋汴梁之變，宣和所藏，盡輦而北。金亡，復入于元。文貴當據元時内府所藏及勢家所得成之，故二王墨迹，較之《鐵圍山叢談》所見，僅存十之一二耳。余嘗見宋以前書畫真迹，有經宣和收藏而不入《書》《畫》兩譜者，初頗以爲疑，今知兩譜非宣和所定，則凡徽宗御題、御印之妙迹流落民間，而非吳文貴輩所得見者正多，又何疑乎？

圖畫見聞志跋

《書録解題》：《圖畫見聞志》六卷，太原郭若虛撰。元豐中自序稱"大父司徒公"，未知何人。郭氏在國初無顯人，但有郭承祐，今考史傳，並承祐亦不載，莫之詳也。《四庫提要》云：若虛，不知何許人，書中有"熙寧辛亥冬，被命接勞北使爲輔行"語，則嘗爲朝

官,故得預接伴。源案:若虛,太原人,見《直齋書録解題》。熙寧三
年官供備庫使,尚永安縣主,見王珪《華陽集·東安郡王墓誌》。
七年八月丁丑,以西京左藏庫副使,副宋昌言爲遼國賀正旦使。八
年爲文思副使,坐使遼不覺翰林司卒逃遼地降一官,見《續通鑑長
編》。郭氏顯人,宋初有郭守文、郭進、郭從義及其子承祐。進,深
州博野人。從義,沙陀人。惟守文太原并州人。守文贈侍中,封譙
王,女爲真宗章穆皇后,子崇德、崇信、崇儼、崇仁。崇德子承壽,承
壽子若水。若虛與若水同以若字命名,同貫太原,家世顯官又同,
其爲兄弟可知。陳氏直齋謂宋初無顯人,而獨舉承祐,竟忘外戚之
有譙王乎? 亦百密之一疏矣。崇德官至太子中舍,崇信官至西京
左藏庫使,崇儼官至崇儀使,崇仁官至四厢都指揮使。史稱崇仁性
慎靜,不樂外官,與序所謂"雖貴仕而喜廉退"合。"司徒",蓋所贈
之官,史不書者,略之也。所稱"大父司徒公",于崇仁爲近,然不
可考矣。惟若虛里貫并州,爲守文之後,則可無疑矣。

畫繼跋

　　今人謂唐、宋畫多不署名,亦無印記,或于樹石縫中細書名姓。
雙款始于元,宋以前無此作。愚案:《畫繼》卷四云:"王沖隱名持,
字正叔,長于翎毛,學崔、白。嘗于邵氏見《竹棘》《雪禽》二軸,極
清雅,上題云'正叔爲伯起作,崇寧甲申'"。則雙款不始于元,北
宋已有行之者。又云:"劉松老字榮祖,書學元章,畫師東坡"。成
都李才元家有四軸山水,有印文云"巨濟震子名松老者"八字,則
宋人亦非必無印也。

畫鑑跋

　　《畫鑑》一卷,元湯垕撰。前有垕自序,其言米友智,友仁弟,

亦善畫，又善書。元章云："幼兒友智代吾書碑，及大字，更無辨。門下許侍郎尤愛其小楷，云每示簡，可使令嗣書"云云。余案：南宮善偽古人墨蹟，世所習聞。友智能偽南宮書，則人所不知也。嘗觀紹興米帖所刻書劄有稍弱者，豈友智代書耶？黃長睿《法帖刊誤》，糾米老之失，最爲精確。昼自言曾著《法帖正誤》，專指長睿之過。愚謂長睿記問之博，考訂之精，宋人罕有其匹，非昼所能望其項背。《法帖正誤》雖不傳，其書必無可觀，殆所謂蚍蜉撼樹者耶？

書畫彙考跋

　　《書畫彙考》卷二十八載文衡山《積雪卷》，衡山自題百數十字，後有都南濠二印，有唐六如、吳匏庵二跋。衡山題云："余在京師，友人持《河陽關山積雪卷》出示，距今思之，已二十餘年矣，輒洗筆摹一過。"案衡山行狀，以嘉靖癸未貢成均始入都，實嘉靖三年，時年五十三，後二十餘年，當爲嘉靖二十五六年。六如卒于嘉靖二年，距作圖已二十餘年，匏庵卒于弘治甲子，距作圖幾四十年，不得見此圖而作跋。南濠卒於嘉靖四年，距作圖亦二十餘年，不得見此圖而加印記。況衡山七十以後作，無不題年歲，而此圖無之，其爲偽作無疑。令之以鑒別名，其《書畫彙考》頗爲收藏家所重，余恐其貽誤後人，故爲考證如右。

書畫彙考跋二

　　《書畫彙攷》立"歷代鑒藏"一門，自六朝、唐、宋，公私所藏，迄于明季各家，備載其目，可謂備矣。然鄧椿《畫繼》所載，趙中大保之士偉、趙伯兼節推、王朝議國寶良器、賈通判公傑、程純老唐、令狐陳古諷、邵澤民侍郎溥、邵太史公濟博、張庭珪瑾、王朝議樂道沂、劉寶賢提刑環、李大觀、鄧符寶叔誼、李敷文士舉邦獻、王制幹冠朝、王晦叔撫幹灼、張知縣珩、陳與權安撫古、李德隅知郡廉夫、盛季文章、宋去病艾、太常少卿何子應騂、衛知縣師房昂、王茂先桂、宇文季蒙龍圖時中、郭承蔵效一勉中、何道夫耕、范忠甫俶、趙修仲知縣延、王子忠縣尉焞、宇文子友主簿子震、時廣叔宏、呂元鈞陶、燕知縣興祖、僧智永房、黎邦基、姚觀國通判賓，各家收藏數百種，漏未登載。又如徽宗御畫最著者，有《筠莊縱鶴圖》、《奇峰散綺圖》、《龍翔池鸂鶒圖》、《宣和睿覽》一千册，《彙考》亦未收，豈當時未見《畫繼》耶？

畫史彙傳跋

　　《畫史彙傳》六十五卷，道光中長洲彭蘊璨朗峰輯，著録至七千餘人，可謂富矣，然掛漏亦復不少，如《漢武梁祠堂畫像》爲衛改所畫，《武梁碑》云“良匠衛改，雕文刻畫，羅列成行”，是其證也。宋李誡字明仲，鄭州管城人，大觀初知虢州，博學，多藝能，工篆、籀、草、隸，又工畫，嘗畫《五馬圖》以進，爲徽宗所賞，見程俱《北山小集》“李公墓誌”。元郭文通，江南人，宣德間充内廷供奉，工畫，見《張東海集》卷四。唐文質，官平灤路鹽運副使，大德四年奉詔繪《遠方職貢圖》、《名臣畫像》。方平官鄂州路儒學教授，大德七年奉詔作彩畫地圖，見《元秘書志》。徐雪舟，元末上清道士，嘗爲藍智畫《藍澗草堂圖》。武季遠，元季人，善畫竹木，《藍澗集》皆有詩。王芝，字子慶，嘗爲藍仁之子仲穆畫《藍原野牧圖》。張兼善，元季人，工畫，嘗畫《雲樹圖》、《松下看雲圖》，《藍山集》皆有詩。《彙傳》皆失收。此外，見于宋元集部、説部可以補彭氏之缺者，尚不少也。

校宋本琴史跋

《琴史》六卷,宋朱文長撰,黃蕘圃校宋本。宋本每葉十二行,每行十八字。曹棟亭刊本《房琯傳》"陸渾山"下空四字,誤以《李勉傳》"佐勉有功"以下相接,《房傳》缺後半篇,《李傳》缺上半篇。宋本《房琯傳》後尚有《張鎬傳》一篇,曹刊全缺。《趙元傳》"爲幽州"下,曹本缺"宜録"二字。《盧藏用傳》"斥之也"下,宋本有"以黔州長史"五字。

宋刻書小史跋

《書小史》十卷,題曰"錢唐陳思纂次",宋槧本。前有謝奕修手書序。每半頁十一行,行二十字。"朗"、"匡"、"胤"、"勗"、"徵"、"恒"、"殷"、"慎"、"貞"、"徵"、"購"皆缺避。卷六至十宋刻,卷一至卷五汲古閣所影寫也,即《汲古閣秘本書目》所著録者。有"鼎元"二字連珠印、"仲雅"二字長印、"宋本"二字橢圓印、"甲"字方印、"子晉"二字連珠印、"子晉之印"朱文方印、"子晉書印"朱文方印、"汲古得修綆"長印,蓋先爲王弇州所藏,故有"鼎元"、"仲雅"二印。至明季而爲毛子晉所得,宋以後無刊本,近時藏書家罕著録,亦希有秘笈也。

劉蒙菊譜跋

《菊譜》一卷,題曰"彭城劉蒙",宋刊小字本。案:蒙,山東濱州人《繫年要録》。政和六年通判揚州,時江淮諸郡民苦水患,流移四出,泰州、高郵至三千人轉徙于楊。蒙曲加周恤,咸得不死。事聞,特遷一官《嘉靖維揚志》。尋以朝奉郎爲江東轉運副使。建炎元年九月,奏請優恤翁彥國,上以其觀望,李綱削一官,蒙以曾奏彥國不法

訴于朝，復其官，移兩浙轉運副使。三年，加直秘閣。四年爲兩浙
隨軍轉運使，建議于浙西民間預借秋料苗米，從之《繫年要録》。當即
其人，彭城者，著郡望也。濱州有兩劉蒙：一字子明，元豐中卒，私
諡正思先生，《宋史》有傳；又宜黄人劉蒙，字資深，治平進士，至朝
請大夫，見《江西通志》。《清波別志》云：“劉蒙賢良，書于司馬溫
公，乞以鬻下一婢之資五十萬，以濟其貧，又責公不效韓退之所
爲。”此又一劉蒙也。

皇極經世觀物篇解跋

　　《皇極經世觀物篇解》五卷、《皇極經世鈐》一卷、《指掌圖》一
卷、《聲音韵譜》一卷、《起例》一卷、《附録》二卷，宋祝祕撰。案：
祝祕，字子涇，江西德興人，第進士，歷官承直郎，充江淮荆浙福建
廣南路都大提點坑冶鑄錢司幹辦公事饒州路三司提領所幹辦公
事，傳邵氏“皇極”之學于廖應淮，年老乞休，御書“觀物樓”匾額賜
之，自號觀物老人。元世祖詔徵不赴，見《饒州府志》。《聲音韵
譜》者，以皇極起數皆祖于聲音二百六十四字之姥，取德清縣丞方
淑《韵心》、當塗刺史楊俊《韵譜》、金人聰《明韵》，參合較定四十
八韵，冠以三百六十四姥，以定康節音韵之學。《經世鈐》者，爲圖
九，有圖無文。《指掌圖》者，自夏禹八年爲七會之始，三千六百年
爲十二月圖。《起例》爲目七，曰先天圓圖、算曆代數、先天方圖、
算人物數，起掛一卦，曰四象斷法、曰變卦爻法、曰引用斷卦。《附
録》二卷，前爲諸家論説，後爲數學流傳諸人傳也。

稽神録秦西巖抄本跋

　　《稽神録》本十卷，此本六卷，乃從《太平廣記》輯出。長夏無
事，與清齋四弟用《廣記》逐一校過，改正不下千餘字。《廣記》有

而爲此本所遺者計三十條,刻本又較此本少四條。其"郭厚"、"張易"、"廣陵木工"三條,皆見《廣記》。"林觀"一條,其前半乃《集異記》"朱觀"條之前半,後半則《稽神錄》"張謹"之後半也,今一一改正。"周延翰"一條,《廣記》二百七十九引作《廣異記》;"建業婦人"一條,《廣記》三百八十六引作《搜神記》;"洪州樵人"一條,《廣記》三百七十四引,不注出處;"董昌"一條,《廣記》二百九十引作《會稽錄》;"熊迺"一條,《廣記》四百十七引,無"貯在庭中"以下三十四字,當是輯書者竄入耳。《郡齋讀書志》作六卷,一百五十條,恐亦非全本也。

過 庭 録 跋

《過庭録》一卷,宋范公偁撰,明刻本。公偁自言爲文正公仲淹之玄孫、光禄之孫。《提要》推爲純仁之曾孫,光禄爲純仁幼子。愚案:忠宣五子,長正明,次正平,次正思、次正路,次正國。正明官單州團練推官,與正路皆前卒。忠宣薨時,正平官忠武軍節度推官,正思官宣德郎,正國未官,見曾肇《范忠宣公世濟忠直之碑》。《宋史·正平傳》中有"以遺澤推與幼弟"語,蓋以正國未官,故以遺澤與之。是正國爲忠宣幼子,確有可徵矣。《録》稱"忠宣捐館許下,服中先光禄卒",其人當卒于建中、崇寧之間,不得至南宋尚存。而正國于紹興五年賜三品服,爲江東轉運判官,八年知臨江軍,九年爲廣西轉運判官,見《繫年要録》,則所稱"先光禄",決非正國可知矣。《録》稱子正爲"六伯祖",子夷爲"七伯祖",而于其祖,則述忠宣語,稱爲"八郎"。子正、正明字也,子夷、正平字也,正明行六,正平行七,則八郎爲正思可知。史不言正思官位,略也。碑稱"宣德郎",夫宣德郎乃階也,非官也。碑言階而不言官,略也。其官當爲光禄之屬,故公偁稱爲"先光禄"也。由是推之,公俉之祖，乃正思也，非正國、亦非正路也。忠宣孫七人，直彦、直方、直雍、直英、直清、直舉、直儒，亦見《忠宣墓碑》。《録》中稱"先子"者十，而不著其字，查直方于紹興元年以直秘閣爲荆湖宣撫使吴敏參謀官，五年以刑部員外提刑福建，六年爲左司員外郎都督府推行功賞文字，改右司員外郎，十年試司農卿，爲淮北宣撫楊沂中謀議軍事，爲万俟卨論罷，見《繫年要録》。與公俉所稱"先子有御營參謀之除"，"先子四十一歲已爲員外郎"，"張德遠督兵淮上，先子諮議幕中"等語合，則公俉當爲忠宣第三子正思之孫，直方之子，非幼子正國之孫也。

南窗紀談跋

《南窗紀談》一卷，不著撰人名氏，明抄本。書中有石林與徐敦濟問答語，疑即敦濟所著。考徐度字敦立，徽宗時大宰處仁子，南渡後，寓居湖州，著有《卻掃編》。敦濟，疑即敦立弟兄也。《困學紀聞》云：或云《漢書》"内長文所以見愛也"，古寫無注本"内長文"作"而肆赦"。王念孫《讀書雜志》從之，不知《紀談》先有此説矣。葉景修名森，錢唐人，趙松雪門人，與王眉叟、張伯雨相唱和，見《元詩選》小傳。《提要》所據程晉芳藏本，此條羼入正文。此本低二格寫，尚不羼亂，蓋善本也。

宋朝事實類苑跋

影宋抄本《皇宋事實類苑》六十三卷，前有紹興十五年月序，後有紹興戊寅自志，題曰"左朝請大夫權發遣吉州軍州事江少虞撰"。少虞里貫、仕履，諸書皆未詳。愚案：江少虞字虞仲，常山人。政和八年進士，調天台學官。寇至，守倅皆遁去，少虞獨率弱卒堅守兩旬，慷慨感激，人有死志，首射殺渠魁，賊遂潰，見《弘治衢州府志》。宣和五年調四明教授，七年改耀州教授，見《寶慶四明志》。紹興初知饒州，四年知建州，禁卒江勝與其徒謀叛，少虞捕斬之。十四年以朝請大夫權發遣吉州軍州事，見《繫年要錄》、《江西通志》。考《赤城新志》載，宣和中，滕膺爲台州參軍，睦寇方臘聲震東南，守丞以下皆遁，膺獨慨然自任，召州人爲死守計。既而呂師孟亦起仙居，先後攻城。膺手弓臨城，殪厥渠魁，賊遂退走云云。不言有少虞，惟《赤城志》"秩官門"教授表宣和元年江少虞名下，注云"見《守台錄》，壁記不載"，則守城時膺爲政而少虞助之耳。

江鄰幾雜志跋

　　《嘉祐雜志》不分卷，宋江休復撰，明商濬刻本。《郡齋讀書志》、《直齋書錄解題》、《宋史·藝文志》、《文獻通考》皆作三卷。此本不分卷，不知所據何本。曾慥《類說》第二十二卷採此書甚多，有海市圖、撲燈蛾、屬國侯解子猷急流中勇退、渡金夫人、唐誥初用紙、鹽角兒令、宰臣賜坐、入閣、皤然一翁、服中作詩、曆日謎、文章造語難、學士院、使虜詩、縉紳貸錢、堯舜是一事、試卷號、女子目重瞳、黑衣道士、斜排雁翅、謝卷啓是非、波白字、《本草》、亭名、內法、酒、省中會飲、刀精雄黃、元載蔽賢、香孩兒營、啄木鳥、夏英公壙、夢爲鶺鴒有甚憑據、水鴒、試知制誥班行、取奉上司、赤小豆傅腫、風暖鶯嬌、蔡君謨外制、紗公服、原甫草表、鼇舞、犬噬喉、五通、六粗、中使責知委狀、覓藥回命、痰嗽、嗜蟹五十一條，皆此本所無。《侯鯖錄》引"南郊賞給"、"景德寺佛"兩條，《通鑑長編》卷九十八"馬季良家本茶商"，卷一百八十四"富范議建儲"，又"許州賈侍中坐"，又"張安道云"，卷一百八十六"陳昭素"，卷一百八十七"御廚日宰四十羊"，又"雷簡夫判設案日卷二十"，"太宗自并幸幽”，卷一百八十七“林洙知壽州”，卷一百八十九“公主誕慶”，又“陳執中嬖妾張氏”，又“陳祖相就史館”，卷一百九十四“韓維問李淑”，計十三條，《愛日齋叢抄》“秘書丞宋飛卿”一條，皆此本所無。

明抄江鄰幾雜志跋

《江鄰幾雜志》二卷、《補遺》一卷，次行有“玉峰菉竹堂珍藏”七字。卷首葉有“趙輯熙印”四字白文方印、“素門”二字朱文方印、“陸魚珍藏閱書”六字朱文方印。前後有孫慶增題語，後有羅正季素門跋。書中朱筆校補二十條，據慶增跋，則慶增據宋本所補也。後有朱筆補錄七條，則素門借天一閣本所校補也。愚案：所補二十條皆見《侯鯖錄》，不云盡出鄰幾，核以世所傳《醴泉筆錄》，無一不合，則孫氏所云宋本或《醴泉筆錄》之宋本，非真《雜志》宋本也。惟休復卒于嘉祐五年，見《歐陽文忠集》，不應述崇寧、大觀時事。王介甫生于天禧辛酉，嘉祐初年甫三十，官亦未顯，不得稱老蘇。東坡生于景祐三年，嘉祐五年年二十五。蘇邁生卒雖無考，既爲坡長子，其時年不過十歲，非鄰幾所得見。山谷生于慶曆五年，嘉祐初纔十餘歲，張文潛生皇祐五年，尚未及十歲，休復安得引其詩文？此本據《醴泉筆錄》所補“前世錢未有草書者”一條，內有“崇寧、大觀間”云云，王介甫條稱“此老”，又引山谷《茶磨銘》及稱高力士《薺菜》詩、張宛邱《夜直館中》詩、蘇邁《伯達》詩，皆與時代不合，恐《醴泉筆錄》之名是南宋時人僞造，且有所羼入，轉不如《稗海》本未失真也。

唐 語 林 跋

《唐語林》八卷，宋王讜撰，原本久佚，此則乾隆中館臣從《永樂大典》錄出，以聚珍版印行者也。《直齋書錄解題》云：長安王讜正甫以唐小説五十家，仿《世説》分三十五門，又益十七門，爲五十二門。《提要》云：讜之名不見于史傳，考書中“裴佶”一條，“佶”字空格，注云“御名”，宋惟徽宗諱佶，則讜爲崇寧、大觀間人矣。案：讜，呂大防子壻也，元祐四年七月除國子監丞，右司諫吳安詩言其不協公論，大防亦自請改除，改少府監丞。見李燾《通鑑》四百三十卷。

分類夷堅志跋

　　《新編分類夷堅志》甲集五卷、乙集五卷、丙集五卷、丁集五卷、戊集五卷、己集五卷、庚集五卷、辛集五卷、壬集五卷、癸集五卷，題曰“鄱陽洪邁景廬紀述、建安葉氏祖榮類編”，明刊，版心有“清平山堂”四字。葉祖榮仕履無考，當是南宋末人。各家書録皆未著録。甲集分忠臣、孝子、節義三門，乙集分陰德、陰譴、禽獸三門，丙集分冤對報應、幽明二獄、欠債、妬忌四門，丁集分貪謀、詐謀、騙局、姦淫、雜附妖怪五門，戊集分前定宴婚、嗣息、夫妻三門，己集分神仙、釋教、淫祀三門，庚集分神道、鬼怪二門，辛集分醫術、雜藝、妖巫、卜相、夢幻五門，壬集分奇異、精怖、墳墓三門，癸集分設醮、冥官善惡、僧道、惡報、入冥五門。每門又各爲子目。朱國楨《湧幢小品》云，“《夷堅志》本四百二十卷，今行者五十一卷，蓋病其煩蕪删之”，當即指此本也。原書四百二十卷，今惟存甲至丁八十卷，宋刊爲愚所得，已經刊入《十萬卷樓叢書》。支甲至支戊五十卷，爲《四庫》所收，民間絶少傳本。坊刊巾箱本掇拾叢殘爲之，缺略尤甚。此本猶宋人所輯，當見四百二十卷全書，其所甄録，出于今存八十卷及支志巾箱本之外者甚多，不但全書崖略可以考見，即宋人遺聞佚事，亦往往賴此以存，未可以删削薄之也。

宏 明 集 跋

《宏明集》十五卷，梁釋僧祐述，明萬曆支那本。顧千里以釋
藏本校過，藏本每卷有目，連屬篇目，支那本皆削之，又改每篇標
目，上目下名，如時文之式，顧氏訛之，當矣。惟"劉君白"當爲劉
善明之字，故藏本一則曰"劉君白答"，再則曰"劉君白重答"，與全
書一律。顧氏謂君白非字，以君代名，則白字又作何解？名善明而
字君白，其義相通。《史》善明傳不著其字，缺也。藏本標目皆著
作者之字，支那本改書名，不悟君白之即善明而獨書其字，未免自
亂其例耳。

廣宏明集跋

《廣宏明集》二十卷，唐釋道宣述，明萬曆支那本。顧千里以
釋藏本校過，其刪去每卷之目，改易篇目，與《宏明集》同。藏本卷
二十七分上、中、下三卷，此本合爲上、下二卷。荀濟仕梁，力攻佛
氏，在當時可稱特立之士。其奔魏也，爲高澄所殺，氣節亦有足稱
者。《梁書》不爲立傳，《北史》雖有傳而不載闢佛之表，均爲缺陷。
道宣採之，以爲濟罪，愚謂正可藉此以補史缺耳。

雲笈七籤跋

《雲笈七籤》百二十卷，宋張君房撰，明張萱刊本。案：君房字
尹才。方壯，始從學，逮遊場屋，甚有時名。登第時年已四十餘，以
校《道書》得館職，後知隨、郢、信陽三郡，年六十三，分司歸安陸，
年六十九致仕。嘗撰《乘異記》三編、《科名定分録》七卷、《儆戒會
叢五十事》、《麗情集》十二卷，又《朝説》《野語》各三篇。洎退居，
又撰《脞説》二十卷，年七十六，仍著詩、賦、雜文。其子百藥，嘗纂

爲《慶曆集》三十卷,見王得臣《塵史》。

元刊關尹子言外經旨跋

　　《關尹子言外經旨》三卷,宋陳顯微撰,題曰"抱一先生門弟子希微子王夷受"①。元刊本,半葉十三行,行二十四五字不等。前有劉向進書表、寶祐二年顯微自序、王夷序,後有葛洪後序。葛序後有"至元癸巳姬致柔刊板"木記。《四庫》未收,阮文達始進呈。案:顯微字字道,自號抱一子,寶祐間道士。夷自號希微子,顯微弟子,里貫皆未詳。前有"晉府圖書之印"、"士禮居印"、"席鑑之印"、"丕烈"、"蕘夫"等印,後有"敬德堂圖書印"、"虞山席玉焰考藏印"等印。

道德真經指歸七卷本跋

　　《道德真經指歸》存卷七至卷十三,題曰"蜀郡嚴遵字君平撰、谷神子注",舊抄本。先列經文,每行十七字,後接《指歸》,低一格,每行十六字。注文雙行。前有君平自序,以胡震亨《秘冊彙函》本校之,前脫君平自序千餘言,卷一即抄本之卷七,卷二即抄本之卷八,卷三即抄本之卷九,卷四即抄本之卷十,卷五即抄本之十一,卷六即抄本之十二至抄本之卷十三,凡八千餘言,《秘冊》本全缺。每卷有杜撰篇名而不列經文,字句奪落亦復不少。《敏求記》著錄之錢叔寶手抄本,即此本所祖也。谷神子注曰:"嚴君平者,蜀郡人也。姓莊氏,故稱莊子。"書中所稱,多設爲問難之辭,莊子蓋君平自謂,非引莊周書也。《津逮》、《學津》兩本與胡刊同,

---

　　① 《四庫全書總目·附錄·四庫未收書提要》收有該書,云"宋陳顯微撰,同時王夷鋟而傳之者"。

蓋《秘册彙函》之版，明季歸毛子晉，增爲《津逮秘書》。《津逮》之
版，後歸張海鵬，增爲《學津討原》，故與胡刻無異，皆非善本也。

文子纘義跋

　　《文子纘義》十二卷，元杜道堅撰，舊抄本。《提要》：道堅字南
谷，當塗人，武康計籌山昇元觀道士也。其始末無考。案：道堅字
處逸，當塗采石人，自號南谷子。年十四，決意爲方外游，乃辭母
去，着道士服，宋度宗賜號輔教大師，武康楊氏請住昇元報國觀。
元兵南渡，道堅謁淮安忠教王爲民請命，與語大悅，入覲世祖。詔
馳驛江南，搜訪遺逸，道堅疏言：“養賢求賢，用賢之道。”上嘉納，
使還，提點道教，住持杭州宗陽宮。大德七年，授杭州路道録教門
高士真人，仍領昇元觀事。又于計籌山別立通元觀，作攬古之樓，
聚書數萬卷。著《老子原旨》及《原旨發揮》、《關尹闡元》、《文子
纘義》等書。皇慶改元，授隆道沖真崇正真人，依舊住持宗陽宮，
兼湖州計籌山昇元報國觀、白石通元觀，延祐五年卒，年八十二《趙
松雪集·杜真人碑》。

儀顧堂題跋卷十

宋刊晉二俊集跋

《陸士衡集》十卷、《士龍集》十卷，宋華亭縣學刊本，每頁二十二行，行二十字。前有慶元庚申徐民瞻《晉二俊集》序，後有慶元六年縣學司計朱奎、直學孫垓、學長范公袞等題名。以明正德己卯陸元太刊本校之，訛字固多，妄增妄改處亦不少。如《士衡集》卷一《文賦序》，"常患意不稱物"，明本"常"改"恒"；"雖離方而遯圓"，明本"圓"改"照"；"清麗芊眠"，明本"芊"誤"千"；"意徘徊而不能褫"，明本"褫"誤"揥"；"辭浮漂而不頤"，明本"頤"改"歸"；"或授蚩于拙日"，"蚩"誤"岅"；"故踸踔于短韻"，"韻"改"垣"；"思軋軋其若抽"，"軋軋"改"乙乙"；"恢萬里使無閡"，"使"誤"而"。《感時賦》"恒覩物而增嘆"，"嘆"改"酸"。《豪士賦序》"故曰"上明本脱"言遇時也"四字；"率意無違欲莫順焉"，"順"誤"盛"；"猶時至而必僁"，"僁"誤"保"；"月何盈而不闌"，"闌"誤"闕"。《思親賦》"指南雲以寄欵"，"欵"誤"欽"。卷二《行思賦》"翳綠葉而弄音"，"翳"改"藏"。《思歸賦》"四氣相推"，"氣"改"時"。卷三《感丘賦》"托崇丘以自綏"，"丘"改"山"。卷四《浮雲賦》"有輕虛之體象"，"體"誤"艷"；"原厥本初"，"原"誤"厚"。《鼓吹賦》"簫嘈嘈而微吟"，"吟"改"音"；"怨高臺之難任"，"任"改"臨"。《鱉賦》"徒廣狹"以下、"盈尺"上，原

缺三字，明本有“妨循”二字，似是妄補；“越高波以魚逸”，“魚”誤
“燕”。卷五《赴洛詩》“瘣寐涕盈衿”，“衿”誤“矜”。《招隱詩》
“結風仁蘭林”，“結風”改“激楚”。《於承明作與士龍》“永安有昨
軌”，“昨”誤“作”。《思歸樂》“遵諸”，“遵”誤“春”。《答賈謐詩》
“火辰匿暉”，“火”誤“大”；“金虎曜質”，“曜”誤“習”。《答張士
然》“逍遙春王囿”，“王囿”改“玉圃”。《爲顧彥先贈婦》“歸飛游
江汜”，“游”誤“浙”。卷八《七徵》“怨皇居之失實”，“居”改
“后”、“實”改“寶”；“蓋聞沫北”，“沫”誤“洙”。卷九《漢高祖功
臣頌》明本妄增“相國鄷文終侯”以下二百四十二字，“天命雖順”，
“命”誤“地”；“至洛與成都王牋皇甫”下、“同惡”上，原缺二字，明
本妄補“商”字。《弔魏武帝文》“牀”下脫“張”字；“朝晡設”，
“設”誤“上”；“舍中無所爲”，“爲”誤“不”；“紆家人于履組”，“家
人”誤“廣念”。《陸公少女哀辭》“曄曄”下原缺二字，明本妄補
“芳華”二字。《王氏夫人誄》“蟋蟀霄吟”，“霄吟”改“吟檻”。卷
十《辨亡論》“北代諸華”，“諸”誤“誅”。《士龍文集》卷一《逸民
賦》“翳蒼穹谷”，“蒼”誤“莽”。《歲暮賦》“長歎息而永懷”，“歎”
訛“難”。《寒蟬賦》“如飛焱之遭驚風”，“遭”誤“遺”；“綴以玄
冕”，“玄”誤“空”。卷二目“命大將軍”下，明本脫“將軍”二字；
《贈汲郡太守》“扇爾清休”，“扇”誤“商”。卷二《答平原贈浹辰》
“悵其永懷”，“悵”誤“恨”；“曷云其常”，“云”誤“去”。卷三《贈
顧彥先》“駪駪征邁”，“駪駪”誤“驍驍”。《答孫顯世》“大韶既
系”，“系”訛“素”。《失題》“贈我翰墨”，“墨”訛“林”；“何以合
志”，“志”訛“忍”。卷五《吳故丞相陸公誄》“有皇于升”，“升”訛
“井”。《晉故散騎常侍陸府君誄》“顯允閎姿”，“閎”誤“閑”；“皓
思東嶽”，“思”誤“恩”；“慮凶以吉”，“吉”訛“音”；“鳴和吉往”，
“鳴”誤“嗚”。《夏府君誄》“侯服于杞”，“杞”誤“祀”；“聿臨猗

氏”，“聿”誤“韋”；“接彼郇瑕”，“彼”誤“被”；“亦既翰飛”，“亦”
訛“示”；“哀響未歇”，“歇”訛“欲”。卷六《登遐頌》“遂志潛輝”，
“志”訛“忘”。此皆有關文義之大者，其無關文義以及提行款式之
異同，今不著。

宋本王右丞集跋

　　《王右丞文集》十卷，次行題曰“尚書右丞贈祕書監王維”，宋
刊本，每半頁十一行，每行二十字，版心有字數及刊工姓名。宋諱
有缺有不缺，南宋麻沙坊本往往如此。卷二第十三葉之第十八行
接連卷三，其卷四、五、六、八、九、十仿此，亦宋本式也。卷六末有
跋云：“韋蘇州詩韻高而氣清，王右丞詩格老而味長，雖皆五言之
宗匠，然互有得失，不無優劣。以標韻觀之，右丞遠不逮蘇州，至其
詞不迫切而味甚長，雖蘇州亦不及也。”凡七十餘字，爲元以後刊
本所無。卷五《送梓州李使君》“山中一半雨”，不作“山中一夜
雨”，與《敏求記》所記宋本同。惟卷二《出塞作》脫廿一字，不免白
璧微瑕耳。向爲季蒼葦所藏，卷中有“季振宜藏書”五字朱文長
印、“季振宜字詵兮號蒼葦”朱文長印。後歸徐健庵，有“乾學之
印”白文方印、“健庵”二字白文方印。道光中歸黃蕘圃，有“百宋
一廛”朱文長印、“蕘圃過眼”白文方印。前有顧千里題語，後有黃
蕘圃題語，即《百宋一廛賦》中所謂“王沿表進，移氣麻沙；秀句半
雨，夙假齒牙”者也。

跋影宋抄寒山詩

　　《寒山詩》一卷，毛氏汲古閣影宋抄本。光緒五年，以番板五
枚得此書于吳市，蓋何心耘博士舊藏也。端陽前五日，以舊藏廣州
刊本及《全唐詩》校一過，《全唐詩》即從此本出。卷末“怡然居憩

地日"以下缺亦同。廣州本序次既異,字句亦多不同。《拾得詩》缺"人生浮世中"、"平生何所憂"、"故林又斬新"、"一入雙谿不計春"①凡四首,《寒山詩》缺"沙門不持戒"、"可貴一名山"、"我見多知漢"②、"昔年曾到大海遊"、"夕陽赫西山"凡五首,非善本也。

元本王右丞集跋

須溪先生校本《唐王右丞集》十卷,題曰"唐尚書右丞贈秘書監王維",元刊本,每半頁八行,每行二十字,旁加圍直,間有評語,蓋皆須溪筆也。卷五《送梓州李使君》"山中一半雨,樹抄百重泉",不作"山中一夜雨",與宋本同。卷六《出塞》作"暮雲空磧時驅"下脫"馬,秋日平原好射雕,護羌校尉朝乘障,破虜將軍夜渡"二十一字,蓋亦從宋麻沙本出耳。

岑嘉州集跋

《岑嘉州集》七卷,唐岑參撰,明正德熊相刊本,有"晉安徐興公家藏書"八字朱文方印,明儒徐熥舊藏也。前有杜確序,後有正德十五年熊相刊版跋邊貢跋。案:參,代州人,天寶三年進士,累官右補闕,頻上封章,指述權佞,改殿中侍御史,出爲嘉州刺史。崔旰據蜀,參作《招蜀客歸》一篇,申明順逆之理,後卒于蜀,事蹟詳杜確序,《四庫》未收也,阮文達始以八卷本進呈。《唐書·藝文志》、《崇文總目》、晁氏《讀書志》、鄭樵《通志》、馬端臨《文獻通考》皆云十卷,《書錄解題》云八卷,與確序及阮文達進呈本合。此本爲邊貢所藏,熊相得而刊之。卷一五古,卷二七古,卷三五律,卷四七

---

①　"一日雙谿不計春","谿"字原缺,據《全唐詩》補。
②　"我見多知漢","知"字原缺,據《全唐詩》補。

律,卷五五言長排,卷六五絕,卷七七絕,諸體皆備,似非不全之帙。
然《蜀客歸》一首及《瀛奎律髓》所收《灌口夜宿詩》皆不存,知其
所佚多矣。

許昌集跋

　　《許昌集》十卷,舊抄本。以汲古閣刊本校之,不及抄本遠甚。
咸平癸卯張詠序、紹興元年陸榮望跋,皆汲古本所無。此外訛奪亦
復不少。卷一"結銜節度使"上脫"許昌軍"三字,"薛能"下脫"太
拙"二字;"應似五弦琴","似"訛"以";"歸舟怪久游","怪"訛
"惟"。《送馮溫往河外》,"往"訛"住";"秋霜蝕葉黃","霜"訛
"霖";"榆關到不可","到"訛"早";"邊城官尚惡","尚"下脫"一
作'自'"三字。《冬日送僧歸吳中》,"送"訛"逢"。卷二"君子尚
麻衣","麻"訛"麻";"茶美夢初驚",奪"夢"字;"高樓一凝望",
"凝"訛"擬";"前生的姓陰","姓"訛"信";"塵攪夕陽邊","攪"
訛"攬"。卷三"儒道苦不勝","苦"訛"頗";"懸滴四簷疏","簷"
訛"廉";"風清好退居",奪"好退"二字。卷四"冰霜谷口晨樵
遠",缺"晨"字;"刈田因得自生瓜","因"訛"應";"我心猶欲畫圖
看",脫"欲畫"二字;"濮水南流","南"訛"東"。卷五"獨宿軍厨
負請緙","厨"訛"幬"。卷七"勞我是犍爲,南征又北移,惟聞杜
鵑夜,不見海棠時。在闍曾無負,含靈合有知,州人若愛樹,莫損
《召南》詩",訛作"徑風更有寵光人未見問安調饍畫三公"十六字。
卷八"欲別封疆更感恩",脫"恩"字;"貽爲瀆武誇","瀆"訛"瀆"。

影宋抄王洙本杜詩跋

　　影抄《杜工部集》二十卷、《補遺》一卷,題曰"前劍南節度參謀
宣義郎檢校尚書工部員外郎賜緋魚袋京兆杜甫"。每葉二十行,

每行二十字。自卷一至卷三佚。後有嘉祐四年王琪序，宋諱、嫌名皆缺筆。蓋從嘉祐刊本傳抄者。案《郡齋讀書志》:《杜甫集》二十卷，《集外詩》一卷。皇朝自王原叔後，學者喜誦杜詩，世有爲之注者數家，率皆淺鄙可笑。有託原叔名者，其實非也。《直齋書録解題》:《杜工部集》二十卷，王洙原叔蒐裒中外書九十七卷，除其重複，定取千四百五篇，古詩三百九十九，近體千有六，起太平時，終湖南所作，視居行之次與歲時爲先後，別録雜著爲二卷，合二十卷，寶元二年記。遂爲定本。王琪君玉嘉祐中刻之姑蘇，且爲後記。《元積墓誌》亦附綴二十卷之末，又有補文九篇。治平中，太守裴集刊附集外，蜀本大略同，而以遺文入正集中，非其舊也。是本卷八以前皆古詩，卷九至十八近體詩，卷十九、二十雜著，補遺詩五首，文四首，一一與《解題》合而無注，蓋即原叔編而王琪刻者，杜集最初之本也。南渡後，原叔孫祖寧又刻于浙中，見《中州集》卷二。原叔未嘗注杜詩，觀王琪後記可知。今通行本九家注、千家注杜詩所採王原叔注，實元祐間秘閣校對鄧忠臣字若思者所作，見《中州集》卷二引吳激彥高説。浙本前有王祖寧序，備言其祖未嘗注杜詩，與《讀書志》及吳彥高説合。

明刊李文饒文集跋

《李文饒文集》十六卷、《別集》十卷、《外集》三卷。余先有明萬曆刊本，後從上海郁氏得嘉靖刊本。嘉靖本前有鄭亞序，後有紹興己卯袁州刊板序，萬曆本則缺，此外無大異同。今借月湖丁氏影宋抄本校之，始知兩明刻之訛奪。《異域歸忠傳序》"具此四美，是謂誠有"，訛作"其比四夷，悉謂誠臣"；"昔仲尼以曾參孝"，訛作"昔仲凡之曾孫孝"。《討劉稹制》"古今大義"下脱"故貽義節度"四〔四當作五〕字；"幼習亂風"訛作"動扇剛風"；"時紀綱之力"，

"力"訛"律";"以襲兵符"訛"以逞驕恣";"特險"訛"巴蜀";"誘受亡命","誘"訛"大";"金石刻于代邱","刻"訛"烈"。《授劉沔始撫回鶻使制》"柔能制"下脫"剛弱能制"四字;"朔野沍寒","野"訛"夜"。《授王元逵平章制》"抑有前典",訛作"賞抑有典";"王元逵","元"下衍"帥"字;"曰固妖巢","妖"訛"穴";"拔建瓴之險","建瓴"訛"升天"。《授鄭裔綽制》下脫旁注"覃之子"三字;"守正去位","去位"訛"持法"。《與紇扢斯可汗書》"皆已丘墟",訛"皆以立君"。《與黠戛斯可汗書》"皇帝敬問黠戛斯可汗"以下一百二十字,脫八十餘字,訛不可讀。《賜彥佐沔茂元詔》衍"劉"字,脫"彥佐"二字。卷七《賜王宰詔意四》脫《用兵之難》一首,凡三百九十二字。《誅張谷等告示中外敕》"劉稹弟"下,衍"曹九等"三字,脫"稹曹九滿郎君郎妹四娘五娘堂兄漢卿斤周堂弟魯卿匡堯穗逆賊"廿七字;"男涯"下衍"等"字,脫"解愁何六偓郎孫男小吉兄台男小吾門哥幸郎男修文千駒"廿四字;"寠郎"下衍"等"字,脫"殊郎弟宜力醜奴"六字;"歡郎"下衍"等"字,脫"三寶"二字;"孫羽"下,脫"賈餗男庠"四字;"茂章"下,脫"茂實"二字;《請密詔塞上事宜狀》"每見漢使"下,脫"亦是別見望密詔劉沔與忠順守老每有使"十九〔十九當作十七〕字。《條疏太原以北邊備事宜》"前把頭烽"下,脫"內舊有軍鎮數處自廢把頭烽"十二字;"挐手四百人"下,脫"宣州取挐手三百人"八字;"遞過太原"下,脫"兼曉諭令于太原"七字。《論嗢没斯家口狀》"給米三斛"下,脫"小口給二斛"五字。《奉宣嗢没斯所請奏表》"稱在本"下,脫"國之時各有本"六字;"與嗢没斯"下,脫"優賞其嗢没斯"六字。卷十四《論振武以北事宜狀》後,脫《奏回鶻事宜狀》一首,凡一百六十字。《公卿集議須便施行奏》"出師驅逐"下,脫"是逐出塞外,令歸沙漠,今若來即驅逐"十五字。《請何清朝分頒李思忠下蕃兵狀》

"商量令契苾通"下,衍"等不受思忠指揮"七字。《請發河中馬軍五百騎赴振武狀》"朔方舊法都虞候"下,脫"王縱頃年曾充馬軍都虞候至西"十三字。《請賜宏敬詔狀》後,脫《請發陳許軍馬狀》一首,一百廿七字,小注九字。《請賜仲武詔》"入覲"之下,誤以《王宰兼攻討使狀》之後半"茂元縱得痊"後一百十七字羼入,而以"使與鄭注交結"以下三百八字羼入《石雄請添兵狀》後。《石雄添兵狀》之後半"依陳許兵行例"之下半"度支權給"廿一字羼入《王宰狀》"尚未安定"以下,而又訛"例"爲"制","度"上妄衍"茂"字。《進西南備邊録狀》"蕭何收"下,脫"秦圖書,具知阨塞,軍國之政莫切于斯,謹封進上,庶裨"廿一字;"張仲武與臣書四紙"上,脫"讓張仲武寄信物狀"八字。《再讓張仲武寄信物狀》"恩顧"訛"臣顧","獲"下脫"序"字。《代國論》"所以王珪"下,脫"睹廬江美人正言納説如王珪"十二字。此外無關大義妄刪,如"謹封上進"、"謹録奏聞"、"奉宣撰"等句,因糊模而妄改一二字者,尚不勝舉也。光緒十年七夕後二日校畢識。

明抄徂徠集跋

　　《徂徠文集》二十卷,題曰"徂徠石介守道",舊抄本,每葉十八行,每行十七字。每卷有目,連屬篇目。凡遇陛下、皇帝等字皆空一格。是從宋本影寫者。《四庫全書》著于録,《提要》云:第四卷内《寄元均》、《叔仁》、《讀易堂》、《水軒暫息》四詩,有録無書,則傳寫脫佚,亦非盡其舊矣。今此本卷四《寄元均》"君爲儒者豈知兵"云云,《寄叔仁》"幾年持筆事征西"云云,《赴任嘉州初登棧道寄姜潛至讀易堂》"我不從官君下第"云云,《入蜀至左綿洛次水軒暫憩》"水軒聊得恣吟哦"云云,七律四章,完善無缺,誠是集之善本也。

寇忠愍集跋

《寇忠愍公詩集》二卷,題曰"開府儀同三司太子太傅中書令上柱國萊國公寇準著",刊本,前有范雍序、宣和五年王次翁序、隆興改元辛歟序、《增謚告孫忭奉敕撰旌忠之碑》。凡遇聖旨、御製等字皆空一格,尚仍宋本舊式。公集爲范雍所編,宣和中王次翁刊于舂陵,隆興初辛歟復刊之。此刻當從辛歟本出。以舊抄本校之,得正訛字數十處。卷上"山積瓌材咸備矣",刻本"材"訛"村";"澤流紓宇福蒼生","福"訛"含";"天安殿致齋","天"訛"大";"懷柔祝帝禧","禧"訛"僖"。卷中"何當歸釣渚","歸"訛"窮";"蜀客似悲秋","客"訛"魄";"宵殘猶伴吟","伴"訛"半";"已甘垂樹杪","杪"訛"抄";"深歎高堂養獨違","違"訛"遲";"江頭別去欲何之","去"訛"來";"野鶴漸無驚弋意","漸"訛"慚";"夜深窗竹動秋聲","深"訛"聲"。皆賴抄本正之。抄、刊兩本,當同出隆興本,刊本失于校讐,故訛字較多耳。

宋本陳古靈集跋

《古靈先生文集》二十五卷、《附錄》一卷、《哲宗皇帝即位使遼語錄》一卷,宋紹興刊本。前有李綱序,後有紹興三十年十月既望右朝請大夫直秘閣知贛州軍州主管學事兼管內勸農營田事提舉南安軍大雄州兵甲司公事江南西路兵馬鈐轄陳輝跋、紹興三十年十月朔六世侄孫將仕郎曄跋。是集爲古靈長嗣右中散大夫提舉臨安府洞霄宮賜紫金魚袋紹夫所編,同里徐世昌刊于家,歲久漫漶。紹興三十年,其四世侄孫輝知贛州,命僚士參校,及其子曄推次年譜,鋟木贛州。每半頁十行,每行二十字。"構"字或缺三筆,或注"犯御名"。卷四目"贈贛縣過項秘丞","項"字注"神宗廟諱",當承

稿本原文。孝宗嫌名"慎"字、寧宗諱"擴"字缺筆者，後人所剜改
也。卷五缺二頁，卷八缺二頁，卷十四缺末頁，卷二十缺四頁，二十
一缺二頁，二十二缺四頁，二十三缺二頁，二十四缺末頁，《附錄》
缺四頁，皆以影宋抄本補全。卷八、卷二十、二十一、二十三，模糊
斷爛尤多，皆以影宋本填補。影宋本所據之宋本，當摹印在前耳。
《語錄》題曰"三司鹽鐵判官朝奉郎守尚書工部郎中充秘閣校理騎
都尉賜緋魚袋臣陳襄上進"。《語錄》，《四庫》未收，惜斷爛六頁，
影宋亦缺，無可填補耳。

東堂集跋

　　《東堂集》十卷，宋毛滂撰。原本久佚，館臣從《永樂大典》錄
出者。《檇李詩繫》有《響應山禱雨寄東坡》五古一首，《武康舊
志》有《銅山寺》七絕一首，《至元嘉禾志》有《月波樓記》一首、《寒
穴泉銘》一首，皆失收，應補。誤收晁補之《佛鑑禪師語錄序》，見
《雞肋集》六十九卷，應刪。光緒十年七月二日記。

文潞公集跋

　　《文潞公文集》四十卷，宋文彥博撰。《四庫全書》著于錄。明
刊本。嘉靖五年，平陽知府王濟以泌州李叔淵家抄本付刊，呂柟校
正而爲之序。《范太史集》卷十一、十二表箋笏記一百八首，《宛丘
集》賀表二首，皆代潞公所作，此集不收，可見古人不掠人美。此
四十卷皆手稿矣。今巨公集中不但幕僚屬稿，累牘連篇題，本爲胥
吏惡劄，亦有兼收並載者，得毋爲古人所笑乎？集中有《送圓明大
師歸吳興詩》，其人似曾以琴供奉內廷，《湖志》"方外"、"藝術"皆
失收。

南 陽 集 跋

《南陽集》三十卷,宋韓維撰,舊抄本。每葉二十二行,行十八字。後有紹興十年沈晦跋。凡遇皇帝及陛下、先帝、太皇太后等字,或提行,或空格,當從宋本傳抄者。案:韓元吉《南澗甲乙稿》有淳熙元年所作《高祖宮師文編序》云:"《文編》僅三十卷,兵火後所輯,非舊本也。"則《直齋》著錄訛"三"爲"二"無疑,可爲《提要》礄證。又云:"某逮事曾叔祖留司御史諱宗質,時王、蔡方張,有所避忌,凡家集手自鐍之,無得觀者。故公之論新法、觸時禁之言,皆不傳于外。南渡流離,集稿遂逸,訪于四方,惟詩尚多,内制特少。他文如與蘇子美書、誌伯淳墓,士大夫雖知有之,無復見也。小子不佞,欲俟備而傳焉,恐有河清之歎,因哀而刊之東陽郡齋"云云。此本卷二十九有《程伯淳墓誌》注云"淳熙四年,續得于蜀",蓋版刊于元年,墓誌得于四年,故云"續得",可爲東陽刊本之證。沈晦爲維之外甥,據跋僅以韓元龍所得本刊,鮮于大受所撰行狀,集則未刊也。越三十年,而元吉始刊于東陽。此當出于東陽刊本,特缺元吉序耳。《提要》云,"第三十卷與附錄一卷,尤多顛舛",今卷二十九、卷三十及附錄,或上截有字,下截無字,或下截有字,上截無字,或以歌詞雜于他人祭文之下,或以書札雜于詔誥之後,當由所據之本模印在後,版多爛亂,裝訂時又有錯簡,非沈晦所云不能是正者也。卷十九、卷二十、卷二十一爲王邸記室,卷二十有錄無書,袛存十九、第二十一兩卷,《提要》云二卷,蓋除缺卷而言之耳。

傳 家 集 跋

《司馬太師溫國文正公傳家集》八十卷,明刊本。前有劉隨序。每葉二十行,行二十字,案:集爲溫公所自編,原本一百卷。公薨,子康又没,晁以道得而藏之,中更禁錮,迨至渡江,幸不失墜。後以授謝克家,劉嶠刊而上之。宋季,光州有版。見《郡齋讀書志》、《直齋書録解題》。是公集生前無刊本,至南宋,而劉嶠始爲版行。此本八十卷,較光州本已少二十卷,故《提要》所舉《辭樞副疏》、《論西夏疏》、《張載私諡議》及《宋文鑑》所收《文中子傳》皆不載。以乾隆中陳文恭刊本互校,卷十六《撫納西人詔意》,明本在卷五十二《請撫納西人劄子》後;明刊卷五十三《乞進呈文字劄子》後有《中使徐湜封還傳宣》一道,陳本缺;卷六十三嘉祐八年四月十九日《申堂狀》,明本在二十九卷末;熙寧三年十二月一日《申宣撫使權住製造乾糧狀》,明本在四十五卷《奔神宗喪狀》後;《大辟貸配法草》,明本在四十卷末。卷四十五《奏乞兵官與趙瑜同訓練泊駐兵士狀》"所貴公共"下,陳本脱三十字;《文中子傳》則文恭據《宋文鑑》補入。黃蕘圃百宋一廛宋刊本前有劉嶠序及進書表,當即晁氏所謂劉嶠刊版者,然亦衹八十卷,何也?

明抄小畜集跋

王黃州《小畜集》三十卷,宋王禹偁撰,明抄本,每頁二十二行,每行二十二字。前有自序,後有紹興丁卯沈虞卿序及刊版公牘、校勘銜名。每卷有目,連屬篇目,間有刊工姓名,語涉宋帝皆提行,蓋從宋刊摹寫者。乾隆中有太平趙熟典刊本,其缺文訛字,大略多同,似即從此本出,惟轉輾傳刊,訛字更多。卷五《八絶詩序》"立寶應寺","寶"訛"廊"。卷六"蔭子有官常","官常"訛"冠裳";"巨石大于瓮","瓮"訛"荒"。卷七"賴有郡侯知己在","侯"訛"俠";"開宴曾遊此綴行","宴"訛"筵";"台星依舊照黃扉","黃"訛"皇";"太半江山是故鄉","半"訛"平";"犀牛出水挨銅柱"，"牛"訛"角"；"元老留司臥雒陽"，"留"訛"劉"。卷八"處險人垂瘻"，"處"訛"遞"；"蒲紉挽舫紋"，"紋"訛"綏"，案：紋，挽船繩也；"褚冠布褐皂絲巾"，"冠"訛"符"。卷十"休歡貳車如竹葦"，"葦"訛"筆"；"一掾如何萬里行"，"掾"訛"撰"；"罷藥朝無酒"，"藥"訛"樂"。卷十一《贈浚儀朱學士》下脫小注"台符"二字；"十年兄事分偏長"，"事"訛"弟"；"香水洛銀盆"，"洛"訛"十"。卷十二"小臣再拜受一軸"，"受"訛"授"。卷十四"記孝幾絕者數四"，"幾"下側注"平"字，平謂"幾"字讀平聲也，誤以"平"字作正文，連于"幾"字之下，則大謬矣；《錄海人書》"懷土之情"，"土"訛"王"；"并誥古先哲王"，"古"訛"克"；"乃繕予甲胄"，"予"訛"於"；"光我先祖"，"光我"訛"我先"。卷十六《四皓廟碑》"立嫡則圓鑿而方枘也"，"嫡"訛"敵"；"有建桓立順之徒矣"，"桓"訛"相"。《單州武成縣主簿廳記》"供賦調"，"賦"訛"職"；《崑山縣新修文宣王廟記》"但有基址"，"有"訛"爲"。卷十九《送鞠仲謀序》"又旅葬于濟"，"旅"訛"族"。卷二十《送徐宗孟序》"好奇而尚氣者"，"氣"訛"義"；《送翟驤序》"遷從事于廣陵"，"遷"訛"迁"。《送柳宜通判全州序》"連尹三邑"，"連"訛"逮"。卷二十一《陳情表》"上國燃金之費"，"金"訛"釜"。《謝加朝散大夫表》"遞到敕牒一道"，"到"訛"初"。卷二十二《賀勝捷表》"雖居沙漠"，"漠"訛"漢"。《賀南郊大赦表》"降到赦書"，"赦"訛"敕"。《乞賜种放孝贈表》"覜茲窀穸之憂"，"茲"訛"慈"。《謝加上柱國表》"豈期謫宦之臣"，"宦"訛"官"。《賀聖駕還京表》"頗爲勞弊"，"弊"訛"瘁"。卷二十四《西京謝上表》"惟愬潦倒"，脫"愬"字；"但感始終之道"，"始"訛"如"。《謝聖惠方表》"莫不歧伯秦和"，"秦"訛"泰"。《爲宰臣以彗星見求退表》"既失具瞻之望"，"望"訛"地"。卷二十五《謝除禮部員外郎啓》"性惟拙直"，

"直"訛"宜";《謝除翰林學士啟》"俄辱殊恩","辱"訛"尋"。《回
司空相公謝官啓》"鳲鳩之秩","秩"訛"職"。《回孫何啓》"回"訛
"迴";"擅揚早達于天聰","早"訛"卑";"備仞謙沖之旨","仞"
訛"認"。《回尹黃裳啓》"修麟筆不刊之典"脫"麟"字;"益仞謙沖
之旨","益"訛"蓋","仞"訛"認"。卷二十六"咸謂乎爾公爾侯",
脫"謂"字。《搜訪唐末以來子孫詔》"義聞必復","義"訛"义";
《黃屋非堯心賦》"心侔于堯","于"訛"十";《日月光天德賦》"挂
羲舒之影","挂"訛"垙";"浴咸池而杲杲","杲杲"訛"果果";
《四時和爲玉燭詩》"衙處非龍首","衙"訛"御"。《授節度使西京
留守麻》"分茅繼擁于龍旌","茅"訛"第"。《除右拾遺諸王府記
室參軍判》"仍列諫垣","列"訛"立"。卷二十七《歸馬華山賦》
"朔吹生時","吹"訛"改"。《允淮海國王乞落大元帥批答》"奄有
全吳","吳"訛"昊"。《右諫議大夫可御史中丞制》"彈奏勿法",
脫"彈"字。卷二十八《宋公神道碑》"開寶"下、"彭城劉氏"上,脫
"中封隴西郡夫人,先公而亡,象服是儀,永歸同穴,今夫人"二十
二字;《康公預撰神道碑》"謫去泌陽","泌"訛"必";"慶見曾孫",
"慶"訛"度";《宣徽南院使鎮州都部署郭公墓誌銘》脫"署"字。
卷二十九《孫府君墓誌》"知荊門軍","荊"訛"制"。此皆抄本勝
於趙刻處。卷一、卷五、卷六、卷十、卷十一、卷十六、卷十七、卷二
十、卷二十一、卷二十五、卷二十六、卷三十有"野竹家"朱文長印、
"繁露堂圖書記"朱文長印、"吳郡沈與文"白文方印、"辨之印"白
文方印、"沈與文"白文方印,蓋明嘉靖初沈辨之藏書也。

儀顧堂題跋卷十一

影宋尹河南集跋

《河南先生文集》二十七卷，影寫宋刊本。每頁二十行，每行十七字。每卷有目，連屬篇目。"構"字注"今上御名"，蓋從紹興刊本影寫者。以舊藏朱銘拙友鶴舊抄本互勘，知朱本訛奪甚多。卷四《張氏會隱園記》"邃極乎"下，奪"粵曠極乎"四字；"亦有志于隱歟"，"隱歟"誤"臨矣"。卷五《送光化縣尉連庠序》"而下之愁嘆者"下，奪"吏爲之也"四字。卷六《薦李之才書》"常吏皆能之"下，奪"故略其言事"云云十八字。卷七《答范純佑書》奪篇首"久不作書"云云一百五十字。卷十一《薦樊景書》"開寶"訛"間寶"。卷十二《謝公行狀》"自京師歸"下，奪"葬于富陽"云云四十字。《尹某行狀》"始以明經取科第"下，奪"公亦世其學"云云十二字。《文康王公神道碑》"今欲制其"下，脫"萌莫若禁盜"云云二十四字；"漢遼東高廟"下，奪"及高園便殿"云云十八字；"洙不敢"下，奪"讓幷以世系官閥總載之"云云二十四字。卷十三《趙公墓誌》"知幷州進"下，奪"刑部侍郎"云云三百七十餘字。卷十六《王公墓誌》"自澶州徙"下，奪"河南今爲"四字。卷十七《張公墓誌》"始官秘書"下，奪"局逮康定庚辰"云云十五字。卷二十《奏軍前事宜狀》"專降詔"下，奪"旨其如兵者詭道"云云十九字；《奏論金明寨狀》"又知再降劄子兼"下，奪"內臣相次到州"云云十六字;"差赴鄜延兵馬乞撥環慶路奏修後城寨牽"下,奪"制賊勢"云云十七字。卷二十三"制兵帥亦不失時"下,奪"今因戎狄之釁"云云十六字;《備北狄篇》六百九十餘字,僅存篇首十八字,餘全缺。卷二十四《申揀選兵馬狀》二百三十餘字全缺。此外一二字之訛奪,不勝枚舉耳。書貴影宋,良有以也。惟二十四卷《申陝西招討使狀》,則此本亦缺,無可校補耳。余又藏有仁和趙坦錄王漁洋校正本,與此本大略多同,惟《備北狄篇》亦缺,不及此本之善。

金氏文集跋

《金氏文集》二卷,宋金君卿撰,傳抄《大典》本。案:君卿,江西浮梁人,年十九與其兄君祐挾策野外,遇田家有醉鬥而傷者,仇人執之,告縣曰:"是金秀才。"呼童毆之。縣械繫君卿,欲正其罪,君卿不能爭。吏具文案上,大風捲文書乘空去,明日復具上,風掣去如前,明日復然。縣大夫驚,怪曰:"非此儒生當貴達乎?"解而遣之。後四年爲慶曆二年登進士第,皇祐二年官秘書丞,五年太常博士。熙寧四年江西轉運判官,五年提舉江西刑獄、權提舉常平,奏言:"昨王直溫、蘇澥同議科定役錢,召募人押綱入京,每一萬貫、匹,支陪綱錢五百貫。本司詢問鄉戶,皆不願行。選得替官員,使臣管押,絹萬匹支錢一百緡、錢萬緡支錢七十緡,並不差鄉戶。乞自今依此詔。"君卿落"權"字,仍賜敕獎諭,入爲度支郎中。後以廣西轉運使終于家。見李燾《長編》二百九十八、曾慥《高齋漫錄》、《元豐類稿》、《江西通志》。

元槧擊壤集跋

《伊川擊壤集》二十卷,題曰"伊川邵雍堯夫",元槧本。前有治平四年自序,每葉二十行,行二十一字。以毛氏汲古閣《道藏》

八種刊本互校,毛本脫落甚多,不及此本遠甚。卷一《寄謝韓子華舍人詩》後,脫《韓絳答》五古一首。卷二《賀人致政》後脫《放言》五律一首,《名利吟》後脫《何事》七律一首。卷六《愁花吟》後脫張崏《觀洛陽花》七絕一首;卷七《和劉職方見贈》後脫王益柔《寄萊石茶酒》七古一首,《寄呂獻可諫議》後脫呂誨答七律一首。卷八《和任比部憶梅》後脫《初春吟》七絕一首,《仁聖吟》前脫《一室吟》五絕一首,後脫邢恕《留別》七律一首,《自訟吟》後脫司馬溫公《花庵》七絕二章。卷九《謝寧寺丞》後脫溫公《花庵獨坐》五律一首,《種穀吟》後脫溫公《贈堯夫改韵》、《呈堯夫》五律二首,《秋日登石閣》後脫富鄭公答七律一首、司馬溫公和七律一首、李復圭《行至龍門》七絕一首,《招司馬君實游夏園》後脫溫公和五絕一首,《謝人惠石笋》後脫富鄭公《登白雲臺》《臺上再成》五律兩首,《看雪》後脫富鄭公《正旦書事》七絕一首,《答富韓公》後脫司馬公《上元書懷》原唱五律一首,《打乖吟》後脫富鄭公、王拱辰、司馬公、尚恭逵、程子、呂希哲《和打乖吟》六首,又脫司馬公《登石閣》五絕、《送京醞》七絕二首。卷十《年老逢春》後脫司馬公和詩三首、《崇德久待》七絕原唱一首,《一室吟》後脫溫公《洛陽偶成》七絕原唱二首,《東軒前添色牡丹》後脫溫公《招看牡丹》七絕二首。卷十一《春去吟》後脫李中師《留別》七絕原唱一首,《和李君錫書懷》後脫溫公《走筆》七絕一首,《大筆吟》後脫《仁聖吟》五絕一首。卷十二首脫《心耳吟》、《幽明吟》五絕二首,《月陂閑步吟》後脫程伯子和七律二首。卷十三《謝王宣徽惠酒》後脫溫公《看花》原唱四絕,《和君實看花》後脫《送酒》原唱七絕二首。卷十四《王勝之惠文房四寶》後脫王益柔答七古一首,又和七絕一首。卷十七《留題水北楊郎中園》後脫呂公著和七律二首,《誡子吟》後脫《乾坤吟》五絕二首。卷十八《安分吟》後脫《由聽吟》四言四句。

卷十九《小人吟》後脫《覽照吟》三言四句，《牡丹吟》後脫張子厚
七律原唱一首。其他序次之不同，字句之訛謬，更難枚舉。是集爲
康節手定，編次必無參差。毛刊爲近時善本，不應脫落之多，蓋毛
刊出于《道藏》，必經道流妄削，又不得原本校正，故踵其謬。此則
猶康節原本也。

正統本元豐類稿跋

《元豐類稿》五十卷，明正統刊本。每葉二十二行，行二十二
字。前有元豐八年王震序，後有大德丁思敬跋、聶大年詩、正統鄒
旦跋、姜洪序。《類稿》始刻於元豐中，再刻于開禧之趙汝礪，三刻
于大德丁思敬。正統中毘陵趙琬得抄本，授宜興令鄒旦，旦復從侍
郎周忱得官本，參校付梓。所謂官本者，當即元刊耳。元刊之後，
以此本爲最古。書賈往往割去鄒、姜兩跋，以充元刊。王震字子
發，大名莘縣人，文正公旦之曾孫，第進士。熙寧初調興平縣尉，六
年爲中書習學公事，元豐元年檢正禮房公事，四年編修諸路學制，
五年試右司員外郎，尋爲中書舍人，八年試給事中。王巖叟論震不
孝，尋出知河中府。元祐四年知鄭州，八年知永興軍。見《通鑑長
編》、王鞏《甲申雜記》。

曲阜集跋

《曲阜集》四卷，宋曾肇撰，原本久佚，此則康熙中其裔孫巖所
輯也，見聞寡陋，遺漏甚多。《諸臣奏議》卷三《上哲宗論君道在立
己知人》，卷六《上哲宗乞觀〈貞觀政要〉〈陸贄奏議〉》，卷七《上哲
宗乞選端良博古之士以參諷議》，卷十七《上徽宗論君子之道直而
難合小人之言遜而易入》，又《上徽宗論惟才是用無係一偏》，卷十
九《上徽宗乞罷編類元祐臣僚章疏》，又《上徽宗乞法英宗旌賞直

言》，卷廿四《上哲宗論侯稱少欠酒課以抵當子利充數》，杜大圭
《名臣碑版琬炎集》《彭待制汝礪墓誌銘》、《王學士存墓誌》、《曾
太師公亮行狀》，《五百家播芳大全》卷四《賀太皇太后受册表》，此
本皆未收。他如李燾《長編》所載《文昭奏議》，可補者亦尚不少，
不僅《玉海》所載《進〈元豐九域志〉表》而已。

弘治本東坡七集跋

　　《東坡集》四十卷、《後集》三十卷、《奏議》十五卷、《内制》十卷、
《外制》十卷、《應詔集》十卷、《續集》十二卷、《年譜》一卷，明黑口
本。前有《贈太師詔》、《孝宗贊》、《宋史》本傳、成化四年李紹序。
每葉二十行，行二十字。《奏議》每卷有目，連屬篇目，尚存宋本舊
式。書賈往往拆去李序以充元刊，此則猶完本也。東坡著述，生前
已版行，崇寧初奉詔毀版，南宋則有杭本、蜀本、吉州本、建安麻沙
本。明仁宗時嘗以内閣所藏宋本命工翻刻，工未畢而升遐。成化
中，海虞程某爲吉州守，求得宋曹訓刊本，與仁宗所刊未完新本重
校付梓，又以《和陶詩》合舊本所無者，編爲《續集》十三卷。《宋
史·藝文志》、《郡齋讀書志》、《直齋書録解題》所著録與此本同，
惟無《應詔集》、《續集》而有《和陶詩》四卷。《應詔集》皆策論，爲
當時應試之作，諸本皆無，爲蜀本所獨，亦見《書録解題》。《續集》
始於是刻，故晁、陳皆不著録。宋刻《東坡集》今不可得，當以此本
爲最古矣。《四庫》著録蔡士英刊本，分類編次，與此不同。

欒　城　集　跋

　　《欒城集》五十卷、《後集》二十四卷、《三集》十卷、《應詔集》
十二卷，明季吳郡王執禮、顧天敘重刊，宋開禧筠州本。前有《諡
議史傳》，後有淳熙六年鄧光跋、蘇詡跋、校勘官倪思等銜名、開禧

丁卯蘇森跋。是集爲文定所手定，不應有遺漏，然元祐五年《劾上官均疏》、《劾許將疏》、《與岑象求同劾許將疏》三首，見《通鑑長編》四百五十二，此本皆不載，豈意有所未愜而削之耶？後有重槧是集者，宜別爲補遺，刊附集後。

姑溪居士集跋

《姑溪居士集》五十卷、《後集》二十卷，宋李之儀撰，影寫宋刊本。前有天台吳芾敍，《四庫全書》著録。之儀以撰《范忠宣行狀》載中使傳二聖虛仁之意，爲蔡京所論，與范正平、蔡克明同就詔獄，幾陷不測。其文載《范忠宣集》，凡一萬五千餘言，今集中無此文，豈以有所忌諱而削之耶？

廣　陵　集　跋

《廣陵先生文集》二十卷、《拾遺》一卷、《附録》一卷，題曰“外甥吳説編次”，舊抄本。前有王荆公所撰墓誌、劉發撰傳。每葉二十行，每行十九字。每卷有目，連屬篇目，似從宋刊影寫者。卷一賦、琴操、樂府、歌詞，卷二至卷八古詩，卷九至卷十一近體詩，卷十二説，卷十三雜著、書後，卷十四傳、箋，卷十五序、記、論，卷十六至十九書、文，卷二十墓誌、行狀，《拾遺》則策問及詩也，與《書録解題》合。《四庫》著録三十卷，《拾遺》、《附録》各一卷，張月霄《藏書志》著録四十三卷，無《拾遺》、《附録》。兩本皆嘗插架，以校此本，詩、文無所增益，蓋經後人分析卷數。此則猶宋人原本也。別本異文，雙行注于本文之下，如《考異》之例，其爲吳説所注、爲他人所注，則不可考矣。吳説字傅朋，號練塘，杭州錢塘人。紹興中知信州，書學黃山谷，尤善游絲書。見《書史會要》。

跋舊抄王廣陵集

右王逢源《廣陵集》二十卷、《拾遺》《附錄》一卷，乾、嘉以前舊抄也。分卷與《書録解題》合，與《四庫》著録本不同，蓋從宋本傳録者。以影宋精抄校一過，卷一《終風操》"徒能必"下補"雲不能必"四字。卷三《謝束丈見贈詩》後補《夢蝗》前半首，凡二百八十餘字；《謝李常伯詩》"別久謂已"下奪"忘不圖猶記之"至"仰嗟天骨雄俯"凡三百餘字，屬入卷五《甲午雪詩》內。卷九《鸛詩》有題無詩，而誤以《寄朱元弼》詩接連，今補《鸛詩》一章，並補《寄朱元弼》題。卷十《慈竹》詩"相依歲"下補十七字，《和束熙之論舊詩》後補《謝束丈》、《答許勤之劉成父》、《四愁詩》三首。卷十一《朝雲詩》後補《登城》、《招束伯長杜子長夜話》、《臨別瓜州》、《春意》四首。卷十七《答劉公著微之書》"假令得此名而"下補十七字。卷十九《魯子思哀詞》"久而忘爲問也或"下補"者以死聞"至"善人如子兮"止二百八十餘字。其餘改正又數百字。余又藏有四十卷本，爲張月霄愛日精廬舊物，奪誤更甚於此，於是知影宋精抄之可寶也。

寶晉山林集拾遺跋

《寶晉山林集拾遺》八卷，宋米芾撰，影寫宋嘉泰刊本。每頁二十行，行十六字，前有蔡肇所撰墓誌，後有米憲刊版序。案：芾《山林集》百卷，靖康之亂，其子友仁脫身南渡，僑寓溧陽，盡失之。其孫憲嘉泰中知筠州，始輯爲此集，僅存詩文五卷，書史、畫史、硯史各一卷，不及原集十之一，故曰《拾遺》也。以《四庫》所收《寶晉英光集》互校，得多詩文數十首，皆從《寶晉》、《英光》兩帖録出者，故曰《寶晉英光集》也。惜乎紹興米帖所刊米劄百十通，皆未收入耳。紹定後嘉泰二十年，觀岳珂序，似未見憲所刻者。然《拾遺》所載，除書史、畫史、硯史外，岳本皆已有，惟岳本卷八題"古良醫妙技"二十餘條，注曰"以下並不標題"。其爲《拾遺》所有者十三條，題"古良醫妙技"祇二十二字，餘十二條題曰"雜説"，岳本削"雜説"二字，淆亂不清，不如《拾遺》之善也。

范太史集跋

《太史范公文集》五十五卷，宋范祖禹撰，張立人手抄本。每葉二十六行，每行二十三字。凡遇仁宗、英宗、神宗、明肅、慈聖、文母、太皇太后、皇帝及二聖、累朝陛下字皆空一格，"煦"字注"哲宗舊名"，"佶"字注"徽宗御名"，蓋從宋本傳録者。卷一至卷三詩，卷四至卷六表、狀、劄子，卷七至卷十二表、狀、附笏記，卷十三至二十六奏議，卷二十至三十三翰林詞草、附樂語，卷三十四啓狀，卷三十五賦、論、策問，卷三十六序、記、銘、書、傳，卷三十七青詞、祭告文、哀詞、誄文，卷三十八至四十四墓誌銘、神道碑銘，卷四十五至五十三皇族墓誌，卷五十四皇族石記，卷五十五手記。手記者，記當時人材，或但記姓名，或略敘其官秩，或評論其行誼，蓋當時夾袋之儲以備推薦者，爲文集創格。是集宋以後未見刊本。立人，名位，何義門門人。字學褚河南，精圓透逸，酷似義門。自始至終數十萬言，無一字訛奪，尤爲難得，誠善本也。

蘇魏公文集跋

《蘇魏公文集》七十卷，宋蘇頌撰。《四庫全書》著于録，影寫宋刊本。每葉二十二行，每行二十一字。每卷有目，連屬篇目。前有汪藻序。"構"字注"太上御名"。蓋從宋刊影寫者。卷一至十四詩，卷十五至二十册文、奏議，卷二十一至二十八內制，卷二十九至三十六外制,卷三十七至四十六表,卷四十八至五十啓,卷五十一至五十四碑銘,卷五十五至六十二墓誌銘,卷六十三行狀,卷六十四記,卷六十五至六十七序,卷六十八書,卷六十九劄子、青詞,卷七十、七十一祭文,卷七十二雜著,首尾完具,毫無缺佚,尚是蘇攜所編原本,未經後人竄亂。嘉慶中,閩中蘇齕石方伯重刊。是集求舊抄不可得,從文淵閣借録付梓,可見此本之難得矣。

青 山 集 跋

《青山集》二十四卷,題曰"當塗郭祥正字功父",《四庫全書》著録本三十卷,《續集》七卷,與《書録解題》合。此本爲張立人手抄,每卷有目,卷一《楚辭》體,卷二、卷三歌行,卷四至卷十一五古,卷十二至十九長句、古詩,卷二十、卷二十一雜題、古詩,卷二十二至二十四五律,卷二十五至二十八七律,卷二十九、三十五絶,卷三十一至三十四七絶,附《繁昌御書閣記》、《青山白雲記》二首,較《四庫》多四卷,少《續集》七卷,惜插架無閣本,不能校其同異耳。荆公在當時,富鄭公、司馬溫公皆極推重,史稱祥正上書神宗,請專任荆公,未免意見之偏,不足爲深罪。其罷歸也,徜徉泉石,賦詩自娛,人品亦不爲不高。視吕惠卿、曾布之迎合躁進,有霄壤之别。其與荆公倡和,終始如一,和章附載集中。荆公之没,過墓賦詩,推服尤至,不以炎涼易節,未可以文士薄之也。

宛 丘 集 跋

《宛丘先生文集》七十六卷,目録三卷,題曰"張耒文潛"。《四庫全書》著於録,舊抄本。《郡齋讀書志》:《柯山集》一百卷;《直齋書録解題》:《宛丘集》七十卷、《年譜》一卷,又云蜀本七十五卷。此本分卷與蜀本合,當從宋刊蜀本傳録者。卷一至卷三賦,卷四至卷二十一古詩，卷二十四至卷三十三律詩，卷三十四至四十二絕句，卷四十三至四十五古樂府歌辭，卷四十六騷，卷四十七哀挽，卷四十八表、狀，卷四十九啓，卷五十祭文、祝文，卷五十一贊、銘、偈、疏，卷五十二、五十三題跋，卷五十四、五十五記，卷五十六序，卷五十七講説，卷五十八至六十五論，卷六十六、六十七書，卷六十八至七十墓誌、傳，卷七十一至七十六同文館倡和詩。以聚珍本《柯山集》互校，《柯山集》總計詩騷一千六百餘首，《宛丘集》二千一百餘首，多得詩五百餘首。文、賦則大略相同，惟多華陰楊君、晁無咎、田奉議、崔君、符夫人墓誌五首。又嘗見抄本《張右史集》六十卷，似更不及聚珍本。《柯山集》百卷本不可見，當以此本爲最備矣。《四庫》既收此集，聚珍版排印時不印此集而印不全之《柯山集》，不可解。

劉給諫集跋

《劉給諫文集》五卷，題曰“永嘉劉安上著”。前有留元剛《二劉文集序》，後有朱竹垞跋，蓋從朱竹垞藏本傳錄者。以張立人手抄本互校，卷二《周秩復龍圖閣待制》後奪《河西路轉運副使侯臨移陜西路制》一首六十三字；《張閎爲河北路轉運使制》“吏治詳敏”下脱“故授以畿右按刑之司，以爾閎知謀肅給”十七字。卷三《謝再知壽春府再疏》“震宸”下奪“之榮“二字。卷四《從弟元素墓銘》“家失令子”下奪“人之云亡，邦國疹瘁，我在壽陽”十三字。卷五《經義》“以其餘爲羨義其事不可闕也”下奪“有其餘以爲羨也”七字。留元剛，福建永春縣人，宋宰相正之孫，開禧初博學宏詞。嘉定初直學士院，出知溫州，勤恤民隱，不可干以私，加直寶文閣，知贛州。罷歸後，築圃北山，自號雲麓子。見《福建通志》、《四朝聞見錄》。

鄱 陽 集 跋

《鄱陽先生文集》十二卷，題曰“彭汝礪器資”，舊抄本。每卷有目。卷一至卷三古詩，卷四至卷十律詩，卷十一、十二絕句。首尾完具，並無缺佚，尚是宋人原本。卷九《武岡驛》五律全篇具在，《寄佛印詩》亦無重出，惜無文瀾閣傳抄本校其同異耳。題曰文集，而有詩無文。查《鄱陽集》，本四十卷，見《宋史·藝文志》，原本當與文集合編，今僅存詩集耳。《諸臣奏議》、《通鑑長編》兩書，載器資奏議頗多，輯之，尚可補文集之缺。

影宋乖崖集跋

《乖崖先生文集》十二卷，宋張詠撰，影寫宋郭森卿刊本。每葉十六行，行十六字，凡遇先帝、陛下等字皆提行，宋諱皆缺筆。前有郭森卿題辭。以舊藏抄本校之，卷一《聲賦》，別本“昭昭融融”下、“萬口喧騰”上，脫二十字。卷二《蘇公堰銘》“不竊祿以活身”下，別本缺“召塘漳樂”四字。然影宋本亦有缺字，卷七《重修公署記》“周翰”下、“柴愚“上，闌入他文九十六字；《奏鄭元祐事目陳狀》“鼓青蠅”之下脫一葉，亦賴別本補全。

西 塘 集 跋

《西塘先生文集》，宋鄭俠撰，明萬曆刊本。原本二十卷，爲先生之孫嘉正所輯，刊于盱江郡齋，隆興二年黃祖舜爲之序。據黃序，則先生著述散佚已多，嘉正所輯僅得十之三四。乾道丁亥，林簡肅栗刪其代人作者，又爲《言行録》附于末，鋟于九江郡齋。淳熙改元，史浩又刊于四明。嘉定庚午，嘉正之孫元清又刊于金陵。是先生之集，在南宋凡四刊，至明而已不可得。葉向高爲先生鄉人,始從内閣抄出,寄曹能始等汰其繁複,并爲十卷付梓。先生所上《君子小人事業圖疏》,即十一月一日奏狀,已載集中。《諸臣奏議》、《通鑑長編》所收,無出此集外者。則《論惠卿西邊用兵》一奏,恐嘉正輯集時已佚,非向高所汰。宋人文集往往以數葉爲一卷,以充卷帙。《范忠宣集》以行狀一首分爲卷十八、十九、二十三卷,是集想亦類此。《言行録》爲林簡蕭栗所輯,其書全録先生所著奏狀、記事及附録所載墓誌事述,今存于《長編》二百五十九注者,可見其略,向高所汰繁複,或指此而言,未必删其大半也。

張立人手録樂圃遺稿跋

　　《吳郡樂圃朱先生遺稿》十卷、《附録》一卷、《補遺》二首,題曰“侄孫中奉大夫知漢陽軍事賜紫金魚袋思哀次”,張立人手寫本。前有紹熙甲寅朱思序。每葉十八行,行二十五字,“桓”字注“欽宗廟諱”,“構”字注“高宗廟諱”,“慎”字注“孝宗廟諱”,是從紹熙刊本摹寫者。前有“張位之印”白文方印。立人書法本精,此本尤爲經意之作。康熙中,裔孫朱岳壽重刊本,雖編次仍舊,而訛脱頗多,不如此本遠矣。

長 興 集 跋

　　殘《長興集》爲宋刊“三沈集”之一,題曰“龍圖閣學士沈括存中著”。卷十三至十六表,卷十七、十八啓,卷十九、二十書,卷二十一至二十四記,卷二十五至三十墓誌,三十二《孟子解》,餘皆闕。每葉十八行,每行二十字。每卷有目,連屬篇目。卷後有“從事郎處州司理參軍高布重校兼監雕”一行,當從宋刊影寫者。《提要》云:《宋文鑑》及《侯鯖録》諸書載括詩頗多,而集中乃無一首,蓋在闕卷之中。愚案:《通鑑長編》載括奏議十餘首,自爲墓誌一首,皆可補此本之缺。

北 湖 集 跋

《北湖集》五卷,宋吳則禮撰,傳抄《大典》本。案:則禮爲中復之子,當爲湖北興國州永興縣人。《書録解題》作"富川"者,恐傳抄之誤,或南渡後移居廣西之富川歟? 曾布婿也,元符元年爲衛尉寺主簿,見《長編》四百九十九。崇寧元年,臣僚上言,曾布與韓忠彥、李清臣交通則禮,與外甥高茂華往來計議,共成元祐之黨。崇寧三年編管荆南,見《長編紀事本末》。

忠 肅 集 跋

《忠肅集》二十卷,宋劉摯撰。原本久佚。此則乾隆中館臣從《永樂大典》輯出,以聚珍板印行者也。李燾《續資治通鑑長編》載摯自敘及日記數十條,今本皆失收。《直齋書録解題》、《宋史·藝文志》、馬端臨《文獻通考》,皆稱《忠肅集》四十卷,蓋其散佚者多矣。

影宋本樂靜集跋

《樂靜先生李公文集》三十卷,題曰"鉅野李昭玘成季",每頁二十行,每行二十字。每卷有目,連屬篇目。"構"字注"御名",蓋從紹興時刊本影寫者,祥符周季貺太守藏書也。以所藏閣抄本校一過,卷一補《摘果》五古一首、《培花》五古四句,閣抄本卷八錯簡,不可讀,據此本改正。惟卷十六《吳正字啓》後半攙入他文,亦賴閣抄本正之。

潏 水 集 跋

《潏水集》十六卷，宋李復撰。原本久佚，此則乾隆中館臣從《永樂大典》錄出者，《提要》極推重之。案：復爲陝西戎幕，以抗論忤童貫。金人犯關中，年高且病，強起守秦州，卒死于賊。見樓《攻媿集》、方《桐江集》。是潏水歿于王事，不但文學政事卓然可傳也。其孫龜朋字才翁者，南渡後寓居台州，爲錢象祖師，授以是集。象祖守信州，刊于公庫，元時舒彬重刊之，危大樸爲之序。見《説學齋稿》。

影宋抄唐子西集跋

《眉山唐先生文集》三十卷，影寫宋紹興刻本。總目第二行題曰“魯國先生唐庚著”，第三行題曰“教授王維則校”。每卷有目，題曰“眉山唐庚子西”。每半頁九行，每行十六字。卷一賦、古體詩，卷二古、近體詩，卷三至卷五近體詩，卷六、卷七論，卷八、卷九記、傳，卷十傳、贊、銘，卷十一銘、三國雜事，卷十二、十三三國雜事，卷十四三國雜事、表、書、序、疏，卷十五書、醮文、青詞、祭文、墓誌，卷十六行狀、贊銘、文賦，卷十七賦、古體詩，十八至二十一古、近體詩，二十二詩、記，二十三記、書，二十四、二十五書、表、啓，二十六啓，二十七啓、序、辭，二十八序跋、橄論、跋説、箴文，二十九、三十祭文、策題，編次頗爲淩亂。前有宣和四年鄭總序、唐庚序、八年呂榮義序，後有紹興十一年鄭康佐跋、唐文若書後。以汪亮采所刻二十二卷本校之，刻本卷十《諭幽燕檄》有目無文，此本完善；卷十一《書三謝詩後》、卷四《梨氏權厝銘》，有文無目。《四庫》據汪本著錄，頗以詩中《別永叔》一首爲疑。案：集中《六一堂詩》有“雖未及摳衣”之句，則子西不及見歐陽文忠明矣，安得有留別之作耶？今抄本作“別勾永叔”，則別有勾姓字永叔者，非六一公也。勾爲蜀中大姓，宋初有勾中正，則永叔當爲子西鄉里，若非抄本僅存，千古疑團莫釋矣。《史夫人墓誌銘》“昌裔今又改名衍，有孫七人矣”，刻本誤奪作“昌裔今亦衍七孫矣”，文不可通；“而欲無考得乎”，刻本“而”訛“人”，上脱“流光如過隙耳”一句，下脱“《詩》云未幾見兮，突而弁兮。是以有德者所行所爲，身雖没而音容不隔，儀形常著而常新，百年之間，若旦暮也”，凡四十二字。《議賞論》“國人計功也”下，刻本奪數十字。此外亦多有異同，皆以抄本爲長。《子西集》，《宋史》本傳、《書録解題》皆作二十卷，《藝文志》作二十二卷，蓋并《三國雜事》計之。《讀書志》作十卷，《文獻通考》同。據康佐後序，是書本有閩、蜀兩刻，而閩本多于蜀本，疑晁所據者蜀本，陳所據者閩本也。康佐始以所藏，合閩、蜀兩本刊之惠州，但去重複而不加編定，故卷雖增而淩亂如此也。

汪刻唐子西集跋

　　右汪亮采刊本《唐子西集》詩十卷、文十四卷，與影抄宋紹興本編次、卷數皆不同，與徐興公所得何給諫家二十卷本亦不合。據汪氏刊板跋，所據亦即紹興中鄭康佐刊本，但抄本康佐後序云“勒爲三十卷，命刻板摹既，且將以傳示學者，使知至人有至文，而先生之文可以不朽矣，且以成吾家先君友之之義，而後世之尚友者愈無窮矣。書成矣，僅題之卷末”數語，與刻本不同。蓋徐興公所得即《宋史》著録及直齋所見之本，非鄭康佐本。汪氏既得徐本，又得鄭康佐本，又重爲編次，以合《宋史》二十二卷之數，遂改康佐跋以就之，不知《宋史·藝文志》二十二卷、并《三國雜事》二卷計之，本傳稱有集二十卷，不連《雜事》計之，非二十二卷之外又有《雜事》二卷也，與直齋、興公作跋之本皆合。汪氏刻本分二十四卷，與康佐本固不同，與《宋史》、直齋、興公亦無一合矣。明人刻書，每好妄改以就己，汪氏猶沿其餘習耳。《讀巢元修傳》後，抄本有《諭幽燕檄》一首，殆汪氏刊板時所漏歟？

儀顧堂題跋卷十二

宋槧周益公集跋

《周益文忠公集》二十七種,今存七種及《附録》,首行題各種之名,下題"周益文忠公集第幾",宋刊宋印本。① 《省齋文稿》存目録、卷一至卷八、卷二十八至卷三十六,版心"文稿幾"等字;《平園續稿》存序目、卷一至十五、卷二十七至三十、卷三十六至四十,版心"續稿幾"等字;《玉堂類稿》存卷六至八、卷十一至十三,版心"玉堂幾"等字;《歷官表奏》存目録、卷一至卷五、卷十至十二,版心"表幾"等字;《承明集》存卷一至卷六,版心"承明集幾"等字;《書稿》存卷九至十一,版心"書稿幾"等字;《附録》全,版心"附録幾"等字。每頁二十行,每行十六字。版心皆有刻工姓名及字數,事涉宋帝皆空一格,有空二格者。開禧丙寅,其嗣子綸與曾無疑三異、彭清卿叔夏、許遠伯淩、羅次方克宣所校刊,故遇必大名及其曾祖衍、祖誐、父利建名,皆缺末筆,即《百宋一廛賦》中所謂"披益公而疏行"者也。是書自開禧後無重刊,故宋本流傳極少。卷帙既重,雖抄本亦往往不全。國初惟崑山徐氏傳是樓有抄帙全部。傳

---

① 傅增湘云:"此書刊印極精,余曾見鄧氏群碧樓藏殘本,與此正同。刻工蔡懋之名,又見於余藏放翁先生《劍南詩稿》及《歐陽文忠公全集》,當即吉州所刊也。"見《藏園群書經眼録》卷十四,頁1231。

是之書，後歸王聲宏，吳人宋賓王曾從王氏借抄兩部，一歸文瑞樓，今歸豐潤丁氏，其一今在皕宋樓，後有賓王四跋。李雁湖之名，《宋史》作"璧"，與諸弟壼、垕等之從土者不類。此本有雁湖所撰益公行狀，題名作"壁"，不作"璧"，可證《宋史》之誤。

孫尚書大全集跋

《宋南蘭陵孫尚書大全文集》七十卷，宋鴻慶居士孫覿字仲益撰，《明文淵閣書目》始著于録。卷一至卷四書，卷五至十一啓，卷十二至二十詩，卷二十一、二十二表，卷二十三、二十四狀，卷二十五至二十七外制，卷二十八劄子，卷二十九至三十二記，卷三十三、三十四序，卷三十五、三十六賀啓，卷三十七至五十帖，卷五十一行狀，卷五十二銘贊，卷五十三文、語、頌、傳，卷五十四題跋，卷五十五墓表，卷五十六至六十七墓銘，卷六十八挽詞，卷六十九青詞，卷七十祭文、疏文。以《四庫》所收《鴻慶居士集》互校，此本有而《鴻慶集》無者，書四首，啓三十九首，詩八十五首，表二十一首，狀三首，外制兩首，記二首，序三首，賀啓三首，帖七百六十二首，跋語二首，頌一首，題跋二十四首，墓誌三首，挽詞四首，青詞一首，疏九首。此本無而《鴻慶集》有者，亦數十首。《鴻慶居士集》四十二卷，慶元中其子介宗所編。此本不著編輯姓氏，首冠"宋"字，當爲宋以後人，不應反有漏落。意者覿人品汙下，介宗所編，當時已不甚行，輯《大全》者不得見其全乎？

鴻慶居士集跋

《鴻慶居士集》四十二卷，題曰"宋晉陵孫覿仲益"，舊抄本。前有周必大序，覿集先有閩、蜀兩刻，中間雜以瞿汝文文，慶元中，其子興國守介宗始編爲是集。以《大全集》互校，此本所無者，其文九百餘首,詩八十五首,翟忠惠之文或在其中,今不可考矣。此本有而《大全》本無者,詩五首,挽詞六首,表四首,啓三首,記七首,外制三首,劄子兩首,昏書兩首,序四首,題跋十四首,贊一首,墓誌十一首。此本爲介宗所定,必不屬入他人著述,何以反有爲《大全集》所無者,不可解也。序首有"綉谷熏習"四字朱文方印、"吳焯"白文長印、"尺鳧"朱文方印,末有"西泠吳氏"朱文方印,蓋杭州吳尺鳧綉谷亭藏書也。

大典本緣督集跋

《緣督集》二十卷,宋曾丰撰,文瀾閣傳抄本,館臣從《永樂大典》輯出者。以振綺堂傳抄本互校,卷一《蠹書魚賦》,卷三《甲申大水》二首、《辛丑大水》一首,卷四《壽陳龍圖》一首,卷六《遊南山》一首、失題一首、《何熙績生墓》一首、《壽林中書》三首,卷七《滕王閣》一首、《陳子尚滄州趣》一首、《送楊子順》二首,卷八《送曾仲卿》一首、《以蟲鳴秋》一首、《方稚川恕齋》五首、《直候修學》三首、《留別金陵故舊》一首,卷九《聞蟬》五首、《仙洲》一首,卷十《代賀范參政得祠啓》,卷十七《重修族譜序》、《同班小録序》,卷二十《窮客達主人問答説》,皆振綺傳抄本所無,初疑屬入他人之作,然譜族序編末皆題撙齋姓名,則他作當亦不惧,意者《大典》所據猶宋時原本乎?

原本緣督集跋

《撙齋先生緣督集》四十卷,題曰"廬陵曾丰幼度",舊抄本。前有虞集序,卷一頌、古賦、楚詞,卷二擬雅,卷三至卷六古詩,卷七至十二律詩,卷十三、十四絶句,卷十五、十六書,卷十七、十八序,卷十九至二十二記,卷二十三至二十六墓誌,卷二十七文,二十八勸農文、説、銘，二十九贊、疏，三十青詞、表疏，卷三十一至三十六啓，卷三十七策問，三十八至四十論。自卷二十七至三十皆有目無文。案：丰爲真西山之師，其集在宋已版行，至元而亡，至元初五世孫德安重刊之，虞集爲之序，即此本也。明以後流傳甚罕，汪氏振綺堂有其書。乾隆中開四庫，汪氏以缺四卷，不進呈，故《四庫》所收，從《永樂大典》錄出，原本則未之見也。今以《大典》本互校，可補詩一百四十九首，書五首，序三首，記十七首，啟三十三首，墓誌十七首。有目無文之四卷，按目求之《大典》本，僅得《祭京文忠文》、《李翼行狀》、《跋邱軍判二十四詠》、《跋王荆公帖》、《跋山谷帖》、《跋豪豬説》、《觿齋銘》、《直齋銘》、《鏡齋銘》、《蘇瑩叟贊》、《代但大夫謝表》、《代廣東漕賀表》二、《代彭中散謝表》、《知德慶府謝表》十五首而已。然《大典》所收，有出于此目外者。意者《大典》所收或宋時原本，此則從元刊傳抄耳。

竹軒雜著跋

《竹軒雜著》八卷，宋林季仲撰，文瀾閣傳抄《大典》本也。《提要》：季仲字懿叔，永嘉人，登進士第，歷官太常少卿，知婺，因號蘆州老人，嘗僑居暨陽，集中又稱“濟南林某”者，蓋其祖貫也。《宋史》不爲立傳，其行事不可概見。愚案：季仲兄弟四人，皆許景衡弟子，而季仲與叔豹尤著。季仲宣和進士，調婺州司兵曹，出死囚之無罪者。建炎初，遷仁和令，紹興四年以趙鼎薦除秘書郎，明年除祠部員外郎，奏請重牧民之選，乞一今日效，尋除太常少卿。趙鼎罷，季仲出知泉州，鼎再相，除中書門下檢正諸房文字。秦檜主和議，季仲上疏，引夫差、勾踐事爭之，大忤檜意，罷爲直龍圖閣，主管洪州玉隆觀，久之，起知婺州，尋復以直秘閣奉祠。見《中興館閣錄》、《兩浙名賢錄》、《繫年要錄》。

芸庵類稿跋

《芸庵類稿》六卷,宋李洪撰,《文淵閣書目》著于録,注曰"一部五册,全",誤題"李正民",則涉下文"李正民大隱集"而誤也。原本二十卷,久佚,此則館臣從《永樂大典》所輯也。案:洪字子大,江都人。曾祖定,《宋史》有傳。父正民,著有《大隱集》。洪以建炎二年春試刑法,入第三等,累官大理評事。五年七月,乞以扈蹕一官,换祖母林氏太孺人封號。三十二年官大理少卿,累官提舉兩浙常平茶鹽公事。見《繫年要録》及陳貴誼序、《咸淳臨安志》。洪與弟漳字子清、泳字子永、浍字子召、淛字子秀者,皆以文鳴,有官閥,著《花萼詞》五卷,見《直齋書録解題》、《花庵絶妙詞選》。南渡後,正民、長民皆寓居海鹽,見陳世隆《宋詩拾遺》及《槜李詩繫》。洪又嘗居湖州,無居廬陵者,直齋以爲廬陵人,蓋"廣"、"廬"二字形近之訛也。

三餘集跋

《三餘集》四卷,宋黄次山撰,《永樂大典》傳抄本。案:次山字季岑,洪州分寧人,庭堅族子也。宣和元年試國學第一,以庭堅名在禁錮,復抑置第四,歷信陽州學教授、池州司理參軍。靖康初遷博士,坐與李綱厚善,謫監虢州銅場。建炎二年,擢尚書員外郎,未幾撫諭京東西路使還,乞外補,遂知筠州。又乞監當以歸,丁内艱,終喪,復吏部郎官。入對,陳日食之咎,又進校旗大閲之法。會金兵大至,淮南告捷,次山言策功行賞,勸沮所係,因條上三策,乞解六將軍逗留者之節鉞,授偏裨立功者。朝廷既罷劉光世兵,枋命吕祉代之,次山言:"光世固可罷,祉雖若可用,然統師御衆,非其所長。"其言卒驗。靖康以來,學者宗程顥兄弟,不能深明其旨,轉爲迁怪。紹興初，諫官極論其弊，有旨戒飭學者。次山時權禮部郎官，與董棻爭之于朝，事雖直而謗議起矣，出提點荆湖南路刑獄。居數月，以言者罷，主管亳州明道宮，凡九年卒。危太朴集

履齋遺集跋

《履齋遺集》四卷，宋吳潛撰。《宋史·藝文志》、《明文淵閣書目》皆未著録，故《永樂大典》亦無其書。履齋爲奸臣所陷，薨于循州，未幾而宋亦亡，當時想無刊本，明梅鼎祚始輯爲此集。查《開慶四明志》載其詩文甚多，卷一《王子塾問曰講義》一首，卷四《創置物斛官申省狀》一首，卷五《條具海道事宜申省狀》一首、《防海奏》一首、《防海申省狀》一首，卷七《代六縣百姓輸折帛錢奏》一首，卷八《乞蠲砂租奏》一首、《罷砂岸稅場榜文》一首、《蠲免抽倭金奏》一首、《免抽倭金申省狀》一首、《再申狀》一首，卷九、卷十詩二百八首，卷十一、卷十二詞一百三十首，此本皆未收。《養濟院記》，《開慶志》作《廣惠院記》，亦當從《開慶志》爲長。此外尚有《許國公奏議》四卷，前明溧陽吳氏祠堂有版，凡《宋史》所載諸奏議皆在其中，余已刊入《十萬卷樓叢書》，合而輯之，可增于此集三倍。集中有《和呂居仁侍郎東萊先生韻》一首，又有《京口鳳皇池和張蘆川春水連天韻》一首，皆和古人之作，如東坡“和陶”之類，不然，居仁、蘆川皆北宋人，履齋安得而與爲倡和耶？

胡五峰集跋

《五峰先生集》五卷，宋胡宏撰。蕭山陸氏三閒草堂抄本。卷一第十五、十六、十七三葉有錯簡；卷二《上光堯皇帝書》“則知其”下脫廿一字，“大憂者”下脫四字，“恐臣妾之軋己者比乎”下脫十九字，“財者天地有時四民”下脫十七字；第六十五葉“勾龍周棄”

上脫十二字，"然則聖人所以不以復仇責平王者"上脫十八字；卷三《題張欽夫希顏録》"既竭吾才"上脫廿二字，《整師策》"上之威令不行矣"上脫十八字；卷四《皇王大紀論》《徐偃仁義論》後脫《送死禮文論》一首，計三百餘字；卷五《易卦傳》《視履考祥傳》"曾子啓手足"上脫十九字。今據影宋本補足，並改正數十字，乃成善本。蕭山陸氏藏書向稱精善，豈知脫誤亦如此也。

大 隱 集 跋

李正民《大隱集》十卷，文瀾閣傳抄《大典》本也。愚案：正民字方叔，江南江都人。祖定，元豐中御史中丞，《宋史》有傳。正民政和二年進士，建炎二年除校書郎，旋擢吏部員外郎。明年改左司員外郎兼權中書舍人，十二月從高宗泛海避兵。四年正月，爲湖南江浙撫諭使，朝隆祐太后于虔州，事有不可待報者得與三省樞密滕康等參決，仍許于簾前奏事，所至官吏能否，民間屈抑，並體訪以聞。五月試給事中，尋試吏部侍郎。紹興元年移禮部，高宗得陳襄薦司馬光等奏稿以示從臣，正民以爲光等皆不合時宜者，高宗遂薄之，罷爲徽猷閣待制，知吉州。明年，以應辦軍儲派民錢百餘萬緡，爲劉大中所糾罷，提舉江州太平觀。九年十二月知淮寧府，十年金人叛盟，陷于金。十二年與孟庾、畢良史同放還，上言"不能死節，請正典刑"，詔令任便。明年，提舉江州太平觀。廿一年卒。正民善屬文，寓居海鹽，邑中碑記多出其手。見《嘉靖維揚志》、《繫年要録》、《樵李詩繫》。

雲 溪 集 跋

《雲溪集》四卷，宋郭印撰，文瀾閣傳抄本也。案：印字信可，四川雙流縣人，孝子絳之子也。貢上庠中第，與秦檜有庠序舊，絕

北碣集跋二

　　北碣頗精鑒別,故集中書畫題語多中肯。其跋《廟堂碑》云:
"虞書《廟堂碑》,唐人駁駁晉人者,自南北壞斷,贗跡實繁"云云,
則翻本中又有翻本矣。其跋《九成宮碑》云:"《化度寺記》、《醴泉
銘》,習之者往往失其韻致,但貴端莊如木偶,假刻誤人,人亦罕識
真"云云。據此可見南宋時《醴泉銘》覆本之多,今之肥而無生趣
者,恐未可據斷爲原石也。

儀顧堂題跋卷十三

元槧足本黃文獻集跋

《黃文獻集》足本四十三卷,首行題曰"金華黃先生文集第幾",下題"初稿幾"、"續稿幾",次行題"臨川危素編、番陽劉耳校正",間有題"門人編次"者,次行有題"日損齋續稿"者。卷一至卷三爲初稿,卷四至四十三爲續稿。前有至正十五年貢師泰序,每頁二十四行,每行二十四字,版心有字數,語涉元帝皆提行,元刊元印本。《初稿》一、二詩,三賦騷、答問、雜著、贊、碑記、序、題跋、書、祭文、傳、行述。《續稿》一至三詩,四詔、制、表、箋、箴、銘、贊,五碑文、記,六至十二記,十三至十五序,十六序、説、啓、公文,十七策、題、勸農文、上梁文,十八、十九題跋,二十祝文、祠疏、祭文、行狀,二十一至二十四神道碑,二十六、二十七墓碑,二十八至三十六墓誌銘,三十七墓碣、墓記,三十八、三十九塔銘、道行碑,四十世譜、傳。《初稿》、《續稿》總爲四十三卷。《四庫》未收,阮文達亦未進呈。《愛日精廬藏書志》雖著于録,僅得二十三卷,其流傳之罕可知矣。校明張儉刊本約多一倍而赢,文獻爲朝廷所役,頌異端之宮,諛俗僧俗道之墓,張儉削之可也。《鄆王拜住神道碑》、《太保定國忠亮公第二碑》、《高昌郡公合刺華普神道碑》、《河西隴北道廉訪使凱烈神道碑》、《武宣劉公神道碑》、《史惟良神道碑》、《禮部尚書于文傳神道碑》、《司徒陳苹神道碑》、《馬氏世譜》,皆有關史乘而亦削之，未免無知妄作矣。觀其序，似亦未見全本耳。是本先爲王聞遠所藏，卷首有"太原叔子藏書記"白文長印、"蓮涇"二字朱文方印。嘉慶中歸揚州汪孟慈，有"喜孫過目"朱文方印，"汪喜孫印"朱文方印。後歸上海郁泰峰，有"郁松年印"白文方印、"泰峰"二字朱文方印。余從郁氏得之。至正距今五百餘年，紙墨如新，完善無缺，誠皕宋樓中元板第一等也。

影元抄湛然居士集跋①

《湛然居士集》十四卷，元耶律楚材撰，每卷篇目相連，中多提行、空格，蓋以元刻影寫者，訛字頗多，以宋賓王校本校一過，僅補正數十字，不能盡改也。卷十二有《壽其子鑄十五歲詩》，卷十一《廣陵散五十韻》，以《廣陵散》爲序聶政刺韓相俠累之事，如後世南北曲之類，皆創聞也。

貢雲林集跋

《雲林集》六卷，元貢奎撰，舊抄本。同治八年，以閣抄本校過，補卷三《九月二十七日龍溪寄王敬叔七古》一首。光緒十年，復以弘治刊本校一過，卷一補《夜坐》五古一首、《伯長南歸余方北行以詩見貽因和以謝》五言一首。卷六《題倪氏今是亭詩》脫題，與《宿古柳墅詩》誤連，閣本亦同，亦據弘治本補題。卷首范吉識語亦補二十餘字。

---

① 據嚴紹璗《日藏漢籍善本書錄》所載，此跋後署"同治十年十二月歸安陸心源識"。

所安遺集跋

右《所安遺集》一卷，元陳泰撰。從錢塘丁松生大令所藏鮑淥飲校本過錄。譚文卿中丞撫浙時即以鮑校本刊刻。余近得成化刊本以校此本，多得詩三十餘首，閻潔序一首，劉三吾像贊一首及小像、陳銓、陳章、陳瑤跋三首，周濟、蔣冕跋各一首，因命寫官照寫補入。蓋淥飲所見本前後缺十餘葉，故脫落如此甚矣。成化距今四百年耳，刻本已不易得，況元刻乎？惜文帥移節陝甘，不及補刊耳。

栲栳山人集跋

《栲栳山人集》三卷，元岑安卿撰，抄本，周元亮舊藏。第三卷有錯簡，各本皆同，今逐一校正。據《餘姚縣志》，集凡四卷，佚其末卷，乾隆壬寅張氏新刊本遽以上、中、下分卷，則似完帙矣。此本不分上、中、下，猶從原本錄出耳。

夷白齋稿跋

余所藏《夷白齋集》凡兩本：一舊抄，三十五卷，外集一卷；一弘治八年張習刊，十二卷。兩本互有多少。刊本有而抄本無者，詩七十六首，文二十六首；抄本有而刊本佚者，詩五十三首，文三十五首。卷首戴九靈序"方是時，祖宗深仁厚澤"至"一時作者"五十四字，刻本削之；"居無何，我吳王聞其學問，即以樞府都事起于家，不幾年間遂屢遷而長其省幕，其後調太尉府參軍，由參軍升內史"，刻本作"藩翰不次用賢，即以樞府都事起于家，又用之省幕用之公府"；序末題"至正二十四年歲在甲辰夏五月朔旦書"，刻本作"同門友金華戴良書"。校以《九靈山房集》，與刻本皆合，蓋抄本戴序乃元時舊稿，集本則入明以後所改定者。弘治本未見底稿，當從戴集錄入耳。文詩字句不同尤多,《八里莊寄吳中兄弟》、《洛口》兩律,同者僅十餘字。《倦繡》七絕,全章改易,其尤者也。

夢觀集跋

《夢觀集》五卷,元釋大圭撰,抄本。是書本二十四卷,首語錄三卷,次詩六卷,次雜文十五卷。四庫館惟取其詩,以卷四爲卷一,卷五爲卷二,卷六爲卷三,卷七爲卷四,卷八爲卷五,編爲五卷著于錄,餘皆斥而不收。同治十二年,奉旨赴閩,從晉江黃制軍處借得翰林院底本,命小胥影寫副本,卷第則改從閣本焉。

耕學齋詩跋

袁華《耕學齋詩》閣本十二卷,凡古詩七卷,近體詩五卷。《提要》云,不知何人所編。此本十卷,凡古詩六卷,近體四卷。卷分既殊,編次亦少異。題曰"汝陽袁華子英著、河東呂昭克明編"。昭仕履無考。兩本相較,閣本《東皋集陶》兩首,較此本多一首,餘皆同。惟閣本《集古》諸詩,散入各體詩中,次則附于卷末,編次似較有法。別得曹倦圃藏本,脫落極多,雖分卷十二,編次又與閣本不同,非善本也。閣本不題編次之人,恐出後人所析耳。

書鮮于伯機戊午十二月十二日別家詩後

伯機《困學齋詩》久佚,顧俠君《元詩選》所收,皆從《元音》、《元風雅》、《元詩體要》采輯,開卷爲《戊午十二月十二別家》五古。愚案:此詩乃伯機由杭應薦入都之作,"戊午"當是"戊子"之訛。伯機生于淳祐六年丙午,戊午年祇十三歲,若延祐戊午,則前卒十餘年矣。《剡源集·困學齋記》"丁亥之春,識鮮于伯機于杭,別去五年復來"。丁亥爲至元二十四年,伯機選爲宣慰經歷,以子昂《哀詩》"官舍始相識,吾年二十餘,君髮墨如漆"之句及此詩"十年賦倦游"句證之,當在至元十五年戊寅。蓋是年子昂二十四歲,故曰"吾年二十餘"。戊寅至戊子凡十一年,故曰"十年賦倦游"也。十三年,伯顔承制,以董文炳行省事于臨安,十四年始設浙江西道宣慰使,以游顯爲之,見《牧庵集》"游顯碑"。則前乎此,浙江無宣慰,不得有經歷也,尤爲至元十五年伯機任經歷之證。由南而北,故曰"牽舟逆北風"也。杭州近海,伯機仕杭,已卜宅臨湖,有《湖上新居詩》,故曰"卜築滄海隅"。椽屬乃幕僚,無守土責,故曰"既無官守責"也。

天順本宋學士集跋

《宋學士集》二十六卷、附録一卷,明宋濂撰,天順間刊本。前有天順五年魏驥序。案:濂集刊于未入明以前者,文曰《潛溪前後續集》四十卷,詩曰《蘿山集》五卷,其入明以後《翰苑集》四十卷、《芝園前後續稿》三十卷、《朝京稿》五卷。洪武中,劉誠意選爲《文粹》十卷,建文初,方正學又選爲《續文粹》十卷,天順元年黃溥合各集選刊之,僅得三百三十餘首。此本爲黃譽官浙江參政時所刊,合《潛溪前後集》、《潛溪文粹》、《蘿山集》而編之,凡涉二氏者皆不録,計得詩文六百餘首,似未見《鑾坡》、《翰苑》、《芝園》、《朝京》各稿者。惟蔣超所刊景濂未刊集中《皇太子受玉册頌》、《皇太子入學頌》、《國朝名臣頌》、《西域獲角端頌》、《擬魏錡絶秦書》、《太乙元徵記》、《撫州路總管張君銘》、《二賢母墓碣》、《康里公神道碑》、《湯節婦銘》、《趙侯神道碑》、趙仲誒《蔣處士兩誌》、《詩塚銘》、《方孝婦表辭》、《孔君權厝志跋》、《何道夫鄭公墓誌》、《富春子事實》、《蘿山雜言》、《書白衢州秦士録》各篇,已裒然在列,豈蔣超未見此本歟? 前有"蓮涇"二字朱文印、"太原叔子藏書記"白文長印、"金星貂藏書記"朱文長印，蓋先爲王聞遠所藏，後歸嘉興金氏文瑞樓者。

原本藍山藍澗詩集跋

《藍山詩集》六卷，明藍仁撰，前有正統二年丁巳秋八月朔嘉議大夫禮部左侍郎陳璉序、洪武庚辰歲花辰日武夷文學西江吉水倪伯文序、雲松樵者張榘序、橘山真逸蔣易序，計詩六百八十餘首。《藍澗詩集》六卷，明藍智撰，題曰"友生程嗣祖奇遠編集"。前有至正壬寅冬戊子進士戶部尚書西夏張昶序、張榘題、張易序，計詩五百餘首。案：兩集明正統以後無重刻本，故流傳甚少。乾隆中開四庫館亦無人進呈，館臣從《永樂大典》抄出，著于錄。《藍山集》得詩五百餘首，《藍澗集》得詩三百五十首。此本從明刻原本抄出，《藍山集》多得詩一百五十餘首，《藍澗集》多得詩一百五十餘首，較大典本約增三分之一。近閩中郭蕪秋主事重刻二集，不言所據爲何本，前無原序。覈其詩，與《提要》著錄之數相符，當即《大典》傳抄本也。《藍山集》誤收藍澗詩五十餘首，《藍澗集》誤收藍山詩三十餘首，《永樂大典》本往往有此。此非館臣之誤，乃《永樂大典》纂修諸臣草率之故。蕪秋主政與余有舊，觀其後序，訪求二君集全本甚殷，他日當錄副寄之。

新刻藍山集跋

右《藍山集》六卷，閩中郭伯蒼主政新刻《永樂大典》本，誤收藍澗詩五十四首，五古之《靈鳳扁》、《舟中望長洲》、《田家》、《暮宿田家》、《正月十四日西山感興》、《擬貧士》二首、《在野》、《暮秋懷鄭居貞》、《西山暮歸》、《秋山懷友》、《暮歸山中宿田家》、《望武夷山》、《少年行》、《宿橘山田家》、《懷蔣先生》、《風雨不已》、《簡我同志》，七古之《雲峰秋霽圖》、《高彥敬畫》、《楚江春曉圖》、《水南山房詩》、《題劉商觀弈圖》、《贈魏士達》、《題清江碧嶂集》，五律之《題武季遠》、《竹木圖》、《挽趙子將》三首、《過雲洞嶺柳隘嶺》、《上賓州》、《九日作》、《蒼梧夜坐》、《藍澗雜詩》五首、《題觀音巖》、《送別歐陽》、《雪舟》、《秋夕懷武夷舊業》、《九日病中寄雲松》、《山中漫題》六首，七律之《寄張郭二山人》、《西山修竹》、《挽張執中煉師》、《柳城夢草堂》、《玉蟾丹室拜虛白塔》、《九日西山讌集》，七絕之《首山行》、《雨中》，皆藍澗詩也。《大同路石佛谷過吳嶺》五律一首，則原本所無，考靜之生平蹤蹟，亦未嘗之大同，或他人詩而《大典》誤收者。

新刻本藍澗集跋

《藍澗集》六卷，閩中郭主政新刻《永樂大典》本，誤收藍山詩三十五首，七古之《次韵張邑判留別》一首，五律之《重柬雲松聞詔》，乃《藍山集》《時事》五首之一，《次袁縣丞述懷》、《送孟寬希年入京》、《宿瑞巖寺》、《題徐節婦卷》，七律之《送歐陽士鄂入京》、《鄭居貞別駕歸閑未久因敬題春江別意圖》、《次張雲松山行》、《挽江惟志學佛坐解》、《滁州贈詹富之》、《題廖監河行軸》、《招王慎之東林宴集小軒得白石》、《挽雪舟煉師》二首、《山中書懷》、《題劉椿正桂圖》、《夜雨》、《秋山訪隱圖》、《秋宿南山別墅有感》、《寄贈毛包二山人》，七絕之《風雨》、《山中時景》四首、《題溫日觀葡萄》二首、《題鄭御史竹木圖》、《題古木蒼崖圖》，六言《題魏宰扇面》。他如《詠白石》五古"雨漲陰崖瀑"下，脫"瑤臺下群仙，鶴駕紛在月，天空水容淨"十五字，《春日山居》、《送京學危提舉奉旨代祀文公祠加封齊國公》、《中秋有懷》、《陸滕宅》、《秋雨中探韵》七律三首、《湘陰舜妃廟》五排一首，亦原本所無也。

張東海集跋

《張東海詩集》四卷、《文集》四卷、《萬里志》二卷、《附錄》一卷，明張弼撰，正德中其子宏至所編輯也。《四庫》不收，附存其目。然附存目所見，祇詩四卷、附錄一卷，則完本之罕見可知矣。弼學問根抵程、朱，立朝以風節著，守南安以循吏稱，胸次灑落，一切齟齬不以嬰懷。其《戒子詩》有云"權門要路是危機"，深爲鄭端簡所稱。家清獻公作是集序，甚推服之。吳騏謂"宜從祀文廟"。蓋有明一代完人，不僅以詩文見長，庸耳俗目，僅知推爲草聖，可慨也夫！

張東海集跋二

《東海詩集》卷四《王蘊和所畫團扇詩叙》曰："中國古無摺扇，嘗見王秋澗記元初東南夷使者持聚頭扇，當時譏笑之。我朝永樂始有，特僕隸下人所持，以便事人耳。及倭國充貢，太宗遍賜群臣，内府又仿其制，以供賜予，天下迨遍用之。"愚案：摺扇北宋已有，不始于明。東坡嘗謂，"高麗白松扇，展之廣尺餘，合之則兩指許"。鄧椿《畫繼》云，"高麗松扇如節板狀，又有用紙而以琴光竹爲柄，如市井所製摺疊扇者"。此宋有摺扇之明證，東海誤矣。

癸巳類稿易安事輯書後

李易安改嫁，千古厚誣。歙人俞理初爲《易安事輯》以辨之，詳矣，備矣。惟張汝舟崇寧五年進士，毘陵人，見《咸淳毘陵志》。欽宗時知紹興府，見《會稽志》。建炎三年，以朝奉郎直秘閣，知明州。十二月，召爲中書門下檢正諸房文字。四年兼管安撫使，復以直顯謨閣知明州,見《四明圖經》。五月,上過明州,歷奉儉簡,遷一官。六月,乞祠主管江州太平觀。紹興元年三月,往池州措置軍務,尋爲監諸軍審計司。二年九月,以妻李氏訟其妄增舉數入官,有司當汝舟私罪,徒,詔除名,柳州編管。見《建炎以來要錄》。則汝舟既確有其人,以李氏訟編管,亦確有其事。理初僅以怨家改啓,證易安無改嫁事,幾若汝舟亦屬子虛,不足以釋千古之疑,而折服李心傳之心。愚案:汝舟,即飛卿之名,"妻"字上當脫"趙明誠"三字耳。高宗性好古玩,與徽宗同。汝舟必以進奉得官,因進奉而徵及玉壺,因玉壺之失而有獻璧北朝之誣,因獻璧北朝之誣,而易安有妄增舉數之報復。不然,妄增舉數,與妻何害?既不應興訟,朝廷亦豈爲准理耶?惟李氏被獻璧北朝之誣,人人代抱不平,故李氏一控而汝舟即奪職編管。汝舟無可洩憤,改其謝啟,誣爲改嫁,認爲伊妻。其啓即汝舟所改,非別有怨家也。請列五證以明之:汝舟先官秘閣直學士,復官顯謨直學士,故曰飛卿學士。其證一也。頌金之謗,崇禮爲之,左右得解,事在建炎三年。是時崇禮官中書舍人,故曰內翰承旨。汝舟之貶,事在紹興二年,則崇禮已爲侍郎,翰林學士當曰學士侍郎,不得曰內翰承旨矣。其證二也。若《要錄》原本無"趙明誠"三字,注文既敘明李格非女矣,何不敘趙明誠妻改嫁汝舟乎?其證三也。男女婚嫁,世間常事,朝廷不須問,官吏豈有文書?啟云"弟既可欺,持官文書來即信",當指綦語上聞置獄而言。改嫁不必由官,有何官文書之有?其證四也。獻璧北朝,可稱不根之言,若改嫁確有其事,何得云不根之言?其證五也。心傳誤據傳聞之辭,未免疏謬,若謂採鄙惡小說,比附文案,豈張汝舟亦無其人乎?必不然矣。

同文館唱和詩跋

鄧忠臣等《同文館唱和詩》，舊抄本。案：忠臣字慎思，熙寧三年進士，官大理寺丞，以獻《郊祀慶成賦》及《原廟詩百韻》，擢正字，遷考功郎。事母周盡孝，周卒，護喪歸葬，飲食起居、哀慕之節，皆應古禮。凡可以顯揚前人者，期得而後已。范純仁薨，禮官諡曰忠宣，忠臣爲撰諡議，稱爲“古之遺直”，時論以爲允。崇寧初，追奪純仁諡，並罰忠臣，後入元祐黨籍。大觀中卒。著有《杜詩注》、《玉池集》，見《東坡居士集》、《墨莊漫録》、《書録解題》。

歲時雜詠跋

《古今歲時雜詠》四十六卷，宋蒲積中編，影寫宋刊本，錢遵王舊藏也。有“廬山錢曾遵王藏書”八字朱文長印。前有紹興丁卯仲冬積中自序。《提要》云，積中履貫未詳。案：積中字致穌，四川眉山人，紹興初進士，見《宋眉州進士題名碑》。蓋宋敏求先爲《歲時雜詠》，積中復擇宋代之詩附之。卷三十五不全，嘗求別本補足。

會稽掇英總集跋

《會稽掇英總集》二十卷，錢叔寶手抄本。前有熙寧六年尚書司封員外知越州軍州事浙東兵馬鈐轄孔延之自序。案：延之一作延世，字長源，江西新淦人，孔子四十六代孫。慶曆二年進士，與周敦頤友善。嘉祐間知封州，有遺愛，遷廣西監司，寬恤民力。舊賤糶於民，歲至六百萬石，程督與租稅等，延之計歲糶二十萬而足。欽、廉、雷三州蛋戶爲富人所役，延之奪使自爲業者六百家，皆著定令。改荊湖北路提點刑獄，罷鼎州六寨戍兵千。熙寧四年以度支郎中知越州。嘗自越過杭，夜飲有美堂，聯句云"天目遠隨雙鳳落，海門遙蹙兩潮趨"，一坐稱善。後改宣州，未至，召爲管勾三司理欠憑由司，出知潤州，未行卒。延之言若不能出口，見義慷慨，至老益彊，雖齟齬不以易意。工于爲文。子文仲、武仲、平仲，皆自教以學，並以文章顯于世，號"臨江三孔"。《宋史》有傳。見《施注蘇詩》、《嘉泰會稽志》、《西江人物志》。

會稽掇英續集跋

　　《會稽掇英續集》五卷，錢叔寶手抄本。末題"將仕郎試秘書省校書郎守越州會稽縣主簿黃康弼編次、將仕郎守大理評事簽書鎮東軍節度判官廳公事徐鐸重校"。所錄皆熙寧十年，吳充等一百二十五人送程思孟出守越州詩也。前有元豐元年十一月宣奉郎守太常丞充集賢殿修撰前知明州兼管內勸農事騎都尉賜緋魚袋借紫李定序。此集爲屬鶚作《宋詩紀事》時所未見，如陳升之、孫固、盧革、滕甫、熊本、李東之、朱肱、張師、杜叔元、王靖、章衡、李綖、王晢、沈季長、張徽、沈紳、王誨、韓鐸、晏知止、王説、王琉、褚珵、石牧之、姚原道、張宗益、王汾、范子奇、沈希顔、程嗣弼、鄭穆、呂嘉向、徐大方、虞大熙、陳睦、王陟臣、周直孺、王伯虎、張修、何琬、周諶、石麟之、潘及甫、崇大年、陳侗、丁執禮、杜紘、余中、呂大忠、鍾俊、邱淑、張炎民、黃壎、蔡承禧、畢仲衍、范育、莫淵、黃顔、何正臣、余京、韓宗右、陳康民、崔公度、畢仲連、元耆、寧練定、黃君俞、謝惇、謝忱、謝愷共四十九人，《宋詩紀事》不列其名，誠罕覯之秘笈也。《直齋書録解題》:《會稽掇英集》二十卷，熙寧中郡守孔延之、程思孟相繼纂集。與原書不合，《解題》當有脫字耳。

宋詩拾遺跋

《宋詩拾遺》二十三卷,題曰"錢唐陳世隆彥高選輯",舊抄本,有"鮑氏辛甫"白文方印、"俊逸齋長"白文方印,康熙詩人鮑鉁舊藏也。《四庫》未著録,阮文達亦未進呈。《提要》云:《北軒筆記》前有小傳,不知何人所作,稱世隆字彥高,錢唐人,宋末書賈陳氏之從孫。元至正中,館嘉興陶氏,没于兵,所著詩文皆不傳,惟《宋詩補遺》八卷與《筆記》存于陶氏,今《宋詩補遺》亦無傳本。據此則傳本之稀有如星鳳。屬樊榭輯《宋詩紀事》亦未見此書,其失收者不下百家也。

西漢文鑑東漢文鑑跋

《西漢文鑑》二十一卷,《東漢文鑑》二十卷,題曰"石壁野人陳鑒編",明刊巾箱本。每頁十八行,每行十八字。《四庫》未收,阮文達據影寫巾箱本進呈。案:鑒,福州候官人,慶元二年進士。其文皆採自兩《漢書》,題下各注所出,體例頗善。陳左海修《福建通志》,採摭宏富,《經籍門》無此書,可見流傳之罕矣。

播芳大全跋

《聖宋名賢五百家播芳大全文粹》一百二十六卷,明抄本。卷一、卷二賀表,卷三賀箋,卷四至卷二十二表,卷廿三至四十三賀啓,四十四至五十七謝啓,五十八至六十四上啓,六十五賀啓,六十七制誥、奏狀、奏劄,六十八萬言書,六十九、七十書,七十一至七十七疊幅,七十八劄子,七十九至八十六尺牘,八十七至九十青詞,九十一至九十八疏,九十九至一百一祝文,一百二婚書,一百三生辰賦頌詩,一百四至一百六樂語,一百七勸農文、檄文,一百八、一百九上梁文,一百十至一百十七祭文,一百十八至一百廿挽詞,一百廿二記,一百廿三序,一百廿四碑銘,一百廿五銘、贊、箴,一百廿六頌、題跋。《四庫》所收一百十卷,朱竹垞所見二百卷,書坊所刻,隨時增益,本各不同,安得合數本而較其缺佚也?

檇李詩繫跋

《檇李詩繫》,王明清仲言小傳:黃山谷有王仲言《乞米詩跋》。案:《揮麈前録》云,"紹興丙辰,明清年甫十歲",則生于建炎元年矣。《山谷年譜》卒于崇寧四年,是山谷卒時,明清尚未生,安得跋其《乞米詩》乎? 且遍檢山谷《内》、《外》、《別》三集,亦無此跋也。卷二呂謂《閻立本北齊校書圖詩》,乃謝諤昌國作,今墨跡在余家,不知南疑何據而屬之呂謂也?

宋詩紀事跋

《宋詩紀事》一百卷,國朝厲鶚撰。樊榭熟于宋代掌故,二百年來幾無其匹。曹斯棟《稗販》譏其有遺珠,是矣,惟所舉陳棣諸集皆出《永樂大典》,非樊榭所得見也,然遺漏尚不止此。以余寡陋,尚可補百餘家,至其舛誤之處,不下百餘條。如趙季西名岍而不著其名,洪平齋咨夔一人分而爲二之類。所録三千八百一十二人,而不詳出處者一千五百有餘,如柴成務、李固,《宋史》有傳而亦不署字里出處。愚已考得數百人,他日當爲《宋詩紀事補正》,先書此以當息壤。

唐詩紀事跋

計有功《唐詩紀事》二百卷,明刊本。《提要》:有功字敏夫,其始末未詳。李心傳《繫年要録》載紹興五年秋七月戊子,右承議郎新知簡州計有功提舉兩浙常平茶鹽公事。有功,安仁人,張浚從舅也。愚案:有功,臨邛人,祖用章,《東都事略》附《范雍傳》。父良輔,慶曆進士,見《眉州志》。有功宣和三年進士,自號灌園居士,見《宋刊二百家播芳大全目錄》。紹興六年,累官左承議郎,充行都督府書寫機宜文字,十一月張浚遣來奏事,後二日加直秘閣遣還。七年,獻所著《晉鑑》。高宗曰"朕乙夜觀之",且爲艱難之戒,又問《春秋》防微之漸,對曰:"婦笑于齊六卿分晉。此書之所爲作也。"上首肯,隨以老母求去,升直徽猷閣,提點潼川府刑獄公事。張浚引親嫌,力辭,疏累上,詔仍舊職。二十八年知眉州,逾年移利州路轉運判官,明年移嘉州。見《繫年要錄》。

珊瑚鈎詩話跋

《珊瑚鈎詩話》二卷,題曰"朝請郎通判常州軍州事賜緋魚袋張表臣撰",宋刊本,明松江朱文石大韶舊藏也。《提要》:表臣字正民,里貫未詳。官承議郎,通判常州軍事,紹興中終于司農丞。愚案:表臣,單父人,嘗編刻《張右史集》七十卷,與秦熺友善,蓋江湖名士之趨炎附勢者。見《張右史集》後序。

歲寒堂詩話跋

《歲寒堂詩話》,宋張戒撰。原本已亡,今本二卷,乃從《永樂大典》錄出者。《提要》:戒名附見《宋史·趙鼎傳》,不詳其始末。惟李心傳《建炎以來繫年要錄》載戒正平人,紹興五年四月以趙鼎薦得召對,授國子監丞。鼎稱其登第十餘年,曾作縣令,則嘗舉進士也。愚案:張戒,絳郡人,沈晦榜進士。紹興五年二月除秘書郎,七年七月提舉福建茶鹽。見《中興館閣錄》、餘詳《宋史》補傳。

草堂詩話跋

《杜工部草堂詩話》二卷，題曰"建安蔡夢弼集録"，東洋覆宋本。《提要》：夢弼，建安人，始末未詳。愚案：夢弼字傅卿，建安人，生平高尚，不求聞達，潛心文學，識見超拔，嘗注韓退之、柳子厚之文。嘉泰中，著《草堂詩箋》四十卷、《補遺》十卷。見《草堂詩箋》俞成元跋。

藏海詩話跋

《藏海詩話》一卷，宋吳可撰，舊抄本。案：吳可，字思道，金陵人，以詩爲蘇軾、劉安世、米芾、李廌、李之儀、周紫芝、鄧肅所賞。居都城，面城開軒曰橫翠，釋惠洪、李之儀皆有詩。官至團練使，宣和末亟掛冠去，責授武節大夫致仕。詩思益超拔，寓新安，野服蕭然，如雲水中人。見《至正金陵志》、《寶晉英光集》、《姑溪居士集》、《優古堂詩話》、《石門文字禪》、《太倉稊米集》、《栟櫚集》。

渭川居士詞跋

《渭川居士詞》一卷，宋呂勝已季克撰。《愛日精廬藏書志》著于録，注曰：仕履未詳。愚案：勝已，福建建陽縣人，自號渭川居士。父祉，以尚書護合肥軍死義，敕葬邵武之樵嵐，勝已因家焉，築園曰渭川。嘗從朱子及張南軒講學，朱子爲和其《東堂九詠詩》。工隸書，得漢法。歷江州通判、江浙運判，官至朝請大夫。見《晦庵集》、《咸淳臨安志》。《八閩通志》作"杭州"者，誤也。

雙溪詞跋

《雙溪詞》一卷，題曰"雙溪擬巢翁延平馮取洽熙之"，汲古閣影宋抄本,《四庫》所未收也。愚案:取洽,字熙之,自號雙溪擬巢翁,福建延平人。宋季詩人,語意不減唐人。《送別劉篔簹詩》云:"來似孤雲出岫間,去如高月耿難攀;若爲化作修修竹,長伴先生篔簹山。"見《梅磵詩話》卷下。

新刻蕭臺公餘詞跋

《蕭臺公餘詞》一卷,錢唐姚述堯撰。《宋史·藝文志》著于錄。案:述堯字進道,華亭人,以錢唐籍登紹興二十四年進士,知溫州樂清縣。縣有蕭臺峰,其詞皆官樂清時所作,故以爲名。進道在太學日,每夜必市兩蒸餅,明日輒以飼齋僕,同舍怪而問之,進道曰:"某來時,老母戒以夜飢無所得食,宜以蒸餅爲備。某雖未飢,不敢忘老母之教也。"其篤于內行如此。生平與張橫浦、葉先覺、施彥執爲友。彥執没,橫浦祭之以文,云"生平朋友不過四人,姚、葉先亡"云云,姚即進道也。其事迹僅見于《咸淳臨安志》、《張橫浦集》、《弘治溫州府志》、《北窗輞炙錄》。進道與橫浦同調,而其詞清麗芊綿,絕無語錄氣,亦南宋道學家所罕見也。是本流傳極罕,《四庫》及《擘經室外集》皆未著錄。余以仁和勞氏得抄本,丁松生明府將有杭州八家詞之刻,移書借錄,並囑考訂仕履,因識其顛末于後。

儀顧堂題跋卷十四

宋拓聖教序跋

宋拓《聖教序》，余所見不下數十本，以王良常積書巖藏本爲最，十年前曾見之，章紫伯明經許以價昂未得。此本氊蠟精良，墨光如漆，轉折鋒鋩，纖毫畢具，與王本無異，洵北宋拓本之至精者。王本翦損二十字，此則完具無損，尤可貴也。門下士魏稼孫推爲天下第一，當不誣耳。

唐釋懷素山水帖跋

《懷素山水帖》，宋徽宗内府物，爲《書譜》所載八十七種之一，《江村消夏》著于録。是帖世有二本：一刊于三希堂，完善無缺，後有趙文敏跋；一即此本，中缺兩字，前明爲項墨林所藏，康熙中歸高江村，又經梁蕉林、笪江上、王儼齋鑒定者也。

越州石氏本爭坐位跋

越州石氏《歷代名帖》有《顏魯公爭坐位帖》，見陳思《寶刻叢編》。王述庵稱，宋以來《坐位帖》刻本有七，而獨遺石氏，可見流傳之罕矣。此本墨光如漆，神采焕然，爲莫雲卿舊藏，與《祭侄祭伯文》、《寒食鹿脯帖》、《白香山詩簡》、《柳公權泥甚帖》同裝，與《叢編》石氏帖目合，其爲石氏所刻無疑。安師文吳中復刻石久亡，今惟存關中本，轉輾傳摹，視此有霄壤之別。郭僕射爲郭英乂，《粹編》考訂已詳。菩提寺，長安左街官寺，見《唐會要》。唐制，凡國忌，西京八十一州，各于寺觀行香設齋，見《唐六典》。廣德三年，裴冕爲左僕射，郭英乂爲右僕射，見《通鑑》。裴僕射者，冕也。

越州石氏本祭伯文祭姪文跋

右宋搨顏魯公《祭伯文》《祭姪文草》，與《爭坐位帖》、《鹿脯帖》、《寒食帖》、《柳公權泥甚帖》、《白香山詩簡》同裝，皆越州石氏博古堂帖也。其目見《寶刻叢編》。《祭伯文》後，此惟刻于王氏鬱岡齋，《祭姪文》後，此凡五刻，文氏停雲館、吳氏餘清齋、董氏戲鴻堂、東昌鄧氏及翻刻停雲本也。《祭伯文》與王刻大抵皆同，《祭姪文》多與諸刻歧異，初頗疑之，反覆推求，乃得其故。蓋吳刻出于鮮于伯機所藏，與此本皆以真迹上石，鮮于本悉仍原草，一筆不遺，此則或刪塗改之字，或移旁注于中，故字形有大小之殊，字數有多寡之別，異流同源，非二本也。文刻出于聶雙江家藏墨迹，相傳以爲米臨，小有參差，固無足怪。翻文本原草“爾之首櫬”句，“爾之”二字訛作“東二”，“卜爾幽宅”訛作“及爾幽宅”，則以所據文刻非初拓本。“爾”上有石裂紋，“之”字僅存二點，與“爾”字牽連而下，“卜”字左右裂紋尤多，摹刻者不諳文字，成此大謬。戲鴻本改易行款，全失本真。鄧刻稱以聶氏墨本入石，然與翻文本訛謬皆同，蓋鈎填之贗鼎也。《祭姪文草》自當推此爲第一，下真迹一等。惟“常”字下“原”字上缺十字，恨無宋拓可補耳。

閻立本北齊校書圖跋

唐閻立本《北齊校書圖》，絹本，重設色。一人坐胡牀脱帽，方落筆，左右侍者六人，四人共一榻，陳飲具。其一下筆疾書，其一把筆若有所營，其一欲逃酒，爲同舍挽留之，且使侍者著靴，與山谷《畫記》吻合。惜南宋時已失後半，具范石湖跋中。今幷山谷《畫記》亦佚，幸有石湖及陸放翁、韓無咎、郭季勇、謝昌國諸跋，可證流傳有緒耳。石湖名成大，吳郡人，諡文穆，《宋史》有傳，卒紹熙四年，年六十八。跋雖不著年月，證以同時諸跋，當爲文穆五十以後書。淳熙中，文穆嘗充金國祈請使，故有奉使之印。韓元吉字無咎，號南澗，開封雍邱人，寓居湖州，官至吏部尚書，爵潁川郡公，《湖州府志》"寓賢"有傳。印曰"潁川郡侯"，其時尚未晉封郡公也。詩載《南澗甲乙稿》，"索虜"二字，集作"北方"，當是後人所改。南澗生于重和元年，跋題"淳熙八年"，則六十四歲書也。先渭南伯號放翁，又號龜堂，山陰人，《宋史》"文苑"有傳。卒嘉定二年，年八十五，跋題"淳熙八年"，則五十七歲書也。郭見義字季勇，河南人，官南安府學教授，《江西通志》有傳。謝諤字昌國，學者稱艮齋先生，爵清江縣開國伯，《宋史》有傳，《楊誠齋集》有墓碑，故其印曰"艮齋謝諤"、曰"昌國"、曰"清江開國"也。圖與隔水綾相接處，有"甯江軍承宣使"之印。跋與隔水相接處，有"康州觀察使"印、"鄂州"之印、"信州"之印。承宣使，舊名節度觀察留後，政和七年改諸州觀察使，沿唐制，皆武臣也。見《宋史·職官志》。宋人喜以官印印書畫，如王右軍行書第一帖在王禹玉家，以"門下省"印印之，見米芾《畫史》，四印亦猶是也。跋紙有"鎮江府"印、"紹興襄陽府"印、"隆興府"印、"紹興府"印、"建炎太平州"印，當由收藏之人歷知四府一州故耳。曰"京西南路經略安撫使"、曰"京西南路馬步軍都總管"，襄陽府之兼官也。"隆興府管內觀察使"印、"乾道江西路安撫使"印、"建炎江西路馬步軍都總管"印，隆興府之兼官也。"□□□越州管內觀察使"印、"建炎浙東安撫使"印、"建炎浙東路都總管司"之印，紹興府之兼官也。

“鎮江府觀察使”印，鎮江府之兼官也。《宋史・職官志》：渡江後，官印多亡失，禮部更鑄給之，加“行在”二字，或冠年號以別新舊。其不冠年號者，尚是北宋舊印，其冠以建炎、隆興、紹興、乾道年號者，南渡以後所重鑄也。元時爲柯九思所藏，有“丹丘□□”四字朱文印。國朝爲梁蕉林相國所藏，有“蕉林書屋”、“棠邨審定”、“家在北潭”等印。後歸怡賢親王，有怡親王“寶明善堂珍藏書畫記”印。同治初乃歸周菭農侍郎，自跋甚詳。侍郎身後，王益吾祭酒介紹，以朱提三百兩歸于余。

汝南公主墓誌跋

虞永興《汝南公主墓誌草》，唐白麻紙本，有李西涯、王弇州、文休承諸跋。王、文二公皆泥于《書史》“旁注小字”一語，既疑爲王摹，又疑爲米臨，余謂皆非也。《書史》云：汝南公主銘起草，洛陽王護處見摹本，後十年在故相張公孫直清處見真跡。其後止“貞觀十年十一月丁亥朔十六”，旁注小字云“赫赫高門，在裴丞相家”。是其銘其前褾紅，綾色如新，有幾玄題其褾云“是草在張直清家，銘在裴丞相家”，分爲二明甚。所云旁注小字，當即注于褾綾之上，與前題褾綾一律，非注于誌草可知。宋宰相無姓裴其人，唐諸裴爲相者十六人，裴丞相者，唐相也。旁注小字，必出唐人，或即幾玄筆，亦未可知。前褾既失，後注之小字，安能獨存？二公之疑，亦考之不審矣。張彥遠《歷代名畫記》：唐有宏文之印印書者，其印至小。今誌草有宏文之印僅方寸許，與《名畫記》合，則曾入唐御府收藏矣。至宋而爲張直清汝欽所得，米老《書史》屢及之。入元而歸于郭北山，後有米老跋，見周密《雲烟過眼録》。紙尾有“天錫”二字白文方印、“金城郭氏”朱文方印。其即北山所藏、草窗所見無疑。後又歸于鮮于伯機，故有“樞”字朱文方印、“鮮于樞

伯機甫”白文方印、“漁陽私記”白文方印。明正德中爲陸水村尚
書完所得，李西涯、毛憲清、王文莊三跋，皆爲水邨作也。水邨敗，
歸王弇州，有“貞元”二字朱文連珠印及兩跋。文文水、莫雲卿、俞
允文、張鳳翼、陳眉公、嚴澂諸題，皆爲弇州作也。入國朝爲山陰沈
氏所得，築寶虞樓儲之。同治中乃歸于余。據《雲煙過眼録》，原
有米老跋，惜今失之耳。李西涯、毛弇州、文文水、毛憲清、張伯起、
陳眉公、俞允文、莫雲卿、陸水村，《明史》皆有傳。王鴻儒字懋學，
南陽人，成化鄉試第一，丁未進士，仕至南京戶部尚書，卒謚文莊。
見《萬姓統譜》。

巨然長江圖真蹟跋

　　右《長江圖》，不著畫人姓名，絹本，水墨，以工部營造尺度之，
長五丈，高一尺四寸，起雪山，迄鎮江府。前有“雙龍”圓印、“宣
和”朱文長印、“項墨林秘玩”朱文方印、“平生真賞”朱文方印。當
時皆騎縫，蓋于隔水綾上，今隔水綾已失，印祇存其半。陸文裕跋、
董香光跋，皆題于別紙。前有“項墨林家珍藏”朱文長印、“檇李項
氏士家寶玩”朱文長印、“項墨林鑑賞章”朱文長印，亦皆存其半。
每遇州軍、古迹、山寨，朱筆題名。案:《宣和畫譜》“山水門”載《長
江圖》二:一爲王晉卿《千里長江圖》，一爲巨然《長江圖》。晉卿以
金碧擅長，此非其倫。昔之評巨然畫者，曰“淡墨輕嵐”，曰“蓊鬱
芊綿”，曰“溫潤秀逸”，似爲此卷寫照。其爲宣和所藏巨然《長江
圖》無疑。陸文裕以爲南宋，董香光以爲北宋，卞令之《書畫彙考》
以爲夏珪，皆考之未審也。朱標地名，以荆州爲荆南府，乃孝宗以
後改名，當爲後人所加，書法甚拙，與宋時戶口冊相似。意者靖康
之亂爲軍官所得，而令吏胥填注歟?

蘇文忠公書《昆陽城賦》跋

此蘇文忠公四十四歲時自書所作也。是歲公由徐州移知湖州，言者劾公詩文謗訕，命皇甫僎到湖追攝，八月十八日就逮，至十二月廿九日獄具，責授黃州團練副使。或謂九月廿五日獄事方急，豈有閒情及此？不知公學識造邁，不以利害動心，雖爲群小所陷，而意氣自如，何遽稱“公在獄中，哲宗遣小黃門視狀，適就寢，鼻息如雷”，于此可見公處憂患氣象。若謂一遭排擠，即百事俱廢，亦淺之乎視公矣。參寥與公交最密，亦坐公得罪，書此遺之，亦猶《獄中寄子由》詩意乎？集中所刻，與此微有不同。名人著作，屢易其稿，集刊乃晚年定本，此猶中年所書，益證其爲真蹟也。

朱文公上時宰二劄跋

朱文公二劄真迹，三韓卞令之舊藏，《書畫彙考》著於錄。有明人陳、廖、李、吳四跋。按《朱子年譜》，淳熙五年八月，差知南康軍；六年三月赴上請祠不報，六月請減星子縣稅，請祠不報，七月申省自劾。劄祇敘請祠、減稅二事，未及自劾事，當是六月中七月前，與再請祠狀同上，所謂“今有劄目申懇”是也。《宰輔編年錄》：淳熙五年三月壬子史浩左丞相，十一月甲戌罷，丁丑，趙雄右丞相。《宋史》雄傳，“熹累召不出，雄請處以外郡”，南康之除，薦由于雄，劄謂“略敘謝誠”者此也。是時王淮未相，史浩早罷，其爲上趙雄無疑，陳、廖二跋皆考之未審也。是年參知祇錢良臣一人。二公者，或指良臣與樞密王淮歟？《年譜》：八年八月改除提舉兩浙常平茶鹽，十二月視事，正月巡歷紹興、婺州、衢州，奏劾金華上戶朱熙績不伏賑糶，有狀載文集。劄中豪民即指熙績。淮亦金華人，故有“丞相于里社間”之語。後劄爲上王淮固矣。惟事在九年正月，

陳跋以爲八年者，亦誤耳。劉堯夫字淳叟，江西金溪人，淳熙二年
進士，除國子正，遷太常博士，官至隆興府通判，著有《井蓼齋集》。
見《江西通志》及《吳文正集》。淳叟師事陸象山兄弟，楊誠齋嘗薦
于王淮，與文公同在六十人之列，後叛象山而逃于佛，朱、陸文集、
語録中屢及之。蓋文公素與之善，故以關白託之，時淳叟未遷常
博，故云國正也。陳敬宗字光世，正統八年年六十七；廖莊字安止，
景泰二年年四十八；李東陽字賓之，成化乙巳年三十九；吳寬字原
博，成化甲辰年五十。《明史》皆有傳，茲不贅。

張文靖與路允迪劄跋

　　張守字子固，又字全貞，毗陵晉陵人，官至參知政事，諡文靖，
《宋史》有傳。路允迪名公弼，以字行，宋城人。建炎二年簽書樞
密院事，爲言者論罷，提舉洞霄宮。三年五月起爲兩淮制置使，七
月落職，提舉江州太平觀。四年七月乙丑，是月辛丑朔，乙丑實廿五日復
端明殿學士。紹興十年以南京留守陷金，七日不食死，見《宰輔編
年》及《繫年要録》。宋制無以白衣領宮觀者，同時張澂亦以宰執
責授秘書少監，想允迪落職亦有秘監之授，故曰"提宮秘監"也。
兀尤于建炎四年渡江，將自運河引舟北歸，趙立、薛慶扼其衝，遂于
六合築台而北，見《宋史》帝紀及忠義傳，故曰"江北殘虜，扶携北
歸，舍舟遵陸"也。趙立以漣水軍鎮撫使兼知楚州，薛慶以天長軍
鎮撫使兼知高郵州，劉位以滁濠鎮撫使屯泗州之招信縣，其子綱以
閤門舍人知泗州，故曰"郵楚之趙、薛泗之劉"也。趙、薛、劉之授
鎮撫使皆在建炎四年五月，至八月而薛慶殉于揚州，九月而趙立殉
于楚州，劉位于六月克滁州，八日而爲張文孝所害，子綱代領其衆。
趙、薛，《宋史》有傳，餘詳《繫年要録》。金人之北也，慶劫之六合，
立破之于楚州，故曰"雖無大捷，隨力取勝"也。建炎三年七月兀

尤尚未北歸,五年七月趙、薛皆已死,劄題"七月廿五",則建炎四年七月廿五日也。文靖方以是年五月參大政,允迪尚領宮祠,想來書有求知州之意,故答以"明已有人"云云也。是日允迪即復端明,文靖身在政府,不便明告,故以"以俟光寵"四字爲隱語耳。"三帥",當指張浚、張俊、韓世忠。"趣劉"當指趣劉光世督淮南兵救楚州事。時呂頤浩新免,"呂病未差",當指頤浩。范宗尹獨爲僕射,"丞相"當指宗尹。梁汝嘉時爲常州通判,至紹興二年始遷運副,見本傳及《臨安志》。知婺州傅子駿名崧卿,山陰人,《宋史》有傳。知溫州趙億、知衢州章思永,皆見《浙江通志》。知嚴州范世延,見宋刊《嚴州圖經》。趙子砥知台州,見《宋史》本傳及《嘉定赤城志》,而《浙江通志》失載。莊安常知處州,見仲并《浮山集》"莊公行狀",《浙江通志》亦失收。

張文靖與梁仲謨劄跋

案:梁汝嘉,字仲謨,處州麗水人,《宋史》有傳。紹興二年,除直龍圖閣,知杭州,以稱職進徽猷閣待制,試戶部侍郎。五年,進顯謨閣直學士,三月兼兩浙西路安撫使。六年八月五日,除戶部侍郎。見潛説友《臨安志》及本傳。文靖于紹興二年九月知福州,五年八月召赴行在,見梁克家《三山志》。仲謨之兼安撫,在五年三月,文靖之赴召,在五年八月,劄題九月七日,則紹興五年之九月七日也。文靖之由福州除提舉萬壽宮兼侍讀也,有辭免兩劄,故云"再上一章未報"也。辭免第二劄有"臣今迤邐至衢州,聽候指揮"語,由衢州而朱池,由朱池而桐廬,皆福州至杭必由之路也。改除詔旨,據辭免劄於五年七月二十四日奉到,則交替起發當在八月,故《三山志》云"八月召赴行在"也。八月晦至衢,九月七日至桐廬,時地正合。

張文靖與仲仁郎中劄跋

　　文靖兩知紹興，初任在紹興二年二月，再任在紹興十年八月，見《宋史》本傳及《嘉泰會稽志》。其再知也，由知洪州移，《毘陵集·再辭免知紹興府劄》云"二十日起發，迤邐至浙東"，《乞赴闕奏事劄》云"已自衢婺州前去"，與劄中"昨已次婺"語合。《乞奏事劄》又云"乞許臣到任後赴闕奏事"，與"似聞已許奏事"語合。時朝廷遣三使括諸路財，韓球在會稽領五十餘萬，文靖入覲，爲上言之，見本傳，與"帑藏一空"語合。《辭免知紹興劄》云"衰疾纏綿，春夏增劇，股肱之郡，益非所堪"，與"病瘁不堪郡寄"語合。《到任謝表》云"扶衰就道，觸熱之官"，與"携帑觸熱"語合。劄中有"數日可到官下"語，劄尾題"十四日"，而不著何月，證以《會稽志》"紹興十年八月任"及《謝表》"二十四日到任"語，則此劄爲紹興十年八月十四日無疑也。李燾字仁甫，紹興八年進士，《宋史》有傳，一字仲仁，見《楊誠齋集》"謝諤墓碑"，疑即其人。

張文靖與王巖起劄跋

　　王傅字巖起，山東蓬萊人，所居曰樂齋，嘗寓江西之上饒。紹興五年官左儒林郎、福州路安撫使幹辦公事。文靖薦狀稱其"學問不苟，識趣亦高"。五月召對，除宣德郎，尋降知無錫縣。二十六年以張滙薦通判臨安府。廿六年八月爲朝請郎、廣南提舉，旋遷右朝請大夫，提舉江西茶鹽。二十九年十月乞祠主管台州崇道觀。三十年以王淮薦知建州，明年改知太平州。見《繫年要錄》、《江西通志》。呂本仁《東萊集》、《毘陵集》曰"計議"者，巖起必嘗任樞密院計議官耳。文靖不以書名，惟陶南邨《書史》稱其"字畫圓熟流美，世不多見"。四劄導源南宮，誠如陶氏之評。曾爲長洲謝滄湄淞洲所藏，有"青笠綠簑齋藏"六字朱文長印。滄湄精于賞鑒，世廟嘗出內府所藏，命之鑒別，一一不爽。見《國朝詩別裁》。今參考群書，語多有據，其爲真迹無疑，滄湄精鑒，良不誣也。

跋宋拓紹興米帖殘本

宋高宗裒集米元章墨迹刻爲十卷，劇迹皆萃焉，見董史《宋書錄》、袁伯長《清容居士集》。其石藏秘閣牌石庫，見陳騤《中興館閣錄》。明時尚存內府，本朝康熙中存一片，王虛舟曾見之。《虛舟題跋》，涿州故大學士馮銓藏有第九卷，卷首篆書標題"米芾篆隸"，第九卷末有"紹興辛酉奉聖旨摹勒上石"兩行。計篆書惟"周王撫萬邦"四十行，漆書竹簡八行，"猗猗嗟皎皎"五行，"天地玄黃"十一行，"芾皇恐得手示爲慰"十一行，"王兄收可大用"八行，"讎皇佳劀"十二行；篆至籀乃至作七行；隸書"智慧清淨經"十五行，正大譯"金剛般若經序"二十四行，漢札有"三發筆者"九行，"隸須師宜官"四行，"王荆公信筆若無意"七行，"法雲佛國禪師"八行，"侍下沖茂"六行，"太易英俊"十三行。陸謹庭藏有第二卷，卷首篆書標題曰"米芾行書"。第二卷末與卷九同。計"芾頓首再拜大尹尚書龍圖鈞席"八行，"芾頓首再拜子方司勛尊兄閣下"十三行，"芾依赦繼絕應敕律赦令"十七行，"芾頓首再拜知府內閣侍郎台座"十一行，"芾頓首再啓吾丈久鬱經綸"八行，"芾頓首再拜知府資政右丞鈞席"十四行，"良款而行伇相仍"十四行，"芾頓首同官作姻"七行，"芾啓久違每深景仰"十四行，"芾頓首適承尊誨"十二行，"芾頓首再拜內閣侍郎台座"三十行，"芾頓首雨應想佳快"五行，"芾啓昨日少款英論"六行。姜紹書藏有第三卷，皆擘窠書，見《韻石齋筆談》。何義門藏有二卷，皆臨二王草書，見楊大瓢《偶筆》。趙晉齋《法帖彙目》載一卷，凡十九札，皆行書。米帖全本固不可見,殘本亦如星鳳,其可考見者六卷:篆隸一卷,擘窠書一卷,臨二王二卷,行書二卷,四卷不可考。此六刕爲莫雲卿舊藏,與越州石氏帖顔、白、柳諸跡同裝。凡"臨謝太傅八月十五帖"八行、"太宗跋謝公真跡山林妙寄"六行,"芾頓首再拜前日辱甲兄國士之遇"十行,"芾頓首蒙教惠茶"十二行,"芾頓首邂逅得相從"十行,"芾頓首再拜迺故人過壘"十二行,又出馮、姜、趙、何、陸諸本之外,惜前後皆缺,未能定爲何卷耳。

儀顧堂題跋卷十五

趙文敏秋郊飲馬圖跋

右《秋郊飲馬圖》，右角上題"秋郊飲馬圖"，"秋"字上蓋"趙"字朱文方印，右角下有"大雅"二字朱文長印，惜經割截，衹存"大"字。左角上題"皇慶二年十一月子昂"，下用"趙氏子昂"朱文方印，左角下有"柯九思"陽文墨印。以工部營造尺度之，高八寸五分，長二尺一寸五分，絹本，重設色。秋林疏樹，野水長堤。一朱衣奚官，持竿驅馬就飲。馬凡十，立水者一，踏沙者三，在陸者三，一爲奚官所乘，隔岸馳逐者二。工緻之中，天然秀逸，無一毫俗氣。此文敏所以不可及也。汪砢玉《珊瑚網》、卞令之《書畫彙考》皆著于録。生平所見文敏書，如徐壽蘅侍郎之《與中峰十劄》、景劍泉閣學之《妙法蓮花經》、秦淡如都轉之《臨右軍四帖》、費峐懷庶常之《千字文》、《酒德頌》及余之《洛神賦》、稼説《與袁伯長劄》，皆無上妙品。畫則所見皆僞，真迹僅此一卷耳。

趙文敏詩翰跋

右趙文敏《和任叔實韻寄衛山甫並簡瞻載》五律二首，白麻箋本，有湯雨生、錢警石、姚伯昂等七人題。愚案：任士林字叔實，家奉化松林鄉，人稱松鄉先生。其先蜀綿竹人，宋少師希夷之後。八世祖始居奉化，再徙崎山。趙子昂、鄧善之、袁伯長咸推其文。大德間携家華亭,與衛山齋善,有訪山齋詩。至大初舉爲安定書院山長,明年卒。衛謙字有山,一字山甫,號山齋,宋進士,調丞,永嘉元授漳州龍溪尹辭,升溫州路治中復辭,建義莊,贍宗族及鄉里之貧者,建義學,教願學而無師者。鄧善之、趙松雪皆與爲文字交,名人韻士游其門者無虛日。著有《讀易管見》三十卷。見顧清《松江府志》。叔實之赴華亭,《志》稱在大德間,時子昂爲浙江儒學提舉,由奉化至松江不必取道湖州,故曰"枉道過訪"。《志》稱叔實與山齋善,今以詩證之,則叔實之携家華亭,山齋實招之也。《松江府志》"郡守表",大德、至大間有賈汝舟,詩中所稱賈太守當即其人,詹載疑即其字。考之志乘,事迹無一不合,其爲真迹無疑。貞愍雅士,瞥石通人,鑒定不謬也。

跋趙書小楷靈寶度人經大梵莊詠儀式

趙文敏小楷《靈寶度人經》《大梵莊詠儀式》合裝一卷,爲吳氏兩罍軒所藏。《靈寶經》題"皇慶元年春正月既望三教弟子趙孟頫載書",後題"誥封開府儀同三司上清真人大法司今年九十有四,嗣君欽承光寵,守慈儉之教,演道德之源,命書是經爲壽。其副藏之天目山中峰精舍水陸道場,展誦集福"。《莊詠儀式》題曰"中峰本師于天目道場會校諸經,命書此供閱,翰林學士承旨知制誥同修國史吳興趙孟頫識",末有"管公樓孝思道院儒釋道三教真經"朱文長印。《靈寶經》之首有"松雪齋"朱文長印、"天水郡圖書"朱文長印,"子昂識"下有"趙氏子昂"朱文方印。愚案:二篇非同時所書,《靈寶經》題"皇慶元年",時子昂五十九歲,官翰林侍講學士,延祐三年進翰林學士承旨。元制,侍講讀曰同修國史,承旨則曰兼修國史。既題"承旨",仍曰"同修",不可解也。"同"字豈誤筆耶?"儀同"不著姓名,當爲張留孫之父九德。留孫于世祖時封

元教宗師，後加大宗師，武宗時封大真人，三代皆一品。九德本貴
溪士族，以留孫故起家，至江東宣慰同知，受一品封，見《留孫碑》。
惟元制，道教封號有法師、宗師、大宗師、真人、大真人之稱，無以
"師"爲"司"者。"司"字豈筆誤耶？或謂道陵嫡裔皆封大真人，
安見儀同三司非張與材？愚謂，與材于成宗時嗣封，武宗時授金紫
光祿大夫，封留國公，卒延祐三年，見《江西通志》及《元詩選》，無
所謂儀同三司也。是年，留孫年六十五，其父九十四，固宜，則儀同
爲九德無疑也。是時君昏世濁，奉釋道如神，甚至搜訪賢材而委之
道士，致天下貪榮之士，趨之若鶩。子昂非下愚，何至自稱三教弟
子？噫，亦趨時而已。中峰名明本，姓孫氏，子昂夫婦所皈依，故曰
本師。管仲姬之父名伸，字直夫，倜儻尚義，鄉里稱之，曰管公無丈
夫子。子昂于皇慶元年夏五月，因仲姬之請，即管氏廬，創樓三間
以祀之，並其配，因使道士掌之，扁曰孝思道院。見《松雪齋集》
"管公樓孝思道院記"。即今金婆寺故址，與子昂故宅鷗波亭相
望。二書本天目中峰精舍中物，後歸管公樓，否則樓創于夏五月而
經書于春正月，又適足增疑竇耳。子昂寫佛道經，散之名山甚衆，
見楊載所撰行狀。孝思道院爲子昂自創，所施寫經必多，惜今不可
見矣。或謂字畫潦草，結構蕩然，子昂斷不至此，當是子女代筆，愚
不敢臆斷。許信臣中丞謂"擺脫閑架，獨抒機杼"，愚尤不敢附和
也。《清容集》四十六卷有《題子昂書靈寶經》，稱其"着紙如飛，
歐、褚而下不足論"，乃至治二年四月所書，與此不同，蓋子昂所書
《靈寶經》非一本矣。

趙子昂行楷洛神賦跋

趙文敏《洛神賦》，末題曰"子昂爲清夫書"，有"趙氏子昂"朱
文方印，紙本，行楷。書紙三接，騎縫及起首有"趙氏子昂之印"，

後有牟巘題,有"獻之"二字朱文方印。清夫不知何人,元有崑山顧信字善夫,號樂善處士,子昂門生也,泰定中刻文敏書數十種,趙寒山、孫雪居目爲樂善堂帖。清夫或即善夫兄弟行歟? 牟巘字獻之,號陵陽。父子才,《宋史》有傳,由四川遷湖州。巘理宗時官大理司直,宋亡不仕,著有《陵陽先生集》,卒于至大辛亥,與子昂時代相接。至元己亥,子昂年四十六,力請歸,改浙江儒學提舉。此書之作,當在其時,故有陵陽題語。卷中有"寄傲"二字朱文腰圓印、"檇李項氏傳家寶玩"八字繆篆朱文長印、"項墨林秘笈之印"朱文長印二、"項元汴"朱文方印、"項子京家珍藏"朱文長印、"子京所藏"白文方印二、"項墨林秘玩"朱文方印二、"延吉"二字朱文長印、"王氏子貞"朱文方印、"文石山人"白文方印、"朱氏象玄"白文方印、"儀周鑒賞"白文方印。案:自"寄傲"至"墨林秘玩",皆項墨林印也。王延吉字子貞,蘇州人,王文恪公鏊之長子,中歲市鼎彝圖書,充牣于家,官至大理寺副,見《陸子餘集》。朱大韶字象玄,號文石,松江華亭人,嘉靖二十六年進士,官至國子監司業。家有快閣,富于收藏,見《松江府志》。儀周者,安麓村也,康熙時人,著有《墨緣彙觀》。蓋是卷先爲王子貞所藏,後歸朱文石,又歸天籟閣,入國朝爲安麓村所得。余以董香光《盤谷圖序》書畫合璧卷易之富樂賀太守,太守得之那文毅後人者。康熙中,梁真定相國刻入《秋碧堂帖》,後有跋云"《古詩》十九首,三百篇之變而不失其正者;曹子建諸賦,騷辭之變而不失其正者;子昂書,二王之變而不失其正者。有此三美,清夫其寶之。西秦張模、張焴,會稽戴錫,嘉興顧文琛同觀于學古齋。"據此,則原本當與《古詩》十九首合裝,真定上石時已失《古詩》,不知何時又並張跋失之耳。

跋趙文敏致袁文清書

右元延祐七年庚申八月廿一日趙文敏致袁文清書也。文清名桷，字伯長，自號清容居士。大德五年以薦入翰林，延祐六年將俟代南歸，夏五月由集賢待制超擢直學士，遂不果。七年乃引疾還，旋遣使復召，至治元年三月到京，二年三月改翰林直學士。見《清容集》己未、辛酉、壬戌諸祝文及蘇滋溪所撰墓誌。文敏于延祐六年謁告，四月廿五日出都，五月十日行抵臨清，管夫人卒于舟次，與仲穆護喪還吳興，見《松雪集》"管夫人墓誌"。文清之歸四明也，文敏已里居，故曰"今春聞兄長來歸，喜而不寐"也。文清辛酉《祭祖禰文》有"舊歲南歸，將一意誓墓"語，想致子昂札中亦有此語，故曰"誓墓得無太早"也。文敏生于宋寶祐二年甲寅，時年六十七歲，文清生于宋咸淳二年丙寅，時年五十五歲，故云"孟頫衰老無堪，兄長才力強健"也。文敏三子：長亮，早卒，次雍，次奕。管夫人于至元二十六年己丑歲來歸，見《孝思道院記》，下距延祐庚申三十一年，雍、奕非長子，計此時均不及三十歲，其子婦青年可知，故云"兩兒媳皆不曾成就"也。書法遒秀，得《蘭亭》、《聖教》神髓。前明曾藏項墨林處，有"子孫永寶"、"西楚王孫"、"神游心賞"、"寄傲"四印，不知何時落于儈父之手，與鮮于伯機偽迹同裝。余一見叫絕，證以清容、文敏事迹，無一不合，其爲真迹無疑。文敏書刻入類帖甚多，往往真僞參半，雖精如《三希堂帖》不免。見第十八卷彭元瑞跋。此札爲晚年妙迹，自元至今，未見著錄，世無真識，棄周鼎而寶康瓠，于人且然，文字乎何尤？潛園得此之日，正五百六十六年前文敏作書之日，文敏故居與潛園毗鄰，暑退涼生，殘荷滿池，明窗展讀，想見蓮花莊上揮毫伸紙時也。

趙文敏致袁文清書跋二

管仲姬歸文敏，時年二十九歲，文敏三十六歲，即令當年生子，先有亮而後有雍，仲穆之生，總在甲寅以後。吳氏《續疑年錄》作生于至元己丑，則仲姬于歸之歲連生二子，有是理乎？原注《松雪齋集》有“大德甲辰雍年十六”語，今檢元刻《松雪齋集》無此文也。袁清容于咸淳二年夏生于臨安，是歲大熱，茵席器案如執焦，生七日而母夫人以暴泄卒，見自撰《先夫人行述》，與《滋溪集》文清墓誌“泰定四年疾，終年六十二”合。錢氏《疑年錄》作生于丁卯，亦誤也。因並識于此。

元敕賜開府儀同三司上卿輔成贊化保運元教
太宗師志道宏教沖元仁靖大真人張公碑跋

右《張留孫碑》，至治壬戌趙文敏奉敕撰，並書丹篆額。案文敏行狀，卒于是年六月辛巳。據碑，留孫卒于至治元年十二月壬子，明年三月弟子七十五人歸其喪于故山。仁宗乃命吳全節嗣封予告治喪，命子昂著文。是碑之作，當在至治二年四、五月間，去子昂之卒僅一月餘耳。《松雪齋集》及《松雪外集》，文之爲僧道作者甚多，獨不收《留孫碑》，恐文與字皆仲穆代筆，故字與《湖州府治碑》絕類，不然煌煌大篇，刻集時反遺之耶？行狀稱至治壬戌春遣使傳旨，俾書《孝經》，而未及奉敕撰碑事，豈以其方外而諱之歟？恐亦未必然也。天曆二年五月立石，去子昂之卒七年矣。

跋鮮于伯機十詩五札

右鮮于伯機支離叟序及詩十章，《致悅齋知府札》一、《澄虛真人札》三、《巡檢侄札》一，有王夢樓、潘榕皋兩跋。案：伯機名樞，薊州漁陽人，元初滅宋，選爲浙江宣慰司經歷，改行省都事，後遷太常典簿，寓居杭州之 斤橋〔橋名缺左半，疑系斷橋〕，所居曰困學齋，自號困學民，又取《莊子》語，號直寄老人。大德壬寅卒，年五十七。見《剡源集·困學齋記》，《九靈山房集·跋鮮于伯機安公壽詞》，陶宗儀《輟耕錄》，《松雪集》"哀鮮于伯機"、"寄鮮于伯機詩"，陸友《硯北雜誌》支離叟爲所植松，見《遂昌雜錄》溫日觀日至鮮于家，"袖瓜啖其大，龜抱軒前，支離叟或歌或笑"是也。十詩爲《元風雅》、《元音》、《元詩選》所未收，伯機時年五十四，越二十年遂捐館，故子昂之圖無傳，《剡源集》亦無此傳。惟序稱"大德己亥得松于陳氏廢園，明年枝葉盛茂"，則松得于大德三年，詩當作于大德四年，而序末仍題"己亥"，必有筆誤。曹志堅，洞霄宮道士，札授澄虛明教守正真人，至元己卯充洞霄宮副職兼杭州路道教提點終任，見《洞霄圖志》。則與澄虛三札皆在至元廿六年以前書也。悅齋知府俟考。伯機書法與子昂齊名，今觀諸札，幾欲駕而上之，宜子昂推服不置也。

元焦粲雪篷圖跋

《雪篷圖》，紙本，高八寸六分，長四尺四寸八分，題曰"至正辛丑冬日焦粲作"，有"焦粲"二字白文方印，後有淮海馬振《雪篷詩後序》及溪鹵許銅、丹邱吳儁、高平范立、婁城郏節、雪莊張樸、始豐山人余銓、朱吉、長沙蕭規、畊樂子朱煥、東吳張節、東皋妙聲、伯齡、龜巢翁謝應芳、陸端卡十五家題。馬振之印曰"伏波世家"、曰"馬印公振"、曰"游戲翰墨"，許銅之印曰"樂在其中"，吳儁之印曰"廷彥"，余銓之印曰"桐江釣者"、曰"余銓之印"、曰"余氏士平"、曰"始豐山人"，耕樂子之印曰"聽雨篷"、曰"樂琴書以消憂"。案：馬麟字公振，太倉人，元季避兵于松江城南，園池亭榭，

幽閑自娛，屏絕世慮，日誦經史，楊廉夫深器重之。長于歌詩，有
《醉漁草堂二集》，見顧清《松江府志》卷三十一。吳儁，丹邱人，
《元詩選》錄其三詩，其字廷彥，則賴此以考見耳。范立字叔中，一
字中立，錢塘人，號玉崖生，又號玉崖樵者，洪武九年有盧兗州挽
詩，《元詩選》錄其詩七首。余銓，安吉人，洪武十六年以耆儒徵，
年逾七十，上喜賜坐，命爲文華殿大學士，翌日賜敕放還，見《湖州
府志》。其字士平，則《湖志》所未著也。朱吉，崑山人，字季寧，澤
民先生子也。洪武中以薦授戶科給事中，首疏請寬胡藍黨禁，以安
反側。後以善書改中書舍人，出爲湖廣僉事，有文學，著有《三畏
齋稿》，見《萬姓統譜》。張節，上海人，明初官禮科給事中，見顧清
《松江府志》。妙聲字九皋，吳縣人，元末居景德寺，後居常熟慧日
寺，又主平江北禪寺，洪武三年與釋萬金同被召，莅天下釋教，著有
《東皋錄》。徐伯齡字延之，錢唐人，博學強記，曉洞音律，尤工樂
府，嘗雜集瓷甌數十枚，考其音之中度者奏曲一章，茶頃而罷，著有
《蟫精雋》，見《萬曆杭州府志》。謝應芳，字子蘭，毘陵人，兵亂南
遷，居吳之葑門，轉婁江，渡吳淞，寓篠徑，年逾八十，歸老其鄉之橫
山。平生博延好古，在鄉常復鄒忠公祠，寓吳，又請復顧元公祠墓，
著有《思賢錄》、《辨惑篇》、《龜巢稿》，見《松江》顧志。邾節、許
銅、朱煥、陸端朱、張朴、蕭規俟考。圖有"退密"二字朱文長印、
"子京父印"四字朱文方印、"畢瀧鑒賞"四字朱文方印，跋有"項墨
林甫秘笈之印"朱文長印、"子京父"朱文方印、"竹癡"二字朱文長
印、"畢澗飛藏"朱文方印。此蓋前明時經項墨林元汴收藏，乾隆
中歸于太倉畢澗飛瀧. 余于無錫秦澹如都轉家得之。

倪雲林水竹居圖跋

　　雲林《水竹居圖》，紙本，水墨山水，爲吳郡曹仲和所作也。前

有沈雄仲篆書“水竹居”三字，後有俞焯記，張緯、王令顯、孔思構、金玫、高恒吉、顔肅、朱炳、姚瑕、徐衡、周凱、金貢、陸忠賢、俞貞木、張翼、釋宗戒詩，莫震跋。案：仲和名謹，又字勉之，官訓導，元季居平望鎮。俞焯字元明，號午翁，崑山人，泰定四年進士，官仙居縣丞。張緯字德機，父監，字天民，自金壇移居宜興。弟經，字德常。兄弟自相師友，文風藹然，高士嘗爲緯作《荆南精舍圖》，爲德常作《良常草堂圖》。王令顯字光大，宜興人，故宋將家子，博學嗜古，《清閟閣集》題贈甚多，常延張天民于家，爲之買田築室，見《遂昌雜録》。孔思構字基道，號肯堂，先聖五十四代孫，見《元詩選》。周凱，字子諒，晚以字行，廬陵人，自號滄州灌夫，有文名，洪武二年八月詔修《禮書》，見《明史・徐一夔傳》。張翼字翔南，先世睦人，徙居秀水，至正乙巳舉于鄉，明初徵入禮局，事竣賜白金歸。翼博學强記，屬文敏捷，好爲奇澀語而切于理，書宗晉人，見《秀水志》、《檇李詩繫》。俞貞木初名楨，以字行，更字有立，號立庵，吴縣人，洪武初授樂昌知縣，改都昌令，《蘇州府志》有傳。金貢字頴伯，晚以字行，秀水人，邃于經學，工書能詩，見《檇李詩繫》。徐衡字彦衡，嘉興人，以文學稱，《荆南倡和集》有詩。陸宗賢字承之，嘉興人，嘗與吴中陳子微相倡和，見《寧極齋稿》。沈洪字雄仲，號東隱，吴中富民萬三之後，工篆隸行草。高恒吉，初名恒，以字行，吴郡人。顔肅字子邕，兖人。釋宗戒，吴之廣福寺僧。朱炳、姚瑕皆古鄣人。金玫字德進，號劬生，嘉定人，元季官長洲縣學訓導，洪武初擢國子助教。是卷明天順初尚爲仲和孫顒若所藏，至嘉靖中乃爲雲間何元朗所得，有“青森閣書畫記”朱文長印。乾隆中歸于太倉陸潤之，有“陸潤之藏”朱文方印。後歸于陳良齋、司馬德大，旋爲沈旭庭布衣易得，余則得之旭庭者也。《佩文齋書畫譜》、《六研齋三筆》、《吴越所見詩畫録》、王文恪《姑蘇志》、《蘇州府雅志》

《石志》皆著于録，惟雅、石二《志》所載，雖衹詩七家，而王雨、曹
說、陳述三詩爲此卷所無，殆屢經兵燹，有所缺佚歟？

唐子華山水卷跋

　　《唐子華山水卷》，紙本，爲邵孜作，款題“至正九年”，後有雷
杭七絕、余鏞篆書七古、楷書釋文□亶七古。子華之印曰“唐氏子
華”、曰“心領神會”，皆朱文。余鏞之印曰“尚友齋”、曰“余鏞”，
皆白文。雷杭之印曰“雷氏彥舟”，朱文。案：子華名棣，吳興人，
性善悟，章句造次可誦，其餘力習繪畫，舉筆有師法。趙文敏一見
奇之。仁宗詔繪嘉熙殿御屏，揮灑立就。天子稱賞，詔直集賢院，
聲聞大震。出爲嘉興路照磨，除休寧縣尹。先是，豪民好爲幷兼，
貧民至空產賦，往往逋亡。棣釐其弊，具爲科條，擇任廉吏，宿弊一
清，流逋歸復，山民老人擁馬撲謝。居五年，政平化行，獄訟止息，
課爲江東最。以老去官，民涕泣，塑像祀之。進奉議大夫，吳江知
州致仕。見《吳興藝文補》張羽所撰《唐子華墓碣》。雷杭字彥舟，
福建建安人，與兄機、栱以《易》鳴于時，嘗著《周易注解》行于世，
時稱《雷氏易》。浙江鄉試第一人，後官儒學提舉，遷潮陽縣尹，以
死事贈奉訓大夫、奉化州知州，見《萬姓統譜》。邵孜字思善，休寧
人。梅竹、山水，得唐棣之妙，聰敏能文，見《休寧縣志》。子華爲
吾鄉先哲，《元史》不爲立傳，其事迹遂不甚顯。張靜居所撰墓誌，
僅存於《吳興藝文補》，世鮮知者。此卷子華自題，“官休寧五載”
及“致仕歸吳興”等語，證以墓誌，事皆吻合，而畫之逸秀渾厚，非
明以後所能。三家題詩又與子華、思善生平皆合，非等敷泛浮辭，
其爲真蹟無疑。子華畫傳世絕少，誠梓鄉之墨寶也。向爲秦澹如
都轉所藏，宗湘文太守介紹歸穰梨館。

跋潘元諒摹刻淳化閣帖

右《淳化閣帖》十卷。卷一"漢章帝書"下摹刻賈似道"悅生"胡盧陽文方印，卷十末"耳"字下摹刻似道"封"字陽文印，後又摹"齊周密印章"五字陽文印。此明人重摹宋拓並摹藏印，非宋刻之證也。卷一、卷十有翁覃溪硃筆題字，未能定爲何刻。愚參考群書，定爲明潘元諒刻本，請列二證以明之：顧汝和撰《法帖釋文考異》，備列華叔陽文、文水潘元諒及所藏宋拓四本錠紋補痕，與泉州本缺文同異，帖內錠紋補痕與所稱潘本悉合，其證一也；王箬林《閣帖考正》引《珊瑚網》，潘、顧二本皆以賈似道所藏重摹，而潘本瘦顧本肥，今帖模刻似道兩印，其證二也。潘氏所刻銀錠紋補痕，必鈎勒其形，後人以墨填之，遂在若隱若顯之間耳。明人重摹《閣帖》，以肅府、潘元諒、顧從義爲最善，潘本、顧本亡于明季，肅府雖存，殘缺已甚。此雖明刻，當作宋拓觀可也。先爲川沙沈韻初同年所藏，有"韻初鑒藏"各印，今歸李菘耘戶部，因題其後。

溫圓嶠家書跋

右明大學士烏程溫圓嶠體仁家書六通，南潯周君芸齋之所收也。四致其弟仲容，一致其弟一官，其一亦致其弟。劄首斷爛，其名已缺。圓嶠相思宗最久，當國勢阽危之日，不能有所匡濟，惟務逢君固位，嫉賢忌能，律以"以道事君，不可則止"之義，列之奸臣，百喙何辭？惟圓嶠操守尚嚴，持躬尚謹，既不若嚴嵩之招權納賄，亦不若馮銓、魏藻德之媚璫無恥，即崇禎五十餘相中勝于圓嶠者，惟文竺塢、范吳橋、孫高陽數公，餘皆仲伯之間。圓嶠獨被惡名，殆有幸不幸耶？六劄一言買蓮花莊事，一以宣德銅鑪贈弟，一爲其叔作墓誌，一言水賊，一言時事，一得庶常後勉勵其弟，並無齷齪不可見人之言。宜乎,芸齋之清悶不忍棄置也。吾鄉風俗鄙陋,士不尚志,惡直醜正,習爲當然。圓嶠囿于鄉俗,不能自拔,豈知誅心論定,終爲下流之歸,可不懼哉？我願後之學者,出處進退,必權乎道,勿以玉碎爲戚,勿以瓦全爲榮,則烏程百世之恥,庶乎其可雪也。時光緒乙酉冬十月跋。

吳北海遺劄跋

吳北海三劄,南潯周君芸齋之所藏也。案:北海名夢暘,字允兆,歸安人,明季布衣,高節尚義,有經世之略。嘗挾策走燕、趙,不得志歸,而以詩自娛。新安閔景賢輯《明布衣詩》,推爲中興之冠。嘗與程孟陽集汪景純家聽歌,限韵爲數絕句,互相激賞。著有《射堂詩鈔》、《北海集》。北海不以書名。今觀三劄,筆筆皆導源閣帖,詞既高華,語尤曠達,有晉人風旨,洵可貴也。時光緒乙酉冬十月識于雙樅廡。

陳老蓮祖師待詔圖跋

右《祖師待詔圖》,款題"庚辰春仲客燕京,臨丁南羽《祖師待詔圖》"。"老蓮洪綬",下有"綬"字朱文方印、"章侯"二字白文方印,絹本,白描。案:孟遠《老蓮傳》云:累試不第,挾策入國學,試輒高等,一時公卿識面爲榮,然所重者,書畫耳。洪綬慨然賦歸。甲申之難作,棲遲吳越。周櫟園《讀畫錄》云,"家大人官暨陽時得交章侯,以筆墨定交。辛巳余謁選,再見于都門",又云"崇禎間召入爲舍人",則庚申、辛巳之交,老蓮固在京師也。題云"客燕京",與老蓮事迹合,其爲真迹無疑。老蓮喜畫圖像,嘗畫《楚辭像》刻于山陰,又畫《水滸牌》行世,又臨歷代帝王像,晚年又畫《博古牌》,皆爲世所重。祖師待詔亦道家不經之談,《楚辭》、《水滸》之流也。老蓮卒于順治九年壬辰，年五十四，則此卷乃四十四歲作也。

儀顧堂題跋卷十六

唐獻陵造像碑跋

碑爲守陵中郎將齊士員立，額題“太武皇帝穆皇后供養石像之碑”，文字完好，先序後銘。銘後書“右監門中郎將右勳衛郎將檢校左右領府郎將長樂宮大監定州刺史上柱國延陵縣開國子齊士員”，備載曾祖父妻息官諱。又曰“開皇之歲，宿衛宮闈”，則士員舊事隋氏者也。義旗之始，授正議大夫，左一軍領。又云“大武皇帝升遐，奉敕于獻陵供奉，生死不離”云云，後題“貞觀十三年歲次己亥正月乙巳朔一日”。又有“王保府折衝都尉趙伽等及三原縣令檢校陵署令崔醫王”，並二陵宿衛人呂村、任村等宿老姓名。考《唐會要》載，“貞觀十三年正月一日，太宗朝于獻陵，禮畢，入寢宮，閱視先朝服御之物，悲動左右”。《冊府元龜》卷八十，“貞觀十三年正月乙巳誤作己巳，帝朝于獻陵，宿衛陵邑中郎將齊士員及三員令已下，各賜爵一級”，是立碑之己亥正月朔，正太宗朝陵之日，文不及朝陵事，或先已刊成耳。趙伽等無考，惟三原令崔醫王，當時亦賜爵一級者，非此碑則不能舉其姓氏矣。《冊府》廿七又載，貞觀十六年十二月，令左監門中郎將齊士員將兵衛獻陵。帝召士員至，望見而降殿，自悲咽不已，謂從官曰：“頃備新衣珍饌，欲以正旦奉薦園陵，朕若親行，便勞扈從，不欲勞人，乃自抑止。”因命江夏王道宗代行所獻之物，帝並跪授道宗焉。

唐相州鄴縣天城山修定寺碑跋

碑在鄴縣，立于開元三年三月，張佑仁撰文，八分書，結銜書“前太子較書直崇文館兼左衛率府兵曹參軍敦煌張佑仁撰”，“直”字上畫泐似“金”字，“館兼”二字僅存仿佛，“敦”字尚可辨，“煌”字則意索而得之。《唐書》：崇文館校書郎二人，從九品，太子率府，其屬兵曹參軍，從八品下，皆東宮官屬。《安陽金石錄》卷十三著于錄，誤題“前太子較書金崇文兼左衛率府兵曹參軍張伯仁”，分一人而二人，想由拓手不精，考之未審耳。

符載亡妻李氏墓誌銘跋

碑首題“亡妻李氏墓誌銘，孤子符載述”，文有“鄙人褊吝，陰有輔助”云云。又《全唐文》，符載有《祭亡妻李氏文》，則李氏、載之妻也。李氏以貞元十三年卒，權窆於潯陽德化鄉。至元和七年，載丁父艱，歸葬鳳翔，始以夫人祔于先墓。故曰“因得啓發，祔于皇先姑之側”，謂從載母葬也。載志墓時，正居父喪，故題曰“孤子”，蓋祔于舅姑，宜統于所尊耳。弘農楊夫人者，當爲載之後妻。自李之卒，至是凡十六年矣。汪硯山謂，載謂父曰“鄙人”爲悖謬，非也。

唐大理卿崔公故夫人滎陽縣君鄭氏墓誌銘跋

誌，馬懷素撰，崔公不著名。考之，乃崔元暐之弟昇也。《舊唐書》作昪。《元暐傳》，昇，司刑少卿。《世系表》：昇字玄樂，刑部侍郎。子璘，馮翊太守兼采訪使。璘子璉，不著官爵。據碑云，“長子司農丞璘，次子華州參軍璉”，則璘、璉爲兄弟。《世系表》誤下一格，以璉爲璘子也。“夫人曾祖子仁，齊通直郎。祖植，司勳左司郎中、長安令、將作少匠、檢校太常少卿。父行寶，詹府司直、司勳員外郎。"植與行寶，見《郎官石柱題名》，植，司勳郎中；行寶《題名》作行實，司勳員外郎。當以碑爲正。餘所歷之官，皆可補史之闕。史稱"元暐與昇尤友愛，怡怡如也"。元暐之母氏盧，見本傳。碑云"與長姒盧夫人深相友敬"，即元暐妻，蓋與其姑並盧出也。夫人之亡，以長安三年，正昇爲司刑少卿日，其助宗璟劾張昌宗，事在四年。《唐志》光宅元年改大理爲司刑，神龍元年復舊稱，誌作于開元五年，云"夫以義口家室，想琴室而增悽"，則其時昇猶在也。其由少卿躋正，亦當在斯時。《表》稱刑部侍郎，則開元五年後所歷官。

唐金滿州都督賀蘭軍大使沙陀公夫人
金城郡君阿史那氏墓誌跋

碑云，夫人姓阿史那氏，繼往絕可汗步真之曾孫、竭忠事主可汗驃騎大將軍斛瑟羅之孫、十姓可汗右威衛大將軍懷道之長女也。按史《西突厥傳》，貞觀中遣使立阿史那彌射爲可汗，族兄步真謀奪其位，眾不厭去之。步真與族人來朝，拜左屯衛大將軍，後平賀魯，以步真爲繼往絕可汗、濛池都護。乾封中步真死，擢其子步利設斛瑟羅爲右玉鈐衛將軍。武后更號斛瑟羅爲竭忠事主可汗。聖曆二年，舉其部六七萬內遷，死于長安，擢其子懷道爲右武衛大將軍。長安四年，以懷道爲十姓可汗兼濛池都護，與碑悉合。金滿州者，永徽四年即處月置。史稱"龍朔初，授處月酋沙陀金山墨離軍討擊使，長安二年進金滿州都督，累封張掖郡公。金山死，子輔國嗣。先天初，避吐蕃徙部北庭，率其下入朝。開元二年復領金滿州都督，封其母鄯國夫人，後累爵永壽郡王"。是沙陀公者，碑雖不著名，其爲輔國無疑也。夫人卒于開元七年，年二十五，上朔年十

七歸于沙陀氏，正先天初輔國入朝時。夫人爲懷道長女。史又稱
"突厥施別種車鼻施啜蘇祿，開元中來朝，帝以阿史那懷道女爲交
河公主妻之"。是懷道女不止金城郡君矣。後輔國死，子骨咄支
嗣。骨咄支死，子盡忠嗣，即後唐李克用曾祖。惟輔國之爲賀蘭軍
大使，于史無徵。

唐故三十姓可汗貴女賢力毗伽公主
雲中郡夫人阿史那氏墓誌銘跋

碑首書"駙馬都尉故特進兼左衛大將軍雲中郡開國公踏没施
達千阿史德覓覓達千"者，虜世官，阿史德，虜姓。突厥如善可汗
之裔歸唐者，有司賓卿阿史德元珍、右武衛大將軍阿史德多覽、定
襄都督阿史德樞賓，覓覓亦其後。曰"天上得果報男"、曰"聖天"，
皆虜自稱語，據史，則骨咄祿死，子幼不得立，其弟默啜自立爲可
汗。今牽連書骨咄祿默啜可汗不可解，及考《通鑑》，開元二年夏
四月，突厥可汗默啜復遣使求昏，自稱"乾和永清大駙馬天上得果
報天男突厥聖天骨咄祿可汗"，是默啜之稱謂與此碑悉合。曰"家
國喪亂，藩落分崩，委命南奔，歸誠北闕"，史載默啜討九姓拔野
古，拔野古大敗。默啜不爲備，道大林中，殘衆突出，擊斬默啜，傳
首京師，事在開元四年。又默啜死，骨咄祿子闕特勒合故部，攻殺
默啜之子小可汗。又，先是，默啜屢擊葛邏祿等，詔所在都護總管
掎角應援，虜勢浸削。其婿高麗莫離支高文簡與跌都督思太等
合萬餘帳款邊，詔納之河南，引拜文簡左衛大將軍、遼西郡王。然
曰"家婿犯法，身入宮闈"，所指"家婿"當非文簡。予以爲公主入
漢，封雲中郡夫人，覓覓封雲中郡開國公，是犯法者即指覓覓。曰
"故特進"，則知覓覓已先死矣；曰"住天恩載被禮秦晉于家兄"，
"家兄"即三十姓天上得毗伽煞可汗也，"住"當爲"往"字之誤。

按史，默啜死，骨咄祿子闕特勒立其兄默棘連，是爲毗伽可汗。"煞"者，虜典兵之職有左殺、右殺。史稱毗伽，本謂小煞，故曰毗伽煞。史又載，默棘連盡有默啜餘衆，因乞和，請父事天子。許之。又遣使獻方物求婚，乃遣鴻臚卿袁振往諭意。默棘連曰："二蕃皆賜姓而得尚主，且公主亦非帝女，我不敢有所擇，但屢請不得，爲諸國笑。"振許爲請。或朝廷因此許以公主下嫁，如交河公主故事，未可知也。曰"因承叡澤，特許歸親兄右賢王默特勒私第"，"特勒"當作"特勒"。史載，可汗之子弟謂之特勒，然如《契苾明碑》、《柳公權神策軍碑》，皆以"勒"爲"勒"，蓋書者之誤。默特勒者，默啜子也。史載，下詔伐默棘連，以契丹都督李失活及突厥默啜子左賢王墨特勒、左威衛將軍右賢王阿史那毗伽特勒、燕山郡王火拔石失畢等蕃漢凡三十萬，以朔方道大總管王晙統之，事在開元七年。是墨特勒之爲默啜子，史有明徵，特碑稱"右賢王"，史爲"左"之不同耳。公主薨于開元十一年六月，其年十月癸巳朔，以《通鑑目錄》考之，合。男曰懷恩，當爲覓覓子，蓋公主初嫁于阿史德覓覓，覓覓犯法死，公主沒掖廷，後許歸墨特勒私第，將改適毗伽煞，未嫁而薨，故《誌》文題"覓覓"，銜從前夫。黃本驪跋是碑，疑子懷恩即僕固懷恩，固非，若王言《萃編補略》，則滿紙悠謬，更無一是矣。

滎陽縣令王泉移碑記跋

此蓋滎陽縣令盧正道《清德碑》側，考《寶刻叢編》，《清德碑》，神龍三年劉穆之撰，故是碑云"勒書爲碑，舍人劉公作"，後題"貞元十八年二月十日滎陽縣令王泉記"。"元"字殘泐，初疑"貞觀"，反覆審之，以"元"爲近，蓋天寶時盧重華移于道周，而貞元時雨頻壞道，又爲雷仆，故王泉復移于縣門，因刻是記。《全唐文》所收《盧府君碑陰記》即此，闕字甚多，且以"天寶八載十一月十八日縣尉盧重華自廢寺移于道周以全故也"廿六字置于文首。今閱石刻，則此廿六字另作大字書於上方。貞觀時有王泉者，官內侍省給事，有《沙門不拜俗》文，見《宏明集》。與此王泉當別一人。趙搗叔錄作"縣尉盧重華移石記"者誤，謂在裴琳《德政記後》者，疑亦非。

臨淮王李光弼碑跋

　　光弼之母，史以爲"李"，碑以爲"武"，王述庵司寇執碑而議史之誤，非也。考《唐書·契丹傳》：武懿宗、婁師德等爲大總管，擊契丹，大敗之，降別將李楷固、駱務整。久視元年，詔左玉鈐衛大將軍李楷固、右武威衛將軍駱務整討契丹，破之。又《狄仁傑傳》：是時，李楷固、駱務整討契丹，克之，獻俘含樞殿，后大悅。二人者，本李盡忠部將，數挫王師，後降。有司請論如法。仁傑稱其驍勇可任，若貸死，可以責功。至是凱旋，后舉酒屬仁傑，賞其知人，授楷固左玉鈐衛大將軍、燕國公，賜姓武，務整右武威衛將軍。是楷固本姓李，賜姓武，史有明徵。碑中"爲國飛將"一語，亦暗使李廣事，《萃編》及文集皆誤作"大將"。魯公書其賜氏，豈亦以同姓爲嫌耶？然光弼、楷固之先皆以夷族賜國姓，正不必斷斷以吳孟子爲譏。碑凡三千七十餘字，《金石萃編》所收不及半。此本磨泐者才三百字，洵足寶貴，惜爲潢工翦棄者二字。"思明奔北於百里之外"，落"奔"字。"都知河南"云云，落"河"字。其可訂今本《魯公集》之譌者，得二十餘條，具別紙。

臨淮王李光弼碑第二跋

　　此碑足訂《魯公文集》之譌者，如題額"都督河南"云云，碑作

"都知";"山南東道五節度",碑作"山南東五道節度";"保义王室,翼戴三聖",碑作"以翼戴三聖",多"以"字,與上"以左右宣王"文義相應;"公即薊國公之第四子",碑無"國"字,與下"擇薊公配焉"文義同;"社稷威寶",碑作"盛寶";"爲國大將",碑作"飛將";"嘗撫鹿而遊",碑作"撫塵","撫塵而游",語出東方朔《與公孫弘書》;"雖已官達",碑作"宦達";"擒其心腹",碑作"心手"。魯公撰其曾祖《勤禮神道碑》,述杲卿亦有"開土門擒其心手,何千年高邈"之語,又杲卿《神道碑》屬禄山"使其心手高邈往范陽",是"心手"當時習用語。"至德二載",碑作"二年";"秉燭徐行,一夜方達",碑作"乙夜";"一身必以死國家之患",碑無"必"字,"國家"上尚有一字已泐,似"衛"字,言一身以死衛國家之患,文義方足;"其年改元上元冬十一月",碑作"十二月";"肅宗不能違之",碑作"肅宗難違之";"二月拜開府儀同",碑作"三月賜鐵券","賜"下尚有一字已泐,似"公"字;"疾痢增劇",碑作"利疾";"追贈太保十一月"下闕二字,碑作"十二月",闕字似"景戌"二字;"次曰太府少卿太僕卿象",碑于"少卿"下尚有一字,似"兼"字;"王國多難",碑作"主蒙多難","主"上尚有三字,或原空;"思明挫銳于恒之,禄山絕望于江淮",碑作"使思明羅跪挫銳于恒之,禄山側息絕望于江淮";"保河陽而雲梯罔冀",碑作"雲梯四翼";"次曰光顏",碑作"光彥";"皆以將略",碑作"皆有材略";"凌霄翼聖",《集》于"凌"上闕二字,碑當剗斷處,闕與否不可知,玩上下文似無闕,且凌霄地名,非頌聖語,亦不必空格,惟"翼"下"聖"上,碑原空三字;"賀拔行臺與兄雍州",碑作"荆州";"風樹寂寞",碑作"寂寥";"經營朔方",碑作"冀方";"壇山路旁",碑作"檀山"。《魯公文集》,至宋無傳,嘉祐中宋次道摭采金石,編爲十五卷。是碑在宋初必尚完善,次道所見,與今本不應有異,想當時之傳抄,後世之摹版，轉輾承訛，遂致參差耳。

臨淮王李光弼碑第三跋

《唐書·宰相世系表》，柳城李氏有二：一爲光弼，一爲寶臣。述庵司寇跋此碑誤，見其後而遺其前，云"令節、重英、楷洛，皆不在表內"，非也。跋又云"賊將周智"，《傳》作"周摯"，今此碑明著周贄，非周智，皆爲疏舛。至李光進之爲渭北節度，《傳》雖不著，而《回紇傳》云，郭子儀"率麾下叩回紇營"，時李光進、路嗣恭介馬在側，子儀示酋長曰："此渭北節度使某、朔方軍糧使某"。是光進之爲渭北節度，正子儀單騎見虜時也。又《契丹傳》：延和元年，以左羽林大將軍孫佺、左驍衛將軍李楷洛、左威衛將軍周以悌帥兵擊奚。楷洛與奚酋李大酺戰不利，佺懼斂軍，詐大酺曰："我奉詔來撫慰，而楷洛違節度，方戮以徇。"出軍中繒帛與之。大酺謝，請佺還師，舉軍得脫，爭先無部伍。大酺兵躡之，遂大敗。佺、以悌皆爲虜禽，送墨啜害之。朝廷方多故，不暇討云云。亦見《孫處約傳》。此楷洛事蹟見于史者。李肇《國史補》載，德宗常命楊崖州打李楷洛碑，釘壁以玩。又，光弼之兄，《世系表》作"遵宜"，此碑作"遵直"，足以正史之誤。

富義監使扶風公造彌陁殿記跋

右碑十八行，行二十九字，不著書撰人名氏，各家皆未著錄。中有"大蜀"云云，末有"時武下缺戊辰四月辛丑朔"。以《通鑑目錄》考之，戊辰爲唐亡之次歲，前蜀王建始建號武成之元年，其年四月辛丑朔，與碑合。富義屬劍南道瀘州。《五代史》乾寧三年，建遣王宗侃等取渝瀘州，殺瀘州刺史馬敬儒，至此凡十四年。文有"兩紀臨而恩威並布"語，則扶風公者、亦唐臣而降蜀者耶？杜光庭《焰陽洞記》："乾德三年，井監使保義軍使太保馬全章開陵州焰陽洞。"《十國春秋》作馬全義。陵與瀘爲鄰郡，《唐書·食貨志》謂劍南、東川、渝、瀘、資、榮、陵、簡等州有井四百六十。《文獻通考》蜀鹽有富順之井監，西和州之鹽官，長寧之淯井，皆大井也①。則井監使者，當即富義監使，然則扶風公疑即馬全章也。

唐文安郡王張公神道碑銘跋

　　張維岳，兩《唐書》無傳。據碑，始從郭子儀，繼隸李光弼，後事僕固懷恩，蓋河中節度麾下將校。曰"清渠之戰，特拜左衛將軍"，事在至德二載，子儀及安慶緒將安守忠戰事，然清渠實大敗，不知何緣授維岳官。曰"太尉李光弼扼河陽之險，制覃懷之寇"，事在乾元二年十月，則光弼與思明戰事。曰"李國貞繼掌師律，身戕衆潰"，考史，上元二年八月殿中監李國貞爲朔方河中節度使，明年寶應元年建卯月，河中軍殺李國貞。曰"僕固懷恩之授鉞也，公閱視才力，彀之引滿，藝成徹札者凡二千人，署曰平射營"，考《侯仲莊傳》謂，"僕固懷恩以朔方反，仲莊爲都將，訓兵自守，號爲平射，人畏其鋒"，或維岳亦預其事？曰"懷恩之遁，封漢東郡王"，考《子儀傳》，懷恩子瑒屯榆次，爲帳下張維岳所殺，傳首京師，撫其衆歸子儀，而《懷恩傳》則謂斬瑒者爲焦暉白玉，疑焦暉白玉爲偏將，亦統于維岳者。及考溫公《通鑑》，載僕固瑒發祁縣兵，士卒未食，行不能前，至榆次，瑒責其遲，士皆怨。其夕，十將焦暉白玉

---

①　"資、榮、陵"三字原缺，據《新唐書·食貨志》補。"順之井"三字原缺，據《文獻通考》卷十六補。《通考》原文是："蜀有隆州之仙井、邛州之蒲江、榮州之公井、大寧富順之井監、西和州之鹽官、長寧州之淯井，皆大井也。"又，《元和郡縣圖志》卷三十三"劍南道下"有瀘州，瀘州管縣有"富義縣"，"富義鹽井在縣西南五十步，月出鹽三千六百石。劍南鹽井，惟此最大。"

帥衆攻瑒，殺之。懷恩渡河北走，都虞候張維岳在沁州聞懷恩去，乘傳至汾州，撫定其衆，殺焦暉白玉而竊其功，以告郭子儀。子儀使牙官盧諒至汾，維岳賂諒，使實其言。子儀奏維岳殺瑒，後子儀知盧諒之詐，杖殺之。故碑諱其事，亦見邵説之文於是非尚不刺謬也。維岳本無赫赫大功，初則竊人之功以成名，而官至大將軍，封文安王，亦幸矣哉！子益，王府長史；曼，左監門衛率府録事參軍；杲，太子司儀郎；晟，崇文生；曄及母弟有志，皆不著于史。

王美暢夫人長孫氏墓誌銘跋

碑首行題"□□汨卬□□王美暢夫人長孫氏墓誌銘"。美暢，《唐書》無傳，《新表》：烏丸王氏，鄭州刺史思泰子美暢，字通理，司封郎中。薛公《寶刻叢編》引《集古録目·益州都督王美暢碑》，薛稷撰：美暢，太原祁人，官至潤州刺史。女爲睿宗德妃，景雲中追贈都督。至石刻《□峰塔院記》謂"官水部員外主爵郎中，陳、鄂、饒、潤四州刺史"，然則碑首缺字當爲"潤州刺史"無疑。誌作于長安中，時女未爲睿宗妃，故無一語及之。夫人曾祖敞，隨金紫光禄大夫、宗正卿、平原郡開國公。《元和姓纂》：後周絳州刺史兕，生熾、晟、敞、義、莊。敞、宗正少卿、汴州總管，生旡幂，右監門將軍。《唐書·世系表》：敞、平原安男。誌又云：祖義常，唐通議大夫，華容郡公。父朝散大夫、懷州河内令、瀛州司馬。不著名。義常即旡幂，義乂、常幂，形聲之訛，《姓纂》傳寫誤也，當以碑爲正。誌但云子昕等，考之《世系表》，昕居長，司農卿。薛公有弟五人，警、翼、弼、玢、輝，碑皆從略。《長安志》七："汝州刺史王昕宅"，昕，薛王業之舅也。《文獻通考》"王德妃生惠宣太子業"，故昕爲業舅也。

唐龍花寺臨壇大德韋和尚墓誌銘跋

大德姓韋氏，京兆杜陵人。杜陵，漢縣，在萬年縣東十五里。和尚、萬年人也。曰"元和歲戊戌四月庚辰滅化，以七月乙酉遷神于萬年洪固鄉畢原"，戊戌、元和之十三年，其年四月爲甲寅朔，庚辰乃二十六日，七月癸未朔，乙酉乃三日也，皆與《通鑑目録》合。畢原在縣西南二十八里，成王葬周公于畢，是其地。曰"曾王父諱安石"、"大父諱斌"，《唐書》皆有傳，官位均與碑合。曰"烈考諱袞，皇司門郎中、眉州刺史"，《宰相世系表》袞、駕部員外郎，不言其爲郎中與刺史，當以碑爲正。袞子有同懿、同休、同憲，即和尚之諸弟。碑所云"指北原而告之"者，元和戊戌年六十六，上朔天寶十二載，癸巳爲和尚始生之年。曰"年十九得請而剃落"，正大曆六年辛亥，碑所稱"大曆六年制隸龍化寺"，即爲此年事。撰文者爲從父弟、鄉貢進士同翊，《宰相世系表》斌子袞、逢。逢生同翊，字啟之，即其人。

平□□□軍兵造彌勒像設平□齋記跋

此碑摩厓字，左行後有"劍南東川節度左押衙討除榮瀘等州□賊都知兵馬使"云云。李栖元銜名，又有節度判官等王處恭、彭泰、元伯良三人署銜。碑有云"相國摠缺五字集甲兵上將李栖元署都知兵馬使"，考唐會昌五年，杜悰罷相，以尚書左僕射出爲劍南東川節度。此所云相國，杜悰也。又云"將軍有良佐軍淬太原公"，即碑後署名之王處恭也。李栖元等四人皆不見於史。榮、瀘，逼處夷獠。是時有黎宜滿等作亂，栖元討平之，軍士造像以紀功績。撰文者爲鄉貢進士文□，名已泐。獨異武宗于會昌六年三月崩，宣宗立，明年丁卯改元大中。碑書"會昌七載丁卯歲二月十

日”，即大中元年也。□□□□□□□□□□會昌
□□□□□□□□當是時，兩川無事，惊以宰相爲節度，栖元等
亦非鄉壁小民，不應新君踰年改元，猶不知大中之號。況其時方毀
天下佛寺，復僧尼爲民，而猶刻造佛像，唐之號令不行，於斯可見。
碑首題“平□□□軍兵造彌勒像設平□齋記”，“平”下三字甚泐，
仿佛“茂承潒“三字，然無佐證。《太平寰宇記》：戎州東界瀘州，北
界榮州。其土有四族，黎、朒、虞、牟。夷夏雜居，蠻獠之類，不識文
字。是黎宜滿者，當即四族之一。碑又云“□兵于應靈”，應靈，縣
名，本曰大牢，天寶元年改今名，屬榮州。碑在四川，劉燕庭《金石
苑》未收。

蜀先主廟記並碑陰跋

　　《蜀先主廟記》，乾寧四年九月郭筠撰述，涿州刺史婁居□修
廟之文。居□名缺一字，按亭林《金石文字記》云，其首行曰“婁居
道重修”，則缺者乃“道”字。《順天新志》作乾符四年，蓋沿孫氏
《寰宇訪碑録》之誤。碑陰“攝涿州刺史劉守文立石”，即《新修順
天志》所稱《常尚貞修廟記》，爲光化元年十二月，即乾寧四載之明
年也。記有云“太保彭城王者，劉仁恭也”，時爲幽州節度。刊碑
陰之劉守文者，其次子婁居□，于史無徵。碑陰云“公本姓常，名
尚貞”，是尚貞即居道也。乾寧四年正月，自武州擢涿州，因薦奠
而修廟，至秋命郭筠撰此記，無何解去。守文攝刺史，次年改元光
化，遂再刻于碑陰。《順天新志》分而二之，恐非也。《五代史·劉
守光傳》：“仁恭叛克用，光化元年遣其子守文襲滄州，逐節度使盧
彦威，遂取滄、景、德三州，請命于昭宗，欲以守文爲橫海軍節度”，
即是年事。至“昭宗遲回未許，仁恭復以□詞邀之，卒允其請”，當
爲光化二年事，故署銜無橫海節度之稱。且碑陰記亦祇述婁修廟

事，無一語及守文，可知守文非撰文者。先舉官之最尊者署銜于石之前，唐碑往往有此，故曰立記下有“盧龍節度□□官”數字，乃撰文者署名處，泐不可辨。

梁新修南溪池亭及九龍廟等記跋

　　右碑立于後梁貞明三年，撰文者陳留蔡曙，銜署同禧觀察判官。碑有云：“按梁載言《十道誌》云，馮翊縣東南缺一字里有泉，九穴同流，即此處也。”考之《太平寰宇記》，“馮翊縣九龍泉在縣東南八里，有九穴同爲一注，因名九龍，今謂鵝鴨池”。據此，則碑所缺者乃“八”字也。又云“咸通中，太守王龜爲理之暇，葺亭而名之”。龜字大年，《唐書》附《王播傳》，咸通中知制誥，改太常少卿、同州刺史，與碑合。又云“庚子歲大寇犯關，遂至燼滅”。庚子爲廣明元年，是歲黃巢陷潼關，厥後連擾關中，同州之陷，在中和壬寅，舉庚子以例之也。又云“乾寧歲，連帥公瑭再營斯構”，“連帥”下缺一字，以碑中“王公始作而未究其妙，李公繼踵而罔盡其工”覈之，則知所缺者爲“李”字。李瑭史無傳，附見于薛《五代史·李罕之傳》，始爲罕之部曲。《唐書·朱宣傳》：乾寧三年，克用使其將李瑭以兵屯莘援宣，爲羅宏信所破。後唐本紀載，天復元年，汾州刺史李瑭據城叛，以連汴人武皇令李嗣昭、李存審討之。嗣昭攻城三日而拔，擒瑭，斬于晉陽市。《嗣昭傳》略同，蓋即其人也。《冊府元龜》：“乾寧四年，以韓建兼輔國軍節度。初，李瑭領同州，瑭茂貞養子。帝將討之，瑭逃鳳翔，至是命建兼之”。是瑭常領同州，故曰連帥。又云“我太傅武昌程公”，即前署銜之程暉也。考《朱友謙傳》，貞明六年，友謙遣其子令德襲同州，逐節度使程全暉。歐《史》本紀書友謙“襲同州，殺全暉”，薛《史》則謂全暉單騎奔京師。碑作于貞明三年，正全暉爲節度之日，文中又有都指揮使劉敬德、左靜安指揮使丁約、都押衙員建，皆節度屬官，未有所考。

顯陵司部蜀國夫人建尊勝幢記跋

是記爲顯陵守當使侯殷述訪碑，孫、趙兩《録》皆不著于録。其云"顯陵司部蜀國夫人崔氏"，則晉高祖宮人也。《五代會要》，高祖内職祇載潁川郡夫人蔡氏，新、舊兩《史》皆不詳，五代時之内職有司簿，碑作"司部"通假字也。崔氏可補史之闕。幢建于周廣順三年癸丑四月辛亥朔二十一日庚□，以《通鑑目録》考之，是年四月當爲庚戌朔，今云"辛亥"，不合，然二十一日爲庚，則月朔當爲庚戌無疑，云"辛亥"乃書碑者誤也。是時距晉亡七載，距顯陵之葬亦祇十年，時雖未久，事歷三朝，故有"頻更興廢，愴惻徒增"之語。而顯陵守當使之官未替，見五代時于易代之際，優待前朝，非後世之比。薛《史·周本紀》："廣順元年四月壬寅詔，莊宗、明宗、晉高祖三處陵寢各有守陵宮人，並放逐便，如願在陵所者依舊供給。"是崔氏者，蓋守陵宮人也。

故鳳翔節度使秦王贈尚書令
李公楚國夫人朱氏墓誌跋

朱氏碑稱"友謙之女"，"秦王尚書令李公"，不著名，蓋李從曮妻也。碑于"友謙字"空二字，考諸史，乃字德光，初爲陝州節度，後徙鎮河中，故碑曰"初留司于陝，服後節制于蒲津"。友珪弑太祖，友謙附于李克用。友珪使康懷英等擊之，友謙與李克用出澤潞，大敗之。故曰"季弟臨朝，嗣君失德，果因協比之謀，克就中興之業"云云，皆與史合。友謙妻張氏，見《五代史》本傳。惟燕國之封不著。從曮，茂貞之子，善書畫，莊宗拜鳳翔節度，歷鎮宣武、天平。廢帝立，復以爲鳳翔節度，卒年四十九。秦王、尚書令，《新五代史》無文，《舊史》稱莊宗時入朝，兼中書令。《晉·本紀》，天福三年進封鳳翔節度使。李從曤爲秦王。夫人卒于漢乾祐二年，年五十一．時從曤已亡未久，故碑有"偕老莫諧，又未畢三年之制，已縈二豎之災"等語，又云"兼以盜據城池，公行剽掠，因茲駭愕，遂至彌留"。考之史，乾祐元年，河中李守貞、永興趙思綰、鳳翔王景崇相次反。《王景崇傳》稱，景崇爲鳳翔巡檢。隱帝立，諷鳳翔將吏求己領府事，朝廷拜景崇邠州留後，以趙暉爲鳳翔節度。景崇乃叛，與趙思綰共推李守貞爲秦王，帝即以趙暉討之。明年，景崇自焚死。即其事也。然則景崇者，從曤之舊部，以從曤卒，求節鉞不得，乃復假秦王號以推守貞。賴此誌可得當時情事，而夫人之亡，適際其叛亂時也。有子十三人，惟永吉見于舊《史·從曤傳》，云"歷數鎮行軍司馬"，碑以爲第二子也。婿五人，撰文之許九言居其次。又有蘭陵蕭渥、供奉官趙延祚、郿州節院使焦守珪，皆未有考。惟左龍武統軍趙匡贊爲趙延壽之子，歷漢、周兩朝，累授節鎮及統軍使，後入宋，歷鎮廬、延、邠、郿四州，見五代薛《史》。

儀顧堂續跋

儀顧堂續跋目録

儀顧堂續跋序

歲在上章攝提格，予成《題跋》十六卷，郵寄京師，就正于潘文勤。文勤既爲之序，復書謂七百年來未有此作，隱然以黃伯思、洪景盧相推許，予謝不敢承。明年三月，張勤果專疏特薦，蒙恩內召。余深惟古人難進易退之義，又恐一行作吏，此事且廢，棲息山園，未即北上，端居多暇，專意丹鉛。今夏又成題跋十六卷，題曰《儀顧堂續跋》。昔《容齋隨筆》有續三四五之作，錢竹汀、武虛谷、洪筠軒之于金石，有續跋及再三之續。余不敏于諸公，無能爲役，而《七録》之學夙所究心，儻天假之年，人事無擾，三四之續，或庶幾焉。惜文勤已歸道山，不能相與析疑耳。執筆書此，良用憮然。光緒紀元之十八年(1892)，歲在元默執徐辜月，歸安陸心源自叙。

儀顧堂續跋卷一

宋槧婺州九經跋

《周易》二十一葉,《尚書》二十六葉,前有孔安國序;《毛詩》四十七葉,《周禮》五十五葉,《孝經》三葉,前有唐明皇序;《論語》十六葉,前有何晏序;《孟子》三十四葉,前有《孟子》題辭;《禮記》九十三葉,《春秋左傳》一百九十八葉。每葉四十行,每行二十五字,眉間有音切,版心有"易"、"書"、"詩"、"禮"、"孝"、"論"、"孟"、"左"等字及刊工姓名、字數。余向藏《五經正文》,審爲婺州刻,今得此本參互校訂,益信前言之不誣,請列二證以明之:《景定建康書籍志》所列諸經正文,婺州本有《周禮》無《儀禮》,此本亦有《周禮》無《儀禮》,其證一也。陳仲魚所藏婺本《點校重言重意互注尚書》《大禹謨》"降水儆予",不作"洚水";"虁虁齋慄",不作"齊慄";《益稷》"敖虐是作",不作"傲虐"。《禹貢》"北過降水",不作"洚水";"東迤北會於滙",不作"爲匯";《五子之歌》"懍乎若朽索之馭六馬",不作"凜乎";"峻宇雕牆",不作"彫牆"。《伊訓》"檢身若不及",不作"撿身";"大甲中視乃厥祖"不作"烈祖"。《盤庚》上"則惟汝衆自作弗靖"不作"爾衆";《盤庚》中"乃祖先父丕乃告我高后曰"不作"乃父";《說命》上"台恐德弗類"不作"惟恐"。《武成》"師逾孟津"不作"師渡"。《洪範》"明作晢"不作"作哲"。《多士序》"周公以王命誥作多士"不作"命告";"天休滋

至”不作“茲至”；“君牙亦惟先王之臣”不作“先正”。《呂刑》“度
作刑以詰四方”不作“以誥”。《文侯之命》“即我御事”不作“既
我”；“汝克昭乃顯祖”不作“克紹”。《費誓》“勿敢越逐”不作“無
敢”。皆與婺本《尚書》同，與《唐石經合》，其證二也。前有“樂善
堂覽書畫記”白文長印、“怡府世寶”朱文方印，蓋本怡賢親王收
藏，同治初爲潘文勤所得。光緒十年文勤奉諱南旋，欲得余所藏周
子燦兕觥遺書，請效蘇、米博易之舉，余拒之。文勤請益堅，兕觥乃
歸攀古廔，《九經》遂爲百宋一廛插架矣。怡賢親王爲聖祖仁皇帝
之子，其藏書之所曰樂善堂，大樓九楹，積書皆滿。絳雲樓未火以
前，其宋元精本大半爲毛子晉、錢遵王所得。毛、錢兩家散出，半歸
徐健庵、季滄葦。徐、季之書，由何義門介紹，歸於怡府。乾隆中四
庫館開，天下藏書家皆進呈，惟怡府之書未進，其中爲世所罕見者
甚多，如《施注蘇詩》全本有二，此外可知矣。怡府之書，藏之百餘
年，至載垣以狂悖誅，而其書始散落人間。聊城楊學士紹和、常熟
翁叔平尚書、吳縣潘文勤、錢唐朱修伯宗丞得之爲多。

明抄紫巖易傳跋

　　《紫巖居士易傳》十卷，首載《易論》一篇，後有嘉定庚申紫巖
曾孫獻之跋、萬曆甲戌郭朴跋。朴稱得録本于林廬李龍岡主事，林
録自唐荆州家，成皋王傳《易論》及《易注》，因取朴所藏本刻焉。
此本蓋從王府刊本影寫者，第二、第三行空，當是明人校刊銜名，故
影鈔時削之。卷十末有木記云“此書舊本，‘貞’、‘敦’二字多減去
點畫，‘桓’字間有更爲‘常’字者，皆避宋帝諱也。惟‘敬’字每以
‘欽’字代之，似爲張公家諱”，不知“敬”亦宋太宗嫌名也，明人之
陋至此，無怪何義門以爲不足憑矣。然其書源出宋本，獻之跋猶
存。通志堂所據本，亦即明藩府本削獻之跋並缺卷首《易論》，不

若此本之完善也。每册有"秀水朱彝尊錫鬯氏"朱文方印、"我生之年歲在屠維大荒落月在橘壯十四日癸酉時"朱文方印、"吳騫字槎客別字兔牀"朱文長印,蓋曝書亭藏書,後歸吳氏拜經樓者。書分三册,其第二、三册封面題字猶竹垞筆也。

元槧周易程朱傳義附録跋

《周易程朱先生傳義附録》十四卷,題曰"後學天台董楷纂集",每頁二十四行,每行二十二字,小字雙行。傳、本義,以大字黑質白章別之,附録以粗線黑圈圍之,一作某亦以小字黑質白章別之。前有咸淳丙寅董楷序及識語、凡例、朱子《易圖説》、程子《易傳序》、《程傳綱領》、《朱子説易綱領》,後有《程子篇義》、《朱子五贊筮儀》。楷里貫、仕履,詳《提要》。其經文多與咸淳本《周易本義》同,如《初六》"終來有它吉"不作"他吉";《坤象傳》"應地无疆"不作"無疆";《頤象傳》"自求口實"不作"口食";《繫辭傳》"失得之象也"不作"得失","何以守位曰人"不作"曰仁","男女構精"不作"搆精","兼三材而兩之,故六三材之道也"不作"三才";《序卦傳》"傷於外者必反於家"不作"其家";"決必有遇","有"下無"所"字;《雜卦傳》"豐,多故"下無"也"字,注如《雜卦傳》注;"感速常久"不作"咸速恒久"。皆足訂俗本之訛。卷中有"周昚"二字、"芑兮"二字白文印,"松藹藏書"朱文方印,"吳騫讀過"白文方印。蓋先爲海寧周松藹所藏,後歸吳兔牀拜經樓者。

覆宋咸淳本朱子周易本義跋

《周易》上下經二卷、《彖傳》、《象傳》、《文言》、《繫辭》、《説卦》、《序卦》、《雜卦》十卷,題曰"朱熹本義",前有《易圖》,題曰"朱熹集録",後有《五贊筮儀》,題曰"朱熹系述"。每頁十二行,每行十五字。其勝於今本處,錢竹汀《養新録》、陳仲漁《綴文經籍跋》已詳言之。惟吳革字貫、仕履,則未之詳也,今爲補考如左:革字時夫,江西德安縣人。父元,字季誠,開禧元年進士,累官知制誥。革三領舉于漕,肄業白鹿書院,任撫州崇仁尉。淳祐中知錢唐縣,通判臨安府。寶祐中知南安軍。咸淳初知建州,移知福州。累官華文閣學士,沿江制置使,江東安撫使,知建康府兼淮西總領。以崇正學基、化本宣德、達情爲己任,卒贈光禄大夫,諡清惠。見福建、浙江、江西三省《通志》。序云刊于朱子故里,蓋革知建甯時所刊也。

影宋抄周易經傳集解跋

《周易經傳集解》三十六卷,題曰"朝議大夫直寶文閣權發遣潭州軍州主管荆湖南路安撫使公事臣林栗上進"。前有栗進表、貼黃、獎諭敕、栗自序。每葉二十行,每行二十二字。每卷爲兩卦,六十四卦分三十二卷。卷三十三、三十四《繫辭》,卷三十五《文言》、《説卦》、《序卦》、《雜卦》,卷三十六《河圖洛書》,《八卦九疇》,《大衍總會圖》、《六十四卦立成圖》、《大衍揲蓍解》,與王氏《玉海》合,蓋從宋本傳録者。每卦以《序卦》列首,列《雜卦》於爻辭之前而爲之解,故卷三十六《序卦》、《雜卦》有經無解。卷五後有《履卦序説》一篇,題"紹興甲戌秋九月崇仁學易堂書"。卷二十七"漸之進也"解,今本下"漸"字作"之非也",夫子蓋釋漸者,"漸、進也",後人傳寫務從簡便,故於"漸"字加"二",亥豕相變,遂訛爲"之"字。卷三十一"渙奔其機",解曰:經典"几"字無從木者。《説文》:机、木名。愚謂"机"當作"杌",不安也。《書》曰"邦之杌隉","杌"與"卼"同。奔其杌者,奔其不安之地也,故曰悔亡。夫吉凶、悔吝生乎動,九二動於陷之中,能無悔乎?謂去其巍卼而人于平易之塗，斯爲悔亡矣，故子曰渙奔其机，得願也。夫離險而就易，去危而即安，非人情之所願哉？又卷三十四《繫辭》"乾坤其易之門"節，解曰："此一節爲簡編脫亂，失其倫次，自'通神明之德'下，當接'其稱民也小，其取類也大，其旨遠，其辭文，其言曲而中，其事肆而隱，因貳以濟民行，以明失德之報'，其下乃接'其稱民也雜而不越'，越一簡在後，脫二簡在前，'微顯闡幽'下有'開'字，蓋書生注於句絕，以訓釋"闡"字，非本文也"云云。其言皆有理，爲前人所未道。《文言》"乾爲天一"章，注家皆略之，黃中逐句解釋，亦多精當，無怪竹垞亟爲表章耳。其所採程《傳》之外，蘇東坡《易傳》之説爲多，此所以與朱子不合歟？

明覆宋本誠齋易傳跋

　　《誠齋先生易傳》二十卷，次行題"宋寶謨閣學士楊萬里廷秀著"，前有淳熙戊申誠齋自序、臣僚請抄録《易傳》狀、楊承議申送《易傳》狀及嘉靖四十二年張時徹序，後有嘉泰甲子誠齋後序。以聚珍本校一過，大致多同，惟此本出自宋刻，故奏狀、申狀皆有提行處。每卷題名上有官銜，聚珍本則否，並缺後序。朱氏《經義考》亦載張時徹序，所見當與此本同。徐乾學傳是樓有宋張敬之校刊本，有元至正鄭希聖題字及正德十一年朱叔英良育跋，今不得見矣。

元槧易圖纂要跋

　　《易圖纂要》一卷，元槧本，前有至正二十一年琰自序。首《伏羲始劃八卦圖》，次《八卦重爲六十四卦圓圖》，次《五行之數十五圖》，次《天地之數五十五圖》，次《兩儀定位於上下圖》，次《四象分布于四方圖》，次《八卦分布于四方四隅圖》，次《大衍之目十五圖》，次《水火不相射圖》，次《男女構精圖》，次《乾道成男坤道成女圖》。四庫未收，《提要》但云見《永樂大典》而已。此則元刊元印本也。琰自序謂："象與數皆寫於畫，因而爲之圖。既有圖則不過一覽，而聖人之意當在我目中，雖無注釋可也。"其言甚自誇詡。所採子華子、北齊褚澄、燕山溫次霄、江右邱三谷、宜春李王谿、雲間儲花谷、臨江黎時中、新安王太古、邵康節、朱紫陽、宋咸、洪景盧、李挺之、程修、陳希夷、鄭少梅、程沙隨諸家說《易》之書，頗有不傳者。

元槧周易集說跋

俞石澗《周易》《上經》《下經》、《象傳》上、《象傳》下、《爻傳》、《象辭》、《文言》、《繫辭》上、《繫辭》下、《說卦》、《序卦》、《雜卦》，或題"林屋山人俞琰玉吾叟"，或題"林屋山人俞琰集說"。前有泰定元年黄溍題辭、元貞丙申琰自序，後有皇慶癸丑琰後序，序後摹方印三：一曰"俞琰玉吾"，一曰"石澗"，皆陽文，一曰"林屋山人"，雙鈎陽文。每葉二十四行，每行二十一字，版心間有"存存齋刊"四字。經頂格，說低一格。引諸家說，以黑質白章別之。《上經》後跋曰："嗣男仲溫命兒楨繕寫，謹鋟梓于讀易樓。至正八年，歲在戊子十二月二十五日謹誌。"《下經》後有至正九年跋略同，惟"命男楨"三字改"孫貞木"，《象傳》後有十年跋亦略同，惟"孫貞木"三字改爲"命兒楨、植"，蓋至正中是書初刊祖本也。玉吾無子，以仲溫爲嗣，楨、植爲玉吾孫。楨字貞木，皆藉此以考見。書法工秀，體兼歐、趙。貞木本有書名，見《書史會要》。植亦濡染家學，手書上版，故能精美如此也。通志堂刊本，據何義門說，亦借汲古元刻付梓，所見當與此本同，乃不依元刊而謬爲分析，删去《上經》、《下經》、《象傳》後俞仲溫誌語，未免妄作。元本每卷末或題

“俞氏易集説”,或題“俞石澗易集説”,故通志本版心改題“俞氏易集説”,以清眉目。義門以爲大謬,蓋未細檢元刊耳。《四庫》著録作四十卷,又不知何人所分析矣。

易原奧義周易原旨跋

《易原奧義》一卷、《周易原旨》六卷,題“洛陽後學保八述”。《奧義》先列《先天》、《中天》、《後天》三圖,次《易源心法原旨》。每爻之後以“君子體而用之”句居首,以明每爻之用,故又名《易體用》。前有任士林序,見《松鄉集》卷四。牟巘序①,《陵陽先生集》失收,其前半似保八自序,恐非巘作。故朱竹垞《經義考》祇摘數行,想所見本已然。又缺名序前半,語氣似方回,後半似自序。《千頃堂書目》稱有方回序,惜已與自序羼亂,無善本正之。陵陽卒於至大四年,序題丙午,爲大德十年,則保八蓋大德時人也。

影宋抄周易集傳跋

《周易集傳》八卷,題曰“廬陵龍仁夫學”。每葉十六行,每行十六字,注雙行。每卷後有“男壽暘校刊”五字,影寫元刊本。以別下齋蔣氏刊本校之,蔣刊之謬有四:元本每卷首行書名下,卷一《上經》之上,卷二曰《上經》之中,卷三曰《上經》之下,卷四曰《下經》之上,卷五曰《下經》之中,卷六曰《下經》之下,卷七曰《象傳》上,卷八曰《象傳》下,蔣刊皆削之,一謬也。元本卷一至卷六,凡

---

① 據《日藏漢籍善本書録》,是書有牟巘跋,後署“丙午明年春熟食日,年八十有一。”卷中有陸心源手識,其文曰:“按牟陵陽卒於至大四年,年八十五。此題‘年十八一’,當爲至大元年。惟上題‘丙午’,當爲大德十年。丙午之明年則丁未也,當爲大德十一年。年八十一,與《陵陽集》牟應復序合。其不記年者,自比陶靖節也。”

引朱子《本義》不下數十百條，蔣刊皆削之，惟卷七、卷八不削，二謬也。元刊卦名下小注，皆有“某卦”二字，以黑質白章別之，蔣刊亦全削，謬三也。元刊經低一格，有低二格者，或經論，或辨證，而非一爻一句之解，如卷一《乾》象注“貞有二義”云云，《坤》六二注“凡爻有止一象一占”云云，《蒙》初六注“坎一陽陷二陰”云云，《屯》象注“《左氏傳》孔成子爲衛公子”云云，《需》象注“經言大川”云云，《訟》初六注“兌爲口”云云，九四注“巽下一陰爲主”云云，上九注“朱子曰”云云，《師》六五注“離爲罔罟”云云，《小畜》九三注“《説卦》兌爲毀折”云云，上九注“幾望元明象”云云，卷二《同人》初九注“門偶虛”云云，《隨》上六注“艮、坎皆北方幽陰卦”云云，《觀》象注“舊云卦名之觀音去聲”云云，卷三《噬嗑》九四注“《説卦》坎爲弓”云云，《剝》初六注“成剝以艮爲正”云云，六五注虞翻、洪邁云云，《无妄》象注“按象傳物與《無妄》”云云，上九注“无妄者天命之偶然”云云，《大畜》上九注“愚案小畜畜之道”云云，《頤》六三注“鄭剛中曰”云云，《離》六五注“三歌嗟”云云，卷四《咸》象注“朱子云咸上二畫”云云，《明夷》初九注“先儒多”云云，《家人》上九注“初四閑有家”云云，《蹇》上六注“諸陰爻不能濟蹇”云云，《損》六四注“損六爻言益之者”云云，卷五《姤》九五注“《易》崇陽抑陰之書也”云云，《井》象注“上卦坎，下卦復”云云，《鼎》初六注“兌乃坤之降”云云，《艮》象注“卦以背爲象”云云，《漸》上九注“震以下一陽爲主”云云，《歸妹》象注“卦以兌妹歸”，《震》上六注程子云云，卷六《豐》九四注“凡物兩強則抗”云云，《未濟》象注“卦雖有未濟之分”云云，上九注“西溪李氏曰”云云，元本皆低二格，蔣本皆連屬，而以小圓圈隔之，不但與元本有小圓圈者混淆不清，亦大失作者本旨，其謬四也。惟蔣氏之意，前六卷刪朱子注，而後二卷不刪者，特以前帙多，後僅每卷數葉，將以省刻資耳。果爾,則不如不刊之更省費也。昔納蘭氏曾見是書,以有缺卷,不刊入《通志堂經解》,《提要》詆爲愼若蔣氏者,豈但愼而已哉? 明人刊書,往往於斷缺處以意補足,國朝名公有"刊如不刊"之誚,然妄爲刪削者尚少,明人以妄補遺譏後世,而別下齋刊本如此,乃爲近時所重,殆《莊子》所謂"彼一是非,此亦一是非"者耶? 卷八"□以小事吉"注"朱子曰以卦德卦變卦體"下缺一葉,蔣本同。據蔣光煦跋,刪節出於李敬堂明府。敬堂里貫無考,可謂庸妄人矣。

周易爻變義蘊跋

《周易爻變義蘊》四卷,題曰"天台陳應潤注釋"。前有至正丙戌黃溍序及應潤自序,影寫元刊本。首有圖説,其言謂周子《太極圖》雜以老子之學,不容不改。邵子以丹經之學撰《先天圖》,《易》八卦之位,不能不正。説《易》者不知爻變之法,故作《爻變圖》。《先天圖》以已生未生之卦爲順逆,使數往知來之説不明,故作《逆順圖》。悍然與周、邵爲難,宋、元説《易》者所罕見也。《提要》不言有圖説,未知與此同否。有"新安汪氏"朱文方印、"啟淑私印"朱文方印,蓋開萬樓舊藏也。

元槧書集傳纂疏跋

《書》六卷,次行題曰"朱子訂定、蔡沈集傳",三行題"後學新安陳櫟纂疏"。前列孔安國序、《漢書·藝文志》一條、孔穎達疏一條,皆有注,亦題"朱子訂定"。次《書》序,無朱子訂定。前有蔡沈序、陳櫟序、纂疏、凡例、讀《尚書》綱領。每頁二十二行,每行二十一字,小字雙行。纂疏以墨長圜隔之。蔡序後有木記二行,曰"泰定丁卯陽月梅溪書院新刊"十二字,蓋是書初刊本也。《益稷》"州

十有二師”不作“有十”,《盤庚》“乃祖先父丕乃告我高后曰”不作
“乃祖乃父”;《金縢》“惟朕小子其新逆”不作“親迎”;《酒誥》“又
惟殷之迪諸臣惟工”不作“百工”,“勿蠲乃事”不作“汝事”;《君
奭》“越我民罔尤違”不作“曰我”;《費誓》“勿敢越逐”不作“無
敢”:皆足訂今通行本《集傳》之訛。卷中有“毛晉私印”朱文方印、
“汲古主人”朱文方印、“子晉”二字朱文連珠印、“子晉書印”朱文
方印、“汲古得修綆”朱文長印、“繁花塢”朱文方印、“毛氏子晉”
朱文方印、“汲古閣”朱文長印,又方印皆毛氏藏印也。又有“勤襄
公五女”白文方印、“若衡”朱文方印、“方氏若衡曾觀”白文長印。
考直隸總督桐城方維甸,諡勤襄;若衡,蓋方維甸之第五女。女士
嗜書,亦書林韻事也。

元槧尚書輯録纂注跋

《書》六卷,每卷次行題曰“朱子訂定蔡氏集傳”,三行題曰“後
學鄱陽董鼎拜録”。纂注先列孔安國序、《漢書·藝文志》一條、孔
穎達正義一條。《書》序次於六卷之後,皆有注,題“朱子訂定蔡氏
集傳後學鄱陽董鼎輯録纂注”。前載蔡序及至大戊申董鼎序,次
朱子説書綱領,次輯録纂注凡例,次輯録引用諸書,次所載朱子門
人姓氏,次纂注引用諸書,次纂注引用諸家姓氏,後有“建安後學
余安定編校”一行。綱領末有“至正甲午翠巖精舍新刊”木記二
行。經文多與宋本《書集傳》及《唐石經》合。通志堂刊本《大禹
謨》“降水儆予”之“降”已訛“洚”,又缺輯録引用諸書、朱子門人
姓氏、纂注引用諸書、引用諸家姓氏,不若此本之完善也。鼎書成
於至大戊申,至延祐戊申而余仁仲刊於勤有堂,常熟瞿氏恬裕齋今
有其書。至至正甲午而劉廷佐刊於翠巖精舍,皆建甯府麻沙坊本
也。

影宋尚書詳解跋

陳先生《尚書詳解》五十卷,題曰"從事郎新泉州節度推度推官陳經顯之"。案:經,福建長溪人,慶元五年進士,見《福建通志·選舉表》"。其曾官泉州節度推官,則《閩志》亦未詳也。影寫宋刊本,每頁二十四行,每行二十四字,前有發題,以聚珍本互校,聚珍頗有奪落。卷十三末"嗣王當謹於善"下脱三十四字,又脱"肆命徂后"解三十一字,衍"而已"二字。卷二十四"初一曰五行"解,"故初一曰五行"下缺八行,約百六十餘字,聚珍本聯屬不空。卷二十一首缺四行,聚珍本注曰"此句上原本缺四行"。則所據亦與此本同。

舊抄詩總聞跋

《詩總聞》二十卷,題曰"汶陽王質"。前有自序及聞音、聞訓、聞章、聞句、聞字、聞物、聞用、聞跡、聞事、聞人、凡例十條,後有淳祐癸卯陳日強跋。舊抄本。案:質,本鄆州人,後徙興國。紹興十八年進士,張浚、虞允文皆辟爲屬。通判荆南不赴,奉祠居湖州之東林山,見《宋史》本傳及《雪山集》。自署汶陽,著舊望也。以活字本校一過,頗有勝處。卷二"聞風"二"而"字下,活字本注缺,此本有"季有大小,前人未之及者,何也"十二字。卷七《匪風篇》,《總聞》"蓋天下同情也"下,活字本奪"自周以後,有漢至今"云云六十一字,《蜉蝣篇》,《總聞》"以己所處爲避患"下,活字本奪"之所靜地誠吉壤也"八字。其他活字本注"原缺",此本亦同。惟質自序及聞音至聞人十條約千餘字,活字本全缺,質自序則《雪山集》亦失收。

宋槧詩集傳跋

《詩》二十卷,題曰"朱熹集傳",每頁十四行,每行大十五字,小字雙行,版心有字數及刊工姓名。"不盈傾筐"、"承筐是將"之"筐","無折我樹杞"、"樹桑樹檀"、"爰有樹檀"之"樹","殷其盈矣"之"殷","簟笰朱鞹"之"鞹","上慎旃哉"、"慎爾優遊"之"慎","我覯之子"之"覯","如月之恒"之"恒","以匡王國"之"匡","爾不我畜"之"畜",皆缺筆,蓋甯宗刊本也。以通行八卷本校之,宋本反切而俗本改爲直音者千餘條,如《周南》"雎,七余切"今改"音疽","窈,烏了反"今改"音杳","荇,行孟反"今改"音杏","芼,莫報反,叶音邈"今改"音帽","施,以豉反"今改"音異","劉,魚廢反"今改"音乂","護,胡郭反"今改"音鑊","絺,恥知反"今改"音癡","紵,去逆反,叶去略反"今改"音隙","澣,戶管反"今改"音緩","害,戶葛反"今改"音曷","否,方九反"今改"如字","崔,徂關反"今改"音摧","嵬,五回反"今改"音魏","虺,呼回反"今改"音灰","隤,徒回反"今改"音頹","兕,徐履反"今改"音似","觥,古橫反"今改"音肱","砠,七徐反,"今改"音疽","樛,居虯反"今改"音鳩","藟,力軌反"今改"音壘","纍,力追反"今改"音雷","只,之氏反"今改"音紙","詵,所巾反"今改"音莘","揖,側立反"今改"音緝","夭,於驕反"今改"音腰","華,芳無、呼瓜二反"今改"音花","賁,浮雲反"今改"音文","蓁,側巾反"今改"音臻"之類是也。宋刻有反切而俗本刪去者數百條,如《周南》"母,莫復反"、"蟄,直立反"、"家,古胡、古牙二反"、"趨,託歷反"之類是也。宋刻有注而今本刪去者數十條,如《漢廣》"不可休息"注:"吳氏曰《韓詩》作'思'";《麟之趾》首章"吁"字注:"音吁,下同";《泉水篇》"遄臻於衛"注:"此字本與邁、害叶，今讀誤”；《二子乘舟篇》“汎汎其逝”注：“此字本與害叶，今讀誤”；《東門之枌》“南方之原”注：“無韻，未詳”；《七月流火》“何以卒歲”注：“或曰發、烈、褐皆如字，而幾讀如雪”；《東山》“慆慆不歸”注：“無韻，未詳”；《常棣》“外禦其悔”注：“《春秋傳》作‘侮’”；“亶其然乎”注：“就用‘乎’字爲韻”；《無將大車篇》“痕”字注：“劉氏曰當作‘痕’，與‘瘠’同”；“上帝甚蹈”注：“《戰國策》作‘上帝甚神’”；《假樂篇》“假樂君子”注：“《中庸》《春秋傳》皆作‘嘉’，今當作‘嘉’”；《民勞篇》“是用大諫”注：“《春秋傳》《荀子》《書》並作‘簡’，音簡”；《崧高篇》“往近”注：“鄭音記。按《說文》從辵從丌，今從斤，誤”；《瞻仰篇》“孔填”注：“舊說古塵字”；《清廟篇》“無射”注：“音亦與斁同”；“於人斯”注：“《周頌》多不叶韻，未詳其說”；“維天之命，假以溢我”注：“《春秋傳》作‘何’，《春秋傳》作‘恤’”；《天作篇》“岐”字注沈括云云八十四字；《閟宮》“籩豆大房”注：“此下當脫一句，如鐘鼓喤喤之類”；《烈文篇》“皣”字注：“《中庸》作‘奏’，今從之”；《長發》“禹敷下土方”注：“《楚辭·天問》‘禹降省下土方’，蓋用此語”之類是也。有宋刻反切而今妄改與某同者數百條，如《召南》“頡，戶結反”而改爲“與絜同”，“頑，戶郎反”而改爲“與杭同”，“暳，於計反”改爲“與繣同”，“夭，於驕反”改爲“與腰同”，“睍，胡顯反”改爲“與演同”，“泄，一世反”改爲“與異同”，“忮，之豉反”改爲“與至同”，“揭，苦例反”改爲“與器同”，“瀰，彌爾反”改爲“與米同”，“憒，許六反”改爲“與畜同”，“鞠，居六反”改爲“與菊同”之類是也。此外，衍文脫訛，更難僕數耳。是書本爲袁廷檮所藏，後歸海甯陳仲魚孝廉。陳據朱氏鑒《詩傳遺說敘》定爲後山刊本，凡經文勝俗本處，仲魚有跋，載所著《綴文》中，惟《商頌》“降予卿士”已作“降于”，《小雅》“家伯維宰”，雖不誤“冢宰”，實作“爲宰”，與仲魚言不符，恐仲魚當時即據《提要》所舉作跋，未嘗逐一覆檢耳。此本經文注文反切，證以元版胡一桂附録《纂疏》、羅復《音釋》，無一不合。"降于"之"于"不作"予"，"爲宰"之"爲"不作"維"亦同，則此二字之訛，宋本已然，不始於俗本也。

明覆宋呂東萊讀詩記跋

《呂氏家塾讀詩記》三十二卷，前有淳熙壬寅朱子序、嘉靖辛卯陸鈇序、諸家姓氏、引用書目。每葉二十八行，每行十九字。經頂格，注低一格。注中有注，旁行而字略小，不作雙行。各家姓氏以黑質白章別之。書法以篆作楷，陳啟源《毛詩稽古編》所由濫觴也。宋諱有缺筆，蓋從宋本翻雕者，較萬曆癸卯刻卷一《禮記》"天子五年一巡狩"之前多一條，卷二十七"王之職有闕能"下多千餘字，卷二十八"自彼成康，奄有四方"下多十四字，詳盧抱經《群書校補》。書雖嘉靖刻，流傳甚罕，書賈往往割去陸序以充宋本，亦有受其欺者。

萬曆本呂氏家塾讀詩記跋

《呂氏家塾讀詩記》三十二卷，明陳龍光刊本，前有萬曆癸卯顧起元序。其書亦源出嘉靖刻而改其行款，變其字體，易旁行小注爲雙行注，嘉靖本之後印者。卷二十七缺廿九、三十兩葉，當此本三十六、七葉之間，故三十五葉末留黑釘一行，三十六、三十七兩葉空其張數，俾閱者有跡可求，尚無明人屬亂惡習。卷一詩樂奪一條，卷二十八奪數十字，皆抄手佚脱，校勘不精，尚非大謬。惟卷二十七所缺千餘字，當嘉靖本之兩葉又四行，實不止兩葉也。因何奪落，令人不可思索。盧抱經以爲止脱兩葉，蓋未覆勘原書耳。據顧起元序，明時南國子監、四川皆有刻本，歲久夷漫，今所見惟嘉靖本與此本耳。

儀顧堂續跋卷二

元槧詩傳通釋跋

《詩傳通釋》二十卷,次行題"朱子集傳",三行題"後學安成劉瑾通釋"。卷一後有"至正壬辰仲旾日新堂梓"木印。其書以朱子《集傳》爲主,而採諸經及毛傳、鄭箋、《史記》、《漢書》、《列女傳》、《説文》、《廣韻》、陸璣《草木疏》、郭璞《爾雅注》、陸德明《釋文》、《本草注》、《埤雅》、歐陽子、程子、張子、呂東萊、陳少南、嚴氏、輔氏、呂與叔、呂和叔、永嘉鄭氏、陳君舉、許益之、胡庭芳、何氏、陸農師、張南軒、劉辰翁、王介甫、董氏、謝疊山、彭氏、楊氏、劉執中、李迂仲、黃實夫、汪氏、胡明仲、項氏、李寶之、熊剛大、長樂王氏、劉元城、錢氏、曹氏、胡康侯、陳器之、蘇氏、張學龍、陳壽翁、曾氏、謝上蔡、范氏、章如愚《山堂考索》、濮氏、真氏、王日休、林氏、徐氏、陳大猷、胡旦數十家之説以釋之。《詩》小序次每篇之後,"辨説"次序之後。每頁二十四行,每行二十三字。經頂格,《集傳》低一格,通釋雙行,諸説以黑質白章别之。自爲之説,標以"愚按"二字,亦以黑質白章别之。經文無訛字,反切不改直音,朱子説無刪削,多與宋刊《集傳》同,足以正俗本之訛。瑾,江西安福縣人,安福爲漢安成縣境,自署安成者,古縣名也。顧亭林《日知録》謂明永樂時纂《詩經大全》,胡廣等全襲瑾書,但改"愚案"二字爲"安成劉氏曰",今勘之果然。惟此書小序次於每篇之後,《大全》則通冠全書耳。考訂非宋人所長，瑾書雖名通釋，而于朱子所未詳者，如"居居"、"究究"、"鉤援"、"臨衝"之類，未能證佐一字。按語多淺陋疏舛，不僅陳氏《毛詩稽古篇》所駁已也。其所採集，取之《東萊讀詩記》、嚴氏《詩緝》、輔廣《童子問》者居多，未必代山自造。《吉安府志》稱，瑾"肆力治《詩》，考證諸國世次，作者時世，察其源流，辨其音韻，審詩樂之合，窮刪定之由，能發朱子之蘊"云云，不免鄉曲私譽，未足爲信。惟瑾鄉里小儒，見聞寡陋，無足深責。廣奉命纂修，將垂爲一代之典，公然行竊以冒賞，吾爲世之竊高位者羞之。

明初本詩集傳音釋跋

《詩》三十卷，次行題"朱熹集説"，前有朱子序、詩傳綱領、詩序辨説。其書先列《集傳》，後附《音釋》，以墨圍隔之。凡反切不改直音，亦不改與某同，注無刪削，皆與宋十四行、十五字《詩集傳》本同。惟經文譌字較多，如"何彼穠矣""穠"已誤"檂"，"羊牛下括""羊牛"已誤"牛羊"，"終然允臧""然"已誤"焉"，"不能辰夜""辰"已誤"晨"，此則不及宋版耳。所附《音釋》，不著作者姓氏。案：元羅復，字中行，廬陵人，著有《詩集傳音釋》二十卷，見《千頃堂書目》，當即此書。綱領前有《詩圖》十八頁，與宋刊《纂圖互注毛詩》又不同，圖下多引朱子説，必亦羅復所作。《四庫》未收，阮文達亦未進呈，誠經部罕覯之秘笈也。

宋槧蜀大字本周禮跋

《周禮》宋槧本，存卷九、卷十兩卷，首行題"秋官司寇第五"，下題"鄭氏注"。每葉十六行，行十六字，注雙行，每行二十二字。版心有字數及刻工姓名，"殷"、"敬"、"恒"、"桓"、"貞"、"構"、"慎"等字缺筆，當爲宋孝宗時蜀中刊本，《百宋一廛賦》所謂"《周禮》一官"者也。《周禮》單注不附釋文者,今以嘉靖覆宋八行十七字本爲最善,阮氏謂勝於余仁仲岳倦翁本。此本又足訂嘉靖本之誤,如《秋官序官》"赤犮氏","犮"不誤"友";《大司寇》注"大廟之內","大"不誤"太";《小司寇》注"鄭司農云","司"不誤"可";《士師》注"比其類也","比"不誤"此";《遂士》注"二人而分主一遂","而"不誤"其";《朝士》注"五曰路門","五曰"不誤"五門";"外朝在庫門之外","外朝"不誤"外廟";《雍氏》注"穿地爲塹","塹"不誤"漸";《冥氏》"以靈鼓毆之","毆"不誤"歐";《小行人》"告其所爲來之事","之"不誤"其";"每國辨異"之"辨"不誤"辦";《司儀》注"西面北","面"不誤"南";"是南宮縚之行也""是"不誤"自";《掌客》注"稻粱器也","粱"不誤"梁"。此皆勝嘉靖本處。若監、閩、毛《正義》諸刊,則更有霄壤之別,惜乎僅存二卷,未聞有全本耳。黃氏校刊《周禮》,所據即此二卷。阮文達未見原本,僅據臧庸堂刊本采入校勘記,庸堂所見亦即此二卷,恐世無第二本矣。每卷有元蒙古文方印及"黃丕烈印"白文方印、"復翁"二字白文方印、"士禮居"白文方印、"百宋一廛"白文方印、"宋本"二字朱文橢圓印、"汪士鐘印"白文方印、"閬源真賞"朱文方印,蓋元代官書。入國朝爲蘇州倚樹吟軒楊偕時所藏,後歸黃氏百宋一廛。嘉慶甲戌,蕘圃孝廉書得書緣起於後,乙亥孝廉校於嘉靖本上,又跋於後。蕘圃身前,其書已歸汪閬源,故有汪士鐘印。汪氏之書,道光末散出,其精品多歸楊至堂河帥,其奇零有歸上海郁氏者,余從上海郁氏得之。

宋槧續儀經傳通解跋

　　《儀禮經傳通解續祭禮》十四卷,前有紹定辛卯楊復自序、門人鄭逢辰序及逢辰進《祭禮》二十帙《儀禮圖》十四帙表、淳祐六年

十一月中書省劄付、淳祐七年四月十三日贈復文林郎敕。每葉十
四行，行十五字，注雙行，版心有字數及刻工姓名，宋淳祐刊本。
案：復字志仁，福安人，受業于朱，又受業於黃勉齋，學者稱信齋先
生。朱子纂《儀禮經傳通解》，既成《家鄉》、《邦國》、《王朝禮》，而
以《喪》《祭》二禮屬之黃勉齋，嘉定己卯勉齋始成《喪禮》，而以
《祭禮》稿本授楊信齋，信齋隨時咨問抄識以待筆削而勉齋即世。
張慮知南康，續刻《喪禮》，又取《祭禮》稿本刊之，以待後學。四方
朋友，未有取而修定之者。信齋自念齒髮浸衰，曩日幸有所聞，不
可不及時傳述，遂據稿本，參以所聞，稍加更定，以續成其書，見自
序。是張慮所刊，乃信齋授於勉齋之稿本，即《四庫》所收呂氏所
重刊者，此則信齋以稿本修定者，與張刊本不同。故以呂刊互勘，
或增或刪，或改或易，竟無一條全同也。張刊之板，明中葉尚存南
監，惟缺頁斷爛甚多。此本則流傳極少，朱竹垞《經義考》卷一百
三十二《續儀禮經傳通解》下不載逢辰序，又不載進表、中書省劄、
理宗贈敕，則亦未見此本矣。惟趙希弁《讀書附志》、張萱《內閣書
目》所著錄，其言與此本合，所見當即此本也。鄭逢辰爲信齋門
人，淳祐七年江西轉運使，見進表及宋濂《慧州靈濟廟碑》。逢辰
能進信齋之書，言必稱先師，其爲信齋高弟可知。《宋元學案》失
收，應補入勉齋學案。

宋槧巾箱本周禮跋

《周禮》十二卷，次行篇名在上，下題"《周禮》鄭氏注"，宋槧
巾箱本，每頁二十四行，每行二十三字，小字雙行，版心有字數，格
闌外有篇名。經文大字，注小字。次陸氏《釋文》，次重言重意，次
互注。所附《釋文》，以白質黑章別之，但採音切而無義訓，與閩刊
稍別。字體工整，與婺本《點校重意重言互注尚書》相仿。"慎"

字、"敦"字皆缺末筆,當爲甯宗時婺州刊本,大致與宋刊纂圖本、明嘉靖覆宋本同。其勝於嘉靖本者,《夏官》序官"掌固"注"王公設險","設"不誤"誤";"撢人"注"撢序王意","王"不誤"主";"大司馬"注"入曰振旅","旅"不誤"振";"治徒庶之政令","庶"不誤"度";"無干車","車"不誤"軍";"以簿書校録","簿"不誤"薄";"皆上卿爲軍將者也","上"不誤"止";"司弓矢"注"守城車戰","戰"不誤"載";"大馭"注"軌爲範","軌"不誤"軓";"齊僕"注"車逆拜辱","逆"不誤"送"。《職方氏》"其川熒雒","熒"不誤"滎"。其他形似之可訂正者,不勝枚舉也。余先得纂圖互注本、嘉靖覆宋本,後得蜀大字殘本,今又得此本,《周禮》一經善本爲不少矣。

宋槧纂圖互注周禮跋

《纂圖互注周禮》十二卷,小題在上,下題"《周禮》鄭氏注",每葉二十四行,每行大字二十一,小字雙行,每行二十五、六不等,格闌外有卷數、字數。前有篇目三頁,《周禮經圖》三十七葉,圖凡三十有九,曰王國經緯涂軌圖、曰朝位寢廟社稷圖、曰次宸几筵圖、曰五冕圖、曰弁服之圖、曰王后六服之圖、曰天子玉路圖、曰王后翟車圖、曰天子圭璋繅藉之圖、曰諸臣圭璧繅藉之圖、曰六尊圖、曰尊罍圖、曰圭璋瓚圖、曰禮神玉圖、曰新舊鼎俎之圖、曰籩豆簠簋登爵之圖、曰罍洗勺篚圖、曰甒概散修圖、曰諸禮器圖、曰六器圖、曰六舞之圖、曰龜筴圖、曰犧牲圖、曰器用之圖、曰鳧氏爲鍾圖、曰磬氏爲磬圖、曰鍾磬總圖、曰鼓制圖上、曰鼓制圖下、曰樂器之圖、曰六幣圖、曰八節圖、曰九節制圖、曰兵器總圖、曰兵甲之圖、曰車制之圖、曰蓋柲圖、曰輂輦圖、曰傳授圖。經文大字,注小字,次釋文,次重意重言,次互注,與《互注禮記》大略相同。惟《禮記》以"陸曰"

別於鄭注，此則稱"陸德明音義"。《禮記》于《釋文》所出之字，每字以圜圍之，此則但於注下加小圜別之而不加圍，蓋非一家所刊也。黃蕘圃校刊《周禮》，以董氏集古堂本、余氏萬卷堂本及此本互校。今觀此本，與董本大略多同，如《天官》序官"庭人"注"裹肉曰苞"不作"在肉"，"小宰"經"贊玉幣爵之事"不作"玉幣"之類。董氏、余氏皆當時坊賈，此亦坊刊，與董、余兩本無所軒輊也。

舊抄周禮詳解跋

王昭禹《周禮詳解》四十卷，次行題曰"唐國子監博士吳縣開國男陸德明《釋文》附"，前有昭禹自序及《周禮》互注總括十七條。每葉十八行，每行十八字，似從宋本傳錄者。其書略於訓詁而詳于解說，體例如王荆公《新義》，蓋同時之書也。所採《經典釋文》、《周禮音義》亦十不存五。次行忽題德明銜名，不可解也。明《文淵閣書目》有一部，注曰"二十冊全"，則宋本必有存者。聞山西路小舟有宋本，今已散落，不知何所歸矣。

元槧儀禮集說跋

《儀禮》十七卷，題曰"敖繼公集說"，元槧元印本，每頁二十四行，每行十八字。經頂格，注低一格。版心有字數，間有刻工姓名。前大德辛丑自序，後有後序十一卷，後有識語。所採諸家注，鄭注、賈疏而外，朱子之說為多，此外惟馬季長、陳用之、李微之數條而已。每卷後有《正誤》數條，言所以去取之意，如後世校勘記之類。惟卷一、卷十一獨無，與通志堂刻同，似以無所校正而然，非缺也。何義門不察，疑為缺而欲訪求，誤矣。卷十一末"大功二"、"小功二"句下，通志堂本空四字，此本損破四字，以白紙補之，則通志堂所刊，即以此為祖本矣。顧亭林《日知錄》舉監本脫誤各條，此本皆不脫，則所據猶宋時善本也。

春秋集傳微旨跋

《春秋集傳微旨》三卷，題曰"朝議大夫守國子博士上柱國陸
淳纂"，前有淳自序，連屬篇目。每頁二十行，每行二十字，影寫宋
刊本。以龔翔麟玉玲瓏閣刊本互校，雖大旨皆同，而已削其結銜，
失宋本之舊矣。陸氏原本義之當否，以朱墨爲別。《四庫》所收之
本，以方匡界畫代朱墨，尚不失陸氏本旨。此本已無方匡界畫，雖
不及《四庫》本，尚是二百年前抄本。是書宋有皇祐間汴梁刻本，
元有延祐江西刻本。宋刻多有結銜，元刻往往刪之。以此證之，或
出自宋刻，未可知也。卷一有"無黨"二字白文方印、"吾研齋"三
字朱文方印，卷二"南陽"二字白文圓印、"木石鹿豕□□"六字白
文方印，卷三有"善人里"三字白文方印、"呂氏藏書"朱文方印，蓋
經石門呂留良之子無黨收藏者。

明覆宋本春秋集傳纂例跋

《春秋集傳纂例》十卷，題"陸淳纂"。前有淳序及總目。每卷
有目，連屬篇目。每葉二十四行，每行二十二字，明覆宋刊本。以
龔氏玉玲瓏閣刊本互校，龔本奪落甚多。卷二《內逆女例》脫"成
十四年叔孫僑如如齊逆女"十二字並小注九字，《夫人如及會饗
例》"莊七年冬夫人姜氏會齊侯于穀"、"十五年夏夫人姜氏如齊"
兩行脫"會齊侯于穀""十五年夏夫人姜氏"十三字，又脫小注四
字，而連爲一行。卷三《公葬例》奪"成元年二月辛酉葬我君宣公"
及小注二字、"十八年十二月丁未葬我君成公"及小注二字。卷四
《公如例》奪"五年公如齊""九年春正月公如齊"兩行。卷六《殺
他國大夫例》"楚子蔡侯"下奪"陳侯許男頓子胡子沈子淮夷"十二

字,衍"云云"二字。《執諸侯例》"僖二十一年秋宋公楚子陳侯"
下,奪"蔡侯鄭伯許男曹伯"八字,衍"云云"二字。《公至自某國某
地例》"昭二十六年三月公至自齊,居於鄆"誤作小注。《致前事
例》"僖六年公會齊侯"下,奪"宋公陳侯衛侯曹伯"八字,衍"云
云"二字。"襄十年公會晉侯"下奪"宋公衛侯曹伯莒子邾公滕子
薛伯杞伯小邾子齊世子光"二十三字,衍"云云"二字。《致後事
例》"僖四年春王正月公會齊侯"下,奪"宋公陳侯衛侯鄭伯許男曹
伯"十二字,衍"云云"二字。"襄十一年七月公會晉侯"下,奪"宋
公衛侯曹伯齊世子光莒子邾子滕子薛伯杞伯小邾子"二十三字,
衍"云云"二字。《雜致例》"成七年秋公會晉侯"下,奪"齊侯宋公
衛侯曹伯莒子邾子杞伯"十四字,衍"云云"二字。"十六年秋公會
尹子"下,奪"晉侯齊國佐邾人"七字,衍"云云"二字。"定四年春
三月公會劉子"下,奪"晉侯宋公蔡侯衛侯陳子鄭伯許男曹伯莒子
邾子頓子胡子滕子薛伯杞伯小邾子齊國夏"三十六字,衍"云云"
二字。此外,舛錯亦復不少。是書慶曆間有朱臨刊本,見《天一閣
書目》。後有蜀小字本,見袁《清容集》。金有平陽府刊本,見《吳
淵穎集》。元有江西刊本。龔刊所祖與此本不同,疑出元江西刊
本。此則行密字小,當祖蜀小字本。明人仿宋監本《三禮鄭注》,
黃蕘圃、陳仲魚諸君皆謂當與宋刊同珍,余謂此本當作宋刊觀也。
嘉靖中,吳邑令晉江汪旦有刻本,見《經義考》華察後序。是本字
體與嘉靖吳中所刻《唐文粹》、《藝文類聚》一例,或即汪旦刻而失
察序歟? 每冊有"福安縣印"朱文方印、"平湖縣儒學記"朱文長
印。

春秋會義跋

《春秋會義》三十六卷,宋杜諤撰。前有嘉祐壬申任貫序、杜

諤刊板自序、元祐丁卯改修刊正自序。晁氏公武曰：諤集《釋例》、《繁露》、《規過》、《膏肓》、《先儒同異篇》、《指掌》、《碎玉》、《折衷》、《指掌議》、《纂例》、《辨疑》、《微旨》、《摘微》、《通例》、《胡氏論箋義》、《總論》、《尊王發微》、《本旨》、《辨要》、《集議》、《索隱》、《新義》、《經社》三十餘家成一書，其後仍斷以己意。馬氏《文獻通考》、《宋史·藝文志》、陳氏《書録解題》皆著於録。原本久佚，朱竹垞《經義考》注"佚"，録其序亦祇存百餘字。惟《文淵閣書目》載有兩部，皆注曰"完全"，故《永樂大典》全部收入。此則館臣從《永樂大典》録出者。諤字獻可，四川眉山人，皇祐間鄉貢進士，見《經義考》。自題江陽者，漢晉舊縣名也。所採諸書，惟董子《春秋繁露》、杜氏《釋例》、陸氏《春秋微旨》、《纂例》、《辨疑》、孫明復《春秋尊王發微》，今尚有全書，他若漢何休《左氏膏肓》十卷、隋劉炫《春秋規過》三卷、唐陳岳《春秋折衷論》十五卷、盧仝《春秋摘微》四卷、陸希聲《春秋通例》二卷、劉柯《三傳指要》十五卷、李瑾《春秋指掌》十五卷、蜀進士塞遵品《春秋司帖新義》十卷、宋李堯俞《春秋集議》二卷、孫明復《春秋總論》一卷、朱定《春秋索隱》五卷、孫覺《春秋經社要義》六卷、胡安定《春秋口義》五卷、楊繪《春秋辨要》十卷，今皆不傳。《春秋箋義》，不知何人所撰，各家書目皆未著録。洪興祖《春秋本旨》二十卷，《直齋》著録，惟洪卒於紹興末年，年六十六，距元祐甚遠，非獻可所及見，當與洪書同名而非一書，皆賴是以存其涯略。《諸儒異同》、《碎玉》，皆李瑾《指掌》篇名，非別爲一家，《郡齋讀書志》儕之三十餘家之列，誤矣。任貫，眉州人，嘉祐進士，見《眉州進士題名碑》。恭讀高宗純皇帝御製書，洪咨夔《春秋説》論隱公作僞事，注有云："盧仝《摘微》久佚，惟宋杜諤《春秋會義》採其説，今於《永樂大典》散篇內裒輯得之"，則是書曾經御覽矣。今簡明既無其書，《提要》亦不附存其目,其爲遺漏而非不録可知,江南藏書家無著録者。庚寅春,張勤果約游泰山,因訪孫佩南明府寶田于尚志書院,觀其藏書,得見此本,擬欲録副,以卒卒南旋未果。越三月,佩南録以寄余,從此皕宋樓插架又多一北宋秘册矣。佩南,山東文登人,由進士官合肥知縣,有循聲,以強項忤上官,投劾歸。博涉多通,工古文,以姚惜抱爲宗,今之古人也。

春秋經解跋

龍學孫公《春秋經解》十五卷,題曰“孫覺莘老”。卷一隱上,卷二隱下,卷三桓上,卷四桓下,卷五莊上,卷六莊下,卷七閔公,卷八僖公,卷九文公,卷十宣公,卷十一成公,卷十二襄公,卷十三昭公,卷十四定公,卷十五哀公,分卷與《書録解題》、《宋史·藝文志》皆合。前有莘老序,後有陽羨邵輯序、檇李張顏跋、楊時後序。楊序後低二格,有新安汪綱跋,再後有周麟之跋及本傳。據邵輯序,紹熙於前是書未經版行,至紹熙四年邵輯知高郵始刻於郡齋,慶元改元,張顏補刊,周麟之跋於後。嘉定丙子汪綱知高郵,又補刊楊時序。每頁二十行,每行十九字,蓋從邵輯刊本影寫者。今本作十二卷,又經後人合併矣.

影宋春秋尊王發微跋

《春秋尊王發微》十二卷,題曰“孫復撰”,附録范文正薦狀、歐陽文忠公撰墓誌銘,後有紹興辛未鄱陽魏安行刊版跋。每葉二十八行,每行二十二字。宋諱有改字者,如夏徵舒“徵”作“正”、公子貞“貞”亦作“正”,此影寫宋紹興刊本之證也。與通志堂刊本同出一源,而通志本稍有脫誤。卷八成公三年冬十有一月傳“故言聘”下,脫“言盟”二字;四年“公至自會、冬成陳”傳“諸侯怠於救患”,

“怠”誤“急”；七年丙戌“卒於鄆”，《釋文》“采南反”下，脫“《字林》音千消”五字；卷十昭公十二年“公子憖”，《釋文》“魚靳反”下，脫一字。卷中有“虞山錢曾王藏書”長印、“季振宜印”朱文方印、“滄葦”朱文方印、“兔牀手校”朱文長印，蓋是書先爲錢曾所藏，後歸季滄葦，即《敏求記》及季氏書目所著録者。嘉慶中歸吳兔牀，後有騫手跋。《釋文》二百一十四字，則爲魏安行所爲，見魏跋。自來著録家所未及也。

春秋五禮例宗跋

《春秋五禮例宗》七卷，前有紹聖四年自序，題“雪川張大亨集”。書名下題“張氏”。每葉二十二行，每行十九字。宋諱有缺筆，蓋從宋本傳録者。卷一吉禮，其目五，曰王政，曰即位，曰郊望，曰宗廟，曰雩。卷二凶禮上，其目三，曰王喪葬，曰内喪葬，曰外喪葬。卷三凶禮下，其目二，曰弑殺喪，曰災變。卷四軍禮一，其目二，曰伐，曰侵。卷五軍禮二，其目十，曰圍，曰次，曰戰敗，曰克獲，曰取，曰入，曰滅亡，曰遷，曰潰，曰追，曰戍，曰乞師，曰平成，曰軍賦。卷六軍禮三，其目四，曰執以歸，曰放，曰奔入歸納叛，曰盜。卷七軍禮四，曰蒐狩，曰城，曰興築。卷八賓禮上，其目五，曰朝，曰聘，曰來，曰會，曰盟。卷九賓禮下，其目二，曰遇，曰如至。卷十嘉禮，其目四，曰昏，曰歸脤，曰享，曰肆眚。今惟存七卷，而四、五、六三卷缺焉。惟《文淵閣書目》著録張大亨《五禮例宗》，注曰“一册全”，則《大典》必有全書，後乃有缺耳。《四庫》所收爲吳玉墀家藏本，亦缺此三卷，安得文淵閣本復出，一補全之？朱竹垞《經義考》雖注曰“存”，而不載大亨自序，則亦未見此書矣。

春秋通訓跋

《春秋通訓》六卷，傳抄《大典》本，後有崇寧九年大亨自序，述與東坡論難甚詳。《提要》所稱《蘇籀雙溪集》載東坡答書，今見《欒城遺言》。惟《文淵閣書目》"春秋類"祇有張大亨《春秋五禮例宗》，而無《春秋通訓》，然則《大典》所收亦有出於《文淵閣書目》之外者矣。

春秋左氏傳續説跋

《春秋左氏傳續説》十二卷，宋呂祖謙撰，傳抄《永樂大典》本。各家書目均未著録，惟明《文淵閣書目》有之，注曰"四册完全"，當即據以采入《大典》者。前有綱領十八條。此書雖續傳説而作，與傳説體例不同。傳説如比事之例，先例經文之相類者數條，而後爲之説，此則或出經文數句，或出經文一句而説之，其辭如語録，與《麗澤論説集録》相似，當出隨時講説而門弟子録以成書者。今《麗澤論説集録》，群經皆有而獨無《春秋》，或即《集録》之一種而摘出別行者歟？

春秋類編跋

《東萊呂大史春秋左傳類編》不分卷，舊抄本。《書録解題》著於録，分十九類，一"周"、二"齊"、三"晉"、四"楚"、五"吳越"、六"夷狄"、七"附庸"、八"諸侯制度"、九"風俗"、十"禮"、十一"氏族"、十二"官制"、十三"家臣"、十四"財用"、十五"刑"、十六"兵制"、十七"地理"、十八"春秋前事"、十九"議論"。前有綱領二十二則。每類之中先列《左氏》，後列《國語》，與《解題》合。"議論"之中又分"祀典"、"論兵"、"土功"、"荒政"、"諸侯政事"、"名臣議論"六門。綱領之前有年表，以魯十二公紀年，而以各國大事記於下。張月霄《藏書志》著錄之本，無"風俗"、"財用"、"官制"、"氏族"、"吳越"、"夷狄"、"諸侯制度"七門，而以"議論"中子目七門當之，似非全本也。是書東萊生前未經版行，至嘉定三年詹义民丞婺州，求東萊未刊著述於其猶子喬年，因得《觀史類編》、《讀書記》、《歐公本末》及此書付梓，見《歐公本末》义民跋。《文淵閣書目》有三部，一注"六册完全"，一注"四册完全"，一注"六册闕"，嗣後則罕見著錄。愚謂此乃東萊隨手編類以備檢閱之作，非《博議》及《左氏續說》之比。程端學以爲門人所編，未必無因，惟《四庫》未收，阮文達亦未進呈，姑以流傳之罕存之耳。

春秋經解跋

《春秋經解》十二卷，宋崔子方撰，傳抄《永樂大典》本。其里貫、仕履，《提要》考訂甚詳，足以證朱竹垞《經義考》之訛。前有朱震劄子二道及子方自序，後有後序。子方畢生精力，萃於《本例》一書，此書乃《本例》之緒餘也。子方嘗謂《詩》與《春秋》相表裏，其解"鄭伯克段于鄢"不書弟者，《叔于田》之詩存則段爲弟可知；解蔡人殺陳陀，據《墓門》詩序"陳陀不義，惡加萬民"句，斷弒君之賊；解"夫人享齊侯于祝丘辭不見譏者"，謂《敝笱》之詩存，則文姜之惡，不患不見於後世；解"鄭棄其師不曰鄭伯不曰鄭人者"，《清人》之詩存，則鄭棄其師可知：皆創論也。子方生當《春秋三傳》不列學官之時，而能獨抱遺經，潛心纂述，成一家言，可謂特立獨行之士，視常秩之諱其所學以趨時好者，有上下牀之別。漢上朱氏再爲奏請者，所重亦在此，乃《宋史》常秩有傳而子方無名，未免失去取之公矣。《文淵閣書目》有崔子方《本例》而無《經解》，此亦《永樂大典》所採書出於《文淵閣目》外者。

春秋讞跋

《左氏讞》十卷、《公羊讞》六卷、《穀梁讞》六卷，宋葉夢得撰，傳抄大典本。其自序曰："以《春秋》爲用法之君而己聽之，有不盡其辭則欺民，有不盡其法則欺君，凡啖、趙論三家之失爲《辨疑》，劉氏廣啖、趙之遺爲《權衡》，合二書，正其差誤而補其疏略，目之曰讞。"見陳振孫《書錄解題》，今本失載。是石林此書承啖、趙、劉三家之論緒，非創格也，特讞之名爲過當耳。明《文淵閣書目》有石林《春秋傳》而無《春秋讞》，此亦《大典》採輯書之出於《文淵閣目》外者。石林所著《春秋讞》《考》《傳》三書，惟《春秋傳》刻入通志堂，尚是完本，《考》三十卷，乾隆中從《大典》本錄出十六卷，以聚珍版印行。此書無刊本，吳門汪氏藝芸書舍有舊抄本三十卷，尚是宋時原本，今不知所歸矣。

儀顧堂續跋卷三

影元本春秋比事跋

《沈先生春秋比事》二十卷，影寫元刊本。每頁二十行，每行二十字。前有至元乙卯中興路儒學教授王顯仁序，從仕郎山南江北道肅政廉訪司管勾承發架閣兼照磨趙君庸、從事郎廉訪司知事范勿登、仕郎廉訪司經歷伯家奴、朝列大夫僉廉訪司事李執中、奉政大夫僉事李世藩、奉訓大夫僉事保保、朝列大夫廉訪副使李守仁、亞中大夫副使木八沙中、奉大夫廉訪司圖魯刊版銜名，嘉定辛未廬陵譚卿月浚明跋，祇減"頃得劉氏家本，特表而出之，且讎正三十六字，乙者十有三，減者六，注者十有七云"三行而缺其前。《直齋書録解題》曰："《春秋比事》，沈棐文伯撰。陳同甫序曰：文伯名棐，湖州人，嘗爲婺之校官，以文辭稱，而不聞其以經稱也。湖有沈文伯，名長卿，號審齋居士，爲常州倅，忤秦檜貶化州，不名棐也。不知同甫何以云然？豈別有名棐字文伯者乎？然則非湖州人也。"愚案：《建炎以來繫年要録》卷九十一："左儒林郎新婺州教授沈長卿爲秘書省正字，尋不行"，是文伯嘗爲婺州教官信而有徵，名棐字文伯于義亦通。意者長卿初名棐，而後改名歟？惜無確證耳。長卿靖康時太學生，元年二月二十二日曾上書數千言，論諸生伏闕事，見《北盟會編》。建炎二年進士，累官臨安府觀察推官，紹興中湖南安撫使。李綱辟爲屬，旋除婺州教授。五年除秘書省正

字,不行。十八年以左通直郎通判常州,三月以將作監丞改判嚴
州。十九年十月,進左奉議郎罷。嘗與芮燁同賦《牡丹詩》,有"寧
令漢社稷,變作莽乾坤"之句,爲鄰人所告,檜以爲譏訕。二十五
年,追兩官,勒停。檜死,復左朝奉郎,主管台州崇道觀。三十年,
葉義問使金,辟爲書狀官,比還,卒於保州。見《繫年要錄》、《輿地
紀勝》、《嚴州圖經》、《咸淳毘陵志》。長卿仕履,大略具是,無言其
治《春秋》者。無怪同甫、直齋均有疑辭也。

春秋比事跋二

都穆《聽雨記談》據譚卿月序以爲劉朔撰。《四庫》所據本無
譚序,故《提要》著錄仍題沈棐名。此本譚序祇存末三行,但以"頃
得劉氏家本,特表而出之"二語證之,必以爲劉朔作。考劉朔爲後
村之祖,《後村集》有《二大父遺文跋》云,"麟台公歿于信安傳舍
中,故遺稿尤少,有《春秋比事》二十卷,別爲書",與譚卿月之言
合,則此書信爲劉朔作矣。朔字復之,莆田人,與兄凤皆受業于林
光朝,少喜《易》,蘄以名家,以《春秋》久爲王介甫茅塞,更治《春
秋》。紹興庚辰,以《春秋》登第,調溫州司戶,累知福清縣,入爲秘
書省正字,疾作,求爲福建參議官,行至信安,卒於傳舍,見《中興
館閣錄》及《葉水心集》二劉墓誌。朔既以《春秋》名家,又有《後
村集》譚卿月序可證,其爲朔著無疑。惟文伯氣節文章,卓然有以
自立,必非竊書以爲名者。同甫所見之本,並無撰人姓氏,序稱或
曰"沈文伯所爲",亦未定爲文伯作也,直齋乃始誤會,當改題劉朔
名爲是。其書卷一周天王,卷二二霸齊桓晉文,卷三卷四魯十二
公,卷五卷六晉,卷七齊,卷八宋,卷九鄭,卷十蒐狩、築城、獻捷、田
邑,卷十一郊祀、宮室、正朔、即位,卷十二書盟,卷十三書會,卷十
四書朝、書聘,卷十五書侵,卷十六書伐,卷十七書戰,卷十八書救、

書平，卷十九書遂、書次，卷二十夷狄。《春秋》之教，比事屬辭，雖著於《禮經》，而漢、唐以來説《春秋》者，無有依經比類合爲一書而加以論斷者，有之，自此書始。故水心推爲三家之外，自出新義，爾雅獨至也。是書初刊於同甫，當在淳熙中，再刊於嘉定，三刊於至元。惟王顯仁所見之嘉定刊本譚卿月序不全，又未細繹陳序，遂題爲《沈先生春秋比事》。其誤蓋始於陳直齋而成于王顯仁，同甫不任咎也。文淵閣著録《春秋比事》兩部，亦題文伯名，蓋皆元刊，惟都穆所見之本譚卿月序完全，當爲嘉定刊耳。安所得譚序完全者，一證明之。《經義考》不載譚卿月序，又引吳師道説，謂"沈棐字文約，衢人"，未知何據？

春秋集傳跋

《春秋集傳》二十二卷，題曰"張洽集傳"。前有端平二年七月朝奉郎直秘閣主管建康府崇禧觀賜緋魚袋張洽進狀，後有綱領進狀，後有"延祐甲寅李教授捐俸補刊于臨江路學"兩行，末有木記五行云："路學所刊《集傳》無綱領，庭堅延祐甲寅承命校正，遂以此請李廣文並刊，方爲全書。諸費皆廣文自爲規畫，不申支不題助，故事成而人不知，第《集注》沿革未刊。庭堅繼今圖之百拜，謹識。"每葉二十二行，每行二十二字，影寫元刊本。經頂格，《集傳》低一格，自爲之説又低一格。經宗《左氏》而注《公》、《穀》異文於下，諸家之説可以證明而不以爲主者，雙行注於下。原本二十六卷，《宋史》不著録，《文淵閣書目》有《集注》而無《集傳》，天一《目》同。《四庫》未收，《經義考》注"佚"，其罕見可知矣。嘉慶中，吾鄉嚴久能先生從杭州汪氏得元槧本，缺卷十八、二十、卷二十三至二十六共七卷①，自爲之跋，又屬盧抱經爲之跋後，爲何夢華以《十三經注疏》易去。久能手錄一部，又爲之跋，見《悔庵文存》，即阮文達錄以進呈者也。此本乃張秋水從嚴氏元本傳錄者。秋水有手跋，見《皕宋樓藏書志》。庭堅爲洽之曾孫，尚有後序，見《經義考》。此書失載。蓋當時二書並行，先刊《集傳》，後刊《集注》，後序當載於《集注》後。李教授名萬敵，見庭堅後序。修能未見後序，故惜其名不傳。

春秋講義跋

《春秋講義》四卷，宋戴溪撰，傳抄《永樂大典》本。明《文淵閣書目》載有戴少望《春秋講義》一部，注曰“四册闕”，當即據以採入《大典》者。《提要》云：嘉定癸未五月，溪長子桷鋟木金陵學舍，沈光序之。寶慶丙戌，牛大年復刊于秦川，其序稱“是書期於啟沃君聽，天下學士不可得而聞”云云。是大典本必有沈光、牛大年兩序。此本從文淵閣傳錄，缺沈、牛兩序，其爲採輯時漏鈔，抑或頒置浙江時漏錄，則不可知矣。安所得借善本而補完之？程端學《春秋或問》、黃東發《日抄》頗推重之，惜不全耳。

春秋集義跋

《校正李上舍經進春秋集義》五十卷、《綱領》三卷，次行題“後學巴川王夢應”，蓋李明復著而王夢應所校刊者也。前有嘉定十三年山陽度正序、十四年魏了翁序及李俞進書表、諸家姓名事略。俞里貫，《提要》已詳，茲不贅。所採周子、二程子、張子、范惇夫、謝顯道、楊龜山、侯思聖、尹和靖、劉質夫、謝持正、胡康侯、呂東萊、

---

① 此處所記，實爲六卷。據《日藏漢籍善本書錄》，卷十九亦缺。

胡五峰、李愿中、朱子、張南軒之説，凡十七家，十六家皆有事略，張子獨無，不可解也。其書以濂洛爲宗，故胡安定之《口義》、孫莘老之《經解》《經社》《要義》、孫明復之《尊王發微》《春秋總論》、劉公是之《權衡》《意林》、崔子方之《本例》《經解》、王哲之《王綱論》、蘇穎濱之《集傳》、呂居仁之《集解》、蕭子荆之《辨疑》，雖全書具存，亦皆不採，蓋一家之學也。

春秋説跋

《春秋説》三十卷，宋洪咨夔撰，傳抄《永樂大典》本，前有自序。《隱元年》説云：“即位或書或不書，行即位之禮則書。公之不書，以攝自詭而禮不行焉。自有天地以來，君位無代匱者。堯老舜攝，實則相堯；周公攝政，成王已立，以攝欺天下自公始。世子必誓于王，公非所誓，國統必屬于父，公非所屬。始求遜國之名，終享擅國之利，作僞日拙，隱之心跡敗矣”云云。其説本之唐盧仝《春秋摘微》，未免過爲刻論。我高宗純皇帝所以特著書事以正之乎？平齋著此書時，正爲奸臣李知孝、梁大成所劾，罷官家居，目擊權臣竊柄，國是日非，其辭過激，蓋有由也。平齋《行狀》，爲吳潛撰，《大典》附錄於後，惜此本已佚之矣。

影宋抄春秋分紀跋

《春秋分紀》九十卷，前有淳祐三年南充游佀序、開禧二年程公説自序、淳祐三年程公許序、劉後溪光祖撰公説墓誌。每頁二十行，行二十字。每卷有目，連屬篇目，尚存宋本舊式。首爲《例要》，其目曰《名諱例》、曰《説綱領》、曰《敘傳授年表之目十》，卷一至四曰《周天王內魯外諸侯年表》，卷五曰《王后》、曰《內夫人》、曰《內妾母》、曰《王姬》、曰《內女》，卷六曰《魯卿》，卷七曰

《晉卿》，卷八曰《宋卿》，卷九曰《鄭卿世譜之目》十四，卷十曰《王子王族諸氏》、曰《諸臣名譜》、曰《魯公子公族諸氏》、曰《雜臣名譜》、曰《婦人名》、曰《孔子弟子譜》，卷十一曰《晉齊公子公族諸氏》，卷十二曰《宋衛蔡陳公子公族諸氏》，卷十三《鄭曹燕秦公公子族諸氏》，卷十四《楚吳公子公族諸氏》，皆附《雜臣名譜》，卷十五、十六曰《世譜叙篇考異名譜之目五》，卷十七曰《列國名臣》、曰《外夫人妾》、曰《外公女》，卷十八曰《古人物》、曰《四夷書之目七》，卷十九至廿二曰《曆》，卷廿三、廿四曰《天文》，卷廿五至三十五曰《疆理書》，卷三十七、三十八曰《禮樂》，卷三十九曰《征伐》，〔缺卷四十〕卷四十一至四十四曰《職官》，卷四十五、四十六曰《周天王》，卷四十七至五十二曰《內魯》，卷五十三至五十八《晉世本》，卷五十九至六十一《齊世本》，〔缺卷六十二〕六十三《宋世本》，六十四、六十五《衛世本》，六十六《蔡世本》，六十七《陳世本》，六十八至七十《鄭世本》，七十一《曹世本》，七十二《燕世本》，七十三《秦世本》，七十四至七十七《楚世本》，七十八《吳世本》，七十九曰《杞滕薛莒》，八十曰《邾小邾越許》，八十一《公爵四國》，八十二《侯爵十二國》，八十三《伯爵十國》，八十四《子男爵十七國》，八十五《有爵無姓六國》，八十六《有姓無爵三十國》，卷八十七《爵姓俱無三十國》，卷八十八至九十曰《四夷附錄》，始於驪戎，而以肅慎終焉。遊侶序謂：其書仿《史記》而作，年表仿《十二諸侯年表》，世譜仿《功臣王子侯年表》，世本仿世家。惟既仿《史記》，則周天王宜仿本紀，魯宜列世本之首，次國小國亦宜爲世家，乃周天王、魯及次小國獨否，何也？《疆理志》每國有指掌圖，頗爲詳核，其所論辨，如謂"似""褒"非國名，"州""來"非兩地，皆足證杜預《釋例》《釋地》之誤。預之《春秋世族譜》爲《釋例》之一，今《永樂大典》所採寥寥數條，顧啟期《春秋世系》今已失傳，伯剛皆見全書，《世譜考異》屢引之，《世族譜》可補今本《釋例》之缺，《世系》可藉是以見涯略。其《敍傳授》曰，"以聖經爲本而事則案《左氏》，《左氏》近誣則採《公》《穀》及先儒義之精，文句有未安則用啖、趙例，頗加刪削，論述大綱本孟氏，而微詞多取程、胡之論"，可以見其宗旨矣。獨念伯剛年止三十九①，所著自此書外又有《左氏始終》三十六卷、《通例》二十卷、《比事》十卷、《語録》二卷、《訓》一卷、《程氏大宗譜》十二卷。余三十五歸田，欲著之書不下數千卷，年近周甲，精力日衰，已成而付梓者未及千卷，讀伯剛書不能無慨然也。

明抄春秋纂言跋

《春秋》十二卷，《總例》七卷，題曰"吳澄學"，明抄本。《纂言》以一公爲一卷，卷首不著書名、卷數，惟每卷之末題"春秋纂卷幾"而已。《總例》蓋仿陸淳《纂例》而爲之，一"天道"、二"人紀"、三"嘉禮"、四"賓禮"、五"軍禮"、六"凶禮"、七"吉禮"，亦不題卷數。格式抄手，似在嘉靖刊本以前，或從祖本傳録者。其書年爲一行，春夏秋冬各爲一行，皆頂格。月日各爲一行，皆低二格。經之缺文，可推測而知者，如桓公三年至八年、十一年至十七年，春首月不書"王"之類，皆於正月上作一方格；四年不書秋冬首月則秋冬二行各於頂格爲方格，七月、十月則低二格，爲兩方格。其不可推測如郭公之類，則仍舊而爲説於下，此注《春秋》之創格也。經文以《左氏》爲主，《公》《穀》異文注於下。每年以《大衍曆》著其月大月小，而推明經所書日之干支爲月之某日。所採諸家傳説，《左氏》、《公》、《穀》、陸氏、啖氏、趙氏、杜氏預、張氏洽、高氏閌爲

---

① 《四庫全書總目》云，程公説伯剛"甫成而卒，年僅三十七"。此云"三十九"，未知何本。見《總目》卷二七，頁232《春秋分紀》。

最多，胡氏、劉氏、高郵孫氏、襄陵許氏次之。先採舊説，後著己説者，以"澄曰"別之，經下即著己説則否。《直齋書録解題》廣德軍刊古監本《春秋經》每事爲一行，朱子於《春秋》獨無論注，惟以《左氏》經文刊之。臨漳晃氏曰《春秋經》十二卷，以《左氏》經爲本，其與《公》、《穀》不同者注於下。是書每事爲一行，《公》、《穀》異文注於下，當本諸此。每册有"張雋之印"白文方印。案：雋字非仲，吳江人，一名僧願，又字文通，樓居積書甚富，手録者千餘卷，擁列左右。南潯莊廷鑨聘修《明史》，爲作有明理學諸儒傳，其稿別行，名《與斯集》。史案未發，自知其非，逃於僧舍，年已七十，後與潘檉章、吳炎諸人同伏法於杭州，著有《西廬詩草》四卷，見《南潯鎮志》。《文淵閣書目》有三部，一注"十册完全"，一注"十册殘缺"，一注"十六册殘缺"。元刻今不得見，明嘉靖間蔣若愚刊本流傳亦罕，朱竹垞僅於吳醫陸其清家見之。《四庫》所收，乃兩淮鹽政所採進，《提要》謂從陸本傳録。此則爲康熙初張雋所藏，非即竹垞所見之本，未知與《四庫》本傳自陸醫者何如也？

足本春秋讞議跋

《春秋讞議》十二卷，題曰"吳郡後學王元杰集讞"，影寫元刊本，每頁十八行，每行二十字。《四庫》所收，據浙江汪啟淑家藏本，至卷九止，卷十、卷十一、卷十二全缺。此本十二卷完善無缺，洵爲難得。于文傳序云："若夫天人相與之厚，古今事物之變，微辭奧義，何敢窺聖學之淵微。其于尊君父之大倫，正人心之大義，典章制度之正，是非善惡之公，舉而措之，未必無涓埃之助"云云，蓋亦持平之論也。

春秋魯十二公年譜跋

《春秋魯十二公年譜》一百四十八葉，不著撰人姓氏，格心有"鮚鰭亭"三字，蓋全謝山先生從《永樂大典》抄出以貽馬曰璐者。前有謝山跋，其書所採杜征南《釋例》《長曆》、程伯剛《分記》之外，尚有吳草廬《春秋纂言》，當爲元人所著。明《文淵閣書目》、黃俞邰《千頃堂書目》、錢竹汀《補元史藝文志》皆不著錄，究出何人之手，不可考矣。

元槧春秋諸傳會通跋

《春秋諸傳會通》二十四卷，題"廬陵進士李廉輯"。前有摹刊至正九年廉手書序，下有印曰"李氏行簡"，序後有"至正辛卯臘月崇川書府重刊"木記兩行，次凡例十條，次《讀春秋綱領》，次杜預《左傳序》、何休《公羊傳序》、范寧《穀梁傳序》、程子序、胡氏《傳》序、胡氏《進春秋表》、樓鑰《陳氏後傳序》。每頁二十四行，每行二十二字，小字雙行。其集諸家之說，先《左氏》，次《公羊》，次《穀梁》，次胡氏，次陳氏，次張氏。胡氏者，胡安國《春秋傳》也。陳氏者，陳傅良《春秋後傳》也。張氏者，張洽《春秋傳》也。皆以墨質白章別之。《左氏》用杜注，《公羊》用何注，《穀梁》用范寧，皆兼及疏。自下己意者，又低於六家說二格，以"案"字別之。程、朱諸說及制度之應考究者，是非之應辨正者，皆見於案語之下。注疏以小字黑質白章別之，或以方圓圍之。三傳異文，注于經文之下。《四庫提要》稱其"權衡事理，得比事屬辭之旨"，誠篤論焉。案：廉字行簡，安福人，至正二年進士，仕爲贛州路信豐令。元季兵亂，洞獠時出剽掠，廉立伍相保，守郡境以寧。紅巾賊奄至，以死守，眾潰遇害。其子敬嗣父官，亦力戰死。邑人爲立雙節祠。見豫章書。

據廉自序,揭恭初刻在至正九年,此本木記有"至正辛卯重刊"字,則又至正十一年所重刊,非揭恭所刊之本也。

元槧春秋屬辭跋

《春秋屬辭》十八卷,題曰"新安趙汸學"。前有宋濂序、汸自序及識語,後有洪武元年程性跋。每葉二十六行,每行二十七字。版心有字數及刊工姓名,間記刻版之月。卷十五後有"前鄉貢進士池州路儒學學正朱升校正、學生倪尚誼校對、金居正覆校"三行。程性跋云:"商山書塾刻是書,自庚子訖癸卯刻板一百十片,至甲辰告成"。案:庚子爲至正二十年,甲辰爲至正二十四年。程性跋雖作于洪武元年,版則元代所刊也。字皆趙體,刻手甚工,即通志堂刻本所祖。

元槧春秋左氏傳補注跋

《春秋左氏傳補注》十卷,題曰"新安趙汸學"。每葉二十二行,每行二十四字,注雙行。版心有字數及刊工姓名。前有汸自序。商山書塾與《屬辭》同刻。始於至正庚辰,乙巳畢工,見程性跋。其書出經文一句而補注於下,雖以陳止齋《春秋章旨》爲宗,兼採孔氏穎達、劉氏敞、葉氏夢得諸家之說附益之,至名物、度數、訓詁、地理,固不若近儒之精也。朱竹垞《經義考》有汸門人金居敬總序,此本已缺。

春秋師説跋

《春秋師説》三卷,題曰"新安趙汸編"。前有汸序。行款、字數、版心皆與《春秋屬辭》同。至正甲辰商山書塾與《左傳補注》同刊,見程性跋。附錄上爲黃澤所作《思古吟》、《六經辨説補注序》、

《易學濫觴》、《春秋指要序》，附錄下已缺，以目錄考之，知爲黃楚望行狀耳。至正庚寅迄今五百五十餘年，三書完具如新，可貴也。

蘭雪堂本春秋繁露跋

《春秋繁露》題曰"漢董仲舒撰"。前有慶曆七年樓郁序，後有《崇文總目》、《中興館閣書目》、《郡齋讀書志》六一先生書後、程大昌書後、淳熙乙未闕名跋。每頁十四行，每行十三字。版心上有"蘭雪堂"三字，下有刻工姓名，間有"活字印行"四字。書名、題名、篇名皆大字，餘皆雙行。以《漢魏叢書》本校一過，卷十三多《四時之副》第五十五一篇，《人副天數》第五十六多篇首"天德施地德化"云云三百九十六字，卷十六《止雨》第七十五"皆齋三日"下，多"各衣時衣"云云一百八十字，卷十二《陰陽終始》第四十八"至於冬而止空虛"下，多"太陽乃得兆就"云云二十四字，皆與《永樂大典》本合。卷十六《求雨》第七十四"他皆如前"下"秋暴巫"上，與《神農求雨》第十九"日戊巳不雨命爲黃龍又爲大龍社者舞之李立之夕曰東方小僮舞之南方牡者西方沾_{未詳}北方下_{疑少一字}人舞"四十餘字相連屬，篇末"女子欲和而樂"下，接"神書又曰開神山神淵積薪夜繫鼓譟而燔之爲其旱也"二十三字，是宋本已如此矣。《續漢志》注所引，無"神農求雨"以下四十餘字，當有刪節。盧抱經刊本遂據以削之，並改"神書又曰"二十三字爲小注，未免喧賓奪主矣。此外，字句之間頗有勝於《大典》本者，如《求雨》七十四"其神后稷祭之以母飪"，各本皆脫"母飪"二字，《大典》本亦同，此本不脫，與劉昭《續漢志》注、杜氏《通典》同，其一端也。蓋《大典》本雖與此本同出宋本，《大典》本轉輾抄錄，脫訛在所不免，此則以宋本摹印，奪訛自少，宜乎近來藏書家與宋本同珍也。《大典》本有樓鑰、胡榘二跋，此本無之，考黃氏《日抄》，樓攻媿校本，嘉定中胡槻刻于江東漕台，其後岳珂又刻於嘉禾郡齋。或《大典》本出江東漕台，此本以嘉禾爲祖歟？《文淵閣書目》有《春秋繁露》三部，一注"三册完全"，其二注"三册缺"，當皆宋刻，不知猶在人間否？

宋槧纂圖互注禮記跋

《纂圖互注禮記》二十卷，宋槧本。每頁二十二行，每行二十一字，小字雙行，每行二十五字。格闌外有篇名、卷數、葉數，"匡"、"胤"、"恒"、"貞"、"桓"、"構"、"慎"、"讓"等字皆避缺，惟"溫柔敦厚"之"敦"、"惇行"之"惇"、"棺椁"之"椁"不缺，當是孝宗時刊本。前有篇目一葉，《禮記舉要圖》二十三頁。圖凡二十有九，曰《王制商建國圖》、曰《周制建國之圖》、曰《天子縣內圖》、曰《方伯連帥圖》、曰《王制九命之圖》、曰《公卿大夫士圖》、曰《月令十二律管候氣圖》、曰《月令所屬圖》、曰《月令四季昏星圖》、曰《十二律還相爲宮圖》、曰《袞冕裘衣制圖》、曰《韠制度圖》、曰《帶制度圖》、曰《元端冠冕制圖》、曰《委貌錦衣制圖》、曰《曲禮師行圖》、曰《玉藻雜佩圖》、曰《童子服圖》、曰《三加冠圖》、曰《冠冕制圖》、曰《器用制圖》、曰《深衣圖上》、曰《深衣圖下》、曰《天子五學之圖》、曰《天子大射之圖》、曰《天子習五戎圖》、曰《五服之圖》、曰《司馬溫公五服之圖》、曰《禮記傳授之圖》。篇名在前，次題"禮記鄭氏注"，猶存《唐石經》舊式。經文大字，注雙行。次陸德明《釋文》，凡陸有而注無者，以"陸曰"二字別之，《釋文》所出之字以圜圍之。次重言重意，次互注。凡與《禮》本經辭不同而意同者謂之重意，如"毋不敬"下引"哀公問君子無不敬"之類是也。文義皆同者謂之重言，如"坐如尸"下云'坐如尸'二，一見《玉藻》第十三，又見《少儀》'尸則坐'是也。文意與他經相同者謂之互注，如

《檀弓》“魯哀公誄孔子曰”下引《左》哀十六年傳是也。皆無關大
義，以備場屋帖經之用而已，疑爲書坊所爲。惟雕刻甚精，字兼歐、
柳，所據乃當時善本，與《唐石經》十行本《正義》大略多同，如《緇
衣》“章義癉惡”不作“章善癉惡”之類是也。所引《釋文》有與葉
林宗影抄本同者，如“舊、扶死反”不作“扶允”、“呼困反”不作“呼
困”是也。余所見所藏宋刊《禮記》不下四五本，此本當在十行本
《正義》之上，與撫州公庫本相伯仲。所據《釋文》在通志堂刊本之
上，亦與葉林宗影宋本相伯仲。阮文達作校勘記，亦未得見此本
也。①

────────────

　　①　傅增湘云：“此本字畫精湛，是建本之最良者。陸心源氏曾校過，謂可與撫
州公使庫本相伯仲”。見《藏園群書經眼錄》卷一，頁53。

儀顧堂續跋卷四

元槧禮記纂言跋

《禮小戴記》三十六卷，題曰"臨川吳文正公纂言"。前有目錄，題曰"臨川吳澄幼清敘次"，後有元統甲戌門人吳尚跋。每頁二十行，每行二十二字。經頂格，注低一格，蓋是書初刊本也。觀澄自序，蓋本朱子與呂伯恭商訂之意而爲之。其篇次不依舊第，以一篇爲一卷，《曲禮》一《內則》，二《少儀》，三《玉藻》，四《深衣》，五《月令》，六《王制》，七《文王世子》，八《明堂》，九《喪大記》，十《雜記》，十一《喪服小記》，十二《服問》，十三《檀弓》，十四《曾子問》，十五《大傳》，十六《間傳》，十七《問喪》，十八《三年問》，十九《喪服四制》，二十《祭法》，二十一《郊特牲》，二十二《祭義》，二十三《祭統》，二十四《禮運》，二十五《禮器》，二十六《經解》，二十七《哀公問》，二十八《仲尼》，二十九《孔子閒居》，三十《坊記》，三十一《表記》，三十二《緇衣》，三十三《儒行》，三十四《學記》，三十五《樂記》，三十六以《大學》、《中庸》、程朱表章爲四書，《投壺》、《奔喪》爲禮之正，不可擠之於記。《冠義》、《昏義》、《鄉飲酒義》、《射義》、《燕義》、《聘義》六篇，正釋《儀禮》，別爲傳附《儀禮》後，故皆不列。凡先列前儒之説而後下己意者，以"澄曰"別之，經下不列舊説則否。吳尚跋述澄之言曰："吾於《禮記纂言》凡數易稿，蓋亦多所發明，而《月令》、《檀弓》，尤爲精密。若《月令》言五時之祭所先不同、天子所居每月各異,《檀弓》申生之死、延陵季子之哭、曾子之易簀、子思之母死於衞、子上之母死而不喪數節,是皆諸説紛紜,不合禮意,研精覃思,證之以經,裁之以理,自謂可無悖戾"云。蓋草廬頗亦自喜。其書危素《草廬年譜》謂書成於至順三年,虞集作行狀,謂成於至順四年。吳尚跋有云"先生親自點校,未畢而捐館",與虞集説合。付梓時,草廬之甥周濂、孫吳當及尚司校訂之役,而《宋元學案》不列濂、尚二人之名,亦缺典也。卷中有"毛晉字子晉一名鳳苞字子九"白文方印、"汲古閣"三字白文方印、"海虞毛氏秦叔圖書印"朱文方印、"毛晉之印"朱文方印、"子晉父"白文方印、"毛表"朱文方印、"字秦叔"白文方印、"虞山毛氏汲古閣考藏"朱文方印、"季振宜藏書"朱文長印、"毛晉之印"白文方印、"字子晉"朱文方印、"御史之章"白文方印、"季振宜印"朱文方印、"滄葦"朱文方印。蓋先爲毛子晉所藏,分授其子表,表不能守,歸之泰興季振宜。道光中,歸於上海郁氏,余從郁氏得之,雕刊工整,字皆趙體,元刊之最精者。

元覆宋槧本四書跋

《大學》一卷、《中庸》一卷,題曰"朱熹章句";《大學或問》一卷、《中庸或問》一卷,題曰"朱氏";《論語》十卷、《孟子》七卷,題曰"朱熹集注";《論語》版心或題"晦庵吾注",或作"晦庵《論語》"。《孟子》版心,間有"晦庵注孟"、"晦庵注《孟子》"等字;《大學》版心題"晦庵《大學》";《中庸》版心題"晦庵《中庸章句》"。前有刻四書凡例,每卷後有音考。每頁十四行,行大字十五,小字雙行,版心有字數。凡一節之義、一章之旨、一篇之凡,皆有旁抹。經中衍文,依朱子《孝經刊誤》之例,於字之外加圓圈,誤字加方圈,主意字眼則加上下圓、左右直之圈,注中宋人避諱改用之字則加方

圖，段則以畫，句則以圜。蓋元時常州刊本。其圜抹之法，兼取勉
齋黃氏、北山何氏、魯齋王氏、導江張氏諸本之長。《音考》則宣城
張師曾所爲也，見楊士奇《東里續集》。卷中有"周笈私印"白文方
印、"毘陵周氏九松迂叟藏書記"朱文長印、"周良金印"朱文方印。
案：周良金，自號九松迂叟，嘉靖中常州藏書家也。

北宋槧説文解字跋

《説文解字》十五卷，題"漢太尉祭酒許慎記、銀青光祿大夫守
右散騎常侍上柱國東海縣開國子食邑五百戶臣徐鉉等奉敕校
定"，宋槧宋印本。後有徐鉉進表、雍熙三年牒。每頁二十行，每
行大字二十，小字雙行，每行三十字不等。版心有大小字數、刊工
姓名，間有重刻之頁，版心有重刻字。"恒"、"貞"等字皆不缺，蓋
真宗時刊本也。[1] 後有阮文達隸書手跋云毛晉所刊，即據此本。
凡所舛異，皆毛扆妄改。愚謂平津館所刊即祖此本，行款、匡格皆
同。孫淵如作序，謂毛刊祖大字本，與阮説不同，以今證之，似以孫
説爲是。卷中有"青浦王昶字曰德甫"白文方印、"一字述庵別號
蘭泉"朱文方印、"大理寺卿"朱文方印、"經訓堂王氏之印"朱文方
印、"阮元私印"白文方印，即《百宋一廛賦》所云"王司寇極加寶
貴"者也。段懋堂大令作《汲古閣説文訂》亦以此本爲據，其善處
已詳言之矣。

宋本廣韻跋

《大宋重修廣韻》五卷，前載景德四年敕牒，次大中祥符元年

---

[1]　傅增湘云：此本"摹印甚晚，迭經補刊"。詳見《藏園群書經眼錄》卷三，頁
128。

敕牒,次陸法言序,次長孫訥言箋注序,次孫愐《唐韻》序,後有《雙聲疊韻法》、《六書八體》、《辨字五音法》、《辨十四聲例法》、《辨四聲輕清重濁法》。每葉二十行,每行二十字,小字雙行,每行廿七八不等。宋諱"玄"、"朗"、"匡"、"胤"、"炅"、"禎"皆缺筆,"徵"、"項"、"佶"、"桓"皆不缺,蓋仁宗時刊本。版心有字數、刻工姓名。每卷後有"新添類隔今更音和切"數字。以張氏澤存堂刻校一過,乃知張氏所據與此本同,而有增、有改、有缺、有誤。其改者,如卷一"東"字下"舜有七友",宋誤"土支";"四江""鏦,短矛也",宋誤"打鐘鼓也"之類。其增者,如"十二齊""巂上同又子巂鳥出蜀中",張於"巂"上增"鸘"文而以"子巂鳥出蜀中"六字屬之,以"上同"二字屬"巂";"六脂""蚳"下補"秖"文。卷三"二十四緩""粄"下增"餅"文之類。其缺者,如《辨四聲輕清重濁法》,宋本"朱,之余反,朱,赤也",張本缺,留墨釘;宋本"紬,真流反,紬,布也",張本亦缺留墨釘之類。其訛者,如《辨四聲輕清重濁法》,"朱"張本訛"生",并"補盈切","補"張本訛"府"之類。愚謂張所改,大抵以元版《廣韻》爲本,宋刻有訛,改之是也,至"巂",《説文》"周燕也,從佳,屮象其冠也,肉聲"。"鸘"乃後出俗字。況元刻及明内府本、張力臣校刊本,"巂"上皆無"鸘"字乎?"粄"本飯之俗字,"粄""餅"二字更後出。有"粄"矣,何必更有"餅"字?"秖"字見"十二齊",何必又見於"六脂"? 此皆增所不應增者也。其他所增,亦類此者多。近見黎蒓齋覆刊、東洋町田久所藏宋本,與此本無一不同。末三頁此本有刊工魏奇等名,黎本失摹耳。張刻"禎"、"徵"、"恒"、"桓"皆缺筆,與此本不同,蓋張氏所見之本乃徽宗時印本,經後人挖改廟諱,此則猶仁宗時印本也。惟黎所據之本,"桓"字不缺避,而敘目云"避至桓字止",何也?

馮巳蒼手鈔汗簡跋

《汗簡》七卷，前有自序，次七十一家事蹟。卷七爲略敍，目録後有李直方跋及《圖畫見聞志》、潘遠《紀聞》、周越《法書後苑》、劉向《別録》四條，鄭思肖隸書跋，每葉十四行。後有巳蒼手跋，言崇禎十四年借山西張孟恭藏本，歲乙酉避兵城西之洋蕩村，以二十日録畢，與康熙中汪立名刊本字跡少有參差。汪本出自曝書亭，移目録於首，此本目録在卷七，猶存漢人舊式。有“虞山錢曾遵王藏書”朱文長印，即《敏求記》所著録，後歸愛日精廬者。①

元槧廣韻跋

《廣韻》五卷，前有陳州司馬孫愐《廣韻》序，序後有木記兩行，文曰“至正丙午菊節南山書院刊行”。每葉二十四行，每行小字二十五，大字約十五六，元刻元印本也。明永樂甲辰廣成書堂、弘治壬子詹氏進德精舍皆有翻本，行款悉同，而刻工甚劣，訛謬更多。又別有至順庚午刊本，每頁二十六行，每行約十八九字，小字雙行，每行三十字。序末有“至順庚午敏德堂刊”木記及“辛未菊節後十日”印七字。又有建安余氏刊本，行款與至順本同，而板式縮小，似巾箱本，末有“建安余氏雙桂書堂鼎新鋟梓”木記，注更多刪節，均不如此本之善也。以黎莼齋新覆泰定乙丑圓沙書院本校一過，行款、板式無一不同，而此本微有奪落，蓋泰定乙丑前乎至正丙午

---

① 傅增湘云：“此書筆迹庸俗，乃近數十年中鈔胥所傳録者，斷非馮氏手迹，其錢遵王藏印亦僞，陸氏殆爲賈人所紿耳。憶己未年秋，余游淮南，聞書賈陳藴山言，昔年在常熟購得馮巳蒼手寫《汗簡》，爲崇禎末年避兵鄉中所書，有手跋數行。然則真本固在虞山，存齋所得爲贋鼎無疑矣。”見《藏園群書經眼録》卷三，頁134。

四十二年，當爲此本所祖，宜乎奪訛較少矣。明內府本每頁十八行，每行小字三十三。顧亭林校刊本每頁十六行，每行小字廿四，似皆非元版行款。是書相傳以爲陸法言原本，朱竹垞以爲即重修本而爲明中涓所刪削，《提要》據明德堂刊駁之，足以執竹垞之口，不意元刊竟有五六本之多也。

續古千文跋

《續古千文》一卷，題曰"左朝散大夫知池州軍州事賜緋魚袋侍其良器撰"，趙希弁《讀書附志》：《續千文》一卷，侍其瑗字良器所著也。昔周興嗣次王逸少所書千字爲韻語，以便觀省，後世謂之千文。良器遷避興嗣所用字，別製千字以續之，山谷嘗報以書曰："引辭連類，使不相觸，甚有功，當與《凡將》、《急就》並行也。"葛文康公爲之序。愚案：良器名瑗，一作瑋，蘇州長洲人，漢廣野君之裔，賜氏食其，後有仕武帝爲侍中者，因又合官與氏而稱侍其，家世以武顯。祖憲始自建業遷長洲。良器獨習儒學，皇祐二年進士，調杭州富陽主簿，改開封陽武。府尹包孝肅極材之檄，攝右軍巡判官。有亡命卒坐剽金論棄市，良器訊其情，白尹平之。累知建德、固始、永豐縣，通判全州，擢化州，移知池州，致仕。性靖退止足，孤立介特，以質謹自將，不媚權近。仕進淹晚，一不綴懷。嗜聚書，自少迄老，未嘗一日不觀。工草隸，善屬文，賦詩尤多，製《續古千文》行於世。崇寧三年卒，年八十三，見葛勝仲《丹陽集》侍其公墓誌。此本佚勝仲序，今據《丹陽集》補錄。子鋐字希聲，以父任入仕，官至知徽州，亦見《丹陽集》。

影宋群經音辨跋

《群經音辨》七卷，題曰"朝奉郎尚書司封員外郎直集賢院兼

天章閣侍講輕車都尉賜緋魚袋臣賈昌朝撰"。前有寶元二年中書
門下牒及昌朝自序，後有康定二年奉旨管勾雕造銜名及慶曆三年
雕造進呈平章章得象、樞密使晏殊、參知政事賈昌朝、范仲淹諸臣
銜名，紹興壬戌知汀州甯化縣王觀國後序、汀州鏤版諸人銜名及紹
興九年臨安學重雕知臨安府張澄等銜名。每葉十六行，每行大字
十四、小字雙行不等，版心有字數及刻工姓名。前有"毛晉之印"
朱文方印、"子晉"朱文方印、"希世之珍"朱文方印。以澤存堂刊
本互校，開卷即見張刻之謬，雕印進呈諸臣銜名稱臣，乃奏進之體，
中書門下牒則上行下之文，故平章參知五人姓而不名。宋本張、
章、程、王、李諸人之上無"臣"字，張刊於每人官銜之下、姓之上各
加"臣"字，蓋後人見進呈名銜有"臣"字而妄加。張氏不察，遂以
付刊耳。此外，張本誤脫，如卷一："北未"誤"北末"；"祭、享神
也"，"享"誤"亨"；"傍失切"，"傍"誤"旁"；"薦麅子"誤"薦莓
子"；"藏物之府也"，"藏"下"物"上衍"藏"字；"居利切"，"利"誤
"例"；"倚閭"，"倚"誤"踦"；"以犴皮飾射侯也"，"射"下脫"侯"
字；"必即天倫"，"即"誤"明"。卷二："學、覺也""學、教也"，
"學"皆誤"斆"；"禮惟學學半"，"禮"誤"書"；"息遺切"，"遺"誤
"進"；"其俱切"，"其"誤"具"；"鳥尼"，"尼"誤"夷"；"舊本作
脊"，"脊"誤"膋"；"膊磔也"上脫"膊肱也補各切"六字；"以簪笄
勿軀"，"簪"上衍"策"字，"勿"下脫"軀"字。卷三："戎地也"，
"地"下脫"也"字；"人實切"，"實"誤"質"；"期後時也"，"後"下
脫"時"字；"粟裂也"，"裂"誤"烈"；"上旅下旅"誤作"上於下
旅"；"木石之怪也"，"石"下脫"之"字；"歇怒也"，"怒"誤"恕"；
"音賤"，誤"音踐"。卷四："古郎"，"古"誤"苦"；"辟遵也"，"遵"
誤"違"；"子惟切"，"惟"誤"誰"；"駔、牡馬也"，"牡"誤"壯"；"羊
胄切"，"胄"誤"胃"；"音治"，誤"音溢"；"束衣也"，"衣"誤"本"。

卷五："辨方免"，"方"誤"皮"；"佛俌也"，"俌"誤"輔"；"娩槁滲
灕"，"槁"誤"橋"；"夏后氏之繆練"，"繆"誤"綢"；"又逋菩"，
"菩"誤"善"；"絮調也"，"調"誤"捕"；"古者諸侯出師"，"古"字
下脫"者"字；"丹朱中衣"，誤"丹中朱衣"；"繆繸也"，"繸"誤
"謚"；"紹緩也"，"緩"誤"援"；"隋祭神食也"，"隋"誤"隨"；注
"同壞、自敗也"，"敗"誤"毀"。卷六："尼据切"，"据"誤"許"；
"重、再也"，"再"誤"更"；"爲調絮曰和"，"絮"誤"繁"；"徒聊
切"，"徒"誤"調"；"諸侯爲天"，下脫"子守土曰守是以天"八字。
卷七："天子詩也"，"詩"誤"樂"；"肌膚若水雪"，下衍"水雪"二
字；"此龜屬鳴者也"，"屬"誤"臂"，又衍"而"字；"祁當作廈"，脫
"作"字。雕印進呈諸臣銜名，晏殊銜名"戶"字上脫一百二字。後
序"真奇殆絕"，"真"誤"直"；"海內乂寧"，"乂"誤"又"；"號稱難
治"，"號"誤"号"。此外筆畫之殊，更難枚舉。蓋張氏所祖抄本，
受之朱竹垞，欲借汲古南宋本，子晉秘不肯出，而別示以抄本，張氏
即據以校改付雕。蓋別本亦出宋本，改易行款，照錄而非影寫，又
經妄人屢改，故脫誤如此。

宋本九經補韻跋

　　《九經補韻》，題曰"代郡楊伯嵒彥瞻集"，宋麻沙刊本。每頁
二十六行，每行二十八字。前有嘉定十六年伯嵒自序，後有淳祐四
年文林郎衢州州學教授俞任禮跋。案：伯嵒字彥瞻，楊和武恭王沂
中曾孫，博聞強記，下筆驚人，雖治郡叢劇，手不釋卷，嘗與竹坡、呂
午唱和。淳祐七年以吏部郎官提點兩浙刑獄，八年除樞密院檢詳
文字，見《會稽續志》。紹定辛卯，遊九鎖山，幽岩壑谷，無所不歷，
見《六帖補》呂午序、俞任禮跋，《洞霄圖志》。

影宋抄方言跋

《輶軒使者絶代語釋别國方言》十三卷，前有郭璞序，慶元庚申李孟傳序、朱質跋，後附劉歆書。每葉十六行，每行十七字，注小字，宋諱有缺筆。蓋從慶元刊本影寫者。卷二“秦有榛娥之臺”不脱“秦有”二字；“顭鑠盱揚賸雙也”，“賸”不譌“睠”。卷三“斟協計也”，“協”不譌“恊”；“魯齊之郊謂之蕘”，“郊”不譌“間”；“譁罪也”，“譁”不譌“譁”；卷四“袓飾謂之直衿”，“衿”不譌“衿”；注“婦人初嫁”下無“所著上”三字及“音祖”二字；“自關以西秦晉之郊曰絡頭”，“以”不譌“而”。卷五“或謂之環”下，不衍“樌”字；“或謂之洐”，注“今云抪，篾篷也”，“篷”不譌“蓬”。卷六“謂之聵”，注“言聉無所聞知也”，“聉”不譌“恥”。卷八“鶝音域”，“域”不譌“或”。卷十“膊兄也”，注“此音義未詳”，“此”不譌“皆”。卷十一“南楚之外謂之蟅蟒”，注“亦呼蚝蛨”，“蚝蛨”不譌“吒咟”。卷十二“腻、腯也”，“腻”不譌“膩”，從肉不從日。卷十三“㑥、刻也”，“㑥”不譌“㣚”。戴東原作《方言疏證》往往以曹毅所藏宋本爲證，與此多同，當即從曹毅所藏宋本出者。

影元抄平水韻略跋

《新刻平水韻略》五卷，前有至大六年河間許古道真序①、《聖朝頒降貢舉三試程式》二葉、《壬子新增分毫點畫正誤字》三葉、壬子新雕禮部分毫字樣二葉。每頁二十六行，每行大字十六，小字三十二。每韻後有新添、重添之字，以黑質白章隔之。卷五後有木圖記二行，其文云“大德丙午重刊新本平水中和軒王宅印”。影寫元

① “許古道真”，陸跋誤作“許道古真”。許氏名真字古道。

刊本。《貢舉程式》內迴避廟諱，據延祐元年中書省咨試期稱皇慶三年，與《元史·選舉志》合，是《韻略》刊于大德中，皇慶、延祐續有增添矣。《點畫正誤》內有宋諱"殷"、"溝"、"眘"、"敬"等字，則所謂壬子新增者，亦必皇慶壬子，而非宋之淳祐壬子，竹汀偶未細考耳。許古道真序云"書於嵩郡隱者之中和軒"，而印書之王宅亦曰中和軒，豈古道之序書于王宅耶？抑王宅襲古道軒名耶？《三場程式》內載章表迴避至一百八十餘字之多，"婦"、"駕"、"仙"、"靏"、"服"、"布"、"孝"、"愚"、"過"、"改"、"空"、"忽"、"掃"、"慕"、"出"、"祭"、"饗"、"夢"、"缺"、"落"、"典"、"憲"、"法"、"遷"、"塵"、"亢"、"蒙"、"隔"、"離"、"去"、"辭"、"追"、"考"、"板"、"蕩"、"荒"、"古"、"迚"、"師"、"剝"、"草"、"睽"、"違"，皆在迴避之例，此則歷代所未有也。考試程式，蒙古與漢人皆不同：鄉試二場，蒙古人策限百字，漢人限千字；會試二場，蒙古試時務策，漢人辭賦；御試漢人策千字，蒙古五百字。皆足補《元史·選舉表》之缺。《元史·太宗紀》八年丙午夏六月，耶律楚材請立編修燕京經籍所于平陽，編集經史，召儒士景陟充長官，以王萬慶、趙著副之。中和軒、王宅，或即萬慶後人歟？

影宋抄押韻釋疑跋

　　《紫雲先生增修校正押韻釋疑》五卷，題曰"廬陵進士歐陽德隆釋疑、紫雲山民郭正己校正"。影寫宋景定本。每頁十八行，每行大字十六，雙行小字二十四。前有紹定庚寅袁文焴序、景定甲子郭守正序。《江西通志》進士表無歐陽德隆名，或領鄉解而未第進士，猶孫季昭之稱進士歟？紫雲山在江西安仁縣西北三十里，則守正必安仁人，疑爲平水書籍王文郁、錢唐書肆陳思之類。書中有"錢曾之印"白文方印、"遵王"二字朱文方印，蓋述古堂舊物也。

元槧韻會舉要跋

《古今韻會舉要》三十四卷,附《禮部韻略七音三十六母通考》一卷,題"昭武黃公紹直翁編輯、紹武熊忠子中舉要"。前有劉辰翁序、熊忠序、李术魯翀序、余謙跋、《韻例》七條、《音例》五條、《字例》十四條、《義例》五條。以三卷爲一冊,首行書名下有甲至癸十字。公紹字在軒,邵武人,咸淳元年進士,著有《在軒集》。其爲《韻會》也,蓋以《禮部韻略》訓釋簡略,博考經史,旁及九流百家,增其注說,又採異體異義,辨其正俗,以爲饋貧之糧而已。其於《禮部韻略》九千五百九十字及續降補遺三百四十四字之外則無增也。至熊忠而刪其注說之繁重,增其韻字之遺漏,其以毛晃韻增者一千七百一十字曰"毛氏韻增",以平水韻增者四百三十六字曰"平水韻增",以經史子集可備引用增者六百七十七字謂之"今增",而後在軒原本有增有刪矣。熊忠序云:"在軒黃公公紹作《古今韻會》,本之《說文》,參以籀古隸俗,《凡將》《急就》,旁行敷落之文,下至律書、方技、樂府、方言,靡不悉究,而又檢以七音六書,凡經史子集之正韻、次音、叶音、異辭,與夫事物、倫類、制度,纖悉莫不詳載。僕館公門,竊承緒論,惜其浩瀚,四方學者不能遍覽,增以毛、劉二韻及經傳當收未載之字,別爲《舉要》一編。"是則書中繁徵博引,每字以五韻分清濁及以《說文》本字爲正,而注明"古作某"、"本作某"、"或作某"、"通作某"以及"今刪"、"今正"、"今仍"者,皆公紹原本,惟"毛氏韻增"、"平水韻增"及"今增"者,則出熊忠手耳。楊升庵以《舉要》爲公紹舉《書林韻會》之要固謬,或以《韻會》別爲一書而非《舉要》者,亦未細讀是書矣。熊忠序後有陳宗譏云:"昨承先師架閣黃公在軒先生委刊《古今韻會舉要》,凡三十卷,古今字畫音義,瞭然在目。今繡諸梓,三復校讎,並無訛誤。"是則《舉要》付刊亦出在軒之命,蓋忠本在軒門客,謂《舉要》亦在軒作,亦何不可乎? 蓋公紹在時,已命陳寀刊版,尚未經文宗御覽。余謙點校者,故曰係私著之文,已經所屬陳告禁約也。至文宗見葛元鼎寫本,命余謙以刊本點校,非未見刊本也,觀余謙跋可見。字术魯翀序所謂刊本快睹者,將謂刊余謙所校之本,非謂以前無刊本也。此本當是以余謙點校本重刊者,陳寀跋則以舊刊所有仍之耳。若謂即陳寀所刊,不應有字术魯翀、余謙兩序矣。明有重刊本,行款悉同,惟字體小變耳。

元槧説文補義跋

　　《説文補義》十二卷,元刊本。每頁篆文十二行,約十,注文小字雙行,每行二十四字。《四庫》未收,阮文達始進呈。包希魯仕履已詳《揅經室外集》。其《補義》頗似王荊公《字説》,"東"字云:"東,五行爲木,天干爲甲乙,地支爲卯,乃木王之方,暘谷之地,日所出也,故從日,在木中。東海有若木,所謂日出榑桑,蓋指事焉。故日在木上爲杲,下爲杳。""曹"字云:"曹者,二曹決事在于東庭,故從二棘,指事也。下從曰者,以言決其獄詞也。"工"字曰:"上下均齊而平,中直而正,規榘之象,會意也。""有"字曰:"從又從肉,近取諸身,以手捫肉,實有者也。""九"字曰:"九者,十之屈也,申則爲十矣。""降"字曰:"屮屮者、人之行步也,自、土之高者,從自者,由高而至於下,降之義也。""名"字曰:"夕者、晦昧之時也,非囗自言則人不知其誰何也,蓋有是人則有是名也,故從夕從口。""品"字曰:"人以口計,三口者,其人非一也。人非一,則必有等殺焉,故可高下之列也。二口則曰吅,四口則曰㗊,皆指事也。"諸如此類者居多。其於六書之學,不如今人遠甚,惟當竟尚空談之日,而能研究六書,留心古籍,亦可謂豪傑之士矣。卷中有"愛日精廬藏書”朱文方印，蓋張月霄《藏書志》所著録者。

元槧六書統跋

《六書統》二十卷，題曰“奉直大夫國子監司業楊桓弜集”，每葉十六行，每行大約十字，小字雙行，每行二十三四字不等。注文多以篆體作楷，頗爲古雅。版心有大小字數、刻工姓名。前有至大元年倪堅序、門生劉泰序及桓自序。卷末有“至正二年八月江浙等處儒學提舉余謙補修”一行。桓之言曰：“許氏《説文》，形聲最備，其餘但千百字中一字間注象形、會意、指事，餘皆略而不説，意許氏漢人，生近三代，當知之。其所引而不發者，欲人存心酝飫而自求之。輒不自量，取古文篆籀之存者，析爲六門，凡三起草而後成書，以凡文字之統而爲六也，故名《六書統》。”又曰：“小篆雖出於秦，非秦創之。周室既弱，書不同文，秦統一之後，盡得周史載籍之正，乃削諸侯之紛雜，還古文之本原。”其言頗爲前人所未發。桓，《元史》有傳，其居魯之遂泉，疏而爲辛泉，因以自號，見倪堅序，則《元史》所不載也。是書自至大元年江浙行省刊後，至正時余謙補修，五百餘年無重刻者。明正德中，其版猶存南國子監，明亡始佚。此猶元版元印，恐此後流傳更少矣。

陸師道手寫漢隸字源跋

《漢隸字源》五卷，首有洪遵序，前列考碑、分韻、辨字三例，諸碑字體偏旁及當用字韻，所不能載者爲附字於後。每頁十行，每行約十字。行款、格式與汲古閣刊本同。惟《提要》稱，漢、魏碑三百有九，魏、晉碑三十有一。此本碑目一卷，漢、魏、晉并計，實得碑三百有九，檢之汲古本亦同，豈《提要》所見別一本耶？抑有誤記耶？附字後有題記云“嘉靖壬子十一月陸師道手録、奉衡山先生賜覽”，下有“師道”二字朱文連珠印、“子傳”二字朱文長印。案：師道字子傳，號元洲，更號五湖，長洲人，嘉靖戊戌進士。初官工曹，改禮部，以母老乞歸。凡十四年後以薦起，官至尚寶卿。隆慶初年告歸，萬曆初卒，年六十四。少游文徵明之門，工詩文，善楷隸，畫似倪元鎮。夏忠愍言，稱其“文賈、董，書鍾、王”。見《明史·文苑傳》、《無聲詩史》、《姑蘇名賢小紀》。壬子爲嘉靖三十一年，當是五湖四十以後書，正乞養家居時也。卷中有“青笠綠簑齋藏”朱文方印、“季振宜字詵兮號滄葦”朱文方印。考青笠綠簑齋，爲雍正中長洲謝滄湄淞洲齋名，蓋康熙中爲泰興季氏所藏，後歸謝淞洲者。

元槧説文字源跋

《説文字源》一卷，題曰“鄱陽周伯琦編注”，前有至正九年伯琦自序及自述、敘贊。先爲篆而以楷書釋文於後，每頁八行，注文雙行，每行二十字，篆文大字，每約占小字六格。卷末有“男宗義同門人謝以信校正”十一字，蓋與《正譌》同時所刊也。

元槧六書正譌跋

《六書正譌》五卷，題曰“鄱陽周伯琦編注”，前有至正五年宇文公諒序、十一年伯琦自序，後有十二年吳當後序。卷五末有“男宗義同門人謝以信校正”十一字。每頁八行，篆文約占小字六格，小字雙行，每行二十字。元刊元印本。篆文圓勁，楷書遒麗，蓋以伯溫手書上版者。明嘉靖元年有于器之重刊、崇禎甲戌有胡正言重刊本，行款雖同，其字跡相去遠矣。《四庫》著録之本，無伯琦自序、吳當後序。此則元版元印之完善者。

元槧六書統溯源跋

《六書統溯源》十二卷,題曰"奉直大夫國子司業楊桓弨集"。每頁十行,每行篆文約占小字四格,小字雙行,每行二十三四字不等。版心有字數及刊工姓名。中有缺葉,版心刻"原缺"二字,恐余謙修版時已缺矣。後有自序。《六書統》以《説文》爲主,而益以古籀,此則凡《説文》所無,或見於重文,或見於《玉篇》、《廣韻》、《集韻》、《類篇》者,各爲篆文,分指事、會意、形聲、轉注四門,子目亦與《六書統》同,其意蓋以續《説文》自居耳。《天一閣書目》有《六書統》、《書學正韻》而無此書,似明嘉靖時已難得矣。

元槧書學正韻跋

《書學正韻》三十六卷,題曰"奉直大夫國子司業楊桓弨集",與《六書統》、《六書溯源》同時所刻,行款、字數、刻工姓名皆同。卷三十六後有"至正二年八月江浙等處儒學提舉余謙補修"一行。元刊元印本。桓既作《六書統溯源》,後以二書所收之字分韻編排爲此書,先篆,次隸省,次訛體,條理周詳,字畫端整,既便檢閲,亦可正流俗之訛。

儀顧堂續跋卷五

宋蜀大字殘本漢書跋

《漢書》蜀大字本，每葉十八行，每行十六字，小字雙行，每行二十字。版心有刻工姓名，每卷有目連屬篇目。首行大題在下，篇名在上，題"正議大夫行秘書少監琅邪縣開國子顏師古注"，"玄"、"朗"、"匡"、"殷"、"敬"、"殼"、"竟"、"境"、"完"、"桓"、"貞"、"徵"、"慎"、"恒"、"讓"等字皆缺避，"桓"注"淵聖御名"，"搆"注"今上御名"，與紹興初井憲度眉山重刊嘉祐"七史"款式同，蓋亦紹興初蜀中刊本，而孝宗時修改者，世所稱蜀大字本者也。① 存卷六十四上下、六十五至六十七、六十九上中。以汲古本互勘，知毛本錯訛極多。如《匈奴傳上》"願寢兵休士"，"士"誤"事"；"俱無暴虐"，"俱"訛"居"；"下及魚鱉"，"下"訛"不"；"煇渠侯"注"煇渠、魯陽縣也"，"陽"訛"閡"。案：魯陽縣，漢屬南陽郡，晉屬南陽國，北魏爲郡，屬廣州，今汝州魯山縣治。若爲閡，則古今無此縣名也。"貳師罵曰"，"罵"訛"怒"；"欲發兵邀擊之"，"邀"訛"怒"；

----

① 傅增湘云："陸心源氏謂爲紹興初蜀中刊本，而孝宗時重修者。以余觀之，紹興本洵然，但不類蜀中刊工耳。且卷中頗有元修之葉，不僅至孝宗而止也。海寧孫鳳鈞銓伯家有《後漢書》，與此正同，今歸上海涵芬樓。"見《藏園群書經眼錄》卷三，頁186。

"死亡不可勝數"，"亡"訛"于"。《匈奴傳下》"願爲單于待使"，"使"訛"史"；"起亭墜"注"謂深開小道而行"，"行"訛"而"；"不當於匈奴稅"，"不"訛之"未"；"可以經遠也"，"可"訛"必"。《西南夷兩粤朝鮮傳》"西夷"作"南夷"；"郎約滿爲臣"，"臣"上衍"外"字；"重合候得盧候者"，"得"訛"毋"；"列四郡"，"四"訛"西"。《外戚傳》"在襁褓中"，"在"訛"皆"。《王莽傳上》"令天下有法"，"令"訛"今"。《王莽傳下》"剛卯"注"或用玉"、"今有玉"，"玉"皆訛"五"；"三年二月乙酉地震"，"年"訛"月"。惜祇存此數卷耳。有"尚寶少卿袁氏忠徹"朱文方印、"尚寶少卿"朱文長印。案：袁忠徹字公達，一字靜忠，鄞縣人。父珙，精於風鑒。忠徹得其傳，永樂即位，授鴻臚寺序班，累官尚寶司丞、中書舍人，終於尚寶少卿，天順二年卒，年八十三。性好學，博涉多聞，詩有奇氣，不僅以藝名。見《明史》本傳及李賢《袁公墓表》、黃潤玉《袁公行狀》、胡儼《袁尚寶傳》。陳敬宗《符台外集序》稱，忠徹退朝之暇，日與縉紳文士磨礱諷詠，故其收藏亦富。余所收東坡書《昆陽城賦》，亦忠徹舊藏也。

宋槧蜀大字本後漢書殘本跋

《後漢書》一百二十卷，首行小題在上，大題在下，"范曄"二字居中，次行題"唐章懷太子賢注"。每卷有目連屬正文。每葉十行，每行十六字，注雙行。"搆"注"今上御名"，"桓"注"淵聖御名"，與眉山刊七史行數、匡格相仿，當亦紹興初蜀中所刊，世所謂蜀大字者也。存卷六至卷十、卷十六至十八、卷二十一至二十九、卷三十三至三十六、卷三十八至五十九、卷六十一至六十四、卷六十至七十八、卷八十二至八十五、卷八十八，共八十卷。以汲古閣本互勘，知毛本訛奪甚多，如《陰皇后傳》"惟予與汝"，"與"訛

"惟"。《明德馬皇后傳》兄廖等"即時減削","減"訛"滅"。《孝仁董皇后傳》"爲解犢亭侯",脫"亭"字。《靈帝宋皇后傳》"渤海王悝""渤"訛"勃";"以事問于羽林左監","問"訛"聞"。《靈帝何皇后傳》"皇天崩兮后土穨","土穨"訛"士穨"。《皇女義王傳》"封舞陽公主","舞"訛"武"。《鄧騭傳》"連求還第","第"訛"弟";"中黃門李閏","閏"訛"閨";注"況其後嗣乎",下脫"事具古史考"五字。《寇恂傳》論"于寇公而見之矣",脫注"論語孔子之言"六字。《岑彭傳》"揚化將軍","揚"訛"楊"。《蓋延傳》"北度泗水","泗"上衍"泗"字。《陳俊傳》"俊撫貧弱","俊"下衍"得"字。《劉隆傳》"歲餘","餘"訛"郡"。《馬武傳》"後入綠林中","後"訛"從"。《竇融傳》"沘陽公主","沘"訛"泚"。《馬援傳》"可伏牀下","牀"訛"狀"。《馬嚴傳》"則陰盛陵陽","則"訛"明"。《侯霸傳》"與車駕會壽春","駕"訛"騎"。《宋弘傳》"推進賢士","推"訛"雅"。《杜林傳》"嘗寶愛之","寶"訛"實"。《承宮傳》"車駕臨辟雍",脫"車"字。《趙典傳》"李催"之"催"皆訛"僅"。《張純傳》"務於無爲",下脫注"曹參,惠帝時代蕭何爲相國,遵蕭何法,無所變更"十九字;"樂必崩"下脫注"《論語》載宰我之言也"八字。《曹褒傳》"尤好禮事","事"訛"士"。《鄭玄傳》"禮堂寫定傳於其人","定傳"訛"傳定"。《賈逵傳》"遊情六藝","情"訛"惰"。《張宗傳》"宗素多權謀","素"訛"數"。《度尚傳》"夫事有虛實","夫"訛"大"。《趙咨傳》"大司農陳奇","奇"訛"狶"。《第五倫傳》"體晏晏之姿","晏晏"訛"晏然"。《鍾離意傳》"所部多蒙","部"訛"步"。《東海王彊傳》"吐血毀眥","眥"訛"背"。《張敏傳》"徵拜司空","空"訛"位"。《胡廣傳》"政令猶汗","汗"訛"汙"。《袁敞傳》"歷位將軍","位"訛"爲";"情斷意訖","訖"訛"其"。《張黼傳》"祖文翁","文"訛

"父"；"矯稱卿意"，"矯"訛"驕"。《郭躬傳》"奉車都尉"，"尉"訛"護"；"食邑二千戶"，"戶"訛"石"；"建甯二年"，"甯"訛"武"；"則可寄枉直矣"，"枉"訛"往"。《楊彪傳》"陽球"，"陽"訛"楊"。《河間孝王開傳》"及翼云"，"翼"訛"儀"。《張綱傳》"爲卜居宅"，"卜"訛"十"。《劉瑜傳》"未嘗不投書而仰歎"，"嘗"訛"敢"。《虞詡傳》"出城北郭門"，脫"城"字。《傅燮傳》"勉之"下脫"勉之"二字。《張衡傳》"豈愛惑之能割"，"能"訛"乃"。《周紆傳》"未蒙省御"，"未"訛"朱"。《荀爽傳》"可爲鑒戒者"，"爲"訛"謂"。《李固傳》"還居黃門之官"，"還"訛"遷"。《趙岐傳》"著孟子章句"，"孟"訛"要"。《郭泰傳》"初泰始至南州"至"名聞天下"七十四字小注誤入正文。《許邵傳》"少峻名節"，"峻"訛"俊"。《何進傳》"太后之妹也"，"妹"訛"甥"。《宦者》、《酷吏》、《方術》、《儒林》、《文苑》、《循吏》、《逸民》列傳脫目錄。《華佗傳》"病不得生"，"得"訛"能"。《徐登傳》"既而爨熟"，"熟"訛"孰"；"臨水求渡船"，"渡"訛"度"。《逢萌傳》"字子康"，"康"訛"慶"。《井丹傳》"請丹不能致"，"致"訛"制"。《矯慎傳》"少好黃老"，"好"訛"學"。《袁譚傳》"見憎于夫人"，"夫"訛"天"。《任延傳》"造立校官"，"造"訛"遣"。《西域傳》"求救于曹宗"下脫"宗"字。《西夜國傳》"傅箭鏃"，"傅"訛"傳"。此外，注文之訛脫，更不勝枚舉也。范書明刊最多，有正統本，有嘉靖歐陽鐸本、汪文盛本，萬曆南北監本，崇禎汲古閣本。考《鄭玄傳》"爲父母兄弟所容"，宋景祐本、紹興監本、蔡琪一經堂本、元建康路本、明正統本，皆"爲"上無"不"字，與唐史承節所撰《鄭公碑》合，此本作"不爲父母兄弟所容"。嘉靖歐、汪二本、萬曆南北監本、毛本同，則嘉靖、萬曆四本當皆從此本出，汲古出於監本，而訛脫更甚。又可見《鄭玄傳》"不"字之妄增，始於南宋矣。

宋刻晉書跋

《晉書》一百三十卷，小題在上，大題在下，次行題"唐太宗文皇帝御撰"。前有貞觀二年御製序。每卷版心紀、志、傳、記各爲起訖，每葉二十行，每行十九字，左線外有篇名，"匡"、"胤"、"恒"、"貞"、"桓"、"構"、"慎"、"敦"、"曒"皆爲字不成，蓋南宋監本，遞修至元止。宋刊字體勁正，版心有字數及刊工姓名，元修版無，且多俗體訛字。明南監本《謝鯤傳》"吾不復得爲盛德事矣"句下，脫去"鯤曰何爲其然但使自今以往日忘日去耳初敦謂"二十字，此本不脫；《宣帝紀》、《陸機》、《王羲之》二傳，其論皆太宗自製，故稱"制曰"，或者謂惟陸、王二傳稱"制曰"，亦不考之甚矣。《音義》三卷，前有天寶六載天王左史楊齊宣字正衡序，行款與《晉書》同，唐東京處士何超字令升所纂，齊宣之內弟也。超自言仿《經典釋文》之例，注字以朱映。朱映者，謂以朱勾勒之也，今不可見矣。所引書如《字林珠叢》之類，今皆不傳。

宋槧宋印建本北史跋[1]

《北史》一百卷，首行大題在下，小題在上，每卷有目連屬篇目。自《皇后列傳》起，每篇有目，題曰某某列傳，低四格。每葉二十行，每行十八字。左線外有篇名，版心有字數。宋諱避至"敦"字止。蓋光宗時刊本。紙白如玉，字體秀勁，與福建蔡氏所刊《史記》、《草堂詩箋》、《陸狀元通鑑》、《內簡尺牘》相似，當亦蔡行父文子輩所刊。校讎不精，訛舛所不能免，在宋刊中未爲上乘。然偶

---

[1]　傅增湘云：此書爲宋刊宋印，"海內孤本也，閱者勿以殘缺而忽視之"。詳見《藏園群書經眼録》卷三，頁 179－180。

以毛本互校，可以證譌補缺者已多。如《魏太武紀》"造新字千餘"，"字"不譌"宇"；"駕次本根山"，"次"不譌"自"；"復羯兒王爵"，"羯"不譌"判"；"今制皇族肺腑"，"肺腑"不譌"師傅"。《齊高祖紀》"天柱大將軍太師"，"師"不譌"史"；"四日而至"，"至"不譌"坐"；"書背微點"，"背"不譌"皆"。《齊文宣紀》"癸巳行幸趙定"，"癸"不譌"發"；"馬子入石室"，"馬"不譌"男"；"親自臨聽"，"自"不譌"身"。《齊孝昭紀》"召被帝罰者"，"帝"不譌"立"。《齊武成紀》"大破周軍於軹關"，"軍"不誤"宣"。《周太祖紀》"歷北長城大狩"，"大狩"不譌"太守"；"乃令蘇綽"，"綽"不譌"州"；"眾務猶歸臺閣"，"歸"不譌"躍"。《周孝閔紀》"陽平公李遠"，"李"不譌"子"。《周高祖紀》"以應楊忠"，"忠"不譌"本"。《周宣紀》"以時祭享"，"享"不譌"奠"。《隋文紀》"隋國公"下，不奪"謚曰康皇祖楨爲柱國都督十三州諸軍事同州刺史隋國公"二十四字，"多爲妖變"，"妖"不譌"禍"。《陳留王傳》"光祿少卿"不譌"大夫"；"論義感鄰國"，不奪"鄰"字。《平陽王傳》"禮之明文"，不奪"文"字。《穆崇傳》"與真撰定碑文"，"撰"不譌"選"；"然好矜己凌物"，"好"不譌"而"；"論受事草創之際"，不奪"受"字。《崔浩傳》"今留守舊都分家南徙"，"都分"不譌"是"；"國聖業方隆"，不缺"業"字。《長孫道生傳》"乃切責子弟"，"弟"不譌"切"。《長孫紹遠傳》"則奏黃鍾"下不奪"作黃鍾"三字。《于仲文傳》"回擊大破之"，"回"不譌"因"。《于寧敏傳》"周祚所以靈長"，"祚"不譌"士"。《王晞傳》"對晞焚之"，"焚"不譌"聞"；"鉗配甲坊"，"坊"不譌"方"；"非不愛作熱官"，"熱"不譌"熟"。《封隆之傳》"子君確君靜"，不缺"靜"字；"封郯城子"，"郯"不譌"琰"。《古弼傳》"嘉其直而有用"，"直"不譌"真"。《張烈傳》"位諫議大夫"下，不奪"烈弟僧皓，字山客，歷涉群書，工於談說。

有名於當世，以諫議大夫”二十五字。《袁翻傳》“實賴忠良”，
“忠”不訛“溫”。《祖珽傳》“武成于天保”下，不奪“世”字。此外，
形近之訛，不下千餘。南北監本、官本，大都與宋刊同，遠勝毛本。
惟皇族“肺腑”二字多爲“妖變”之“祅”，“撰定碑文”之“撰”、“回
擊大破”之“回”、“封郯城子”之“郯”、“直而有用”之“直”，諸本訛
與毛本同，賴此本正之。每冊有“季振宜藏書”朱文長印，延陵《宋
版書目》著於録。

宋槧明修宋書跋

　　《宋書》一百卷，次行題“臣沈約新撰”，小題在上，大題在下。
每葉十八行，每行十七字，版心有字數及刻工姓名。紹興眉山刻
“七史”之一。有弘治四年、嘉靖八年、九年、十年修版。志第十二
末有校語云：“《聖人制禮樂》一篇《巾舞歌》一篇，按景栒《廣樂
記》言，字訛謬，聲辭雜書，《宋鼓吹鐃歌辭》四篇，舊史言詀不可
解。《漢鼓吹鐃歌》十八篇，按《古今樂録》，皆聲辭豔相雜，不復可
分。”列傳第六有云：“臣穆等案，《高氏小史》《趙倫之傳》下有《到
彥之傳》，而此獨闕。約之史法，諸帝稱廟號而謂魏爲虜；今帝稱
帝號，魏稱魏主，與《南史》體同，而傳末又無史臣論，疑非約書。
然其辭差與《南史》異，故特存焉。”按，二條北監本羼入正文，官本
仍之。汲古閣本志十二連正文，列傳六列於後。愚謂此皆嘉祐諸
臣校語也。晁公武於《南齊》《梁》《陳》《魏》《周》各書，皆言何人
校上，《宋書》獨闕。今以“穆等”二字推之，蓋鄭穆所校也。穆在
館閣三十年，嘗編集賢院書籍，見《宋史》本傳。嘉祐校勘“七史”，
諸臣校上，皆序其端。此書必有穆序，惟晁公武不能辨爲穆校，恐
紹興重刻時序已缺矣。《高氏小史》有《到彥之傳》，今約書仍闕，
則除《魏書》外，無以《小史》補綴可知。更可證錢宮詹《北齊考

異》之非，而信余言之不謬矣。約書例稱魏爲虜，列傳第六《張暢傳》多稱魏主，與《南史》例同而文不同。鄭穆疑非約書。愚謂《暢傳》多與魏臣李孝伯問答之辭，非史臣之辭，故言必稱魏主，史從實書，不能改而稱虜，未必非約原書，穆説非是。惟《少帝紀》有稱魏主、魏軍者，乃約書殘闕，後人以他書補之，亦非出《高氏小史》，或取之齊冠軍録事參軍孫嚴《宋書》，則不可知耳。紹興周季貺太守藏有一部，無一修版，有文淵閣印、季滄葦印，即季氏《書目》所著録者，爲明文淵閣舊物。其半宋版宋印，其半則元末明初印本，必有可以正今本之訛奪，惜其書已歸傖父，不能借校矣。

宋槧明修魏書跋

《魏書》一百十四卷，不題魏收銜名，前有臣攽、臣恕、臣燾、臣祖禹敘。攽者、劉攽，恕者、劉恕，燾者、梁燾，祖禹者、范祖禹也。行款格式，宋諱闕避，皆與《宋書》同。眉山刻"七史"之一，修至嘉靖十年止。卷三、卷十二、卷十三、卷十四、卷十五、卷十七、卷十八、卷十九上、卷二十五、卷三十、卷三十三、卷八十二、卷八十三上下、卷八十四、卷八十六、八十七、卷九十、九十一、九十二、卷一百一、一百二、卷一百五、一百六，皆有校語，序所謂"各疏於卷末"者是也。汲古本同，改作雙行小字，惟八十二校語云："收書列傳七十亡"，汲古本"亡"訛"終"。卷八十七校語云"魏收書節義傳亡"，汲古本訛作"列傳七十五終"。北監本卷三、卷二十七、卷二十五、卷八十七校語缺，餘皆同，乾隆官本則列入考證矣。卷十六《道武七王傳》缺第十六頁。嘉靖九年補刻空格一頁，北監本"謚曰哀王"下注"闕一枚"三字，汲古本留黑版十行，卷末無諸臣校語，嘉祐時不缺可知。其缺當在宋以後、嘉靖以前矣。《韋閬傳》末又有"武功蘇湛"云云者，言又有武功人蘇湛也。此史家附傳通例。"又有武功"四字,宋本在第十頁第十四行之末,"蘇湛"二字在十五行之首,校刻北監本者,誤以"蘇湛"爲提行別起,而以"又有武功"四字連屬"遵弟囂傳燕郡太守"下,則不可通矣。卷三十八《刁雍傳》附其子纂、遵、紹、獻、融、肅,肅後復敘遵事,而後敘遵之子十三人。汲古本《遵傳》末注云"'遵'字疑皆作'肅'",謬甚,然可見收書於附傳諸人本不提行,其提行者,嘉祐諸人校勘之失也。

魏書地形志集釋跋

《魏書地形志集釋》三卷,題"烏程溫曰鑑鐵華著"。案:曰鑒,字霽華,號鐵華,烏程監生。從楊鳳苞邢典學,好蓄書,並嗜金石文字。收書《地形志》承兩《漢書》遺法,兼載古跡,非若後代史志專載沿革。曰鑒博考《水經注》、兩《漢志》、《晉志》、《宋志》、《隋志》、《元和郡縣志》、《太平寰宇記》、《九域志》,爲之注釋,用力頗勤。惟杜氏《通典·州郡門》考訂甚詳,足與《魏書》相證明。溫氏失收,似近於陋。其書初名《考異》,改名《考證》,後乃定今名。此本旁行斜上,猶其手稿也。繆小山太史擬欲梓行,皆録副寄之。

宋槧明修梁書跋

《梁書》五十六卷,次行題"散騎常侍姚思廉撰",行款格式與《宋書》同,眉山重刻"七史"之一,修至嘉靖十年止。惟字畫刊工,均不及《宋》、《齊》、《北齊》、《陳》、《魏》、《周》六書之精。嘉祐崇文院本亡缺必少,故每卷後無一校語。然以校北監及汲古本,頗有此善於彼者。北監本于姚思廉銜名上加"唐"字可也,汲古本削去姚思廉銜名,不但與嘉祐校刊舊式相背,與新、舊《唐書》,晁、陳

《書目》著録皆不合矣。北監本目録移大題在上，小題在下，猶可言也，汲古本每卷削去大題，統排卷第，而於本紀、列傳之首低一格，各出"本紀"、"列傳"二字，竟如時文目録，以《學》、《庸》、《論》、《孟》分類，可乎？且毛氏所刻各史，皆不如也。其奪訛之甚者，如卷五"博覽則大哉無所與名"，缺"博"字，"覽"訛"覺"。卷七《徐妃傳》"祖孝嗣，大尉，枝江文忠公。父緄，侍中"，"文"訛"父"，"緄"訛"他"，"葬江陵瓦官寺"下衍"父"字。卷八《昭明太子傳》"不使我恒爾懸心"，缺"恒"字。卷三十一末"頗欲綜理"，脫"欲"字，"綜理"誤提行，"嗚呼"下脫"傷風敗俗，曾莫之晤，永嘉不競"十二字。卷三十八《朱异傳》"遠歸本朝"訛"遠歸聖朝"。《賀琛傳》"爲歡衹在俄頃"，脫"頃"字。此外，一二之訛奪，更難枚舉。

宋槧明修南齊書跋

《南齊書》五十九卷。次行題曰"臣蕭子顯撰"。前有臣恂、臣寶臣、臣穆、臣藻、臣洙、臣覺、臣彥若、臣鞏序。行款格式與《宋書》同。宋諱避至"構"字止，紹興十四年眉山重刻"七史"之一也。本紀第一末有校語云：策文"難滅星謀"，疑。志第九末云："漆畫牽車"注"成棟梁"，一本"成"作"戊"；"輿車"注"成校棟梁"，一本"成校"作"戈杖"；"衣畫車"注"刺代棟梁"，"平乘車"注"刺代棟梁"，並疑。列傳六末："賴原即大世"，疑。列傳二十二末云："張融海賦，文多脫誤，諸本同"。列傳三十九末云："量廣始登"，疑。案，各條皆曾鞏等所記也，萬曆十年南監本仍之，萬曆三十四年北監本、乾隆四年官刊本、崇禎汲古閣本皆無。志第七缺第三頁，列傳第十六缺第十頁，列傳第二十五缺第六頁，列傳第三十九缺第五頁，嘉靖九年修版重刻，第十四葉版心刻五字以補之，北監、南監、

乾隆官本所缺皆同。汲古留墨版，南、北監及官本皆留空白。其缺
當在弘治以後，嘉靖以前。何以言之？《宋書》有弘治四年修版，
此本有嘉靖修而無弘治修，則弘治時不缺可知，則不但嘉祐時不
缺，即紹興眉山重刻，亦斷無缺頁矣。惟列傳第十四《河南匈奴
傳》"王士隆"上空一格，北監注"缺"字，官本同，汲古本空一格。
"若夫九種之事有"，下空二格，旁注"缺"字，北監本同，官本注
"缺二字"，汲古本空二格。此二處缺文，恐眉州重刻已然，不始
於明矣。《李繪傳》"以此久而屈沉卒"，毛本同，惟"沉"訛爲
"況"。北監本下有"贈南青州刺史，諡曰景"九字，此則必李騰
芳校勘時以《北史》補之耳。序末列名諸臣，錢竹汀考爲錢藻、孫
洙、孫覺、丁寶臣、趙彥若、曾鞏，而臣恂、臣穆未及。愚謂，穆者、
鄭穆，侯官人，字閎中，曾官集賢院校勘，見《宋史》本傳；恂，疑
楊恂，四川人，入元祐黨籍，《宋史》附《家愿傳》。是本凡嘉靖八
年修版六十五葉，九年修版七十一葉，十年修版六十五葉，宋刊
尚存十分之八。

宋刊明修北齊書跋

　　《北齊書》五十卷，次行題"隋太子通事舍人李百藥撰"，行款
格式與《宋書》同，紹興十四年眉山刊"七史"之一，修至明嘉靖止，
本紀第三末有校語云："臣等詳《文襄紀》，其首與《北史》同，而末
多出於東魏《孝靜紀》。其間與侯景往復書，見《梁書》景傳。其所
序列傳，尤無倫次，蓋雜取以成此書，非正史也。"本紀第五、第七，
列傳第二、第四、第六、第七、第二十五、第二十六、第二十七卷末有
云："此卷牽合《北史》而成。"第二十一卷末云："此卷雖《北史》而
無論贊，尚非正史。"卷二十九末云："此傳與《北史》同，而不序世
家，又無論贊，疑非正史。"愚按，以上各條，皆嘉祐時校刊諸臣所

記,與《陳書》、《南齊書》同。曾鞏《陳書》序所謂"特疏於篇末"者
是也。萬曆南監本尚仍其舊,至汲古閣本始盡去之。錢氏竹汀
《廿二史考異》,以卷四校語爲嘉祐諸臣所記,餘皆明人所記,良由
未見蜀大字本故耳。李延壽之撰《北史》,百藥之撰此書,皆不能
憑空結撰,必取材于王邵之《齊志》,崔子發、杜臺卿之《齊紀》,百
藥書又成於延壽之前,愚意與《北史》同者,難保非延壽用百藥書
修,其與《北史》大同小異者,當皆本之王、杜、崔三家。若謂殘缺
之後,後人以《高氏小史》補綴,則校《魏書》者,既屢引《高氏小
史》爲證,校此書者何獨引《北史》而不及《小史》乎? 其非以《小
史》補綴,有必然者。惟崔、杜、王三家之書,北宋已亡,非若宋時
館本《魏書》有白簽可據,故以"非正史"三字渾言之耳。錢氏以書
中無序贊而與《北史》異者,爲出《高氏小史》,愚未敢謂然。《文宣
紀》之末,汲古閣本脫"乘駞駞牛驢"至"飲酒麴蘗"三百五十六字;
列傳二十一《李繪傳》"未幾遂"下,奪"通急就章"至"袁狎曰"三
百四十字,而屢入《高隆之傳》"啟初爲北道行台"至"冒"字止三
百餘字。蓋毛氏所據之本,與此本同,而殘缺更甚。卷四缺第三十
二頁,卷二十一缺第三頁,而以卷十八之第十三頁當之,無怪文義
之不續矣。毛刊"十七史",《北齊》最爲草率,惜此本亦多明修之
版,又多斷爛之文,不能逐一校正之耳。百藥結銜之誤,宋本已然,
錢氏蔽罪明人,冤矣。

宋槧周書跋

《周書》五十卷,大題在上,小題在下。次行題令狐德棻等撰。
前有臣燾、臣安國、臣希校上序。燾者、梁燾,安國者、王安國,希
者、林希也。每葉十八行,每行十七字。版心有字數及刊工姓名。
列傳第二十二、二十三後有校語兩行。卷數以紀傳爲起訖。紹興

十四年蜀眉山刊本，修至明嘉靖十年止。以汲古閣本校一過，毛本訛奪甚多，乃知宋本之善。卷一，"韓軏"，"韓"不訛"元"；"侯景之克臺城也"，"克"不訛"充"；"出自興皁"，"皁"不訛"皇"；"此爲上筴"，不缺"筴"字；"李賢將精騎一千"，"騎"不誤"兵"；"魏孝武帝崩"，不奪"武"字。卷二，"建忠王万俟普撥"，"忠"不訛"中"。卷三，"太史陳祥瑞"，"史"不訛"師"；"其當州租賦"，"租"不訛"祖"；"臣無復子之請"，"子"不訛"于"。卷四末，"享年不永"下，不脫"嗚呼"二字。卷五，"萬物不昌"，"昌"不訛"長"。卷六，"十一月己亥改置司內官員"，"己亥改"不訛"庚寅曰"；"景子陳遣使來聘"，"子"不訛"寅"，"陳"不訛"友"；"僞丞相阿那瓌"，"瓌"不訛"肱"；"口二千萬六千八百八十六"，"八百"不訛"六百"。卷七，"冬十月歲星犯軒轅"，"歲"不訛"㞢"；"癸巳祠太廟"，"祠"不訛"祀"；"無忘鑒寐"，"寐"不訛"昧"。卷九，"大象元年"，"元"不訛"末"；"捐婚姻之彝序"，不脫"彝"字。卷十一，"晉公護傳次者屬兔"，"兔"不訛"免"；"永畢生願"，"永"不訛"未"；《馮遷傳》"遷本寒微"，不脫"微"字。卷十三，《秦王贊傳》"忠誠公靖智"，不脫"公"字。卷十五，《于謹傳》"親自袒割"，"袒"不訛"祖"。卷十九《達奚武傳》"遣武從兩騎占候動靜"，"兩"不訛"而"；《楊忠傳》"與達武援"之"援"，不訛"授"。卷二十《賀蘭祥傳》"宜陽縣公"下缺四字，脫"高祖於并州"至"襄樂縣公"六十字。卷二十二論"並遭逢興運"，"並"不訛"益"。卷二十三《蘇綽傳》"天下之治"，"治"不訛"士"。卷二十五《李賢傳》"以絕援軍"，"絕"不誤"一"。卷二十六《長孫紹遠傳》"碩乃歎服"，"歎"不訛"款"。卷二十七《蔡祐傳》"太祖每歎之"，"每"不訛"乃"；《田弘傳》"高琳"，"琳"不訛"珠"；"乃還江陵"，不缺"陵"字；《梁椿傳》"隴東郡守"上不脫"出爲"二字，"弘農"不訛"弘濃"。卷二十八《權景宣傳》"可以計取之","計"不訛"討";《郭賢傳》"除迎師中大夫",不奪"迎"字。二十九《王傑傳》"進位大將軍","位"不訛"爵";《高琳傳》"賜爵許昌縣公","縣"不訛"郡"。卷三十《竇熾傳》"廣武郡公","武"不訛"成";"毅字大武","大"不訛"天"。三十二《盧柔傳》"時沙苑之後","時"不訛"事";《唐瑾傳》"退朝休假","假"不訛"暇"。三十三《楊薦傳》"卿歸語行臺迎我","歸"不訛"等";《趙剛傳》"傍乙載念","念"不訛"忽";《趙昶傳》"千遷鎮陝","遷"不訛"還"。三十四《元定傳》"遂爲度所執"下不脫"所部"二字;《楊擑傳》"關中貧校","中"不訛"史";"豎大木於岸","木"不訛"水";卷末"前哲所難"下脫"趙善等或行彰于孝友,或誠顯於忠概,或躬志力俱徇功名,兵凶戰危,城孤援絕,揚敷"三十字。三十五《鄭孝穆傳》"以疾不之部","部"不訛"郡";《崔猷傳》"當今之要地","今"不訛"世"。三十六《楊纂傳》"乃間行歸款","間"不誤"問";《裴果傳》"李慶保降",不缺"降"字。三十七《張軌傳》"撫軍將軍","撫"不訛"無"。三十八《薛真傳》"諡曰理","理"不訛"禮"。卷三十九《辛慶之傳》"凶狡狂悖","狡"不訛"奴";《杜杲傳》"遷溫州"下空八格,不衍"刺史"二字。四十一《王褒傳》"江南燠熱","燠"不訛"煥";《庾信傳》"風飛雷激","激"不訛"散"。四十二《蕭世怡傳》"不尚苛察","察"不訛"蔡";《蕭圓肅傳》"遂不之部","部"不訛"郡";"右史書事","書"不訛"記";《劉璠傳》"將致大禍","致"不誤"至"。四十三《韋祐傳》"王公避難","避"不訛"被"。四十四《泉企傳》"朝廷嘉之","嘉"不訛"喜";《李遷哲傳》"車騎大將軍","車"不訛"年";《陽雄傳》"頻典二郡","二"不訛"三"。四十五《盧誕傳》"營邱"下不脫"成周"二字;《沈重傳》"周禮音一卷"下不脫"儀禮音一卷"五字;《樂遜傳》"通賈服説","服"不訛"成";卷末

"不失守令"，"失"不訛"火"。四十七《褚該傳》"人皆敬而信之"，不脫"人"字。四十八《蕭督傳》"百姓稱而安之"，"稱"不訛"撫"；"彊土既狹"，"土"不訛"上"；"每誦老馬伏櫪"，"每"不訛"母"。四十九《宕昌傳》"殺牛羊以祭天"，"殺"不訛"役"；"十六年"，"年"不訛"千"；"傍乞鐵葱"，"葱"不訛"忽"。《氐傳》"據陰平自稱王"，不脫"王"字。五十卷《突厥傳》"父兄伯叔"，不脫"兄"字；《吐谷渾傳》"伏乞觸拔"，"拔"不訛"扳"；《波斯傳》"瑟瑟"不訛"琴瑟"，凡"旡"不作"無"，"閤"不作"閣"，"諡"不作"謚"，均勝毛本。周主之名，如邕、毓等字，唐祖李虎之虎，皆以諱代，不書其名。蓋《周史》本有柳虯、牛弘二家，菜本二家而成書，邕、毓不書名，用柳史而改之未淨者。太清閣本當出唐代流傳，李虎不書名，宋嘉祐以唐鈔付刊，改之未淨者。梁燾等序不言有缺失，不應紹興眉山覆刊遽以《北史》補之，其與《北史》同者，安知非同採柳、牛二史乎？《文淵閣書目》有《周書》四部，想其時宋刊完本必多，明人刊書粗莽，兩監重刊並不求善本補全，北監雖較勝南監，亦如唯之與阿。毛氏重雕，竟以南監爲祖，由是此書無完本矣。

宋槧宋印蜀大字本陳書跋

　　《陳書》三十六卷，小題在上，大題在下。次行題"散騎常侍姚思廉撰"。每頁十八行，每行十七字。首目錄，後有臣恂、臣穆、臣藻、臣覺、臣彥若、臣洙、臣鞏校上序。版心有字數及刊工姓名。紀傳各爲起訖。"弘"、"匡"、"胤"、"徵"、"敬"、"恒"、"貞"、"慎"，皆爲字不成。卷一、卷三、卷九、卷十六、卷二十八後，皆有校語，序所稱"其疑者，亦不敢損益，特各疏於篇末"是也。汲古閣刊本亦從此出，削其校語。目錄、卷一、卷三、卷四、卷五、卷六下，各衍小注數字，訛奪亦多。如卷一，"封陳公策衣製杖戈"，本《左氏》哀公二十七年傳文。製、雨衣也，毛刊誤作"乘羽枝戈"。卷四"慈訓太后令嬪嬙弗隔"，"弗隔"者、言不隔絕嬪嬙也，毛本"弗隔"訛"丱角"。卷六禎明二年"有群鼠無數，自洲岸入石頭"，毛本"洲"訛"州"，"州"上衍"蔡"字。卷二十二《錢道戢傳》"以功拜直閣"下，奪"將軍除員外散騎常侍假節東徐州刺史封永安縣侯，邑五百戶"二十五字。此外，一二字之訛奪，不可枚舉。詳見《群書校補》。陳諱如"霸"、"先"、"蒨"、"頊"等字，間或作諱，蓋思廉承顧野王、傅緯舊文而刪之未盡者。唐諱"虎"，字或作"獸"，或作"武"，宋刻仍唐本舊文而改之未盡者。宋嘉祐中，以《宋》、《齊》、《梁》、《陳》、《北齊》、《周書》舛謬亡闕，始詔館職讎校曾鞏等，以秘閣所藏多誤，不足憑以是正，請訪天下藏書之家，悉上異本，久之始集。治平中，鞏校定《南齊》、《梁》、《陳》三書上之，劉恕上《後魏書》，王安國上《北周書》。政和中始皆畢，頒之學官，民間傳者尚少。未幾，遭靖康丙午之變，中原淪陷，書幾亡。紹興十四年，井憲孟爲四川漕，始檄諸州學官，求當日所頒本。時四川五十餘州，皆不被兵，書頗有在，往往亡缺不全，收合補綴，獨少《後魏》十許卷。後得宇文季蒙家本，偶有所少者，於是"七史"遂全。因命眉山刊行，見《昭德郡齋讀書志》。此即眉山所刻"七史"之一也。世謂之蜀大字本。明洪武中，取天下書版實京師，其版遂歸南京，國子監遞有修補，至萬曆時始亡。此本宋刻宋印，絕無修版，誠可寶也[1]。卷四、卷十四、卷二十二、卷三十六後，有"史西邨人"白文方印、"子孫保之"白文方印、"史鑑之印"白文方印，間有"文徵明印"白文方印。

---

[1]　傅增湘云："陸心源氏謂此本宋刊宋印，絕無修版。余諦觀之，卷中多有字體圓軟者，必爲元代補刊之葉，其非宋印明矣。"又云："蓋眉山七史中宋刊元印，在今日已爲希覯，固不必虛詞以自侈也。"見《藏園群書經眼錄》卷三，頁212。

案：史鑑，字明古，吳江人，號西邨，隱居不仕，藏書畫甚富，著有《西邨集》，見《吳文定集》，《序》爲曾鞏所作，見《元豐類稿》。

儀顧堂續跋卷六

重輯舊五代史原稿跋

薛居正《舊五代史》一百五十卷，原本久佚。乾隆中，四庫館臣從《永樂大典》輯出。主其事者，餘姚邵二雲學士晉涵也。此本每冊有"晉涵之印"朱文方印、"邵氏二雲"朱文方印，蓋即學士家底本也。其與官本不同者，每條皆注出處；其出《大典》及《册府元龜》者，皆注明某卷；出於《通鑑考異》及《通鑑注》者，皆注明某紀。卷一《太祖紀》第一下有小注云："按薛《史》本紀，《永樂大典》所載俱全，獨《梁太祖紀》原帙，已散見於各韻者，僅得六十八條，參以《通鑑注》所徵引者，又得二十一條，本末不具，未能綴輯成篇。《册府元龜・閏位部》所錄朱梁事蹟，皆本之薛《史》，原書首尾頗詳，按條採綴，尚可彙萃。僅依前人取魏澹書《高氏小史》補《北魏書》闕篇之例，採《册府元龜》梁太祖事，編年按日，次第編排，以補其闕，庶幾略存薛《史》之舊。仍于條下注原書卷第，以備參考焉。"案：此條今載官本凡例中，而刪節過半，此外案語也比官本爲多，雖半已採入考證，而此較詳。自元建康路刊十三史，有歐《史》，無薛《史》，而薛《史》遂微。《文淵閣書目》著錄《五代史》十部，其六部注"十册闕"，其四部或注"十四"，或注"十五"，或本注"十六缺"。孰爲歐《史》，孰爲薛《史》，究莫能辨。此外，范氏天一閣、左氏《百川書志》、錢氏絳雲樓、毛氏汲古閣、董氏延賞齋各目，皆無其書。惟萬曆中連江陳第《世善堂書目》有《五代史》一百五十卷。至嘉慶中，陳氏書始出，杭州趙谷林兼金購求無所得。同治中，余權閩鹺，遍訪藏書家，亦無知之者。想閩地多蟲，飽蠹魚之腹久矣。

元槧漢書藝文志考證跋

《漢書藝文志考證》十卷，題“浚儀王應麟伯厚甫”。每葉二十行，每行二十字，小字雙行，字數同。版心刊“志考幾”，有字數及刊工名。慶元路附刊《玉海》十三種之一也。其書雖名《漢藝文志考證》，而于《藝文志》著錄未加考證者甚多，不著錄者轉有所增。前無序，後無跋，恐亦未定稿本。兒子樹藩近頗留心目錄之學，擬爲續補，亦樂觀其成也。後有“張寬德宏之印”朱文方印、“張任文房之印”朱文圓印。

元槧宋史跋

《宋史》四百九十六卷，目錄三卷。首行大題在下，小題在上。次行題“開府儀同三司上柱國錄軍國重事前中書右丞相監修國史領經筵事都總裁臣脫脫等奉敕修”。前有《進宋史表》，領三史右丞相阿魯圖、左丞相別兒怯不花、都總裁脫脫、總裁平章帖睦爾達世、御史大夫賀惟一、翰林承旨張起巖、歐陽玄、治書侍御史李好文、禮部尚書王沂、崇文太監楊家瑞、史官工部侍郎斡玉倫徒、秘書卿泰不華、僉太常杜秉彝、翰林直學士宋褧、司業王思誠、集賢待制干文傳、司業汪澤民、翰林待制張瑾、宣文閣鑒書博士麥文貴、翰林待制貢師道、太常博士李齊、監察御史余闕、翰林修撰劉聞、太醫院都事賈魯、助教馮福可、御史趙中、太廟署令陳祖仁、翰林應奉王儀、余貞、著作佐郎譚愷、編修張翥、助教吳當、檢討危素銜名及提

調平章納麟等銜名，至正六年中書省行浙江行省刊版咨文，行省提
調官達世帖睦爾等、杭州府提調官趙璉儒、司提調李祁、監督儒官
錢惟演等銜名。每頁二十行，每行二十字。版心中間，紀、志、表、
傳，各爲卷第。魚尾上，左"宋史幾"，右字數；魚尾下，左寫人姓
名，右刻工姓名。目錄後，有校勘臣彭衡、倪中、麥澂、岳信、楊鑄、
牟思善、卜勝、李源、揭模、丁士恒姓名。至正中杭州刻本，是書初
刻祖本也。《孝宗紀》"四川制置使應"下，比成化朱英刊本、萬曆
南北監本多"黎州邊事隨宜措置"云云三百八十字，蓋成化本即以
元刻翻雕，行款及版心、寫手、刻工姓名、字數皆同。間有版心無小
字者，或小字墨質白章者。進表咨文、總裁官、修史官、提調官、行
省提調、校勘銜名皆全，惟所據本卷三十五缺第八頁，以第九頁爲
第八頁，復出卷三十三之第十一頁，"措置營砦檢視沿江守備"至
"九月己酉楊存中"之"存"字止，四百字爲第九頁。南北監本即據
成化本付梓，而去其進表、諮文及總裁、修史、提調、校勘諸人銜名。
行款既改，以卷三十五復出之葉"楊存"二字與下文不屬，改"楊
存"爲"地震"，以泯其跡，致缺文復出之處，形跡更難推求，若非此
本僅存，則文義終不可通，疑團終不可釋矣。朱英序稱，"借漳浦
陳布政家鈔本傳錄付梓"，則成化中元刊已不易得。今距成化又
三百餘年，完善如新，無一修版，誠史部中難得之秘笈也。①

----

① 《宋史》四百九十六卷，傅增湘定爲明成化七年朱英刊本，並云："陸心源跋
謂此書元刊元印，無一修版，誤矣。元刊本半葉十行，每行二十二字，黑口，四周雙欄，
版心上記字數，下記刊工姓名，皆在版心中線之左。今藏北京圖書館，乃清內閣之書"。
"此外各家所藏，均朱英本也。"又於《宋史》殘本二十冊條下云："皕宋樓所藏元本，余
在靜嘉堂文庫見之，亦此本。其摹印尚不及此之精湛。余藏一本即後印者，蓋此成化
朱英本流傳亦殊罕矣。"見《藏園群書經眼錄》卷三，頁221。

元槧遼史跋

《遼史》一百十六卷，首行小題在上，大題在下，次行題“開府儀同三司上柱國録軍國重事中書右丞相監修國史領經筵事都總裁臣脱脱奉敕修”。前有至正三年三月十四日、二十八日聖旨二道及脱脱進表及修史官都總裁脱脱、總裁官鐵睦爾達世等，纂修官廉惠山、海牙等，提調官伯彥等銜名。目録後有紀三十卷、志三十一卷、表八卷、列傳四十六卷、總一百十六卷三行及校勘臣彭衡、岳信、楊鑄、牟思善、卜勝、揭模姓名。每頁二十行，每行二十二字。版心刊工姓名，間有黑質白章者。明北監本削去聖旨及總裁、纂修、提調官銜名，則此書似出脱脱一人之手矣，殊非事實。又移目録、總紀、志、表、傳卷數於前，改大題在上，小題在下。證以此本，可見唐、宋以來史家舊式，元人尚未改也。據脱脱進表，是書爲廉惠山、海牙、王沂、徐昺、陳繹曾所分纂。按：海牙，字公亮，希憲從孫，延祐進士，官至翰林學士，知制誥，《元史》有傳。陳繹曾，字伯敷，烏程人，諸經注疏皆能成誦，爲文汪洋浩博，其氣偉如。官至國子監助教，《元史》附《陳旅傳》。王沂，字思魯，真定人，延祐進士，官至翰林直學士，知制誥，著有《伊濱集》。惟徐昺無考。史雖言海牙預修三史，未必有秉筆之才。徐昺亦素無文名。是《遼史》之成，當出王、陳二人之手。史無沂傳，而繹曾《傳》亦不言其曾修《遼史》，亦《元史》疏略之一端也。

明鈔遼史跋

《遼史》四十六卷，題銜、行款，皆與元刊同。聖旨、進表、總裁、修史、提調銜名亦同。惟“修三史凡例”六條，爲元刊所無，疑是元時付刊稿本，後印者缺凡例耳。五百餘年，完善如新，誠可貴也。卷中有"敕褒忠勤之家"朱文方印，"東竹草堂書畫記"朱文長印，俟考。愛日精廬張氏《藏書志》著於錄，後歸上海郁氏，余從郁氏得之。

金史施宜生傳跋

《金史·施宜生傳》載，宜生正隆四年冬爲宋國正旦使，爲廋語曰："今日北風甚勁。"又取几間筆扣之曰："筆來，筆來，其副使耶？"繼闥離剌使還以聞，坐是烹死。愚案：此言皆取之岳珂《桯史》，不足據。《蘇滋溪集》卷三：施宜生，邵武人，本名逵。宋政和間擢上舍第，爲潁州教授，汴陷南走建。賊范汝爲作亂，宜生從之。賊敗，復北走齊，上書陳代宋之策，爲議事官。齊廢仕金，累官翰林侍讀學士。正隆四年冬，偕移剌闥離剌使宋，宜生自陳昔逃難脫死江表，誼難復往，力辭不許。蓋是時海陵謀代宋，故以宜生往使，以繫南士之心，與用蔡松生爲相之意固同。宜生既歸，以闥離剌至宋不遜，不即以聞，被杖。五年除翰林學士，次年中風疾。大定二年致仕，三年六月卒，年七十三。此見於《世宗實錄》及蔡珪所述宜生《行狀》，可考。岳珂作《桯史》乃云"宜生使宋，漏言被誅"，小說傳聞，不可信。愚案：滋溪之言，確有證據。元好問《中州集》亦不言宜生不以善終，則岳珂之妄可知。《金史》不據《實錄》及蔡珪《行狀》，而反採敵國小說之言，非信史矣。

宋槧建本通鑑跋

《資治通鑑》，在南宋時刻本甚多，其可考者，有海陵郡齋本、蜀廣都費氏進修堂本，有浙江茶鹽司本，見胡身之《通鑑釋文辨誤》；有監本，有建本，見《景定建康志·學校門》。按：海陵、廣都本皆有《釋文》。茶鹽司本，每頁二十二行，每行二十一字，有茶鹽司邊知白及紹興府學教授等校勘銜名；監本，每葉二十行，每行二十字，與前、後《漢書》行款同，今尚有存者。此本爲杭州孫氏所藏，每頁二十二行，每行二十六字，字多破體，參差不齊，與麻沙刊諸書，爲《建康志》所稱建本無疑也。"朗"、"匡"、"殷"、"徵"、"敬"、"驚"、"恒"、"楨"、"貞"、"桓"、"構"皆缺筆，孝宗諱"慎"字不缺，則紹興中所刊也。乾隆中，孫君景高諱仰曾者，進書百種，蒙賞《佩文韻府》。其所進《乾道臨安志》三卷，高廟親灑宸翰，題詩其上。此書在乾隆時，首尾完具，目録亦全。孫君欲重刊而未果，自遭兵燹，僅存卷百三十三、三十四兩卷，目録存二十九、三十兩卷。其後人仁甫廣文康侯文學，抱殘守缺，寶同球璧，丁松生明府囑爲考訂源流，因題其後而歸之。

明嘉靖仿宋資治通鑑跋

《資治通鑑》二百九十四卷，次行題"朝散大夫右諫議大夫權御史中丞充理檢使上護軍賜紫金魚袋臣司馬光奉敕編集"。前有《進通鑑表》及嘉靖乙巳孔天胤題辭。每葉十行，每行二十字。以元刊胡三省注本校一過，知胡本頗多奪落，而此本不奪。卷四《周赧王紀》"烈女不更二夫"下，不脱"齊王不用吾諫，故退而耕於野"十二字。卷五"秦武安君伐韓"下，不脱"拔九城，斬首五萬，田單爲趙相五十二年，秦武安君伐韓"二十二字；"是强弱之常也"下，不脱"好士者强，不好士者弱；愛民者强，不愛民者弱；政令信者强，政令不信者弱；重用兵者强，輕用兵者弱；權出一者强，權出二者弱。是强弱之常也"五十五字。卷五十二《漢順帝紀》"縱恣無極"下，不脱"多樹諂諛，以害忠良，誠天威所不赦，大辟所宜加也"二十字。卷七十六《鄒陵厲公紀》"計未施行"下，不脱"今公輔贊大業，成先帝之志"十一字。卷七十七《高貴鄉公紀》"迎瑯琊王於永昌亭"下,不脱"築宫以武帳爲便殿,設御坐,己卯王至便殿,止東廂"二十字;"何面目見中國人乎"下,不脱"衡曰,計將安出,妻曰"八字。卷九十八《晉穆帝紀》"叚陵爲左將軍,領左司馬"下,不脱"王堕爲右將軍,領右司馬"十字。卷一百五《孝武帝紀》"獲秦王堅所乘雲母車"下,不脱"儀服、器械、軍資、珍寶、畜產,不可勝計"十五字;"帥洛陽陝城之眾七萬歸於長安"下,不脱"益州刺史王廣遣將軍王虬帥蜀漢之衆三萬北救長安"二十二字。卷一百六"王騰迎之入晉陽"下,不脱"王永留平州刺史,符沖守壺關,自帥騎一萬會丕於首陽"二十二字。卷一百七"何不速殺我"下有"早見先帝取姚長於地下治之"十字。卷一百六十七《梁敬帝紀》"五十三郡"下,不脱"五百八十九縣三鎮三十六戍"十二字。卷二百三《唐紀》"太后命鑄銅爲匭"下,不脱"置之朝堂,以受天下表疏銘"十一字。卷二百四九"龍捧之"下,不脱"上層法二十四氣,亦爲圖蓋"十一字。卷二百三十五《肅宗紀》"李元淳爲昭義節度使"下,不脱"夏四月癸未,以安州刺史伊填爲安貴州節度使"二十字;《憲宗紀》"元和十一年春正月己巳"下,不奪"以弘靖同平章事充河東節度使"十三字。卷二百六十四《昭宗紀》"盧光啟並賜自盡"下,不脱"丁丑以中書侍郎同平章事王溥爲太子賓客,皆崔胤所惡也"二十六字。卷二百六十七開平四年,"坐承其利,又何救焉"下,不脱"趙使者交錯于路,守光竟不爲出兵"十四字。卷二百九十四顯德五年,"謨爲給事中"下,不脱"己未先遣謨還,賜書諭以未可傳位之意"十六字。據天胤序,以唐荆川家宋本付雕,故皆與宋紹興監本同。此外,字句脱落,尚不下數千字,而以周赧王五十一年缺文二十二字爲尤謬。或疑所缺各字,于文義無礙,當爲梅鷟所删,然梅鷟據紹興監本作注,刊本於紹興刊版,諸臣銜名全載不删,豈有反删《通鑑》正文之理? 蓋由卷帙繁重,校對不易耳。宋刊孤本僅存，世所通行皆胡梅磵注本。若非此本，安知胡注竟非全本乎？當與宋本同觀可也。[1]　惟中間每多剜改雙行及縮密痕跡。據孔天胤序，謂出唐荆州家宋刊，恐初刊時亦以胡注本繕刻，後得唐氏宋本重爲校補，故不免有剜改痕跡耳。

宋蔡氏家塾槧陸狀元通鑑跋

《陸狀元集百家注資治通鑑詳節》一百二十卷，題曰"會稽陸唐老集注"。首載神宗序、獎諭詔書，司馬溫公進表、自序、外紀序，馮時行、史炤《通鑑釋文序》。序後有"新又新"三字陽文香鑪形印、"桂室"二字陽文爵形印。次撰序，敘注姓氏，姓氏後有"蔡氏家塾校正"六字木記。每葉二十六行，每行二十二字。宋諱"玄"、"朗"、"匡"、"殷"、"胤"、"炅"、"憬"、"慇"、"恒"、"禎"、"貞"、"徵"、"癥"、"曙"、"樹"、"旭"、"勗"、"煦"、"佶"、"梡"、"桓"、"完"、"搆"、"慎"、"惇"、"敦"、"廓"皆爲字不成，蓋甯宗時刊本也。卷一爲《看通鑑法》，卷二爲《通鑑總例》、《通鑑圖譜》，卷三、四、五爲《通鑑舉要曆》，卷六至十二爲《通鑑》君臣事實分紀，卷十三至十六爲《通鑑外紀》，卷十七起至百二十《資治通鑑》。其書以《外紀》、《通鑑》爲本，而略有刪節，故曰詳節。所採議論有"胡曰"者，胡致堂《讀史管見》也；又稱"呂曰"者，東萊《大事記》也；有稱"林曰"者，林拙齋《通鑑論斷》也；有稱"戴曰"者，戴少望《通鑑鈔》也；有稱"陳曰"者，陳君舉《止齋論祖》也，而姓氏中漏刊止齋名。音訓則用史炤《釋文》。每條皆注出處，每卷後附《考異》。體例尚善，勝於奉《綱目》爲《春秋》者。惟每卷各列人名，有

---

[1]　傅增湘云："此明刊白文無注本，文字從宋本出，久爲世所珍重。《儀顧堂續跋》云當與宋本同觀，洵發前人所未發。"詳見《藏園群書經眼錄》卷三，235頁。

一人而十數見者,未免兔園册習氣耳。案:陸唐老,諸暨人,紹熙元
年進士。建安蔡氏喜刻書,乾道中,蔡夢弼字傅卿者,曾刊《史記》
一百三十卷,又刊《杜工部草堂詩箋》、輯《草堂詩話》。此蔡氏不
署名,考宋刊《孫尚書內簡尺牘》,目後有"蔡氏家塾校正"六字,前
有"慶元三祀梅山蔡建侯行父序",見《百宋一廛賦注》。慶元爲寧
宗年號,則此書亦行父所刊歟?《提要》附《存目》,所據之本,題
《增節音注資治通鑑》,蓋與此本不同。前後有"芳椒堂印"白文方
印、"香修"二字朱文方印、"張氏秋月字香修一字幼憐"朱文方印、
"元照私印"朱文方印、"嚴氏修能"朱文方印。按:嚴元照字修能,
歸安人。其藏書之所曰芳椒堂。張氏秋月者,修能之愛妾,爲修能
掌書畫者。

宋麻沙刻陸狀元通鑑跋

《陸狀元集百家注通鑑詳節》一百二十卷,次行題"會稽陸唐
老集注",三行題"建安蔡文子校正"。卷十六以前,每頁二十四
行,每行十九字。卷十七以後,每葉二十六行,每行二十二字,小字
雙行,餘皆與宋刊蔡氏家塾本同。字多破體,間有刪削,不及家塾
本之善。惟《舉要曆》末,家塾本"宋興億萬斯年",此本則云"聖宋
億萬斯年"。卷百二十《周世宗紀》下,語及宋太祖皆提行,宋諱有
缺有不缺,麻沙坊刊多如此。蓋宋季麻沙坊翻刊,非元刊也。蔡文
子字行之,著有《袁氏通鑑紀事本末撮要》。見《百宋一廛賦注》。

元槧通鑑前編跋

《通鑑前編》三十卷、《舉要》三卷。次行題金履祥編。前有許
謙序,浙江道肅政廉訪使鄭允中《進通鑑前編表》。表不署名,以
許自雲序考得之。卷末有"門人御史台都事汝南郭炯校正、門人

金華許謙校正"兩行。每頁二十行，每行二十二字，小字雙行。版心有字數及刊工姓名。元刊元印本。是書集經傳史子之文，按年編次，曰《通鑑》。每年各爲表，題曰"舉要"。雖名《通鑑》，實仿《綱目》之例，惟《舉要》低三格，《通鑑》皆頂格。此則小變乎涑水、紫陽之例也。或謂《舉要》即《通鑑》中之綱，何必別爲一書？不知《舉要》三卷，專爲注明每條出處而作，如帝堯甲辰元載"乃命羲和"，注曰："邵氏《經世曆》、漢晉《天文志》、《春秋文耀鉤》、《尚書》修。"二載"定閏法"，注曰："用《尚書》、朱子小傳修。"餘皆仿此。明人重刊，不刻《舉要》，豈以《舉要》爲重復乎？大失作者本旨矣。或謂《舉要》、《通鑑》、《訓釋》，三者錯出其間，始於明人重刻者，良由未見《舉要》，亦未見元刻耳。卷中有"徐子宇"白文方印、"婁江世家"朱文方印、"製書傳後"朱文方印、"子孫寶之"朱文方印、"輔生堂"朱文長印。

元槧通鑑續編跋

　　《通鑑續編》二十四卷，前有至正十年自序、二十一年鄱陽周伯琦序、十八年臨海陳基序、二十二年齊郡張紳序、書例十三條。自序後摹刻"陳桱私印"白文方印、"陳氏子經"朱文方印、"隆國世家"朱文方印，周序後摹刻"太史氏"朱文長印、"行中書"朱文方印、"周氏伯溫"白文方印。張序後摹刻"雲門山樵"朱文方印、"山東張紳士世行"白文方印。卷末有"至正五十五年"云云兩行。每葉十八行，每行二十二字。桱先爲《筆記》兩卷，後乃取《筆記》中盤古至高辛爲《通鑑世編》一卷，唐天復至周亡遼夏初事爲《通鑑外編》一卷，宋有國至元爲《通鑑新編》，爲二十二卷，總爲二十四卷，合名《通鑑續編》。既成，家貧不能脫稿，海陵馬玉麟國瑞甫令長洲，始令能書者錄之。二十一年，松江貳守昭陽顧逖思邈甫請周

伯琦序而授之梓。此則其初印本也。其書雖名《通鑑》，而規模
《綱目》，綱大字，目雙行。仍名《通鑑》者，承金仁山《前編》而言
之也。

元餘慶堂槧續資治通鑑跋

《續宋編年資治通鑑》十八卷，題“朝散郎尚書禮部員外郎兼
國史院編修官李燾經進”。前載《通鑑長編一百八卷進表》，次目
録，次世系圖。表後有木記云“建安陳氏餘慶堂刊”。目後有“武
夷主奉劉深源校定”一行。每葉二十六行，每行二十二字，眉間有
標字，版心有“宋鑑”等字。《提要》以《宋史·藝文志》及本傳惟
載燾《續通鑑長編》而無此書之名，定爲麻沙坊託名，故附存其目，
洵爲篤論。惟《長編》從《大典》録出，缺徽、欽兩朝，又佚熙寧、紹
聖七年之事。此本雖出依託，多取裁於《長編》，徽、欽兩朝記録頗
多，尚可考見於百一也。

元餘慶堂槧續資治通鑑后集跋

《續宋中興編年資治通鑑》十五卷，次行題曰“通直郎國史院
編修官劉時舉”。前有目録，目後有“陳氏餘慶堂刊”一行，後有木
記曰“是編繫年有考據，載事有本末，增入諸儒集議，三復校正，一
新刊行。宋朝中興，自高宗至於寧宗，四朝政治之得失，國勢之安
危，一開卷間，瞭然在目矣。幸鑒”。每卷首行下有“后集”二字，
每葉二十六行，每行二十二字，版心有字數，或題“宋鑑”，或題“宋
鑑后”等字。以學津討原刊本校一過，學津本卷二“軍勢復振”下，
脫四百餘字。卷四“韓世忠敗”下，衍“金人於宿遷縣擒其將牙合
孛堇”十三字，脫“僞齊兵於淮陽”云云五百餘字。卷五“以高閌爲
國子司業”下，脫五百餘字。卷八“及用再拜二字，未得穩當”下，

脫五百餘字。此外,字句之脫訛,更難枚舉。據張海鵬跋,以屈振庸所遺鈔本付梓,屈跋自言,得任陽浦氏元刊本,有漫漶,有闕葉。以今推之,屈本卷四缺第六葉,卷五缺第十葉,卷八缺第六葉。卷二缺文係元版第十四葉第一行第二十字起,至第十九行止,或漫漶,或殘破,非缺葉也。此本既無漫漶,亦無缺葉,蓋元刊之初印者。

元與畊堂槧續通鑑跋

《續宋中興編年資治通鑑》十八卷,題"通直郎尚書禮部員外郎兼國史院編修官李燾經進"。前有《通鑑長編進表》、目錄。進表後有"建安朱氏與畊堂刊"八字木記,行款與餘慶堂刊本同。第六卷缺第三頁,以后集卷六第三葉羼入。曾經高銓收藏,知后集爲劉時舉書而未敢決。跋云:"深愧見聞寡陋,未能悉此書之本末。"其言甚謙。案:高銓字蘋洲,湖州人,工詩善書,尤長畫竹。人品高潔,惟經史之學非其所長。觀其自視歉然,不敢臆斷,其去愚而自用者遠矣。是書元代坊刻甚多,皆與劉時舉《續通鑑》、無名氏《宋季三朝政要》同刊。余所見有至治癸亥雲衢張氏本、有皇慶壬子陳氏餘慶堂本,及此而三。劉書及《政要》,近時有照曠、守山諸刻。此書則元以後無刊本矣。

元餘慶堂槧宋季三朝政要跋

《宋季三朝政要》五卷,附錄一卷。前有目錄。目前有"陳氏慶餘刊"一行。又有記云:"理宗國史載之,過北無復可考。今將理、度兩朝聖政及幼主本末纂集成書,以備他日史官之採擇"云。目後有"皇慶壬子"四字。《附錄》題"廣王本末陳仲微述"。每葉二十六行,每行二十二字。版心題"正要"等字。學津討原本卷二

"淳祐七年鄭清之"下,缺千餘字,而以"余玠斬王夔,人皆冤"之"夔"字改爲"麃"字接連之。蓋所據元本卷二缺十二、十三兩葉,而以十一葉與十四葉接寫,"夔"字爲十四葉第一字。張見與第十一頁末"鄭清之"文義不續,遂妄改爲"麃"字,豈知清之此時尚未麃乎?即麃,亦有何冤乎?其謬甚矣。卷六"劉槃引兵出城,眾戰不利,乃以城降"下,脫"通判郭君"云云八十六字;卷末至"舍生而取義信哉"止,而缺"蓋死者人之所難"以下三百餘字。守山閣錢氏以趙魏校本付梓,缺訛較少,惟卷首題識張本"過北"訛"過此",錢本改爲"載入北都",衍"過此"二字,殊謬。卷五"知江陰軍鄭蟠道遁","鄭蟠"訛"趙端";"王良臣迎降其王宗洙"下,脫"充大府寺簿,續除兵部郎官,奉使福建,即非王宗洙"云云二十字,皆與張刊同,又有據別本妄增者。蓋與張本伯仲之間耳,均非善本也。張刻後有屈振庸跋,稱《三朝政要》附《續通鑑》後,必與劉時舉書同時印本。劉書既有漫漶缺頁,此本自亦難免矣。

儀顧堂續跋卷七

淳熙嚴州本通鑑紀事本末跋

《通鑑紀事本末》四十二卷，前有目録，題"建安袁樞編"。前載章大醇序，序後有"待省進士州學兼釣台書院講書胡自得、掌工承直郎差充嚴州府學教授章士元董局"銜名兩行。每葉二十六行，每行二十四字。版心有字數及刊工姓名。卷三、卷二十末有"印書盛新"四小字。據章大醇序，是書刊于淳熙乙未，修于端平甲午，至淳祐丙午，大醇守嚴州，又修之。宋諱"玄"、"懸"、"縣"、"朗"、"浪"、"埌"、"匡"、"筐"、"恇"、"劻"、"洭"、"胤"、"殷"、"酳"、"炅"、"炯"、"潁"、"耿"、"憼"、"恒"、"峘"、"姮"、"禎"、"貞"、"徵"、"癥"、"湞"、"曙"、"署"、"樹"、"亘"、"項"、"旭"、"勗"、"煦"、"朐"、"佶"、"姞"、"完"、"梡"、"丸"、"莞"、"垣"、"遘"、"媾"、"搆"、"溝"、"冓"、"姤"、"詬"、"穀"、"慎"、"蜃"、"讓"、"援"，皆爲字不成，"構"注"太上御名"，"眘"注"御名"，"桓"有改爲"亘"者。蓋淳熙時刊本多而端平、淳祐修版少耳。書法秀整，體兼顏、柳，訛字極少，遠勝大字本。趙與篲以爲字小多訛，殊不足信。案：大醇字景孟，東陽人，一作永康人，寶慶二年進士，淳祐五年以朝奉郎知嚴州，轉朝散郎。六年十月，除侍左郎官。在任有惠政，官至大府少卿。章士元，於潛人，紹定二年進士，淳祐四年嚴州府學教授。紹定四年陸子通知嚴州，始創釣台書院。淳祐辛丑，王泌知嚴州，始延堂長以訓嚴氏子孫。十二年，知州季鏞聞於朝，以教授兼山長，見《景定嚴州志》及《浙江通志》。講書或即堂長歟？待省進士之名，此前未聞，其猶鄉貢進士而未第進士者歟？卷中有"吳江徐氏記事"朱文長印、"柏山張氏省軒恒用"印、"汪士鐘藏"白文長印，蓋先爲徐虹亭太史所藏，後歸汪閬原者。張氏省軒無考。

元槧通鑑答問跋

《通鑑答問》五卷，題"濬儀王應麟伯厚甫"。每葉二十行，每行二十字。版心或題"答問"，或題"玉海答問"，間有字數及刊工姓名。慶元路附刊《玉海》後十三種之一也。前無序，後無跋，其云"彗見西方而輓入秦爲妖芒，以掃滅帝王之跡"，皆迂謬附會之言。《提要》疑爲厚孫輩僞託，非無因也。藏印與《通鑑地理通釋》同，多"上海田耕堂郁氏考藏書籍印"朱文方印、"泰峰"朱文方印。

宋淳祐湖州大字本通鑑紀事本末跋

《通鑑紀事本末》，前有目錄，題"建安袁樞編"。首載淳熙元年楊萬里序、寶祐丁巳趙與篔序。每葉二十二行，每行十九字。版心有字數及刻工姓名。寶祐六年趙與篔刻本。按：與篔字德淵，秀王之後。嘉定十三年進士，官至吏部尚書，《宋史》有傳。居湖州城內之叢桂坊，見談鑰《吳興志》。其序云"淳祐壬子，退而里居"，又云"嚴陵本字小且訛，乃爲大字，精加讎校，以私錢重刊之"，則是書乃與篔居湖州時所刻也。嚴州本爲袁樞教授嚴州時所刻，寫刊精良，讎校細密，遠勝此本。德淵因其字小而改爲大字，重刊之可也，必欲誣之爲訛，豈公論乎？今兩本具在，孰精孰訛，必有能辨之者。① 此本明嘉靖中版尚存南監，凡版心無刻工姓名、字數者，明時修版也。卷中有"東魯兵備使者"白文長印，蓋經陽湖孫淵如收藏者。

通鑑長編紀事本末跋

《皇朝通鑑長編紀事本末》一百五十卷，次行題"廬陵歐陽守道校正"。前有寶祐丁巳守道序及年號兩葉。每葉二十二行，每行二十四字。語涉宋帝皆空格，影寫宋季徐琥刊本。卷五《親征河東》門不完。卷六《聖德聖學》、《親信趙普》，卷七《罷節度使》、《優禮節度使》、《駕馭將帥》、《政跡上》、《政跡下》各門全缺。卷八缺《太宗受位篇》，《秦王事蹟篇》，亦缺前數葉。卷一百一十四《修實錄》、《修國史》、《修玉牒》、《定新曆》、《渾天》、《儀象》、《玉璽》、《改元》，卷一百十五《獲鬼》章，卷一百十六《取棄河湟洲》上下，卷一百一十七《徽宗受位》、《皇太后同聽政》、《御製》、《御筆》、《聖德》、《政迹》，卷十《復孟后》、《元符后》上下，一百十九《用元祐舊臣》，各篇全缺。《宋史》及晁、陳二家皆不著錄。《四庫》未收，阮文達始進呈，見《揅經室外集》。《文淵閣書目》有《宋九朝紀事本末》，注曰"八十冊"，當即此書。書前後不題楊仲良姓名，歐陽序亦不及仲良一字。《季滄葦書目》雖有宋刊百五十卷，亦不著撰人。阮氏據陳均《九朝編年》引用書目，乃知為仲良作。仲良仕履無考，稱理宗為"今上皇帝"，則亦理宗時人。守道字公權，初名巽，字迂父。淳祐元年進士，授雩都主簿，調贛州司戶，入

---

① 傅增湘云："據存齋所言，於趙序深為不平，與余所懷脗合。蓋皕宋樓藏有小字殘本，手自編摩，深知其勝，與夫流俗之徒望風逐影者異矣。"又稱嚴州小字本為"魯殿之靈光"，"海內無雙之品"。詳見《藏園群書題記》卷三，頁127—135。

爲秘書正字,遷秘書郎。咸淳三年添差通判建昌軍,遷著作佐郎兼崇政殿説書,權都官郎中。文天祥、劉辰翁皆其門人。著有《巽齋文集》,《宋史》有傳。序稱"寶祐元年,直徽猷閣。謝侯守廬陵,始以家藏本刻於郡齋。貢士徐琥又轉刊於家。守道復借蜀大字本參校,再質之於《通鑑長編》,尋其本文初意,校正千數百字"云云。此書在宋時已經三刻,初刻於蜀,再刻於廬陵郡齋,此則徐琥所重刻而守道以郡本、蜀本校正者也。其書承袁機仲《紀事本末》之名而大有不同,分類尤爲繁瑣,每帝各有《聖德》、《聖學》、《政跡》三類。卷十一《農田類》分子目三,卷三十一《議樂》子目二,四十五《茶法》子目一,《鹽法》子目四,《錢幣》子目二,四十七《塞法》子目三,卷六十八、六十九《青苗法》子目八,卷七十五《農田》子目三,卷一百至一百二《紹述》子目三,分析繁瑣,不及袁機仲書體例之善。惟今本《通鑑長編》既缺徽、欽兩朝,又缺英宗治平四年四月至十二月、神宗熙甯元年正月至三年三月、哲宗元祐八年至紹聖四年三月、元符三年二月至十二月事,惟賴此書以補之。

宋槧通鑑釋文跋

《通鑑釋文》三十卷,次行題"右宣義郎監成都府糧料院史炤"。每葉二十四行,每行大字二十一、二字不等,小字三十。版心有大小字數。前有馮時行序。宋刊宋印本①,即《百宋一廛賦》所謂"見可釋鑑,音訓是優,被抑身之,耽與闡幽,行明字繡,終卷

---

① 傅增湘云:"此書小字,刊印頗精,惟序後有挖補之迹,豈有元時牌子也?"見《藏園群書經眼録》卷三,頁227。又云:"元刊本,十二行二十一至二十二字,注雙行三十字,細黑口,四周雙闌。序後有挖補痕,疑有元時牌子,估人挖去以充宋刊。日本靜嘉堂文庫藏,陸心源定爲宋本。"見《藏園訂補邵亭知見傳本書目》,卷四,頁59。

無修”者也。《書錄解題》、《宋史·藝文志》皆著於錄。紹興三十一年上進，見《玉海》。明《文淵閣書目》有三部，則明初印本尚多，至中葉而遂微。《四庫》未收，阮文達始進呈。案：宋有三史炤：一爲仁宗時人，治平三年官少卿，某州轉運使，見華岳題名；一爲度宗時人，咸淳中官利州路統制，見《宋史》本紀；一則著此書者。據馮時行序，炤字見可，眉山人，曾祖清卿，東坡兄弟以鄉先生事之。見可著此書，精索粗用，深探約見，積十年而後成。年幾七十，好學不衰。序題“紹興三十年”，則見可之生，當在元祐末年，下距咸淳一百八十餘年，上距嘉祐三十年。阮亨《瀛洲筆談》誤讀馮序，以炤之曾祖清卿爲炤，謂蘇軾兄弟以鄉先生事之，抑知軾卒之日炤尚未生乎？常熟瞿氏《藏書記》以爲即咸淳時利州統制之史炤，無論統制武臣，未必通文學，以紹興三十年年幾七十推之，至咸淳時將近二百歲矣，有是理乎？皆未免癡人説夢耳。《范太史集·司馬公休墓誌》述所著書，不言有《通鑑釋文》，故馮序云“《通鑑》之成，殆百年未有《釋文》”。海陵郡齋本乃或竊史炤書，托公休名以欺司馬伋，伋信之，遂於乾道二年丙戌刊於海陵郡齋。直齋謂史本公休書而附益之，已誤；阮亨謂炤書本是康作，譏胡三省以詆史者詆康，幾於黑白不辨矣。卷中有“南書房史官”白文方印、“海甯查慎行字夏重一曰愧餘”白文方印、“得樹樓藏書”方印。得樹樓，查初白齋名也。

元槧通鑑地理通釋跋

　　《通鑑地理通釋》十四卷。題“浚儀王應麟伯厚甫”。每葉二十行，每行二十字，小字雙行。首目録，後接連《書後》一首，題“上章執徐歲橘月子王子”。左線外有篇名。毛子晉《津逮秘書》、張海鵬《學津討原》皆從此出。惟因“書後”二字，移其文於後，亦淺之乎爲丈夫矣。前有“張寬德宏之印”朱文方印、“徐氏家藏”白文印，後有“張任文房之印”朱文圓印、“子孫寶之”朱文方印。

宋槧東都事略跋

《東都事略》一百三十卷，卷一、卷十三、卷十八次行題“承議郎新權知龍州軍州兼管內勸農事管界沿邊都巡檢使借紫臣王稱上進”。前載洪邁奏進劄子及稱告詞、稱進表，次目錄。後有木記曰“眉山程宅刊行，已申上司不許覆版”兩行。每葉二十四行，每行二十三、四、五字不等。語涉宋帝皆空格。版心或題“東幾”，或僅有數目字而無“東”字，或留墨釘，間有字數及刊工姓名。宋諱避至“惇’字止，蓋光宗時刊本也①。是本爲蘇州汪士鐘零星湊配而成。有初印者，有後印者，有以明覆本配者，內有十卷爲黃蕘圃舊藏。蕘圃有二跋，敘得書之由甚詳。八十七卷末有“□□圖書”官印，又有“瑞卿”二字朱文方印，亦似元人印記。明覆本亦刊甚精，幾與宋刻莫辨，惟版心則一律皆作“東幾”，與宋本之參差者較異耳。元修《宋史》，北宋事不盡藍本此書，《提要》已詳言之。《事略》有計用章而《宋史》無之，亦一證也。稱之名，《提要》作“偁”，此本及明覆本皆作“稱”，俟考。

元板通志跋

《通志》二百卷，題“右迪功郎鄭樵魚仲”。前有樵自序及至治二年吳繹手書序，摹刊印文二，一曰“可堂”，一曰“吳繹之印”。後有“至治二年九月印造”一行，又有至治元年吳繹“募疏”，或以爲

---

① 傅增湘云：“此本配入明刊過半，然原刊中頗有初印精善之葉，勝於帝室圖書寮所藏本。目錄、牌子以翻刻本補入”。見《藏園群書經眼錄》卷三，頁223。

進書疏者,非也。每葉十八行,每行二十一字。版心有字數及刊工姓名。每卷有目,與正文不連,尚仍宋人舊式而微變之。是書雖於淳熙中經進,宋時並未板行,故《郡齋讀書志》、《直齋書錄解題》皆不得見,至宋季而"二十略"始有刊本,亦不分卷,見馬端臨《文獻通考》。元有南服,始牒行省,刊版福州郡庠而流傳未廣。至治二年,知福州吳繹捐俸摹印五十部,散之江北諸郡。明初,版歸南京國子監而後乃通行,修至萬曆中止。此本爲萬曆十七年所摹印,修版不過十分之一,餘皆元刊,實是書祖本也。明惟"二十略"有刊本,全書無重刊者。乾隆中,始與《通典》、《通考》同刻,雖祖元本而吳繹序疏均不存矣。繹字思可,號可堂,信都人。泰定二年自杭州移守吉州,政有三善,累官福州總管,兩拜行省參政,以廉明稱。嘗自著《可堂說》,虞道園跋其後,稱爲孝子。

元槧逸周書跋

《周書》十卷,題"晉孔晁注",自《度訓》至《器服》七十篇,序一篇居末,與陳直齋《書錄解題》合,與京江本以序散在諸篇者不同。前有至正甲午黃玠序、嘉定十五年東徐丁黼序。每卷有目連屬篇目。每葉二十二行,每行二十字。注雙行,版心有字數及刊工姓名。是書南宋以前無刻本,甯宗時丁文伯得李巽巖家本,脫誤頗甚,後得陳正卿本參校修補,遂於嘉定十五年序而刊之。至正中,劉廷幹覆刊於嘉興學宮,黃玠爲之序,即盧抱經學士所據以校正時本者也。《程寤》、《秦陰》、《九政》、《九開》、《劉法》、《文開》、《保開》、《八繁》、《箕子》、《耆德》、《月令》十一篇原缺,《酆保》、《酆謀》、《大開》、《小開》、《文儆》、《度邑》、《武儆》、《五權》、《嘗麥》、《本典》、《官人》、《周月》、《時訓》、《武紀》、《銓法》、《器服》、《周書》、序十八篇無注,脫簡尤多,以空圍識之。觀《文獻通考》引李巽巖説,則自宋已然矣。案:丁黼,字文伯,其先徐州人。南度後,大父執中,遷石埭,嘗從平陽徐忠文公誼、永嘉錢宗正文子學。淳熙十四年進士,嘉定壬申知餘杭縣。十三年除直秘閣,知夔州。上急務十策,力修備禦,爲政寬大。崔清獻與之,方帥四川,嘉其操尚,寄詩有"同志晨星少,孤愁暮雨多"之句。以《逸周書》、《越絕書》世鮮善本,刊版置郡齋。理宗初以爭濟邸事忤史彌遠,被逐。彌遠死,召爲軍器監,端平初知信州。真西山爲江西安撫,薦其學有師傳,修身立朝,物論推許,遷提刑。三年,以四川制置副使知成都。元闑端率汪世顯入蜀,黼先遣妻子南歸,自誓死守。及曹友聞敗績于陽平關,冬十月,元兵自新井入,詐張宋將之旗,黼以爲潰卒也,以旂榜召之。既知其非,夜出城南進,戰至石簡街,兵敗死之,贈顯謨閣待制,謚恭愍,賜額立祠於其鄉。《宋史·忠義》有傳,而不知其里貫,不詳其仕履,又誤以端平三年爲嘉熙三年,《宋元學案》亦仍其誤。余故參考《宋史》、《元史》、《宋季三朝政要》、《真西山集》、《江南通志》、《安徽通志》、《夔州府志》、《越絕書》跋詳著之,以補《宋史》之缺而訂其訛。劉廷幹名貞海,岱人,至正中,以中朝貴官出爲嘉興路總管,嘗刊《大戴禮記》,蓋亦好古之士。黃玠字伯成,慈溪人,東發之曾孫,寓居湖州,嘗爲西湖書院山長,著有《卞山小隱吟錄》。

元槧吳越春秋跋二

徐天祐,字受之,山陰人,景定三年進士。父耜,知惠州。天祐初以父任爲將仕郎,銓試詞賦第一,註歸安尉。地近事煩,試以吏事,眾皆驚服。及第進士,爲大州教授,日與諸生講經義,聽者感發。德祐二年,以國子監書庫官召,不赴。宋亡,退歸城南,杜門讀書。與人交,終始不變。四方學者至越,必進謁。天祐高冠大帶,議論卓卓,見者咸以爲儀型,見《萬姓統譜》。書成於元,故署曰前。《四庫提要》稱其旁核眾説,不徇本書,有劉孝標注《世説》遺意,誠爲定論。明程榮、何鏜刻《漢魏叢書》,吳琯刊《古今逸史》,皆削其名,若非元本及鄺璠翻本尚存,不將湮没不彰乎?甚矣,明人刻書之謬也。此本卷末有周靖手跋。按:靖字敉寧,號訒庵,吳江人,周忠介諱順昌之曾孫,著有《篆隸考異》八卷。

明仿宋汪綱本越絕書跋

　　《越絕書》十四卷,前有嘉靖二十四年田汝成序,後有無名氏跋、東徐丁黼跋、新安汪綱跋、都穆跋。每葉十八行,每行十六字。黼先得許氏本,後得陳正卿本,嘉定庚辰,以秘閣本參校,刊於夔州。嘉定壬申,汪綱得丁文伯本,覆刊於紹興郡齋。正德已巳,吉水劉恒字以貞者知吳縣,以都穆家藏本重刻于吳,田汝成爲之序。卷十三"故天倡而見符地"下缺一葉,卷七"兵強而不并弱"下缺兩葉,皆留空白。常熟瞿氏以爲田汝成刻者,蓋未細繹田序、都跋耳。

雙柏堂仿宋丁黼本越絕書跋

　　《越絕書》十四卷,後有無名氏跋、丁黼跋。每葉十六行,每行十七字。版心有"雙柏堂校"三字,缺字與趙恒仿汪綱本同而無缺葉,蓋趙恒刊出汪綱本,此則出丁黼刊也。丁黼死節成都,《宋史》"忠義"有傳。無名氏跋有"倦倦於復仇"語,或亦丁黼所爲歟?是書明刊甚多,此本之外,有趙恒本,有張佳允本,有吳琯《古今逸史》本,程榮《漢魏叢書》本,何鏜《漢魏叢書》本。論者以田汝成序本爲最善,愚謂以此本爲最善耳。

元槧文獻通考跋

《文獻通考》三百四十八卷，次行題“鄱陽馬端臨貴與著”。前有至大戊申李謹思序，延祐六年王壽衍采進表、饒州路達魯花赤總管府准江浙行中書省劄付轉行公文、端臨自序，目錄後余謙分書跋。每葉二十六行，每行二十六字，版心有字數，間有刊工姓名。自壽衍進書之後，泰定元年江浙行省始刊版於杭州之西湖書院，尚有訛缺，至元初，余謙爲江浙儒學提舉，乃命貴與之婿楊元就其子馬志仁家借本，與西湖山長方員同校，俾葉森董工，始成完書。其後，有明司禮監刊、禮部刊及建寧愼獨齋刊，轉輾翻摹，不無訛舛。此則其祖本也。王壽衍字眉叟，錢唐人，家世以武顯。壽衍少好道，年十五，張道陵後裔留孫之弟子陳義高爲梁王文學，見而器之，度爲道士，從至上京，備受艱苦。成宗時，屢與張留孫建醮受賞賚。延祐甲寅，授弘文輔道粹德眞人，領杭州道教，居開元宮。壽衍屢辭眞人之號，戊申表上戴侗六書，故及此書。移疾居餘不溪上，自號溪月山人。至正十年卒，年八十一，見《忠文集‧王眞人碑》。觀元仁宗詔云：“尋訪行法籙有本事的好人。”其意蓋在神仙方士之流。壽衍不此之進而進以儒家之書，在彼教中可謂加人一等。惟儒者閉門著書，將待後王之取法，乃未聞謁者之旁求而因倖臣以進獻，當時不譏其失，後世傳爲美談，此固世道遷流之慨也。特不知元之秉國者，讀壽衍進表，能無厚顏乎？余謙，里貫無考，元刊《六書統》、《六書溯源》、《詩學正韻》後，皆有謙校補銜名。即此一端，可見其職事修舉，惜他無可考耳。葉森，錢唐人，字景修，嘗以賞鑒遊趙子昂之門，與王壽衍、張雨、薛元曦諸道士相酬唱，見《元詩選》小傳。西湖書院本《元文類》亦有森校正銜名。

元槧漢制考跋

《漢制考》四卷，題"浚儀王應麟伯厚甫"。前有辛巳夏五子王
子自序，下有方印二，曰"伯厚甫"，曰"深甯居士"。每葉二十行，
每行二十字。左線外有書名，版心"漢制幾"，有字數及刊工名。
辛巳爲至元十八年，宋亡二年矣。慶元路學刊附《玉海》十三種之
一也。康基田刊多缺文，津逮、學津本無缺，蓋學津出於津逮，津逮
爲汲古閣所刊，子晉藏書甲于明季，當亦見元刊本耳。藏印與《通
鑑地理通釋》同。

影宋本建康實錄跋

《建康實錄》二十卷，題曰"嵩陽許嵩撰"。前有嵩自序，卷二
十末有"江甯府嘉祐三年十一月開造《建康實錄》，並案《三國志》、
東西《晉書》並南北《史》校勘，至嘉祐四年五月畢工。凡二十卷，
總二十五萬七千五百七十七字，計一十策"三行。後有知軍府事
梅摯等校正銜名七行，"紹興十八年荆湖北路安撫使重別雕印"一
行，王瑋等銜名九行。每葉二十行，每行二十字，間有每行二十二
字者。宋諱嫌名，皆爲字不成，"搆"字注"今上御名"，或注"御
名"。影寫宋紹興刊本。以張海鵬仿宋本校一過，知尚有不盡照
宋本者。如卷四缺第十、第十九兩葉，計各二十行。張本第十葉留
空白十九行，十九葉留空白十八行。卷八第十二葉小注"石勒滅
劉氏"，張本"劉"訛"趙"；"璽入僞趙冉閔"，"入"下衍"屬"字，又
缺第十六葉，計二十行。張本留空白十八行。卷末"龍神衛四廂
都指揮使永州防禦使荆南軍軍府事兼管內勸農營田使主管荆湖北
路安撫使公事馬步軍都總管王瑋"，張本"龍"下缺"神"字，"使"
下缺"永州'二字，"荆"訛"關"，"軍"下缺"軍府事"三字，"勸"下

缺"農營田"三字，"事"下缺"馬步軍"三字，"王"下缺"瑋"字。蓋
張氏以顧千里校汲古宋本付梓，宋本每行二十一二字者，張本統改
每行二十字，又未得影宋本勘對，故雖留空白而行數不合。汲古宋
本有破損，有模糊處，見顧千里跋，故王瑋銜名不全。此本所據，當
較勝汲古藏本，故銜名無缺。

宋槧衢州本古史跋

《古史》六十卷，小題在上，大題在下，轍自序及後序皆缺。卷
十六《晉世家》後有"右修職郎衢州録事參軍蔡宙校勘並監鏤版"
一行。卷一至七版心有"甲"字，卷八至十二有"乙"字，卷十七至
二十三有"丙""丁"字，二十四至三十七有"戊""巳"字，三十八至
四十八有"庚""辛"字，四十九至六十有"壬""癸"字，以紀册數。
又有刊工姓名，其無刊工姓名者，皆元時修版。宋諱有缺有不缺，
蓋宋季衢州刊本也。舊爲杭州振綺堂汪氏所藏，有"汪魚亭藏閱
書"朱文方印。

影宋淳熙本太常因革禮跋

《太常因革禮》一百卷，題曰"推忠協謀佐理功臣光祿大夫行尚
書吏部侍郎參知政事上柱國樂安郡開國公食邑三千三百戶食實封
八百戶臣歐陽修奉敕編"。前有提舉編纂臣歐陽修、龍圖閣直學士
尚書兵部侍郎兼侍讀同判太常寺兼禮儀事臣李東之、龍圖閣直學
士左諫議大夫兼侍講崇文院檢討官同判太常事兼禮儀事臣呂公
著、工部郎中知制誥兼同判太常寺兼禮儀事臣宋敏求、屯田員外郎
充集賢殿修撰同判太常寺兼禮儀事臣周孟陽、度支員外郎直秘閣
充史館檢討同知禮院兼丞事臣呂夏卿、祠部員外郎充秘閣校理同
知禮院臣李育、秘書丞充集賢校理同知禮院陳繹、太常博士禮院編

纂姚闢、守霸州文安縣主簿禮院編纂蘇洵等上進序，後有淳熙十五年李壁序。缺卷五十一至六十七。《四庫》未收，阮文達始進呈。《昭德郡齋讀書志》曰："《太常因革禮》，姚闢、蘇洵撰。嘉祐中，歐陽修言，禮院文書放軼，請禮官編修。六年，用張洞奏，以命闢、洵。至治二年乃成，詔賜以名。"李清臣云："開寶以後三載輯禮書，推其要歸，嘉祐尤悉。然繁簡失中，訛闕不補，豈有拘而不得騁乎？何揗釀之甚也。"其言與序合。阮氏以爲，《讀書志》、《書錄解題》不載，誤矣。淳熙十五年，錢大虛守眉州，盡刻蘇氏書於學宫。此即從淳熙本傳錄者，惜所缺十七卷，與書中缺文，無可校補耳。

舊鈔大唐郊祀録跋

《大唐郊祀録》十卷，題"朝散郎前行河南府密縣尉太常禮院修撰臣王涇上"。前有涇進表。《新唐書·藝文志》：王涇《大唐郊祀録》十卷，貞元九年上。《崇文總目》、《書錄解題》、《文獻通考》、《文淵閣書目》皆著於録。《四庫》未收，阮文達亦未進呈。其書考次歷代郊廟享祀及唐代因革故事。一至三"郊祀"、凡例，四至七曰"祀禮"，八曰"祭祀"，九、十曰"饗禮"。遇有異同，隨文注釋。所引唐以前諸儒説禮諸書，今皆不傳，尤足以資考證。涇里貫未詳，憲宗元和元年爲太常博士。

宋槧陸宣公中書奏議跋

《陸宣公中書奏議》，存卷五、卷六兩卷。每葉二十四行，每行二十二字。版心有字數及"議五"、"議六"等字。下有"宋"字，疑即刊工之姓。避諱至"慎"字止，當是孝宗時刊本，《百宋一廛賦》所謂"敬與中書"者也。《百宋》有《奏艸》二卷、《奏議》二卷，今祇有此二卷耳。① 前後有"中吳毛敬叔考藏書畫印"朱文長印、"毛表庸叔"白文方印、"稽瑞樓"三字白文長印。案:毛表,字庸叔,子晉之子。陳子準,常熟人,嘉慶中,藏書與張月霄垺。稽瑞樓,其藏書之所也。

元槧政府奏議跋

《范文正公政府奏議》二卷,前有韓魏公序。元槧本。每葉二十四行,每行二十二字,版心有字數。首爲目録,目後有"元統甲戌褒賢世家歲寒堂刊"篆文方長木記。分"治體"、"邊事"、"薦舉"、"雜奏"四類,凡七十九篇。或作八十五篇者,非元本也。魏公序稱公有《奏議》十七卷,《政府論事》二卷。《論事》即此書;《奏議》十七卷,今佚。凡見於宋刊《諸臣奏議》、永樂本《歷代名臣奏議》、《通鑑長編》,而爲此書及文集、別集所無者,皆十七卷中之文也。

---

① 傅增湘云:"此系婺州刊本,版式不大,與余所見《歐陽文粹》、《南豐文粹》字體相同。"見《藏園群書經眼録》卷四,頁323。

儀顧堂續跋卷八

影宋鈔元和郡縣誌跋

　　《元和郡縣圖志》四十卷,題"金紫光祿大夫中書侍郎同中書門下平章事兼集賢殿大學士監修國史上柱國趙國公臣李吉甫撰"。首吉甫自序,後有程大昌、洪邁、張子顏跋。每葉二十行,每行二十二字。每卷有目連屬正文。卷十八缺下半卷,卷十九、卷二十、卷二十二、三十三、三十五、三十六全缺。聚珍本,仿宋人刻不全《水經注》之例,編爲四十卷,以原本卷三之郿、坊、丹、延四州、卷四之靈、會、鹽三州爲卷四,以卷四夏州以後爲卷五,以卷五爲卷六,卷六爲卷七,卷七爲卷八,卷八爲卷九,卷九爲卷十,卷十爲十一,卷十一析爲十二、十三,十二析爲十四、十五,卷十三之太原府爲十六,汾、沁、儀三州及卷十四之嵐、石兩州爲十七,忻、代、蔚、朔、雲五州爲十八,卷十五爲十九,卷十六爲二十卷,十七爲二十一,卷十八爲二十二,卷二十一析爲二十三、二十四,卷二十二析爲二十五,卷二十五爲二十六,卷二十六爲二十七,卷二十七爲二十八,卷二十八爲二十九,卷二十九爲三十,卷三十爲三十一,卷三十一爲三十二,卷三十二爲三十三,卷三十三爲三十四,卷三十四爲三十五,卷三十七爲三十六,卷三十八分爲三十七、三十八。削去每卷之目,字句之間亦多增損更易。此則猶照宋本傳錄者。是書南宋以前無刻本,淳熙中張子顏帥襄陽,欲刊古書,商之程文簡大昌。文簡因録秘閣所藏《元和郡縣志》寄之，而圖已缺，子顔遂於淳熙三年刻之襄陽。子顔字幾仲，秦人。父俊，封循王，爲中興四將之一，《宋史》有傳。子顔以蔭入仕，累知信州、襄陽，終於敷文閣學士，知隆興府，見《江西通志》。

宋本毘陵志跋二

毘陵有志，創始于教授三山鄒補之。宋慈守常州，欲重修而未果。咸淳四年，能之始踵成之。曰重修者，繼鄒志言之也。延祐丁巳，教授李敏之重刊於尊經閣。此則猶是咸淳初刊本也。《四庫》未收，阮文達亦未見。乾隆己酉趙味辛得鈔本，缺十一卷至二十卷，復從吴枚庵借殘本，鈔補其卷十一之第一葉，第二十卷仍缺，屬李申耆兆洛校訂而付之梓。此本卷十一缺首葉及卷二十全缺，或即吴枚庵所藏歟？余從唐鷃安明府得之。

馮巳蒼校宋本水經注跋

《水經》四十卷，次行題"桑欽撰，酈道元注"。經頂格，注低一格。每葉二十行，每行二十一字。道元自序"不能不猶"下，注明缺二百二十字，餘與《大典》本同。明藍格鈔本，崇禎十五年馮巳蒼用柳僉大中影宋鈔本校正，後以謝耳伯所見宋本增改。每卷以朱筆藍筆記校畢日月，間用"巳蒼父"白文方印、"馮巳蒼"白文方印、"巳蒼"朱文方印、"馮舒之印"白文方印、"馮氏巳蒼"白文方印、"癸巳人"朱文方印、"長樂"朱文腰圓印。卷一"昆侖虚"上不衍"河水"二字；"此樹名娑羅樹"，"娑"不誤"婆"；"上我置樓上"不作"置我樓上"；"父母作是思維"，"父母"不訛"二父"；"王布效心誠"，不訛"怖懼心伏作"；"父抱佛像"，"父"不訛"佛"；"送物助成"，"送"不訛"进"；"九流分逝"，"逝"不誤"遊"；"浮沫揚奔"，

"奔"不訛"望"。卷十八"長安人劉終于崩"下,校諸本多四百字,已蒼於卷末題云:"卷中一葉,各本俱無,獨此完善,皆與《永樂大典》本同"。其餘字句之闕,不勝枚舉。卷十後,即接卷十一,不別紙起。宋本往往如此,尤爲從宋本傳録之一證。又經馮巳蒼以柳、謝兩宋本校正,誠二百年前善本也。

影宋鈔輿地紀勝跋

《輿地紀勝》二百卷。題"東陽王象之編"。前有曾治鳳復象之劄子、嘉定辛巳象之自序、寶慶丁亥李塈序。每葉二十行,每行二十字,小字雙行,版心有字數。右線外有路名,左線外有府名。缺卷十三至十六、卷五十至五十四、卷一百三十六至一百四十四、卷一百六十八至一百七十三、卷一百九十三至二百。卷二缺第一、第二、第三、第三十六、三十八共五葉;卷五缺第五至第十六葉;卷二十三缺第二葉;卷二十七缺第二葉;卷三十九缺第十五葉及十九葉至末;卷五十九缺第一葉;卷八十二缺第四、第五、第二十一共三葉;卷八十五缺第六葉;卷九十一缺第一葉;卷一百五十一缺第十八葉;卷一百八十三缺第十七至二十二共六葉;卷一百八十五缺第一葉;卷一百八十七缺第二葉;卷一百九十缺第一葉之後半葉及第二葉;一百九十二缺第七葉至末。曾治鳳劄子,系照治鳳草書手跡勾摹上版,其官銜爲"朝奉大夫直寶章閣江西置制新除直煥章閣知廣州廣東經略"。張月霄《藏書志》,劄首"治"字、"鳳"下"伏被"二字、"拜"上"再"字,皆作空圍;"拜"下一字不辨,誤釋作"涵";"帥"上"大"字、"在"下"治"字,亦作空圍;"此"上"且"字,誤作"具";"直寶章閣"下,誤作"□□□制□□□□事同知洪州□□□□曾□鳳"。想所見鈔本不精耳。案:曾治鳳,福建晉江人,開禧元年進士,歷知富陽縣,通判潭州、漳州,知廣州。端平二年,進直徽猷閣,知建寧府。其爲江西置制,《江西通志》、《福建通志》皆失載,可以補其缺。錢竹汀《養新錄》亦不知鳳之爲治鳳,又謂王象之之父不可考。按:王象之之父名師古,字唐卿,金華人。紹興甲戌進士。嘗爲南劍州學教諭,刊《龜山遺書》。知九江,建拙堂於濂溪祠側。官至廣東提刑,著有《資治通鑑集義》八十卷。子謙之、益之、觀之、象之、有之、渙之、節之。謙之字吉父,淳熙甲辰進士。益之字行父,淳熙丁未進士,官至大理司直,著有《職源》五十卷。觀之字中甫。象之字肖父,慶元丙辰進士。皆見《敬鄉錄》。

影宋景定建康志跋

《景定建康志》五十卷,題"承直郎差充江南東路安撫使司幹辦公事周應合修纂"。前有馬光祖序、進書表、獻皇太子牋、景定二年九月諭旨,次目錄,次周應合《修志始末記》。每葉二十行,每行十九字,小字雙行。語涉宋帝皆提行,影寫宋刊本。朱述師《開有益齋讀書志》言,孫淵如刻本卷十三表,缺宣和九年至七年乙巳事;二十一卷先後紊亂;二十二卷王荆公營居半山園文未完;卷二十九《儒學志》二建明道書院云云迥然不同。今以此本推之,孫所據宋本卷十三缺第二十二葉,卷二十一之四十一葉與四十九葉誤倒,二十二卷缺五十二葉之後半葉,卷二十九第一葉斷爛前數行,孫氏不考,遂妄連妄補之耳。此本爲王西莊光祿舊藏,凡孫氏所缺皆有,當出宋本之完善者。每册有"王鳴盛印"白文方印、"西莊居士"方印、"甲戌榜眼"朱文方印、"光祿卿章"朱文方印。開有益齋所據之本二年"庚子"誤"丙午",三年"辛丑"誤"丁未",四年"壬寅"誤"戊申",五年"癸卯"誤"己酉",六年"庚辰"誤"庚戌",七年"乙巳"誤"辛亥",亦不如此本之善。

元槧至正金陵志跋

　　《金陵新志》十五卷,題曰"前奉元路學古書院山長張鉉輯"。首載索元岱序,次修志文移,次臺府提調官掾御史中丞董守簡等、集慶路總管府判周垕等銜名,次臺府官掾御史大夫脫歡等銜名,次集慶路總管府達魯花赤帖兒等銜名,次《修志本末》,次《引用古今書目》,次目録。每葉十八行,每行十八字,小字雙行。版心有字數及刊工姓名。卷三"世年表"分上中下三卷,十三"人物志"分上中下三卷,分卷殊未允當。體例多本《景定志》而刪"留都"、"文籍"兩門,改"儒學"爲"學校","武衛"爲"兵防","風土"爲"風俗","城闕"爲"古跡",尚無關於出入,惟書既不名續志,官守志,宋以前職官題名,不應改爲"遊宦",別爲"世譜"。卷二所載數條,《疆域志》歷代沿革足以該之,不應別為通紀。卷十三"世譜"一門分"郡姓"、"封爵"、"遊宦"三類,有乖紀述之體;"耆舊"增入秦檜,尤失是非之公。是皆體例之可議者。鉉本北人,素無文名,不及《景定志》遠矣。惟考元代金陵事蹟者,舍是無所資耳。其版明時尚存南監,後印者缺數十葉。此本有斷爛而無缺葉,當是元末明初印本。朱述之師《讀書志》謂,卷三分上之上、上之中、上之下、中之上、中之下,下不分子卷。卷四、卷五、卷六、卷十一、卷十二皆分上下,卷十三亦分上之上、上之中、上之下、下之上、下之中、下之下,連子卷數之,得三十一卷。此本卷三上一百二十八葉,中一百二十葉,下二十葉;卷四七十三葉,卷五八十四葉,卷六九十七葉,卷十一九十葉,卷十二一百五葉,卷十三上"世譜"四十三葉,又列傳八十一葉。子卷之中,並不又分子卷,與述師之言不合,疑述師所見是鈔本而非元刻,或鈔胥見葉數過多,妄爲分析,不然此書無第二刻,何以歧異如此耶? 述師又稱,孫淵如藏本闕"江寧縣圖"、

"溧水州圖"、"冶城古跡圖"、"曹南王祠堂圖"。錢天樹藏本差勝孫本,亦闕"曹南王祠堂圖"。此本皆全,洵不易得也。

類編長安志跋

《類編長安志》十卷,題"京兆路儒學教授駱天驤纂編,開成路儒學教授薛延年校正"。首爲元貞丙申天驤自序、大德戊戌安西路儒學教授賈馘文裕序、大德戊戌前翰林學士安西路總管山木老人王利用序,次《安西路州縣圖》,次目録,次引用書目。《四庫》未收,阮文達亦未進呈。影寫元刊本。卷一之類二,曰雜著,曰管治州縣;卷二之類二,曰京城,曰宮殿室庭;卷三之類四,曰圜邱郊社,曰明堂辟雍,曰苑囿池臺,曰館閣樓觀;卷四之類二,曰堂宅亭園,曰市里第;卷五之類七,曰寺院,曰廟祠,曰山水,曰川谷,曰泉渠,曰陂澤,曰潭泊;〔缺卷六及類目〕卷七之類十,曰橋渡,曰原邱,曰關塞,曰鎮聚,曰堡塞,曰驛郵,曰陂坂,曰堆堰,曰城闕,曰古跡;卷八之類四,曰山陵塚墓,曰紀異,曰辨惑,曰數目故事;卷九之類二,曰勝遊,曰雜題;卷十之類一,曰石刻。每類又爲子目,體例既未盡善,考證亦未詳贍。惟宋元舊志,南則四明、臨安、吳郡、三山、嚴州、會稽、赤城、鎮江、建康、新安、毘陵、嘉禾,存者尚多;北則宋敏求、李好文《長安》二志外,惟此書耳。天驤字飛卿,號藏齋遺老,長安人,官京兆路學教授。

洪武本蘇州府盧志跋

《蘇州府盧志》五十卷,圖一卷,題"郡人盧熊輯"。每葉二十六行,每行二十三字。前有洪武十二年宋濂序。明洪武刊本。卷首一十八圖,圖各有説。卷一"沿革"、"分野"、"疆域",卷二"山",卷三"水"、"水利",卷四"城池"、"鄉都",卷五"城市",卷六“橋梁”，卷七“園第”，卷八、九“官宇”，卷十“戶口”、“稅賦”、“漕運”，卷十一“賑貸”、“廩祿”，卷十二“學校”，卷十三“貢舉”“題名”，卷十四“兵衛”、“營寨”、“燧燉”，卷十五“祠祀”、“社稷”、“祭典”、“靈應”，卷十六“風俗”、“氏族”，卷十七“封爵”，卷十六【疑當作十八】至二十“牧守題名”，卷二十一至四十一“人物”，卷四十二“土產”，卷四十三“古跡”、“寺觀”，卷四十四“塚墓”，卷四十五“異聞”，卷四十六“考證”、“雜誌”，卷四十七、四十八“集文”，卷四十九、五十“集詩”。案：熊字公武，其先武甯人，宋季徙家於吳。少從學於楊維禎，博學工文，尤精篆籀。元季爲吳縣學教諭。洪武初起爲工部照磨，尋以善書擢中書舍人，遷兗州知州。爲政愷悌，不務赫赫名。嘗上疏言，州印篆文訛謬忤旨，俄以簿録刑人家屬，坐累死。著有《説文字原章句》、《鹿城隱書》、《兗州志》、《孔顏世系譜》、《蓬蝸集》、《憂幽集》、《石門集》、《清溪集》及此書，見《姑蘇志》。自范石湖成《吳郡志》五十卷，趙節齋有《續志》，章惷病其未完，作《吳事類補》。元總管趙鳳儀嘗集諸儒論次遺闕而未成。公武採眾芟訂爲此志，最爲詳贍有法。其後，王文恪修《姑蘇志》，原本此書，而益以明代事蹟，世稱善本。惟宋代牧守題名，《盧志》紀述甚詳，除而未任如辛若渝、張諷、張洗、章衡、楊級、呂惠卿、李仲權，皆列其選除，明其未赴，可與史傳相參證。王《志》意在求簡，刪其未赴者可也，而于閭象梁、周翰、柴成務、宋瓌、陳省華、裴莊、張去華、黃震、秦羲、孫冕、王鬷、林瀄、蔡抗、裴煜、沈扶、葉均、潘夙、程師孟、王誨、孫覺、晏知止、章岵、吳居厚、賈青、呂公雅、盛章諸人，或刪其字貫，或刪其家世，或刪其官位，或刪其考證，則簡所不當簡矣，不若此書之善也。《四庫》未收，阮文達亦未進呈。張月霄僅有鈔本，而無洪武刊本，則流傳之罕可知。此本每冊有“曾在蔣辛齋處”朱文長印，絶無斷爛，是明初印本，當與元刊同觀也。

嘉慶湖南通志跋

《湖南通志》二百一十九卷,嘉慶二十五年修。主其事者湖南布政使紹興翁鳳西元圻也。"金石門"爲布政使理問嘉定瞿中溶纂,餘則湖南副貢黃本驥所纂居多。《湖南通志》創於乾隆中,陳文恭宏謀以《湖廣通志》爲藍本,疏漏特甚。是本凡分"詔諭"、"星野"、"輿圖"、"沿革"、"疆域"、"山川"、"城池"、"關隘"、"津梁"、"堤堰"、"公署"、"戶口"、"田賦"、"蠲租"、"積貯"、"礦廠"、"錢法"、"鹽法"、"學校"、"典禮"、"祀典"、"兵防"、"驛傳"、"兵事"、"苗防"、"藩封"、"職官"、"選舉"、"名宦"、"人物"、"列女"、"流寓"、"仙釋"、"方技"、"風俗"、"物產"、"祥異"、"古跡"、"陵墓"、"祠廟"、"寺觀"、"藝文"、"金石"、"叢談"四十四門。"金石"爲瞿木夫中溶所纂,最爲精密。其餘各門成於眾手,補遺訂謬,用力頗深。明以前傳,補至二百有餘。"職官"姓名,所補亦夥,且各注所引原書。"人物"之後,附以"義役"、"義仆",搜採不可謂不勤,體例不可謂不善。惜乎三楚少藏書之家,所見祇近時版本,不但宋以後集部罕見,即《繫年要錄》、《北盟會編》、《通鑑長編》、《宋大詔令》、《宋會要》、《太平治迹統類》等書,皆未寓目,不及陳公甫先生《福建通志》之詳核也。

阮修廣東通志跋

《廣東通志》三百三十四卷,道光二年兩廣總督阮元等重修奏進。其書仿謝蘊山《廣西通志》之例,以明嘉靖中黃佐所修《通志》爲藍本,益以《輿地紀勝》等書,亦未博考群書也。主纂輯者爲江南監生江鄭堂藩、浙江舉人吳虛石蘭修。鄭堂深于經而史學非所

長。蘭修通史學,長於校讎而短於博覽。故其書大體雖善而疏舛
尚多。如方希覺字民先,莆田人,紹聖間知英州,嘗築眾安齋于南
山。李修為之記磨崖,今存舊志。"名宦"訛作"連希覺",阮《志》
于"金石略"據石刻證為方希覺,是矣。而"宦績錄"、"職官志"仍
作"連",猶仍舊志之訛。宋俊甫《莆陽比事》載知韶州阮僑,知循
州宋煜,知肇慶州林元忠,知新州顧天鈞,知德慶州吳庭秀、王進之、
留洪,知南恩州余祖奭、阮中,知梅州方次彭、薛珩、游輔、陳希輿、
張熊、徐橘,知英州阮鵬、葉元汴,知高州李悅仲,知雷州陳啟期,知
廉州龔嗣昌、陳祐之,知瓊州陳大和、薛元肅,知昌化軍薛景、黃球、
林叔坦、葉元瀚,知萬安軍龔嗣宗諸人,"職官志"皆失載。陶岳知
端州,與包孝肅齊名,見《明一統志》,"名宦"不為立傳,"職官表"
亦無其名。

嘉慶廣西通志跋

　　《廣西通志》二百八十卷,嘉慶六年兩廣總督吉慶奏進。主其
事者,原任廣西巡撫江西謝啟昆也。凡為典一,曰訓典;為表四,曰
郡縣沿革、曰職官、曰選舉、曰封建;為略九,曰輿地、曰山川、曰關
隘、曰建置、曰經政、曰前事、曰藝文、曰金石、曰勝跡;為錄二,曰宦
績、曰謫宦;為列傳六,曰人物、曰土司、曰列女、曰流寓、曰仙釋、曰
諸蠻。類文難於合併者,又分為子目,經政子目六,曰疆域圖、曰分
野、曰氣候、曰戶口希姓附、曰風俗、曰物產;建置子目十九,曰城
池、曰廨署、曰學校、曰壇廟、曰津梁、曰銓選、曰祿餉、曰田賦、曰鹽
法、曰榷稅、曰積貯、曰祀典、曰土貢、曰學制、曰兵制、曰馬政、曰郵
政、曰鼓鑄、曰船政;勝跡子目四,曰城址、曰署宅、曰塚墓、曰寺觀;
傳之子目五,曰列傳、曰列女、曰流寓、曰仙釋、曰諸蠻。《廣西通
志》創自郝浴,李紱續于雍正,金鉷修於乾隆,皆未盡善。蘊山中

丞,發凡起例,別開生面,深合史裁。其後,阮文達修《廣東通志》,翁元圻修《湖南通志》,皆用之,誠《通志》之正軌也。至其考訂精審,於《諸蠻傳》則刪安南一國,《列女》則改某氏爲某人妻,于《藝文》則專載粤西人著述,仿《吳郡志》之例,而附詩文於各條之下,於《謫官》則刪周利貞、姚琦、宋之問、竇群、趙良嗣、程松、丁大全諸人,於《流寓》則刪漢桓華、三國許靖、劉巴、譚口之在交趾與廣西無與者,於《仙釋》、《方技》則刪葛洪、賓公之流俗訛傳,皆足以證舊志之失。又仿張用鼎《金陵新志》通記之例,別爲《前事略》,仿朱長文《吳郡續記》碑版之例,而推廣之,爲《金石略》,備載全文,皆可爲修志法式。惟《輿地紀勝》所載人物,昭州之覃沖、黃葆光,貴州之俞仲昌,柳州之甘翔,賀州之毛塡揚、攝官王輪,甯州之李安、廖世安、李寶,《人物傳》無其名。慶元元年李訧爲廣西經略,嘉定中胡長卿累官廣西提刑轉運,見於《石刻題名》,《職官表》無其名。賓州僧得之、融州戴道者、昭州僧道光、象州之黎彥明、梧州之李上座、盧耽,《仙釋》亦無其名。乾道間王翰、趙持知橫州,賈成之通判橫州,見《夷堅乙志》卷十九,《莆陽比事》所載廣西監司吳贇、范勳,知雄州田涇、薛世清,知梧州陳端,知貴州鄭東,知橫州林發,《職官表》皆無其名。此由僻在偏隅,見書不多,未可以一眚掩也。

新福建通志康執權傳跋

案:執權字平仲,見《四六談麈》。開封人,靖康時官國子祭酒、鴻臚寺卿,見《繫年要錄》卷二、《鴻慶居士集・外制》。高宗立,召爲起居郎,二年四月試給事中,八月試中書舍人,權工部侍郎,五月充顯謨閣學士奉祠【"五"字疑誤】。十八年抗章請老,詔進一官。二十七年落致仕,知泉州。其誥詞曰:"材全肅艾,學造精微,

早魁上舍之群英,晚作西清之放老。"見《海陵集·外制》及《要録》
卷十三、卷十七、卷二十五、卷一百。尋以執權年老,勉勞以事,除
龍圖閣學士、提舉江州太平興國宮,見《要録》卷一百七十七。此
執權里貫仕履也。康與之字伯可,濟陽人,居宛丘,見《廣東金石
略·風雷雨師殿記》及《周南山房集》。父倬,紹興初知臨江軍。
高宗在揚州,與之上《中興十策》,不用。監杭州太和樓酒庫,坐盜
庫金免官,見《鶴林玉露》、《山房集》。起爲承務郎,紹興八年彗星
見,與之上書言彗不足畏。秦檜大悅,改京秩,監尚書六部門。十
七年,擢軍器監丞。稱秦檜命,往鎮江市玉帶,又從都統王勝借金。
上聞,出之外,爲福建安撫使主管文字。檜死,湯鵬舉劾之,二十五
年除名,編管欽州。二十八年坐與土人交爭,移雷州,見《繫年要
録》。此與之里貫仕履也。今以伯可爲執權字,又云"以樂府擅
名,待詔金馬門。兩宮宴集,皆仰其歌詠",則誤以與之爲執權矣。
惟官至侍郎則不誤耳。公甫先生修此志時,閱書千餘種,爲近來各
省《通志》之冠,而尚有此失,信乎,著書之難也。

兩浙金石志跋

　　《兩浙金石志》十八卷,國朝阮元輯。卷六載有宋張南軒手書
《孝經碑》,款題"熙寧壬子八月壬寅書付侄愷。時寓鄧之廢寺,居
東齋。南軒書。"案:張南軒名栻,字敬夫,廣漢人,卒於淳熙七年,
年四十八,見《朱文公集·右文殿修撰張公神道碑》。據此,當生
於紹興三年,上距熙寧壬子六十二年。不但南軒未生,即南軒之父
張浚亦尚未生耳。文達疏甚矣。

同治烏程縣志跋

　　周密傳,據《齊東野語》、《癸辛雜識》附見其曾祖秘、祖某、父

晉事蹟。然秘歷官、奏疏,《建炎以來繫年要録》及《嘉泰會稽志》
所載甚詳。觀其勇於進言,急於請外,其人似非庸流,雖好與道學
諸公爲難,亦猶洛蜀分黨,未可以此定賢奸。程《志》僅稱其寓居
鐵佛寺,絕不敘其事蹟。晉字明叔,見《絕妙好辭》,而程《志》亦
缺,今補輯其事,以待後之重修者。紹興五年五月,吏部員外郎周
秘面對,十二月壬子守監察御史,乙丑守殿中侍御史。六年二月,
言"江淮屯田誠財用之本,然使民並耕,不能無侵擾之患。臣以爲
必無願耕之民,然後使揀退之兵,則軍民兩得其宜"。三月,尚書
省言,"婺州積米之家,射利遏糶,詔浙東州縣勸誘上戶,出糶補
官,頑猾閉糶,亦仰斷遣"。秘言"發稟勸分,古之道也。但聞勸分
矣,未聞其迫之也。今止令州縣勸誘,猶懼其抑勒,若許斷遣,則將
何所不至,恐奸貪之吏,因濟其私,而善良之民,或有被其害者矣。
乘時射利,閉糶待價,富民好利,固多如是,然而爲守令者,苟能宣
布德意,感以至誠,動以利害,使各以不費之惠,周其鄉里,宜無不
從者,其或不從,亦守令之教不素行於民也。望戒約守令,多方勸
誘,或因斷遣指揮輒有騷動,令提舉官奏勘"。從之。又論"四川
漕司,注授不遵法令。孤寒之人,無緣得祿,宜絕弊源。"詔嘉納。
七年,有旨禁伊川學,禮部郎官黃次山欲鏤版頒行録黃。權侍郎董
棻欲少俟,以己意請對。郎官申御史台,謂棻沮格詔令,秘入見言,
"在廷之臣,以一家之學誘天下而使之同己,士大夫靡然從之,風
俗幾爲之變。棻沮格詔令,無所忌憚。"棻出知嚴州,秘尋遷御史
中丞。八月詔:"張浚輕而無謀,愚而自用。德不足以服人,而惟
恃其權;誠不足以用眾,而專任其數。若喜而怒,又怒而喜。雖本
無疑貳者,皆有疑貳之心;予而陰奪,奪而後予。雖本無怨望者,皆
使有怨望之意。無事則揚威恃勢,上下有暌隔之情;有事則甘言美
辭,將士有輕侮之志。浚之才術,止於如是而已。"又論浚二十大

罪；又論浚"僥倖功名，勞惑聖聽，乞削奪官爵，重加譴責"，詔責浚永州居住。秘亦累乞外任，十月，以徽猷閣知秀州。九年正月，改知紹興府。十年四月奉祠，尋起知衢州，罷爲提舉江州太平觀。十六年卒。

同治烏程縣志跋二

同治八年上元，宗湘文源瀚權知湖州，邀余及汪謝城、廣文丁寶書處士同修《湖州府志》，以三年之久。謝城僅認"蠶桑"一門，餘皆余與寶書任之。及《府志》成，郡人議修縣志，謝城籍隷烏程，隨以《烏程志》屬之。其各傳皆取材於《府志》，而于"宋寓賢"增《秦九韶傳》。考九韶之爲人，有不孝、不義、不仁、不廉之目。先有議幕之除，首遭駁論，又除農丞，措置平江米餔，後省再駁，其命遂寢。後村謂其人暴如虎狼，毒如蛇蝎，非復人類。方其未出蜀也，潰卒之變，前帥藏匿某所，九韶指示其處，使凶徒得以甘心，守和販□，抑買於民。寓居雪川之關外，凡側近漁舟，每日抑令納錢有差，否則生事誣陷，大爲閭里患苦。李曾伯帥廣，委懾瓊管，僅百許日，郡人莫不苦其貪暴，作《卒哭歌》以快其去。有子得罪於九韶，折其兩脛，見《劉後村集》卷八十一《繳駁九韶知臨江軍狀》，與周密《癸辛雜誌》所言大略相同。周密與九韶同寓湖州，或有鄉里私怨，後村氣節文章，名重當世，且見之奏駁，必非無影響者。故余修《府志》，於《寓賢》不爲立傳，而謝城矜爲獨得，不免變亂是非矣。九韶爲潼川守檥之子，見寶慶三年四川石魚題字。檥，普州安岳人，紹熙四年進士，嘉定十七年官秘書省校書郎，除秘書少監。寶慶元年，除直顯謨閣，知潼川府。謝城以博洽負時譽，竟不知九韶爲四川人，而沿周密之誤，以爲秦鳳間人，殊可笑也。

儀顧堂續跋卷九

明刊子彙跋

《子彙》二十餘種，明萬曆四年刊本，頗爲近世好古者所重。《鶡子》、《晏子》、《子華子》、《劉子》、《關尹子》、《亢倉子》、《文子》、《孔叢子》，有丁丑夏日潛庵子識語，收藏家無知其人者。愚按：《孫繼皋宗伯集》有《吏部侍郎謚文恪微庵周公行狀》，公名子義，字以方，微庵，其自號也。嘉靖乙丑進士，改庶吉士。公故嗜書，既入選，則多購求書，窮日夜讀不休。隆慶六年，升南國子司業，攝祭酒事。萬曆六年升北祭酒，十一年晉禮部侍郎，改吏部。萬曆十四年，年五十六。所訂正書梓在南雍者，有《周禮》、《史記》、《五代史》，而《子彙》則所自編輯者也。則《子彙》爲周子義所刊無疑矣。丁丑爲萬曆五年，正子義爲南京司業兼攝祭酒時也。《行狀》不言其又號潛庵子者，略之也。惟所據雖多善本，《墨子》、《晏子》有刪併移易處，則不免明人習氣也。

宋槧纂圖互注荀子跋

《纂圖互注荀子》二十卷，題曰“唐大理評事楊倞注”。前有楊氏序及篇目、欹器之圖、天子大路龍旗九斿圖一。行款、字數，皆與《互注重意重言道德經》同。每葉格闌外有篇名。《勸學篇》“青出于藍”不作“青取之於藍”，“聖人循焉”不作“聖人備焉”，“玉在山而木潤"不作"草木潤","君子如嚮矣"不作"如響矣"。《賦篇》"請占之五泰"不作"請占之五帝";"注有五泰,五帝也"一句,與唐與政重雕監本不同,而與王伯厚《困學紀聞》所稱建本合。他如《勸學篇》"螾無爪牙之利","螾"上不衍"蚓"字,注有"蚯蚓也"三字;"目不兩視而明,耳不兩聽而聰",兩"不"字上不衍"能"字;"謹順其身",與《呂氏讀書記》所引同,"順"不誤"慎"。《修身篇》"詩曰噏噏呰呰"與《詩考》合,不誤"潝潝訿訿";"保利棄義","棄"不誤"非"。《不苟篇》"小心則溓而傾","溓"上不衍"流"字;"故君子不下堂","堂"上不衍"室"字。《榮辱篇》"危足無所履者","者"下不衍"也"字;"政法令"不作"政令法",注有"當作政令法,或曰政當爲正"十一字;"糧食大侈"不作"太侈",注有"大讀爲太"四字。《非相篇》注"形法"不誤"刑法";"二十四篇","篇"不誤"卷";"節族久而絕",注"節奏久則絕","節"不誤"宗"。《儒效篇》"人之所道也"下,不衍"君子之所以道也"一句;"外闔不閉","閉"不作"閟";"人無師法則隆性矣,有師法則隆積矣","性"不誤"情","積"不誤"性";注"厚性謂恣其本性之欲,厚於積習謂化爲善也",不誤"厚於情謂恣其情之所欲,厚於性謂本於善也";"積土謂之山,積水謂之海",與下數句一律,兩"謂之"不誤"而爲"。《王制篇》"不待須而廢","須"不誤"頃";"小節一出焉,一入焉","一出"上不衍"非也"二字;"承強大之敝"下不衍"也知強大之敝"六字;《王霸篇》"不考而得甲兵","甲"不誤"用"。《君道篇》"勝斛敦槩者","勝"不作"升";"百吏乘是而後鄙",不奪"鄙"字。《天論篇》"勉力不時,則牛馬相生,六畜作袄"五句,不錯在"禮義不修"之上。《解蔽篇》注"王之所罪盡不善者也,罪不善,善者故爲畏,王欲群臣之畏也,不若無辨其善與不善",不誤作"王罰不善者,善者何爲畏,王少群臣之畏也,不若無

辨其善”。《成相篇》“高其臺榭”，不奪“榭”字。《大略篇》“是棄
國捐身之道也”，“捐”不誤“損”。《宥坐篇》“關龍逢”，“逢”不誤
“逢”。皆勝宋本。王伯厚謂“監本未必是，建本未必非”，則此本
在宋時已稱善本矣。

宋槧纂圖互注揚子法言跋

　　《纂圖互注揚子法言》十卷，題曰“晉李軌、唐柳宗元注，聖宋
宋咸、吳祕、司馬光重添注”。每葉二十二行，每行二十二字，小字
雙行，每行二十五字。前有宋咸序及進廣注法言表、司馬溫公序、
篇目、渾儀圖、五聲十二律圖。宋咸序後有木記云：“本宅今將監
本四子纂圖互注附入重言重意，精加校正，殆無謬誤，謄作大字刊
行，務令學者得以參考，互相發明，誠爲益之大也。建安□□□謹
咨”六行。宋刊本。案：司馬公《法言注》十三卷，本名“集四家
注”，見《宋史·藝文志》。故《直齋書錄》李軌注《法言》，《解題》
有“建寧四注不同”之言。振孫，寶慶時人，是理宗初建寧已有刊
本，至景定時龔士禼刊入《六子全書》，改題“纂圖互注”，而“集四
家注”之名遂不可見矣。《提要》未及李、宋、吳三人仕履、里貫。
案：李軌，字弘範，晉尚書祠部郎中、都亭侯，撰《周易尚書音》、《春
秋公羊音》、《小爾疋音》各一卷，泰始、泰寧、咸和《起居注》共六十
七卷，又撰《齊都賦》一卷、集八卷及《法言注》十三卷，見《隋書·
經籍志》。柳宗元注《法言》十三卷，見《新唐書·藝文志》。宋咸
字貫之，建陽人，天聖二年進士，官至都官郎中，著有《易訓》、《毛
詩正紀外義》、《朝制要覽》及《法言廣志》十卷。吳祕，福建甌甯
人，景祐元年進士，累官司封員外郎、侍御史，以不劾呂公綽濫刑，
出知濠州，提點京東刑獄。後以老乞閒，改知舒州，著有《周易通
神》、《太玄箋》及《揚子注》，見《閩書》。

至　書　跋

《至書》二卷,前有嘉定戊辰建安蔡沈自序。《宋史·藝文志》著於録。遠取堯、舜、禹、湯、孔子、曾子、子思之言,近述周、程、張、朱之言,又采諸家訓釋爲之注,以虞廷《十六字傳心》爲首,而以張子《西銘》終焉。以其皆極至之理,故曰《至書》。《四庫》未收,阮文達亦未進呈。此從明秦府刊本録出,前有嘉靖丁巳秦王五友軒序。

元槧傳道四子書跋

《傳道四子書》,《顏子》二卷、《曾子》二卷、《子思子》二卷、《孟子》二卷,題"吳郡後學徐達左編次"。有達左總序,四子各有達左自序。下有印三,曰"徐達左印"、曰"良夫"、曰"耕漁軒"及"會溪蔣直儒刻"一行,至正庚子辛丑刊本。每書各立內外篇目。內篇載經書,附以周、程、張、朱之言;外篇載傳記,附諸子百家之論,《顏子》、《子思子》、《孟子》篇目皆十,《曾子》篇目十四,《曾子》全載《孝經》而有分析移易;《孟子》僅取二十餘條入內篇,去取聖經,殊近於妄。惟搜羅采輯,亦頗費苦心。乾隆間開四庫館無進呈者,其流傳不多可知。此猶元刊元印本也。按:達左字良夫,號耕漁子,吳縣人。少受《易》于鄱陽邵弘道,又受《書》于天台董仁仲。隱居光福山,與倪瓚、王行、周砥爲文字交。洪武初,鄉人施仁守建寧,請爲其學訓導。六年卒於建寧,見俞貞木撰《傳》。著有《耕漁軒詩》。

宋槧朱子語類跋

《朱子語類》一百四十卷。題"導江黎靖德類篇"。前有黃幹池州刊本序、李性傳饒州刊續録序、蔡杭刊後録序、吳堅建安刊別録序、黃士毅分類語録序及鋟木跋、魏了翁眉州刊本序、蔡杭徽州刊版序、王泌刊續録序，次姓氏、次門目。目後有黎靖德景定癸亥書、咸淳庚午再書，次考訂。每葉二十八行，每行二十四字。版心有字數。宋咸淳刊本，間有元修之葉。石門呂氏刊本所從出也。

元槧黃氏日鈔跋

《慈溪黃氏日鈔分類》九十七卷，題"慈溪黃震東發編輯"。每葉二十六行，每行二十四字。語涉宋帝皆空格，蓋仍宋本舊式。前有至正三年廬江沈逵序，下有印曰"肩吾子"。是書原本百卷，東發身前已梓行，元初兵毀。至正中孫禮之搜緝補刊，僅存九十七卷。卷八十一、卷八十九注曰"原官版無文字"，則元以後版片殘缺也。乾隆中有覆本，行款悉同，匡格字形皆縮小矣。中有"楊繼宗"朱文方印、"西齋"朱文方印。案：楊繼宗，《明史》有傳。

折獄龜鑒跋

《折獄龜鑒》八卷，宋鄭克撰，錢氏守山閣刊本。前有至元元默敦牂奉訓大夫湖南儒學提舉陵陽虞應龍序。《宋史·藝文志》、晁公武《讀書志》、馬端臨《文獻通考》皆著於録，作二十卷，惟陳直齋《書録解題》作三卷。原書久佚，館臣從《大典》録出，而錢氏據以刊行者也。《提要》未載克字里仕履。愚案：克字武子，開封人。累官承直郎、湖南提刑司幹官。紹興三年下詔恤刑，戒飭中外，俾務哀矜。克因閱《疑獄集》，分類其目爲此書，見《書録解題·隱居通議》。宋時與《春秋分紀》、《朱子四書》、《昌黎文集》、《黃陳詩注》、《廉吏傳》、《南陽活人書》、《和劑局方》同刊於宜春郡齋，歲久殘缺。至元辛巳，同知郝居正補完，應龍爲之序。《通議》摘録

《龜鑑》十餘條，"辨誣門"李端爲岐州刺史，"議罪門"邢州有盜，"鉤慝門"王恭戍邊、章舉爲句章令、南方有僞裝歐傷者五條，今本失收，可據以補其缺。惟諸書皆作鄭克，《隱居通議》作鄭克明。豈克又字克明歟？然莫可考矣。

宋槧傷寒總病論跋

《傷寒總病論》六卷、《修治藥法》一卷。題"蘄水龐安時撰"。前有元符二年黃山谷序、蘇東坡答安常劄，卷六後有"政和歲次癸巳門人布衣魏炳編"十三字。每卷有目連屬篇目。每葉二十行，每行二十字，宋諱皆爲字不成，".丸"不改"圓"，蓋政和中刊本，即士禮居刊本所祖也。黃序、蘇劄，其名皆空，蓋徽宗崇甯時黨禁甚嚴，蘇、黃文字皆毀版，故刻其文而隱其名。蘇劄後有咸淳時名伯忠題字兩行，冊中有"士禮居"朱文方印、"黃丕烈印"朱文方印、"蕘圃"朱文方印、"袁氏尚之"朱文方印、"王韻齋圖書印"朱文方印、"有竹居"朱文方印，汪士鐘名號珍藏印尤多。

元槧傷寒百證歌發微論跋

《新編張仲景注解傷寒百證歌》五卷、《傷寒發微論》二卷。題曰"翰林學士許叔微知可述"。每葉十六行，每行十七字，注雙行，每行二十字。《直齋書錄解題》許叔微《傷寒歌》三卷，凡百篇，皆本仲景法；又有《治法》八十一篇，《仲景脈法》三十六圖、《翼傷寒論》二卷、《辨類》五卷，皆未見。按：《傷寒歌》即《百證歌》，三與五字形相近而訛。《翼傷寒論》即《發微論》。《四庫》未收，阮文達未進呈，張月霄亦未見。惟錢遵王《敏求記》著於錄。今每冊有"虞山錢曾遵王藏書"朱文長印，蓋即《敏求記》著錄之本也。按：叔微少孤，力學，於書無所不讀，而尤邃於醫。建炎初，真州疾疫大作,知可遍歷里門,十活九八。仕至徽州、杭州教官,遷京秩。見影宋本乾道庚寅張郯序,而不言京秩爲何官。《提要》云,宋代詞臣率以學士爲通稱,觀於此本結銜,叔微曾官翰林,故醫家謂之許學士也。前後有"惠棟之印"白文方印、"惠定宇手定本"朱文方印、"海陽孫氏藏書印"朱文方印、"新安孫從添慶增藏書"白文長印,末有堯圃手跋。孫從添,字慶增,常熟人,善醫術,乾隆時人。

宋槧大觀本草跋

《經史證類大觀本草》三十一卷,間有題"經史證類大全本草"者。次行題唐慎微纂。前有大觀二年艾晟序。卷三十後有補注本草詔敕及所引醫書十六家撰人姓名、義例。卷三十一後有《圖經本草奏敕》,卷一、二《序例》,三至五《玉石部》,六至十一《草部》,十二至十四《木部》,十五《人部》,十六至十八《獸部》,十九《禽部》,二十至二十二《蟲魚部》,二十三《果部》,二十四至二十六《米穀部》,二十七至二十九《菜部》,三十有名未用,三十一《本經外草木》。每葉二十四行,每行二十字,小字雙行,每行二十四字。宋諱多爲字不成,語及宋帝,或提行,或空格。此書有大觀二年孫氏刊本,有宋紹興二十七年王繼先校定國子監刊本,有金泰和甲子晦明軒刊本,有元大德壬寅宗文書院刊本,大德丙午許氏刊本。金泰和本名《重修政和經史證類備用本草》,附寇宗奭《衍義》,元大德丙午本亦附《衍義》。此本不附《衍義》,非紹興官刊本,即麻沙書坊翻大觀本也。所採書二百四十六種,今存者不及五十種。

宋槧史載之方跋

《史載之方》二卷,上卷後有跋,不全。每葉二十行,每行十七字。宋諱"桓"字不缺,"丸"字不改"圓",蓋徽宗以前刊本。《直

齋書録解題》："《指南方》二卷,蜀人史堪撰。凡分三十一門,門各
有論。"今此書自"四時正脈"起,至"治疫毒痢"止,却得三十一門,
門各有論,蓋即《直齋》著録《指南方》也。《四庫》未收,阮文達始
進呈。案:載之名堪,四川眉州人。政和進士,官至郡守。彭師古
得異疾,食已,鼻中必滴血。堪曰:"疾在《素問正經》,名曰食掛。"
投一方服之,宿恙頓除。見《分類夷堅志・辛集・眉州進士題名
碑》。蔡元長病便秘,堪末紫苑以進,須臾遂通。見《北窗輗炙
録》。卷中有"張氏字香修一字幼憐"、"芳椒堂元炤"私印,"嚴氏
修能"、"黃丕烈"印,"蕘圃"、"蕘翁"、"更號復翁"諸印,後有黃蕘
圃手跋二通,並録《宋稗類鈔》、《北窗輗炙録》兩條。《宋稗類鈔》
所採,出《分類夷堅志・辛集》。堪爲政和進士,皆蕘圃及阮文達
所未聞也。

宋槧本草衍義跋

　　《本草衍義》二十卷,次行題"通直郎差充收買藥材所辨驗藥
材寇宗奭編撰"。前有政和六年十二月二十八日剳付,剳付後有
"宣和元年月本宅鏤版印造,佺宣教郎知解州解縣丞冠約校勘"兩
行。每葉二十四行,每行二十一字。宋刊宋印本。宗奭,萊公曾
孫,著有□□□□□□□,《郡齋讀書後志》以《衍義》剳付、《通鑑
長編》二百八十三證之,知其曾官杭州順安軍永耀各處,熙寧十年
爲思州武城縣主簿。政和六年,由承直郎、澧州司戶進書轉通直
郎,添差充收買藥材所辨驗藥材所辨驗藥而已。宗奭以嘉祐《證
類》二部失于商較,因考諸家之說,參以實事,有未盡者衍之,以臻
其理,如東壁土倒、流水冬亥之類;隱避不斷者,伸之以見其情,如
水自菊下過而水香、鼹鼠溺精墜地而生子之類;文簡脫誤者,證之
以明其義,如玉泉、石蜜之類;避諱而易名者,原之以存其名,如山

藥避宋朝諱及唐避代宗諱之類。《郡齋讀書志》、《直齋書錄解題》、《文獻通考》皆著於録。金泰和刊,散附唐慎微《證類本草》,明刊仍之,此則猶宋時單行本也。

腳氣治法總要跋

《腳氣治法總要》二卷,董汲撰。《提要》云:汲字及之,東平人。始末未詳。其著書在元豐、元祐之間。愚案:晁補之有《董汲秀才真贊》云:“鵲實非脈,假脈而言,太子可起。和實以脈,遺脈可知,良臣將死。故鵲不能死生而和不能生死,既有制之者矣,亦有知之者矣。術兼於道,是謂醫理。誰其知之,惟汶陽董子。”見《雞肋集》卷三十二。與著此書者里貫、時代皆合,當即其人矣。

濟 生 方 跋

《濟生方》八卷,宋嚴用和撰。原本久佚。此則館臣從《永樂大典》輯出者。日本尚有原書,爲楓山秘府所藏,前有寶祐癸丑用和自序。又有《濟生續方》一卷,爲日本醫官湯河氏藏,有咸淳丁卯自序。此本雖有用和自序而缺寶祐紀年,亦無《續集》,故莫辨爲何時人。以日本宋本證之,用和蓋宋季醫家也。

元槧濟生拔萃方跋

《濟生拔萃方》十九卷,小名在上,大名在下。卷一《鍼經節要》,卷二《潔古雲岐鍼法》、《竇太師流注指要》,卷三《鍼經摘英》,卷四《雲岐脈訣論治》,卷五《珍珠囊》,卷六《醫學發明》,卷七《脾胃論》,卷八《潔古家珍》,卷九《此事難知》,卷十《醫壘元戎》,卷十一《陰證略例》,卷十二、十三《傷寒保命》,卷十四《癍論萃英》,十五《田氏保嬰集》,十六《蘭室秘藏》,十七《活法機要》,

十八《衛生寶鑒》，十九《雜方》。每葉二十四行，每行二十四字，版心各刊書名，亦有字數。延祐中，杜思敬致政家居，集張元素、張璧、李杲、王好古、羅天益諸家醫書，選其精要爲此書，蓋醫書之選本，亦醫家之叢書也。《潔古珍珠囊》，《醫學發明》，雲岐之《癍論萃英》①，《脈訣論治》，《田氏保嬰集》，東桓之《活法機要》，今皆不傳，借是以存其梗概。《四庫》未收，阮文達亦未進呈。杜思敬，銅鞮人，自號寶善老人。元時曾官中書省，退居沁上，延祐二年，年八十一歲。

元刊傷寒直格方跋

　　《新刊河間劉守真傷寒直格方》三卷、《後集》一卷、《續集》一卷，附張子和《心鏡》一卷，題"臨川葛雍仲穆編校"，《後集》題"瑞泉野叟鎦洪緝編、臨川華蓋山樵葛雍校正"，《續集》題"平陽馬宗素撰述、臨川葛雍校正"。《心鏡》題"門人饒陽常憙仲明編"。前有無名氏序，序後有"建安虞氏刊行"一行。目錄前有陳氏書堂刊木記五行。《續集》後"癸丑歲仲冬陳氏刊"八字。前三卷名《習醫要用直格》，《後集》名《傷寒心要》，《續集》名《傷寒醫鑑》、《傷寒心鏡》，本各自爲書，合而編之者，葛雍也。每葉二十六行，每行二十四字。吳勉學醫統正脈本"手少陽三焦病次指不能爲用"下，脫一行，其餘亦頗有不同。《心要》、《醫鑑》、《心鏡》，《四庫》本不

　　① 　據《中國叢書綜錄·醫家類·濟生拔萃方》，金張元素撰有《潔古老人珍珠囊》、《潔古家珍》等；元王好古撰有《海藏老人此事難知》、《海藏老人陰症略例》、《海藏類編醫壘元戎》、《海藏癍論萃英》等；元張璧撰有《雲岐子七表八裏九道脈訣論并治法》、《雲岐子保命集論類要》。張元素字潔古、王好古字海藏，雲岐子則系張璧之號。《癍論萃英》，係王好古海藏所撰，陸氏云"雲岐之《癍論萃英》"，便張冠李戴了。參見《抱經樓藏書志》卷三七"濟生拔萃方"條。

收,附存其目。

元槧御院藥方跋

《新刊惠民御藥院方》二十卷,前有高鳴敘,次目錄。目後有"南溪書院"香爐印及鐘形印。卷末有"南溪精舍鼎新繡梓"八字木記。每葉二十四行,每行二十二字,每方別以黑質白章,凡分十七門。卷一、二"諸風",卷三至六"一切疾",卷七、八"痰飲",卷九至十一"虛損",十二"積熱門"、"泄瀉門",十三、十四"雜病",十五、十六"咽喉"、"口齒",十七"眼目門"、"洗面藥門",十八"瘡腫折傷門"、"正骨藥門",十九"婦人諸疾",二十"小兒諸疾"。御藥院先有壬寅刊本,至元丁卯,太醫提點許某正其訛,補其缺,求遺亡而附益之,翰林學士河東高鳴爲之序。各家書目皆未著錄。始見於《明文淵閣書目》,注曰"一部、三冊、闕"。此本首尾完具,紙墨如新,即愛日精廬所著錄者也。

元槧素問圖解要旨論跋

《新刊圖解素問要旨論》八卷,題曰"劉守真編、馬宗素重編"。前有劉守真序、馬宗素序,序後接總目。守真序後有書坊刊版木記四行。卷一"彰釋玄機篇",卷二"五行司化篇",卷三"六化處用篇",卷四"抑沸鬱發篇"、"互用勝負篇",卷五"六步氣候篇",卷六"通明形氣篇",卷七"法明標本篇",卷八"守正防危篇"。守真原本三卷,宗素編爲八卷,故曰"重編"。凡《内經》、《素問》所有者,注曰"舊經";凡守真所撰者,注"新添":皆以黑質白章別之。每葉三十行,每行二十八字。阮文達以爲金刊者也。《四庫》未收,阮文達始進呈。案:守真名完素,《金史·方技》有傳。馬宗素,平陽洪洞人。每冊有"王惟顥氏"白文方印、"宸臣氏"白文方

印、"爲袞"朱文方印、"湯質元素印記"朱文方印、汪士鐘名號兩
印。

明仿北宋本太玄經跋

《太玄經》十卷、《説玄》五篇、《釋文》一卷。《太玄》題"晉范
望字叔明解贊";《説玄》題"唐宰相王涯字廣津纂";《釋文》注曰
"自侯芭、虞翻、宋衷、陸績,互相增損"。前有陸績《述玄》,每葉十
六行,每行十七字,注雙行,版心有"萬玉堂"三字。《説玄》後有
"右迪功郎充兩浙東路提舉茶鹽司幹辦公事張寔校勘"一行,明嘉
靖甲申郝梁覆宋本。考熙寧本《外臺秘要》,亦有張寔校勘銜名與
此同,則是本當從北宋本翻雕者。卷十後有無名氏跋云"宋衷解
詁、陸績釋玄,共爲一注。范望采二君之業,折衷長短,或加新意,
就成此注,仍將《玄首》一篇加《經贊》之上,《玄則》一篇附逐《贊》
末,餘自《玄衝》以至《玄告》九篇,列爲四卷。三家義訓,互有得
失,以待賢者詳而正焉"云云。

影宋易通變跋

《易通變》四十卷,前有張行成自序,每葉十六行,每行十六
字。版心有"通幾"等字。《提要》云,此本流傳甚少,外間僅有宋
本及明費宏家鈔本。費宏本作《皇極經世通變》,宋本但題"通變"
而無"易"字。此本每卷首行亦但題"通變"二字而無"易"字,與
《提要》所云宋本合。字畫工整,匡格闊大,與眉山刊《七史》相似,
當從南宋蜀本影摹者。案:"行成,字文饒,四川臨邛人。紹興二
年進士。學《易》於譙定,官右迪功郎。紹興九年五月,獻《芻蕘
書》二十篇,又獻《七引》一篇,托晉元帝以寄意,不報,乞祠歸。杜
門十年,成《述衍》十八卷,以明伏羲、文王、孔子之《易》;《翼玄》

十二卷,以明揚雄之《易》;《玄包數義》三卷,以明衛元嵩之《易》;《潛虛衍義》十六卷,以明司馬光之《易》;《皇極索隱》二卷,以明邵雍之《易》;《通變》四十卷,取陳摶至邵雍所傳《先天卦數十四圖》,以通諸《易》之變。尋起爲成都府路鈐轄司幹辦公事。二十二年,王孝忠謀叛,成都帥曹筠閉閣不敢出,官僚往往逃避。行成排闥入見,邀筠出聽事,整兵授甲,指畫擒捕,尋即平定。乾道二年,進呈《易》書七種,除直徽猷閣,出知漢州。號令嚴明,盜賊屏息,豪強退聽,倉庫充實。以汪應辰薦知潼川府以終。自號觀物先生。有《觀物集》二十卷,見《宋史·譙定傳》、《繫年要錄》、《魏鶴山集》、《朝野雜記》、《汪文定集》、《五百家播芳大全》姓氏。自序首稱"先生曰",中間屢稱"先生之意",蓋述其師譙定之説也。杭州文瀾閣,亂後此書僅存數册,細審皆《皇極經世》之文。丁松生明府經理文瀾閣書,已借此本補足矣。

儀顧堂續跋卷十

元槧晏子跋

《晏子》八卷，前有總目，後有劉向奏。每卷有目連屬篇目。每葉十八行，每行十八字，與吳山尊重摹影元鈔本同。惟吳刊版心分八卷，此本卷一至卷四版心刊"晏子上"，卷五至卷八刊"晏子下"，稍有不同。卷八末章"公曰"章下，此本注"缺"，吳本有"吾失晏子未嘗聞吾不善，章曰君好臣服，君嗜臣食，尺蠖食黃身，黃食蒼身，蒼君其食人言乎。公曰善，賜弦章魚五十乘。弦章歸，魚車塞途，章撫其僕曰，曩之唱善者，皆欲此魚也，固辭不受"，與《御覽》九百三十五引同。吳勉學本分七篇二百三章，缺十二章。萬曆子彙本以卷七重而異者，雙行注於"內篇"各條之下，卷八至第十七章止，缺第八章。經訓堂本出沈啟南校刊本，分爲七卷，以"外篇"七八兩篇合爲一卷，卷八第十八章"公曰"章下多百餘字，與《御覽》所引及吳刊不同，與《治要》同。"外篇"每章皆注其著於此篇之故，當是劉向舊文，各本無之，均不如此本之善。子彙本有潛庵子識云："今刻本分《諫》、《問》、《雜》上下六篇，重而駁者二篇，每章復括大義爲標目，甚有次第"云云，則周氏刊《子彙》時所見亦此本也。卷四後有徐㷆惟和識云"萬曆戊戌中秋，購於閶門肆中"，下有"徐㷆私印"白文方印、"惟和"朱文橫長印。每冊有"徐㷆私印"朱文方印、"幔亭峰長"白文方印、"鄭杰之印"白文方印、"人杰"朱文方印、"注韓居士"白文方印、"鄭氏注韓居珍藏記"朱文長印。案：徐熥字惟和，福建閩縣人，萬曆戊子舉人，著有《幔亭詩集》。鄭杰，字人杰，侯官人，乾隆貢生，其藏書之所曰注韓居，藏書數萬卷，分二十廚貯之，以"東壁圖書府，西園翰墨林，誦《詩》聞國政，講《易》見天心"爲志。是書元本流傳尚多，孫淵如作《音義》時所見，盧抱經作《群書拾補》時所見，皆與此本同。卷八第十八章"公曰"章下，皆注"缺"字，何以淵如所贈山尊影鈔本獨全，與《御覽》一字不異？竊疑點者以《御覽》補完，僞作影元本以愚淵如，淵如以贈山尊，山尊遂以梓行耳。然其文固見《御覽》，非僞也。[1]

元槧呂氏春秋跋

　　《呂氏春秋》二十六卷，次行題十二紀、八論、六論篇名，三行題百六十篇篇名，四行題"呂氏春秋訓解"，下題"高氏"。前有鄭元祐序、高誘序。總目後有鏡湖遺老跋。每葉二十行，每行二十字，小字雙行，版心有"青"字，上有大小字數。北宋時餘杭有刊本，亡三十篇，脫漏三萬餘言。元豐初，東牟王氏奉詔修書於資善堂，取太清樓藏本校定。元祐壬申鏡湖遺老賀方回得此本於京師，手爲校定。元初其本歸於海岱人劉克式字居敬號節軒者。其子名貞字廷幹，至正中爲嘉興路總管，刊之嘉禾學宮。此則嘉禾刊之初印者。畢氏經訓堂刊，祖弘治李瀚本，李本及嘉靖許宗魯本亦從此本出。每冊有"元本"二字朱文長印、"張月霄印"朱文方印、"愛日精廬藏書"朱文方印。

---

　　[1]　陸氏原題元刊本，實爲明刊本，雙鑒樓有藏。傅增湘云：即孫淵如所藏吳山尊所校本也。見《藏園群書經眼錄》卷四，頁353。

元槧大字白虎通跋

《白虎通德論》十卷,題"臣班固纂"。前有"大德乙巳中奉大
夫雲南諸路行中書省參知政事東平嚴度恪齋題",下摹刊"度"字
陽文方印、"恪齋"陽文方印、"魯台"陽文方印。大德九年克齋張
楷序下,摹刻"東平張楷"陽文方印、"衙甯"陽文方印、"克齋"陽
文方印。後有缺名兩跋。每葉十八行,行十七字。每篇文相連屬,
不分章。卷一"爵"、"號"、"諡",卷二五"祀"、"社稷"、"禮樂",
卷三、"封諸侯"、"京師"、"五行",卷四"三軍"、"誅伐"、"諫靜"、
"鄉射"、"致仕"、"辟雍"、"災變"、"耕桑",卷五"封禪"、"巡狩"、
"考黜",卷六"王者"、"不臣"、"蓍龜"、"聖人"、"八風"、"商賈",
卷七"文質"、"三正"、"三教"、"三綱"、"六紀",卷八"情性"、"壽
命"、"宗族"、"姓名"、"天地"、"日月"、"四時"、"衣裳"、"五刑"、
"五經",卷九"嫁娶",卷十"紼冕"、"喪服"、"崩薨",凡四十四篇,
與《崇文總目》、《郡齋讀書志》、《直齋書錄解題》合,爲宋以後相
傳之本,闕名跋所謂監本者也。是本爲大德九年無錫學耆儒李顯
翁晦借州守劉平父藏本所重雕。嘉靖傅鑰本雖從此出,間有改易,
併爲二卷。盧抱經校刊是書,初亦未見元刊,後始于蘇州朱文游家
借得,著其說於《補遺》。然如《爵》篇"比爵爲質故不變"下,元本
復出"爲質故不變"五字;"進賢達能爲"下,無"卿"字,"大夫"下
無"王制云上大夫卿"七字;"士冠經"下,元本有"曰"字;"所以繫
臣民之心"下,無"也三年"三字;"然後"下,無"受"字。盧校皆未
及。此外,異文之未校者尚百十處,或以刊成在先,雖借文游元本,
並未詳校耶? 元本于"逆子釗"之誤爲"迎子劉",尚存其舊,特著
其說於跋,可謂慎之又慎,餘皆仍舊,斷無改易可知。盧校盡依群
書所引增改,且有諸本所無、群書無證而改易者,未免篤於信旁證、

果于疑原書矣。毛氏《秘本書目》大字元版《白虎通》三本，今仍訂爲三册，蓋猶毛氏舊裝，每册有"毛晉之印"、"毛氏子晉"朱文兩方印，"毛扆之印"、"斧季"朱文兩方印，"宋本"朱文橢圓印，"甲"字朱文方印，"毛晉"朱文連珠印，"毛晉私印"、"子晉"朱文兩方印，"宋筠"朱文方印，"蘭揮"白文方印。張楷序前有"顯親王府圖書之印"白文方印。案：宋筠，爲商邱宋犖之子。《汲古閣秘本書目》爲潘稼堂開值議價不諧，其書多爲商邱宋氏所得，故有"蘭揮"兩印。此流傳源委之可考者。平父名世常，許衡弟子，收書不啻萬卷。

明仿宋槧東觀餘論跋

《東觀餘論》二卷，題"左朝奉郎行秘書省秘書郎黃伯思撰"。前有萬曆甲午項篤壽重刊引，後有紹興丁卯黃訒跋、嘉定囗年樓鑰跋。後有莊夏跋、無名氏跋。每葉十八行，每行十八字。語涉宋帝皆提行。《學津討原》本分卷略同，而刪削奪訛甚多。卷下《御書閣記跋》下半"登閣敬視美成就章，因覽是碑，愛其文辭，遂躬録之"二十二字，誤連《杜正獻草書跋》"其退也直"下，而以《真誥》"書秦漢間事"跋"右此前十條"云云三十五字，連接《御書閣跋》"任大師弟"下；又以《杜正獻草書跋》"心勁氣"云云十九字爲《真誥跋》。舛訛幾不可讀。又移《秘閣續帖跋》、《杜正獻草書》兩跋於前，而移《崇寧書》、《真誥》二跋及《真誥》"秦漢間事"標目於後。卷末少《大丞相李公序校定杜工部集觀文葉公跋》、索靖章草《急就篇》、許翰《祭長睿文》、翁挺《讀許公祭文》四篇；李忠定所撰墓誌銘，則改爲附録。又缺莊夏跋、無名氏跋。其他小注刪削猶多，不及此本遠甚。莊夏序少前一葉，首行有"莊夏書於籌思堂"一行，後跋云"是書刊於庚午之秋，明年正月得公書，又校示一百五十餘條，塗者一百五十一，注者三百一十七，乙者四，貼改四百四十六字，並以邵資政考次《瘞鶴銘》文附於後”云。樓跋後有跋云：“川本去三十一篇，皆在可刪之域。若跋師春書後一篇後，已有校定師春序，又跋《干祿碑》後及跋鍾、虞二帖後，皆是重出當刪。其餘二十八篇，不若存之以全其書”云云，與攻媿序書法仿佛，疑亦攻媿作。案：莊夏，字子禮，泉州永春人，淳熙八年進士，知興國縣。開禧三年除秘書郎。嘉定元年除著作佐郎，四月爲江東提舉。二年除江東運判，四年除尚右郎官，官至兵部侍郎、敷文閣待制。見《中興館閣錄》、《景定建康志》、《福建通志》。攻媿所謂“著作莊子禮，欲求善本傳後”者也。庚午爲嘉定三年，子禮時爲江東運判。《景定建康志》“書版門”有“《東觀餘論》二百一十版”，當即莊所刻也。書中小注有“伯思自注”者，有攻媿校注者，莊跋所謂“注三百一十七”是也。毛子晉跋以爲出項篤壽者固謬，或以爲皆伯思自注者，亦非也。攻媿之跋爲子禮詳校是書而作，莊跋所云“明年正月得公書”者，公即指攻媿也。紹興丁卯黃訥刊本十卷，今不得見，其以川本校補，併爲二卷，刪師春書跋，疑皆攻媿所定，或子禮所爲，惜跋缺前一葉，未敢臆決也。

朱竹垞手抄賓退錄跋

《賓退錄》十卷，題曰“大梁趙與峕”，朱竹垞手抄本。每半葉十行，每行十八字。前有與峕自序，半葉五行，行七字，是摹與峕手書。凡遇本朝、國朝、皇朝、國初、聖旨、禁中、上諭、至尊、聖世及太祖、太宗、真宗、仁宗、光獻、英宗、宣仁后、神宗、徽廟、哲宗、欽宗、郭皇后、高宗、孝宗、太上皇、太子等字皆空一格，蓋照宋本摹寫者。第十卷末有“臨安府睦親坊南陳宅經籍鋪印”一行，蓋從宋板照錄者。後有與峕續記。張燕昌手跋稱爲“竹垞早年手錄，有訛字而無俗體”，驗之信然。嘉慶間刊本，即從此本出，惟中間空格皆連寫矣。

宋槧夢溪筆談跋

《夢溪筆談》二十六卷，題曰“沈括存中”。首括自序，連屬目錄。後有乾道二年湯修年跋。每葉二十二行，每行二十字。語涉宋帝皆空格。每條首行頂格，次行低二字。卷七“登明”下注曰：“登字避仁宗嫌名”。卷十二、十三“瑋”字“慎”字，卷二十六“完”字，皆爲字不成。是書揚州公庫先有刊本，乾道二年周某知揚州復刊版置郡庠。此其初印本也。卷中有“許元方印”朱白文方印、“季誦氏”朱文方印、“曾在李鹿山處”朱文長印、“礎卿”二字朱文長印、“當湖小重山館胡氏珍藏”朱文長印。毛氏《津逮秘書》本即從此出，惟語涉宋帝不空格。商氏《稗海》本及馬氏單刊本有《補筆談》、《續筆談》，所據當別一本。張氏《學津討原》本《筆談》二十六卷，即《津逮》舊板。其《補筆談》二卷、《續筆談》一卷，則據《稗海》本補入，非毛刊所有也。許元方字季誦，蘇州人。胡爾塇號笛江，道光中海寧人，其藏書之所曰小重山館，與錢警石友善。蓋明初爲沈民則所藏，後歸許季誦，道光中爲胡邃江所得。

元刊冷齋夜話跋

《冷齋夜話》十卷，目後有跋云：“是書僧惠洪所編也。洪本筠州彭氏子，祝髮爲僧，以詩名聞海內，與蘇、黃爲方外交。是書古今傳記與夫騷人墨客多所取口，惜舊本訛謬，且兵火散失之餘，幾不傳於世。本堂家藏善本，與舊本編次大有不同，再加訂正，以繡諸梓，與同志者共之。幸鑒。至正癸未暮春新刊。”後有“三衢石林葉敦印”一行。每葉十八行，每行十七字，元刊元印本。其標題之謬,《四庫提要》已痛詆之。他如東坡《廬山偈》分爲兩條,標曰"廬山老人",亦謬之甚者。觀此刊跋,恐原本無標題,如《玉壺清話》之例。其標題乃元人所增,故荒謬如此。《學津討原》本出《津逮秘書》,《津逮》本似即從此本出,惟標題又有刪節,而其大謬處仍未改正。葉敦無考,自署石林,當爲夢得之裔,疑元時坊賈耳。

會通館本容齋五筆跋

《容齋隨筆》十六卷、《二筆》十六卷、《三筆》十六卷、《四筆》十六卷、《五筆》五卷。明無錫安氏會通館照宋紹定元年周某刊本以活字印行。初筆前有何異序,二、三、四《筆》皆有自序,《五筆》後有丘樠跋、洪級跋、周某刊版跋。每半葉十八行,每行十七字,語涉宋帝或提行,或空一格,宋諱多缺筆,蓋悉照宋刊摹寫者。版心有"會通館活字銅版印"及"弘治歲在旃蒙單閼"等字。以弘治李翰刊本互校,《隨筆》卷十一"小貞大貞"條,"若齊鬱林王知"下奪五十餘字;"詩以見意"以下,乃"唐詩戲語"條之下半段,脫去上半二百一字,誤連爲一。《四筆》卷八"前後藝文"下奪六十餘字;"其或疾疫連數州"以下乃承"天寺塔"條之下半段,脫去上半二百餘字,誤連爲一。想安氏所藏宋本有闕葉,故有此誤。兩本皆刊於弘治中,皆以宋本重雕。李本似以宋本上版,故少奪落;此本以活字擺印,略更行款,故奪誤較多。而丘樠、洪級、周某三跋,則爲此本所獨,皆不失爲善本。兵燹之後,李本固稀如星鳳,此本則尤爲江南藏書家所珍耳。

履齋示兒編跋

《新刊履齋示兒編》二十三卷,題曰"廬陵鄉先生孫奕季昭撰,顧千里校",宋胡楷刻本。目後有嘉定癸未胡楷重刊跋。《提要》

云：“其歷官無考。第十卷中稱，紹熙丁巳三月侍讌春華樓，聞大丞相周益公議論。考之《宋史》，紹興元年爲庚戌，至五年甲寅即內禪，丁巳實慶元三年，殆寧宗時嘗官侍從，傳寫誤爲紹熙歟？”愚案：履齋仕履，除《提要》所述外，別無可考。勞格《雜識》至以北宋之孫奕當之，尤爲張冠李戴。惟元蘇天爵《滋溪集》有“題孫季昭上周益公請改修《三國志》書稿”，稱“宋鄉貢進士孫季昭，嘗三上書益國周公，請改修《三國》史志，以正漢統。五世孫義方藏其稿於家”云云，則亦留心史學者。曰鄉貢進士，則僅登鄉解而未第進士矣。胡楷，廬陵人，淳熙四年鄉解，見《江西通志》。遍檢《江西通志》，紹興至慶元鄉解題名，並無奕之名，楷跋自稱“晚學”，則奕之發解必在楷之前。惟紹興二十二年有孫逢年，淳熙元年有孫遜功、孫光宗，皆廬陵人。奕或發解後改名，惜無確證耳。

考古質疑跋

《考古質疑》六卷，宋葉大慶撰。原本久佚。此則館臣從《永樂大典》錄出，以聚珍版印行者也。《提要》云：《宋史》無傳，亦不見於《藝文志》，其里貫則序文不具，莫能詳也。愚案：大慶字榮甫，處州龍泉人。嘉泰三年進士。當時以詞賦知名，嘗官建州州學教授，見《處州府志》。前有葉武子序。武子字成之，邵武人，受學于朱子。嘉定甲戌進士，調彬州教授，歷國子正，知處州，有善政，見《宋景濂集·葉氏先祠記》及《八閩通志》。序作於寶慶丙戌，殆武子官處州時作歟？

密齋筆記跋

《密齋筆記》五卷、《續》一卷，宋謝采伯撰。其書久佚。乾隆中館臣始從《永樂大典》錄出。《提要》云，《宋史》無傳，其事蹟不其可考。官爵、名字，僅見於陳耆卿《赤城志》中。愚案：采伯，紹定間知徽州，郡與衢、嚴接壤。前歲盜發常山，采伯獻言于朝，調精兵遏其衝，賊不敢出，因萃兵四境，平之。嘗禱雨感應，虎豹遁跡，民立生祠祀之。後轉中奉大夫，見《徽州府志》。是采伯學問、政事，均有可觀，未可以戚畹輕之。

元槧困學紀聞跋

《困學紀聞》二十卷，或題“浚儀王應麟伯厚”，或題“浚儀王應麟伯厚甫”。前有至治二年秋八月壬辰隆山牟應龍序。其下印文三，曰“牟應龍印”、曰“牟伯成父”、曰“儒林世家”。泰定二年門人袁桷序。目前有深寧自識。二十卷後有“孫厚孫、甯孫校正”一行，“慶元路儒學學正胡禾監刊”一行。末有泰定二年十二月癸卯慶元路儒學教授吳郡陸晉之後敘。每葉二十行，每行十八字。蓋是書初無刊本，泰定中，馬勿速爲浙江廉訪副使，保定孫揖爲僉事，分治慶元，以袁桷等呈請，始命慶元學以學儲刊行，而桷倡助刻資，學官陸晉之等繼之，乃始有成，蓋初刊祖本也。

隱居通議跋

《隱居通議》三十一卷，題曰“南豐劉壎起潛著”。案：壎，聰敏好書，博覽古今，宋末與同里諶祐以詩文鳴。年三十七而宋亡，又十八年薦署州學正。年七十受朝命教授延平。年七十八卒，見《江西人物志》。壎自云“開慶元年年二十”，則祥興二年宋亡，年當四十。延祐己未重題梅氏《海棠詩》，“周甲重開年八十”，與卒年七十八不合。若宋亡之歲年三十七，則延祐己未當年七十七，與卒年七十八合，與開慶元年年二十、延祐己未年八十又不合矣。未知孰是。李義山字伯高，江西豐城人，修己之子。嘉定進士，授大宗正，兼金部，輪對言"爲善不可有疑心，去惡不可有悔心"，並陳進善不能無疑者三，去惡不能無悔者三，由是出知吉州，後以湖南提刑攝漕帥。楚俗尚鬼，有妖覡巫譚法祖，假禍福惑人。義山曰："此張角、孫恩之漸也。"斬法祖，毀其祠。歷階中正大夫。著有《後林遺稿》、《思過錄》，見《江西林志》。屬樊榭《宋詩紀事》，非但不詳義山仕履，誤以豐城人爲嘉魚，劉壎以爲江東提刑，守池州，疑亦有誤。

秦酉岩影宋寶慶本類説跋

《類説》五十卷。前有紹興六年曾慥序，寶慶丙戌葉時序。子卷與清思軒本同。每卷有目連屬篇目。書名下間不著撰人。每條之目接連本文，以墨線隔之。每葉二十行，每行十八字。《書錄解題》卷數同，《郡齋讀書志》作五十六卷。明天啟六年岳鍾秀刊本爲六十卷，刪削羼亂甚多，非足本。《四庫》著錄之本亦分六十卷，蓋皆以子卷隨意分析耳。是書先有紹興麻沙刊本，寶慶中葉時知建州，思得大字善本，遍令搜訪，知併小字版亦不存，因以所藏是正，鋟版郡齋。此即從葉本傳錄者，其序尚摹時手書也。與清思軒本互勘，分卷既不盡合，去取微有參差，想皆葉時所更定者。《提要》云，"麻沙坊本，其版亡佚。葉時重鋟，亦不可復見"，則舊本之罕見可知。余既有傳錄麻沙小字本，又得影寫寶慶本，何快如之。卷一有"酉岩山人藏書"朱文長印，卷四末有"姑蘇吳岫珍藏"白文方印，蓋先爲秦酉岩所藏，後歸吳方山者。

傳錄宋麻沙本類説跋

《新雕類説》五十卷，前有總目。卷一、卷十四、卷十九、卷二十七、卷三十、卷三十六、卷三十七、卷四十二、卷四十六、卷四十七

分上下卷,卷二十六、卷四十分上中下三卷,實六十四卷。每卷有
目,連屬篇目。采書二百五十九種,《拾遺總類》所采四十餘種不
與焉。書名低二格。有撰人者各注撰人。每條有目,低三格。每
葉二十二行,每行二十二字。版心有"清思軒"三字。是書紹興庚
申始刊於建陽之麻沙,字小而刊不精,見寶慶本葉時序。余見宋刊
殘本,每葉二十行,每行十八字,書名大字,本文雙行小字,如蘭雪
堂《蔡中郎集》、《春秋繁露》、會通館本《容齋隨筆》之式,當即葉
時所謂紹興麻沙本也。此本似從麻沙本傳録,以秦酉岩傳録寶慶
本互勘,此本較有條理而屢奪較多。卷一《穆天子傳》"天子之弓"
條後,脫"造父三百"一條,計二十餘字;《飛燕外傳》泠玄自序在
前,無"荒田"、"野草"之目;卷二"王老"條前,奪《續仙傳》標目及
《漁父詞》、《踏踏歌》、《掘枸杓》三條,計二百五十餘字;"雨塵"條
後,奪"李八百"一條,計二十五字。蓋麻沙本雙行小字,此既一律
改寫大字,所據本又有缺葉,有錯訂之葉,故屢奪較多耳。

影宋酒經跋

　　《酒經》三卷。卷一大隱翁自序①,卷二"麴法",卷三"酒法"。
每葉十行,每行十六字。版心有字數及刊工姓名,"桓"字缺筆,蓋
從北宋末刊本影寫者。後有某氏手跋云:"《酒經》一册,乃絳雲樓
未焚之書。五車四部,盡爲六丁下取,獨留此經。天殆縱余終老醉
鄉,故以此轉授尊皇,令勿遠求羅浮鐵橋下耶? 余已得修羅採花

―――――――――――

　　①　"大隱翁"原作"文隱翁"。《酒經》爲宋朱肱撰,肱字翼中,一作亦中,吳興
人。因曾寓居杭州之大隱坊,故自號大隱翁,又號無求子。《郡齋讀書志》、《宋史·藝
文志》等,著録爲"大隱翁撰",《四庫全書總目》著録爲"朱翼中撰",均欠精確。《麗宋
樓藏書志》著録爲"大隱翁朱肱撰"。參見本書第110頁《宋版南陽活人書跋》及沈德壽
《抱經樓藏書志》卷四十《北山酒經》條所附鮑廷博題識。

法，釀仙家燭夜酒，視此經又如餘杭老嫗家囊俗譜耳。辛丑初夏戲書。"觀其辭義，當出錢謙益乎？蓋絳雲火餘，後歸錢遵王也是園者。鮑淥飲知不足齋刊本，每葉九行，每行十六字，與此本行款不同，其餘多同。據鮑跋，借之吳枚庵，枚庵得之玉峰徐瓚，蓋與此本同出一源。卷中有"鄭杰之印"白文方印、"昌英珍秘"朱文方印、"鄭氏注韓居珍藏記"朱文長印。

元槧考古圖跋

《考古圖》十卷，前有呂大臨序，大德己亥茶陵陳才子、陳翼子題識。每卷有目，題"默齋羅更翁考訂"。據才子序，書本巨編，翼子屬更翁臨刻，始縮小。證以《提要》所舉卷一、卷四、卷六、卷八、卷九、卷十，缺文、顛倒皆同，蓋明泊如齋、寶古堂本皆從此出也。遵王明季人，藏有完善宋刻。大德在遵王前幾四百年，完本必易求，乃以不全之本付梓，殊爲可惜。繪圖亦不及明刻之精，惟葉數缺處皆留空葉，尚有形跡可尋。明刻連屬，以泯其跡則謬矣。

續考古圖跋

《續考古圖》五卷，始見於《讀書敏求記》，不著撰人。《四庫》及《天祿琳琅》所著錄，即遵王藏本。余借潘伯寅尚書藏本付梓，僅據翟耆年《籀史》知釋文爲趙九成所撰，心疑《續圖》或亦出九成而無證據。近讀李邴《嘯堂集古錄序》有云："鼎器款識絕少，字畫復多漫滅，及得呂大臨、趙九成二家《考古圖》，雖有典刑，辨識不容無舛。"據此，則《續圖》亦九成所輯也。

元槧宣和博古圖跋

《至大重修宣和博古圖》三十卷，每葉二十行，每行十七字。

版心間有字數及刊工姓名。其圖依樣製者,旁注"依元樣製"四字;縮小者,旁注"減小樣製"四字。明嘉靖七年黃景星刊本,與元刊本同。泊如齋、寶古堂本版既縮小,而"依元樣製"、"減小樣製"等字皆削去矣。書爲徽宗時撰,元人不加一字,至大重修之名,殊不可解。蓋靖康之亂,金人盡輦汴京圖籍書版而北,見《靖康要録》及《北盟會編》。自金入元,版已殘缺,竊意前後必有王黼等進表及纂修校勘銜名,元人修補刊完,惡其人而去之,故改題"至大重修"之名,其版則猶宋刊居多也。首行"至大"二字,或大或小,或疏或密,與重修《宣和博古圖》"卷第幾"各字氣既不貫,字之工拙懸殊,亦以宋刊挖補之一證也。據蔡絛説,書成于大觀初,《容齋隨筆》又稱"政和中置局",疑宋本已有"政和重修"字樣,元人改"政和"爲"至大",惜無確證耳。卷中有"漢唐齋印"白文長印、"馬玉堂印"白文方印、"笏齋"二字朱文方印,海鹽馬笏齋孝廉舊藏也。

元槧藝文類聚跋

　　《藝文類聚》一百卷。次行題"唐太子率更令弘文館學士歐陽詢撰"。前有詢自序,後有無名氏跋。每葉二十八行,每行二十八字。明嘉靖陸采本行款皆同,疑即從此本出。無名氏跋有云:"今書坊宗文堂購得是書,即便命工刊行,溥傳海宇,售播四方,賢哲大夫以廣斯文。幸鑒。"愚按:元刊《劉靜修集》卷一後有墨記云"至順庚午宗文堂刊"木記,則宗文堂必元代麻沙書坊,是書亦至順中刊本也①。書中有"徐氏興公"白文方印、"曾在李鹿川處"朱文長印、"鄭杰之印"白文方印、"注韓居士"白文方印、"一名人杰字昌英"朱文方印、"侯官鄭氏藏書印"朱文方印、"注韓居士珍藏記"朱文方印、"劉氏小墨莊藏"朱文方印、"侯官劉筠川藝文金石記"朱文方印、"曾經筠川讀"朱文方印。徐興公名㷒,字惟起,閩縣人。萬曆間,與曹能始狎,主閩中詩盟,聚書至萬數卷,或題其端,或書其尾,見《明詩綜》。李鹿川、鄭杰、劉筠川,皆雍乾間福建藏書家。是書明凡四刊,有蘭雪堂活字本,有聞人銓本、有陸采本、有大字本。元刊則惟見此一種耳。

宋槧白孔六帖跋

唐宋《白孔六帖》,存卷一至卷三十八止。每葉二十行,每行十九字。小字雙行。左線外有篇名,先白後孔,以黑質白章"白""孔"二字別之。每類子目亦以黑質白章爲別。白、孔本別行,白帖名《白氏六帖類聚》,余藏有之。《孔續六帖》三十卷,前有乾道丙戌韓仲通序,今歸內府。此爲南宋合刊本,字體與《陸狀元通鑑》、蔡氏《草堂詩箋》相仿,宋諱或缺或否,蓋南宋光、寧以後福建刊本也。卷中有"宋本"二字朱文橢圓印、"東海"二字朱文長印、"傳是樓"朱文長印、"徐仲子"朱文長印、"章仲"二字朱文連珠印、"徐氏章仲"朱文方印、"別號自疆"白文方印、"壬戌"二字朱

---

① 《藝文類聚》,陸氏定爲元至順中宗文堂刊本。傅增湘定爲明鄭氏宗文堂刊本,並云:"此書字體及雕工與明刊《宋文鑒》、《文獻通考》相類,極似慎獨齋所刊諸書。陸心源氏以有宗文堂跋語,定爲元刊,不知閩中書坊傳世最長,如萃岩精舍、勤有堂等,自宋、元迄明,皆世其業。今所刻之書,猶可考見。宗文堂,明代何獨不存乎? 觀書以字體、雕工、風氣,定其時代,可百不失一。若拘拘於紙墨之古舊,牌記之年月及避諱與否,皆有未焉者也。"見《藏園群書經眼錄》卷十,頁799。

文方印、"臣炯"二字朱文方印、"花溪"二字朱文方印、"徐章仲所讀書"朱文長印、"陳氏秋鴻"朱文方印、"友鞠軒"朱文長印、"汪士鐘"白文方印、"閬源真賞'朱文方印。

儀顧堂續跋卷十一

明鈔職官分紀跋

《職官分紀》五十卷。前有元祐七年秦觀序,次引用書目,注曰"凡三百二十書",次目錄。明綿紙館鈔本。每葉二十四行,每行二十二字。小字雙行。每卷有目連屬篇目。《書錄解題》著錄,題曰"富春孫逢吉彥同撰",秦觀序之,元祐七年也。《四庫提要》以逢吉隆興元年進士,紹興五年代朱子講詩,距元祐一百三年,駁其謬誤,是矣。愚考《淮海集》亦無此文,惟所採各書及所敘官制,均至神、哲時止,徽宗以後無一字,頗疑爲北宋人作。因而遍考各書,知宋時孫逢吉有三:一蜀人,孟昶時爲國子《毛詩》博士,附《宋史·勾中正傳》。一吉州龍泉人,字從之,隆興元年進士,官至權吏部侍郎,諡獻簡,《宋史》四百四有傳,生紹興五年,卒慶元五年,著有《靜閑居士集》七十卷、《外集》三十卷。樓攻媿《神道碑》不字彥同,亦不言著有《職官分紀》。一杭州富春人,字彥同,《浙江通志》有傳,即著此書者。所採《五代史·職官志》爲薛《史》舊文,邵二雲輯薛《史》時僅校"內職"一條,其餘尚未詳校。其採宋代事蹟,頗有出《宋史》外者,亦考《宋史》者所當考也。余又藏舊鈔本,每葉二十行,每行二十二字,較此本脫訛極多。卷一總序《後魏·百官志》"主受詔令"後,脫二十行。卷二"太宰門"脫"宋百官志"一行;"以三公攝冢宰"後,脫四行;"大司馬門""春秋運斗樞"末脫一行，又脫《管子》二行；《吳志》後，脫"晉職官志"、"晉公卿禮秩"、"宋百官志"、"齊百官志"、"齊職儀"四條，計二十行，羼入後一葉。卷三缺目錄，與此本同，而衍二行。此外，各卷羼奪大略相同。是書宋以後無刊本，傳抄多訛。余見所藏亦祇三本，當以此本爲最善也。

舊鈔職官分紀跋

《職官分紀》五十卷。前序、引用書目、目錄，每卷有目，皆與明鈔同。惟改每葉二十四行爲二十行耳。書中有"謙牧堂藏書記"白文方印、"某會里朱氏潛采堂藏書"朱文長印、"小長蘆"朱文長印、"朱彝尊錫鬯父"白文方印，蓋曝書亭舊藏，後歸謙牧堂者。順德李石農侍郎從南書房借鈔半部，光緒己丑典試浙江，攜其所鈔屬爲校正補完，行款與此同。余命兒子樹藩爲之校對，李鈔尚多脫落。蓋以此本較明鈔，則鈔爲勝；以李鈔校此本，則此亦尚爲善本耳。

元槧山堂考索跋

《山堂先生群書考索》《前集》六十五卷、《後集》六十五卷、《續集》五十六卷、《別集》二十五卷。題"山堂宮講章如愚俊卿編"。《前集》目後有"延祐庚申圓沙書院新刊"木記。每半葉十五行，每行二十四字。標目別以黑質白章。以明正德戊辰劉洪慎獨齋刊本互勘，明本頗有刪削移易處。如卷五《中庸》、《大學》，元本經下有注，明本存經刪注。卷八"六經門"，卷三十二"文章門"，明刊前後顛倒。《後集》、《續集》、《別集》，如此類者亦多。此爲初刊祖本，不久毀於火，故流傳甚少，見慎獨齋鄭京敘，勝慎獨齋本遠甚。中有"趙賢"白文方印、"藤蔭館"白文方印、"胡爾塽印"朱文方印、"豫波"朱文方印、"胡氏豫波家藏圖書"朱文方印。胡爾埤，字籛江，平湖人，嘉、道中藏書家也。

宋槧書判清明集跋

《名公書判清明集》，前有景定辛酉日長至幔亭某孫序，祇存末葉，似即幔亭所編也。今存"戶婚"一門，分二十二類，曰《立繼》、曰《戶絕》、曰《歸宗》、曰《分析》、曰《檢校》、曰《孤幼》、曰《女承分》、曰《遺囑》、曰《別宅子》、曰《義子》、曰《取贖》、曰《爭業》、曰《違法交易》、曰《偽冒交易》、曰《墳墓》、曰《屋宇》、曰《庫本》、曰《爭財》、曰《婚嫁》、曰《離》、曰《接腳夫》、曰《雇妾》，計二百三十六葉，不分卷。每葉十八行，每行十六字。前有各家名氏。《四庫》未收，各家書目皆未著錄。[1] 所收陳抑齋_韡、徐意一_{清叟}、王留耕_{伯大}、蔡久軒_抗、史滄洲_{彌堅}、范西堂_{應鈴}、章翼之_{良肱}、馬裕齋_{光祖}、宋自牧_慈、吳雨岩_{勢卿}、翁丹山_合、王去非_遂、胡石壁_穎、翁浩堂_甫、陳廬山_塤、劉桃庵_{希仁}、姚立齋_瑞、葉息庵_{武子}諸人著述，今皆不傳，藉是可見涯略。有"浦玉田藏書記"白朱文方印、"留與軒浦氏珍藏"朱文方印、"二酉齋"朱文長印。

足本歷代制度詳説跋

《新刊歷代制度詳説》十五卷，題曰"東萊呂先生祖謙伯恭編"，影元鈔本。每葉二十八行，每行二十五字。卷一"科目"、卷二"學校"、卷三"賦役"、卷四"漕運"、卷五"鹽法"、卷六"酒禁"、卷七"錢幣"、卷八"荒政"、卷九"田制"、卷十"屯田"、卷十一"兵

---

[1]　傅增湘云："此爲海内孤本，諸家書目所不載，惟錢竹汀大昕曾見之。"見《藏園群書經眼錄》卷十七，頁1495。

制”、卷十二“馬政”、卷十三“考績”、卷十四“宗室”、卷十五“祀事”，較《四庫》所收多“宗室”、“祀事”二卷，“考績門”之首及“錢幣”、“荒政”兩門亦無缺葉，乃是此書完本。“考績”列卷十三，不列第三，其分卷亦不同矣。

明鈔名賢氏族言行類稿跋

《歷代名賢氏族言行類稿》六十卷，前有嘉定己巳章定手記，明藍格抄本。每葉二十六行，每行二十二字。《提要》云：定，建安人。仕履無考。愚按：《福建通志·職官志》，章定，嘉泰四年，以承務郎知仙游縣。嘉定己巳，上距嘉泰四年僅五年，時代相合，當即其人。所載多五代以前事蹟，宋以後採録寥寥。自序謂“文籍不備，多所遺缺”，良不誣也。

元刊元印玉海跋

《玉海》二百卷、《詞學指南》四卷，題“浚儀王應麟伯厚”。前有胡助、李恒序，至元三年宣慰使公文阿殷圖垫堂序、王介跋、薛元德後序、伯厚自序、王厚孫跋。每葉二十行，每行二十字。目録後有慶元路儒學王弘、桂克忠，學正虞師道、薛元德，學録汪興、王壽朋，直學陳眉壽，學吏岑立道銜名五行，校正對讀伯厚孫王厚、孫王甯孫一行，書寫王秉、王陞、楊德載一行，刊字生張周士等三十人一行，翁洲書院山長曹性之重校正一行，紹興路高節書院山長金止善監督一行。至元三年，乞里不花爲浙東道宣慰使，據國子學博士趙承德呈請，刊于慶元路學。至正九年阿殷圖爲總管，修補六萬字，始成完書。明初，版歸南京國子監。正德元年缺五十餘版，正德二年缺二百餘版。續修至萬曆止，而元刊十不存一。其存者多模糊不能辨，又缺二百餘葉，亦未補完。乾隆中，康基田爲江寧布政使，以萬曆本重刊,缺葉如故,世不得見全本者久矣。此本元刊元印,無一缺葉,字皆趙體,無一斷爛,誠天地間有一無二之本。杭州書局重刻,姚蓮槎主政就皕宋樓校對補完,三百年後復見完書,賴有此耳。有"張寬德宏之印"朱文方印、"張任文房之印"朱文圓印、"土峰張氏世恩堂圖書"朱文方印、"徐氏家藏"白文方印。張任,蓋昆山人。後歸傳是樓者。先是,道光中,上海郁泰峰茂才松年以六百金得書於揚州鹽商家,同治初,豐潤丁雨生日昌開府江蘇,余過其官舍,出以相誇,並載入《澹靜齋書目》,所謂"墨光燭天"者也。及余自閩中罷歸,有以郁氏書求售者,余閱其目,是書在焉,因以善價得之。詢其何以仍歸郁氏之由,知雨生介紹應敏齋廉訪至郁氏閱書,自取架上宋、元刊本五十餘種,令材官騎士擔負而趨。時泰峰已故,家已中落,諸孫尚幼,率其孀婦追及於門,雨生不能奪,取其卷帙少者自置輿中,其卷帙多者,僅攜首帙而去。後經應敏齋調停,以宋刊世採堂《韓文》、程大昌《禹貢論》、《九朝編年》、《毛詩要義》、《儀禮要義》、金刊《地理新書》等十種爲贈,餘皆返璧。余恍然,因念同治元年余隨李筱泉制府權務廣東,始與雨生共事,時方以廬陵令失守免罪,尚未開復也。及余備兵南韶,雨生亦權蘇松道,篆余奉諱歸田,則渠已開府矣。余以訪書至蘇,雨生必先屏車騎過訪,相見若平生,後竟以爭搜古書成隙。念古人懷璧之戒,因並識於此。

元槧元印小學紺珠跋

《小學紺珠》十卷,題"浚儀王應麟伯厚甫"。前有大德庚子方回序、大德辛丑牟應龍序及伯厚自序。每葉二十行,每行二十字。版心刻"紺珠"字,有字數及刻工姓名。左線外有書名。亦至元三年慶元路學刊本也。康其田刊本,黑釘缺文甚多,此猶元時印本,一無斷爛，可以補諸本之缺。

元槧元印姓氏急就篇跋

《姓氏急就篇》上下二卷，題"浚儀王應麟伯厚甫"，末有伯厚自跋，署曰"浚儀遺民"，蓋入元後所作也。每葉有十行，每行大字二十，小字雙行，每行二十二字。版心刊姓字，有字數及刻工姓名，左線外有書名，行密字小。俗本謬訛尤甚。此本元時初印，字字清晰。自序雖有韻語，在卷下後別爲一葉。版心刊"姓氏急就篇辭五十一上"十一字，未知何故。俗本連屬正文，尤非。

宋槧啟劄截江網跋

《新編通用啟劄截江網》《甲集》八卷、《乙集》八卷、《丙集》八卷、《丁集》八卷、《戊集》八卷、《己集》六卷、《庚集》六卷、《辛集》六卷、《壬集》五卷、《癸集》五卷，不著撰人。前有"歲在乙未正月元旦前進士陳元善序"，下有"潁川"二字鼎印、"建陽陳氏"方印。每葉二十八行，行二十三字，小字雙行。《四庫》未收，諸家書目亦未著録，蓋宋末元初麻沙坊刊也。序稱："熊晦仲衷集是書，凡古今前輩之事實，近日名公之啟劄，皆網羅而得之。自《甲》至《癸》，分爲十集。《甲集》則專舉諸式之大綱，《乙》至《癸》則旁分品類之眾目"云云。按：熊晦仲無考。陳元善，建安人。開慶元年己未進士。自署"前進士"者，元延祐六年己未作也。所採表箋奏狀、書啟稟劄、讚頌序記、賦文箴銘、歌詩詞曲，皆載全文。宋人詩集之不傳者，如丁黼、黃定、朱湛盧、翁溪園、黃順之、江萬里、戴植、哀長吉、吳申、黃革、余日華、李石才、丁持正、朱子厚、徐霖、楊長孺、胡德芳、張南卿、周申、趙福元、祝穆、卓田、歐陽光祖、牛子蒼、程東灣、任希夷、羅子衍、張家瑞、劉樞、張薄、陳濬、王容、鍾將之、尹德鄰、劉光祖、黃竹坡、羅永年、梁大年、阮文卿、李居厚、劉浩、范一飛、吳申甫、陳夢協、葉實夫、葉實、黃垺、劉閶風、葉巽齋、劉子寰、史千、劉省齋、富偉、蕭剴、包日齋、蕭仲昺、林橫舟、林子晦、張仲殊、余去非、嚴敦常、張進彥、翁九方、徐逢年、劉子實、潛放、熊伯詩、謝勉仲、李子清、吳季子、王大烈、高子芳、熊太經、陳克、王紹、程節、楊補之、李肯堂、范炎、程正同、戴翼、陳士豪、趙汝恂、石麟、章斯才、李仲元、鄭碩、支子蒙、程宣子、劉鎮、熊竹里、江成叔、劉常軒、程光遠、龔九萬、蘇南疆、熊克、楊炎正、林觀過、傅逵、傅儔、傅大詢、熊德修、熊以甯、吳景仲、周丙、丘大發、孫德之、宋壺山、蘇圃山、徐清叟、游慈、譚去疾、張櫨、劉仲行、張無隅、葉夢鼎、林霆龍、僧不輕、陳郁、黃少師、女吳氏、左瀛、翁甫、宋渙、趙愚齋、彭止、劉恭甫、黃元壽、張申子、王桂、陳韠、葉明、馬子嚴、王伯丈、李遇、嚴少魯、黃宙、李梅磵、趙善得、張幼杰、丘驛、陳煒、劉石庵、鄧暉老、魏順之、丁幾仲、莫養正、呂季已、施子中、游稗仙、劉潤谷、林駧、歐世昌、祝洙、錢之紀、趙必愿、陶璿、趙縮夫、江仲容、儲用、盛勛、商飛卿、張汝明、陳應行、劉渭、董洪、汪立中、翟公英、方雲翼、朱廷瑞、陳晉卿、楊申、徐子元、李顯卿、辛樫、厲模、陳讜、余崇龜、王九萬、方信孺、李桂、潘子高、陳子文、劉韜仲、應鏞、黃濤、吳淇、韓補、高吉、邢凱、趙恬齋、蕭仲才、章立庵、鄭覺齋、黃魯安、劉煒、叔林、宋偉、于定國、游清夫、劉崇卿、孟點、朱南疆、危科、牟子才、張實甫、丁仁、吳順之、李寅仲、方味道、汪相如、李敬則、游志甫、王其、吳同山、趙孟僖、趙灌園、陳若水、曾寓軒、吳勢卿、張輯之類，今皆不傳，可藉是以得其梗概。每卷有"太原叔子藏書記"白文長印、"子孫寶之"朱文方印。案：王聞遠，號蓮涇，蘇州人，藏書極富，有《孝慈堂書目》）。

宋槧詩律武庫跋

　　《東萊先生分門詩律武庫》《前集》十五卷,《後集》十五卷。目錄次題"東萊呂氏編於麗澤書院"。《前集》目前有書坊刊行木記四行。卷一次行題"呂氏家塾手編"。《四庫》不收,附存其目。每葉十八行,每行十九字。前編分十一門,後編分十八門,宋季麻沙坊本也。中有"高子敬圖書記"朱文方長印、"高麒"朱文方印。《汲古秘本書目》、延陵季氏《宋元板書目》、江氏《藝芸書舍宋元板書目》皆著於錄。

永樂槧事林廣記跋

　　《纂圖增新群書類要事林廣紀》《前集》二卷,《後集》二卷,《續集》二卷,《別集》二卷,《新集》二卷,《外集》二卷。《前集》題"西穎陳元靚編",餘皆不著撰人。元靚仕履無考,當爲福建崇安人,廣寒先生之裔。廣寒先生名字無考,墓在崇安。其子名遜,紹聖四年進士。元靚必遜之裔也。餘詳《歲時廣記序》。《前集》目錄後有"永樂戊戌孟春翠岩精舍新刊"木記。《外集》末有"吳氏玉融書堂刊"人形木記。每葉三十八行,每行三十二字。《前集》雖題元靚名,卷下"地理類"有《大明混一圖》,"郡邑類"有"直省布政司",則已爲明人羼入,增新之名,蓋由於此。《前集》分"天象"、"曆侯"、"節序"、"地輿"、"郡邑"、"方國"、"勝跡"、"仙境"八類;《後集》分"人紀"、"人事"、"家禮"、"儀禮"、"農桑"、"花卉"、"果實"、"竹木"八類;《續集》分"帝系"、"紀年"、"歷代"、"聖賢"、"先賢"、"文籍"、"辭章"、"字學"八類;《別集》分"儒教"、"學校"、"幼學"、"書法"、"文房"、"翰墨"、"道教"、"雜術"、"修真"、"佛教"、"圖書"十一類;《新集》分"官制"、"俸給"、"貨寶"、"算法”、“醫學”、“卜史”、“選擇”、“文藝”、“武藝”、“技術”十類;《外集》分“宮室”、“衣服”、“器用”、“音樂”、“音譜”、“閨妝”、“茶果”、“酒麴”、“飲饌”、“麵食”、“牧養”、“禽獸”十二類。《續集》“聖賢類”有大元褒典,“帝系類”、“記年類”至元順帝時止,“字學類”有蒙古字百家姓,《新集》“官制”、“俸給”兩類皆明代制度,蓋此書在當時取便流俗通用,自元而明,屢刻屢增矣。中有“毛晉”二字朱文連珠印、“汲古主人”朱文方印、“汲古閣”三字朱文長印、“東吳毛氏圖書”朱文長印、“子晉”朱文方印、“毛氏子晉”朱文方印、“毛晉私印”朱文方印、“子晉書印”朱文方印。書雖明刊,流傳極少,各家書目皆未著錄。《汲古閣秘本書目》有其名,注曰“明原格抄本”,當即從此本鈔出者。

元槧氏族大全跋

《新編排韻增廣事類氏族大全》分甲至癸十集,不分卷。《癸集》末“夾谷”姓下注曰“大金支裔”,其爲元人所撰無疑。前有綱目,一東至十虞爲《甲集》,十二齊至二十七刪爲《乙集》,一先至九麻爲《丙集》,十陽爲《丁集》,十二庚至二十七咸爲《戊集》,一董至九虞爲《己集》,十一薺至五十三赚爲《庚集》,一送至五十四闞爲《辛集》,一屋至三十二洽爲《壬集》,復姓爲《癸集》,與《簡明目錄》合。每葉三十行,每行二十八字,元代麻沙本也,所採宋事比章定書爲多。

書癸辛雜識後

余友莫梅士孝廉謂,周密所著《癸辛雜識》、《齊東野語》,多誣衊正人之辭,其人疑非端人。余笑曰:此渠家學也。其曾祖祕,歷城人,從高宗南度,常居湖州鐵佛寺。紹興五年,吏部員外郎,守監察御史,擢殿中侍御史。七年,有旨禁伊川學,董棻不刊行録黄,祕劾棻沮格詔令,見《繫年要録》。胡文定安國請從祀邵、張、二程。祕劾文定學術頗僻,行義不修,見《道命録》。文定遂罷爲提舉太平觀,祕尋遷御史中丞。十月,再疏劾張魏公,尋乞補外,除徽猷閣直學士,知秀州。九年,知紹興,尋罷爲提舉江州太平觀。十六年十一月卒,見《繫年要録》、《嘉泰會稽志》、《弘治衢州府志》。秦檜主禁程氏之學,陳公輔發之,祕與石公揆助之,至檜死而始解。祕之劾董棻、胡文定也,在檜初罷相之後;其劾張魏公也,未幾而檜復相。其人如非黨秦,必與檜臭味相契矣。是則密之詆諆道學,蓋亦家學也。獨怪河間紀文達,後道學諸公幾千年,好拾密之唾餘以爲口實,何也? 密爲似道客,紀依附和珅,所謂方以類聚者也。

宋槧夷堅志跋

《夷堅》《甲志》二十卷,《乙志》二十卷,《丙志》二十卷,《丁志》二十卷,宋刊元印本。前有古杭一齋沈天祐序,每葉十八行,每行十八字。版心有刊工姓名。《夷堅志》四百二十卷,或刊於蜀,或刊於婺,或刊于杭。此八十卷則刊於建甯學者。至元而蜀、浙之版已亡,惟建版尚存,缺四十三版。張紹先爲福建提學,命天祐尋訪舊本,因從周宏羽借得浙本,補刊完全。此則元修後印本也。《四庫》未收,阮文達始從嚴久能借録進呈。卷中有“季振宜藏書”朱文長印、“芳椒堂印”白文方印、“竹塢”二字朱文長印、“玉蘭堂”白文方印、“辛夷館印”朱文方印、“元照之印”白文方印、“嚴氏久能”朱文方印、“張氏秋月字香修一字幼憐”朱文方印、“香修”二字朱文方印、“梅溪精舍”白文方印、“阮元之印”白文方印、“阮元伯元”朱文方印、“錢唐嚴杰借閲”白文方印、“何元錫借觀記”白文方印、“江左”二字朱文長印、“厚民”二字朱文方印、

“元照私印”朱文方印、“嚴氏修能”朱文方印。陸師道手錄《賓退錄》一條於目後及卷一末，小楷極精。按：竹塢、辛夷館、玉蘭堂，皆文衡山印。江左，季振宜印。芳椒堂，嚴久能印。香修，張氏久能姬人之印也。①

宋槧釋氏通鑑跋

《歷代編年釋氏通鑑》十二卷，次行題“括山一庵本覺編集”。首爲採摭經傳錄，次目錄，起周昭王甲寅至五代周世宗止。每條各注所出書。每葉二十二行，每行二十二字。宋諱有缺有不缺，宋季麻沙刊本。《宋史·藝文志》、《元史·補藝文志》，皆不著錄，惟見明《文淵閣書目》、季滄葦《宋元版書目》。《四庫》未收，阮文達亦未進呈。按：本覺，龍泉人，博學，能詩文，士大夫多與之遊，見《兩浙名賢外錄》。其書始於佛生之年，既不若《釋氏稽古略》之侈談邃古，遠引洪荒，唐昭宗後亦不妄增濮王紃一代，記載頗爲核實。又不若釋念常《佛祖通載》列楊璉僧伽於禪宗，去取亦尚平允。卷中有朱文“石象玄氏”陰陽文方長印。按：朱大韶，字象玄，又字文石，松江華亭人。嘉靖二十六年進士，官至南國子司業。家有文園，收藏異書、法書、名畫、彝鼎、墨洗甚富。又有“季振宜藏書”朱文方長印、“汪士鐘印”白文方印，與延陵《季氏書目》、《藝芸精舍書目》合。

宋槧纂圖互注老子道德經跋

《纂圖互注老子道經》一卷、《德經》一卷，題曰“河上公章句注

---

① 傅增湘云：“此本字大行疏，爲建本之佳者。阮元進呈本，即據此本傳錄。原爲嚴久能元照所藏，故有姬人張秋月香修各印。”見《藏園群書經眼錄》卷九，頁792。

釋”。每葉二十二行，每行二十一字，小字雙行，每行二十五字，宋景定刊本。前有景定改元龔士禼《六子全書》序、葛玄《道德經》序、《初真之圖》、《金丹之圖》、《老氏聖紀圖》、《混元三寶圖》，蓋南宋國子監先有荀、楊、老、莊四小字本，建安書坊加以纂圖互注，寫作大字爲此本，號四子，見楊子序後木記。景定中，龔士禼又加文中、列子爲六子耳。其書先河上公注，次解，“解曰”二字以黑質白章小字別之。次互注，“互注”二字以黑質白章大字別之。次音釋，以圓圍之。次重言重意，以黑質白章小字別之。音切皆本陸氏《釋文》而不全録。所稱“解曰”者，不著作者姓名。遍考王弼、蘇子由、王雱、林希逸各注，乃知出林希逸《鬳齋老子口義》。希逸，福建人，士禼亦福建人，書皆建寧書坊所刊也。士禼字子質，號石廬子。

元槧道德經集解跋

《道德經集解》二卷，上卷次行題“道經下篇”，下卷次行題“德經下篇”，三行題“清源圭山董思靖撰”，四行題“章貢淵然道者劉若淵校刊”。前爲序説，序説後題“淳祐丙午臘月望清源天慶觀後學圭山董思靖書”。按：思靖生平無考，惟清源、圭峰皆福建泉州山名，今泉州之玄妙觀，宋爲天慶觀，元貞元間改名玄妙。由是推之，則思靖乃理宗時泉州天慶觀道士也。劉淵然，贛州人，祥符宮道士，呼召風雷有驗。洪武二十六年召至京師，賜號高道，館朝天宮。洪熙初，封沖虛至道玄妙無爲光範演教光靜普濟長春真人。宣德中卒，年八十二。見《江西通志》。書題“淵然道”者，不題賜號，未入明時所刊，其爲元刊無疑。吾友魏鹽尹錫曾用諸本互校，中有絶異他本、與影龍石本合者，蓋所據猶古本也。所採司馬溫公、王荆公、葉石林、程文簡諸家之説，今皆不傳，賴是書存其涯略。

各家書目皆未著録,《四庫》未收,阮文達亦未進呈,亦罕覯秘笈也。

老子膚口義跋

《老子膚齋口義》二卷,題"膚齋林希逸"。"老子"頂格,"口義"低一格。前有發題。《四庫》未收,阮文達亦未進呈。此明正德戊寅胡旻活字本,大旨謂,老子借物以明道,因時世習尚就以諭之,而讀者未得其所以言,前後注解皆病於此,獨穎賓得其近似而語脈未嘗盡通,自謂推究得其初意云。經文"眾人熙熙如春登臺"不作"如登春臺",與唐石刻同,所見猶善本也。

列子口義跋

《列子膚齋口義》上下卷,題"膚齋林希逸"。行款與《老子口義》同,亦正德活字本。前有劉向奏,謂"《穆王》、《湯問》失之荒誕,《力命》、《楊子》義亦乖背,不似一家之言。"其言實爲中肯。奏後有希逸序,謂"向奏鄭繆公同時,繆爲繻字傳寫之訛。書果出景帝時,太史不應不見,見之,不應不列傳。其奏未必出於劉向,書爲晚出,或因其不完,模仿莊子以附益之,然真僞亦不可亂"云云。無注家回護之習,視江遹之附和方士者,相去遠矣。

宋槧南華真經跋

《纂圖互注南華真經》十卷,題曰"晉郭象子玄注、唐陸德明音義"。前有郭象序、《莊子太極圖》,行款、字數皆與《道德經》同。《釋文》皆全録于郭注之下,以小圓圈隔之。凡《釋文》所標之字,皆以圈圍之。互注重言重意,款式與《道德經》同,世德堂本雖從此出,已多別風淮雨之訛。書貴舊本,良有以也。

元槧易外別傳跋

《易外別傳》一卷，前有至元甲申古吳石澗道人俞琰自序。卷終下有"孫男槙拜書"五字，附《元牝之門賦》、《水中金詩》，後有至正丙申男仲溫跋，下有印二，曰"南園"、曰"俞仲溫印"。又林屋洞天石澗真逸俞琰玉吾叟書元同子跋。每葉二十四行，每行二十一字，元刊元印本，其字則俞貞木手書上版者也。

舊鈔抱朴子跋

《抱朴子》《內篇》二十卷，《外篇》五十卷。前有葛洪序。每葉二十行，每行十七字。《別旨》在《內篇》之後，《外篇》之前，各爲起迄，不相連屬。《外篇》卷十、十一，卷二十四、二十五，卷二十六、二十七，卷二十八、二十九，卷三十二、三十三，卷三十四、三十五，卷三十六、三十七，皆相連屬，不隔流水。卷十四之後半葉接卷十五，卷三十一之後半葉接三十二，皆宋元刊舊式，明以後所無者。顧千里、黃蕘圃以嘉靖己丑魯藩本、正統道藏本校過。明刊以魯藩爲善，分七十卷。此本凡與魯藩本異者，與道藏本同，或從元刊鈔出，或從宋藏鈔出，雖不可考其非，從明刊鈔出則無疑也。平津館本大略多同，惟削《別旨》一篇，間有據他書增補處。明盧舜治本，亦用魯藩、道藏兩本校，惟上下篇各并爲四卷，以《別旨》一篇附《內篇》末，亦間有臆增一二字處，雖無刪削，要不如此本善。《外篇》卷四十九有"姑蘇吳岫塵外軒讀過"朱文方印，卷五十有"吳岫"朱文方印、"蕘圃手校"朱文方印及朱筆題字。前後有嘉慶丁丑、癸酉蕘圃兩跋。吳岫，字方山，嘉靖時蘇州藏書家，與沈辨之與文友善。

儀顧堂續跋卷十二

南宋書棚本江文通集跋

　　《梁江文通集》十卷，首有總目。每葉二十行，每行十八字。按：《隋書·經籍志》，《江淹集》九卷，《後集》十卷，注曰"梁二十卷"。新、舊《唐書》則云《前集》十卷，《後集》十卷。《崇文總目》、《郡齋讀書志》、《直齋書録解題》、《文獻通考》皆云十卷，與今本同。晁氏曰：文通著述百餘篇，自撰爲前、後《集》，今集二百四十九篇。今此本二百六十九篇，"四"字恐"六"字之訛，當即晁氏所見之本。宋諱如"殷博士"、"殷東陽"之"殷"，"許徵君"、"陶徵君"、"王徵君"之"徵"，"構象台"之"構"，"鏡論語"之"鏡"，"宮朝禮哀敬"之"敬"，"粉邑尚嚴玄"之"玄"，"咸告忠貞"之"貞"，皆爲字不成。行款、字數，框格大小，又與臨安睦親坊陳宅本《孟東野集》、《浣花集》同，當亦宋季臨安書鋪所刊，爲北宋以來相傳舊本。其題"梁江文通"者，必所刊晉唐六朝人集尚多，非一集故耳。較汪士賢本多《知己賦》一首，較張溥本多蕭讓大傅《揚州牧表》一首。此外字句之間，勝汪、張兩本處甚多。七閣著録未見此本，可見流傳之少矣。余又有梅鼎祚刊本，名《江光禄集》，亦分十卷，編次前後、缺文墨釘，皆與此本同，增《遂古篇》、《詠美人春游》、《征怨》三首爲補遺，不屬入十卷之內，亦善本也。此本每冊有"太倉王氏藏書"朱文長印，弇州山人舊藏也。

張青芝手鈔陶隱居集跋

《貞白先生陶隱居集》，題"昭臺弟子傅霄編集、大洞弟子陳桷校勘鏤版"。前有《隱居傳》，後有梁元帝、昭明太子、邵陵王綸《陶隱居碑》、司馬子微碑陰記、蘇庠像贊，又集外兩文。《隱居集》久亡，王欽臣始裒遺文三十二篇，南豐曾恂益以《寒夜愁》、《胡笳》二詩、《難均聖論》，傅霄爲之編次，附殘文於後，紹興有刊本。嘉靖甲辰，文休承錄于昆山周氏，崇禎戊辰葉林宗奕從文本傳錄。此則乾隆元年張青芝位借葉本所手錄者。《四庫》未收，阮文達始進呈。此本比阮本較爲完善。

元槧李太白詩注跋

《分類補注李太白詩》二十五卷，次行題"舂陵楊齊賢子見集注、章貢蕭士贇粹可補注"。前李陽冰、樂史序，劉全白碣記，宋敏求、曾鞏、毛漸序，次關中薛仲邕編年譜，次目錄。每葉二十四行，每行二十字，小字雙行，每行二十六字。目後有"建安余氏勤有堂刊"篆文木記。元刊元印本。其分賦、古風、樂府、歌吟、贈、別、送、酬答、遊宴、登覽、行役、閒適、懷恩、感遇、寫懷、詠物、題詠、雜詠、閨情、哀傷二十類，與晏知止本同。惟晏本賦列二十五，此列卷一，餘亦少有參差。宋次道有云："沿舊目而釐正其彙次，使各相從。"南豐有云"次道以類廣白詩"。今諸本皆分二十類，則分類實始於次道，非楊、蕭兩家所爲也。兩家所注，有詩無文。明郭雲鵬刊本，增雜文爲三十卷，注則刪削過半，有全章刪去者，有一章削去四五百言而留一二句者，又增以"禎卿曰"云云，使古書面目幾無一存，殊爲謬妄。曾鞏序云，"《李白集》三十二卷，舊歌詩七百七十六篇"。今千有一篇，雜著六十五篇，晏本作《李白集》三十卷，餘同。咸淳本作《李白詩集》二十卷,七百若干篇。今九百若干篇,與《元豐類稿》同,與此本及晏本不合。

咸淳本李翰林集跋①

《李翰林集》三十卷,次行題"翰林供奉李白"。前有李陽冰、樂史、魏顥、曾鞏序,李華撰墓誌,劉全白撰碣記,范傳正、裴敬撰墓碑,後補《司空山瀑布》五古一首,有紹熙元年七月趙汝愚題,後有咸淳己巳刻版、戴覺民跋。每卷有目,連屬篇目。每葉二十行,每行二十字。晏知止本"歌吟"在第六七兩卷,此本在第十七卷,餘亦前後參差。曾鞏序首數句與《元豐類稿》合,與晏殊本、元刊補注本不同,或此出曾南豐本,而彼出宋次道本歟?

元槧黃鶴注杜詩跋

《集千家注分類杜工部詩》二十五卷,次行題"東萊徐居仁編次",三行"臨川黃鶴補注"。首爲杜工部傳序碑銘,次杜工部年譜,題"臨川黃鶴撰"、次集注杜工部詩姓氏,次目錄。卷二十五後有"至正戊子潘屏山刊於圭山書院"一行。每葉二十四行,每行二十字,小字雙行,每行二十六字。居仁仕履未詳,杜詩分門編類始于居仁,故首題居仁名,見姓氏。建安蔡氏夢弼亦在姓氏中。集注曾採及,惟郭知達注不及一字耳。

---

① 傅增湘云:"此乃明刊本,以其雕工審之,當是正嘉間覆刻版耳。余曾見一本,與《杜工部集》同鐫者,昔人以其有咸淳序,遂以咸淳本目之。近時劉氏玉海堂覆刊亦即此本也。"見《藏園群書經眼錄》卷十二,頁1015。

宋槧九家注杜詩殘本跋

《新刊校定集注杜詩》,存卷六至十一,凡六卷。每卷後有"寶
慶乙酉廣東漕司鋟版"一行。卷七、卷八後又有"朝儀大夫廣南東
路轉運判官曾噩、承議郎前通判韶州軍州事劉鎔、潮州州學賓辛安
中、進士陳大信同校勘"四行。每葉九行,每行大字十六,小字雙
行,版心有字數及刊工姓名。《百宋一廛賦》所謂"九家注杜,寶慶
漕鋟,自有連城,蝕甚勿嫌"者,祇存五十五葉,此本尚存六卷,可
以壓倒百宋矣。① 所採王洙、宋祁、王安石、黃庭堅、薛夢符、杜田、
鮑彪、師尹、趙彥材九家之注,而趙注尤多。噩字子肅,福建閩縣
人。紹熙四年進士,尉上高,轉監行在惠民局。嘉定戊辰,上書言
"積弊未易革,人心未易服,公道未易行,下言未易通",皆切中時
弊,改知晉江縣。嘉定乙亥,用從臣薦通判建寧府,入監左藏東庫。
是歲夏旱,應詔言六事。在職二年,除軍器監,遷大府寺丞。辛巳
遷大理正,出知潮州,治最,擢廣東運判。寶慶二年卒。七歲能屬
文,至老未嘗一日廢書。著有《義溪集》十卷、《班史錄》二十卷,見
陳宓《復齋集‧運判曾公墓志》。《萬姓統譜》以爲字噩甫,固誤,
《書錄解題》以爲閩清人,亦誤。

元槧陸宣公集跋

《唐陸宣公集》二十二卷,前有權德輿《翰苑集序》,次蘇軾等
進奏議劄子,次至大辛亥屬一鶚序。卷一至十制誥、卷十一至十六

---

① 傅增湘云:"此書大字雅健。《直齋書錄解題》著錄,稱其字大宜老,最爲善
本。錢曾《敏求記》稱其開版宏爽,刻鏤精工。洵非過譽。"詳見《藏園群書經眼錄》卷
十二,頁1028。

奏草、卷十七至二十二中書奏議。目録後記有云："至大辛亥秋，教官厲心齋奉總管王公子中命重新繡梓，詳加校訂。任其責者，學正四明陳沆、學録毘陵蔣騰、孫路、掾盧陵易偉也，監督直學張天祐、馬天祺，學吏程泰孫、施去非"七行。按：是集宋時嘉興學有版，歲久漫漶，至大辛亥盱眙王子中來守，以推官胡德修家藏善本重刊。此其初印本也。每葉二十行，每行十七字。一至卷十版心刊"苑幾"，十一至廿二版心刻"奏幾"，皆有字數、刊工姓名。卷中有朱文"石氏"朱文方印、"華亭朱氏"白文方印、"忠宣第三十七世孫"朱文方印、"香圃所藏"白文方印、"三間草堂"朱文方印、"張載華印"朱文方印、"佩兼"朱文方印、"芝齋圖籍"朱文方印。蘇東坡所進劄子題曰"本朝名臣"，此從宋本翻雕之證也。

宋槧宋印韓昌黎集跋

《昌黎先生集》十卷，前有李漢序。每葉二十二行，每行二十字。版心有字數及刻工姓名。每卷末葉版心有"此卷若干版，計若干字"。即《百宋一廛賦》之小字本，所謂"字畫方勁，尚未有注，北宋槧本"者也。[1] 今考"粗敘所經覯"之"覯"、"或密若昏媾"之"媾"、"央央叛邅遘"之"遘"，"或弛而不彀"之"彀"、"或復斷若姤"之"姤"，"結構麗匪過"之"構"，"投棄急哺穀"之"穀"、"雷電怯呼訴"之"訴"、"明月御溝曉"之"溝"，凡高宗御諱嫌名，皆爲字不成。他如"融液煦柔茂"之"煦"、"殷其如阜"之"殷"、"窗前兩好樹"之"樹"，"曙光青晱晱"之"曙"、"恩澤完羢𪕭"之"完"、"厥

---

[1]　傅增湘云，該書"避諱至'構'字至，則非北宋明矣"，且其行款、字畫、刊工，與《韓集舉正》"絲毫不异"。"《舉正》有'淳熙己酉方崧卿序'，則爲南宋孝宗時刊本矣"。見《藏園東游別録》"靜嘉堂觀書記"，《藏園群書經眼録》卷十二，頁1052。

大誰與讓”之“讓”、“懸樹華百尺”之“懸”、“耿耿水蒼佩”之“耿”、
“方愳不懲創”之“懲”、“祖軒而父頊”之“頊”、“大勾幹玄造”之
“玄”，皆缺避甚謹，惟“慎”字不缺，當爲紹興中刊，非北宋本也，蕘
圃誤矣。每册有“張敦仁讀過”朱文長印、“陽城張氏省訓堂經籍
記”朱文長印、“古餘珍藏、子孫保之”朱文長印、“枚庵流覽所及”
朱文方印。

宋麻沙槧柳集跋

　　《增廣注釋音辨唐柳先生集》四十三卷、《年譜》一卷、《別集》
二卷、《外集》二卷、附録一卷。次行題“南城先生童宗説注釋”，三
行“新安先生張敦頤音辨”，四行“雲間先生潘緯音義”。前有劉禹
錫序、乾道三年吳郡陸之淵序。行款格式，與《韓文考異》同，當爲
一家所刻，亦宋季麻沙坊本也。有“花笑廎藏”朱文長印、“劉松所
藏”朱文長印、“瞑琴山館珍藏”朱文方印、“述古堂圖書記”朱文長
印。劉松號疏雨，烏程縣南潯鎮人。其藏書之所曰瞑琴山館。

宋麻沙槧韓文考異跋

　　《朱文公校昌黎先生文集》四十卷、《外集》一卷、《集傳》一
卷、《遺文》一卷，次行題“晦庵先生考異、留耕王先生音釋”。前有
朱子序，次寶慶三年王伯大序，次凡例，次目録。每葉二十六行，每
行二十三字，小字雙行。凡各本異同，各家注釋，皆以黑質白章別
之。凡例後有云“本宅所刊係將南劍州官本爲據，併將音釋附正
集焉”，乃宋末麻沙坊賈識語。明覆本訛奪甚多，此本字畫周整，
訛字亦少，宋季麻沙善本也。卷中有“周良金印”朱文方印、“毗陵
周氏九松迂叟藏書記”朱文長印。

舊鈔沈下賢集跋

《沈下賢集》十卷,前有元祐丙寅無名氏刊版序,次總目。每卷有目,後有葉石君手書跋。每葉十八行,每行二十字,當從元祐刊本鈔出者。是書宋以後無刊本,鈔帙流傳,脫訛甚多。此本訛較少,如卷首《夢遊仙賦》"星斚曉以淡白","淡"不作"談";"襲烈蕙之芳風","蕙"不訛"董";"嬴吹既調戛湘絃","嬴"不訛"贏";"菱結帶兮菭含絲",不奪"兮"字:皆勝諸本。至《秦夢記》、《湘中怨解》列卷第二,《異夢錄》列卷第四,則北宋已然矣。

影宋孟東野集跋

《孟東野詩集》十卷,題"山南西道節度參謀試大理評事平昌孟郊"。後有宋敏求題,題後有"臨安府棚前北睦親坊南陳宅經籍鋪印"一行。前有目錄。每葉二十行,每行十八字。版心有字數。汲古閣影宋精鈔本。前有"宋本甲"、"毛晉私印"、"子晉"、"汲古主人"、"毛扆之印"、"斧季"七印,後有"虞山毛晉"、"子晉書印"、"汲古得修緶"三印。與明翻景定國材本互勘,大略多同,惟結銜"平昌"二字改爲"武康"二字。此本目錄微有減字耳。

新刻李衛公集跋

右《李衛公集》三十四卷,江蘇新刻本。後附《補遺》一卷,不知何人所輯,首載《新授太子太師杜衍制》,制詞有云:"往以時事,來還宰旅"及"深惟元老"等語,則其人必宰相也。查唐世宰相杜姓十一人,曰如晦、曰淹、曰元穎、曰審權、曰讓能、曰黃裳、曰佑、曰悰、曰正倫、曰鴻漸、曰暹,無名衍者。惟宋宰相杜衍曾爲太子太師,李燾《資治通鑑長編》有云:"皇祐五年八月壬子,太子太傅致

418　　　　　　　　　儀顧堂書目題跋彙編

仕。杜衍爲太子太師，以二府舊臣特遷之。”是則此文乃宋杜衍遷
官制也，安得出衛公手？是刻所據，乃黃蕘圃家藏影寫宋本，勝於
明萬曆、嘉靖諸刻，《補遺》之刻，未免畫蛇添足耳。

宋槧浣花集跋

《浣花集》十卷，題曰“杜陵韋莊”。前有癸亥年六月九日莊弟
韋藹序。宋諱有缺有不缺。每葉二十行，每行十八字，與臨安睦親
坊陳宅本《孟東野集》行款、框格皆同，當亦南宋書棚本也。宋刊
存卷四至十，前三卷黃蕘圃以影宋本鈔補。每卷有“葉陽生”白文
方印，後有陽生跋。每冊有“士禮居”朱文方印，前後有蕘圃三跋、
陸損之跋。陽生，蘇州人，天士之父，與汪鈍翁酬唱，工詩能醫。

高麗刊桂苑筆耕跋

《桂苑筆耕》二十卷，題“都統巡官侍御史內供奉崔致遠撰”前
有大匡輔國崇祿大夫議政府左議政豐山洪爽周序及達城徐有榘
序，次中和六年致遠表進序。每卷有目，連屬篇目。高麗活字仿宋
本。《唐書·藝文志》著於錄，阮文達亦未進呈。按：致遠，字海
夫，號孤雲，高麗妖溝人。年十二，從商舶入唐。十八舉進士，調溧
水尉。高駢帥淮南，辟爲都統巡官，凡文告皆出其手。後東歸，仕
高麗，爲翰林學士，兵部侍郎以終。道光中，廣東潘仕成有刊本，脫
訛甚多，不如此本之善。

宋嘉定永州槧范忠宣集跋

《范忠宣公文集》二十卷，前有樓鑰序，後有嘉定辛未范之柔
跋、壬申沈圻、廖視、陳宗道跋。每葉二十四行，每行二十字。是集
南宋以前未經版行，嘉定壬申，吳興沈圻知永州，始從公之玄侄孫

之柔得家藏本，命教授陳宗道校正，刻於永州。語涉宋帝皆提行，卷二十行狀內章惇，惇字皆注"光廟諱"，宋嘉定中永州刊本也。若因字體不工，疑非宋刊，不知永州地居偏僻，刊工不精，無足怪者。有"季振宜藏書"朱文長印、"滄葦"朱文方印、"季振宜印"朱文方印。

宋麻沙本陳簡齋詩注跋

《須溪先生評點簡齋詩集注》十五卷，前有劉辰翁序。卷一賦，卷二至十三詩，卷十四雜著，卷十五無住詞，年譜散入詩題之下，續添正誤散入每卷之後，與張月霄著錄、阮文達所進呈之三十卷本分卷不同，編次亦異，或即辰翁所合併歟？注爲胡稺作，又有增注，以黑質白章別之，不知出自何人，今不可考。有"汲古閣"、"稽瑞樓"、"方氏若衡曾觀"、"貽典"、"姚婉貞"、"芙初"、"女史"諸印。目錄後有文文肅題字，卷六後有張丑題字。蓋經毛子晉、陸敕先、陳子準、方芙初諸家收藏者。

宋淳祐建州槧朱文公集跋

《晦庵先生朱文公文集》一百卷，目錄、《續集》十一卷、《別集》十卷。前有朱子小像及慶元庚申自題，後有成化黃仲昭補刊跋。《續集》前有咸淳五年王遂序、淳祐庚戌徐幾跋。《別集》前有淳祐元年黃鏞序。每葉二十行，每行十八字。版心有字數及刻工姓名。《朱子集》爲朱在所編，王潛齋所刊。《續集》爲王實齋遂以蔡覺軒、劉文昌兩家所鈔掇付，劉叔忠所編，卷九以下徐幾從浦城尉劉觀光得與劉韜仲劄數十通，增爲十一卷。《別集》爲建安通守余師魯所編，咸淳元年建安書院山長黃鏞序而刊之。是集宋時有浙、閩兩本。浙本明洪武初取版置南雍，不知編自何人。此乃閩本,明初版存福建藩廨,成化中黃仲昭以浙本勘訂,補刻劾奏唐仲友數狀,又修補缺數百葉。此則成化後印本也,凡明補之葉,框格較高,字形較小,一望可知,約不過宋刊百分之一二耳。卷中有"敬業軒"白文方印、"張履祥印"白文方印。曾爲桐鄉張楊園先生所選讀,每有朱文"選"字印,其圈點亦楊園筆也。

金陵雜詠跋

《金陵雜詠》十九,首題曰"左朝請郎天章閣待制知江寧軍府事武陽黃履、江寧府溧水縣尉周沔書"。按:履字安中,邵武人,《宋史》有傳。沔字會宗,蘇州人,元祐三年進士,其刻石本在江寧府治。元時刻夫子像于碑陰,因移江寧縣大成殿,陰轉向外,而正面倚壁,世遂罕有知之者。屬樊榭輯《宋詩紀事》亦未得見,僅錄安中詩一首。嘉慶中,江寧嚴觀始訪得之,刻以行世。亂後刻本極少,余所藏乃從嚴刻傳錄者。邵武徐小勿明府留心鄉先輩著述遺書,譚芷佩明府請借錄副,將付梓人,因命小胥錄一本貽之。邵武鄉先生著述,余家所藏尚有黃公紹《在軒集》,世間亦罕流傳,明府倘能合梓行世,亦古人之知己也。

舊鈔建康集跋

《建康集》八卷,舊鈔本。每葉十六行,每行二十字。"廓"字注"御名","桓"字注"欽宗廟諱","惇"字注"光宗廟諱",蓋從寧宗時刊本影寫者。末有二十代孫萬又名樹蓮跋。按:樹蓮字林宗,明諸生,國亡棄去,改名萬世,居洞庭山。嘗游虞山,樂其山水,因家焉。所至必多聚書。會鼎革,獨身走還洞庭,已復居虞山,購書倍多於前。每遇宋元鈔本,收藏古帙,雖零缺殘卷,必重購之,世所常有者勿貴也。得書分別部居,精辨真贗,手識其所由來,見徐乾學《澹園集·葉林宗傳》。此本蓋從毛子晉借録,子晉則得之金陵焦弱侯後人者。中間朱筆校補數十字,皆林宗筆也。卷三《書李弼告後》、《書唐李氏告後》、《蘇秦論》、《范增論》、《養生論》上中下七篇仍缺,當求葉調生藏本補全之。

宋槧友林乙稿跋①

《友林乙稿》一卷,題曰"四明史彌寧"。後有名域者跋,不著其姓。每葉十六行,每行十六字。版心有字數及刻工姓名,《百宋一廛賦》所謂"流麗娟秀,兼饒古雅之趣,在宋槧中別有風神"者也。序稱"乾道癸巳,文惠帥閩,域以庠序諸生蒙眄睞",則域蓋閩人。乾道癸巳,下距嘉定六年癸酉四十年,序稱"後四十年,乃得親炙春坊,領閣公之幕下",與《郡齋讀書志》所云"彌寧以國子生蒞春坊事帶閤門宣贊舍人,嘉定中知邵陽"合,則彌寧之知邵陽,在嘉定六年,集中有《丁丑歲中秋日勸農城南詩》,係在邵陽作,丁丑爲嘉定十年,則彌寧嘉定十年尚未去邵陽任,序當作於此時。集中有《謝鄭中卿惠蜻蚌詩》,按:中卿名域,閩縣人,號松窗。淳熙十一年進士,慶元中隨張貴謨使金,著《燕谷剽聞》二卷,累官幹辦諸軍糧料院,見《宋詩紀事》、《福建通志·選舉表》。則序爲鄭域所作無疑也。序之書法,與全書同,當以域手書上版者,已開林吉人書《鈍翁文鈔》、《漁洋精華録》之先路矣。

---

① 《宋槧友林乙稿》,傅增湘定爲清翻宋刊本。並云:"其真宋本余爲袁寒雲克文購得于廠市英古齋,已影印行世。此本字畫雖極娟秀,以宋本比較,則神韻索然,殆虎賁之似中郎耳。"見《藏園群書經眼録》卷十,頁799。又云,此本摹刻頗肖,然"秀媚有餘而無宋刊勁挺內蘊之致"。見《藏園訂補邵亭知見傳本書目》,卷十三下,頁124。

宋槧劉後村集跋

《後村居士集》五十卷，宋槧本。前有淳祐九年林希逸序，二十卷後有"門人迪功郎新差昭州司法參軍林秀發編次"一行。每葉二十行，每行二十一字，語涉宋帝皆空格。卷一至十六皆淳祐庚戌臘月以前作，卷十七、十八詩話，卷十九、二十詩餘、卷二十一以後皆文也。《四庫》所收卷數與此本同，惟《四庫》本有《賀賈相啟》及《復相啟》、《再賀平章啟》及《詩話後集》，此本無之，豈別一本耶？《後村居士大全集》一百九十六卷，余家藏有之，又有鈔本五十卷，爲盧抱經舊藏，似即從此本出。余初疑五十卷本從《大全集》選擇，及以《大全集》校對，詩凡四十八卷，今祇有庚戌以前十六卷；詩話分前、後、續、別、新五集，祇有前集二卷；詩餘五卷、記六卷、序四卷、題跋十三卷，今各得兩卷；啟十一卷，今祇得四卷；墓誌十八卷，祇得五卷；祭文五卷、書七卷、行狀五卷，今各得三卷；表箋四卷，祇得一卷；而內制、外制、奏議、油幕、箋奏、神道碑、駁狀、判狀、書易講義、進故事各類，則不登一字。考洪天錫撰《後村墓誌》稱，"後村早負盛名，晚掌書命，每一制下，人人傳寫，號真舍人。達官顯人，欲銘先世勳德，必託其文以傳。江湖士友爲四六及五七言詩，往往祖後村氏。於是，前、後、續、新四集二百卷流布海內，巋然爲一代宗"云云。《後村集》宋時刊行已有前、後、續、別四集二百卷，此本當爲四集之一，以不收淳祐庚戌以後詩證之，其爲前集無疑也。《千頃堂書目》載《後村居士集》五十卷，注曰"詩文當即此本"，又六十卷注曰"皆文"，又詩集十五卷，今雖不可見，要皆在《大全集》中矣。《老妓》、《老將》、《老馬》三詩，乃淳祐庚戌以前作，故刊入前集，其餘七詩，今見《大全集》二十二卷，乃庚戌以後作，當在後集中，非有所刪擇也。

影鈔陳復齋集跋

《龍圖陳公復齋先生文集》二十三卷、附錄一卷。前有淳祐戊申鄭性之序。卷一卷二歌賦、雜詠、古風,卷三四五言,卷四五七言,卷六奏劄,卷七雜説、策問,卷八銘贊、箴戒,卷九記,卷十序、題跋,卷十一至十六書劄,卷十七送序、贈序、送行詩、壽詩、挽詩,卷十八祭文,卷十九祝文、青詞、上梁文,卷二十勸諭文,卷二十一、二十二墓誌銘,卷二十三行狀。別以《翰墨大全》所載"仰止堂規約"等爲拾遺,附錄則《宋史》本傳及遺事十一條,《仰止堂記》,黃幹、陳淳書劄,方大琮與其子書劄,門人劉克莊祭文,真德秀兩跋,黃績劄,鄭至記,蔡沈、劉克莊、高九萬、戴復古詩也。按:宓字師復,以父俊卿任歷知安溪縣,入監進奏院,擢大理丞,知南康軍,改劍州,廣東提刑,直秘閣,乞祠,事蹟詳《宋史》本傳。是集爲其子圭字表夫者所編,各家書目未見著録,惟《福建通志·經籍志》有之。史稱宓嘉定七年封事,九年轉對劄子,慷慨進言,指陳愷切。嘗爲《朱墨銘》,辦理欲分寸之多寡,今俱載集中。所附《宋史》列傳,與今《宋史》同。《宋史》脱脱所修,非宋人所得見,當是入元後所增。《四庫》未收,阮文達亦未進呈,誠罕覯之秘笈也。

影宋鈔永嘉四靈詩跋

《永嘉四靈詩》甲乙丙丁四卷,汲古閣影寫宋刊本。每卷首行題曰"永嘉四靈詩",旁注"甲"、"乙"、"丙"、"丁"等字。甲、乙、丙三卷次行題曰"徐照道暉",旁注"上"、"中"、"下"等字。版心有"徐上"、"徐中"、"徐下"等字。丁卷次行題曰"徐幾",版中旁注"上"字,版心"徐幾上"三字,各有字數。每葉二十行,每行十六字。《直齋書録解題》載《徐照集》三卷,《徐璣集》二卷,與此合。

惜璣集祇存上卷耳。照集存詩二百六十七首,較石門顧修《群賢小集》本名《芳蘭軒集》者多詩一百六十二首,顧本多《莫愁曲》、《三峽吟》、《李夫人》、《何所歸》四首,《越魚吟》後半多十六字。蓋影宋本卷下缺第六葉,第十葉祇存十餘字,當即在缺葉之中。璣集存詩一百零兩首,其六十四首爲顧刻名《二薇齋集》者所無,《李丹士》一首題誤作“自覺”,其七十二首爲影宋本所無,當在下卷之中耳。翁卷葦《碧軒集》有《送徐璣赴龍溪丞因過泉南舊里詩》,趙師秀《清苑齋集》有《送璣赴永州椽詩》,此致中仕履,即《宋元詩會》之所本也。紙白如玉,墨光如漆,烏絲精整,書法秀美,毛斧季所謂“每葉費銀一錢許”者,此類是也。前後有毛子晉父子藏印十餘方,席玉照藏印三方。玉照名鑒,亦常熟人。

山 房 集 跋

《山房集》二十卷,宋周南撰。《宋史·藝文志》、《直齋書録解題》皆著於録。原本久佚,乾隆中館臣始從《永樂大典》録出,編爲《山房集》八卷,後集一卷。南雖以駢體擅場,頗留心於史事,《題跋》一卷,考訂群書,原原本本,不在晁公武、陳直齋之下。《雜記》一卷,足補《宋史》之缺。《康與之傳》,述其貪淫奸惡,陷害蘇師德父子諸事,歷歷如繪,洵足以誅奸邪於已死,發潛德之幽光。余已採入《補宋史·佞倖傳》矣。

宋槧指南録跋

《新刊指南録》四卷、附一卷。前有德祐元年自序、景炎改元後序,次目録。每葉十六行,每行十六字。序中“北兵虜帥呂師孟北虜誤吾國”之“誤”字,“陷吾民”之“陷”字,“罵逆賊”之“逆賊”字及“文天祥”三字,皆挖空。詩中挖空處甚多,當是景炎中刊本入元後挖去者。此則元時印本也。凡重字皆刻"又"字,如"日又"、"悠又"、"漫又"、"慘又"之類,爲宋刊所罕見。卷中有"竹塢真賞"朱文方印、"毛晉"二字朱文連珠印、"汲古主人"朱文方印、"毛氏子晉"朱文方印,蓋經明文文肅、毛子晉兩家收藏者。

儀顧堂續跋卷十三

元槧吳禮部集跋

《吳禮部文集》二十卷,前有吳先生小像及蘭陰山人自贊。卷一賦、四言詩,卷二至卷五古詩,卷六、七律詩,卷八、九絕句,卷十雜著,卷十一書,卷十二、三記,卷十四、五序,卷十六至十八題跋,卷十九策問,卷二十移祭文、事述。共九百六十首。附錄張樞撰墓表、杜本撰墓誌銘。每葉三十二行,每行二十字。《四庫提要》云"《吳禮部集》流傳頗尠,此本乃新城王士禎寫自昆山徐秉義家,因行於世",則元刊之少可知。二十卷後有黃蕘圃手跋,中有"季振宜藏書"朱文方印。

元槧元印清容集跋

《清容居士集》五十卷、目錄二卷,後附王瓚所撰謚議、蘇天爵所撰墓誌銘。每葉二十行,每行十六字,字皆趙體,與元刊《玉海》相似,當爲同時所刊,上海郁氏宜稼堂刊本之所祖也。卷五十後有永樂丙申畏齋王肆手跋,言得此書,"蟲鼠損傷,於暇日補治",則中間鈔補皆明初人筆也。是書鈔帙尚多,刊本流傳極罕。余又藏舊鈔本,爲愛日精廬張月霄舊藏,後錄王肆跋。當從此本鈔出,恐世無第二本矣。

弘治本王秋澗全集跋

《秋澗先生大全集》一百卷。每葉二十四行，每行二十字，明弘治刊本。行款與元至治壬戌嘉興路刊本同，當即以元刊翻雕者。惟元刊前有王構序，王士熙、王公儀、羅應龍跋，明刊皆缺。元刊制辭、哀挽、墓誌皆列總目之後，目錄之前版心刊"目錄"二字，未免眉目不清。明刊則改列於後，版心刊"附錄"二字，較爲允當耳。

元槧歸田類稿跋

《張文忠公文集》二十八卷、附錄一卷。前有宇朮魯翀《歸田類稿序》，次目錄。卷一賦，卷二擬雅，卷三至卷五古詩，卷六至卷九律詩，卷十絕句，卷十一書，卷十二、十三序，卷十四至十六記，卷十七至二十碑銘，卷二十一表銘、碣銘、壙銘，卷二十二志銘，卷二十三表傳、書疏、露布操，卷二十四文詞贊，卷二十五至二十七三事忠告，卷二十八經筵餘旨，附錄則畫像、倪中撰記、劉耳撰贊、張起巖撰神道碑、黃縉撰祠堂碑也。每葉二十行，每行十八字。版心有字數。元元統刊本。《四庫》所收以明刻二十七卷本爲本，而別採《永樂大典》所載，補其遺缺，釐爲二十四卷，似當時未見元刻。此本據宇朮魯翀序，書爲養浩所自編，與十三卷所載自序"九百餘首四十卷"之數不合。愚謂自序是初退休時作，當在至治中，此或天曆以後所定，有所棄取耳。卷中有"周春"二字白文方印、"松藹"二字朱文方印、"松藹藏書"朱文方印，海甯周庢兮舊藏也。

元槧松鄉集跋

《松鄉先生文集》十卷，次行題"句章任士林叔寶"。前有趙子昂撰《任叔寶墓誌銘》、陸文圭敘、杜本序。卷十末摹刊"任勉私印"陽文方印、"任氏近思"陰文方印、"辟□世家"陰文方印。每葉二十六行,每行二十三字。是書有明泰昌時刊本,脱誤甚多,此則其祖本也。卷中有"蓮涇"朱文方印、"太原叔子藏書記"白文長印、"金星軺藏書記"朱文長印。任勉,或即刊書之人,俟考。王聞遠號蓮涇,吳縣人,編有《孝慈堂書目》,金星軺,嘉興人,有《文瑞樓書目》,皆乾嘉間藏書家也。

元槧檜亭集跋

《檜亭稿》九卷,次行題"天台丁復仲容父"。前有至元五年李桓序、六年李孝先序、四年危素序、十年楊翮序,後有十年諭立跋。每葉二十行,每行二十字。每篇下注明"前集"、"續集"。"前集"其婿饒介編,"續集"門人李謹之編。此則至正十年南臺御史張惟遠合刻於集慶學宮者,有閩中"徐惟起藏書印"朱文長印、"徐興公"白文方印、"晉安徐興公家藏書"朱文方長印及"薩守""德相"兩印,而籤亦興公手書也。

元槧松雪齋集跋

《松雪齋文集》十卷、目録一卷、外集一卷,附楊載撰行狀、至順三年諡文一卷。前有戴表元敘,下有"戴氏率初"陽文方印,後有至元後己卯何貞立跋,下有"長沙何貞立"陽文長印。卷十後有花溪沈璜伯玉跋,行狀後有黃蕘圃手跋。集爲趙仲穆所編,文敏歿後二十年尚未付梓,至元後己卯沈璜始從仲穆假本刻於家塾。按:花溪在今歸安縣治東六十里。璜蓋歸安人,當與沈夢麟一家,與趙氏有連,獨怪是集卷帙無多,仲穆不自梓行,必待璜爲之刊,不可解也。

元槧趙子昂詩集跋

《趙子昂詩集》七卷，題"宜黃後學譚伯潤伯玉編集"。前有目錄，目後有"至元辛巳春和建安虞氏務本堂編刊"一行。每葉二十二行，每行二十一字，元麻沙書坊刊本。卷一五古，卷二五律，卷三五絕，卷四七古，卷五七律，卷六七絕，卷七六言、雜著。比《松雪齋集》多《有所思》、《望美人》等詩十餘首。

洪武本九靈山房集跋

《九靈山房集》三十卷，題"男戴禮叔儀類編、從孫同伯初伯編"。前有至正二十五年揭汯序、洪武十二年翰林待制宋濂序、王禕序，皆以手書上版者。濂序下有"景濂"朱文連珠印、"金華宋太史氏"朱文方印、"龍門生"朱文方印。每葉二十八行，每行二十字。卷中有"徐燉之印"朱文方印、"徐氏興公"白文方印、"孔御家藏"白文方印、"鄭氏注韓居"朱文長印、"鄭杰之印"白文方印、"閩中徐惟起藏書印"朱文長印。余又有一部，後缺六卷，曹倦圃鈔補，有"曹溶之印"朱文方印。

元槧陳眾仲集跋

《陳眾仲文集》十三卷，卷五題"安雅堂集"。前有至正九年張翥序、至正辛卯晉安林泉生序。每葉二十行，每行二十字，語涉元帝皆提行，元刊本。卷一至三詩賦，卷四至六序，卷七至十記，卷十一、十二碑銘，卷十三銘、跋、解說、策問、贊、傳，各體皆備，並無缺少。《提要》以《元史》本傳"四"字爲"三"字之訛，良是。前有黃蕘圃手跋，卷末有"虞稷"二字白文方印，前有"士禮居"白文長印、"二酉堂藏書"白文方印。蓋經黃虞稷千頃堂、黃蕘圃百宋一廛收藏者。

洪武本程雪樓集跋

　　《楚國文憲公雪樓程先生文集》三十卷、附録一卷。次行題
"奉直大夫秘書監著作郎男大本輯録",三行"翰林侍讀學士中奉
大夫知制誥同修國史同知經筵事門生揭傒斯校正"。卷一至卷九
《玉堂類稿》,卷十奏議存稿,卷十一至二十五記、序、引、碑、銘、
贊、説、箴、祭文、祝文、書啟、題跋,二十六至三十詩,而以樂府殿
焉。前有歐陽玄序,下有"太史氏"陽文長印、"區易玄印"陽文方
印、"文忠世家"白文方印,次李好文序,序後有"至正癸卯中春雪
樓諸孫世京謹録刊行"一行,次江陵熊釗序。附録則行狀、神道
碑、晉錫堂記、像贊、詩詞、書後、祭文也。是集揭傒斯原編四十五
卷,其孫世京與揭法重定爲三十卷,至正二十三年刊於建陽劉氏書
肆,成十卷,而元亡肆毀。世京之子程淳、程澛命書市朱自達續成,
至洪武二十六年刻全,熊釗爲之序。此其初印本也。有"休寗汪
季青家藏書籍"朱文方印、"古香樓"朱文腰圓印"汪文柏"白文方
印、"柯庭圖書"朱文方印、"柯庭流覽所及"朱文方印、"松藹藏
書"朱文方印,餘印不録。

明景泰本道園學古録跋

　　《道園學古録》五十卷,次行題"雍虞集伯生"。首有蘄陽鄭遂
序,次摹刻歐陽玄手書序,歐陽致劉伯溫書及葉盛跋,次目録,目録
後有重增目録,其文則散入各卷之内。一至二十曰《在朝稿》,二
十七至二十六曰《應制録》,二十一至四十四曰《歸田稿》,四十五
至五十曰《方外稿》,爲道園之幼子翁歸及門人李本所編。後有李
本跋。至正元年閩憲僉幹克莊刻于福建,至正九年江西肅政廉訪

使劉伯溫改爲大字重刊之，大字版不久即亡。景泰七年，鄭逵知昆山，過太倉之興福寺，得建本於寺。僧暕與主簿南海黃仕達捐資刻於東禪寺，四閱月而畢工。建本無序，歐陽玄序及致伯溫書，則成化中葉盛從道園四世孫吳江虞湜家就大字鉤模補刊者也。每葉二十六行，每行二十三字。版心或刊"道園學古錄幾"，或刊"學古幾"，"學"多作"斈"，"錄"多作"彔"，當即以建本翻刊者。明嘉靖覆景泰本，行款、框格皆同，惟重增目改入各卷之內。吳兔牀所藏本爲人割去葉盛跋、歐陽剡、鄭逵序。《題跋記》雖誤以爲元刊，不知鏤刻有歐序者乃大字本也。莫友芝《經眼錄》誤同，不免爲書賈所愚矣。

元槧道園遺稿跋

《道園遺稿》六卷，次行題"雍虞集伯生"。前有至正己亥楊椿序，摹刊"眉山楊椿"朱文方印、"楊子壽章"白文方印，後有至正二十年黃溍序，摹刊"金華"二字朱文長印、"黃氏晉卿"白文方印。每葉三十二行，每行二十二字，至元二十四年吳江金天瑞伯祥刊本，後附《鳴鶴餘音》一卷，爲伯生與全真馮道士唱和之作。馮先有《蘇武慢詞》二十首，伯生和十二首，《無俗念》一首，後有伯生記及至正甲辰金天瑞跋，每葉二十行，每行十七字。

元槧翰林珠玉跋

《新編翰林珠玉》六卷，次行題"儒學學正孫存吾如山家塾刊"，三行題"邵庵虞集伯生父全集"，前有目錄。每葉二十二行，每行二十字，共計詩五百八十八首。七律《次韻宋顯甫》一首，與前《御溝詩》復。其出於《道園學古錄》之外者，四言古一首，五言古三首，七古三首，七言律廿二首，七言絕廿八首。存吾，廬江人，

《元風雅》亦其所選也。觀是書款式，所選似不止一家，今衹存伯生一家耳。有"黃丕烈印"白文方印、"復翁"白文方印、"白堤錢聽默經眼"朱文長印，後有蕘圃兩跋。

李雲陽集跋

《雲陽集》十卷，明弘治刊本。前有危素序，後有弘治壬子傅瀚跋、潘辰題、弘治癸丑李東陽跋。以文瀾閣傳抄本校一過，閣本卷六《雲篷記》後脫"永甯権茶鹽提舉事進思堂記"一首，凡五百九十一字。卷二《和汪士章詠一鏡亭韻》原本二首，閣本亦脫一首，凡二十字。危素序，閣本亦缺。

卞山小隱吟録跋

《卞山小隱吟録》二卷，元黃玠撰。玠爲黃東發先生曾孫，父名正孫，字長孺，自號尚絅翁。其没也，黃溍爲志其墓，見《金華黃先生集》。此本上卷五言古，下卷七言古，而無近體詩，似不屑爲近體詩者。然玠嘗與顧玉山瑛遊，《玉山名勝集》載玠七律十餘首，《吳興藝文補》載玠七律四首、五律一首、七絶六首，均在此本之外，似非不爲近體詩者。想《大典》所存只得其半，非全帙矣。

元槧閒居叢稿跋

《順齋先生閒居叢稿》二十六卷，次行題曰"男蒲機類編、門生薛懿校正"。前摹至正十年前史官金華黃溍手書序，下有"金華"二字陽文連珠印、"黃氏晉卿"白文方印，後附其弟道銓誄及墓石文。每葉十八行，每行十四字。字畫娟秀，體兼歐褚，必是名手書以上版者。卷一、卷二賦及古詩，卷三五律，卷四至六七律，卷七、八絶句，卷九銘、箴、贊、解、辨説、樂語、春帖疏，卷十題跋，卷十一齋醮文、祝詞、致語、上梁文、詩聯,卷十二樂府,卷十三經、旨、策,卷十四傳記,卷十五制、表、箋,卷十六碑,卷十七書,卷十八至二十序,卷二十一字說序,卷二十二祝文,卷二十三祭文、表辭,卷二十四、五墓誌、墓表,卷二十六行實。按:道源二子,樞早世,機中戊午第,仕文水縣尹,西大行臺辟爲掾,見墓石文。

元槧牧潛集跋

《筠溪牧潛集》一卷,次行題"高安釋圓至"。前有大德三年方回序,以手書上版,下有"西齋"陽文長印、"方萬里父"陽文方印、"虛谷書院"陽文方印。後有大德三年,天目雲松子洪喬祖跋。其書不分卷,以類各爲起迄。詩一、銘二、碑記三、序四、書五、雜著六、榜疏七,故喬祖跋衹云一卷也。每葉二十四行,每行二十一字,元大德刊本,至明刻始分爲七卷。《四庫》即以明刻著錄。此則元刻祖本也。前後有"錢天樹印"白文方印、"曾藏錢夢廬家"朱文長印。

元槧丁鶴年集跋

《丁鶴年詩集》三卷①,次行題"門人四明戴稷、戴習,修江向誠、向信道,方外曇鍠編次"。前有至正甲申戴良序,下有"叔能"陽文方印。澹居老人至仁序,下有"至仁"陽文方印、"兆中"陰文方印。後有烏斯道《丁孝子傳》、缺名《高士傳》,後有徐惟起手跋。前有"晉安高氏惟式"朱文方印、"閩中徐惟起藏書"朱文長印、"徐燉之印"白文方印、"徐氏興公"朱文方印。高惟一,明初福州人,

---

① 傅增湘云:"此本爲明刊,當在正統、景泰之間。"見《藏園群書經眼錄》卷十五,頁1360。

有孝行,《福建通志》有傳。則是本在明初已爲藏書家所珍矣。

元槧鐵崖古樂府復古詩集跋

《鐵崖先生古樂府》十卷、《復古詩集》六卷,題"門生富春吳復類編"。前有至正丙戌張天雨序、吳復序。卷十後附鐵崖所作《吳復墓誌》,至正八年復卒,其後人所附入也。《詩集》題"太史紹興楊惟楨廉夫著、太史金華黃溍卿評、雲間章琬孟文注"。前有至正二十四年章琬序,後有至正甲辰琬跋,下有印曰"學古"、曰"雲間世家"、曰"章氏孟文"。其目録以"復古詩集"連作十六卷,詩則別爲起迄。版心統題"古樂府"。復序云"先生爲古雜詩五百餘首,自謂樂府遺聲"。琬序則云"輯前後所製二百首及吳復所編又三百首,名曰《復古詩集》"。蓋其體爲古樂府,復古則琬所名也。故琬所注者名《復古詩集》,其不注者仍名《古樂府》,蓋二而一者也。今復所編四百九首,琬所注一百五十二首,共得五百六十餘首。分計之,則篇數不符,總計之,固有贏無絀,無所刪削也。吳復字見心,富陽人。四歲能誦書千餘言,喜吟哦。學詩於鐵崖,自號雲槎秋客。著有《雲槎集》,以處士終。

叢書堂本貞一稿跋

《貞一齋雜著》一卷、《詩稿》一卷,次行題"臨川朱思本本初父"。前有至正三年臨江范椁序、眉山劉有慶序、泰定二年虞集序、四年吳全節、天曆元年柳貫序。卷末有"時壬申中秋前四日五鹽道生姚楫敬書"。版心有"叢書堂"三字。精鈔本,字體似吳匏庵。按:叢書堂,爲匏庵藏書之所。姚楫當是匏庵門下而爲之抄書者,故字亦似之。阮文達以爲匏庵手抄者,非也。《四庫》未收,阮文達始進呈。思本事蹟詳《揅經室外集》。有"黃丕烈印"、"蕘圃”、“平江黃氏圖書”朱文方印三。

鐵崖文集跋

《鐵崖先生文集》五卷，次行題“會稽楊維楨”，三行題“毘陵朱
昱校正”。前有弘治十四年馮允中引，後有朱昱跋。其爲《東維子
集》所未收者，序三首、題識三首、傳二首、録一首、議記四首、跋八
首、書四首、辨一首、志五首、贊五首、箴一首、説十六首、銘一首、祭
文二首、墓誌銘四首。《四庫》未收，阮文達亦未進呈。卷中有“朱
象元氏”朱文方印、“太史氏印”白文方印、“雲間世家”朱文方印、
“謝墉印”白文方印、“東墅”朱文方印。

元張伯顏槧本文選跋

《文選》六十卷，次行題曰“梁昭明太子選”，三行題曰“唐文林
郎守太子右内率府録事參軍事崇賢館直學士李善注上”。前有李
善序、進書表、吕延祚進書表、元宗詔旨、元余璉序。元槧本。每葉
二十行，每行大字二十，注雙行，行二十一字。每卷有目，連屬篇
目。版心間有刻工姓名。卷一首葉有“九華吳清牀刀筆”七字。
六十卷末有“監造路吏劉晉英、郡人葉誠”一行。行款與宋尤延之
刊本同。其與尤本不同者，每卷首葉之第四行有“奉政大夫同知
池州府路總管府事張伯顏助率重刊”廿一字，卷一之第一葉則以
尤本第十行“班孟堅”下小注六行排密縮爲四行，卷二則以“張平
子”下小注八行縮爲六行，卷三則以第六行“張平子薛綜注”六字
移於第五行《東京賦》下，卷四則以第四行《京都賦》中三字併入第
五行，卷五則削第五行“左太冲《吳都賦》一首、劉淵林注”十二字，
而移“左太冲劉淵林注”七字於第六行《吳都賦》下，卷六則以第五
行《魏都賦》一首及小注併入第六行，卷七則以第七行“畋獵下”三

字併入第八行,卷八則以第五行司馬長卿《上林賦》併入第六行,卷九則以第八行"班叔皮《北征賦》一首"八字併入第九行,卷十則以第四行"紀行下"三字併入第五行,卷十一則以第九行"王文考《魯靈光殿賦》"十字併入第十行,卷十二則以第五行"木元虛海賦"五字併入第六行,卷十三則以第十二、十三行"風賦小注"四行縮爲兩行,卷十四則以第五行"顏延年赭白馬賦"併入第六行,卷十五則以第四行"志中"二字併入第五行,卷十六則以第九行"陸士衡歎逝賦"六字併入第十行,卷十七則移第十行"陸士衡"三字于十一行小注上,卷十八則以第八行《長笛賦》小注四行縮作兩行,卷十九則以第六行、第七行併作一行,卷二十則以第五行"曹子建上責躬詩"十三字併入第六行"應詔詩"之上,卷二十一則以第九行"鮑明遠詠史詩一首"八字併於第十行,卷二十二則以第二葉第九行"宿東園詩一首"六字併入第十行,卷二十三則以第十九行併入第二十行,卷二十四則以第十七行併入第十八行,卷二十五則以第十七行"酬從弟惠連"五字併入第十六行,卷二十六則以第二葉第七行併入第八行,卷二十七則以第二葉十、十一、十二三行縮爲兩行,卷二十八則以第十二行"劉越石屏風賦一首"八字併入十三行,卷二十九則以《古詩十九首》小注六行縮爲四行,卷三十則以第八行"擣衣詩"五字併入第九行,卷三十一則以"孫巖宋書"云云小注四行縮爲兩行,卷三十二則以"序曰"云云小注四行縮爲四行,卷三十三則以第六、七、八三行併作兩行,卷三十四則以"漢書曰枚叔"云云小注四行縮爲兩行,卷三十五則削第十行"七下"二字,卷三十六則以"蕭子顯齊書"云云小注八行縮爲六行,卷三十七則以"表者明也"云云小注十行縮爲八行,卷三十八則以第十五、十六兩行縮作一行,卷三十九則削第十三行"上書"二字,卷四十則以第十一行併入第十二行,卷四十一則以第七行併入第八行,卷四十二則以十七、十八兩行併作一行，卷四十三則以第十行十字併入十一行，卷四十四則以第八行八字併入第九行，卷四十五則以第十四行八字併入第十五行，卷四十六則以第六行十三字併入第七行，卷四十七則以第十一行十一字併入十二行，四十八則以第六行第九字併入第七行，卷四十九則以第七行六字併入第八行，卷五十則以第十一行六字併入第十二行，卷五十一則以第四行七字併入第五行，卷五十二則以第六行"王命論"三字移入第七行"善曰王命者"云云之下，而移"班叔皮"三字於第九行雙行注之下，卷五十三則以第七、八、九三行縮作兩行，卷五十四則以"五等公侯"云云小注四行縮作兩行，而削"陸士衡"三字，卷五十五則以第九、十、十一三行小注縮作兩行，卷五十六則以十四行九字併入十五行，卷五十七則以第十行九字併入第八行，卷五十八則以第九行九字併入第十行，卷五十九則以《姓氏英賢録》小注六行縮爲四行，卷六十則以第七行八字併入第八行。其行款、起迄，皆與尤延之本同。惟尤本《兩都賦序》注"亦皆依違尊者都舉朝廷以言之"，六臣本"都"上有"所"字，"舉"上有"連"字，此本有此二字，與尤本不同，似是既刻成而挖改者。當是伯顏據六臣本所改，以掩其襲取尤本之跡耳。池州爲昭明封國，有昭明廟，廟有文選閣。文簡始刻善注，置版學宮，見淳熙辛丑文簡序。元初毀於火。大德中，司憲伯都嘗新之，延祐中復毀，伯顏重刻之，見余璹序。獨怪淳熙距大德不過百餘年，版雖毀，印本必非難得，伯顏不以原刻重雕，而必改寫重刻，既改寫重刻矣，又惟恐失尤本之真，於每卷首葉縮小排密以就之，何也？宋人刻書，皆於卷末列校刊銜名，從無與著書人並列者。隆、萬以後刻本，此風乃甚行，伯顏其作俑者也。伯顏，原名世昌，文宗賜名伯顏，蘇州相城人。至順中，知福寧州，置田造士，人多稱之，見《僑吳集》及《福建通志》。尤本無呂延祚序及文宗詔，伯顏據五臣本增之，不免畫蛇添足。余璉序文理澀謬，殆學姚牧庵而失之不及者歟？元之路，宋之州軍，明之府，卷末"路吏"二字，亦元刻之一證也。①

宋蜀大字本三蘇文粹跋

《三蘇先生文粹》七十卷。卷一至卷十一《老泉先生文》，卷十二至四十三《東坡先生文》，卷四十四至七十《潁濱先生文》。每葉二十行，每行十八字。版心有刊工姓名，語涉宋帝皆空格，宋諱避至"桓"、"構"止，蓋紹興初蜀中刊本也。② 有李申耆兆洛手跋，"季振宜藏書"朱文長印、"張金吾印"白文方印、"月霄"白文長印，即延陵季氏《宋版書目》、《愛日精廬藏書志》所著錄者。

影宋鈔尤本文選考異跋

《李善與五臣同異》四十一葉，影寫宋刊本，行款與尤本《文選》同。有摹尤延之手書《刻文選題》及淳熙辛丑袁說友跋，又說友《刻昭明太子集跋》，不著撰人姓氏。袁跋有"尤公博極群書，親爲校讎"語，則此四十一葉亦必文簡所爲無疑也。宋人樸實，不以校讎一二字自矜獨得，故自序不言。第二十葉有云"自《齊謳行》至《塘上行》，五臣與善本倫次不同"，是文簡所據必有善注單行本，非從六臣摘出。至尤序所云"衢州本余家有其書，四明本亦尚有存者，皆六臣注，非單行善注"。由是觀之，善注單行，文簡以

----

① 傅增湘定此本爲明嘉靖元年金台汪諒刊本。見《藏園群書經眼錄》卷十七，頁1466。

② 傅增湘云："此本版式寬展，大字精嚴，紙墨瑩潔，殊爲罕覯。且老泉文後附詩二十二首，爲明刊十四行本所無，尤爲足珍。陸氏定爲蜀本，余審其字畫方嚴峻整，恐仍是浙本耳。"詳見《藏園群書經眼錄》卷十八，頁1532。

前無刻本矣。袁刻《文選跋》，胡氏克家據陸敕先校本錄於《考異》後，脫"學者是所謂成民而致力於神者，與淳熙辛丑三月望日建袁說友題"二十七字。《昭明集》五卷，余藏嘉靖乙卯覆宋本，袁跋在焉。葉調生《吹網錄》謂今無傳者，誤也。池州昭明廟，疾疫、水旱，有禱輒應。淳熙中，江東旱，說友與池人禱之應，見文簡題東堂跋中。昭明生不與侯景之難，沒而血食，池州千餘年不衰，天之報施文人，可謂厚矣。

成化唐藩本文選跋

《文選》六十卷，明成化丁未唐藩刻本。前有唐藩希古序，後有唐世子跋。每卷李善銜名後，有張伯顏重刊銜名兩行。每葉二十行，每行二十二字，注雙行，文義悉依延祐中張伯顏池州刊本，而字畫較精，惟唐藩序不言所本。世子跋則若唐藩自以五臣注刪存善注者。豈唐藩父子于此書均未寓目耶？每卷有伯顏名而序若佯爲不知者，豈刻成後亦未寓目耶？不可解矣。伯顏重雕尤本，不言所本，亦不仿宋人列名卷末之列，而自列銜名于作者之次，好名而近於陋。唐藩所雕張本，亦不言所本，幾若善注單行，自我作古，可謂心心相印。然既已沒其由來矣，而仍刻其名，且改易行款，非以原本重雕，"助率重刊"四字，其義又安在乎？惟張刻仍尤本之舊，此刻又仍張本之舊，在《文選》諸刻中不失爲善本耳。

儀顧堂續跋卷十四

元槧郭茂倩樂府跋

《樂府詩集》一百卷,題曰"太原郭茂倩編次"。前有至正初元周慧孫序,至元六年李孝先序,元槧本。每葉二十二行,每行二十字。卷首有"彭城"二字朱文橢圓印、"錢孫保一字求赤"白文方印、"秀水盛柚堂"朱文長印。每册有"盛百二"白文方印、"孫保"朱文方印、"錢氏校本"朱文方印、"天啟甲子"朱文方印。卷中朱筆,皆求赤筆。《四庫提要》云:"據《建炎以來繫年要錄》,茂倩爲侍讀學士,郭褒之孫,源中之子,其仕履未詳"。愚按:茂倩字德粲,東平人,通音律,善篆隸,元豐七年河南府法曹參軍。祖勸,翰林侍讀學士、給事中,贈吏部尚書。父源明,字潛亮,初名元廙,字永敬,嘉祐二年進士,官至職方員外郎,知單州軍州事。蘇頌志其墓,見《蘇魏公集》卷五十九。與《繫年要錄》微有不同。《要錄》從《永樂大典》錄出,恐有傳寫之訛,《蘇集》從宋本影寫,當可據。惟郭源中亦有其人,累官都官員外郎,充廣陸郡王申王院教授、職方員外郎,見《蘇魏公集》"外制"。或源明與源中弟兄,而茂倩嗣源中歟?

宋槧宋朝文鑑跋

《新雕宋朝文鑑》一百五十卷、目錄一卷,題曰"朝奉郎行秘書

省著作佐郎兼國史院編修官兼權禮部郎官臣呂祖謙奉聖旨詮
次"。前有呂喬年編《文鑑始末》、呂祖謙進表、謝表、周必大序、劉
炳序,後有沈有開跋、趙彥适序。每葉二十行,每行十九字。版心
有字數及刊工姓名。先是,此書祇有建寧書坊刊本,文字脫誤,嘉
泰甲子,梁溪沈有開知徽州,參校訂正,刊於郡齋。嘉定十五年辛
巳,趙彥适以東萊家本改補三萬餘字,刊而新之。端平元年四明劉
炳守新安,又於東萊家塾得正誤續本,命新安錄事劉崇卿參以他
集,刪改三千有奇。見沈有開、趙彥适、劉炳序跋。與嚴州刊小字
本多有不同。小字本當出建寧坊本,此則以呂氏家塾稿訂正者也。
嚴州本明版刊尚存,藏書家多有之。此本則前明正德中已罕流傳。
葉文莊篆竹堂藏書極富,僅從顧觀海家本影鈔,見《愛日精廬藏書
志》。劉炳,明州人,寶慶二年進士,見《延祐四明志》。趙彥适,魏
王廷美九世孫,見《宋史·宗室表》。喬年,字巽伯,東萊弟祖儉長
子也。沈端憲婿袁絜齋稱其"克肖厥父,議論勁正不阿",見《絜齋
集》。沈有開,字應先,常州無錫人,先受業于張南軒栻。呂成公
仕,嚴有開亦從之。淳熙五年進士,累官處州教授、太常博士、秘書
丞。甯宗即位,與趙忠定之謀,遷起居舍人,爲忌者所中,家居十
年,起知徽州,奉使江東,連疏求去,知太平州,加直龍圖閣,致仕。
見《咸淳毗陵志》、《葉水心集》。以此本校嚴州本,卷一《五鳳樓
賦》"屋卑者豐"上脫"臺卑者崇"一句;卷二十四范雍《招魯清
詩》,嚴州本有目無詩,此本目在宋庠《重展曰湖後詩》附卷末;嚴
州本卷六十梁燾《論呂大防乞以旱罷疏》末缺一百餘字,明宗愈
《請令帶職人赴三館供職疏》首缺八十餘字,而以梁燾《論呂疏》
"皆思以禮"句與胡宗愈疏"職臣愚竊謂士不知朝廷之治體"云云
連接,其梁燾《論還政疏》則全缺;卷七十一陳瓘《台州羈管謝表》,
嚴州本自"奉聖旨陳瓘自撰尊堯集云"起,此本多"臣某言"云云一

百三十餘字；卷六十九《代范忠宣賀平河外三州表》、《京東運副謝到任表》，皆畢仲遊作，嚴州本誤作林希；嚴州本卷六十五有王冕《漳州進珠表》，此本有目無文，或重修時刪之歟？

宋槧唐百家詩選殘本跋

　　《唐百家詩選》存卷一至卷五、卷十一至十五，前有王荊公序、元符戊寅楊蟠序。每葉十八行，每行二十字。版心有刻工姓名。宋諱"玄"、"朗"、"匡"、"殷"、"貞"、"真"、"徵"、"恒"、"頊"、"煦"、"曙"、"署"、"樹"、"竟"、"鏡"、"境"、"敬"、"繁"、"警"，皆為字不成。卷六"河流暗與溝池合"之"溝"字，卷十三"慎莫厭清貧"之"慎"，皆不缺避，而非南宋刊本，其為元符刊無疑。① 卷一"日"、"月"、"雨"、"雪"、"雲"五類，卷二"四時"、"晨昏"、"節序"、"泉石"四類，卷三"花木"、"茶果"、"蟲魚"三類，卷四"京關"、"省禁"、"屋室"、"田園"四類，卷五"棲隱"、"歸休"二類，卷十一"音樂"、"書畫"、"親族"、"墳廟"、"城驛"、"雜詠"六類，卷十二京"宮榭"、"古京室"、"古方國"、"昔人遺賞"、昔"人居處"五類，卷十三、十四"送上"、"送下"，卷十五"別意"、"有懷"二類，即《百宋一廛賦》所謂小讀書堆分類本也。分類出自後人則不可知，選則未必偽，選或非盡出荊公，詩則不偽。宋犖仲必以此本為偽，亦一偏之見耳。書賈欲充完本，自十一以後首行、末行，卷字下及

――――――――――

　　① 《唐百家詩選》陸氏定為北宋元符間刊本，當為南宋初補修之本。傅增湘云："此為分類本，與商丘宋氏所翻宋本不同。余亦藏有殘本八卷，為卷九至十六。字撫歐體，朴厚方整，南宋諱不避，當是北宋末年鋟梓。第其中有補修之葉及挖補一二行及一二字者，則已入南渡矣。如卷十五儲光羲《詒余處士》詩'士亭初云構'，'構'字注'御名'。其結體纖率，氣息薄靡，與原鐫迥异。"見《藏園群書經眼錄》卷十八，頁1511—1512。

版心數目字皆挖改,幸有挖之未净者。原書卷第,細審尚可辨。每
册有"休文後人"朱文方印、"北山草堂洪灣沈氏"白文兩方印、"北
山草堂珍藏"朱文橢圓印、"汲古主人"朱文方印、"子晉"朱文方
印、"麟湖沈氏世家"朱文長印。

影宋天台集跋

《天台前集》三卷、《前編別編》一卷、《續集》三卷、《續集別
編》一卷,影寫明刊本。《前集》三卷、《續集》前二卷,皆李庚編;後
一卷,林思蒧、林登、李次薯編;《前集別編》、《續集別編》,題曰"郡
人林表民"。《前集》有嘉定元年李兼序。《別編》後有陳耆卿跋。
又《拾遺》十二首,有嘉定癸未林表民跋。《續集》後有李兼題。
《別編》卷五後有淳祐戊申、卷六後有淳祐庚戌林表民跋。《提要》
云:庚字子長,其爵里無考,惟李兼序有"李棨出其先公御史所裒
文集"語,又有"寓公李公"語,則嘗官御史而流寓天台者也。愚
按:庚,臨海人,字子長。歷御史臺主簿、監察御史大夫、兵部郎中,
繼奉祠,提舉江東常平。乾道間知南劍州,勤廉有爲,常創義塚,分
男女爲左右,志以兩塔。淳熙中朝散大夫,知撫州,後知袁州,未上
卒。有集,號《詅癡符》。藏書甚富,買屋近郊,聚書數萬卷於樓
上,閉戶不與人通。老矣,猶沉酣其中,里閭罕識其面。見樓鑰
《攻媿集》、《江西通志》、《福建通志》、《嘉定赤城志》。卷三陳耆
卿跋,《續集》李兼跋,皆言《別編》爲林表民之父師點所纂,《續
集》後一卷則爲州人林思蒧、林登及其子李次薯所編。此本《別
編》皆題表民名,而表民之跋絕不述及其父,何也? 所採諸人,如:
王欽若、陳堯叟、查道、初暐、丁謂、馬知節、李維、劉鎬、孫奭、李建
中、陳越、曹谷、曾會、姜嶼、蘇爲、陳既濟、趙世長、王從益、戚綸、張
復、錢易、章得象、黃震、劉起、孫沖、崔希範、王得益、方演、舒寘、賈

收、葉清臣、高竦、黄鑒、吴遵路、張友道、章岷、刁約、吴育、趙槩、傅瑩、張瓌、許懋、楊大雅、余良孺、孔陶、皇甫泌、徐舜俞、張士遜、呂夷簡、魯宗道、李簡、李諮、李及、李遵勖、宋綬、祖士衡、張師德、馮元、邱雍、石中立、黄宗旦、錢景臻、李宗諤、梁鼎、陳克、吴淑、劉少逸、安德裕、孫旦、葛閎、張日損、何執中、陸長倩、徐億、劉握、周延儁、趙企、陳白、張景修、石公弼、左知微、石待舉、吴亶、方洵武、黄璞、王玨、羅適、余元、李東、劉宗孟、張奕、劉理、錢暄、馬良器、郭三益、章漗、鄭與京、俞純父、黄軫、李經、李熙輔、吴可幾、汪泌、柳安道、姚舜諧、石象之、楊密、薛如初、張無夢、許操、葉發、岑象求、虞策、劉彝、左譽、虞謨、孫大廉、楊蟠、李復圭、姚孳、郭茂倩、余爽、張康國、周之深、樓光、石郊太、史章、元積中、楊愈、李仲偃、畢士安、陳堯佐、蘇澥、史藴、李元凱、石端誠、錢惟濟、趙況、石羲叟、阮思道、舒雅、張肅、王化基、林顔、吴師正、鄭至道、王漢之、王沔之、毛漸、錢勰、王欽臣、呂穆仲、宋景年、蔣之奇、元絳、王介之、姚祐、馬城。孟觀、鮑朝賢、劉丹、慎鏞、周啟明、鮑當、蘇庠、孫何、左緯、趙屼、李錞、成大亨、郭明甫、姚寬、陳公甫、陳恬、任太初、江爲、蔡肇、錢昱、范貽孫、趙挺之、范鉞、王廉清、周升、李邴、王絢、韓肖胃、洪擬、錢伯言、黄叔敖、李擢、胡世將、胡舜陟、趙思誠、胡邃、江常、曾統、徐公裕、謝升俊、莊綽、薛弼、陳棠、鄭望之、侯彭老、康執權、范寅賓、吴説、鄭仁憲、廉布、劉季孫、鮑慎由、李長民、林仰、蔣璨、賀允中、劉棐、鄭諶、高述、陳興宗、薛抗、范宗尹、潘朝英、沈揆、曾惇、李益謙、謝伋、王嵎、郭仲荀、張偁、蔡向、崔黄臣、章望之、王振、徐融、孟大武、楊筠、蘇遲、蘇簡、何流、李益能、口口、薛昂、陳瓘、錢文子、彭郁、徐大受、林憲、高似孫、胡融、徐似道、陳謨、蕭振、李鼐、王卿月、晁公爲、錢端禮、汪澈、岳甫、虞似良、張昌求、仲弓、王曉、鄭伯熊、高文虎、陳知柔、丁可、石礅、劉知過、唐仲友、楊偰、李庚、李兼、李龜朋、桑世昌、謝直、趙彥齡、袁復一、林師葳、陳謙、鄭伯英、劉次皐、宋之瑞、黃薈、徐栯、王戢、陳相、安丙、顧化龍、王居安、陳巖、李琪、陳夢建、胡交修、李端民、王衜、趙汝愚、趙汝讜、石延慶、趙必愿、劉坦之、釋長吉、道全、法具、慧明、蘊常，或集已無存，或並名氏缺，然皆賴此集存其崖略。而楊億、蔣堂、晏殊、夏竦、張舜民、朱翌、周行己、許景衡、胡宿、綦崇禮、張守、李正民、洪邁、曾幾、尤袤、汪藻諸人之詩，往往爲《武夷新集》、《春卿遺稿》、《晏元獻集》、《胡文恭集》、《夏文莊集》、《畫墁集》、《灊山集》、《北海集》、《浮沚集》、《橫塘集》、《毘陵集》、《浮溪集》、《野處類稿》、《茶山集》、《梁溪遺稿》所未收，可藉此以補其缺。

聲 畫 集 跋

《聲畫集》八卷，前有淳熙丁未十月谷橋孫紹遠稽仲自序。《提要》云：自署谷橋，不知谷橋爲何地也。愚案《福建通志》，孫紹遠，淳熙七年以承議郎知興化軍。丁未爲淳熙十四年，距知興化時不及十年，當即其人。金承遼制，縣之下置鎮，及得宋地，地名多承宋舊，惟於縣之下置鎮。《金史·地理志》，南京路開封府祥符縣鎮四，一曰郭橋。谷、郭同音，谷橋當即郭橋。紹遠雖南渡後人，先世或爲谷橋望族，不署縣名而署谷橋，猶著《鼠璞》之戴埴，世居桃源鄉，不署鄞而署桃源也。

嚴 陵 集 跋

《嚴陵集》九卷，前紹興八年董棻序，知不足齋鈔本。每卷有目，連屬篇目，遇國朝字皆提行，乾隆中，鮑以文從天一閣所藏宋本傳錄者。案：棻字令升，宣和中官鎮江府學教授。紹興初官廣西提刑，以趙鼎薦，四年擢吏部員外郎，尋試太常少卿，改尚書右司員外郎,守起居舍人兼禮部侍郎。有旨禁程頤學,禮部欲錄黃行下,棻難之,爲御史劾奏,七年罷爲集英殿修撰知衢州,旋請祠,起爲徽猷閣待制知嚴州,罷任,寄居宜興。二十六年,起知婺州,引年告老,著有《廣川家學》二十卷、《燕談》三卷,見《書錄解題》、《繫年要錄》。

宋槧中興群公吟稿戊集跋

《中興群公吟稿》戊集七卷,宋刊本,每葉十八行,每行十八字,即石門顧修刊本所祖也。凡戴石屏三卷、高菊磵二卷、姜白石一卷、嚴祖叔一卷。宋本有目錄十四葉,顧本行款皆同,獨缺其目。前有戈小蓮跋,黃蕘圃手書二跋,卷中有"呂晚村家藏圖書"朱文長印、"沈廷芳字畹旒更字椒園"白文方印、"馬思贊印"白文方印、"仲韓"朱文方印、"元錫之印"白文方印、"嚴氏久能"朱文方印、"芳椒堂印"朱文方印。案:呂晚村,名留良,石門人,國初以謀逆戮屍。馬思贊,字韓仲,一字寒中,又字南樓,海寧人,其藏書之所曰衍齋。嚴久能名元照,歸安諸生,其藏書之所曰芳椒堂,與錢竹汀友善。沈廷芳,字畹叔,一字萩林,仁和人,監生,舉鴻博,授編修,官至山東按察使,著有《十三經注疏正字》、《隱拙齋集》。何元錫,字夢華,杭州人。是書原本四十八卷,一百五十三家,見趙希弁《讀書附志》。《四庫》未收,阮文達亦未進呈,今祇存七卷、四家,目後有割補痕,恐戊集亦不全耳。

宋槧文章正宗跋

《文章正宗》二十四卷,宋槧本。每葉二十行,每行二十字。版心有字數及刊工姓名。宋諱有缺有不缺,蓋宋季坊刊本也。間有元修之葉,則無字數及刊工姓名矣。《提要》云"總集之選錄《左傳》、《國語》,自是編始,遂爲後來坊刊古文之例"。誠哉是言,豈知變本加厲,有以《典謨》、《訓誥》與後世文人並選者乎?是又西山所不料也。

宋麻沙本萬寶詩山跋

《選編新奇萬寶詩山》三十八卷,次行空三行,題"書林葉氏廣勤堂新栞",前有雍作噩歲重九日余性初敘。宋省監皆試五言六韻詩,建陽書賈葉景逵彙爲此書,以備場屋之用,凡分四百幾十類,約一萬六千餘首。每葉三十行,每行二十三字。《四庫》未收,文達亦未進呈,各家書目亦不著錄。始見於明《文淵閣書目》、延陵季氏《宋版書目》、王氏《孝慈堂書目》。《爾雅》太歲在戊曰著雍,在酉曰作噩,戊與酉不相值,非戊戌即己酉之訛,蓋理宗淳祐末年刊本也①。

元槧唐詩鼓吹跋

《唐詩鼓吹》十卷,題曰"資善大夫中書右丞郝天挺注"。每葉二十行,每行二十字,小字雙行。有音有注,注即附於句下。版心有字數及刻工姓名。前有至大元年趙孟頫序、至大戊申西蜀武乙昌序、姚燧序,後有大德七年盧摯後序。遺山選詩,于唐祇取九十餘家,去取不得謂不嚴。惟胡宿宋人,《宋史》有傳,誤在唐人之列,想由南北隔絕,未得其詳。郝氏當元一統之時,雖不強爲注釋,而不加辨正,何也?明之廖文炳、□□國朝之錢朝鼐、王俊臣、王清

---

①　按,此本書前有"明宣德己酉莆陽余性初敘",則非宋刊可知。當爲明宣德間葉氏廣勤堂刊本。日人島田翰亦定爲明宣德四年書林葉景逵刻本,並云:"著雍"、"作噩"當即"屠維"、"作噩",偶然筆誤。見《皕宋樓藏書源流考》。

臣、陸貽典增注此書，自謂正郝氏之失，而亦絕不一及，豈未見《宋史》耶？天挺字繼先，號新齋，出於朵魯別族，仕元世宗至仁宗，官至河南行省平章，諡文定，見《元史》一百七十四及武乙昌、姚燧序，非《金史·隱逸傳》之郝天挺。《四庫提要》已據《池北偶談》正陸貽典之謬。陸所見本無武、姚二序及盧摯後序。《四庫》所據本同，均不若此本之完具也。

元版中州啟劄跋

《中州啟劄》四卷，元槧本。每葉二十六行，每行二十二字。錢氏《補元史藝文志》著於錄。原本久佚，乾隆中館臣從《大典》錄出二卷，附存其目。前有大德辛丑江西儒學提舉許善勝序。是書爲江西行省檢校掾史蒲陰吳宏中元卿編，見許序。所收爲趙閑閑、許魯齋、元遺山、姚雪齋、竇太師、楊西庵、王文炳、杜止軒、徐威卿、楊飛卿、商孟卿、郝陵川、王澹游、陳季淵、宰晉伯、勾龍英儒、胡德珪、胡紫山、徒單雲甫、王器之、陳之綱、呂鵬翼、王顯之、烏古倫正卿、高勝舉、鮮于純叔、王子勉、王子初、王仲謨、劉靜修、姚牧庵、劉伯宣、徐子方、許蒙泉、盧疏齋、張夢符、宋齊彥、王肯堂、李澍、張子良、晉汝賢、師顏、安鎮海、唐顯之四十四人之作，皆布帛粟菽之辭，四庫館未見全本，此則猶元時原本也。

影元鈔玉山名勝集跋

《玉山名勝集》明天啟中徐韶翁刊於廣東，張萱爲之校勘，即今《四庫》著錄九卷本也。此本不分卷，自《玉山草堂》起至《寒翠》止，三十八題。每題各爲起訖，與常熟張月霄藏本同，尚從元人舊本鈔出，與九卷本頗有不同。如《玉山草堂分題詩》，此本脫良琦、顧瑛、于立七首，九卷本則缺鄭元祐《得秋字》、陳基《得新字》二首。《玉山佳處》，九卷本有袁華七律一首，爲此本所無，今各依類補入。九卷本《柳塘春》末，附《玉鶯謠》、《玉鶯傳》二篇，亦爲此本所無，已刻于鮑淥飲所輯《玉山逸稿》，今不錄。然天啟本"寒翠所"上脫一葉，《綠波亭題詠》中缺僧法堅、陸仁、釋至奐詩三首，文質詩一首，而割裂他詩竄入，且訛誤甚多，不如此本之善。

元槧元文類跋

《國朝文類》七十卷、目錄三卷。前至正二年浙江儒學提舉司公文一道、備載至元二年中書省咨待制謝端修、修撰王文郁、應奉黃清老、編修呂思誠、王沂、楊俊民等請於江南學校錢糧內刊版，呈省府委副提舉陳登仕校勘，劄付至元四年西湖書院交到書版，申文省府委西湖書院山長方員同儒士葉森對勘，劄付至元元年提舉黃奉政關文。次有元統二年江南行御史臺監察御史南鄭王理敘、國子助教陳旅序，後有元統三年太原王守誠跋，至元四年西湖書院初刊。第四十一卷缺下半卷，一十八版，九千三百餘字。目錄及各卷有九十三版脫漏，差誤一百九十餘字。經黃奉政於蘇天爵家得原稿，請補刊完全。此本四十一卷既已補完，其餘亦無一缺葉爛版，當是至正二年初印本。每葉二十行，每行十九字。版心有字數及刊工姓名，目錄後有"儒士葉森點對"六字。卷中有"玉蘭堂印"白文方印、"王履吉印"白文方印、"健庵"二字白文方印、"季振宜藏書"朱文長印、"御史之章"朱文大方印、"吾道在滄洲"朱文方印。玉蘭堂，長洲文徵明藏書之所。王履吉，名寵，文徵明弟子。季振宜，號滄葦，泰興人，順治中官御史，"吾道在滄洲"、"御史"之章，皆其印也。《元文類》刊本，余所見凡五：一爲翠微精舍本，刊於元至正初；一爲明晉藩本，題曰《元文類》，刊於嘉靖時；一爲明坊刊細字本，題曰《校元文類》，當刻于明初；一爲修德堂本，刊于明季；

一即此本,乃此書祖本也。翠岩本多《考亭書院記》,明初坊本又多卷十八《李節婦》、《馮靜君》兩贊,卷七十《高昌偊氏家傳》、卷十九《建陽江源復一堂記》,似皆書賈所妄增。西湖書院之版,明時尚存,缺葉爛斷甚多。晉藩本行款與西湖同,而缺爛甚多,當以後印西湖本翻雕者。翠微本卷四十一缺下半卷,當據至元四年西湖未修補本付雕,而增《考亭書院記》。明初本又從翠岩本出,而妄有所增。修德本則又據坊刊細字本重雕者。五本之中,以西湖本爲最,此則又西湖本之最善者也。

元槧中州集跋

　　《翰苑英華中州集》十卷、《中州樂府》一卷。前有元好問《中州鼓吹翰苑英華序》,首爲十一卷總目。卷一首題“中州集”,下十集仿此。樂府則題“中州樂府”。每卷有目,連屬篇目。樂府卷末有“至大庚戌平水進修堂刊”木記。每葉三十行,每行二十八字,版心有字數,皆宋本舊式也。平水在平陽府,見《金史·地理志》。元太宗八年用耶律楚材言,立經籍所於平陽,見《元史》。進修堂,當是書坊之名,猶建安之有勤有堂、萬卷堂耳。宋、元之際,坊刻南有麻沙,北有平水,遙遙相對,然麻沙刊本流傳尚多;平水刊本,此外惟《平水韻略》,蓋亦難能而可貴矣。汲古毛氏刊本先缺樂府,後得陸文裕家藏本,始成全璧。而十一卷總目終缺,此猶元刊元印,總目亦全。《提要》以集中小傳皆兼評樂府,爲《樂府》、《中州集》合爲一編之證,今總目第十卷後接《樂府》目,又爲《提要》得一塙證矣。

宋元詩會跋

　　《宋元詩會》一百卷,題曰“皖桐陳焯輯選”。焯仕履已詳《提

要》。前有康熙癸亥曹溶序、曹溶與焯書、潘江序、凡例九條。是
書爲焯乞養罷官後所輯。卷一至卷三十三,北宋二百三十一人;卷
三十四至六十五,南宋一百六十八人,字里、世次無考二人,神童二
十五人,羽流、釋子三十四人,香奩二十九人;六十六至卷一百,金
詩一百三十五人,元詩二百七十五人。凡例頗自負,屢舉潘訒叔、
曹石倉《詩選》一人數收之失。今觀其書,疏謬更甚于潘、曹,誠有
如《提要》所譏者。如:致中,徐璣字也,徐璣與徐致中並收。致中
小傳曰"淳熙時人,與永嘉四靈唱和",於《夏日懷人詩》注下曰"此
詩併謝公岩作,別本又作徐璣"。是知有永嘉四靈,而不知致中即
四靈之字。王澮、冉琇、元吉、孟鯁皆金人,見《中州集》;劉壎至大
辛酉爲南劍州學官,見《隱居通議》,而皆列之南宋;江爲、魯交、俞
汝尚、黃大受、利登、薛嵎、黃文雷、杜旃,名氏尚顯,而列之字里、世
次無考;仁宗《賜梅摯詩》,全篇在《庚溪詩話》,而以爲不傳;孝宗
《冷泉亭詩》,全篇在《武林舊事》,而僅收十四句:皆疏漏之甚者。
司馬朴以不屈被殺,宇文虛中以劫金主被殺,朱弁、滕茂實被羈不
屈,《宋史》皆有傳。何宏中爲韋城尉,汴京被圍,獨韋城不下,後
爲兩路統制接應副使,以糧盡被擒,金人憐其忠,授之以官,宏中投
牒於地,曰:"我嘗以此物誘人出死力,若輩欲以此嚇我耶?"囚京
西獄,久之,免爲黃冠,自號道理先生。起紫微殿,遷徽宗東華君御
容事之,後病歿。姚孝錫爲代州兵曹,金人寇雁門,州將議降,孝錫
投牀大鼾,不與其議。既得脫去,遂往五台,移疾不仕。放浪詩酒,
自號醉軒。皆見《齊東野語》。此六公者,皆宋之忠臣,而列之金
人。焯自謂"辨正《宋史》,有功史學",而顛倒黑白,一至此乎?

至正鄱陽本金石例跋

《蒼崖先生金石例》十卷,次行題"鄱陽楊本編輯校正",三行

題“廬陵王思明重校正”。每葉二十行，每行二十字，小字雙行。前有至正五年楊本序、傅貴全序、湯植翁序、王思明序，後有潘翃跋。序、跋每葉十二行，行十三字。卷十後有“諸生趙光邈謹書、學生洪慶重録”二行。昂霄著此書，生前未經定稿，至正五年其子翃字敏中者，爲饒州理官，屬鄱陽楊本字緝如者校正而次第之，丁亥刻於中州。至正九年戊子王思明復刊於鄱陽。此則王刊本也。有“太原叔子藏書”、“蓮涇”二印。

元第三刊《金石例》跋

《蒼崖先生金石例》十卷，目録次行題“鄱陽楊本校正”。三行“廬陵王思明重校正”。前有楊本序，後有潘翃跋。每葉十行，每行二十二字。序、跋行款與全書同。卷九後有“十卷多論先王本朝制度，故此未暇録焉”一行。《四庫提要》云，書在元代，版凡三刊。至正五年，翃刊於家者爲初刊，至正九年戊子王思明刻於鄱陽爲再刊。此本刊自何人無考，當又在戊子鄱陽刊本之後。前雖缺湯、傅、王三序，目録有“思明校正”一行可證。蓋是書元代第三刊也。有“西昀艸堂”白文方印。

許彦周詩話跋

《許彦周詩話》，宋刊本。每葉二十六行，每行二十八字。前有建炎戊申自序。《提要》：顗，襄邑人。彦周，其字也。始末無考。愚案：《石門文字禪》有《大雪寄許彦周宣教法弟臥病》、《次彦周》、《謝彦周》、《仙茅彦周見和復答》、《次韻彦周》、《送彦周》、《贈彦周》、《遊南嶽參機道者》、《次韻彦周》見寄、《彦周借書》、《彦周法弟作出家庵又自爲銘作此寄之》。其《送彦周詩》有云“彦周雖綠髮，風味映前古”，又云“死生人所怖，玩之於掌股”。語一則曰"法弟",再則曰"法弟",蓋其曾官宣教郎而中年出家者。

克齋詞跋

《克齋詞》,題曰"苕溪沈端節舊鈔本"。《提要》云:"《溧陽志》載,端節寓居溧陽,嘗令蕪湖,知衡州,提舉江東茶鹽。淳熙間,官至朝散大夫。"其説未必有據。愚按:端節,乾道三年任蕪湖縣丞,加意民瘼。時大旱,禱雨有感,建志喜齋於神山後。升蕪湖知縣,見《太平府志》、《蕪湖縣誌》。蓋克齋亦當時循吏,非僅以詞見長者。余前修《湖州府志》,未有補傳,深愧疏漏,因備著於此。

儀顧堂續跋卷十五

邊鸞杏花鸂鶒軸跋

邊鸞《杏花鸂鶒》，直幅紙本，重設色，高一尺九寸，廣一尺二寸四分。有"黃琳國器書畫府印"朱文長印、"黃琳美之"朱文方印、"休伯"朱文方印、"澹軒"白文橢圓印，李應禎、項驥題於詩斗。按：黃琳，字美之，一字蘊真，上元人。官錦衣衛指揮，家有富文堂藏書。畫有王維著色山水、王維《伏生授書圖》，都元敬驚爲未見。見《客坐新譚》及朱述之《金陵詩徵》。停雲館所刻《趙子昂與中峰劄》，亦有"黃琳美之印"，三希堂帖所刊，亦多清秘藏，歷代賞鑒家亦列其名，其鑒賞之精可知，蓋弘正時一大收藏家也。澹軒爲元王若水軒名。李應禎，初名甡，以字行，原籍長洲，徙上元。景泰癸酉舉人，官至南京太僕少卿。項驥，成化時人，官南京刑部郎中，皆有書名。邊鸞畫世不多見。此幅濃厚工細，栩栩如生，斷非宋以後人所能。既有李、項題詩，又經王澹軒、黃美之鑒定，其爲真跡無疑。

米元章字册跋

米南宮書《將之苕溪》、《呈諸友詩》二章，《居半歲借書劉李周三姓》四章，題"元祐戊辰八月八日襄陽漫仕黻"，下蓋朱文方印曰"米芾圖書"。每葉紙長一尺七分，廣八寸半。"歲依修"下缺二葉，存二十一葉。後有米友仁跋及"內府圖書"朱文方印、"睿思殿

印”朱文方印、“紹興”二字連珠朱文印、“秋壑”二字朱文橢方印，
與《郁逢慶題跋記》所載不同。逢慶所記“襄陽漫仕米黻”六字在
“呈諸友”下，末題“元豐戊辰八月八日作”。愚案：《諸友詩》是未
到苕溪時作，《借書劉李周三姓詩》，是居苕溪半載後作，相距甚
遠，若《借書詩》是八月八日作，則《將之苕溪詩》當在正、二月作，
不得統題八月八日作。以此證之，逢慶所記，其贋無疑矣。郁氏
《續集》載李西涯跋，稱有“紹興”及“睿思殿”印，後見吳門蔣氏刻
本有“紹興”二字朱文印及“睿思殿”朱文印，書殊不佳，當即逢慶
著錄之贋本也。此冊爲高宗內府物，悅生《別錄》云“凡宣和、紹興
內府物，似道往往乞請得之”，此秋壑印所由來也。元祐戊辰，米
老四十二歲，故其書姿媚而不放縱，與《章吉老墓誌》《墓表》、《蕪
湖學記》，有中晚之別，其爲真跡則一也。

郭河陽溪山行旅卷跋

　　郭河陽《溪山行旅圖卷》，絹本，長一丈二尺三分，高一尺二寸
五分。山水縈迴，樹林疏曠，木葉多脫，石骨半露；屋宇不高，上覆
以茅，兩旁累瓦，脊壓以磚；有閣臨水，下樹木樁，疊木爲橋，其上蓋
土：皆北方景象，非南中所有。驢十頭，或負載，或騎人。人十，有
坐者、立者、步者、騎者、杖者、隨者、擔荷者、負傘者、攜物者、戴笠
者、問路者、指視者、渡橋者，人各不同，神情畢肖。後署款曰“河
陽郭熙”。前有“周密公謹之印”白文方印、“周氏文種堂”白文長
印，後有“宣文閣”半印、“項叔子”三字白文方印、“項墨林”三字
白文方印。愚按：《煙雲過眼錄》載，蘭坡趙與懃所藏，有郭熙《溪
山行旅卷》，後云“以上書畫止是短卷，大者不在此數。其中多佳
品，今散落人間者皆是也”。是草窗作《過眼錄》時，其書畫已散
出。此卷必爲草窗所得，故有周氏二印。書種、志雅二堂，爲草窗

父晉藏書籍書畫處，印文作"文種"，想後又有更易。此非淺人所知，必非僞印，且印泥已駁落，非細審不明。《清河書畫舫》云："郭熙畫法，源出李成，晚年尤號超逸。其《溪山行旅圖》真本，元初趙蘭坡故物，今在檇李項氏，秀勁可愛。"今此本有項氏藏印，其即蘭坡所藏、《過眼錄》所載、米庵所記無疑也。宣文閣爲元時收藏書畫之所。柯九思曾官宣文閣鑒書畫博士，元內府物，往往經其鑒定，蓋"宣文閣鑒書畫博士印"。印分三行，行三字。卷末"宣文閣"半印，即此印之首行，而缺後二行。是則未歸項氏之前，又當入元內府矣。畫法靈秀，山土皆水墨渲染，絕無筆墨痕跡。吾友胡石查司馬謂"石谷學之，得其形模，而神韻則萬不能及"，洵篤論也。

王居正紡車圖跋

右王居正《紡車圖》，長工部尺二尺二寸四分，高八寸五分。中置紡車，老嫗坐而轉車。旁置竹筐，犬蹲于前，童子竿蟾蜍蹲於後。老嫗牽絲對車，立後角下。有"悅生"朱文葫蘆印、"似道"朱文方印、"是畫曾藏龔蘿圃家"朱文長印。《珊瑚網》著於錄。原有子昂兩跋，今佚。跋云："賈師相故物，圖雖尺許，氣韻雄壯，命意高古，精彩飛動。"今卷末有悅生二印，氣韻、畫意，亦與趙跋合。其即子昂所藏無疑。圖贋本甚多。是卷既有賈印，又經蘿圃、玉方、素邨諸家鑒藏，後之觀者，勿以失跋疑之也。

蔡忠惠尺牘跋

蔡忠惠尺牘，澄心堂紙，高八寸二分，闊一尺。前題"九月十八日襄奉書"，後題"襄再行留台同年屯田兄足下"。"留台"者，判留都御史台也。《宋史·職官志》：三京留司御史台，管句、臺事各一人，舊名判台，以朝官以上充，掌拜表行香、糾舉違失，中興以後不置。“同年”者，忠惠進士同年也。忠惠天聖八年進士。考歐陽文忠、劉沆元、章簡，皆與忠惠同舉進士，《宋史》有傳，無爲屯田郎及判留台事。劉奕、劉异、翁紀、黃珀，皆忠惠同鄉同年。奕、异、珀，皆累官屯田員外郎，紀官檢校屯田郎中，見《福建通志》“選舉表”、“人物傳”，亦無言判留台者。忠惠與劉奕尺牘有稱“屯田二兄”者，此劄或亦與劉奕，然無判留台確證，未敢決耳。“再行”者，宋人正啟用四六，別紙則以散行，此是別紙，故曰再行。《忠惠集》啟箋之後，有別紙一門，是其證也。前有“江上外史”朱文方印、“潤州笪重光鑒定印”朱文方印、“廣陵李書樓真賞圖書”白文方印、“文武世家”朱文方印。宋人論書，以蔡忠惠爲第一，洪容齋、朱文公、晁昭德、劉後村、林竹溪皆云然。虞道園謂君謨有前代筆意，至坡、谷而晉、魏之法盡。論者推爲宋代第一，殆以此歟？公書頗自珍惜，不妄與人，見歐陽文忠所爲《墓誌》。故七百年來，流傳尤少，王弇州最號博收，僅得《安樂》、《扶護》二帖。秀水項氏所藏尤廣，亦衹二帖，文氏借摹，刊入《停雲館帖》，見《紅雨樓集》。此劄遒勁端麗，有唐人遺則，證以停雲館刻，筆意悉合，又經江上外史鑒定，洵無疑義。余搜羅三十年，宋代名家法書，蘇有《昆陽城賦》、黃有《晦堂開堂賦》、米有大字《將之苕溪詩》，久以無蔡爲憾。近費屺懷太史典試浙江，請急過蘇，爲余和會得之，誠吾家鎮庫至寶也。

黃文節書晦堂和尚開堂疏跋

《山谷書晦堂開堂疏》，長二丈一尺六寸，高六寸三分。宋黃蘗箋，五接，題云“龍黃清禪師云，江東西士大夫知晦堂和尚是真歸依處。本由德占發之，追考其功，故欲書此文於卷，以便覽者。

崇寧元年七月壬辰山谷黃庭堅題”。前有洪焯題，後有陶宗儀、鄭元祐跋，李東陽、陸完觀款。按：疏文爲徐禧作。禧，洪州分寧人，《宋史》有傳，德占其字也。疏作於元豐五年，見《羅湖野錄》。晦堂，名祖心，始興鄒氏子，住江西黃龍寺，名其方丈曰晦堂，人呼爲晦堂叟。嘗舉《論語》“吾無隱乎爾”，請山谷詮釋至於再，而晦堂不謂然。山谷怒。時暑退涼生，秋香滿院，晦堂曰：“聞木樨香乎？”山谷曰：“聞。”晦堂曰：“吾無隱乎爾。”山谷欣然領解。身後，山谷爲作塔銘，見《禪燈錄》及《內集》。清禪師名維清，武甯陳氏，晦堂弟子也，自號靈岩叟。山谷嘗爲作像贊又寄詩示絕，又云：“騎驢見驢真可笑，以馬喻馬亦成癡。一天月色爲誰好，二老風流只自知。”見《內》《外》集及《江西志》。考《山谷年譜》，是年五十八，六月知太平州，九日而罷。七月甲午後繫舟達觀臺下，八月復至江州。壬辰在甲午前二日，此疏當是由太平至江州時舟中所書也。黃龍寺在今義甯州，宋之分寧縣也。山谷自云：“紹聖甲戌，在黃龍山中，忽得草書三昧。是年九月，又自巴陵取道通江，入黃龍山訪維清，爲之編閱《南昌集》”。見《內集》卷十九及《年譜》。宋時刻石於寺，拓本罕見。黃書僞跡遍天下，如《梵志詩》，明時已有兩本，見張丑《真跡日錄》。此本遒健縱肆，紙厚如錢，又經陶南邨、鄭僑吳、李西崖、陸水邨諸公鑒定，其爲真跡無疑。《書畫彙考》著錄之本，無陶、鄭、李三跋，而有唐寅印記，恐摹本耳。

范華原煙嵐秋曉卷跋

右范華原《煙嵐秋曉圖》，絹長工部尺一丈九尺五分，高一尺二寸八分。自近而遠，自密而疏。山則有岵、有𡾋、有礐、有嶅、有厂、有自、有岑、有巒，水則有林、有沇、有谿、有羕、有澨、有湄、有隈、有潚，人則或坐、或立、或負、或擔、或漁、或農、或老、或少，屋則或茅、或甓、或亶、或庫、或亭、或樓、或塔、或閣，樹則或熒然而丹，赭然而黃，弓然而蔥翠，槖然而芩儷。涉渡之梁，負載之驢，行旅之舟，曲折之逕，層見而疊出，迤邐而不窮。宋徽宗瘦金書題其上，曰"范寬煙嵐秋曉圖，己丑御覽"，下有"天下一人押"。"押"下蓋"御書"朱文葫蘆印，後蓋"宣和御覽""御府之印"朱文兩方璽。前有雙龍圓璽、"登聞鼓院之印"朱文方印、"墨林主人"白文方印、"子京"朱文葫蘆印、"平生真賞"朱文方印、"項墨林鑒賞章"朱文長印、"子京父印"朱文方印、"神品"朱文連珠印、"墨林子"朱文長印、"退密"朱文葫蘆印、"□□印章"朱文方印、"賜錦老人"白文方印。項子京"隨"字編號，書于左角下，後有"緝熙殿寶"朱文方璽、"天籟閣"朱文長印、"檇李"朱文圓印、"子孫世昌"白文方印、"元汴"朱文方印、"弘遠"朱文方印、"項叔子"白文方印、"吳郡□□□印"白文方印、"賜錦"白文騎縫半印及"墨林主人""項子京家珍藏"、"子京父印"、"子京"四印，後有楊士奇跋，下蓋"廬陵楊士奇"朱文方印，項元汴跋下，蓋"元汴"朱文方印及項氏藏印九。考《宣和畫譜·山水門》載范寬《煙嵐秋曉圖》二。此題"己丑御覽"，爲大觀三年所題，其即宣和殿所藏之一無疑也。峰巒渾厚，草木華滋，筆筆中鋒，如作篆籀，傅色沈厚，氣局雄闊。以所藏沈石田《有竹居卷》證之，皴法樹法，界畫人物，設色勾勒，無一不同石田，蓋全師之。楊東里推爲第一妙筆，項墨林推爲生平傑作，知言哉！墨林所藏散于明季，此卷二百年來流傳人間，仍不出嘉禾境。髮逆亂後，始爲嘉興守許雪門所得。雪門身後，歸之知海甯州曾星槎。星槎知此卷之可寶，而以左角下"隨"字爲疑。己丑秋，大兒樹藩、次兒樹屏赴試秋闈，余亦偕行，遇星槎于武林，出以相質。余笑曰："君能以此卷讓我，當爲君言其故。"星槎漫應之。及余告以項氏《千字文》編號，乃始恍然。星槎，君子人也，不肯食言，卷遂歸余，償以原值白金三百銖。星槎名壽麟，湖南邵陽舉人，宰山陰八年，廉靜公正，所去民思。今春已作古人，執筆題此，良用盡然。

小米墨戲卷跋

右米友仁畫，紙長工部尺二尺三寸四分，高五寸七分。山色溟濛，煙樹晻藹，瓦屋五間，爲樹所蔽，僅露屋脊。後有宗夏題，下蓋"白雲山舍"白文方印。錢惟善題，下蓋"思復"朱文方印。費恂題，無印。前有"季振宜印"朱文方印、"滄葦"朱文方印、"卞令之鑒定"朱文長印，後有"令之清玩"朱文方印、"雲卿"白文方印、"廷韓甫"白文方印。平石、無夢、宇文公諒題於別紙。平石之印曰"契此里人"，公諒之印曰"宇文子貞"，子貞印似印而加蓋者。前有"式古堂書畫"朱文長印，後有"令之"朱文方印，"仙客"朱文方印，與《書畫彙考》所載合。惟《彙考》稱，長二尺二寸，高五寸，微有不同。余所用乃工部營造尺，卞所用疑是裁衣尺，故有參差耳。張米庵謂，高、米水墨雲山，皆數十百次積累而成，非後人草率點染所可同類。而觀此畫，純用濃墨，層層點染，斷非元以後人所能。小米雖無題字、印記，而元人平石、無夢、子貞三家皆定爲米畫，又經莫雲卿、季滄葦、卞令之三家鑒定。令之又收入《彙考》，可信其爲真跡也。公諒字子貞，湖州人，《元史》有傳。平石、無夢二人俟考。

李龍眠十國朝貢圖卷跋

右絹十接，長工部尺九尺七寸八分，高六寸四分。所畫十國，曰宇敞、曰白孛羅、曰昆侖、曰朝鮮、曰女直、曰九蠻十八洞、曰三佛齊、曰登樹綱、曰漢兒江、曰女送，皆書於旗上。女直即女真也。後署款曰"李公麟造"。人二百二十有九，官吏、臧獲、士卒、輿人、馬夫、婦女之儔，不一其類。冠巾、纓笠、衣裳、袴褶、靴履、薙髮、辮髮，束帶、垂帶之制不同。其國行者、立者、乘者、騎者、牽者、驅者、負者、戴者、扛者、持者、攜者、捧者、回顧者、偶語者、拍手者、吹者、擊者、佩者、前驅者、後擁者，展帛爲輿，懸兩端於木，二人舁之者，人事不同，其貌亦無一同者。獸則馬二十、羊十、象一、獅一，物則若旗、若斾、若旌、若節、若麾、若蓋、若弓、若刀、若劍、若叉、若矛、若珊瑚、若瑯玕、若盤、若壺、若幛、若屏、若俎、若篚、若畬、若筐、若束帛、若橐鞬，間見而層出。筆勢簡勁，意態生動，實爲見所未見。每段有“李鈺私印”白文方印、“吳逸士宋子虛”朱文方長印。原本似是長卷，儈父割而爲册，上下亦有割損，故圖中旗幟有僅存下半者。湯貞愍隷書額其端曰“李龍眠十國朝貢圖神品”。別紙有趙仲穆跋，蓋“仲穆”朱文方印，王達善跋，蓋“王達善氏”朱文長印，皆真跡。僧六舟、何子貞太史又跋於別紙。劉後村見於林竹溪家者，日本、于闐、三瞳、日南、天竺、第林、堅昆、波斯等十國，與此十國不同。考《宣和畫譜》載《龍眠十國圖》二，是龍眠所畫原有二卷。此圖疑即宣和所藏之一，當有宣和御題、御印，均爲儈父割損耳。或有疑爲添款者，考女真之名，著于唐末宋初，後改號曰金，不復稱女真。今圖有女真國，則爲徽宗以前所畫無疑。神、哲之際，善白描者更無妙手，則此畫舍龍眠其誰乎？況趙仲穆、王達善兩跋、宋子虛鑒印可信，又經貞愍、子貞、達受鑒賞，其爲真跡無疑。

朱文公顏淵注稿跋

朱子《論語顏淵篇集注》稿，自“問君子”注起，至“君子以文會友”章注止，中缺“棘子成曰”章至“盍徹乎”，經注存二十六紙。每紙直烏絲欄六行，高工部尺八寸五分，闊四寸。小行草書，經頂格，注低一格。添注、塗改甚多，證以所藏“上時宰”二劄，筆意雖同，此秀潤而彼蒼老。蓋《論語注》創稿於三十後，劄則五十以後所書，年有老少，字有枯潤，其爲真跡則一也。後有吳匏庵、唐六如兩跋。陸氏《吳越所見書畫録》著於録，尺寸微有不同者，所用之尺不同也。

陳居中文姬歸漢圖跋

　　陳居中《文姬歸漢圖》，絹本，長工部尺二尺五寸三分，高六寸三分。題曰陳居中畫。凡番官九、番女五，文姬坐於車中；馬十一、駝一，駕車於上。南宋人畫駱駝，往往蹄與馬蹄同，番女髻亦不類，昔人以爲話柄。此卷番女之髻如牛角，長倍於首，與《南薰殿圖像考》所載元皇后冠同，駝蹄不作馬蹄形，畫法甚古。居中，嘉泰時人，未嘗身至北地，當必有所本也。前有“珍賞圖書”朱文方印、“琴書堂”白文方印。後有“耿會侯鑒定書畫之印”朱文方印、“信公珍賞”朱文方印。嘉禾周鼎、海昌蘇平題於別紙，有“耿都尉信公書畫之印”白文方印、“子子孫孫永寶用”朱文方印、“審定真跡”朱文方印，皆康熙中耿信公收藏印也。周鼎字伯器，嘉興人，正統中沭陽典史，書法瀟灑，見《書畫譜》。蘇平字秉衡，海寧人，景泰十才子之一，見《詩綜》。信公名昭忠，一字會侯，號在良，遼東人。靖南王仲明之孫，嗣王繼茂之子，逆賊精忠之弟也。順治賜昏哆羅縣主，爲縣主額駙，累官太子少師、太子太保、鎮南將軍，諡勤僖。工藝事，精鑒別，圖書鼎彝，照耀几席，見徐乾學《澹園集·耿公墓志》。蓋康熙間一收藏家也。

趙千里春江待渡圖卷跋

　　右趙千里《春江待渡圖》，絹高工部尺一尺一寸八分，長九尺七寸七分。首畫山嵐重峻，花樹叢深，林中瓦屋整齊，陳設精緻。

一人倚案立，一人坐而聽。一室設二朱杌，二人對坐於中。跨堤絫石爲礄，一人攜壺而登，一人蕩舟溪中。溪邊茅屋兩三家，編竹爲籬，隔溪有亭。息者二人，彌望山中，緋桃爛然，古松夭矯，迤邐不絕。松下瓦屋中有三人，似隱居者。一人臨崖扶杖，眺望崖下，茅屋數椽，舟泊於門，渡彴略立，而若問訊者二人，隔岸牧童，騎牛橫笛，小牛尾之一人，荷鋤自山後來。次有石橋跨溪，一紅衣人杖而登，一童攜琴從其旁。高峰入雲，瀑布逾重山而下注於溪。面瀑作亭，二人坐而觀，一童依柱立山後。寺觀壯麗，樓閣崇閎，下臨行路。二人擔而趨，二人雁行，一童從，若皆將赴渡者。溪有二舟，一在溪中，一人篙而前，一人坐鷁首，一人持柁於尾。一舟近岸，一人持篙，若將行者。山之麓，層樓二，門臨石橋，一人杖而過，一人擔而從，若渡而來者。村居六七家，憑牖坐者一人，屋外望者一人，一人將叩門，犬隨其後，一人竿而驅，二驢三馬，負戴前行，亦將赴渡者。次臨路十餘家，浮屠矗於後山之顚。行人五，一人擔，一人負，若將赴渡者；一人拱而顧，一人杖，一人負，若渡而來者。隔溪二人，荷鋤並行。居者五人，四人憑牖觀，一人當門立。門前繫二舟，逾木橋。坡上人十有四，立者、坐者、趨者、擔者、負者、回顧者、偶語者、弛擔而息者。渡船五，其二半隱於岸，樹林蔽處，露十餘檣焉。船上人十餘，舉桅者、撐篙者、解維者、理索者、持柁者、立而指者、坐而觀者。渡口有山，上有樓如城，江中行舟二，各張前後帆，舟不一人，人不一事。後署"千里伯駒"。前有"鄭氏明德"朱文方印、"許氏元復"朱文方印，後有"史氏曰鑑堂珍藏"白文長印、"雲間何氏叔昆考藏印"朱文長印、"墨林生"朱白文方印、"喬氏蕢成"白文方印、"完庵"朱文方印。考《珊瑚網》載，史明古所藏有趙千里《春江待渡圖》，此卷雜花生樹，紅桃爛然，待渡情景宛然在目。又有史氏藏印，其即明古所藏、《珊瑚網》所載無疑也。黃志雲跋於別紙,其趙仲穆、鄭明德二詩,疑爲後添。千里僞跡甚多,此卷皴法、樹法全學右丞,精細古厚,非千里不能。又經元喬仲山、鄭僑、吳明、許元復、史明古、項墨林諸家鑒定,其爲真跡無疑。

劉松年琴鶴圖跋

右劉松年畫,絹長工部尺一丈五分,高一尺七分。首畫坡樹水石,跨以石梁。梁上策杖而行者一人,一童負而隨其後,一人拱而前行,已過石梁數十武,回顧若前導然。二鶴相對,鳴於坡上。屋宇背山近水,中設一几兩杌,几上書兩帙,爐一,瓶一,兩人對坐而談。一童攜琴將及階,白鶴一舞於庭次。陂陀竹樹,白項鳥十二,棲於樹者十,其二展翅而下,將止於樹。後署款曰"畫院待詔劉松年繪"。前有"金章宗內府之印"朱文方璽、"群玉中秘"朱文璽、"子京"朱文葫蘆印、"項子京家珍藏"朱文長印,後有"乾坤清氣"朱文方璽、"西楚王孫"朱文方印、"平生珍賞"朱文方印。項墨林跋於別紙,有"退密"朱文葫蘆印。墨林署款已缺,蓋墨林所藏。每於署款處注年月、得價。估人欲得重值,惡其害己,因並署款而去之耳。後有楊東里題,下有朱文方印曰"士奇之印",前有"檇李"朱文圓印、"子京珍藏"朱文長印。楊跋、項跋本一紙,後人割去項款,遂分爲二矣。畫中士人衣服皆作唐、宋裝,惟頭上非冠非巾,以帛束之髻垂向後,長過於首,非唐、宋所有。考金人辮髮之制,史所不詳,李心傳《建炎以來繫年要錄》屢敘薙髮之事,亦不言其制。帛巾所束,疑即辮髮,與今之垂於背者略異,其殆金人燕居冠服歟?章宗明光元年,即宋光宗紹熙元年,暗門於淳熙中爲畫院學士,紹熙中待詔,賜金帶。是松年待詔之日,正章宗在位之時。其時宋、金無隙,使命往來,不絕於道。或松年受金使之指所繪,後進于章宗,故有章宗印璽歟?藉此可以考見金人燕居衣冠之制,不僅其畫之可寶也。趙清獻公以一琴一鶴自隨，傳爲佳話。後世士流慕之，多爲琴鶴之圖。子京以其有屋，必名之爲《琴鶴軒》，陋矣。今改題爲《琴鶴圖》，庶乎近之。

張樗寮書大方廣佛華嚴經卷七十一跋

右紙十接，長五丈七尺四分，高一尺一寸。梵經式，六十二葉。葉二十行，行十五字。烏絲方格。字數幾及萬，始終一筆不懈。其全部在內府，缺六卷。杭州朝鳴寺有三卷，見《太平清話》。此即朝鳴寺三卷之一。道光中爲烏程鈕明經福惇所得，明經身故，歸於余。其漆板裂紋如古琴，面刻“大方廣佛嚴華經第七十一”十一字，亦樗寮書，非即册之首行摹刻者。七百年來，裝池無恙，尤爲難得。尚有二卷，今歸沈仲復中丞，不及此册之完善也。

王朋梅金明池龍舟圖卷跋

王孤雲《金明池龍舟圖》，絹長七尺九寸八分，高一尺三分。大樓一，樓之下一層，匾曰“寶津之樓”。殿一、亭三，皆重簷。亭一在殿前，一在殿後，一在樓前池中。石臺長倍於闊者百，周以石欄，樓殿及亭峙焉。中跨環橋，亦甃以石。重樓龍船一，向石臺而來。小龍船十有六，二尾樓船行，其一先之，餘皆迴旋臺左右。小舟三，一載雀籠，一載小孩，一繫於重樓之下。鞦韆船二，木魚船二，皆在橋兩旁。人三百有七，立者、拱者、望者、倚者、汙者、斧者、矛者、旗者、旌者、纛者、梃者、槳者、舞者、鼓者、金者、笛者、籠鳥者、執笏而朝者，排班而侍者。大者盈寸，小僅數分。樓後石臺之下，署“臣王振鵬”四字。後有振鵬隸書跋，署曰“至治癸亥春莫廩給令王振鵬百拜敬畫敬書”。蓋“孤雲處士圖書”朱文方印，前後有“皇姊圖書”朱文方印，末存“韓印”二字白文半印。孤雲於至大

庚戌先爲仁宗作此圖，閱一紀，又爲大長公主作此圖，《清河書畫
舫》著於録。原有李原道等十四人題跋，今已佚。《書畫舫》載有
韓逢禧諸人印，當在裱褙騎縫之際，故今衹存"韓印"二字半印耳。
大長公主者，魯國徽文懿福真壽大長公主也，順宗女、仁宗姊，適帖
木兒子嗣阿兀剌，見《元史·公主表》，收藏書畫甚多，今所流傳，
尚不止此圖。每見明代贗鼎，皆濃俗可厭，是卷工細之中，仍饒士
氣，閱之令人驚心動魄。虞道園謂，永嘉王振鵬妙在界畫，運筆和
墨，毫分縷析，左右高下，俯仰曲折，方平直曲，各盡其體，而神氣飛
動，不爲法拘。余謂郭恕先之後，蓋罕其匹，斷非明以後人所能。
諸跋雖失，無害其爲真跡也。明嘉靖時爲分宜所得，籍沒後，以折
俸歸韓存良太史。崇禎中歸張米庵。道光中，萬廉山司馬以重值
得之，因此獲罪於琦相，然則題跋之失，當在髮逆亂江南時矣。

黃文獻袁通甫墓誌跋

《故靜春先生袁通甫墓誌銘》，題"金華黃溍撰"。烏絲闌紙
本，三十行，行二十六字。吳訥跋以爲文獻親筆。余疑前無結銜，
後無印記，非書丹式。近閱徐一夔《始豐稿》卷十四引待制王褘之
言曰，"公凡爲文，脱稿必命門生代書，而碎其初稿。公字畫甚佳，
以秘惜故多不傳"云云，則此稿信非文獻手書而爲門下士代書矣。
惟元刊《金華黃先生集》，寺記塔銘，連篇累牘，通甫文行甚高，誌
反不收，且既不惜其文，反而秘其書，殊不可解矣。

俞紫芝四體千文跋

俞紫芝《四體千文》，末題"至正十又五年夏六月廿二日紫芝
生俞和寫於黃岡之隱居"，下有"俞龢"二字朱文方印、"俞子中父"
白文方印、"紫芝生"三字白文長方印。烏絲闌紙本，六十一葉。

每葉騎縫有"墨林"二字白文長印,後有"檇李項氏士家寶玩"九疊篆朱文長方印、"項元汴印"朱文方印、"墨林山人"白文方印、"子京父印"朱文方印、"墨林秘玩"朱文方印、"項子京家珍藏"朱文方印、"項墨林鑒賞章"朱文長印。前有賜進士蘭台逸史姚公綬書"紫芝墨妙"四字,畫紫芝獨立小像一葉、芝草一葉,當爲雲東所藏而後歸墨林者。案:俞和字子中,自號紫芝生,本嚴之桐廬人,父章游錢塘,因家焉。少時得見趙文敏用筆之法,極力攻書,日益有名。篆隸行草,各臻於妙,一紙出,用趙文敏私印識之,人莫能辨其真贋。壬辰之亂,避地隣縣之黃岡,嘯傲於海風山月之間,久之乃還故廬。故舊凋零,喚酒獨酌,賦近體詩歌長短句,援筆書之,以寫無聊不平之思,而草聖猶飛動如初。洪武十五年三月七日卒,年七十六。見徐一夔《始豐稿·俞子中墓誌》。是黃岡者,錢塘隣縣之鄉名,非湖北之黃岡縣也。海寧有黃灣,徐一夔避地嘗居之。至正壬辰,徐壽輝陷杭州,遂及餘杭、武康、德清、於潛、安吉,惟海寧無恙。《墓誌》有"嘯傲海風山月"語,黃岡地必近海,意者黃灣即黃岡歟?壬辰爲至正十二年,《墓誌》云"久之乃還故廬",其居黃岡必非一年,證以題款年月,時代悉合。子中生於大德丁未,至正十五年年四十九。若晚年,則草聖雖如初,篆楷或不能復作矣。册爲無錫故家舊藏,費屺懷太史爲余介紹得之。太史賞愛紫芝小像及芝草兩葉,即以贈之。時閱五百餘年,紙墨雖舊,完善無缺,惜草體爲儈父影摹所汙耳。紫芝,錢塘人。雲東、墨林,皆嘉興人。不知何時流入錫山,今歸穰黎館,歷元、明及本朝,而收藏不出浙西,翰墨姻緣,信非偶然。

儀顧堂續跋卷十六

消夏録載司馬端衡米元暉合卷跋

《消夏録》載司馬端衡、米元暉合卷。其印文曰"司馬次仲之孫"，後有王珉、田如鼇、王與道、富元衡四跋。卞令之《書畫彙考》不列其名，豈以端衡不見史傳，又不見《畫史會要》而疑之耶？愚案：端衡名槐，夏縣人，官參議行六十五，抱才負氣。其少壯，值徽宗時黨人子孫不得仕進，遂放意於畫。落筆高妙，有顧、陸遺風。論畫終日，袞袞如孫、吳談兵。臨濟趙州説禪，以畫得名。紹興初，陸放翁尤及見之，稱之曰"丈必生於北宋而卒于南渡後者"，見《渭南文集・傳燈圖跋》、《樓攻媿集》趙氏所藏大士跋。觀田如鼇跋，端衡實溫公之孫。然溫公字君實，史傳、神道碑、年譜均不言又字次仲，惟公兄旦字伯康，則公字次仲亦宜。公二孫，長名植，次名柏，見《范太史集・司馬康墓誌》，而無槐，豈植、柏二人後又改名槐歟？疑莫能明也。王珉字中玉，玉山人，政和五年進士，紹興中官侍郎，寓居衢州。田如鼇字癡叟，南安人，宣和六年進士，《江西通志》有傳。富元衡，蘇州人，《姑蘇志》有傳。

吳越所見書畫録所載山莊義訓圖跋

所見《書畫録》載有李伯時《山莊義訓圖》，後有半江華淞跋、王澍跋，以奕、京、方、奇、亮、育爲伯時子，玫爲伯時女。以愚考之，蓋奕、京、方、奇、亮、育乃金華潘竹隱之子，玫乃竹隱之女。所畫乃《七進圖》也。"七進"者，猶枚乘《七發》之類，爲潘祖仁作。其文載吳師道《敬鄉錄》，與此皆同，惟多首一段。其文曰"奕、方作《真遊子賦》相酬答，意敬慕古人。作者念其無所依仿，戲爲《七進》以示之。歲在荒落月紀仲呂。竹隱老人晝臥於家，愴恨鬱悒，眊瞶寂默，沈吟憎欷，寤寐太息。兒曹憂之，聚而謀曰：'翁之戚甚矣，盍相與寬之？'於是，推次序列，搜意屬詞，長跪稽首，造于燕私"，下接"奕奉觴進曰"云云，此本無之，蓋後人不知竹隱爲何人，欲僞題龍眠名，故刪之耳。考《吳禮部集》卷十二有《七進圖記》曰："《七進圖》者，畫金華潘氏父子也。"竹隱老人名祖仁，字亨父。子奕、女玫，子京、方、奇、亮、育七人。首畫一竹牀，老人衣冠臥文簟上，右手支頤，左手撫膝熏爐，麈尾置旁，草屨陳下，六子一女環侍。次畫奕奉觴進，一隸祖裼，右提酒壺，左持其格。次畫二女御踵行，次人背面，捧盤中芍藥，前人一右手扶槃，花隱其手。次女玫在後，目持花一枝，重臺特起，異於槃中者。次畫京拱而行，從隸以竹枝貫雙魚於盤，置刀一，帶葉橙一，醯器一，捧以獻。次畫茶具，列供事者數人，一童跪地，垂手持碾困睡。或撚紙觸其鼻，微醒欲嚏。方坐瓦具上，以甌授附於爐者，將瀹茗也。次畫奇導引一老奴，左襯負棋局，右手挈籃中圓器，貯子者也。次畫亮捧五木以趨。次畫竹間一室，簾牖明整，几格積群書，有迎立以請，竹風蕭然。老翁舉兩手整巾帶而行，六子暨童奴八人導從前後。蓋竹隱文規模枚叔，而藻麗出新意，書以漢隸亦工。每段次畫于文，用李伯時白描法，精絕似之，然未有考也。竹隱後贈中奉大夫。奕，後名良佐，字致君，贈通奉大夫。京，後名良貴，字義榮，一字子賤，政和五年進士，官徽猷閣待制、中書舍人，自號默成居士。方，後名良瑗，字仲嚴，終太學生。奇，後名良翰，字叔倚，紹興十五年進士，官至太府寺丞，

倅平江府。亮,後名良知,字叔愚,早卒。育,後名良能,字季成,登
紹興五年第,官秘書省正字、江州倅。默成常自稱兄弟六人,又云
"吾母生子十有二人",長女適錢經國,稱之爲姊,即玫是也。紹興
乙丑,默成自左史除西掖,竹隱已九十,次年卒。予既從潘氏借觀,
因略記之。據此,其畫當有八段,華淞跋祇見迎風嘯傲之老人,不
見牀上之老人,不但文缺首一段,即畫亦缺首一段矣。骨董家一涉
考證,郢書燕説,此其尤甚者也。

江村消夏録所載刁光胤畫册跋

《消夏録》載五代刁光胤畫册,有乾道元年御題。其《蝶戲貓
圖》題句,有"後村詩與涪翁詠"一句。愚案:劉後村生於孝宗淳熙
十四年丁未,卒於咸淳五年己巳,年八十三,見林希逸《竹溪集》後
村行狀。乾道二年戊子,前乎淳熙丁未凡二十年,是時後村尚未
生,孝宗何得見其詩乎? 其僞無疑也。

沈石田山水卷跋

右沈石田設色山水卷,絹本,有"石田"二字白文方印、"啟南"
二字朱文方印。吳匏庵五古一章題於別紙,題曰"延陵吳寬題於
森若葉氏之青霞閣",下有"吳寬"二字、"匏庵"二字朱文方印。匏
庵題石田畫,集中凡十餘章,或曰"石田生",或曰"沈子",或曰"沈
郎",或曰"石翁",或曰"吾鄉沈石田",或曰"石田高士",皆指其
人以實之,不泛題畫景而已。此云"石田沈徵君",同一例也。葉
氏森若無考,《家藏集》卷十六有《與葉翁游小城南詩》,卷十七有
《與葉翁看牡丹詩》,卷十八有《葉翁以叢竹分種因題墨竹謝之
詩》,卷二十三有《東鄰葉翁送牡丹詩》,卷二十九有《中秋夜與葉
翁飲詩》,森若疑即其人。詩係應酬之作,森若文人學士,故集中

不收，其爲真跡則無疑也。《家藏集》，匏庵手定，刪除甚多。石田筆力雄厚，揮灑滿紙，往往無餘地署款，僅蓋印章，題於別紙。若以石田無款，匏庵集無詩而疑其僞，則俱矣。卷經金文通之俊收藏，有"息齋"二字朱文方印、"太傅大學士章"白文方印。息齋，文通自號也，著有《息齋文集》。

石濤贈石溪冊跋

右石濤山水冊十二葉。每葉有題，有"阿長"、"清湘石濤"、"搜盡奇峰"、"打草稿"、"贊之十世孫"、"清湘老人"、"元濟"、"苦瓜"、"瞎尊者"、"前身"、"龍眠"、"濟"等印。其一葉題曰"呈石頭先生博笑"，其一葉題曰"石頭先生年道長并正"，其一葉題曰"時癸未秋日爲石頭劉先生作拈出請正"。曰"并正"、曰"拈出請正"，其人當亦能畫者。以愚考之，此冊蓋爲石溪作也。案：石溪，名髡殘，字石溪，一字介邱，號白禿，又稱殘道者，武陵人，住金陵之牛首寺。俗姓劉，幼有夙慧，不讀非聖之書，後棄舉子業而爲僧，見《讀畫錄》、《青溪遺集》、《畫徵錄》諸書，蓋亦明之遺民也。石濤爲楚藩後裔，自稱清湘老人，必分封於沅、湘間者。二人生既同時，又同鄉里，後又同居金陵，同爲明室遺民，同工詩畫，同逃於禪，相契必深，其爲石溪作無疑也。

楊忠烈家書跋

右明楊忠烈公家書，紙本，高九寸，長二尺九寸。首題曰"字與之易、之賦、之言"，末題"九月十九日"字。有"晏如主人"四字白文方印。凡三十行，每行約十七八字。案：忠烈諱漣，字元孺，號大洪，湖北應山縣人。萬曆三十五年進士，除常熟知縣，官至右副都御史。天啟四年疏劾魏忠賢二十四大罪。五年，忠賢矯旨逮公，死詔獄，年五十四。崇禎初，諡忠烈。見《明史》二百二十四卷。
之易，字元仲，公之子也。公被逮，欲赴闕上書，請以身代，公力止
之。順治初，官江南松江府同知。亂賊據南匯，討平之。四年，松
江提督吳勝兆叛，之易罵賊遇害。照例優恤，事聞，贈按察司副使，
見《湖北通志》。《楊忠烈公集》有《獄中遺易兒書》，即其人也。
《明史》本傳載公於萬曆四十三年二月抗章乞去，即出城候命，帝
褒其忠直而許之歸。天啟二年，起禮部給事中，旋擢太常少卿。書
中有"無功無勞，叼冒卿貳"語，則此爲公起復入都擢太常少卿時
家書無疑也。九月十九日者，天啟二年九月十九日也。太太者，公
之母，史稱公身後，母妻棲止譙樓，是公殉國後，太夫人尚在也。大
爺者，公兄清也。清，應山諸生，與漣同讀書山中，慕里中二宋二
漣，人以宋漣目之。以貢歷金華府同知。公被難，清罷職家居，事
雪後，同知衢州府致仕，見《湖北通志》。公自號晏如主人，其兄清
曾由貢生官南京助教，《通志》皆未詳，可據以補其缺。

朱文肅溫寶忠董伯念手劄跋

右朱文肅家書四通，溫寶忠劄三通，董伯念劄三通，烏程周芸
齋別駕所藏也。文肅以位顯，寶忠以忠著，伯念以氣節重，皆吾郡
有數人物。寶忠劄多憂時感事之言。其於員嶠無貶辭，亦非阿其
所私，蓋員嶠雖嫉賢害能，而鑒於周延儒之獲戾，頗能謝絕苞苴，避
嫌遠疑。明社未亡，公論未定，寶忠亦不能不爲親者諱也。伯念三
劄，雖無大關係，而豪俠之氣，流露行間，可以覘其所造。余皆已錄
入《穰梨館過眼錄》，惟文肅忝居高位，無補時艱，書中亦多齟齬
語，故不錄。

高句麗廣開土大王談德紀勳碑跋

《後漢書·東夷傳》:"初,北夷索離國王出行,其侍兒於後妊身。王還,欲殺之。侍兒曰:'前見天上有氣,大如雞子,來降我,因以有身。'王囚之,後遂生男。王令置於豕牢,豕以口氣嘘之,不死。徙於馬蘭,馬亦如之。王以爲神,乃聽母收養,名曰東明。東明長而善射,王忌其猛,復欲殺之。東明奔走,南至掩淲水,以弓擊水,魚鱉皆聚浮水上。東明乘之得渡,因至扶餘而王之焉。"《三國志》注引《魏略》略同。《魏書》:"高句麗出於扶餘,自言先祖朱蒙,母河伯女,爲夫餘王閉於室中,爲日所照,引身避之,日影又逐,既而有孕,生卵大如五升,有一男子破殼而出。"餘與《後漢書》略同,爲《隋書》及《文獻通考》、《東國通鑑》之所本。與碑云"天帝之子,母河伯女,郎剖卵降生。由路夫餘奄利水,爲木連葭浮龜塵聲,即爲連葭浮龜,然後造渡"合。鄒牟疑桂婁之譯轉。《三國志》,高句麗有五族,有消奴部、絕奴部、順奴部、灌奴部、桂婁部。本消奴部爲王,稍微弱,今桂婁部代之是也。儒留王名類利,《東國通鑑》作琉璃明王。永樂大王之名,不見於外國記載,乃當時國人之尊稱耳。《東鑒》、《三國》記高句麗談德薨,號廣開土王,與碑稱"廣開土境好大王"合,則此碑應題爲《高句麗廣開土王談德紀勳碑》。案:《東鑒》晉太元十七年壬辰三月,高句麗王伊連薨,太子談德立,碑稱"永樂五年歲在乙未",則談德當立于辛卯年非壬辰,實晉太元十六年也。《東鑒》又載,壬辰秋七月,談德帥兵四萬攻百濟北鄙,陷石峴等十餘城,冬十月攻陷百濟關彌城,與碑合。惟碑稱六年丙申,鑑繫之壬辰,差四年,蓋《三國史》爲高麗王氏臣金富軾所著,當中國宋徽宗時,時代既遠,文獻殘缺,皆當以碑爲正。十七世孫者,孺留王之十七世孫也。《東鑑》記類利薨,子無恤立，號大武神王，爲一世。無恤死，子解邑朱立，號閔中王，爲二世。解邑朱死，無恤子解憂立，號慕本王，爲三世。解憂被弑，類利之孫宮立，號太祖王，爲四世。宮傳位於弟遂成，號次大王，爲五世。遂成弑，弟伯固立，號新大王，爲六世。伯固死，子男武立，號故國川王，爲七世。男武死，子延優立，號山上王，爲八世。延優死，子位居立，號東川王，爲九世。位居死，子然弗立，號中川王，爲十世。然弗死，子藥盧立，號西川王，爲十一世。藥盧死，子相夫立，號烽上王，爲十二世。相夫死，弟咄固之子乙弗立，號美川王，爲十三世。乙弗死，子斯由立，號故國原王，爲十四世。斯由死，子丘夫立，號小獸林王，爲十五世。丘夫死，弟伊連立，號故國壤王，爲十六世。伊連死，子談德立，爲十七世。與碑合。談德在位二十二年，攻陷百濟石峴等十餘城，又克關彌城，伐契丹，虜男女五百口，招諭本國沒陷民戶一萬而歸。一敗百濟于水谷城，再敗百濟于溴水。一侵燕，而平州刺史慕容歸棄城走，築城國南者七，築城國東禿山者六。而碑所稱救新羅、破倭人、克東夫餘諸戰功，《東鑑》皆失載，實爲高句麗英武之主，此廣開土境之稱所由來也。惟談德之攻百濟、攻契丹，皆在即位五年之後，免喪久矣，自金富軾《三國史》誤繫之壬辰年，權近遂有衰經伐國之貶，賴有此碑可以證其誤耳。碑所稱諸城名，當在《三國·魏志·東京傳》，三韓所屬八十國之中，彡穰城疑即爰襄國，阿旦城疑即臼斯烏旦國，古利城疑即古離國，牟盧城疑即牟婁國，雜彌城疑即不彌國，閏奴城疑即順奴部，芻奴城疑即消奴部，析支城疑即月枝國，其地則不易考耳。百殘、利殘，皆即百濟。《三國志》避秦亡人名，樂浪人曰阿殘，阿與百、利與濟皆聲轉，鴨盧即鴨綠也。關彌城，見《東國通鑑》，碑字作閦，乃關之變體。或釋作閣，非也。

魏都督冀定十一州太尉公劉懿墓誌銘跋

此劉懿，即《魏書》之劉貴，碑有云："君諱懿，字貴珍，弘農華陰人。"史稱貴，秀容陽曲人。弘農與秀容相去甚遠，本紀屢稱秀容人劉貴。《元和姓纂》，劉氏弘農，望出漢高兄代王喜後，則碑云弘農者，其族望也。祖給事，父肆州。考之本傳，父乾，魏世贈前將軍、肆州刺史，與碑合，而祖給事則失載。志所敘官位，多與史合，爲騎兵時有第一酋長之號，除左將軍時，先歷直閣將軍、左中郎將，除涼州，仍鎮西將軍之任，則史從略。尚書右僕射，史作左，或傳寫之訛耳。史稱建明初，爾朱世隆專擅，以貴爲征西將軍、西南道行臺，使抗莊帝行臺元顯恭，則志諱之耳。史稱貴凡所經歷，莫不肆其威酷，非理殺害，志所云："猛烈同於夏日，嚴厲等於秋霜"者，亦微辭也。興和元年十一月卒，贈官亦與史合。惟史稱謚曰忠武，志不著謚，蓋志刊于初葬時，或未議謚也。正月庚戌朔，與《通鑑目錄》合。銘後列七行：一云"夫人常山王之孫、尚書僕射元生之女"。按魏志，常山王名遵，其孫有可悉陵陪斤忠，而無名生者，或史譯國語，而生乃華文歟？俟考。一云"長子撫軍將軍銀青光祿大夫、都督肆州諸軍事、肆州刺史元孫"，史與志合而史較略。一云"妻驃騎大將軍司徒元恭女"，按：恭，魏廣陵王羽之子也。一云"世子散騎常侍千牛備身洪徽"，史元孫早卒，次子洪徽嗣，武平末，假儀同三司奏門下事。作志時，元孫已卒，故徽稱世子，後爲齊河州刺史，見《齊本紀》，封樂縣男，卒贈燕州刺史，見《北史》。一云"妻大丞相渤海高王之第三女"，按史，魏孝靜皇后，獻武第二女，此則孝靜后之妹也。一云"次子肆州中正徽彦"。一云"少子徽祖"，無考。

魏滄州刺史王僧墓誌跋

王僧于史無徵，志云"父願以真君年中黃興南討策功天府，除平遠將軍"，即《魏書》真君十一年車駕南伐、走宋將王玄謨事。"神龜年中冀土不賓，民懷跋扈"，即神龜二年，瀛州民劉宣明謀反事。"正光年除清州高陽令"，《地形志》"高陽縣屬青州"，清、青，北碑多不分，如《崔敬邕志》"臨清"作"臨青"是也。此志顯祖、曾祖、祖之名，皆筆跡極細，與全志不同。初拓者顯祖下存一直，曾祖下存上半文字，祖下似"彔"字之半，近拓則形跡全無，此猶初拓本也，書法姿媚而勁，似《崔敬邕墓誌》。

魏崔敬邕墓誌銘跋

右《崔敬邕墓誌》，二十九行，行二十九字。石已佚。案：敬邕，《魏書》附《崔挺傳》，挺之從祖弟。祖、父名位列于誌前，云："祖秀才殊，字敬異。夫人從事中郎趙國李伏女。父雙護，中書侍郎、冠軍將軍、豫州刺史、安平敬侯。夫人中書趙國李詵女。"殊與雙護，不見史。然即休之別體。休字紹則，盛孫，纘次子，見《北史·李士謙傳》。詵字令孫，京兆太守，附《李順傳》，高允《徵士頌》亦列其名。誌所敘官位與史合。惟爲都官時兼吏部郎，史所不書。誌云"臨青男"，史作"臨淄"；"營州刺史"，史作"管州"。按：臨青，當即臨清，《魏書·地形志》，司州陽平郡、東楚州晉寧郡，皆有臨清縣。清、青本通。作臨淄者，史之誤。營之爲管，以字形相近，傳寫而誤。誌稱"延昌四年徵爲征虜將軍、大中大夫，嬰疾連歲，以熙平二年卒"。史誤以卒之歲爲授征虜之歲，而云"神龜中卒"。又，史稱"謚恭"，碑云"謚貞"，皆當以碑爲正。碑云"孤息伯茂"，史稱"子子盛，襲爵奉朝請"。伯茂即子盛字。六朝時名與字，史家往往隨意互見，如源彪之稱文宗、鄭頤之稱子默，皆是也。

北齊鄭子尚墓誌銘跋

子尚及祖萬、父乾，皆于史無考。《魏書·地形志》，東益州有梓潼郡，睢州有臨潼郡，而無潼郡。誌稱“潼郡、安陽二郡太守”蓋省一字，其爲梓潼、臨潼則不可考矣。誌云“神武皇帝委以心腹，乃擢爲親信”，《齊本紀》“神武建牙陽曲，有款軍門願廁左右者署爲親信”，則親信者，猶今之親軍，如尉興廢爲親信都督是也。又云“遷長樂王府開府中兵參軍”，按：文宣第五子紹廉，初封長樂，天保十年改封隴西。尉粲亦襲封長樂王。紹廉未爲開府儀同，粲位司徒，得開府置官屬。子尚當是尉粲參軍。本紀天保五年，詔常山王演、上黨王渙、平原王段韶於洛陽西南築伐惡城、嚴城。《太平寰宇記》嚴城即穀城，在河南縣，則伐惡城亦當不遠。誌云“武平五年卒於伐惡城”，子尚蓋伐惡城戍主也。《武成本紀》云“河清四年，始將傳政，使內參乘子尚乘驛送詔書”。史不書姓，內參乘與親信近，或即鄭子尚，未可知也。

北齊文宗殘墓誌跋

志僅存七十餘字，蓋北齊源彪墓誌也。誌有云“君諱文宗缺”。又云“祖爲西戎所逼，以眾臣魏，天子嘉缺”，又云“司徒隴西惠王父子恭司空文獻公”。按：《北齊書·彪傳》云：“字文宗，西平樂都人也。父子恭，魏中書監、司空文獻公”，與誌合。彪蓋以字行，故志稱諱文宗，即《齊書》本傳亦惟篇首著彪名，文中遇稱彪名處，皆以文宗書之。子恭，《魏書》附其祖《源賀傳》。賀本河西王禿髮傉檀之子，傉檀爲乞伏熾磐所滅，賀自樂都來奔，卒贈侍中、司徒，謚惠懷。有十七子，子恭其一也。誌云“祖爲西戎所逼，以眾臣魏”，

謂賀也。祖字上所缺者,必"曾"字。"司徒隴西惠王",蓋謂懷也,
文宗之祖。彪,後入周,授儀同大將軍。入隋,授莒州刺史。遇疾
去官,開皇六年卒,年六十六,見本傳,則志刻于隋時矣。

北周賀朶公墓誌跋

　　右侯植墓誌,高廣皆一尺一寸三分,二十五行,行二十一字。
石在陝西,沈吉田方伯所贈也。題《周故開府賀朶公之墓誌》。
案:植,《周書》、《北史》皆有傳。誌云"字永顯,建昌人。其先侯
姓,漢司徒霸之後",史云"字仁幹,上谷人,燕散騎常侍龕之八世
孫。高祖恕,魏北地郡守,子孫因家於北地之三水。父欣,泰州刺
史,字貫",與史不同。案:漢之上谷,屬幽州,魏改隸東燕州,在今
直隸宣化、山西大同府境内。魏之建昌郡屬涼州,漢之北地郡亦屬
涼州,魏改隸雍州,又置西北地郡,屬幽州,皆在今甘肅境。漢三水
縣屬涼州安定郡,在今甘肅平涼府境,興平中割安定、扶風二郡地,
置新平郡。三水乃隸新平,晉廢,魏神麚中復隸涇州,置新平郡。
上谷與建昌不相涉,愚謂史稱上谷乃龕之籍,至恕始遷三水。魏兩
北地郡皆無三水縣,新平與北地毗連,故由北地而家三水。魏建昌
郡置於何時,古爲何地,《地形志》缺,以誌"葬于幽州三水縣"及史
傳"家北地之三水"兩語證之,當于漢三水縣境爲近。魏世,州郡
陷復,改置不常,即幽州一州,自皇興至太和五易其名可見。而史
所失載尤多,書缺有間,今旁推曲證而得其故。恕爲侯植高祖,其
人當在道武時。其時三水當隸北地郡,故曰"家北地之三水"。至
太武神麚中置涇州新平郡,乃改隸新平,故《地形志》以三水隸新
平。至永熙以後,當又割三水等縣置建昌郡,後又改建昌郡隸幽
州,而周仍之。故誌稱"建昌"人,又曰"葬于幽州三水縣",但《地
形志》皆失載耳。序所謂"永熙縮籍,無者不録"是也。史著其祖

籍，則曰"上谷"，誌記其所居，則曰"建昌"耳。"戮河橋之封豕，摧沙苑之長蛇"，與傳稱"從太祖破沙苑，戰河橋"合。"驍驍悍於洛陽"，與傳稱"齊神武逼洛陽，從孝武西遷"合。《周書》本紀，"大統二年太祖率眾聲言還長安，潛至小關，縱兵擊竇泰，斬之"，誌云"平竇賊於小關"者指此。"太祖率十二將東伐，至弘農，東魏高干、李徽伯拒守。命諸將冒雨攻之，城潰，斬徽伯，虜其戰士八千"。漢弘農，魏改恒農，在今陝州境，周號仲封國。誌云"尅恒農於陝號"者指此。"大統十三年，開府楊忠圍柳仲禮、長史馬岫于安陸。十四年，仲禮來援，忠大破之，斬仲禮，馬岫以城降。"宋安陸郡屬司州，今德安府隨州境，周隨侯封國，誌云"效武績於隋、陸"，指此。蓋此三役，植皆在行間，傳不詳書，可據此以補其缺。其官右光祿大夫、義州刺史、驃騎大將軍、開府儀同三司、司倉大夫、肥城縣開國公、賜姓賀乇氏，皆與史合。惟歷衛大將軍、太子中舍人，史亦失載；河陽太守，史作清河；贈光州刺史，史作平州；諡曰斌，史作諡曰節；子定遠、次定徽、次定嵩、次定國、次定周、次定貴，史惟載一子名定，不云定遠。皆當以碑正之。卒保定四年四月己丑朔，與《通鑑目錄》合，惟戊申爲二十日，碑云二十一日，小誤。竞作竟、華作莘、捷作捷、陸作陸、號作猇、戮作戕、苑作菀、長作萇、跟作跟，證以北碑，往往多同，疑皆太武帝所造新字，非別體也。

隋吳公李氏女尉富娘墓誌跋

此周尉遲俟兜之曾孫女、尉遲綱之孫女、尉遲安之女也。俟兜尚周太祖姊昌樂大長公主，生迴及綱，見《周書·尉遲迴傳》。綱自有傳，安附綱傳。誌稱姓"尉氏"，省"遲"字，祖"兜"，省"俟"字，綱封吳國公。安，綱第三子，以嫡嗣，襲爵吳國公，故曰吳公也。綱官位與史合。史稱"安，大象中官柱國"，不言"仕隋，爲左光祿大夫、左武衛大將軍”,可以補其缺。富娘年十八,未嫁而死,其母以歸李氏而合葬之。此冥婚之見於唐之前者。

隋蘇慈墓誌銘跋

志云“君諱慈,字孝慈”。按:蘇孝慈,《北史》及《隋書》均有傳。“父武周,周兗州刺史”。據誌,武周,魏驃騎大將軍、開府儀同三司、兗雲二州刺史、平遙郡開國公,贈綏、銀、延三州刺史。則武周所歷官,乃魏而非周。《隋書》周字,疑傳寫之誤。誌所敘官位,多與史合。惟魏初起家右侍中士,加曠野將軍,周天和七年授左勳衛都上士,建德元年授夏官府都上士、治中義都上士,四年授車騎大將軍、儀同三司、大都督領禁兵,宣政元年授前侍伯中大夫,改右侍伯少司衛,大象元年授司衛上大夫,及卒,謚安公,史皆不書。仁壽三年三月癸卯朔,與《通鑑目録》合。

韋玄貞墓安鎮土府碣跋

此碑上有符篆六十四字,計十一行,行六字。下正書十九行,行八字。文有云“西方七炁,素天元始,符命告下西方無極世界、土府神鄉諸靈官,順天皇后,先考酆王王妃崔,滅度五仙,託質太陰”云云。按:《唐書·韋后傳》,中宗復位,武三思諷群臣,上后號爲順天皇后,贈父玄貞上洛郡王。《外戚·韋溫傳》:帝幽廬陵,玄貞流死欽州,妻崔爲蠻首寧承所殺。帝復位,遣使迎玄貞喪,討寧承,斬其首,祭崔柩。柩至,帝與后登長樂宮,望而哭,贈酆王,起陵曰榮先。是此碣乃榮先陵中物,文有“安鎮土府”,又有“西方七炁”云云,則知東、南、北、中亦有之,共五石,惟此僅存,蓋道家厭勝術也。《周仁軌傳》云,睿宗夷玄貞墓,民盜取寶玉略盡。天寶九載,復詔發掘,長安尉薛榮先往視。塚銘載葬日月,與發塚日月

正同，而陵名與尉名合。是玄貞墓在當時兩遭發掘，而此石至今猶
存，不可謂無幸矣。碑不著年月，其刻石當在神龍、景龍時也。

肅府重刊淳化閣帖跋

　　肅府本閣帖十册，每卷末有"淳化二年壬辰歲十一月六日奉
聖旨摹勒上石"篆字三行，"萬曆四十二年乙卯歲秋八月九日草莽
臣溫如玉、張應召奉肅藩令旨重摹上石"隸書三行。卷五後摹有
至正十年張瑄等觀款，後附肅恭王書。卷九後附肅憲王書。卷十
後有萬曆乙卯張鳴鶴跋、丙辰趙煥跋、丁巳公鼐、宋維登、賈鴻洙，
戊午李起，己未盛以弘、徐元寀、黃和、趙末、李從心，庚申周鏘、劉
世綸，天啟辛酉李夏，崇禎戊寅王鐸，天啟辛酉肅世子識鋐跋，及不
題年月周如錦、張孔教、高鏘、劉重慶、柴以觀、傅振商、黃袞、周懋、
相湯、嚴燁、張鍵跋。細繹諸跋，皆以肅府所藏、太祖所賜爲宋拓，
並無指爲淳化祖刻者。以余觀之，未必勝於潘、顧兩刊耳。潘、顧
石已無存，肅本自乾隆以後殘缺甚多，跋亦不全。此本完善如新，
跋皆齊備，又附趙書千文，當爲前明拓本，勝於近拓多矣。

儀　顧　堂　集

儀顧堂集目録

儀顧堂集序

有明一代學術衰息，不如唐、宋遠甚；及其季也，亭林先生崛起，原本經術而發爲經世之學，遂卓然爲一大儒。近世學者徒見其《杜解補正》諸書，爲阮文達采列《皇清經解》之首，遂奉亭林爲我朝治漢學之先河，而不知此未足以盡亭林也。吾郡存齋陸君，所學以朱子爲宗，而又深病世之稗販《語録》、掇拾《大全》者，號爲宗朱而適以叛朱，因於國初諸大儒中，獨于亭林有深契焉。其言曰："學也者，上究今古興衰之故，中通宇宙利病之情，下嚴身心義利之界。在本朝則亭林稼書是也。"又曰："亭林之學，一本朱子而痛斥陽明。其才足以撥亂而反正，其行足以廉頑而立懦。至其教人以'博我以文，行己有恥'二句爲準，尤足以持時局而正人心。"君所言如是，其所宗尚可知，故以"儀顧"名其堂，而即以名其集。今讀其集，議論純正，根柢淵深，信有如潘次耕叙亭林先生書所謂"綜貫百家，上下千載，詳考得失，斷之于心，學博而識精，理到而詞達者。至于一名一物，考訂精詳，亡篇逸句，蒐輯無漏，則又亭林先生所以開漢學先河者也。"宜先生以"儀顧"名堂，而即以名集矣。

君之歿也，余爲志其墓，言君既優于學，又優于仕，仕學兼優，斯爲古之君子，一時頗以爲知言。越數歲，而君之子純伯昆仲又以《儀顧堂集》求序，余惟君往年曾蒙天語褒嘉，有"著作甚多，學問甚好"之諭。然則異時重開四庫館，此集必在甄録之列，豈待余言爲重？惟表君學術所從出，使讀是集者相與講求經世之學，勿使外人駕其異說，反笑我經術之迂疏。此則吾道之光，亦世道之幸也。君此外所著書，尚有九百二十餘卷，備載墓志，茲不論云。

　　光緒戊戌（1898）孟春德清俞樾

儀顧堂集卷十七

金刊清凉傳跋

《清凉傳》二卷，題曰"唐朝藍谷沙門慧祥撰"，前有大定辛丑二月十七日永安崇壽禪院雪堂中隱沙門廣英序。《廣清凉傳》二卷，題曰"清凉山大華嚴寺壇長妙濟大師賜紫沙門延一重編"，前有嘉祐庚子正月朝奉郎尚織局員外郎守太原府大通監兼兵馬都監上騎都尉賜緋魚袋前句當五臺山寺司公事郗濟川撰序。《續清凉傳》二卷，題曰"朝奉郎權發遣河東路提點刑獄公事張商英述"，前有大定四年九月十七日古豐姚錫序。每葉廿二行，行廿字。舊爲何夢華元錫藏書，即阮文達進呈本所從出，《揅經室外集》所謂"或以爲金大定藏版者"也。案：《續傳》末一葉有"大明洪武歲次丙子正月十有五日，山西崇善禪寺住山雁門野納了庵性徹洞然勸緣率衆重刊，《釋迦賦》、《帝教事迹》、《成道記》、《補陀傳》、《清凉傳》合部印施"云云數百字，則爲洪武翻刊而非大定本明矣。但近來藏書家如長塘鮑氏、振綺堂汪氏、文瑞樓金氏、月霄張氏、恬裕齋瞿氏，著録衹有鈔本，則刻本之罕覯可知。況洪武距今五百餘年，仍當以宋、元舊刊同觀也。

宋版諸臣奏議跋

《國朝諸臣奏議》一百五十卷、目録四卷。首爲淳熙十三年進書表，次爲進書序，題曰“龍圖閣學士朝散大夫成都潼川府夔州利州路安撫制置使兼知成都軍府兼管內勸農使充成都府路兵馬都鈐轄祥符縣開國伯食邑九百戶臣趙汝愚謹上”。所錄北宋九朝章奏，凡趙普、范質、扈蒙、李光贊、張觀、宋白、徐鉉、田錫、謝泌、張佖、柴成務、陳靖、張泊、何承矩、李覺、李昉、張齊賢、李至、王禹偁、寇準、王曾、李邈、韓援、陳充、張知、白戚倫、孫奭、朱台符、任隨、陳靖、孫何、來宗道、季諮、吳育、錢易、盛梁、錢若水、趙安仁、陳彭年、范仲淹、韓琦、富弼、杜衍、文彥博、龐藉、孫忭、司馬光、呂誨、范鎮、歐陽修、何郯、賈黯、余靖、尹洙、包拯、劉敞、孫沔、蘇舜欽、宋庠、吳奎、馮遵、趙忭、傅堯俞、段少連、范師道、張述、呂大臨、吳庭、胡宿、陳洙、王陶、錢彥遠、王舉正、江休復、楊畋、王時、齊唐、宋祁、葉清臣、孫甫、李京、錢彥博、呂大防、程珦、鄭獬、蔡承禧、田況、蔡襄、謝絳、陳升之、呂公著、上官均、李東之、錢明逸、張洞、祖無擇、韓維、宋庠、吳育、燕肅、王堯臣、劉平、張元、丁度、曾公亮、魚周詢、李大臨、張方平、夏竦、陳執中、賈昌朝、龔鼎臣、邵亢、趙瞻、范純仁、錢公輔、王珪、彭思永、宋敏求、程頤、范祖禹、梁熹、王巖叟、彭汝礪、劉安世、陸佃、呂希純、曾肇、蘇軾、蘇轍、滕甫、蘇頌、曾鞏、劉述、錢顗、孫覺、程襄、張戩、程顥、李常、錢勰、劉摯、劉孝孫、楊繪、劉攽、趙彥若、黃履、王安石、陳襄、曾孝寬、周尹、范百祿、王存、陳薦、趙君錫、孫固、張師顏、林希、蒲中行、劉几、呂大忠、呂公弼、周悉臣、呂陶、劉琦、鄭俠、范純粹、龔央、李琮、邢恕、張璪、李清臣、孔武仲、朱光庭、丁騭、蔡蹈、林丹、王覿、鄒浩、陳井、張舜民、畢仲游、顏復、李之純、岑象求、許將、顏臨、常安民、韓忠彥、黃廉、韓川、范鷟、趙逋、賈易、陳瓘、江公望、李光、游酢、李朴、張叔夜、仲澳、韓宗武、王渙之、毛注、陳堯臣、龔原、石公弼、宇文粹中、葉夢得、陳佑、高倚、吳執中、許翰、翁彥國、馮獬、馮檝機、宋昭、李綱、陳東、陳公輔、胡安國、楊時、余應本、曹輔、范宗尹、豐稷、呂好問、王襄、雷觀、胡舜陟、程瑀、陳過庭、崔鷗、宋明、李若水、秦檜、任百雨，凡二百三十六人，奏議千餘首，搜羅不可謂不富，惟置胡澹庵封事不收，反錄秦檜爲太學丞時《上邊機三事》，去取殊爲未當。忠定在日，曾鋟木蜀中，後毁于兵，其孫必愿帥閩重刊未就，眉山史季溫繼成之。前有宗室希瀚及淳祐庚戌福建提刑史季溫序。張月霄所藏，版心間有"元大德至大補刊"字樣。此本爲黃俞邰舊物，有"晋江黃氏父子珍藏"印，尚無元修之版，當爲大德以前印本。然闕葉已與《藏書志》所記同矣。

宋大詔令跋

　　《宋大詔令》二百四十卷，《郡齋讀書志》：宋宣獻公家編纂也，皆中興以前之典，故嘉定三年李大異刊于建寧。《直齋書錄解題》曰：寶謨閣直學士豫章李大異刊于建寧，云紹興間宣獻公子孫所編纂也。《玉海》云：此集紹興中出于宋綬之家。愚案：《唐大詔令》乃敏求所編，直齋謂是書宋綬子孫所編是也。《文淵閣書目·經濟類》：《宋大詔令》廿四册，不全。殆即此書。其書裒集北宋詔令，自建隆迄宣和，分帝統、太皇太后、皇太后、皇太妃、皇后、妃嬪、皇太子、皇子、親王、皇女、宗室、宰相、將帥、軍職、武臣、典禮、政事十三門。[①] 每門各分子目。今可考見者，帝統之門十二，曰即位、曰誕節、曰改元、曰名諱、曰尊號批答、曰尊號册、曰違豫康復、曰內禪、曰遺制、曰謚議、曰謚册、曰哀議；太皇太后之門十四，曰尊立、曰誕節、曰建宮殿、曰受册、曰御殿、曰責躬、曰恩澤、曰本命、曰服藥、曰遺誥、曰謚議、曰謚册、曰哀册、曰山陵；皇太后之門十一，曰

---

① 　此處所列，實係十七門。《愛日精廬藏書志》云"存者凡十七類"。

尊立、曰尊號、曰册文、曰聽政、曰禮儀、曰違豫、曰遺令遺詔、曰謚
議、曰謚册、曰哀册、曰山陵；皇太妃之目四，曰尊立、曰禮儀、曰追
命、曰太后；皇后之目七，曰尊立、曰册文、曰降黜、曰追命、曰謚議、
曰謚册、曰哀册；妃嬪之目五，曰内職、曰進拜、曰册文、曰降黜、曰
追命；皇太子之目十一，曰奏請批答、曰建立、曰赦、曰册文、曰議
政、曰辭免、曰謝恩、曰慶賀、曰建牧、曰納妃、曰追命；皇子之目二，
曰霈音、曰立子；親王之目七，曰拜官、曰進拜、曰就學、曰優禮、曰
出閤外邸、曰降黜、曰封典；皇女之目四，曰封拜、曰雜詔、曰降黜、
曰贈典；宗室之目六，曰封拜、曰進拜、曰雜詔、曰貶責、曰贈典、曰
祔葬；宰相之目存者三，曰登拜、曰進拜、曰罷免；將帥之目存者三，
曰賞功、曰貶責、曰軍職；武臣之目一，曰拜除；典禮之目三十，曰封
禪、曰祀汾陰、曰南郊、曰雜詔、曰賜與、曰陪祠、曰北郊、曰恭謝壇
殿、曰明堂、曰天神、曰地示、曰山川、曰雜祀、曰廟制、曰親謁太廟、
曰祔廟、曰祖宗加謚、曰謚議、曰配饗、曰原廟、曰陵寢、曰陵名、曰
誕節、曰朝賀、曰巡幸、曰游觀、曰宴集、曰貢獻、曰弋獵、曰喪服；政
事之目五十五，曰禮學、曰經史文籍、曰祥瑞、曰儆災、曰褒崇先聖、
曰國賓、曰學校、曰徵召、曰求遺書、曰出宫女、曰建都、曰建易州
縣、曰官制、曰舉薦、曰求言、曰制科、曰科舉、曰銓選、曰考課、曰按
察、曰休假、曰俸賜、曰營繕、曰河防、曰軍令、曰馬政、曰常平、曰田
農、曰賦斂、曰財利、曰財賦、曰蓄積、曰賑恤、曰蠲復、曰恤窮、曰慰
撫、曰慰諭、曰誡飭、曰禁約、曰刑法、曰貶責、曰備禦、曰保强、曰恩
宥、曰招諭、曰貸雪、曰平亂、曰討伐、曰武功、曰醫方、曰褒恤、曰收
瘞、曰道釋、曰偽國、曰四裔。原本二百四十卷，今缺七十一至九十
三，又一百六至一百十五、一百六十七至一百七十七，共四十四卷，
存一百九十六卷。雖與《唐大詔令》同一殘缺，而所載宋九朝典
制，足補史缺者甚多，考宋代掌故者之資糧也。是書明以後傳本甚

希，阮文達《外集》亦無其目，惟張月霄《藏書記》著于錄，缺卷亦與此本同，恐世間無完本矣。

原本北堂書鈔跋

原本《北堂書鈔》一百六十卷，明中葉鈔本。每葉二十六行，每行大字二十，小字二十五六不等。海鹽馬玉堂孝廉漢唐齋舊物也。案：《宋史·趙安仁傳》，安仁嗜讀書，所得祿賜多以購書。三館舊缺虞世南《北堂書鈔》，惟安仁家有本。真宗命內侍取之，嘉其好學，手詔褒美。愚謂唐以前書存于今者甚寡，其幸而得存，宋元以來無不刊行。惟原本《書鈔》，自唐至今未經刊本，何以明之？五代始有刊版，如《書鈔》刊行于五代，真宗時傳本必多，何至三館缺而安仁家獨有乎？則必無刊版可知。明人陳禹謨所刊，屢改刪削，名存實非，猶不刊也。入國朝，原本尤為難得。嚴氏可均謂江浙有《書鈔》原本五：一為孫淵如本，一為季滄葦《古唐類範》，即朱竹垞《古唐類要》本，一為張月霄本，一為汪小米本，一則嚴氏所有也。此本前明舊鈔，又在嚴氏所見五本之外，先師周孝廉校正《書鈔》，用功甚深，自經兵燹，隻字不存。惟先師所據之本，乃從嚴氏本影寫，訛誤更多，當時以不得舊鈔為恨。是本未知較嚴氏所藏何如，惜先師已作古人，不得商量舊學，追念師門，為之泫然。

宋版太平御覽跋

宋版《太平御覽》存卷一至一百三十三，卷一百七十二至二百，卷二百十二至三百六十八，卷四百二十四至四百五十五，計三百五十一卷。初為中山王邸之物，有“南州高士”、“東海豪家”印。後入明內府，有文淵閣印，即《文淵閣書目》所載之不全本也。乾嘉間歸黃蕘圃主事，後歸蘇州富民汪士鐘。今冬，余以白金百朋得之，核以黃氏原目，又佚五百三十一至五百三十五、五百四十一至五百四十五、七百二十六至七百三十，共十五卷。案：書中“胤”、“愼”、“殷”、“恒”、“貞”，皆缺筆，而“桓”字不缺，則刊印當在仁宗時，爲是書刊本之祖。① 宋刊世不多見，北宋刊本猶如景星慶雲。是書雖殘缺，而卷帙尚富，可據以校群書之訛，豈僅與殘圭斷璧同珍已哉。

宋版百川學海跋②

《百川學海》，每葉廿八行，行廿八字。版心有“百川學海”四字。分二十卷。“廓”字注“寧宗廟諱”，宋理宗時刊本。卷一爲李元綱《聖門事業圖》、史繩祖《學齋佔畢》、《釋常談》，卷二爲《中華古今注》、《漁樵問答》、《九經補韵》、《獨斷刊誤》，卷三爲鄒棨《開天傳信記》、王栐《燕翼貽謀録》、宋敏求《春明退朝録》，卷四爲楊萬里《揮麈録》、《丁晉公談録》、《王文正筆録》、顏師古《隨遺録》、李肇《翰林志》、周必大《玉堂雜記》，卷五爲《王文正遺事》、李廌《師友談志》、朱彧《蘋洲可談》、《龍城録》、鍾輅《前定録》、《續前定録》、王君玉《國老談苑》、强至《韓忠獻遺事》，卷六爲李元綱

---

① 《太平御覽》。陸跋云“刊印當在仁宗時，爲是書刊本之祖”。傅增湘則定爲南宋刊本，並云：“此書避宋諱至‘愼’字止，字體極精整可玩，而古厚之意已失。陸心源氏乃謂爲北宋刊本，景星慶雲，爲此書之祖本，何其疏耶！余所見日本帝室圖書寮及西京東福寺藏二部，爲慶元刊本，字體疏勁，爲蜀中所刊。此本刊刻，或在蜀本之先，而雕工特爲精整，或是浙杭間所鐫耳。”見《藏園群書經眼録》卷十，頁799。

② 《百川學海》，陸氏定爲宋刊本。傅增湘云：“此乃嘉靖丙申莆田鄭氏刊本。改易全書，分爲二十卷。友人陶蘭泉曾藏一本，目後有牌子。陸氏得此百種，題名‘䴡宋’，然未免已輸了春風一半矣。”見《藏園東游別録》“靜嘉堂觀書記”、《藏園群書經眼録》卷十一。又，陶蘭泉，名湘，字蘭泉，號涉園，浙江武進人。其百川書屋，以收藏宋版《百川學海》而得名。

《厚德録》、《晁氏客語》、《道山清話》，卷七《鼠璞》、《畫簾緒論》、《官箴》，卷八爲儲泳《袪疑説》、劉禹錫《因話録》、《宋景文筆記》、陳録《善誘文》，卷九爲何坦《西疇常言》、《欒城遺言》、李之彦《東谷所見》、趙元素《鷄肋》、《孫公談圃》，卷十爲《東坡志林》、《螢窗叢談》、《龍川志略》，卷十一爲《騷略》、《獻醜集》、《四六話》、《四六談塵》、《文房四友》、《除授集》，卷十二爲高似孫《子略》、胡錡《耕禄稿》，卷十三爲《庚溪詩話》、《竹波老人詩話》、《司馬溫公詩話》、《石林詩話》、《選句詩圖》，卷十四爲《紫薇詩話》、《貢父詩話》、《後山詩話》、《珊瑚鈎詩話》、《六一詩話》、《許彦周詩話》，卷十五爲《寶章待訪録》、《書史》、《書斷》、《續書譜》、《歐公試筆》，卷十六爲《法帖釋文》、《書譜》、《翰墨志》、《海岳名言》、《法帖刊誤》、《法帖譜系》，卷十七爲贊寧《筍譜》、葉樾《端溪硯譜》、洪适《歙州硯譜》、《歙硯説》、《辨歙硯説》、傅肱《蟹譜》、李之彦《硯譜》、米芾《硯史》，卷十八爲《古今刀劍録》、陳子野《酒録》、陳仁玉《菌譜》、張又新《煎茶水記》、宋子安《東溪試茶録》、洪芻《香譜》、陳達叟《蔬食譜》、陸羽《茶經》，卷十九爲《海棠譜》、《禽經》、《荔支譜》、《橘録》、《南方草木狀》，卷二十爲《洞天福地記》、劉蒙《菊譜》、范成大《菊譜》、《洛陽牡丹記》、《牡丹榮辱志》、《芍藥譜》、《竹譜》。是書世所行者，有前明及國初兩刊。明刊每葉二十四行，行二十字，以十干分十集，版心無“百川學海”四字，《聖門事業圖》亦列卷首，而以《洞天福地記》居末。其餘序次，亦多不同，惟先後雖紊，而全書無羨。至國初刊本，乃《説郛》所改，删削過半，名存而實非矣。此本審其格式，當是宋時麻沙坊刊，完善無缺，著録家所罕見也。

小兒方論跋

　　《小兒方論》四卷,宋楊士瀛撰,明朱崇正《附遺》。《四庫》未
著録。凡分類十二,曰初生、曰變蒸、曰驚、曰中風、曰疳、曰積、曰
傷寒、曰痰嗽、曰脾胃、曰丹毒、曰雜證、曰瘡症。每類各分子目。
宋以前無以治小兒法勒爲一書者,有之自錢乙《小兒藥證直訣》
始,其書雖存而不全,外此以《小兒衛生總微論方》爲最古。至晁
氏、陳氏所載《小兒靈秘方》等書,今不可見矣。是書成于《總微論
方》之後,而論説方劑更爲詳備。崇正所附,間參以圖,頗能補楊
氏所未及,誠保嬰之秘笈也。

醫學真經跋

　　《醫學真經》二卷,宋楊士瀛撰,明朱崇正附遺。案:士瀛字登
父,號仁齋,福州人,著有《仁齋直指》二十四卷、《傷寒活人總括》
七卷。《四庫全書·醫家類》著録此本爲明嘉靖時刊,著録家所罕
見也。前有景定壬戌七月既望登父自序。首爲《察脉總論》,次
《脉訣》,次《論七表脉》,次《論八裏脉》,次論《九道脉》。其《雜
證》、《脉狀》及《藥象》,則朱崇正所附也。是書雖以僞本王叔和
《脉訣》爲經,而能參以百家之言,去其謬而擷其精。自序所謂"發
先哲未盡之言而揆之理,約諸子異同之説而歸之正",非誇也。其
《三部九候論》、《臟腑部位論》、《診候論》、《脉病消息論》諸篇,簡
要易明,多前人所未發,以視《瀕湖脉學》無不及也。

元版晞范句解八十一難經跋

　　元版《難經》八卷,每葉廿行,行廿字,題曰"新刊晞范句解八
十一難經,盧國秦越人撰,翰林王惟一校正,臨川晞范子李駉子埜

句解"。前有咸淳己未晞范子自序，首有圖十九葉。末有釋音兩葉。其書逐句解釋，頗爲淺近易曉，李駉仕履無考。是書著録家所罕見，張氏《藏書志》始著于録，但從道藏本傳録，書祇七卷。此本八卷，乃完帙也。

金匱衍義跋

《金匱衍義》，元趙良撰。案：良字以德，仕履無考。藏書家均未著録。黃氏千頃堂僅載其名，不著卷數，蓋亦未見原書也。康熙初，吳人周楊俊得其本，間有缺佚，自爲補注，刊于長沙，名《金匱二注》，"衍義"之名遂晦。余讀其書，于仲景立論制方，推闡詳晰，具有精義，可與成無已《傷寒論注》相抗衡。乃《傷寒論注》甚爲當世所重，《衍義》則鮮有知之者，可慨也。

傷寒紀元妙用集書後

《傷寒紀元妙用集》十卷，題曰"御診太醫宣授成全郎上都惠民局提點尚從善編次"。《黃氏千頃堂書目》著于録，錢氏《補元史藝文志》仍之，皆不詳其里貫。今據袁袞、馮子振序，知其字仲良，大名人。據張壽序，知其曾得五品服。據結銜及自序，知其歷官惠民司、提點江浙等處醫學提舉。其書掇拾成無已《傷寒論注》、《明理論》而成，絕無心得，後附《藥性論治》，亦多膚淺，未可以《四庫》未收，詫爲秘笈也。

明鈔皇鑑箋要跋

《新編分門標題皇鑑箋要》六十卷，題閩川林駉德頌撰。是書取宋一祖十一宗事迹分門編纂。凡分君德、君政、官制、貢舉、科目、用人、臣道、儒學、兵制、賦役、財用、荒政、時弊十三門。每門又各分子目。君德之目廿七，曰國朝盛事、曰祖宗混一、曰祖宗年號、曰祖宗尊號、曰取法帝王、曰取法祖宗、曰變更持守、曰聖學、曰經筵、曰讀《詩》、曰讀《書》、曰讀《易》、曰讀《春秋》、曰讀《禮記》、曰讀《周禮》、曰讀《論語》、曰讀《孟子》、曰讀史、曰讀《通鑑》、曰讀祖訓、曰聖翰、曰聖制、曰聖學、曰剛德、曰仁德、曰勤德、曰儉德；君政之門二，曰敕宣、曰內降；官制之門廿二，曰新舊官制、曰武官、曰三省、曰宰相、曰樞密、曰宰臣兼樞密、曰六部、曰吏部、曰戶部、曰翰林、曰館閣、曰記注、曰編修、曰經筵、曰給舍、曰臺諫、曰監司、曰郡守、曰縣令、曰權行守試、曰俸祿、曰職田；貢舉之目十，曰廷試、曰解試省試、曰漕試、曰舍法、曰武舉、曰三題策試、曰詞賦經義、曰文體、曰考校、曰關防；科目之目四，曰制科、曰宏詞、曰童子、曰隱逸；用人之目九，曰銓選、曰堂除、曰資望、曰任子、曰薦舉、曰久任、曰均任、曰省冗官、曰惜名器；臣道之目十，曰德望、曰才德、曰忠義、曰推遜、曰誠實、曰欺僞、曰恬退、曰奔競、曰清廉、曰贓污；儒學之目三，曰伊洛之學、曰康節數學、曰安定之學；兵制之目十，曰太祖制兵、曰衛兵、曰戍兵、曰州縣之兵、曰民兵、曰養兵、曰省兵、曰馬政、曰茶馬、曰軍器、曰水師、曰車戰、曰騎兵、曰步兵；賦役之目四，曰役法、曰賦役、曰和糴、曰和買；財用之目十四，曰戶部之財、曰內帑之財、曰理財、曰節財、曰會節、曰茶、曰鹽、曰酒榷、曰銅錢、曰鐵錢、曰幣、曰鬻爵、曰鬻僧、曰漕運；荒政之目三，曰賑荒、曰常平、曰義倉；時弊之門三，曰朋黨、曰宦官、曰外戚。每目各爲一篇而自注之。雖爲場屋而設，所採宋一朝事迹，足以參訂《宋史》，亦考史者之資糧也。《宋史·藝文志》不載其名，張月霄《藏書志》始著于錄。此即張氏舊物，前有愛日精廬藏書印。後歸汪士鐘。余從金閶書估得之，恐世無第二本矣。

書楊升庵刊廣川畫跋後

《廣川書畫》跋，皆刊于王弇州所輯《書畫苑》。大興紀文達謂，《書跋》有刊本。此書則僅輾轉傳抄，一若未見刊本者，不可解也。此本爲楊升庵所刊，爲王氏刊本所從出，惟訛奪甚多，幾不可讀。卷四蒲永昇《畫水跋》、李營邱《山水圖跋》，卷五《武宗元天王跋》，皆有録無書。展子虔《畫馬跋》，脱五十餘字，誤連營邱《山水圖跋》末數句。《秋雨圖跋》亦誤連《天王跋》末數句。想當時升庵所見本有缺葉，故致此誤耳。偶從章紫伯明經借得影鈔元鈔本，則此本所缺蒲永昇《畫水跋》、李營邱《山水圖跋》、《武宗元天王跋》，皆完具，因一一補録，且改正數十字。但元人跋已稱訛字甚夥，不可枚舉，雖相互勘正，疑竇尚不少也。獨怪廣川《跋鎖樹諫圖》，持論甚正，及靖康之禍，助逆忘君，行同犬豕。文人無行至于如此，絕可嘆也。

舊鈔三山志跋

此書從宋本傳抄，尚存四十卷舊式。近從閩中楊雪滄侍讀借得明萬曆刊四十二卷本對校一過，補缺張一葉，補正數百字。明刊本卷四“内外城濠門”脱小注正文六百餘字；卷八“祠廟門”“會應廟”條，下脱小注三百餘字；卷十“墾田門”“園林山地”條下脱小注一千五百餘字，“戶口門”“今額主客丁”條下脱小注五百九十餘字；卷十一“官莊田門”“官莊租課錢”條下脱小注二百六十餘字；卷十二“贍學田門”“豆麥雜子”條下脱小注九百餘字，“景祐四年”條下脱小注七百餘字；“職田門”“職田二十頃”條下脱小注四百五十餘字，“租課田”條下脱小注一千五百八十餘字；卷十四《州縣役人門》“在城三縣社首副”條下脱小注二百餘字；卷十七“歲收

門"小注全脫,約五千餘字;卷三十二"科名門"淳祐十年方逢時
榜,脫陳無咎至王同叔三十四人,而誤以淳祐四年劉夢炎榜,周淼
至張全二十七人羼入。此外,零星脫落,又不下數千字。明人刊
書,粗莽滅裂,真有刊如不刊之嘆矣。

釣磯集跋

　　唐秘書省正字先輩徐公《釣磯文集》十卷,題曰"唐徐夤昭夢
著",舊鈔本。前有建炎三年裔孫師仁序及延祐中裔孫元序。案:
夤著有《釣磯賦》五卷、《探龍集》五卷,《唐書·藝文志》不著于
錄,宋時想已早佚。此本乃延祐中其裔孫玄字可珍者所編也。
《四庫全書》著錄正字《詩賦》二卷,詩二百六十二首,賦八首。此
本賦五卷,詩五卷。詩與四庫本同,賦則增多四十八首。張月霄以
《全唐文》校之,此本多賦二十一首,少《均田賦》、《衡賦》二首,所
缺賦八首,皆可據《全唐文》補錄,具見所作《藏書志》。中所缺《偶
吟七律》一首,余亦據《全唐詩》補入。夤詩賦皆不脫唐末之習,惟
唐人傳世日希,自當以罕覯珍之。

影宋明州本騎省集跋

　　《徐公文集》三十卷,從宋紹興中明州本影寫,題曰"東海徐鉉
撰"。前有天禧元年十一月三司戶部判官朝散大夫行尚書都官員
外郎上護軍胡克順進書表及宋真宗答敕,淳化四年秘書郎陳彭年
序,末有大中祥符九年太常丞集賢校理晏殊後序及紹興十九年右
朝議大夫知明州徐琛跋。附錄一卷,則行狀及李昉所作墓誌、李至
等所作輓詞祭文也。每葉二十行,行十九字。每卷有目,連屬篇
目。各家藏本卷十《烈武帝廟碑》"告貞符"下,缺三百八十字;《三
清觀記》"其守固者其事舉"下,缺五十餘字。此本皆完具,洵善本

也。

晏元獻遺文跋

《晏元獻遺文》一卷，康熙中胡亦堂輯，僅文六首、詩六首，餘皆詞。如《西清詩話》、《復齋漫録》、《古今歲時雜咏》、《侯鯖録》所載諸詩，皆未收入。《四庫全書提要》已詳言之。愚復加收輯，尚有《宋文鑑》所載《中園賦》一首、《假中示判官張守丞王校勘》一首、《雪中》一首、《侍讀學士請宮中視學狀》一首、《答樞密范給事》一首、《連珠》一首，《播芳大全》所載《代皇太子辭陞儲表》二首，杜大圭《名臣碑版宛炎録》所載《馬忠肅亮墓誌》一首，《騎省集》所載《後序》一首，《老學庵筆記》所載《盂蘭盆》一首，《硯箋》所載張殿院惠《古瓦硯》二首，《瀛奎律髓》載《賦得秋雨》一首、《春陰》一首，《汝州志》所載《巢父井》一首，《江西詩話》所載《東湖涵虛閣》一首，亦皆未收。合之《復齋》、《漫録》、《歲時雜咏》、《西清詩話》、《侯鯖録》各書所引，及汲古刊《珠玉詞》，重爲編次，當可增此本三倍也。

春卿遺稿跋

《春卿遺稿》，題曰“蔣堂撰”。案：《宋史》本傳，堂有《吳門集》二十卷。考晁氏《郡齋讀書志》、陳氏《書録解題》皆不著録。其佚當已久矣。是本明天啓中其二十一世孫鑛所編，其名當亦鑛所題，以堂曾官禮部侍郎故也。編次無法，挂漏甚多。《宋史》本傳所稱《論郭皇后不當廢疏》、《論禁中火起疏》、《言不必別置發運使疏》、《奏復鑑湖馬湖疏》，均未見。又《會稽掇英總集》有卷一《閔山》五古并序，卷二《寄題望湖樓》七古，卷三《棹歌》七古，卷八《飛來山》五古、《天章寺題字》，《成都文類》卷七有《清陰堂種

橘》一首,《嘉泰會稽志》有《守會稽日修永和故事作》七律,《西湖
高僧事略》有《贈惟政禪師》七絕,皆失收。其書以《吳都文粹》爲
藍本,此外所採寥寥數首而已。往往割裂《文粹》案語,附于題下,
似序非序,尤爲非體。《虎邱山》一首,《文粹》作《吳王墓》;《謝李
兵部》二首,《文粹》本作《靈芝坊》。改易篇題,多近肊撰,明自萬
曆以後風氣使然矣。

錢唐集跋

　　《錢唐韋先生集》十六卷,影鈔宋乾道刊本①。是集原本二十
卷,後爲其子失去二卷。其孫能定求之不得,遂于乾道四年以十八
卷刊于臨汀郡庫,見其孫右奉直大夫知汀州軍州事能定跋中。乾
隆中開四庫館,所據之本至十六卷止,又缺首二卷,遂移卷三爲卷
一,以十四卷著于録。此本從宋乾道刊本影寫,“構”注“太上皇帝
御名”,“眘”注“今上御名”。每葉廿行,行廿字,亦缺首二卷。卷
三至卷九古今體詩九百九十三首,卷十表,卷十一啓,卷十二至卷
十四疏狀,卷十五書,卷十六書、祝文、祭文、青詞、墓誌,卷十七記、
序、傳、論、策問,卷十八雜著、歌詞,凡文五百六首,較四庫增十七、
十八兩卷,增文九十八首,詞十一首。末附陳師錫行狀,略云:公諱
驤,字子駿,年十七以文謁荆國王文公,見其《借箸賦》大奇之。皇
祐五年登進士第,調睦州壽昌縣尉,以憂不赴。後歷興國軍司理參
軍、婺州武義令,改秘書省著作佐郎,知袁州萍鄉縣、通州海門縣,

---

① 　韋驤《錢塘韋先生集》,傅增湘云:“此本實爲宋刊,且屬初印精湛。卷中宋
諱亦缺筆。未審陸氏何以疏率至此,題爲明初刊。昔傳明吳匏庵寬藏宋刊本,缺第一、
二卷,此本所缺正同,必爲吳氏藏本無疑也。”見《藏園東游別録》“靜嘉堂觀書記”,《藏
園群書經眼録》卷十三、頁1138。

通判滁州、楚州，遷尚書屯田員外郎，改少府監主簿。韓維等薦爲利州路轉運判官，移福建路通判。會閩饑，咸議請賑。公曰：“閩去京師，往返數千里，令民朝不及夕，上書待報，是冠冕從容以救焚溺也。”乃檄州縣發廩，而請違法之罪于朝，民賴以全活者甚衆。時有群盜阻險，爲閩數州患。州縣畏怯，爭言盜勢熾，宜撫。公曰：“閩盜狃于姑息。曩者彭孫廖恩于此列官，故奸民以凶慝爲得計。若遵前軌，是爲民稔患也。”處畫方略，盜咸就法，部內肅然。召爲尚書主客郎，出爲夔州提點刑獄，知明州，勾提舉洞霄宮，旋致仕。崇寧四年卒，年七十三歲。是其政事亦有可稱，不僅以文章著矣。後有改修《宋史》者，宜補入“文苑傳”也。

歐陽文忠集跋

《文忠集》一百五十三卷，明正德壬申郡守劉喬刊本。前列孫謙益、丁朝佐、曾三異、胡柯校正銜名及葛澟等覆校銜名。每卷後有熙寧五年秋七月男發等編定及紹熙二年郡人孫謙益等校正二行，猶仍宋紹熙本舊式。其書以吉、建、衢、蜀各本異同附注本文之下，復以未盡者列于每卷之末，間附丁朝佐案語，考正字義，頗爲精核。周益公序稱，朝佐“博覽群書，猶長考正”，良不虛也。今祠堂刊本，于卷末所列，一概削去，亦是書之一厄也。

儀顧堂集卷十八

柯山集跋

張文潛《柯山集》一百卷，久無完本，今所存者凡三：一爲《宛邱集》，凡七十六卷，一爲《張右史大全集》，凡六十卷，一爲擺本《柯山集》，凡五十卷。七十六卷本不得見。余以插架所有《柯山集》及鈔本《右史集》互勘，編次頗有異同。詩文無大出入，復以群書互勘，則可以補《柯山集》之缺者甚多。《蘇門六君子文粹》所選《治術論》、《治原論》、《盡性論上》、《盡性論下》、《孔光論》、《正國語》、《至誠篇上》、《至誠篇下》、《衣冠篇》、《遠慮篇上》、《遠慮篇下》、《慎微篇上》、《慎微篇下》、《用民篇》、《廣財篇》、《力政篇》、《擇將篇上》、《擇將篇下》、《審戰篇》、《養卒篇》、《說道》、《說俗》、《說化》、《說經》、《說愛》、《進誠明說》、《齋說上》、《齋說下》、《上邵提舉書》、《再上邵提舉書》、《代高圯上彭器資書》、《上曾子固書》、《上唐通判書》、《上黃判監書》、《章明發集序》、《詩臣工傳》、《抑傳》、《桑柔傳》、《雲漢傳》、《嵩高傳》、《江漢傳》、《常武傳》、《文王傳》，凡四十三篇，今本《柯山集》皆失收。《宋文選》卷三十有《進齋記》一首，《宋文鑒》卷二十有《寄楊道孚》、《春日雜書》、《感遇》、《糶官粟有感》、《賀雨拜表》五首；卷廿二有《種園》、《近清明》、《晨興》三首；卷廿八有《柏武公》一首。《播芳大全》卷二有《代辭丞相表》一首。杜大圭《名臣碑版録》中集卷三十四有《晁補之墓誌銘》一首。《歲時雜咏》卷二《新正》一首,卷四《壬午正月望夜赴臨汝宿襄城》,卷八《上元夜飲文安君誕辰》、《上元日早起贈同游者》、《上元夜阻雪和景芳》三首,卷廿二《夏至》、《入伏後一日》、《出伏》、《寄潘十伏暑日惟食粥一甌》四首,卷廿二四《六月二十二日晚行泊林筫港口》一首,《立秋後便涼示秬等》一首,卷廿七《七月七日晚步園中》一首,卷三十一《中秋柬贈仁公》一首,卷卅六《六九日懷道孚和彥昭》、《九日西湖會飲》二首,卷四十《冬至後三日》三首、《冬至呈阿璉廿六》二首、《冬至》一首,卷四十三《五月五日大雪》、《三月六日馬令送花》、《三月十三日作時爲董氏欲爲堂東築宅》、《三月二十四日聞鶯》四首,卷四十四《四月二十一日會潘何小酌》一首,《四月二十日》二首,《八月十一涼如十月》一首,卷四十五《九月末風雨初寒》二首,《十月十二日夜務宿寄内》一首,《九月末大風》、《一夕遂寒》二首,卷四十六《十二月十一日早苦寒與婦酌酒》一首。《瀛奎律髓》卷三《永寧遣興》一首,卷十一《和應之盛夏》一首,卷十四《晨起》一首,卷十五《冬夜》一首,卷十六《臘日晚步》五首,又《臘日》二首,又《臘日》五律之一,卷二十《偶折梅數枝》一首,卷廿五《寒食》七律,又《曉意》七律,卷卅六《春日》一首,卷廿九《正月二十日夢京師》、《晚泊襄邑柘城道中》、《赴宣城守》、《吳興道中》、《白羊道中》五律五首,卷卅九《十二月十七日移病家居》七律三首,卷四十六《少年》五律一首,卷四十三《歲晚有感》一首。《侯鯖録》有《贈營妓》、《劉淑女》二首。《墨莊漫録》有《木香》一首。《江西詩話》有《輸麥行》一首。集及《文粹》皆無之。總計得文四十六首,詩七十一首。其他篇題字句之异,亦尚不少。未知七十六卷本何如耳。

宋景文集跋

　　《宋景文集》原本一百五十卷，久佚不傳。乾隆中館臣始從
《大典》輯出，釐爲六十二卷，又從他書輯《補遺》二卷。今聚珍本
惟六十二卷，《補遺》則不可得也。愚採查各書，于六十二卷之外，
尚可得六百餘篇。其見于《佚存叢書》所刊《景文宋公集》殘本者，
詩則有《官舍》七律二首，《江上阻風》七絕、《公齋植竹》五排、《柳
樹》七律、《俊上人游山》七律、《晚思》五律、《祗役道中》五律二
首、《郡界憫雨州將軍率官屬禳禬》五排、《兵部學士移鎮昭潭》七
律、《夏日》七律、《晚春至日襄陽》七律、《題僧惠昇壁》五律、《州
將按行堤上》七律、《楊初歸九江》七律、《羈思》七絕、《溪亭》五
律、《送楊偕太傅知淮陽軍》七律、《送楊子奇赴辟澶淵》七律、《同
年譚倧掾江陵》五律、《龍圖蔡學士歸高密》七律、《中山公鎮肥上》
七律、《黃祕昆仲歸江西》五律、《直舍雕理律書呈同舍》七絕二首、
《家居》五律、《居廛》五律、《舒雁》五絕、《邑居》七律、《黃薔薇》
《千葉牡丹》《酴醿》《木蘭》《棣棠》《玉蘂》《茶藥花》五言六句各
一首、《晴雲》五律、《道中見問津者》五律、《抒嘆》五律、《月中嘲
鵲》五律、《游魚》五絕、《驚鷗》五絕、《皇帝邇英閣講畢五經五排
幷序》、《和君況禁中寓直》五排今本存上半首作五絕、《李國博齋中小
山》五律、《晚歸僦廜》五律、《晚秋客廛》五律、《雙假山》《烟竹》
《牡丹》《酴醿架》《柳射堋》七絕各一首、《歲晚家居自勉》七律、
《張伯起自蜀還台》七律、《早春》五律、《傷和靖林先生君復》七律
二首、《春夕》五首、《自咏》七絕二首、《晝寢》七律、《房陵舊第股
引蔡水養魚于池》七絕、《偶作》七絕、《汴堤閑望》七絕、《寒食夜
偶題》七絕、《喜楊德華見過感舊成咏》七律、《金陵相公赴鎮》五
排、《送齊殿丞監縉雲軍》七律、《送楊吉虞部知池陽》七律、《舍晝

上》七絕、《游小園》七律、《盛諫議赴淮陽》七律、《葉道卿監太平
州》七律、《送丁殿直彬陽監軍》五律、《王君端秘丞同理青社》七
律、《偶作》七絕、《傲舍西齋小圃竹樹森植》五排、《秋夕》五律、
《西齋冬夕》五律、《學舍直歸》七絕、《崔氏逍遙堂》五律、《送高記
廣州幕》七律、《寒夜與伯氏宴座》五律、《同舍置酒》七律、《劉立
德同年赴肥州幕》七律、《鄰真亭》七律、《僧園牡丹五排并序》、
《僑屋睹燕茸舊巢》五律、《楊太尉後園假山》五律、《送四舅朱掾赴
英山》五律、《送徐秀才》五律、《僑廡》五律、《雪夕》五律、《林鵶》
五律、《送梅摯廷評宰上元》七律、《送葉蘇州》七律、《和郭六玉津
上巳宴罷見寄》七絕、《九日》七律、《偶思桓景登高故事》七絕、
《籍田禮畢因成》七言七絕、《送惟正歸錢唐》七律、《送無錫主簿王
廙》五排、《直舍》七律、《天街縱轡晚望》七律、《春晚寫望》五律、
《昭文王相公出鎮青社》五排、《應詔內苑》《牡丹千葉雙頭三花》
五排各一首、《同兄長賦朝雞》《雞答》七絕各一首、《偶作》五律二
首、《題阮步兵祠》五律二首、《家居》《寒夜》五律各一首、《有感》
七律、《過朱亥墓》五律、《蓮池寫望》五律、《讀退之集》七絕、《朝
望》五律、《晚秋月夕》七律、《結課》五律、《和晏相公青城》七絕、
《和畢相公祀畢城馬上口占》七律、《早發》五律、《有感》五律、《莊
獻明肅皇太后哀輓應制》五律二首、《莊懿皇太后哀挽應制》五律、
《二送梁著作宰興平》七律、《送張元知安肅軍》七律、《偶成》七
律、《送魚太傅通判漢州》五律、《莊惠皇太后輓歌應制》五律二首、
《偶作》五律、《咏葵》《和音》七絕各二、《馬比部赴兩浙提刑》五
律、《楊柳詞》七絕四、《解館中即事呈郭仲微》七律一、《李德林》
七絕、《鄭天休舍人言中丞晏尚書西園見憶》五律、《病興早朝》七
律、《和晏尚書咏芙蓉金菊》七絕、《雨中罷直》七絕、《當直偶題所
見》五律、《禘祠宿太常院聞翰林兄長內當》七律、《出城寫望》五

律、《和三司晏尚書謨成》七絕、《乾元節錫慶院燕》七律、《皇太子誕慶》五排、《下直和三司晏尚書西園暇日》七律、《禁中垂柳》七律、《和宮師陳相公》五律、《和晏太尉懷寄燕侍郎》七律、《和天休龍圖經句署懷舊憶道卿舍人并見寄》七律、《送福州通判陳鑄》五律、《戲招君況舍人》七絕、《喜仲微學士直右史》七律、《和晏太尉晚夏》五律、《和道卿舍人奉祠太一齋宮》五排、《皇子封建詩》五排、《宿直》七律、《和晏太尉早夏》五律、《過肥口》五絕、《三百五日官舍作》七律、《已落牡丹》七絕、《郡圃》七絕、《小荷》五律、《池上》《淮祠》《謝雨》各五律、《晚夏高齋看雨》七律、《題輄鄧亭》五絕、《到官期月病益損樂職感懷》五排、《苦熱》七絕二、《酒胡》五絕、《觀舞》五絕、《寄獻揚州》五律、《讀賈誼新書》五律、《讀史》五律、《對白髮自感寄揚州》五排、《咏懷》五律二、《東亭》五律、《秋日西望》七絕、《奉和宮師相公流杯亭》七律、《憶舊言懷寄江寧道卿龍圖》五排、《次韵罷相游故園》七絕、《望仙亭置酒看雪》七律、《冬日城樓駐望》七律、《西園》五律、《西園三月十一日》五律、《齊雲亭憑高有感》七律、《晚秋西園》五律、《道中》五律二、《喜雨》五律、《春晚官舍呈幕中》七律、《按務東橋駐望》五律、《登清思堂寫望》五排、《寄公序資正給事》七律、《喜翟穎先輩至》五排，凡詩二百十五首。文則有《代鄆州王資正謝上表》、《生日謝生餼表》、《謝恩表》、《代石少傅謝恩澤表》、《代石少傅賀南郊禮畢表》、《代謝加職任表》、《代楊鄆州謝上表》、《又謝太后表》、《代孫龍圖謝皇太后表》、《代張相公乞致仕第二表》、《代張相公乞致仕第四表》、《代張相公乞致仕第六表》、《謝御筆批表》、《代張集賢讓表》、《代中書請復常膳第三表》、《代章集賢謝恩表》、《代夏尚書讓節制表》、又第二表、《代夏尚書加節制謝表》、《代昭文相公乞罷免第一表》、又第二表、又第三表、《代楊讓加節使第二表》、《代楊樞密讓

邑封第二表》、同前、《上皇太后第二表》、又第三表、又《謝皇太后
第三表》、《代人乞存歿臣寮納家集表》、《代薛參政乞致仕上皇帝
第一表》、又《上皇太后第一表》、《謝加常山開國公表》、《代昭文
相公乞罷第五表》、《樂書局謝樂髓新經表》、《代謝改官表》、《代
石少傅副賀南郊禮畢表》、《慰皇兄汝南郡王薨表》、《謝曆日表》三
道、《賀德音表》、《慰溫成皇后大葬表》、《賀正表》、《送同年吳昌
卿之上元序》、《元太守得告南陽襄葬送行序》、《相國張公聽普昕
師琴詩序》、《淮海叢編集序》、《送承制劉兼濟知嚴州詩序》、《崇
祀錄序》、《王參預詩序》、《送英州理掾詩序》、《張相公御賜飛白
書幷進歌答詔刻石序》、《字說》、《錄田父語》、《壽州西園重修諸
亭錄題司空圖詩》,卷末有《若論策題》三道,《補監生牒詞》、《補
進士李孝嗣充州學講書詞》、《補鄉貢進士張景純充學錄詞》、《補
鄉貢進士趙肅充州學教授詞》、《補鄉貢進士劉傑充堂詞》、《乾元
節宰相開啓道場齋文》、《罷散場齋文》、《乾元節功德疏右語》、
《祝聖醮文》、《明憲皇后忌辰讚佛文》、《禳災道場開啟齋文》、《功
德疏右語》、《禳謝醮文》、《祈雨醮文》、《知益州醮文》、《半日設醮
文》、《祈祝醮文》、《姜副樞行狀》、《代王相公啓》、《上江提刑啓》、
《代回呂相公啓》、《回夏樞密啓》、《回狄侍郎謝轉官啓》、《回王龍
圖謝改職啓》、《夏太尉啓》、《回謝樞密啓》、《回宗室使相啓》、《賀
參政啓》、《代回宗正啓》、《代回皇族》、《代謝前兩地狀》、《代謝
外任兩制狀》、《代回兩地狀》、《賈相公生日啓》、《留守相公啓》、
《回夏宣徽啓》、《回韓侍郎謝加職啓》、《回揚州盛中丞啓》、《賀都
尉王樞密啓》、《代回晏樞密啓》、《代上兩府讓狀》、《代回樞密王
太傅啓》、《回夏宣徽啓》、《上河東轉運啓》、《渭州戴屯田啓》、《河
南資政啓》、《梁相公啓》、《代回樞密王太傅啓》、《薛參政生日持
禮啓》、《陳州胡侍郎問候啓》、《攀違侍郎狀回狀》、《元監丞啓》、

《上許州呂相公啓》、《代張回謝解啓》、《安撫雜端啓》、《回提刑啓》、《提刑轉運制置到任啓》、《壽州任謝兩制啓》、《揚州陳相公啓》、《回廬州張學士啓》、《鄂州知郡比部啟與轉運比部啟》、《回廬州張學士啟》、《回張著作啓》、《上集賢相公啓》、《韓資政啓》、《回譚照知府司勛啓》、《回亳州韓資政啓》、《柳轉運啓》、《回制置林郎中啓》、《回陳州楊相公啓》、《回曾學士啓》、《回呂學士啓》、《回府判魯端公啓》、《回王大卿啓》、《回廣德比部啓》、《回呂贊善啓》、《回廬州張學士啓》、《回穎州鮑學士啓》、《回提刑李都官啓》、《回李中允啓》、《上僕射相公啓》、《上樞密相公啓》、《上集賢相公啓》、《回穎州鮑學士啓》、《回通判韓中允啓》、《上程左丞啓》、《上許州孫龍圖啓》、《杭州通判劉都官啓》、《回亳州韓資政啓》、《梓州杜學士啓》、《上昭文呂相公啓》、《上知府諫議啓》、《上呂相公啓》、《益州轉運明學士啓》、《回轉運啓》、《上呂相公啓》、《上魏府任諫議啓》、《回外任賀冬啓》、《回通判學士啓》、《代人謝改京官啓》、《回陳泊殿院謝官啓》、《上徐州扈諫議啓》、《賀冬啓》、《回外任郎官啓》、《上青州相公啓》、《回外任賀正啓》、《回京西呂轉運啓》、《上陳州張相公攀違啓》、《回成德軍魯待制謝上啓》、《上外任兩府賀正啓》、《代回夏相公啓》、《代回彭舍人啓》、《代回王舍人啓》、《上知府郎比部啓》、《上寇給事復官啓》、《代到任謝兩地啓》、《回趙舍人啓》、《謝大名王相公啓》、《鎮府謝諸官相賀啓》、《狀元學士啓》、《代外任賀入兩地啓》、《回賀改待制啓》二首、《呂相公攀違啓》、《外任兩地賀正啓》、《回盛右丞啓》、《回江郎中啓》、《回王龍圖啓》、《賀安撫夏太尉啓》、《賀資政侍郎啓》、《回廬州王相公啓》、《謝兩地兩制問候啓》、《代回舍人啓》、《河陽謝侍中啓》、《代鄭公回樞密侍郎啓》、《代鄭公回張侍中啓》，凡一百九十六篇。見于《成都文粹》者，詩則有《讓木》一首、

《再游海雲寺》一首、《寄呈季長》一首、《秋盡》一首,文則有《默庵頌》一首。見于《歲時雜咏》者,《九日》七律一首、《和三司尚書清明》七絕一首、《奉和聖製清明》五律一、又七律一首、《七月六日》絕句七絕一首、《暮歲》五律一首。其見于《播芳大全》者,有《乾元節表》二、《賀正旦表》一首、《賀月旦表》十二、《乞聽斷表》五、《乞御正殿表》三、《謝除安撫表》、《提點坑冶到任謝表》、《謝賞功轉官表》、《謝任子表》、《乞恩澤表》二、《乞異姓恩澤表》、《賀莫秘監啓》、《賀侍講啓》、《賀胡帥生日啓》、《改職謝侍從啓》、《改秩謝宰執啓》、《改秩謝執政啓》、《築倉改秩謝上位啓》、《教官改秩謝監司啓》、《改秩謝監司啓》、《改秩謝上位啓》、《改秩謝監司啓》、《謝宰執薦舉啓》、《謝丞相薦舉啓》、《謝參政薦舉啓》、《謝刑部薦舉啓》、《謝禮侍薦舉啓》、《謝給事薦舉啓》、《謝刑部薦舉啓》、《謝察院薦舉啓》二、《謝郎中薦舉啓》、《謝侍從舉換文官啓》、《謝給事薦舉啓》二首、《上司薦舉啓》、《正旦大宴教坊致語》、《句合曲》、《句小兒隊》、《隊名》、《問小兒》、《小兒致語》、《句雜劇》、《放隊》、《與張侍讀袷饗預告青詞》、《廟祭預告青詞》、《崇禧觀啓建祈福道場青詞》、《崇福觀啓建中元道場青詞》、《福寧殿啓建中元祈福道場青詞》、《奉親廣孝二殿啓建中元祈福道場青詞》、《禁院催生保慶道場青詞》、《後苑催生保慶道場青詞》三首、《後苑祈生保慶道場青詞》、《修城門告祭祝文》、《修殿門告祭祝文》、《謝雨祝文》、《禱病道場疏》、《禳水疏》。見于《宋諸臣奏議》者,卷三十八有《上仁宗論星變地震大災奏疏》、《上仁宗應詔論春雷之異疏》、《又論春雷地震之異第三狀》,卷八十六有《上仁宗議上帝五帝同異疏》,卷一百二十《上仁宗乞選兵三月後減半就糧内郡疏》、《上仁宗論河北及嶺南事宜》、《又論河北根本在鎮定疏》。見于《全蜀藝文志》者,有《武儋》七古、《龜化》七古、《禮殿》七古、《石

室》七古、《玉局》七古、《嚴真》七古、《琴臺》七古、《墨池》七古、
《書臺》七古、《草堂》七古。總計凡詩二百六十首,文二百八十一
首。合之原輯六十二卷,已得原集三分之二矣。

臨 川 集 跋

　　《臨川集》一百卷,翻宋紹興中詹大和刊本。詹本從閩浙本
出,其失收之詩,如"青山捫虱坐,黃鳥挾書眠"之類,見于《西清詩
話》、《能改齋漫録》等書者,《四庫提要》已備言之。其文之失收,
前人多未及之。愚案:《宋文選》卷之十選荆公文有《性論》、《性命
論》、《名實論》上、《名實論》中、《名實論》下、《荀卿論》上六篇,今
本皆不收。此外,《宋文鑑》、《播芳大全》所選,亦有出今本外者。
觀黃次山序,一則曰"訛舛",再則曰"不備",詹君并不諱言。益信
宋人敦實,非今人所可及也。

毘 陵 集 跋

　　張守《毘陵集》五十卷,原本久佚。乾隆中,館臣始從《永樂大
典》輯出,釐爲十六卷。愚案:《毘陵集》遺文尚有出十六卷外者,
如:《賀天寧節表》、《賀天甲節表》、《賀恤刑表》、《賀九鼎成表》、
《謝除樞密表》、《謝除資政殿大學士表》、《謝轉官表》、《謝詔使宣
諭表》、《謝詔書獎諭表》、《謝傳宣撫問表》、《十二月五日謝傳宣
撫問賜藥表》、《謝獎諭表》、《謝赦書表》、《謝賜戒石銘表》、《賀李
參政啓》、《賀席參政啓》、《賀秦禮侍啓》、《帥到任謝兩府啓》、《帥
到任謝政府啓》、《謝漕使薦舉啓》、《謝監司薦舉啓》、《謝第三名
及第啓》、《謝及第啓》、《又謝及第啓》、《撫幹與交代啓》、《上秦少
保啓》、《回張閣學啓》、《回蕭提控啓》、《賀丞相正啓》、《賀魏尉
啓》,凡三十餘首,見《五百家播芳大全》而本集所無也。

浮 溪 集 跋

《浮溪集》六十卷、《龍溪集》六十卷，久佚不傳。乾隆中，館臣始從《永樂大典》輯出，釐爲三十六卷。余檢《播芳大全》卷一上《賀天申節表》、《代賀立皇太子表》二首、《賀北郊禮成表》、《賀明堂禮成表》，卷一下《賀元會表》、《賀冬表》三首。卷二上《賀明堂萬歲山祥光表》、《賀斬夔離不表》、《賀收復涿易二州表》、《賀捷奏表》，卷二中《賀車駕巡幸起居太上皇表》第二首。卷三上《辭免樞密表》，卷三中《辭免節度使表》，卷三下《代謝辭樞密使表》，卷四中《謝除右文殿修撰表》。卷四下《謝除太子賓客表》。卷五中《江西提刑謝上表》、《淮東提舉謝到任表》。卷六上《謝轉官表》二首、《謝轉官回授表》。卷六中《謝謫定州通判表》。卷七下《遺表》。卷八上《賀秦少保啓》、《賀秦丞相啓》、《賀張丞相啓》、《賀朱丞相啓》、《賀秦樞使啓》。卷九《賀沈參政啓》。卷十《賀傅禮書啓》、《賀中書陸舍人啓》。卷十一《賀范秘監啓》。十二《賀李待制啓》。十四《賀張端明啓》。十五《賀王守加直閣啓》、《賀汪相公建節啓》。十六《賀文太師致仕啓》。廿五《賀狀元及第啓》、《賀太師正啓》、《賀左右僕射正啓》、《賀宮使丞相正啓》。廿九《除館職謝宰相啓》、《除授謝寺丞啓》。卷四十《叙復謝太師啓》、《復職謝丞相啓》。卷五十《憲到任謝太師啓》二首、《憲到任謝丞相啓》。五十五《上丞相小簡》八首、又四首、又五首。卷七十一《紫宸殿醮禳星變道場青詞》、《太乙殿爲民禳災九皇九曜道場青詞》、《集禧殿禳謝火星道場青詞》、《福寧殿啓建禳謝彗星道場青詞》、《福寧殿啓建禳謝彗星道場青詞》。卷七十二《醴泉觀祈雨青詞》、《南郊禮畢奏告南嶽表本》、《又奏告普賢菩薩表本》、《資薦隆祐皇后首七道場青詞》、《資薦上皇大祥青詞》二首、《禳謝火星道場表本》一首、《明堂禮畢奏告景靈宮諸陵表本》、《又明堂禮畢奏告表本》二、《明堂禮畢露香表本》、《明堂預告表本》、《奏告宣仁皇后忌辰表本》。卷七十五《乾元節道場疏》、《天申節道場疏》、《興隆節功德疏》、《聖節開啓疏》。卷七十七《隆祐皇后首七道場疏》、《二七道場疏》、《六七道場疏》、《昭慈獻烈皇后卒哭道場疏》、《又几筵道場疏》、《又啓攢水陸道場疏》、《隆祐皇后水陸道場疏》、《昭慈獻烈皇后水陸道場疏》、《又中元水陸道場疏》。卷七十九《請明教長老開堂疏》、《修定香院疏》、《化度牒疏》。卷八十二《追薦道場疏》。卷八十三《明堂大禮册文》四首、《告諸陵祝文》、《明堂禮畢告諸陵祝文》、《大禮畢謝景靈宮諸殿神祝文》、《改元奏告天地社稷諸宮觀祝文》、《公主下嫁祭告祝文》。卷八十三《謁先聖祝文》、《謁諸廟祝文》、《謁社稷祝文》。卷八十四《春賽祝文》、《秋賽祝文》、《秋祭諸廟祝文》、《祭江祝文》、《祈雨祝文》。卷八十五《謝雨祝文》八首、《又賽雨祝文》、《祈晴祝文》四首、《謝晴祝文》三首。卷九十《禮席致語》。卷九十六《祭莫大卿文》、《祭盧諫議文》、《焚黃祭考妣文》。卷九十九《堂祭壽光縣君文》、《代壽光縣君祭通直文》。卷一百一《祭太學同舍文》、《祭趙淑人文》、《祭壽光縣君文》、《祭靖安縣君文》。卷一百二《徽皇帝發引》四首、《隆祐皇后挽詞》其一其三其五三首。卷一百三《何郡王挽詞》二首、《張主客挽詞》、《詹令人挽詞》二、《靖安縣君挽詞》。凡一百五十六首，皆今本所未收。内惟《明堂禮畢奏告表本》二篇、《明堂禮畢露香表本》、《謝普賢菩薩表本》、《禳謝火星道場表本》，爲《永樂大典》所有，欽承聖訓删削，餘則皆《大典》所無。又《庚溪詩話》《桃源行》，《宋詩紀事》有《避地西亭野步》五古，《游宦紀聞》有《春日詩》，《聲畫集》有《題大年小景》七古，《賓退録》有《賦琴高魚》七古、《京口》，《三山志》有《宿焦山方丈》五古，《咸淳臨安志》卷九十七有《餘杭道中》七律、《知杭州葉夢得復舊職制》、《車駕幸臨安起居表》、《代發運趙修撰賀克復杭州表》，皆宜補入。

汪文定集跋

《汪應辰玉山集》五十卷，見《宋史・藝文志》。明初已罕傳本。弘治中，程敏政始從文淵閣所藏摘抄其要，編爲二十卷，嘉靖間，其鄉人夏浚刻行之。嗣後藏書家所著錄皆二十卷本，蓋原本之佚久矣。乾隆中，館臣始從《永樂大典》輯出，凡文四百五十六首，詩五十八首，釐爲二十四卷，較程本幾倍之。愚案：《播芳大全》卷一有《賀郡王冠禮表》一首，卷六《謝轉官表》一首，卷八《賀左丞相啓》一首，卷十《賀林侍郎啓》一首，卷十六《賀朱丞相帥紹興啓》一首，皆今本所未收也。

野處類稿二卷

《四庫全書》著錄，所謂"零珪斷璧，固足珍惜"者也。至嘉定錢氏始疑其《謁普照塔詩》年歲未符，《呈元聲如愚起宰三兄及懷弟逢年詩》，與文敏兩兄字全別，然亦無以證其僞也。余偶讀《朱韋齋集》，乃知此書之所出。卷上各詩見《韋齋集》卷一，卷下各詩見《韋齋集》卷二，題目皆同。惟上卷無題一首，乃《韋齋集》中陳伯辨爲《張氏求醉賓軒》詩也。集外詩皆文敏之作，亦襲取《宋詩紀事》，不能別有增益，蓋文敏《野處猥稿》一百四卷散佚已久，《野處類稿》二卷，《文獻通考》列入"別集類"，是文集而非詩集，嗣後亦未見著錄。此本當是乾隆中葉書估所作僞，故轉以《宋詩紀事》所錄列爲集外詩也。《文淵閣書目》有《野處內外稿》九冊，當即《猥稿》之殘本。永樂修《大典》時，必見全書，安得有心人留心搜輯,如蘇過《斜川集》重見真本也。是所望于讀中秘書者。

後村大全集跋

《後村大全集》一百九十六卷,從天一閣藏本傳抄。卷一至四十八古今體詩,四十九賦,五十油幕箋奏,五十一、五十二奏議,五十三至五十九内制,六十至七十五外制,七十六至七十九奏申狀,八十、八十一掖垣繳駁,而以日記、看詳狀附焉。卷八十二、八十三玉牒初草,八十四、八十五講義,八十六、八十七進故事,八十八至九十三記,九十四至九十八序,九十九至一百十一題跋,一百十二之一百十五表牋,一百十六至一百廿六啓,一百廿七上梁文、樂語、四友除授,一百廿八至一百三十四書,一百三十五祝文,一百三十六至一百四十祭文,一百四十一至一百四十七神道碑,一百四十八至一百六十五墓誌銘,一百六十六至一百七十行狀,一百七十一疏,一百七十二青詞,一百七十三至一百八十六詩話,一百八十七至一百九十一長短句,一百九十二至一百九十三書判,一百九十四至一百九十六則附録林希逸所撰行狀、洪天錫所爲墓誌、請謚狀也。謹案:《後村集》五十卷,《四庫》著于録。以此本校之,約多數倍。南宋以後,編集者往往以多爲貴,不復有所抉擇,黃茅白葦,閲之令人生厭。此集其一也。惟碑誌頗多,有足以補《宋史》之缺者,且流傳甚罕,未可以龐雜廢之。

陳石堂集跋

《石堂先生遺集》二十二卷,題曰"宋寧德陳普尚德"。案:普字尚德,別號懼齋,福建寧德人。所居有石堂山,學者稱石堂先生。宋亡不仕。元時三辟本省教授皆不赴。延祐丁卯卒,年七十二。普少游會稽恂齋韓氏之門。韓學出慶源輔氏,輔氏、朱子高弟也。

故其學以朱子爲宗。伏讀《四庫全書存目提要》曰:"《石堂遺集》
四卷,宋陳普撰。普有全集,已著録。此乃明天啓中普里人阮光寧
所選刻,非完帙也。"謹案,《石堂全集》,《提要》并未著録,此云已
著録,想編次時有佚脱矣。是集爲明人閔文振所編,薛孔洵所刊,
有萬曆丁卯金溪阮鑌叙及邑人崔世俊後序。凡講義四卷,經説一
卷、字義一卷、答問一卷、渾天儀論四卷、雜文四卷、詩賦四卷、咏史
詩二卷、雜纂一卷,當即所謂全集也。其文多語録體,詩皆擊壤派,
説經説理亦淺腐膚庸。余嘗謂詩文至宋季而極弊,此其尤者。惟
普人品高潔,無愧宋之遺民,視方回輩口道學而行狗豕者,相去不
啻霄壤,且其集傳世日希,文雖拙,亦當亟爲表章也。

儀顧堂集卷十九

釣磯詩集跋

《釣磯詩集》四卷，題曰"宋同安邱葵吉甫撰"。案：吉甫，早有志考亭之學，初從辛介甫，繼從信州吳平甫授《春秋》，又游呂大圭、洪天錫之門。宋末科舉廢，杜門勵學，居海嶼中，因自號釣磯翁。事見《閩書》。集中有《辭御史馬伯庸與達魯花赤徵幣詩》，蓋宋之遺民也。是書著録家所罕見，顧太史《選元詩》、錢詹事《補元史藝文志》、阮文達收《四庫》未收古書，皆未之及。康熙中，裔孫國斑掇拾殘賸詩一百九十四首刊行之，題曰《獨樂軒詩集》。此本四百六十八首，乃足本也。其詩清麗芊緜，不染元人靡靡之習。五言如：白髮兄和弟，清江夏亦秋。哀音蟲外笛，遠影雁邊舟。風霜秋一葉，山水暮多愁。日色帶霜淡，風聲過海狂。疏泉防蟻過，掃地惬牛眠。豪來無一世，狂發有千詩。雨過山仍綠，春歸花盡紅。七言如：波蕩日光翻素壁，水涵雲影倒青天。雨過殘陽如月色，風來老樹作潮音。老去已知今世錯，貧來賺得一身閒。敗葉能令溝水黑，亂雲不放夕陽紅。白鳥去邊春日落，青山斷處晚潮來。鶴霑衛祿猶堪薄，松受秦封豈足高。杯殘炙冷杜工部，齒豁頭童老退之：皆佳句也。

元版秋澗集跋

　　《秋澗先生大全集》一百卷、目録五卷,元至治中嘉興學刊本。前有至大春二月翰林學士承旨中奉大夫知制誥兼修國史王構序及構子王士熙跋,又秋澗庶子承務郎同知磁州公儀跋,至治壬戌春孟嘉禾郡文學掾羅應龍書後。葉末有"右計其工役,始于至治辛酉之三月,畢于至治壬戌之正月"三行,又有"嘉興路司吏楊恢監督,嘉興路儒學學録余元第董工,前蘭溪州判唐泳涯校正"三行。後有其子公孺及王秉彝後序。卷首爲制辭及御史臺咨浙江行省刊版文移,次爲李謙、陳儼、劉敏中、劉遜、王德淵、劉賡、王約、韓從益、張養浩等慶賀哀輓詩文及其子公孺所撰神道碑。卷一爲頌賦,卷二至三十四爲古今體詩,卷三十五爲書議,卷三十六至四十爲記,卷四十一至四十三爲序,卷四十四、四十五爲辯説,卷四十六爲雜著,卷四十七爲行狀,四十八、四十九爲傳、爲墓誌銘,五十至五十九爲碑銘,六十至六十一爲碣銘,六十二爲文,六十三、六十四爲祭文,六十五爲辭,六十六爲箴、銘、贊,六十七、六十八爲翰林遺稿、表牋、青詞,六十九、七十爲疏約、上梁文,七十一至七十三爲題跋,七十四至七十七爲樂府,七十八至七十九爲《承華事略》《守成事鑑》,八十至八十二爲《中堂事記》,八十三爲《烏臺筆補》,八十四爲論列、事狀,八十五至九十二爲事狀,九十三至一百爲《玉堂嘉話》。是書爲其子公孺所編,有聞于朝者,咨江浙行省刊行。行省委之嘉興學,故刊於嘉興。此本爲前明張孟弼舊藏,後歸季滄葦。至治迄今五百餘年,完善無缺,誠世所稀有也。

丹崖集跋

　　《丹崖集》八卷、《附録》一卷,題曰"會稽唐肅處敬著"。天順時刊本。舊爲璜川吳氏藏書。前有宋景濂、戴良、申屠衡序,後有天順八年平湖沈琮刊版跋。案:處敬,山陰人,自號丹崖居士,至正壬寅舉于鄉,行省授爲黃崗書院山長,遷嘉興儒學正。洪武三年,召修《樂書》,擢翰林應奉文字。明年,以失朝罷官,旋謫佃于濠而卒,事迹詳《明史·文苑傳》。伏讀《四庫提要》云:“唐之淳,字愚士,蕭之子也。”愚案:《提要》全書,凡父之著作已收于前,則于子之著述下云“某之子也”。如《清谿漫稿》云“岳,謙之子也”之類。今蕭《集》不收,則“蕭之子”一語爲無根。竊意唐氏父子皆以文名,《丹崖集》當時必收,想爲後來編次所遺,故《提要》云云耳。不然,附存目中,何以亦無其名邪?《明史·藝文志》載《丹崖集》八卷,與此本合。卷一賦,卷二五七言古詩,卷三樂府、歌行、五言律詩,卷四七言律詩、五七言絕句,卷五記,卷六序、贊,卷七箴銘、雜著,卷八題跋、墓誌,《附錄》則行狀、像贊、輓章也。宋濂序云:“沈涵于經而爲之本源,屢飫于史而助其波瀾,出入諸子百家以博其支流。”戴良序云:“詩文澹而華,質而麗,真而不倨,簡而不嗇。”蘇平仲云:“古文簡潔而雅奧,律詩步驟盛唐,樂府古詩浸淫漢魏。”今觀其詩文,皆僅守繩墨,無元季靡靡之習。景濂、九靈、平仲諸人,推重甚至,良有以也。此書流傳甚少,阮文達、張月霄廣收《四庫》未收古書,亦未之見也。

二妙集跋

《二妙集》上下二册。上册爲《王子與集》八卷,下册爲《王子啓集》四卷。案:子與,名沂,江西泰和人,學者稱竹亭先生。洪武初,徵爲經筵説書,授福建鹽運司副,不赴。子啓,名佑,沂弟也。洪武庚戌,以教官徵授監察御史,歷廣西按察使副使、崇慶州知州。事迹均詳《江西通志》。梁潛序謂,二先生當至正間,嘗以舉子貢有司不偶，乃肆力于詩，與大梁辛君好禮、楊君伯謙，上元周君伯寧，清江彭君聲之，豫章萬君德躬，倡詩道于江南，期以關世教爲務。生平著作不下萬餘篇，值兵革幸存無幾。同里蕭翼鵬漢，嘗從徵士游，乃取而刊之，又刊御史詩三百餘首，題曰《二妙集》。今案子與詩，五言春容雅潔，導源栗里；七言鏗鏘典麗，方軌盛唐。子啓詩稍遜于子與，而亦非庸響。梁潛謂，二先生詩，"質潔而不俚，華而不媚"，尚非溢美。《徵士集》已經阮文達進呈，《子啓集》則著録家所罕見也。

野古集跋

《野古集》三卷，題曰龔詡撰。伏讀《四庫提要》云："詡，字大章，昆山人。父瞀，洪武中官給事中，以言事遣戍五開衛，詡遂隸軍籍。後調守金川門。燕王篡位，詡變姓名遁歸，賣藥授徒以自給。正統己未，巡撫周忱薦爲松江學官，不就。又薦爲太倉學官，亦不就。嘗語都御史吳訥曰：'詡仕無害于義，但恐負當日城門一慟耳。'成化己丑始卒，年八十。《明史》附載《牛景先傳》。"伏讀欽定《明史》卷一百四十三《牛景先傳》，固無詡名，遍檢《明史》亦無此傳，豈刊版時有遺漏邪。

揅經室外集書後

《揅經室外集》，謬戾甚多，而以嚴氏《明理論》提要爲尤謬。考《傷寒明理論》，金成無已撰，前有壬戌八月錦屏山嚴器之序及開禧改元五月甲子歷陽張孝忠刊版序。明萬曆中吳勉學刊入《醫統正脈》。《宋史·藝文志》因首有嚴序，訛爲器之作。脫脫之疏，原無足怪。阮氏據無序無名之本，襲《宋史》之謬，屬之器之，詫爲秘冊，冒昧進呈。豈知《四庫·醫家類》中早著于録乎？夫《明理

論》非僻書也，吳刊非罕見也，阮氏尚不能辨其僞，他所著録，可盡
信乎？

養新録書後

　　《養新録》曰：“今《四庫總目》引《癸辛雜識》‘楊氏子婦’一
條，又‘陳周士’一條。”予檢汲古閣毛氏所刊《癸辛雜識》無此兩
條，未知《總目》所據何本也。愚案：“莆田楊氏子婦”一條，見《齊
東野語》卷之八；“陳周士造”一條，見《齊東野語》卷之九。《總
目》所引，雖書名不同，確有所本。錢氏殆未檢耳。

宋版文選跋

　　《文選》六十卷，首題“梁昭明太子撰”，次行“唐李善注”，次
二行“唐臣呂延濟、劉良、張銑、呂尚、李周翰注”。前有李善上注
表，呂延祚進五臣集注表及昭明太子序。其注李注列前，五臣列
後。每葉十八行，行十五字，分注每行二十字。版心有刊工姓名，
宋諱“殷”、“敬”、“竟”、“徵”、“恒”皆缺筆。每卷末列校對、校勘、
覆對諸人姓名，卷各不同。校對者，州學司書蕭鵬、州學齋長吳拯、
州學教諭李孝開、州學齋諭蕭人傑、州學齋諭吳撝也。校勘者，鄉
貢進士李大成、劉才紹、劉格非、楊楫，左迪功郎新昭州平樂尉兼主
簿嚴興義、州學教諭管獻民、州學直學陳烈也。覆校者，左從政郎
充贛州州學教授張之綱、左迪功郎新永州零陵縣尉主簿李汝明、左
迪功郎贛州石城縣主管學事權左司理蕭倬、左從事郎贛州觀察推
官鄒敦禮、左迪功郎贛州司戶參軍李盛也。愚案：宋刊六臣注《文
選》之存于今者，凡三：其一有識云“右《文選》版歲久漫滅殆甚，紹
興八年冬十月直閣趙公來鎮是邦，下車之初，以儒雅飾吏治，首加
修正，字畫爲之一新。俾學者開卷免魯魚亥豕之訛，且欲垂斯文于

無窮云。右迪功郎明州司法參軍兼監盧欽書”，當爲明州刊本，張月霄《藏書記》所載是也。其一有識云“此集精加校正，絕無舛誤。見在廣都縣北門裴宅印賣”。又識云“河東裴氏考訂諸家善本，命工鋟于宋開慶辛酉季夏，至咸淳甲戌仲春工畢。把總鋟手曹仁”，當爲廣都刊本，《天祿琳琅》所載是也。此本雖無刊刻時地，而每卷後所列校對銜名，皆贛州僚屬，當爲贛州刊本。其書法遒勁，酷似平原，元人已甚重之，深爲趙吳興、王弇州所賞鑒。其詳見《天祿琳琅》。此本雖摹印稍後，典型猶未墜也。每卷有“朱之赤”“臥庵”兩方印、“汲古閣”方印、“毛氏珍藏，子孫永寶”橢印、“留與軒浦氏珍藏”方印、“汪士鐘”“閬源”兩方印。其爲藏書家所珍重可知矣。

足本草堂雅集書後

右影元鈔《草堂雅集》十三卷，玉山顧瑛類編。每葉二十四行，行二十二字。凡柯九思、陳旅、李孝先、張翥、楊維楨、黃溍、張天英、鄭元祐、吳克恭、陳方、張雨、陸德源、張舜咨、熊詳、趙奕、倪瓚、潘純、鄭束、李元珪、張渥、李瓚、唐棣、丁復、項炯、高明、趙渙、宋沂、郭翼、呂誠、姚文奐、郯韶、陸友、王蒙、昂吉、王褘、鄭守仁、衛仁近、于立、陳基、胡助、卞思義、屠性、陳秀民、王鑑、王冕、余曰強、李廷臣、宗本先、陸仁、袁華、秦約、彭宷、徐穎、馬麐、盧照、翟榮智、張遜、李簡、袁泰、唐元、文質、張簡、顧盟、黃文德、周砥、束宗廉、釋餘澤、那希、顏寶月、相柏、良琦、文信、子賢、來復、自恢，計七十五家，較浙撫採進本多柯九思、陳旅、李孝先、張翥各家。陳基列卷十一而非卷一，彭宷以下十五家列卷十二而非卷十一，其他多所異同。考顧嗣立《元詩選》小傳有云：“向來藏書家奉《草堂雅集》爲秘寶，兵燹之餘，獨缺首卷。近者朱竹垞太史從琴川毛氏得《草堂

雅集》鈔本一册,閲之,乃首卷敬仲詩也。"由是言之,則《雅集》首
卷,國初已不可見。作僞者,既以卷十一之陳基詩爲首卷,又割卷
十二之彭汶以下爲十一卷,以充完本,當時亦莫辨其僞也。此本首
尾完具,不但遠勝浙本,以視顧氏所見首卷僅有敬仲詩者,亦迥不
侔矣。

景泰本河汾諸老詩集跋

　　右《河汾諸老詩集》二卷,明景泰刊本。卷末有"景泰六年冬
十月山西布政司刊行"一行。案:毛子晉刊此詩時,先得周浩若
本,缺段菊軒《山行圖詩》以後十二篇,後得智林寺僧石公鈔本,缺
陳子颺《蒲中八咏》,相對互勘,乃成完璧云云,具見所作識語中。
子晉藏書之富甲于國初,求之數年,皆非完本。今去子晉時又二百
年矣,偶從書估船中購得此本,首尾完全,古香溢紙。古人云"物
聚于所好",其信然歟?

元本洞霄詩集跋

　　《洞霄詩集》十四卷,題曰"日本山道士孟宗寶集虚編",前大
德六年道士沈多福兩序,大滌隱人錢唐某某序,後有大德六年道士
孟宗寶書後。每葉十八行,行二十字,書中有破損處。校以鮑氏知
不足齋刊本,缺字正同。儀徵阮氏進呈鈔本亦有殘缺,皆當從此本
錄出。明時有高以謙刊本,阮氏《揅經室外集》已云"不可得見",
則元版之少,更可知矣。此元版元印,古香盎然,書後系宗寶手書,
隸法甚佳,可寶也。

宋版鷄峰普濟方跋

　　《鷄峰普濟方》三十卷,缺卷二、卷三、卷六、卷八凡四卷。每

葉二十二行,行二十二字。首行大題之下,題“馮翊賈兼重校定”七字。相傳以爲張銳著。前後無序跋,目録亦祇存十葉,莫能明也。晁、陳二家及《文獻通考》皆不著録,惟張杲《醫説》引其説頗多,皆與今本合。銳仕履不多,見《夷堅志》,稱銳字子剛,成州團練使,以醫知名,居於鄭州。政和中,蔡魯公之孫婦有娠,及期而病,邀銳治之,一服而愈。至紹興中,流落入蜀。又《書録解題》載,太醫局教授張銳撰《雞峰備急方》,紹興三年爲序。愚案:書中多自稱其名曰兆,或稱孫兆。案《書録解題》,尚藥奉御太醫令孫用和,其子殿中丞兆,父子皆以醫知名。自昭陵迄于熙、豐,無能出其右者。兆自言爲思邈後。嘉祐二年置校正御書局于編修院,後又命孫奇、高保衡、孫兆同校正。張氏《醫説》,稱兆殿中丞,治平中有顯官權府尹,一日坐堂決事,耳聞風雨鼓角聲,遽召孫兆殿丞往焉,乃留藥治之,翌日如故。尹問曰:“吾所服藥,切類四物湯,何也?”孫曰:“心脉太盛,腎脉不能歸耳。以藥凉心,則腎脉復歸,乃無恙。”孫之醫出于衆,人皆如是,衆人難之,孫則易之,衆人易之,孫則難之云云。案,兆固名醫,是書疑是兆著,請列五證以明之:《普濟方》卷四,“郭都官久患脚氣,發即寒熱脹滿氣上,服熱藥即甚。兆與外臺延年茯苓飲以下其氣”云云。又,“少府監韓正彦得疾,手足不能舉,諸醫皆以爲中風,針刺臂腿不知。兆曰‘此脚氣也’”云云。“部署郝質患脚氣,腫滿生瘡。有人以藥下之,腫即消。後或有時心腹不快。兆令服青木香元”云云。卷十“秦職趙令儀忽患吐逆,大小便不通,煩亂,四肢漸冷,無脉凡一日半,與大承氣湯一劑,至夜半,大便通,脉漸生,翌日乃安。此關格之病,極爲難治,兆所見者惟此一人。”卷十一“殿中丞郭中妹病腹,兆案《甲乙經》云,三焦脹者氣滿于皮膚中殼,然不堅,遂與仲景厚朴生薑半夏甘草人參湯”云云。“主簿李述之母患胸中痞疾,不得喘

息。案之則痛,脉數而澀。兆曰胸痹也"云云。"著作雷道矩病吐
痰,坐頃間已及升餘。兆告曰肺中有痰,令服仲景葶藶大棗湯"云
云。"國博王珣患咽喉噎塞,胸膈不利。兆詳病證肺虛,其中客熱
證皆因誤灸服暖藥所致,遂與外臺第十廣濟紫苑湯爲元,令服之乃
效"云云。卷十七,郿州時節推因飲食次,忽報其祖有事,驚憂悲
戚,食即吐出,日常多不快。兆素不精用針,謹處犀角散治之。此
一證也。卷十九,神助散,仁宗賜名,治十水之病,孫兆父子常進。
代州錢防禦命孫兆診之,脉得沈緊數六,至以外證,目下腫,鼻準亦
腫,唇色紫,腹大腫,外陰器腫脹如升,案之如石。兆告曰,"病名
石水,方以防己、葶藶、椒目、大黃元主之"云云。案:此處獨稱孫
兆,疑非出自兆口。然全書無引別家醫案者,亦必兆之自述。其證
二也。卷十九,庚戌八月十二日夜,夢爲費無虞縣尉治水氣藥方,
次年八月中費果患水疾,令服此方遂愈。卷十八,"建安林回甫秘
校,熙寧中與予同客龍門李氏家"云云。案,庚戌爲熙寧三年,張
銳紹興中尚存,未必七十年前已爲人治病,于兆則時代甚合。其證
三也。書中引劉子儀、柳子厚皆稱字,惟思邈稱真人,用和稱尚藥,
其證四也。陝西寶雞縣陳倉山,一名雞峰,見《雍大記》。兆雖里
貫未詳,自稱思邈後人,當是陝人,故以所居自號。若銳乃鄭州人,
與雞峰風馬牛不相及。其證五也。卷十五校語有"恐有傳寫之
誤"一語,則是書初無刊本,至賈兼始校定付刊可知。書中語涉宋
帝皆提行,"丸"皆作"圓","慎"字不缺筆,當刻于徽宗時。兼自
署馮翊,其版恐在關中。意者刊成之後,地入于金,金源文禁甚嚴,
故晁、陳二家皆不得見歟? 卷三十爲《備急單方》,與《解題》所載
一卷合。或銳爲大醫局教授時取兆書刊之,而陳氏遂屬之銳耳。
卷二十九"奇疾門"三十八方,與夏子益《奇疾方》同。益在兆之
後,殆竊取而掩其所出歟? 惜乎序跋皆失,無以破此疑團也。

普濟本事方跋一

《普濟本事方》，南宋刊大字本。存卷一至六。每葉十六行，行十六字。目録首行題曰“普濟本事方”，次題曰“儀真許叔微知可述”。版心有字數及刊匠姓名。語涉宋朝年號皆空一格。案《獨醒雜志》，許知可嘗夢有客來謁，知可延見，坐定，客問知可曰：“汝平生亦知恨乎？”知可曰：“我恨有三：父母之死，皆爲醫者所誤，今不及致菽水之養，一也；自束髮讀書而今年逾五十，不得一官以立門户，二也；後嗣未立，三也。”其人又曰：“亦有功於人乎？”知可曰：“某失怙恃，以鄉無良醫，某既長立，因刻意方書以活人。建炎初，真州城中疾屬大作，某不以貧賤，家至户到，察脉觀色，給藥付之。其間有無歸者，某輿置于家，親爲治療，似有微功，人頗相傳。”其人曰：“天政以此將命汝官及與汝子，若父母則不可見矣。”因復取書一通示之，知可略記其間語曰：“藥市收功，陳樓間阻。殿上呼盧，唱六作五。”既覺，異其事，而不知其何祥也。紹興二年策進士第六，陞作五，乃陳祖言樓材之間，其年仍舉子，始知夢中之言無不合。知可名叔微，真州人。《夷堅志》載其事略同，惟以爲先見夢而後學醫爲少異。以自序“杳冥之中，若有所警”一語證之，當不誣也。卷六末有衡山文璧，又潁川陳淳借觀款，及“正德戊辰重裝于仙春堂仲夏十日葛懌記”一行、“萬卷堂藏書記”朱文方印一，黃蕘圃跋其後，繼以七絶四章。案：萬卷堂乃明嘉禾項篤壽藏書處。正德時諸家所賞，亦祇此殘本六卷耳，宜蕘圃誇爲希罕也。

本事方跋二

是書罕見舊刻。《四庫全書》祇據影宋本著録。世所通行，有

乾隆中雲間王梁陳刊本。夏長無事，與宋本六卷對校，卷首、序文、
卷一治藥總例，王本皆缺，中間多出二十餘方。卷一蘇合香圓，卷
二衛真湯、鱉甲圓、氣虛頭痛第三方、白附子散第二方、荊芥散、透
頂散第二方、異龍丸第二方第三方，卷三川芎圓，卷四靈砂丹第二
方、寒熱痁疾方、浸酒牛膝丸，卷五槐花散第二第三方、治熱毒下血
方、搐鼻第三方、菊花散第二方、治睛痛難忍方、針頭丸二方、治風
齒第二方、治膈上極熱口舌生瘡三方、加減甘露飲三方、治耳聾卒
閉方，卷六治鼠瘻第二方，皆宋本所無，未知何據也。卷首珠母圓，
宋本真珠母、當歸、乾地黃、人參、酸棗仁、柏子仁各一兩，犀角、伏
神、沉香、龍齒各兩半，王本則真珠母、地黃、棗仁、當歸各半兩，茯
神、柏子仁、犀角各一兩，沉香、龍齒各半錢，輕重懸殊，不一而足。
查王梁陳刊本序云："鈔本相傳，亥豕良多。余用是，取坊賈鈔本
與家藏善本校訂、釐正，鏤版以傳。"其書之不足據，已自爲供狀
矣。

金刊張子和醫書跋

　　張子和《醫書》十二卷，金刊本。每葉二十二行，行二十三四
五字不等。卷一至卷三題曰"太醫張子和先生儒門事親"，卷四、
卷五題曰"太醫張子和直言治病百法"，卷六至卷八題曰"戴人張
子和先生十形三療"，卷九題曰"太醫張子和先生撮要圖"，卷十題
曰"太醫張子和先生三法六門方"。其世傳神效名方全集《戴人張
子和治法雜論》不隸總卷之內。嘉靖本總題爲"儒門事親"，已名
是而實非，又分割卷第，顛倒前後，金本真面目幾無一存。《撮要
圖》、《五泄圖》，本圖也，而改爲篇；《扁華訣》、《病機論》，本附于
《撮要圖》後，劉河間《三消論》本附于《治法雜論》後，而別出爲卷
十三；卷十四《世傳神效方》、《治法雜論》，本別爲卷而列《治法雜

論》爲卷十一,《神效方》爲卷十五。金本《神效方》後有七古一首、
七絶四首,嘉靖本有録無書。其他分兩之參差、字句之訛奪,尤難
枚舉。即如《神效方》接骨藥半兩銅錢,乃古半兩錢也,嘉靖本訛
爲銅錢半兩,郢書而燕説矣。

儀顧堂集卷二十

北宋本册府元龜跋①

《册府元龜》存卷一百二十九至一百六十六、一百七十一至一百八十、卷一百八十二至二百四、卷五百五至五百三十八、卷五百四十五至五百六十五、卷五百六十七至五百七十七、卷五百八十三至五百九十九、卷六百四、六百五、卷六百八至六百六十、卷六百六十六至六百七十五、卷六百七十九至七百一、卷七百六至七百八、卷七百十七至七百二十、卷七百二十六至七百三十二、卷七百三十七至七百三十九、卷七百四十二至七百五十六、卷七百六十一至七百九十一、卷七百九十六至八百、卷八百三至八百六、卷八百十一、八百十二、卷八百十五至八百六十五、卷八百七十六至九百、卷九百八至九百三十三、九百三十六至九百三十八、九百四十四至九百四十七、九百五十至九百五十六、九百六十七至一千，共四百七十

---

① 此條【】號中的文字，均係無名氏批注對上文的改正或補充。這些批注見於國家圖書館藏《儀顧堂集》二十卷本（索書號 111328）。該本前有"光緒戊戌（1898）孟秋既望俞樾署檢"牌記，當係陸氏身後所刊。跋中疏誤約三十餘處，無名氏一一校改。陸跋云宋刊本"共四百七十一卷"，以往學者均採此説。但據陸跋所列細目統計，總存卷數不是"四百七十一卷"，而是"四百六十六卷"，無名氏的批注改爲"四百六十六卷"，與中華書局影印《宋刻册府元龜》時的統計相同。《皕宋樓藏書志》卷五十九《宋本册府元龜》所記實存卷數又與此不同。見本書第616頁。

一【四百六十六】卷。每半葉十四行，每行二十四字。卷首題曰"册府元龜卷第幾"。版心或曰"册幾"，或曰"府幾"。"胤"字作"裔"，或作"某"，注曰"與太祖廟諱同"。"匡"、"敬"、"恒"、"禎"、"員"缺筆維謹，"桓"字不缺，蓋是書初刊本也。以明季李如【嗣】京刊本校之，舛訛幾不可讀。如一百九十二【一百七十二】末葉"天福四年"上脫二十字。卷一百八十"後魏宣武時"條，所據宋本脫一葉，凡六百餘字，而以"後魏宣武時"條之前半與"憲宗元和元年"條之後半合而爲一。卷一百七十六"魏明帝太和二年公孫恭"條後，所據宋本脫一葉，凡六百餘字。卷一百九十二"閏位部好文門""帝用興嗣"下脫二十四字。卷二百四"念良臣門""到溉【任昉到沆】"條後脫"臧厥"一條，凡八十七字。卷五百四【五百五】"武帝建元三年"條後脫"元狩五年"一條，凡十八字；"平帝元始元年"條"太子厥長中盾"下脫二十餘字；"比二千石"下脫二十八字。卷五百五十七全卷皆出改竄。卷五百五十九"議論門""李翺"條前脫"路隋爲翰林學士"一條，約五百七十餘字【明本在卷五百五十七首】。卷五百六十"記注門""李彥"條前脫"張軌"一條，二十餘字。五百六十一【五百六十二】"國史部不實門""許敬宗"條"識者尤之"下，脫雙行注四百餘字。五百六十四"制禮部【門】""太【文】宗太和八年"條，前後舛錯。卷五百六十五"作樂門""除誹謗"下脫二十一字。卷五百八十七【五百八十九】"奏議門""十五大享不問卜一人也"下脫二十三字。卷五百八十七【五百八十九】"奏議門""十七第十四【十一】葉之第三行"堂姨舅疏降"下，所據宋本脫二葉，凡一千三百餘字。卷五百九十奏議十八"不失舊章"下，脫三百餘字，此處宋本似有誤入。卷五百九十三之末"或有丁憂"以下，所據宋本脫一葉，凡六百餘字，而杜撰"依此制"三字以足之。卷六百十二之末"上無濫法"下，所據宋本脫末葉，計一百餘字。六百十七守法門"晋張仁愿"條，前脫"劉三復”一條，凡四百餘字；【正直門】“顧榮”條前脫“王觀”一條，凡四十餘字；“崔振”條前脫“王彪之”一條，凡八十餘字。六百十八平允門“狄仁傑”條，後脫“杜景佺【徐有功】”一條，計八十餘字；【袁仁敬條前脫李日知一條八十六字。宋本李日知條前後重出】“李棲筠”條，前脫“李峴爲御史大夫”一條，凡二百餘字；“平反門”“蘇頲”條，前脫“李日知”一條，凡九十【八十】餘字。六百十九“深文門”“後唐李殷夢”條，前脫“崔器爲御史”一條，二百二十餘字【崔器条与前卷李峴條同】；卷末“殺戮數千人”條下，所據宋本脫一葉，凡六百餘字。卷六百二十一“同宗門【司宗門】”“秦明王翰孫”條，前脫“魏杜銓”一條，凡百七十餘字。卷六百二十三公正門“又袁術僭”下，脫二十一字。六百三十一“條制門”二【三】：“五月禮部”條“爲弊滋深”下，脫二十四字，宋本一行；“八月”條“其中實有事故”下脫二十二【二十四】字。卷六百三十七“平直門”“吉頊”條前，脫“楊纂”一條，凡二十二字；“振舉門”“唐張鑒【張銳】”條前，脫“韋思康【韋世康】”一條，凡二十四字；“高季輔”條前，脫“杜如晦”一條，計二十字。卷六百三十八“謬濫門”【楊愔條前宋本空十二行】“許子孺”條前，脫“唐載胄”“楊纂”二條，凡七十餘字；“貪賄門”“馮子琮”條“亦不禁止【制】”下脫四十餘【六十】字。六百四十四“考試門”二“懿宗咸通十一年正月”條前，脫“十二年三月中書舍人李清【李潘】知舉”一條，凡七十餘字；“晋高祖天福七年”條前，脫“唐莊宗同光三年”一條，凡六百餘字；“十一月乙卯”之上脫半條，其前又脫“周世宗顯德二年三月”一條，共三百餘字。卷六百五十“應舉門”“高彪”條後，脫“羊陟”“王堂”二條，凡四十五字；“孔昱”條，後脫“蘇章”一條，凡二十餘字。卷七百七十四【六百七十四】“公正門”“崔林”條前，脫“杜畿”一條，凡六十餘字。六百八十“靜理門”“段秀實”條前，脫“張伯儀”條，凡三十餘字。六百三十七【六百九十七】“酷虐門”“李章”條前，

脱“董宣”條，凡二百四十餘字。“陽球”條前，脱“黃昌”一條，凡
四十餘字。卷七百一“令長部褒異門”“韋滌爲涇陽令”條前，脱
“路嗣恭始名劍客”一條，凡二十六字；“王正雅爲萬年令”條前，脱
“裴向爲渭南令”一條，凡十九字；【公正門羅貫條前脱李朝隱條，凡三十七
字】。七百三十“幕府部邪謀門”“鄭侃”條“有一人識是”下，缺文
三十三字，宋本不缺；其後又脱“後唐魏璪【魏琢】”等四條，凡四百
餘字；“譴斥門”“殷嶠”條前，脱譴斥小序及“孫楚”等九【十】條，凡
八百餘字；七百四十八“陪臣部變詐門”“張儀”條前，脱“田蠆”一
條，凡八百餘【三百八十六】字。七百四十九“構患門”“石制”條前，
脱“華元”一條，凡七十餘字。八百五“高潔門”“南齊庾易”條前，
所據宋本缺一葉，凡七百餘字。八百六十四“謹嚴【謹慎】門”“封隆
之”條前脱“楊愔”一條。【申隆之條前脱封隆之一條。刪去“前脱楊愔一條”六
字】，凡【一百】三十字。八百八十五“以德報怨門”“劉仁軌”條前脱
“後魏李沖”等七條，凡七百餘字。九百三十二“誣構門”“稽康”
條有竄改，其上脱“梁冀”等五條，凡一千一百餘字。九百六十八
“朝貢門”“普通三年八月”條前脱一行，凡二十四字。九百七十二
“河西番官姚東山”後脱一條，凡二十字。九百七十四“外臣部褒
異門”“三月戊午”條前脱三十餘字。九百七十五“二十一年正月”
條前脱二十餘字。【九百七十六“代宗寶應元年”條前脱二十五字】。九百八
十“通好門”“和帝時南單于”條前脱十六字。至于一字一句之脱，
無卷不有，魯魚亥豕之訛，無頁不有。尤可笑者，宋本五百二十卷，
二三兩葉互倒，四五兩葉互倒。李氏不知審正，以“張著”條下“詔
浚陵陽渠”云云二十字，竄入“倪若水”條“安樂公主終獻”下；以
“周太玄”條“不憚包羞”句“羞”字以下，接“崔植”條下，而改包羞
爲簡書，以崔植“至台案劾”句“劾”字以下接“張著”條“嚴郢奉
詔”之“奉”字，又改“奉”爲“奏”。粗莽滅裂，一至于此。即此四

百七十一【四百六十六】卷，脫文已一萬三千餘字，顛倒改竄者三卷。安得全書復出一二正之也。余又藏有舊鈔本一千卷，卷首題曰“監本新刊册府元龜”，然第五百九十三卷末葉亦缺，卷七百二十顛倒，卷五百五十七改竄，卷五百三十缺文與今本同，當從南宋影寫，則是書在南宋已鮮善本。此本雖殘，可貴也。

宋版金壺記跋

《金壺記》三卷，首行題曰“金壺記”，次行題曰“釋適之撰”。每葉二十二行，每行二十字。版心有字數及刻匠姓名。孝宗以上諱，皆爲字不成，蓋南宋時刊本也。是書雖不足取，所引蜀王鍇、張偘等各條亦他書所罕見。卷一有“乾學”二字朱文、“徐健庵”三字白文方印各一，“季印振宜”四字、“滄葦”二字朱文方印各一，又“孫氏志周”朱文方印、“漢唐齋”白文長印、“笏齋”朱文方印、“馬玉堂”白文方印。又卷三末有“子孫保之”朱文方印、“傳是樓印記”白文方印、“御史振宜之印”白文方印。案：徐乾學字健庵，昆山人。康熙庚戌進士，官刑部尚書。傳是樓，其藏書處也。季振宜字滄葦，泰興人。順治丁亥進士，官至御史。馬玉堂號笏齋，海鹽人。道光舉人。漢唐齋，其藏書處也。

宋本重修事物記原跋

《重修事物記原》二十卷，《書錄解題》合。每葉二十二行，行二十一字。首行題曰“重修事物記原集”。目錄分上下。目錄上之末有木記云“此書求到京本，將出處逐一比較，使無差謬。重修寫作大版雕開，并無一字誤落。時慶元丁巳之歲，延安余氏刊”。蓋寧宗時麻沙本也。以成化八年李果重刊閻敬本校之，大抵明本以二卷并爲一卷，而稍有參差。凡宋本作“門”，明本皆作“部”，字句之間，多所異同。惟明本第七卷"庫務局織部""騏驥院"條下，脫"周官有十二閑，蓋國馬之所也。漢末有未央廄，唐有飛龍院，國"二十四字。宋本卷十三。"州郡方域部""驛"條之後，又脫"敕書樓"、"鼓角樓"、"酒務"、"稅務"、"遞鋪"五條，總二百八十字，而誤以"遞鋪"條末"左傳楚子乘馹"以下三十二字，連于"驛"條之末。然宋本亦有脫落。明本卷二"公式姓諱部""閤下"條，後有"足下"一條，引《異苑》凡七十二字，卷七"伎術醫卜部""三式"條後有"占歲"、"雜占"、"靈"、"棋"、"畫"、"射御"六條，凡三百十餘字，而宋本于此六條皆有録無書。又"射御"條末"土作乘馬"以下四十二字爲"三式"條注，而"三式"條注八十四字全缺。論宋本者，以麻沙本爲最下，良不誣也。想閭敬所據，亦善本耳。惟宋本卷二十至"謝豹"止，明本目録亦然，而書有"犹"、"畢方"、"鹿蜀"、"猰猰"、"蠵蝹"、"犰狳"、"猵𪕉"七條，當是後人竄入耳。

宋版自警編跋

　　《自警編》不分卷，每頁二十行，行二十字。語涉宋帝皆提行，宋諱或缺或否。前有嘉定甲申正月望漢國趙善璙序，後有端平元年三月善璙再書云，"客有好事者，從予抄録，遂鋟木于九江郡齋"，蓋寧宗時刊本也。案《歙縣志》，趙善璙，字德純，宗室趙不俄兄，不彼之子。登嘉定進士第。嘗謂縉紳不明大法九章，無以斷疑。未幾，中法科，除大理評事，後通判廣德軍，有政聲，召爲尚書郎。有《自警編》行世。以善璙自爲書後觀之，端平中當又知九江，《歙志》尚未詳也。或以宋諱或缺或否爲疑。考周益公《文苑英華》序云，"廟諱未祧以前當缺筆"，而校正者或以"商"易"殷"、以"洪"易"弘"，唐諱及本朝諱仍改不定。官書校刊，尚有此失，況私家校本乎？無足怪也。岳刊《五經》，在宋刊中爲最精，于諱字或缺或否，亦一證也。是書徵引故實，多注出處，弘治本存十之二三，嘉靖本脫落甚多，出處、書名，一概削去，不足據也。

宋版揮塵録跋

《揮塵前録》四卷、《後録》存二卷、《三録》三卷。每卷第二行題曰"朝請大夫主管台州崇道觀汝陰王明清編次。《前録》有慶元元年七月九日實録院兩牒，後有乾道丙戌長至日明清自跋，乾道己丑八月左文林郎饒州德興縣丞沙隨程迥可久、迪功郎高郵軍教授臨汝郭九惠跋，李壂復簡，淳熙乙巳明清自跋。三集後有慶元初元仲春明清跋。每頁二十二行，行二十字。小黑口。書中語涉宋帝皆空一格，寧宗以上諱皆爲字不成，高宗諱注"高宗廟諱"四字，蓋宋理宗時刊本也。卷中有"陳枋"二字朱文方印，又一印不可辨。卷首有"葉氏篆竹堂書鈔"朱文圓印、"陳氏匡侯家藏"朱文長印。是書有毛晉、張海鵬刊本，《後録》卷一"昭慈孟后"條"外議初云，東宮增創八十間，疑欲以處二后，衆以爲未安"二十二字，宋本連接正文，毛本改爲細字夾注。卷二"元符末掖庭訛言"條，《艮嶽百咏詩》亭、臺、樓、館諸名，皆黑質白文；毛本、張本，一律連寫，眉目不清，又刪去明清結銜，皆謬。其目録亦毛氏所增也。葉盛字與中，昆山人。正統乙丑進士，有《篆竹堂書目》。陳枋俟考。

宋版愧郯録跋

《愧郯録》十五卷，首行題曰"愧郯録"，次行題曰相台岳珂。每頁十八行，每行十七字。版心有字數及刊匠姓名。書中語涉宋帝，皆空一格。前有嘉定焉逢淹茂歲圉如既望岳珂序，後有是歲後三月望珂後序。卷一有"朱之赤鑒賞"朱文長方印，前序有"朱臥庵考藏"朱文長方印、"延陵吳氏家藏"朱文長印，目録前有"白舫"

二字朱文印、"華芨廎藏"朱文印。卷七後"世美堂印"四字朱文方
印、"休寧千秋里人"白文方印、"沈辨之印"四字白文方印。案：朱
之赤號臥庵，休寧人，明季人。沈辨之名與文，常熟人，明嘉靖時
人。白舫世美堂、延陵吳氏華芨廎印無考。知不足齋刊本，卷一、
卷五、卷七，皆有缺頁。此本亦同，殆鮑氏所據本歟？是書爲祥符
周季貺太守所贈，卷中缺頁乃季貺子屺思鈔補。周氏父子，皆今之
學者也。季貺名星貽，屺思名澧。

北宋本李太白文集跋

《李太白文集》三十卷，每頁二十二行，每行二十字，即吳門廖
武子刊本所從出也。① 廖本摹刊精工，幾欲亂真。愚竊謂，行款、
避諱及刊工姓名，既一一摹刊宋本，即有誤處，亦宜仍之，別爲考異
注于下。廖本改易既多，訛誤亦不少，且有不照宋本摹刊者。卷一
《李翰林別集序》"揮翰霧散耳"，勤有堂《李詩注》同，今本訛"耳"
爲"尔尔"；《翰林學士李公墓碑》"留縣帛"，今本訛"縣"爲"緜"；
"巨竹拱墓"，今本訛"墓"爲"木"。卷二古風第三十五首"一揮成
斧斤"，勤有本同，今本訛"斧"爲"風"。卷三《中山孺子妾歌》"不
如延年妹"，勤有本同，今本訛"妹"爲"姝"，此宋本不誤，而廖本訛
誤者也。卷四《上之回》"千旗揚彩虹"，宋本"虹"誤"紅"。卷七
《永王東巡歌》"却似文皇欲渡遼"，宋本"文"訛"天"。卷八《上李
虞》"宣父猶能畏後生"，宋本"父"訛"公"。卷十六《五月東魯行》
"能取聊城功"，宋本"聊"訛"遼"。卷十七《崔成甫贈李十二攝監
察御史詩》，宋本列于《酬崔侍御》之前。卷十七《游南陽清冷泉》

---

① 《藏園訂補郘亭知見傳本書目》定此爲南宋初蜀中刊本，係"傳世《太白集》
最古之本"。見卷十二上，頁72。

“西耀逐水流”,宋本“逐”訛“游”。卷二十四《秋浦感主人歸燕寄內》“雙雙語前簷”,宋本“簷”誤“詹”。此宋本誤字而廖本改易者也。宋本卷二第十頁末行有“卷終”二字,無第十一頁,今本不摹“卷終”二字,而增一頁于後;宋本目録一頁至第十頁,版心皆有“大七”二字,廖本僅摹三四兩頁,餘則否。此失於摹刊者也。是書有“乾學之印”白文四字白文方印、“王氏敬美”白文方印、“崑山徐氏家藏”朱文長方印、“錢應庚”白文方印、“南金”朱文方印、“丕烈”“蕘夫”兩朱文小方印。元豐距今九百餘年,屢經王敬美、徐乾學、黄丕烈、錢應庚諸家收藏,完善如新,可寶也。

北宋本小畜外集跋

　　王黄州《小畜外集》,存卷六末葉起,至卷十三止。每葉二十二行,每行二十字。版心有刊匠姓名,“玄”、“朗”、“敬”、“匡”、“允”、“敬”、“驚”、“貞”、“禎”、“微”、“恒”、“煦”、“桓”、“讓”,皆爲字不成,南宋以後不缺,蓋北宋刊本也①。各家著録卷數,與此本多同,惟卷六末葉,諸本所無。《正月盡偶題》云:“一歲春光九十日,三分已是一分休;何曾快見花燒眼,只解潛催雪滿頭。莫問窮通求季主,自齊生死學莊周;終須擺脱人間事,高逐冥鴻狎海鷗。”《眼疾》云:“古人功業甘無分,往聖詩書合有緣;何事病來花滿眼,祇因簡策枕頭眠。”《望熊耳山》云:“謫居多與俗爲鄰,熊耳當門入望頻;感謝雙峰對雙眼,也勝逢見等閑人。”可以補諸本之缺。後有“嘉靖二年閏四月二十二日野竹齋裱完”一行。卷中有“辨之沈與文”“姑餘山人”白文方印各一、“野竹家”朱文橢圓印。

────────

　　① 　王黄州《小畜外集》,存七卷。傅增湘云:“此書刻工古厚,版式闊大,避‘桓’字諱,則爲南宋初刊本審矣。”見《藏園群書經眼録》卷十三,頁1120。

案：沈與文字辨之，又號姑餘山人，常熟人。野竹居，乃其齋名。蓋是書在明中葉亦罕完本矣。

宋版范文正公集跋

《范文正公集》二十卷、《別集》四卷。每葉二十四行，每行二十字。版心有字數及刊匠姓名。《文集》前有元祐二年蘇軾序，《別集》後有乾道丁亥邵武俞翊跋、淳熙丙午郡從事北海綦煥跋。跋後有“嘉定壬申仲夏重修”一行，“朝奉郎通判饒州軍州兼管內勸農營田事宋鈞”、“朝請大夫知饒州軍州兼管內勸農營田事趙伯橚”兩行。煥跋云：“《文正范公文集》奏議歲久，版多漫滅，殆不可讀。判府太中先生嘗謂，文公之集，士大夫過郡者莫不欲見。其可不整治乎？于是委屬寮以舊京本《丹陽集》參校，且捐公帑刊補之。又得詩文三十七篇，爲《遺集》附于後”云云。則是書乃乾道中饒州刊本，淳熙、嘉定兩次重修者也。原本字兼歐、柳，重修之葉，字體較圓，已開元版之先聲矣。

宋本王注蘇詩跋

《王狀元集諸家注分類東坡先生詩集》二十五卷、《紀年録》一卷。首爲西蜀趙夔堯卿及十朋序，次爲百家注姓氏，次爲目録。每卷第二行題曰“前禮部尚書端明殿學士兼侍讀學士贈太師謚文忠蘇軾”，百家姓氏第二行題曰“狀元王公十朋龜齡纂集”，杜氏後有“建安萬卷堂刻梓家塾”木記。字兼歐、虞體，與三山蔡氏刊《陸狀元通鑑》相似，想同時閩本也。每葉二十行，每行十九字，雙行小字每行二十五字。語涉宋帝皆空一格，宋諱有避有不避。宋季建本皆如是，不足怪也。凡分七十二門，無《和陶詩》。明梁溪王永積刊，并爲三十門，分爲三十二卷，增《和陶詩》，刪削注文十餘萬字,全失宋本之舊。論者皆謂,此注出坊賈托名,斷非王作。愚觀王序,文理拙謬,其非出梅溪手無疑。查《庚溪詩話》,乾道初,梁叔子任掖垣兼講席。一日宿直召對,上曰"近有趙夔等注軾詩甚詳,卿見之否"云云,與夔序合。想書坊以夔無重名而托之十朋耳。卷中有"慶元路提學副使邵晒理書籍關防"朱文長印、"濮陽李廷相雙檜堂書畫私印"朱文長印、"拜經樓吳氏藏書"朱文方印、"兔牀真賞之章"朱文方印。案:慶元路提學副使,元官名,有收掌書籍之責,見王圻《續文獻通考》。李廷相,錦衣衛籍,濮陽人,官戶部尚書,弘治進士。吳騫號兔牀,海寧人,乾隆布衣。前有兔牀手摹東坡像,附長歌,記得書始末。案:邵氏長蘅撰《王注訂訛》、馮氏編《蘇氏詳注》,皆未見此本,其希有可知矣。余所藏又有元刊、明刊兩殘本,分卷與宋本同,而有劉辰翁評點,注亦有所刪削,不如此本之完全矣。

宋本呂東萊集跋

《東萊呂太史文集》十五卷、《別集》十六卷、《外集》五卷、《附錄》三卷、《拾遺》一卷。每葉二十行,每行二十字。版心有刻工姓名,間有明修之葉。《文集》卷一詩,卷二表、疏,卷三表、狀,卷四啓,卷五策問,卷六記、序、銘、贊詞,卷七題跋,卷八祭文,卷九行狀,卷十至十三墓誌,卷十四傳,卷十五紀事。《別集》卷一至卷六家範,卷七至十一尺牘,卷十二至十五讀書雜記,卷十六師友問答。《外集》卷一、二策問,卷三、四宏詞進卷,卷五詩文拾遺。《附錄》卷一年譜,卷二祭文,卷三祭文、像贊、哀詩。《拾遺》一卷,則祠堂記之類也。至明嘉靖中,安正堂刊本始通爲四十卷而無文集、別集、外集之目,失宋本之舊。

宋本黃勉齋集跋①

《勉齋先生黃文肅公文集》四十卷、《附集》一卷,宋刊本。每葉二十行,行十八字,間有元修之葉。版心刊"延祐二年補刊"六字。卷一詩,卷二至卷十六書,卷十七銘、記,卷十八記,卷十九序,卷二十題跋,卷二十一啓,卷二十二婚書、疏、青詞、祝文、奏狀,卷二十三擬奏、代奏、論,卷二十四、二十五講義,卷二十六經説,卷二十七策問、公札,卷二十八、二十九公札,卷三十至三十二公狀,卷三十三、卷三十四行狀、卷三十五誌銘,卷三十六祭文,卷三十七雜著,卷三十八至四十判語。康熙中沈涵刊本,雖仍四十卷本之舊,前後編次,多非舊第,竄易脱落又復不少。如《上朱晦庵第八書》"婆娑山林以聽之"下脱三百餘字;《第九書》"游談諸司"上,脱二百餘字,妄增《與某人書》失名五字;《與金陵制使李夢聞第四書》全缺,《第五書》之首脱十餘字;《與林宗魯司業書》後,脱《與黃去非書》之前半,三百八十餘字,而改題爲《與某某書》;《復陳師復殿丞第五書》脱下半首;《第六書》脱上半首,約七百餘字;《通江東柴漕啓》"寬當亡之憂思"下,脱五百餘字;《謝史丞相啓》脱上半之百餘字,而連屬爲一篇;《申轉運使乞減和糴數狀》"桐城以旱"以下脱七百餘字,"寧城不得築"下脱七百餘字;《申省土功告畢狀》下,脱二千一百餘字;《乞備申省丐祠狀》後《再丐祠狀》一首,約四百餘字。此外,零星訛舛,更不勝枚舉也。昔人謂爲宋版無黑口,此本上下皆小黑口。愚所見十行本《北史》、《景定嚴州續志》、《中興館閣録》中,咸淳修版《揮麈録》、《王注蘇詩》,皆與此同。然則黑

---

① 　陸氏題爲宋刊,傅增湘斷爲元刊元修之本。並云:"余曾假徐梧生坊藏本校過,其中壞版、脱失文字甚多。"見《藏園群書經眼録》卷十四,頁 1255。

口之興，當在宋季，而不始于元矣。

宋版崇古文訣跋

　　《崇古文訣》二十卷，宋寶慶三年莆田教官陳森刊本。每半葉十二行，行二十三字。目錄首行題曰"迂齋先生標注崇古文訣"，次行題曰"迂齋先生樓方昉叔暘標注"。前有寶慶丙戌陳振孫序，後有寶慶丁亥姚珤及陳森刊版跋。凡遇"匡"、"胤"、"敬"、"徵"、"恒"、"禎"、"貞"、"佶"、"桓"、"完"、"構"、"搆"、"慎"、"廓"皆缺筆惟謹，蓋是書初刊本也。明嘉靖中，松陵吳邦楨、邦杰所刊，分三十五卷，與《四庫》著錄本合，多文三十二篇。如楊憚《報孫會宗書》、王公仲《擇賢疏》、江文通《上建平王書》、孔稚圭《北山移文》、韓文公《燕喜亭記》、《送石洪處士序》、《答李翊書》、李習之《答皇甫湜書》、王黃州《壽域碑》、司馬溫公《與吳相書》、《智伯論》、歐陽公《送徐無黨序》、《論杜韓范富》、蘇東坡《策略》、五代張方平《諫用兵書》、《倡勇敢》、《大悲閣記》、《除呂公著守司空制》、蘇欒城《臣事》、李淇水《禮訟》、張宛丘《遠慮策》、《楚議》、黃山谷《書胊山雜咏》、《後苦笋賦》、秦淮海《晁錯論》、鄧潤甫《呂公著制》、《文彥博制》、劉原父《送湖南某使君序》、唐子西《存舊論》、胡澹庵《上皇帝萬言書》、《論遣使札子》、《再論遣使札子》、胡澹庵《上高宗封事》、趙需《治安策》，皆宋本所無也。陳振孫序云，"改堂、澹庵二胡公所上書皆爲所取"，與明本合。此本一百五十七篇，明本一百八十九篇，與振孫序云一百六十八篇者又皆不合。觀森跋語，莆郡未刻以前，四明、金華傳授已廣，想當時去取未定，傳抄各有不同，明本所據，殆別一本耳。卷中有"吳郡西崦朱叔英書畫記"朱文長印、"朱叔英"方印、"西崦"長印及"南葉"朱文長印、"守廉印"白文方印、"石君"朱文印。朱叔英號西崦，明初

人。葉守廉字石君,明季人。皆吳中藏書家也。朱名叔英,今刊本
《百宋一廛賦注》作"叔榮"者,誤也。

鮑刻遂昌雜録跋

案:廉希賢,官浙江轉運使,于至元二十七年卒于浙江,見《困
學齋雜録》,未嘗封薊國公也。希真,字端甫,號薌林,見《雲烟過
眼録》,至元末,官理問。故《雜録》端甫、理問,凡兩見。其後乃歷
參知政事,封薊國公。明刻《遂昌雜録》作希真是也。鮑刻反以希
真爲録,謬矣。

周文矩重屏圖卷跋

此南唐畫院周文矩所畫李中主環兄弟四人圍棋之像,宋人稱
爲重屏圖者也。見陸友仁《硯北雜志》卷二。原本畫于屏風畫中,
又有屏上繪白樂天詩意,故曰重屏。至宋祐陵得之,始裝爲軸,而
書白詩于上。中座當爲南唐中主,見王明清《揮麈三録》卷三。宋
思陵始誤題爲"後主觀棊圖",非樓宣獻出示明清、非明清以家藏
中主像核對,亦莫辨其爲中主也。中主兄弟五人。楚王景遷前卒,
則此三人爲晉王景遂、齊王景達、江王景逿矣。而孰爲遂,孰爲達,
孰爲逿,雖明清亦不能一一證之耳。榻上右首,有古銅投壺一。壺
中有矢三,榻上有矢二,未投。傍有奕譜匣一,左有橫几。几上宮
盦一,藤隱囊一,元匣一。傍有童子俯首而立,神情飄舉,真有頰上
添毛之妙。南宋之季,爲樓宣獻大防所藏,劉後村爲之跋,亦見
《硯北雜志》。後經柯九思、王履享、項元汴、王阮亭諸家所藏,故
裱綾有緼真齋、王履享、項元汴、王士禎諸印。相傳皆沿後主觀棊
之誤。余考訂諸書,證中座爲中主,復題"重屏圖"舊名。千年舊
物,一旦豁然,雖絹敝墨渝,而神采如生,誠可寶也,誠可快也。白

樂天《偶眠詩》云："放杯書案上,枕臂火爐前;老愛尋思事,慵多取次眠。妻教卸烏帽,婢與展青氈;便是屏風樣,何勞畫古賢。"亦見《硯北雜志》。惜徽宗御書白詩不可得見耳。

隔鞾論書後一

《隔鞾論》一卷,日本國人水姓著。其云隔鞾者,謂以海外之人論海內之事,如諺所謂隔鞾搔癢者,故以爲名云。夫道光二十二年海疆之事,海內知與不知,莫不蔽罪于靜山、介春兩相國,而惜林文忠公之不竟其用。不謂海外之論亦復如是也。雖然,中國之弱有以爲弱者,非一朝一夕所能振,西人之强有以爲强者,非一二君子所能勝,我宣廟所以屈意于撫也。此則中國書生鮮能知其故,況爲嫠婦之憂乎?惟其文辭古雅,似周秦子書爲可喜云。

隔鞾論書後二

考日本一姓相傳二千餘年,近雖挫于英人,尚能自强。其官以世襲,有古封建遺意。其教儒釋并行,其俗好帶刀劍,其治嚴而有信,其人外柔內狠,其物產與中國同。通商後,絲茶之利,歲獲白金八百餘萬兩,故其國益富。購買西人奇器甚備,募民學製,若火輪船,均能自造自駕。數年前,其人有附西人船至中國者,近有自駛而至者,不商不賈,蓋叵測也。鄉人有賃西船商于日本者,船上偶樹中國旗,日本關吏遽謂與中國未換和約,藉辭封艙,罰白金數千兩,事始解。今日本樹其國旗,往來中國,鮮有過而問者。嗚呼,西人之恣肆,既已如此矣,難保東人之不生心也。有官守之責者,可不知所慮哉!

皕宋樓藏書志案語摘録

皕宋樓藏書志續志案語摘錄目録

皕宋樓藏書志序

余少識潛園先生于鄉校,時先生方以博聞綴學雄諸生中。每試,學使爲之特設一榜,先生歉然不自足,志欲盡讀天下書,偶見异書,傾囊必購。後膺特簡,備兵南韶,余私揣南韶劇任,又值羽書旁午,當無讀書之暇矣。未幾,丁封公艱,歸裝有書百簏,人皆迂而笑之。余以爲,先生夙好固在此,而歉然不自足猶昔日也。乃復近鈔遠訪,維日孳孳。林居六年,有何假南面之樂,詔書再起,權總閩嵺,被構罷歸,誓墓不出,而求書之志益勤,殆蘇長公所謂"薄富貴而厚于書"者耶。十餘年來,凡得書十五萬卷,而坊刻不與焉。其宋元刊及名人手鈔手校者,儲之皕宋樓中。若守先閣,則皆明以後刊及尋常鈔帙。按四庫書目編序以以近人著述之善者附益之。念自來藏書未能垂遠,今春奏記大府,以守先閣所儲歸之于公,而以皕宋寶藏、舊刻精鈔爲世所罕見者,輯其原委,仿貴與馬氏、竹垞朱氏、月霄張氏例,成《藏書志》一百二十卷。余方放浪湖山,無以消日力,則出巨稿三尺許,屬爲參定同异,乃翻緝疏録,從事黃墨者三閱月,又七閱月而梓成,于是作而嘆曰:"美哉,備矣。"自古言藏書者,嫏嬛石室、蓬萊道山,皆荒渺無足徵信。若吾鄉富于典籍者,梁沈約聚書二萬卷,見于本傳。宋元之際,月河莫氏、齊齋倪氏,寓公若資中三李、陵陽牟氏,皆不下數萬卷。周草窗三世積累,有書四萬卷。《齊東野語》稱石林葉氏有十萬卷,然考少蘊《避暑録話》亦祇謂家舊藏書三萬餘卷而已。惟直齋陳氏《書録解題》之作,可考見者，五萬一千餘卷。明代白華樓茅氏，其卷數不可考，然九學十部之編，以制藝爲一部，則其取盈于緗帙者亦僅矣。近乾、嘉間，石塚嚴氏芳茝堂、南潯劉氏眠琴館，皆以藏書名，與杭州振綺堂汪氏、蘇州滂熹園黃氏垆，爲阮文達、錢竹汀兩公所稱。余嘗見二家書目著録寥寥，豈足與先生比長絜短哉。天下藏書家爲人人推服無異辭者，莫如四明天一閣。然視先生所藏，其不如者有五：天一書目卷衹五萬，皕宋則兩倍之，一也；天一宋刊不過十數種，元刊僅百餘種，皕宋後三四百年，宋刊至二百餘種，元刊四百餘種，二也；天一所藏丹經道籙、陰陽卜筮不經之書，著録甚多，皕宋則非聖之書不敢濫儲，三也；范氏封扃甚嚴，非子孫齊至不開鎖，皕宋則守先別儲，讀者不禁，私諸子孫，何如公諸士林，四也；范氏所藏，本之豐學士萬卷樓，承平時舉而有之猶易，若皕宋則掇拾于兵火幸存，搜羅于蕈斷兊杇，精粗既別，難易懸殊，五也。然則是志之成，雖古人元徽“四部”、秘書“七志”，殆無復過之。歸震川先生云：“書之所聚，當有如金寶之氣，卿雲輪囷，覆護其上。”余與先生衡宇相望，長空糺縵之瑞，庶幾旦暮遇之。

　　光緒壬午（1882）除夕烏程李宗蓮少青甫謹序

例　言

一是書仿張氏金吾《愛日精廬藏書志》例，載舊槧舊鈔之流傳罕見者。惟張氏以元爲斷，此則斷自明初。以兵燹之後，縢囊帷蓋，亡佚更多，不得不略寬其例。其習見之書，概不登載。

一我朝文治休明，典籍大備。伏讀《欽定四庫全書總目》，考核源流，折衷至當，何敢複贊一詞？其或書出較後，未經採入《四庫》，而爲阮氏所續進、張氏所收錄者，均採其説，著之于編；有爲阮氏、張氏所未見者，仿晁、陳兩家略例，附解題以識流別。

一書目之載序跋，自馬氏《經籍考》始。是編仿載諸書序跋，凡世有刊本暨作者有專集通行，如北宋之二范、歐陽、曾、王、三蘇，南宋之朱子、放翁、益公，元之剡川、清容、九靈之類，其序跋已載集中，及經部之見于《通志堂經解》、唐文之見于《全唐文》幷書已刊入《十萬卷樓叢書》者，均不更錄，餘則備載全文，俾一書原委，粲然俱陳。

一所在序跋，斷自元人止，明初人之罕見者，間錄一二；至先輩時賢手迹、題識，校讎歲月，皆古書源流所係，悉爲登錄。其收藏姓氏、印記，間錄一二，不能備載。

一先輩時賢手跋，以“某氏手跋曰”五字冠之。愚間有考識，則加“案”字以別之。

一宋元刊本備載行款缺筆，以便考核。

一所載序跋或鈔帙，轉輾傳寫，類多舛訛，或槧本字迹蠹落，間有缺

　　失，凡無別本可據者，悉仍其舊。雖顯然亥豕，不敢以一知半解，
　　妄下雌黃。

一標題一依原書舊式，所增時代及撰著等字，以陰文別之。

一一書而兩本俱勝者，仿《遂初堂書目》例，并存之。

皕宋樓藏書志案語摘録

周易程朱先生傳義附録二十卷　元刊本　周松靄舊藏

〔宋〕後學天台董楷纂集

案：此元刊本，每葉二十四行，每行二十一字，小字雙行，每行二十二字，小黑口。卷中有"周春"白文方印、"松靄"朱文方印。（卷二、葉十二下）

周易集說不分卷　元刊元印本

〔宋〕林屋山人俞琰集說

案：此元刊元印本，上經抄補。每葉二十四行，每行二十字，版心間有"存存齋刻"四字。卷中有"汪士鐘曾讀"朱文長印。（卷二、葉十三）

周易本義附録集注十卷　影寫元刊本　周松靄舊藏

〔元〕建安後學中溪張清子纂集

案：此書《四庫》未收。《經義考》注未見。其為罕見可知。卷中有"松靄"二字朱文印、"周春"二字白文印。餘詳《儀顧堂二集》。（卷三、葉二十二）

書蔡氏傳纂疏六卷　元泰定刊本　汲古閣舊藏

〔元〕後學陳櫟纂疏

案：此元刊元印本，每半紙十一行行二十一字，小字雙行。前為蔡序，次櫟自序，次説讀尚書綱領，次纂疏凡例。蔡序後有"泰定丁卯陽月梅溪書院新刊"木記。卷首有"毛晉私

印”朱文方印、“汲古主人”朱文方印。（卷四、葉十）

書集傳輯録纂注六卷　元刊本

〔元〕後學鄱陽董鼎輯録纂注

案：此元翠巖精舍刊本，每半葉十一行，每行二十字，小字雙
行，每行二十五字。序後有“□□甲午孟春夏翠巖精舍新
刊”木記。引用諸書後有“建安後學余安定編校”一行。
至元十四年歲在甲午，所缺蓋“至正”二字也。（卷四、葉
十四）

詩集傳二十卷　宋刊本　五硯樓舊藏

〔宋〕朱　熹集傳

案：此宋刊宋印本，每半葉七行，每行十五字，注文雙行。版心
有字數及刻工姓名。（卷五、葉五上）

詩説十二卷　舊鈔本　馬玉堂舊藏

〔宋〕信安劉克學

案：汪閬原重刊本缺三卷，此本完善。詳見《儀顧堂集》。（卷
五、葉十一）

韓魯齊三家詩考六卷　元泰定刊本

〔宋〕王應麟撰

案：此泰定單刊本。每葉二十行，每行二十二字，大黑口。
（卷五、葉十四）

新刊直音傍訓纂集東萊毛詩句解二十卷　宋刊本

〔宋〕宜春李公凱仲容撰

案：此書《四庫》未收。每半葉十三行，每行二十四字，注雙
行。（卷五、葉十九）

朱子詩傳纂集大成二十卷　元泰定刊本

〔宋〕新安後學相一桂附録纂疏

案：《語録輯要》後有"泰定丁卯仲冬翠岩精舍新刊"篆字木
　　記。每葉二十二行，每行二十字，小字雙行，每行二十三
　　字。小黑口。（卷五、葉二十）
周禮殘本二卷　宋蜀大字本
〔漢〕鄭氏注
案：此宋蜀大字本，每葉十六行，每行十六字，即《百宋一廛》
　　中"周禮一官"者也。有蒙古文印。（卷六、葉一上）
纂圖互注周禮十二卷　宋刊本
〔漢〕鄭氏注
案：此南宋麻沙本，每半葉十二行，每行二十一字。注小字雙
　　行，行二十五字。（卷六、葉二下）
儀禮十七卷　元刊元印本
〔元〕敖繼公集説
案：每葉二十四行，每行十八字。版心有字數及刻工姓名。字
　　體遒勁。每卷後有《考異》一葉，元版中之最精者。（卷
　　六、葉十一下）
小戴記纂言三十六卷　元刊元印本　汲古閣舊藏
〔元〕臨川吳文正公澄纂言
案：每葉二十行，每行二十字。字大而遒，紙質瑩潔。（卷七、
　　葉二上）
禮書一百五十卷　元刊本　季滄葦舊藏
〔宋〕左宣議郎太常博士陳祥道上進
案：此南宋刊本，元人得其版而重修之，冒爲己有。余見吳小
　　帆觀察所藏，較此本印在後。《樂書》後陳跋改"慶元"爲
　　"至正"，"陳歧"爲"林大光"。此則初印本也。每葉二十
　　六行，每行二十一字，小字雙行，每行三十四字。版心有字

數,間有刊工姓名。卷中有"結廬東山下"白文長印、"季
振宜藏書"朱文長印、"五硯樓"朱文長印、"東吳席氏珍藏
圖書"朱文方印。其版明時尚存南監,見《古今書刻》。然
明印本脫葉數百,此本有斷版而無缺頁,猶元時印本也。
(卷七、葉七)

礼書一百五十卷　　宋刊元修本　　袁壽階舊藏

　〔宋〕左宣議郎太常博士陳祥道上進

　案:此本較第一本印本較後。卷中有"嚴蔚豹人"白文方印、
　"二酉齋藏書"朱文長印、"嚴蔚"白文長印、"五硯樓"朱
　文大方印、"袁氏又愷廷檮之印"朱文四方印。(卷七、葉
　十三上)

儀禮經傳通解續祭禮十四卷　　宋刊本　　天籟閣舊藏

　〔宋〕楊　復撰

　案:每葉十四行,每行十五字,小字雙行。版心有字數及刻工
　姓名。每卷有"天籟閣"朱文長印、"項墨林鑒賞章"白文
　長印。原本十四卷八十一篇,今卷第三全缺,卷一、卷十四
　亦不全。以呂留良刻本校之,脫落羼錯,妄刪妄增,竟無一
　合。即以卷二《少牢饋食禮》一篇言之,"乃書卦卦於木"
　下,脫"示主人,乃退占,吉則史韇筮,史兼執筮與卦,以告
　于主人,占曰從,乃吉戒宗人命滌,宰命為酒,乃退。若不
　吉,則及遠日又筮日,如初"凡五十字,羼入"鼎俎"注文四
　百餘字,脫注文二百四十餘字。"乃釋韇立筮"注下,妄增
　"疏曰"云云七十餘字。"宿注祭日當來"下,妄增"古文宿
　皆作差"六字。"是儀略"下,妄增"故云大夫儀多也"云云
　九十餘字。"前宿一日宿戒屍"下注,又將"為筮"妄改"又
　為於偽反"五字。大約無一條不增改,無一葉無羼錯。呂

留良妄謬至此,明季國初竟負重名,一時時文,鬼附之如
雲。致蹈門之禍,殆有以也。(卷七、葉十三下)

春秋經傳集解三十卷　宋刊蜀大字本
　〔晉〕杜氏注
　案:此宋蜀大字本,每葉十六行,每行十七字,小字雙行,每行
　　二十四字。版心有字數及刻工姓名。卷中有"周氏藏書
　　之印"朱文長方印、"詩雅之印"白文方印、"廷吹氏"朱文
　　方印。詳《儀顧堂集》。(卷八、葉一上)

春秋經傳集解殘本十五卷　宋刊建大字本①
　〔晉〕杜氏注
　案:存"宣上"第十卷,"襄二"十五卷,"襄三"十六卷,"襄四"
　　十七卷,"襄五"十八卷,"襄六"十九卷,"昭元"二十卷,
　　"昭四"二十三卷,"昭五"二十四卷,"昭六"二十五卷,
　　"昭七"二十六卷,"定上"二十七卷,"定下"二十八卷,
　　"哀上"二十九卷,"哀下"三十卷。餘詳《儀顧堂集》。
　　(卷八、葉一下)

春秋經傳集解三十卷　宋相台岳氏刊配明覆本　黃蕘圃舊藏
　〔晉〕杜氏注
　案:每葉十六行,每行十七字,小字雙行。每卷末有"相臺岳
　　氏刻梓荊溪家塾"十字篆文橢圓木記。左線外標"某公幾
　　年",版心有字數及刊工姓。版心魚尾全墨,上魚尾之上、
　　下魚尾之下,有細黑線,即世所謂小黑口也。明時為沈氏

---

①　《春秋經傳集解》三十卷,存十五卷。傅增湘云:"陸心源氏定爲大字建本,
以余觀之,即興國軍學刻本,與帝國圖書寮本同,間有异者,則爲補刊版。"見《藏園群書
經眼錄》卷一,頁67。

藏,有"沈士林"、"大章"及"坤卦"三印。嘉慶中歸黃蕘
圃已不全,即《百宋一廛賦》中所謂"春秋太半"者也。明
覆本無卷末木記及版心字數、刻工姓名,又改魚尾為空白
耳。(卷八、葉一下)

春秋辨疑十卷　元刊元印本

〔宋〕三楚隱士子荊蕭楚著　臨江後學性善周自得校正

案:《春秋辨疑》十卷,元刊本,每葉二十四行,行二十三字。
題曰"三楚隱士子荊蕭楚著、臨江後學性善周自得校正"。
《四庫》所收,乃從《永樂大典》輯出,此則其原本也。《大
典》篇目相同,惟《王天子天王辨》末"又可知矣"下脫注文
數百字,正文數百字,《書滅辨》下篇"然後辨故"下脫三百
餘字,餘則無大異也。兩本皆只四十五篇,《江西通志》、
《萬姓統譜》作四十九篇者誤也。朱竹垞《經義考》僅錄胡
澹庵序,謂其已佚,則是書之罕見可知矣。《大典》本胡序
脫二十餘字,以《澹庵文集》較之,則此本又有不同。《澹
庵集》有《蕭先生墓誌》,亦館臣所未見也。(卷八、葉十二
下)

音注全文春秋括例始末左傳句讀直解七十卷　元刊本

〔宋〕林堯叟注

案:明崇禎時杭州書坊以林注分附杜注,而是書遂晦。今以合
刻本較之,有以林注作杜注、杜注作林注者,不僅奪落刪削
已也。此猶林氏原書,每葉二十四行,每行二十二字,小字
雙行,每行二十四字。明成化時有覆本,行款同而字較細。
此則元刊元印本也。(卷八、葉十六下)

春秋讞義十二卷　舊抄本

〔元〕吳郡後學王元杰集讞

案:《四庫全書總目》曰:"原書十二卷,久無刻本。諸家所藏
　　皆佚脱其後三卷,無從校補。"此本後三卷皆全,可貴也。
　　(卷九、葉四下)

春秋諸傳會通二十四卷　元至正刊本

〔元〕後學廬陵李廉輯

案:此元刊元印本,每葉二十四行,每行二十二字,小字雙行。
　　李廉序後有"至正辛卯臘月崇川書院重刊"木記。卷中有
　　"堯峰山人讀過"朱文長印。(卷九、葉六下)

莆陽二鄭先生六經雅言圖辨八卷　明鈔本

〔宋〕鄭厚鄭樵撰　甲科府教許一鶚家藏　甲科府教方澄孫
　　校正

案:此即《四庫》所收《六經奧論》之原本也。樵事蹟詳《宋
　　史》本傳。厚字景韋,樵從兄也。紹興五年進士,官至知
　　湘潭縣。著有《藝圃折衷》及此書,見《福建通志》。考厚、
　　樵,皆在朱子之前,不應引用《朱子語録》,當是後人集《藝
　　圃折衷》及《通志》諸論而題此名耳。(卷十、葉三上)

論語集注十卷①　孟子集注七卷　宋刊本　明周九松舊藏

〔宋〕朱　熹集注

案:每葉十四行,每行十五字,小字雙行,版心有字數。卷中有
　　"毘陵周氏九松迂叟藏書記"朱文長印、"周良金印"朱文
　　方印。(卷十、葉九上)

四書纂疏二十六卷　元刊元印本　　季滄葦舊藏

〔宋〕後學趙順孫纂疏

①　《論語集注》十卷,陸氏定爲北宋本,傅增湘云:"此書刊刻殊潦草,在元刊中
亦爲下駟,斷非宋本也。"見《藏園東游別録》《靜嘉堂觀書記》。

案：此元刊元印本，每葉二十行，每行二十字，小字雙行，每行
二十四字。卷中有"振宜之印"朱文方印、"揚州季氏"朱
文長印、"滄葦"朱文長印、"振宜讀書"朱文長印。（卷十、
葉十七上）

三山陳先生樂書二百卷目錄二十卷　宋刊本　建安楊文敏公舊藏
〔宋〕陳暘撰　迪功郎建昌軍南豐縣主簿林宇沖校勘

案：此宋刊元修本，每葉二十六行，每行二十一字，版心有字
數。卷首有"建安楊氏家藏之書"八字朱文長印，蓋明正
統中大學士楊榮藏書也。此書明時其版尚存南監，見《古
今書刻》。然明印斷爛不堪，每卷缺數葉。此書完善無
損，元時初印本也。林宇沖字通卿，福建侯官人，之奇從子
也。紹熙四年進士，以學行名鄉里，士多宗之，官至將樂
丞。（卷十一、葉十八下）

爾雅疏十卷　北宋刊本
〔宋〕翰林侍講學士朝請大夫守國子祭酒上柱國賜紫金魚袋
臣邢昺等奉敕校定

案：《爾雅》單疏十卷，每葉三十行，每行三十字。宋太祖、太
宗、真宗廟諱缺末筆，餘皆不缺，蓋北宋咸平初刊祖本
也①。其紙乃元致和、至順中公牘，有蒙古文官印，蓋金入
汴京，盡輦國子監秘書監書版而北，事載《北盟彙編》及
《靖康要錄》。至順上距靖康甫二百年，其版尚存，故有元
時印本耳。北宋時，疏與經注本別行，南宋始合為一。今
單疏本之存者，惟《儀禮》、《穀梁》及此而三。《儀禮》、

---

① 　《爾雅疏》十卷，陸氏謂咸平祖本。傅增湘定為宋刊宋元明初遞修本。見
《藏園群書經眼錄》卷二，頁120。

《穀梁》皆殘缺,不及《爾雅》之完善,《爾疋疏》之存於近古者,乾嘉中黄氏百宋一廛、袁氏五硯樓,各有其一。兵燹之後,碩果僅存,余已重雕印行。宋刊書不易得,北宋本尤不易得,北宋刊而完善尤難之難者。此書與蜀大字本《春秋經傳集解》,皆吾家宋版經部中領袖也。(卷十二、葉一上)

群經音辨七卷　　汲古影宋本

　　〔宋〕朝奉郎尚書司封員外郎直集賢院兼天章閣侍講輕車都
　　　　尉賜緋魚袋臣賈昌朝撰

　　案:此汲古毛氏影寫宋紹興刊本,每葉十六行,每行大字十四,
　　　　小字雙行,每行十六字。版心有刻工姓名。卷中有"毛晉
　　　　私印"朱文方印、"子晉"朱文方印、"希世之珍"朱文方印。
　　　　張刻雖從此出,而字形、格闌縮小矣。(卷十二、葉十三
　　　　上)

説文解字十五卷　　宋刊宋印小字本　　王述庵舊藏

　　〔漢〕太尉祭酒許慎記　〔唐〕銀青光禄大夫右散騎常侍上柱
　　　　國東海縣開國子食邑五百戶臣徐鉉等奉敕校定

　　案:每葉二十行,每行大十八字,大小二十五字。即《百宋一
　　　　廛賦》中所謂"王司寇家極寶貴"者也。(卷十三、葉六
　　　　上)

説文解字補義十二卷　　明初刊本　　　　張月霄舊藏

　　〔元〕包希魯撰

　　案:此永樂刊本,前有永樂年　序,見《蛾術編》。此本失去前
　　　　序,張氏以為元版者,誤也。然書雖明刊,流傳極罕,不僅
　　　　與元版同珍也。(卷十三、葉十下)

説文解字篆韻譜五卷　　　元刊本　　文衡山舊藏

〔南唐〕徐　鍇述

案：此元刊本，每葉十四行，每行大九字，小字雙行，每行約十
　　八字。有"文徵明印"白文方印、"衡山"朱文方印。以潘
　　氏新刊本校之，無一合者。（卷十三、葉十二下）

大廣益會玉篇三十篇　元刊本　吳兔牀舊藏

〔梁〕顧野王撰

案：此永樂初朱氏與畊書堂刊本，相傳以為元刊者，誤也。每
　　葉二十四行，每行小字二十八字。《指南》後有朱氏爵形
　　墨記、"與畊書堂"鬲形印記。（卷十三、葉十四下）

六書統二十卷　元刊本

〔元〕奉直大夫國子監司業楊桓弖集

案：每頁十六行，每行大十字，小字雙行，每行二十三、四字。
　　卷末有"□□二年八月江浙等處儒學提舉余謙補修"一
　　行。"二"字上缺兩字，查元刊《文獻通考》後有至正五年
　　余謙跋，則所缺乃至正二年也。（卷十五、葉十一上）

六書統溯源十三卷　元刊本　張月霄舊藏

〔元〕奉直大夫國子監司業楊桓弖集

案：每頁十六行，每行大十字，小字雙行，每行二十三四字不
　　等，版心有字數，小黑口。（卷十五、葉二十下）

說文字原一卷　元印元印本

〔元〕鄱陽周伯琦編注

案：此元刊元印本，每葉廿行，小字雙行，每行二十字。卷末有
　　"男宗義同門人謝以信同校正"一行。（卷十六、葉一）

漢隸分韻七卷　元刊本　趙凡夫舊藏

不著撰人名氏

案：此元刊本，每葉十二行，每行十字，小字雙行，每行二十字，

小黑口。卷中有"吳郡趙宧光家經籍"白文方印、"吾研齋"朱文長印。案,宧光,字凡夫,蘇州人,著有《説文長箋》等書。(卷十六、葉六上)

廣韻五卷　元刊本　燕喜樓舊藏

不著撰人名氏

案:即《欽定四庫書目》所謂原本《廣韻》者也。明内府本從此本出,顧炎武刻本又從明内府本出。此元刊元印本。每葉二十四行,每行小字二十八字。卷中有"燕喜樓"朱文圓印。(卷十六、葉十四上)

廣韻五卷　北宋刊本

〔宋〕陳彭年等奉敕撰

案:此即張氏刻本所從出。每葉二十行,小字每行二十五字,版心有字數及刊工姓名。張本《辨四聲輕清重濁法》"生"字下黑丁,此本作"朱",注曰:"朱余反。朱,赤也。""朝"字下一格,張本墨丁,此本作"紬、直流反。紬,布也。"則較勝張氏所見本矣。(卷十六、葉十四下)

切韻指掌圖二卷　影宋抄本

〔宋〕司馬光著

案:此影抄宋紹定刊本,每半葉十一行,每行十六字,版心有刻工姓名。(卷十六、葉十六上)

九經補韻一卷　宋刊本

〔宋〕代郡楊伯嵒彥瞻集

案:此宋麻沙刊本,《百川學海》之一種。每半葉十四行,每行二十八字。語涉宋帝皆空格。(卷十七、葉一上)

古今韻會舉要三十卷附禮部韻略七音三十六母通考　元刊元印本

〔元〕昭武黃公紹直翁編輯　昭武熊忠子中《舉要韻略》

案：是書有明覆本，此則元刊本。每葉十六行，小字雙行，每行
　　二十三字，小黑口。分甲乙至壬癸十册。（卷十七、葉八
　　下）

書學正韻三十六卷　　元刊本

　〔元〕奉直大夫國子監司業楊桓考集

　案：卷末有"□□二年八月江浙等處儒學提舉徐謙補刊"一
　　　行。（卷十七、葉十四上）

史記殘本九十九卷　　宋淳熙耿秉刊　　黃蕘圃舊藏

　〔漢〕司馬遷撰　　〔宋〕裴駰集解　　〔唐〕司馬貞索隱

　案：此淳熙刊本，每葉二十四行，每行二十五字，版心有字數及
　　　刻工姓名。"殷"、"慎"、"貞"、"恒"，皆缺避。張序已缺，
　　　黃蕘圃手鈔補。耿秉，字直之，江陰人，仕至煥章閣待制，
　　　律己清儉，兩為浙漕，所至以利民為事。著有《春秋傳》二
　　　十卷、《五代會史》二十卷。（卷十八、葉一）

史記殘本九十二卷　　元中統刊本

　〔漢〕司馬遷撰　　〔唐〕裴駰集解　　〔唐〕司馬貞索隱

　案：此元中統二年刊本，即宋理宗景定二年也。每葉二十八
　　　行，每行二十二字，小字雙行。每葉格闌外標題篇名。明
　　　游明本即從此本出。前有中統二年校理董浦序，此本已
　　　缺。（卷十八、葉三下）

史記一百三十卷　　明王廷喆刊本

　〔漢〕司馬遷撰　　〔宋〕中郎外兵曹參軍裴駰集解　　〔唐〕朝散
　　　大夫國子博士弘文館學士河內司馬貞索隱　　諸王侍讀
　　　宣義郎守右清道率府長史張守節正義

　案：目後有"震澤王氏刻梓"木記，《集解序》後有"震澤王氏刻
　　　於恩褒四世之堂"木記。（卷十八、葉四下）

史記一百三十卷　明柯維熊校刊本

〔漢〕太史令龍門司馬遷撰　〔唐〕朝散大夫國子博士弘文館
　　學士河内司馬貞索隱　諸王侍讀宣教郎守右清道率府
　　長史張守節正義

　　案：目後有“明嘉靖四年乙酉金臺汪諒刊行”兩行。每標籤題
　　　下有“莆田柯維熊校正”七字。（卷十八、葉五上）

漢書一百二十卷　宋刊元修本　張月霄舊藏

〔漢〕班固撰　〔唐〕秘書監上護軍琅邪縣開國子顏師古注

　　案：此南宋監版而元修者。版心有大德、至大、延祐、元統補刊
　　　字樣。每葉二十行，每行十九字，注二十五字至二十八字
　　　不等。版心有字數及刻工姓名。大題在下。（卷十八、葉
　　　五下）

漢書殘本八卷　宋蜀大字本　明袁忠徹舊藏

〔漢〕班　固撰　〔唐〕正議大夫行秘書少監琅邪縣開國子顏
　　師古注

　　案：此宋蜀大字本，存卷六十四上、六十四下、六十五、六十六
　　　上、六十六下、六十七、六十九上、六十九中。每葉十八行，
　　　每行十六字，注雙行，每行二十一、二十二字不等。版心有
　　　字數及刊工姓名。“匡”、“殷”、“貞”、“敬”、“竟”、“完”、
　　　“源”、“狟”、“毅”、“讓”、“構”、“購”，皆缺末筆。卷六十
　　　四下“烏桓之壘”，“烏”字下注“淵聖御名”。蓋高宗時刊
　　　本也。紙背皆元時公牘，間有官印。卷中有“尚寶少卿袁
　　　忠徹印”朱文方印、“尚寶少卿袁記”朱文長印。案，忠徹，
　　　字靜思，鄞縣人。父珙，即所謂“袁柳莊”者也。永樂中，
　　　官至尚寶少卿，著有《鳳池吟稿》、《符臺外集》、《相書機
　　　要》，見《李賢集》及《明文衡》九十四卷。（卷十八、葉六

上）

後漢書殘本六十卷　宋蜀大字本　明袁忠徹舊藏

　〔晉〕范　曄撰〔唐〕章懷太子注

　案：存卷六至卷十、卷十六至卷十八、卷二十一至二十九、卷三十三至三十六、卷三十八至卷五十九、卷六十一至六十四、卷六十八至卷七十八、卷八十二至八十五、卷八十八。行款、避諱，與前《漢書》同。卷中有敵“尚寶少卿袁忠徹”朱文方印、“尚寶少卿袁記”朱文長印。（卷十八、葉九上）

後漢書一百二十卷　宋刊元修本　張月霄舊藏

　〔宋〕范　曄撰〔唐〕章懷太子賢注　《志》三十卷〔晉〕司馬彪撰〔梁〕劉昭注補

　案：版心有注“大德九年”、“元統二年補刊”者，蓋宋刊元修之本也。每葉二十行，每行十九字，注二十五字，版心有字數及刻工姓名。大題在下。卷末有“右奉淳化五年七月二十五日敕重校定刊正”一條，後列“承奉郎守將作監丞直史館賜緋魚袋臣孫何、承奉郎守秘書省著作佐郎直集賢院賜緋魚袋臣趙安仁”銜名兩行，下缺。每卷後間有“甯國路學正王師道校正”十字。案《藏書志》所載缺五卷，此本完全，想是後來補完耳。（卷十八、葉九下）

後漢書一百二十卷　明嘉靖刊本　何義門手校

　〔晉〕范　曄撰　《志》〔晉〕司馬彪撰〔唐〕章懷太子賢注劉昭補注

　案：余靖上言後，有“嘉靖丁酉冬月廣東崇正書院重修”木記。（卷十八、葉十上）

經進後漢書年表十卷　盧抱經手抄本

　〔宋〕右迪功郎前權澧州司戶參軍熊方集補

案:此盧抱經手抄本,格闌有"抱經堂校定本"六字。卷中有
"武林盧文弨寫本"朱文方印、"武林盧文弨手校"朱文長
印。手書序後有"范陽"朱文方印、"弓父"朱文方印。(卷
十八、葉十下)

三國志六十五卷　宋衢州刊本①

〔晉〕平陽侯相陳壽撰　〔宋〕裴松之注

案:卷後有"右修職郎衢州録事參軍蔡宙校正兼鏤版、右迪功
郎衢州州學教授陸俊民校正"兩行。(卷十八、葉十五下)

吳志三十卷　宋咸平刊本　黃蕘圃舊藏

〔晉〕平陽侯相陳壽撰　〔宋〕裴松之注

案:此宋咸平刊本。每葉二十八行,每行二十三字。《三國志
表》後,即"按《吳書》"云云,是當時專刻本,即《百宋一廛
賦》中所謂"孤行吳志,數册仍六"者也。(卷十八、葉十五
下)

晉書一百三十卷　宋刊本

〔唐〕太宗文皇帝御撰

案:每葉二十行,每行二十字。宋諱"匡"、"恒"、"桓"、"慎"、
"構"皆缺避,孝宗十刊也。(卷十八、葉二十上)

晉書音義三卷　宋刊本

〔唐〕何　超撰

案:每葉二十行,每行二十字,與《晉書》同。(卷十八、葉二十
下)

---

①　傅增湘云:"陸氏此本亦經元明遞修者,有嘉靖補版。各史中惟《三國志》未
見宋刊完帙,生平所閲,非殘缺即入南監補版本。惟松江韓氏有巾箱本,宋印完整,號
爲海内孤帙。"見《藏園群書經眼録》卷三,頁203。

宋書一百卷　宋刊元修本　任潚舊藏

　　〔梁〕沈　約新撰

　　案:每葉十八行,每行十八字。(卷十八、葉二十下)

南齊書五十九卷　宋刊明修本

　　〔梁〕臣蕭子顯撰

　　案:每葉十八行,每行十八字。(同上)

梁書五十卷　宋刊明修本

　　〔唐〕散騎常侍姚思廉撰

　　案:每葉十八行,每行十八字。(卷十八、葉二十一上)

陳書三十六卷　宋刊宋印本　文衡山舊藏

　　〔唐〕散騎常侍魏思廉撰

　　案:每葉十八行,每行十八字。全書無修版,版心有字數及刻
　　　　工姓名。(同上)

魏書一百十四卷　宋刊明修本

　　〔北齊〕魏　收撰

　　案:每葉十八行,每行十八字。(卷十八、葉二十一下)

隋書八十五卷　宋刊配元覆本

　　〔唐〕特進臣魏收上　《志》大尉揚州都督監修國史上柱國趙
　　　　國公臣長孫無忌等奉敕撰

　　案:每葉二十行,每行十九字。左線外有篇名,“敬”、“慎”、
　　　　“貞”、“恒”、“桓”、“構”皆缺避,南宋時官刊本也。(卷十
　　　　八、二十二上)

隋書八十五卷　元端州路學刊本

　　〔唐〕特進臣魏徵上　《志》三十卷題太尉揚州都督監修國史
　　　　上柱國趙國公臣長孫無忌等奉敕撰

　　案:每葉二十行,每行二十二字。從天聖本出。《儀顧堂二

集》有跋。（卷十八、葉二十二）

南史八十卷　元刊本

　〔唐〕李延壽撰

　案：大德丙午建康路牒諸路刊史，兩《漢》則太平路，《三國志》
　　則池州路，《隋書》則端州路，《北史》則信州路，《唐書》則
　　平江路。或於版心刊明，或於卷首刊明，或於卷末刊明。
　　此書與信州路所刊《北史》一例，當為同時所刊，既無版心
　　之字，又無序跋、刊版、銜名，未能定為何路耳。（卷十九、
　　葉一上）

北史一百卷　元信州路學刊本

　〔唐〕李延壽撰

　案：每卷後有“方洽”、“周益”、“劉粹然’等校正各字。版心
　　有“信州路學刊”、“信州學刊”等字。每葉二十行，每行二
　　十二字。（卷十九、葉一下）

北史殘本八十一卷　宋刊本

　〔唐〕李延壽撰

　案：存卷二、卷六至卷十八、卷二十至二十九、卷三十一至卷八
　　十、卷九十三至卷九十八、卷一百。每葉二十行，每行十八
　　字。“匡”、“恒”、“貞”、“桓”、“構”、“慎”、“徵”、“樹”、
　　“敦”、“廓”，皆缺筆，宋甯宗時刊本也。字畫清朗，紙質瑩
　　潔，宋版宋印之精者，惜缺二十卷耳。（卷十九、葉一下）

唐書二百五十卷　北宋杭州刊本　宋李安詩克齋舊藏

　〔宋〕推忠佐理功臣正奉大夫尚書禮部侍郎參知政事柱國廬
　　陵郡開國公食邑二千一百戶食實封二百戶賜紫金魚袋
　　臣曾公亮奉敕提舉編修　翰林學士兼龍圖閣學士朝散
　　大夫給事中知制誥充史館修撰臣歐陽修奉敕撰　端明

　　殿學士兼翰林侍讀學士朝請大夫守尚書吏部侍郎充集
　　賢殿修撰宋祁奉敕撰

案:卷末有《唐書》凡二百二十六篇,總二百五十卷,十三志、
　　五十篇、五十六卷,三表、十五篇、二十二卷,列傳一百五十
　　篇、一百六十卷,附錄二卷等字。

案:每葉二十八行,每行二十五字,版心有刻工姓名。"朗"、
　　"匡"、"徹"、"炅"、"恒"、"桓"、"鏡"、"竟"、"敬"、"貞",
　　皆缺避,宋仁宗時刊本也。每卷有"李安詩伯之克齋藏
　　書"朱文方印,"滄葦"二字、"季振宜印"四字朱文兩印,
　　"季振宜藏書"五字朱文長印。克齋每卷有跋,今錄其尤
　　者。(卷十九、葉二下)

唐書二百五十五卷　宋刊中字本①

〔宋〕推忠佐理功臣正奉大夫尚書禮部侍郎參知政事柱國廬
　　陵郡開國公食邑二千一百戶食實封二百戶賜金魚袋臣
　　曾公亮奉敕提舉編修　翰林學士兼龍圖閣朝散大夫給
　　事中知制誥充史館修撰判秘閣臣歐陽修奉敕撰　《列
　　傳》端明殿學士兼翰林院侍讀學士龍圖閣學士朝請大夫
　　守尚書吏部郎充集賢殿修撰宋祁奉敕撰

案:每葉二十行,每行十九字。版心有刻工姓名及字數。大題
　　在下,"匡"、"胤"、"殷"、"敬"、"炅"、"恒"、"貞"、"頊"、
　　"桓"、"構",皆缺避,南宋官刊本。各家所藏多元修之版,
　　此本葉葉皆原刻,無一修補之葉。(卷十九、葉四)

宋史四百九十六卷　元刊元印本

---

①　《新唐書》二百五十五卷,傅增湘云:"此本不見補葉,當是初印。其版式、行
款,與《晉書》咸相類,當爲同時所刊也。"見《藏園群書經眼錄》卷三,頁217。

〔元〕開府儀同三司上柱國録軍國重事前中書右丞相監修國
史領經筵事都總裁臣脱脱等奉敕修

案：此元杭州路刊本。每葉二十行，每行二十字。大題在下。
版心小黑口。魚尾上，左“宋史”二小字，右字數；魚尾下，
左寫人姓名，右刻工姓名。《孝宗紀》一葉不缺。（卷十
九、葉五）

遼史一百十六卷　元人鈔本　張月霄舊藏

〔元〕開府儀同三司上柱國録軍國重事中書右丞相監修國史
領經筵事都總裁臣脱脱等奉敕修

案：是書即張月霄藏書所收也。卷中有“竹東草堂藏書記”朱
文長印、“敕褒忠勤世家”朱文方印、“文水道人”朱文方
印。（卷十九、葉二十）

資治通鑑殘本二百二十四卷　北宋刊大字本　元靜江路儒學舊藏

〔宋〕朝散大夫右諫議大夫權御史中丞充理檢史上護軍賜紫
金魚帶臣司馬光奉敕編集

案：存卷六至卷十六、卷十九、卷二十一至卷三十四、卷三十八
至卷五十四、卷五十七至卷七十、卷七十二至一百十一、卷
一百十三至卷一百十七、卷一百二十二至卷一百二十九、
卷一百三十五至卷一百三十九、卷一百四十一至一百五十
五、卷一百五十七、卷一百六十一至一百八十六、卷一百八
十八至卷一百九十、卷一百九十四至卷二百三十、卷二百
三十三至二百五十、卷二百五十四、卷二百五十五、卷二百
六十至卷二百六十五、卷二百七十一。每葉二十二行，每
行十九字。版心有字數及刻版銜名。每卷首題銜，惟列一
朝之首卷，餘卷則無。紀年下注干支二字，間附《音義》于
本文。案：胡景參《釋文辨誤》載海陵本、費本各條，劾此

本《音義》，知即為蜀廣都費氏進修堂本，世所謂龍爪本者
也。《音義》與史炤《釋文》微有異同。卷中有“靜江路學
係籍官書”朱文長印、“顧仁效水東館考藏圖籍之印”朱文
長印。第六卷前有朱文木記曰“關借官書，常加愛護，亦
士大夫百行之一也。仍令司書明白，日簿一月一點，毋致
久假。或損壞去失，依理追償。收匿者，聞公議罰。”（卷
二十、葉四）

資治通鑑殘本一百四十九卷　宋刊本

〔宋〕端明殿學士兼翰林侍讀學士大中大夫提舉西京嵩山崇
　　福宮上柱國河內郡開國公食邑二千六百戶食實封一千
　　戶賜紫金魚帶臣司馬光奉敕撰集

案：此北宋本①，存卷十一至卷十五、卷三十七之卷四十二、卷
　　四十五、卷四十六、卷五十一、卷五十二、卷七十三至卷七
　　十九、卷八十八、卷八十九、卷九十二至一百一、卷一百十
　　至卷一百十三、卷一百十七至卷一百三十六、卷一百四十
　　至卷一百四十三、卷一百四十七至一百五十一、卷一百五
　　十八至一百七十、卷一百七十三、卷一百七十四、卷一百八
　　十八至卷二百、卷二百九至二百十六、卷二百二十五至
　　卷二百二十八、卷二百三十四至卷二百二十七〔？〕、卷二
　　百四十至卷二百五十五、卷二百六十三、卷二百六十四、
　　二百六十六至卷二百七十一、卷二百七十六、卷二百七十

---

①　《資治通鑑》殘本一百四十九卷，陸氏定為北宋本，瞿鏞《鐵琴銅劍樓》藏有
全本。傅增湘云：“瞿氏之全本，有‘紹興二至三年浙東茶鹽司刊書’題銜，避宋諱至
‘郭’字，則其為南宋寧宗以後閩中覆刻紹興浙東茶鹽司公使庫本明矣。”見《藏園群書
題記》卷二、頁105。

七、卷二百八十、卷二百八十一、卷二百八十四至卷二百九
十三。每葉二十二行，每行二十一字。“貞”、“恒”，皆缺
避。（卷二十、葉五）

陸狀元集百家注資治通鑑詳節一百二十卷　宋刊本

〔宋〕會稽陸唐老集注　建安蔡文子校正

案：此南宋麻沙本，每葉二十八行，每行二十三字，小字雙行，
每行二十六字。版心有字數，小黑口。“朗”、“殷”、
“匡”、“貞”、“恒”、“桓”、“慎”、“構”，皆缺避。卷一《看
通鑑法》，卷二《通鑑總例》、《通鑑圖譜》，卷三至卷五《通
鑑舉要曆》，卷六至十二《通鑑君臣事實分紀》，卷十五、十
六《通鑑外紀》，卷十七至一百二十《通鑑》。是書《四庫》
不收，附存其目。（卷二十、葉八下）

通鑑釋文三十卷　宋刊本

〔宋〕右宣議郎監成都府糧料院史炤撰

案：每葉二十四行，每行三十字，小字雙行，即《百宋一廛賦》
中所謂“見可釋鑒，音訓是優；被抑身之，耽與闡幽；行明
字繡，終卷無修”者也。已刊入《十萬卷樓叢書》。（卷二
十、葉九）

資治通鑑長編節要一百八卷　宋刊鈔補本

〔宋〕李　燾撰

案：《建康景定志·書籍門》載《通鑑長編》有全本，有節本。
今影鈔一百八卷本，刪去“節要”二字，與全本混淆莫辨，
轉成疑竇。以此書證之，一百八卷者，節本也；一千六十三
卷者，全本也。李氏初意，蓋以節本配《資治通鑑》，以《長
編》配《長編》耳。若非宋本僅存，安知一百八卷為節本
乎？每葉二十六行，每行二十二字。版心有字數，無刻工

姓名。①（卷二十、葉十七上）

續宋編年資治通鑑十八卷　元刊本

〔宋〕朝散郎尚書禮部員外郎兼國史院編修官李燾經進

案：是書元有兩刻，一為日新堂張氏，一為餘慶堂陳氏，此則陳刊本也。《四庫》不收，附存其目。其進表即《通鑑長編進表》，行款與下卷劉時舉《通鑑季宋三朝政要》同。（卷二十、葉十八下）

皇宋編年備要二十五卷補刊編年備要五卷　宋刊鈔補本　袁壽階舊藏

〔宋〕壼山陳均編

案：每葉十六行，每行大十六字、小二十四字。編年下有空字二格，列目止于廿五卷，後別為一行，云"已後五卷，見成出售"。即《百宋一廛賦》中所謂"莆田編年，始末九朝"者也。（卷二十一、葉八）

續宋中興編年資治通鑑十五卷　元刊本

〔宋〕通直郎戶部架閣國史實錄院檢討兼編修官劉時舉撰

案：是書元時有兩刊，一為張氏日新堂，一為陳氏餘慶堂，此則陳氏刊也。每葉二十六行，每行二十二字。（卷二十一、葉十四）

宋史全文續資治通鑑三十六卷附宋季朝事實二卷　明天順刊本

不著撰人名氏　卷首題"豐城游大昇校正"

---

① 《續資治通鑑長編節要》一百零八卷。傅增湘云："此書起建隆元年，訖英宗治平四年，凡一百八年，為一百零八卷。""以大典本核其文，約節去十之三。《志》謂李氏初意，以此節本配《通鑑》，其說良是，然後來傳抄本皆刪去'撮要'二字，與全本混淆莫辨矣。原本鐫印工整，惜其鈔寫過半，不及潘氏滂喜齋之全帙矣。余藏有鈔本，行欵與此正同。"見《藏園群書經眼錄》卷三，頁249。

案：游大昇，名明，正統進士。《儀顧堂集》有跋。（卷二十一、
　　葉十八）

通鑑前編十八卷舉要三卷　元刊元印本

　　〔宋〕金履祥編

　　案：此元刊元印本，末有“門人御史臺都事汝南郭炯校正、門
　　　　人金華許謙校正”二行。每葉二十行，每行二十二字，小
　　　　字雙行，版心有字數及刻工姓名。（卷二十二、葉一）

通鑑續編二十四卷　元刊元印本

　　〔元〕陳　桱撰

　　案：此元刊元印本，每葉十八行，每行二十二字，小字雙行，版
　　　　心有刻工姓名。卷中有“敬德堂圖書記”朱文方印、“檇李
　　　　項氏寶書齋圖書記”朱文長印。（卷二十二、葉一下）

通鑑紀事本末殘本二十九卷　宋刊細字本　徐虹亭舊藏

　　〔宋〕建安袁樞撰

　　案：此《紀事本末》初印祖本，存卷一至卷五、卷十一至十四、
　　　　卷十九至二十七、卷三十一至四十二。每葉二十六行，每
　　　　行二十五字，版心有字數及刻工姓名。宋諱缺末筆，“恒”
　　　　改“亘”。有“吳江徐氏記事”朱文長印、“汪士鐘”白文長
　　　　印。（卷二十二、葉十下）

通鑑紀事本末四十二卷　宋寶祐刊本　孫淵如舊藏

　　〔宋〕建安袁樞撰

　　案：此寶祐重刊本，其版明時尚存。此猶明以前印本。每葉二
　　　　十二行，每行十九字。版心有刻工姓名。卷首有“東吾觀
　　　　察使者”“孫星衍印”白文兩方印。（卷二十二、葉十一下）

汲塚周書十卷　元刊本　王述庵舊藏

　　〔晉〕孔　晁注

案：此元至正刊本，每葉二十行，每行二十字，小字雙行。黃
　　玠、四明人，寓居吳興，著《弁山小隱吟録》。卷首有“王昶
　　之印”白文方印、“述庵”朱文方印，青浦王侍郎舊物也。
　　（卷二十三、葉一上）

東都事略一百三十卷　宋刊配明覆本

　〔宋〕承議郎新權知龍州軍州兼管內勸農事管界沿邊都巡檢
　　　使借紫臣王偁上進

案：目後有“眉山程舍人宅刊行，己申，上司不許覆版”木記。
　　每葉二十四行，目後二十四字。版心間有字數。覆本即從
　　此出。（二十三卷、葉十下）

國語二十卷　汲古閣毛氏影寫宋天聖明道本

　〔吳〕韋氏解

案：末有“明道二年四月初五日得真本”一行，“天聖七年七月
　　二十日開印”一行，“江陰軍鄉貢進士葛惟肖”一行，“鎮東
　　軍權節度掌書記魏庭堅”一行。汲古本即黃氏士禮居刊
　　本所祖也。（卷二十四、葉一）

國語二十一卷　宋刊本　孫慶增舊藏

　〔吳〕韋氏解

案：此南宋官刊本，每葉二十行，每行二十字，小字雙行。版心
　　有字數及刻工姓名。卷中有“廬山孫仲孝維考藏圖書”朱
　　文方印、“主司巷人家”朱文長印。“讓”字缺筆，蓋孝宗時
　　刻本也。明弘治覆本行款同，惟字體粗惡耳。（卷二十
　　四、葉一下）

國語補音三卷　宋刊本

　〔宋〕宋　庠撰

案：此南宋官刊本，行款與《國語》同。（卷二十四、葉二上）

戰國策十卷　元至正刊本　陸敕先舊藏

　　〔宋〕縉雲鮑彪校注　〔元〕東陽吳師道重校

　　案：卷三、四、五、六後，有“至正乙巳前藍山書院山長劉鏞重
　　　　校勘”一行。卷八、九、十後，有“平江路學正徐昭文校勘”
　　　　一行。（卷二十四、葉四）

戰國策十卷　元人覆刊至正本

　　〔宋〕縉雲鮑彪校注　東陽吳師道重校

　　案：此元人覆至正平江本。劉向序“得有所息”下，誤以鮑彪
　　　　序“故興亡”云云竄入。卷中有“彝尊曾讀”朱文長印、“朱
　　　　垞老人”朱文方印。每葉二十行，每行二十一字。小字雙
　　　　行，大黑口。（卷二十四、葉十五下）

貞觀政要十卷　元刊本

　　〔唐〕史臣吳兢撰

　　案：此元刊細字本，每葉二十六行，每行二十四字。小黑口，與
　　　　明刊相似。（卷二十四、葉十六下）

范文正公政府奏議二卷　元刊本

　　〔宋〕范仲淹撰

　　案：目後有“元統甲戌褒賢世家歲寒堂刊”篆文方木記。每葉二
　　　　十四行，每行二十二字，版心有字數。（卷二十五、葉四上）

石林奏議十五卷　宋開禧刊本　黃蕘圃舊藏

　　〔宋〕葉夢得撰　模編

　　案：此南宋刊本，每葉二十行，每行二十五字，即《百宋一廛
　　　　賦》中所謂“脈石林之奏議”者也。世間有一無二，《汲古
　　　　閣秘本書目》祇有影鈔本。《四庫》所未收也。（卷二十
　　　　五、葉十八上）

歐公本末四卷　宋刊元印本

〔宋〕呂祖謙撰

案：此宋刊祖本，每葉十八行，每行十八字。版心有字數及刻工姓
　　名。每卷有“高氏隣酉閣藏書記”朱文方印，“志宛齋藏書”朱
　　文長印，“毘陵□氏”朱文圓印。紙背系延祐四年册紙，字有
　　趙體，《書錄解題》著錄，真罕覯祕笈也。（卷二十七、葉一）

國朝名臣事略十五卷　　元元統刊元印本

〔元〕趙郡蘇天爵伯修輯

案：此元刊元印，每葉二十六行，每行二十四字，大黑口。目後
　　有“元統乙亥余志安刊于勤有書堂”一行。有“漢唐齋”白
　　文長印、“古鹽馬氏”朱文方印、“笏齋珍藏之印”朱文方
　　印。餘詳《儀顧堂集》。（卷二十七、葉十九下）

歷代故事二十卷　　宋刊宋印本

〔宋〕楊次山輯

案：是書不著撰人名氏，各家書目亦未著錄。序署“坤寧殿題”，
　　則當爲皇后所製，因以序中“老見永寧郡王”一語求之，知
　　爲宋楊次山所輯，序則寧宗楊皇后所製也。次山字仲甫，
　　后之兄也。其先開封人，家于越之上虞，少好學能文，補右
　　學生。後受册，封永陽郡王，後封會稽郡王。卒年八十八。
　　韓侂胄之誅，悉出其謀。詳《宋史》《外戚傳》及《后妃
　　傳》。史稱后涉書史，知古今，其序當后所自製。壬申，寧
　　宗嘉定五年也。其書乃次山手書付刊，書法娟秀可喜。嘉
　　定壬申，距今六百餘年，完善如新，良可寶也。（卷二十
　　八、葉五）

吳越春秋十卷　　明覆元本

〔後漢〕趙　曄撰

案：元版每半葉九行，行十八字。覆本半葉八行，行十七字。

卷末刊版年月、衔名，與元本同。（卷二十八、葉九上）

九國志十二卷　精鈔本

〔宋〕路振撰

案：路振字子發，永州祁陽人。事蹟詳《宋史》本傳。王伯厚云：《九國志》四十九卷，其孫綸增入荆南高氏，治平元年六月上之，實十國也。陳振孫則云，末二卷，張唐英補撰，合五十一卷。其書久佚。餘姚邵二雲編修於《永樂大典》中録得，編為十二卷。凡吳四十四，南唐一，吳越五，前蜀十八，後蜀十八，後蜀廿七，東漢五，南漢八，閩八黃思安附《王忠順傳》，楚十九，北楚一，計傳合百三十六篇。北楚，即荆南高氏也。（卷二十八、葉十一）

裔夷謀夏録一卷　舊鈔本

〔宋〕劉忠恕著

案：《書録解題》：《裔夷謀夏録》一卷，翰林學士新安汪藻彥章撰。此本題劉忠恕著，未知孰是。（卷二十八、葉二十一）

元和郡縣圖志四十卷　　影寫宋淳熙刊本　惠定宇舊藏

〔唐〕紫金光禄大夫中書侍郎同中書門下平章事兼集賢殿大學士監修國史上柱國趙國臣公李吉甫撰

案：此影宋鈔本，為惠定宇舊物。卷中有“惠棟之印”白文方印、“定宇”朱文方印、“紅豆書屋”白文方印。（卷二十九、葉三）

新編方輿勝覽七十卷　宋刊宋印本

〔宋〕建安祝穆和父編

案：是書明以後未見刊本。此宋刊宋印。每葉十四行，每行大字十四字，小字雙行，每行二十三字。每葉左線外標篇名，當是宋季麻沙刊本。呂午序書學東坡，頗為神似。（卷二

十九，葉九上）

嚴州重修圖經三卷　宋刊本

〔宋〕董弅撰　陳公亮劉文富重修

案：是書原本八卷，今存卷一至卷三。每葉二十行，每行二十
字，版心大黑口。《直齋書錄解題》所云《新定志》八卷，郡
守東平董弅令升撰，紹興己未也。淳熙甲辰，武義陳公亮
重修者，即此書也。① 首載建隆元年太宗初頒防禦使詔、
宣和二年太上皇帝初授遂安慶源軍節度使詔及敕書宣和
四年遂安慶源軍節度使康王榜文一道、建炎二年聖旨一
道，次為建德府城圖二葉、嚴州全境圖七葉。每卷有“松
雪道人”朱文方印、“嚴蔚豹人”白文方印、“嚴蔚”白文長
印、“二酉齋藏書”朱文長印。餘詳《儀顧堂集》。（卷二十
九、葉十二下）

四明圖經十二卷　舊抄本

〔宋〕張　津等編

案：張津里貫無考。乾道三年，以右朝散大夫直秘閣知明州兼
主管沿河制置司公事舉鄉飲酒禮，率僚佐與卿大夫及他方
之流寓者敘齒會，拜於講堂。時惠光寺有妖僧塑神像，納
老烏於腹，以衒咒之以邀利。津追妖僧至庭下，具得姦狀，
剖像果有烏焉，逐之境外，民以安息，見《萬姓統譜》。是
書《四庫》未收，各家書目均未著錄。此舊抄本，語涉宋帝
皆提行，蓋從宋本鈔出。卷一總序、明州，卷二鄞縣，卷三

---

①　傅增湘云：“此書鐫工頗草率，或疑為明翻刊。然余細審之，剞厥雖未工，而
疏古之意未失。外郡僻州，不易得良工，故不能全以工整稱也。”見《藏園群書經眼錄》
卷五，頁411。

奉化,卷四定海,卷五慈溪,卷六象山,卷七昌國州,卷十至十一詩文,卷十二則太守題名記、進士題名記也。(卷二十九、葉十六上)

吳興志 舊鈔本

〔宋〕談 鑰撰

案:談鑰,字元時,歸安人。淳熙八年進士,《新湖州府志》有傳。原本久佚,此從《永樂大典》録出。中間有明志竄入。陳直齋雖議其未能盡善,然宋以前遺文逸事,為勞鉞、王珣、張鐸、粟祁諸志所未收者甚多,足為考古者之助。(卷三十、葉一)

景定建康志五十卷 影宋鈔本 王西莊舊藏

〔宋〕承直郎差充江南東路安撫使司幹辦公事周應合修纂

案:卷中有"甲戌榜眼"、"光禄卿章"、"王鳴盛印"、"西莊居士"四方印。(卷三十、葉十七下)

景定嚴州新定續志十卷 文瀾閣傳抄本

〔宋〕鄭 瑤 方仁榮撰

案原本缺此序,從《蛟峯集》補。(卷三十一、葉一)

咸淳臨安志九十五卷宋刊本 朱竹垞舊藏

〔宋〕潛説友撰

案:每葉二十行,每行廿字,小字雙行,版心有字數及刻工姓名,即《百宋一廛賦》所謂"臨安百卷,分豆剖瓜,海鹽常熟,會蕝竹垞"者也。(卷三十一、葉四下)

重修毘陵志三十卷 宋刊鈔補本

〔宋〕史能之撰

案:史能之,鄞縣人。淳熙元年進士,彌鞏子也。附見《宋史·史彌鞏傳》。《毘陵志》創于教授三山鄒補之,見《直齋書録解題》。咸淳四年，能之守郡重修，原本三十卷，每葉十八行，每行二十字，版心有字數。刻本存卷七至十九，又第二十四卷，餘鈔補。卷十二第四葉後缺末葉，有剜痕，所缺當不少。卷十三缺第十三葉，常州新刻本以卷十二葉之末葉為第五葉，與第四葉"沿江民兵"接，以卷十三之第十四葉為十三葉，與上葉"兔絲子"接。若非此本僅存，無從知其缺佚矣。重刻本從元延祐重刻出，此則咸淳原刻也。藏書家罕見著録，惟查夏重《蘇詩補注》、厲太鴻《宋詩紀事》徵引及之。（卷三十一、葉八末）

至順鎮江志二十一卷　舊鈔本

〔元〕俞希魯撰

案：俞希魯，字用之，鎮江人。父德鄰，為宋室遺老。希魯學業浩博，淵貫群籍，境内碑貼，多所撰述，與青陽夢炎、謝震、顧觀，號"京口四傑"。以茂才除慶元路教授，善于啟迪，擢歸安丞，築海鹽塘，費省而民不勞，升江山令，改永康，遷松江府同知。所至葺廟學，聘名儒，講説平民徭役，卒年九十，著有《竹素鈎玄》二十卷、《聽雨軒集》二十卷，見《嘉慶丹徒志》、《乾隆鎮江志》。原本不著撰人名氏，考《成化鎮江志》丁元吉序曰"勝國俞用中《至順志》，例加精密"，《乾隆志·俞希魯傳》云，"至順中，嘗著《郡志》，序事精密"，則此志為俞希魯作無疑。（卷三十一、葉十三）

四明志二十卷　影寫元刊本　錢竹汀舊藏

〔元〕袁　桷撰

案：原本二十卷，缺卷九至十一三卷。（卷三十二、葉五下）

四明續志十二卷　舊鈔本　馬笏齋舊藏

〔元〕王元恭撰

案：王元恭，博野人。至元六年，以正議大夫任慶元路總管府。其書後袁桷而作。《四庫》未收，各家書目亦未著錄。凡分十三門，曰沿革、曰土風、曰職官、曰人物、曰城邑、曰山川、曰河渠、曰土產、曰賦役、曰學校、曰祠祀、曰釋道、曰集古。（卷三十二、葉五末）

重修琴川志十五卷　　舊鈔本　馬笏齋舊藏

〔宋〕鮑廉撰　〔元〕盧鎮修

案：鮑廉，龍泉人。淳祐十二年四月，以宣教郎知常熟縣。盧鎮字子安，淮南人，至正中知常熟州。琴川，常熟別名。其書創自慶元丙辰縣令孫應時，淳祐辛丑，鮑廉與邑士鍾秀實、胡淳，裒輯增益而始備。卷一、二“敘縣”，卷三“敘官”、卷四“敘山”、卷五“敘水”、卷六“敘賦”、卷七“敘兵”、卷八“敘人”、卷九“敘產”、卷十“敘祠”、卷十一至卷十三“敘文”、卷十四“題詠”、卷十五“拾遺”。至正乙巳鎮知州事重刊，曰重修者，自序所謂“舊所未載，附之卷末”，並非改修也。（卷三十二、葉十上）

水經注四十卷　明鈔本

〔後魏〕酈道元注

案：是本係馮氏已蒼手校。黃筆塗改者，柳大中影寫宋本也。行間青筆側注者，據朱鬱儀校本也。每卷末俱有馮氏題識。（卷三十三、葉一上）

仙都志二卷　舊鈔本

〔元〕玉虛住山少徵陳性定此一編集　獨峰山長番陽吳明義仲誼校正

案：仙都山在處州括蒼縣，即縉雲山，道家所謂第二十九洞天也。蜀亦有仙都山，在酆都縣，道家所謂第四十二福地也。

書分六門,曰"山川"、曰"祠宇"、曰"神仙"、曰"高士"、曰
"草木"、曰"碑碣題詠"。(卷三十三、葉七上)

幽蘭居士東京夢華録十卷　元刊元印本　顧元慶舊藏

〔宋〕孟元老撰

案:此元刊之最精者。每半頁十四行,每行二十二字。卷中有
"顧氏"朱文葫蘆印、"顧元慶印"白文方印、"吳郡顧元慶
氏珍藏印"朱文方印、"黃丕烈印"白文大方印、"蕘圃"朱
文方印、"江夏無雙"朱文連珠印,"夷白齋印"、"荆溪世
家"朱文方印。(卷三十四、葉三下)

增入諸儒議論杜氏通典詳節二十五卷　元刊元印本

〔唐〕杜　佑原本

案:目後有"至元丙戌重新繡梓"木記。(卷二十五、葉三上)

文獻通考三百四十八卷　元刊元印本　錢馨室舊藏

〔宋〕鄱陽馬端臨貴與著

案:每葉二十六行,每行二十六字,小黑口。有"錢穀"朱文方
印、"叔寶"朱文方印、"錢氏藏"朱文方印、"天樹印信"白
文方印、"可嘉"朱文方印。(卷三十五、葉八上)

故唐律疏議三十卷　影寫元刊本

〔唐〕太尉揚州都督監修國史上柱國趙國公長孫無忌等撰

案:卷末有"崇化余志安刊于勤有堂、至順壬申五月印"二行。
(卷三十五、葉二十五)

唐書直筆四卷新例一卷　舊鈔本

〔宋〕呂夏卿撰

案:《唐書直筆》四卷《新例須知》一卷,與晁公武《郡齋讀書
志》合。今本並為四卷,非其舊也。(卷三十八、葉十下)

致堂先生讀書管見八十卷　宋刊本

〔宋〕徽猷閣直學士左朝請郎提舉江州太平觀保定縣開國男
　　食邑七百戶賜紫金魚袋胡寅明仲撰

案：目後有長木記曰：“峕淳熙壬寅中夏既望刊於州治之中和
　　堂，奉議郎簽書平海軍節度判官廳公事兼南外宗正簿賜緋
　　魚袋胡大正謹識”四行。

又案：每葉二十四行，每行二十二字，宋孝宗以前諱皆缺避，明
　　　慎獨齋刻本即從此出，板式又小耳。（卷三十八、葉十
　　　三）

永嘉先生三國六朝五代紀年總辨二十八卷目録四卷　毛氏汲古閣
影鈔宋刊本

〔宋〕朱黼文昭撰

案：朱黼字文昭，溫州平陽人。陳止齋未壯講學，黼年差次，最
　　先進。及後來取名，官弁冕接踵，文昭耕南蕩上，聲跡落
　　落，因《通鑒》《稽古録》起唐陶，終显德，章別論著，為《紀
　　年備遺》百卷，凡三千餘篇。葉水心為之序，見《水心集》
　　及《書録解題》。此汲古毛氏影宋鈔本，每葉二十八行，每
　　行二十四字。《秘本書目》、《傳是樓書目》皆著於録。《四
　　庫》不收，《提要》附存其目，雖摹寫精工，幾勝宋刻。毛斧
　　季所謂“每葉廢銀數錢”者，此類是也。（卷三十八、葉十
　　四下）

新書十卷　明正德刊本

〔漢〕長沙太傅賈誼撰

案：黃寶序稱，陸公得舊版補刊，或者疑舊版即陳給事淳熙中
　　所刊，但書中宋諱皆不缺筆，必非宋版可知。觀其字體，當
　　是元末明初本耳。吉府重刊本，行款悉同，惟册首蓋“吉
　　府圖書”朱文方印，後楊節跋。查陸氏修於正德九年，吉

府本據楊跋重刊於正德十年，相距甚近。疑陸宗相所修之版，後歸吉府，改頭換面，掩為重刊耳。明人往往有此，不足怪也。陸本皆明朗，吉府本則卷六多模糊處，第三葉十一、十二、十三行，陸本有空白處，吉本則否，挖補痕跡顯然，尤為陸本即吉本之明證。（卷三十九、葉一下）

朱子語類一百四十卷　宋刊元修本

〔宋〕導江黎靖德類編

案：此宋咸淳刊本也，間有元修之葉。每葉二十八行，每行二十四字，版心有字數。每卷下有計若干版等字。黎靖德，永嘉人，淳祐間為沙縣主薄。攝縣事清謹，善理繁劇，博學能文辭，嘗修《清源縣誌》。（卷三十九、葉十六下）

麗澤論說集錄十卷　宋刊本

〔宋〕呂祖謙門人記錄其師之說　呂喬年編

案：此南宋刊本，每葉二十行，每行二十字，版心有字數及刻工姓名，每卷有“樵國戴氏藏書記”朱文長印、“經農”白文方印、“當湖小重山館胡氏篴江珍藏”朱文長印。戴氏無考。胡氏名惠埔，平湖人，道光中藏書家也。（卷四十、葉一上）

讀書記乙集上大學衍義四十三卷　宋刊本

〔宋〕真德秀撰

案：此南宋刊本，每葉二十行，每行二十字。明以後刊本削去“乙集上”各字。若非宋本僅存，不知即在《讀書記》之內耳。（卷四十、葉十一）

西山先生真文忠公讀書記甲集三十七卷乙集十六卷丁集八卷　宋刊本

〔宋〕真德秀撰

案：此宋開慶元年福州官刊本，每葉十八行，每行十六字，雙行
　　每行二十四字，字體方勁，有歐、柳筆意。（卷四十、葉十
　　八）

真文忠公政經一卷心經一卷　　宋刊宋印本　　孫馮翼舊藏
　　〔宋〕真德秀撰
　　案：此南宋刊本，每葉二十行，每行十八字，語及宋帝或提行，
　　　　或空格，版心有刻工姓名。卷首有“孫氏鳳卿”、“臣馮翼”
　　　　兩白文印，蓋明孫鳳卿藏書也。（卷四十、葉十九下）

六韜六卷　　宋刊宋印本　　宋禮部官書
　　〔周〕呂　望撰
　　案：此北宋官刊本，每葉二十行，每行二十字，版心有字數及刻
　　　　工姓名。北宋帝諱嫌名皆缺避。字畫方勁，有歐、顏筆意。
　　　　卷首有“禮部官書”四字九疊篆朱文大長印，蓋北宋官刻
　　　　本也。（卷四十二、葉一上）

孫子集注十卷　　　明刊本
　　〔宋〕吉天保輯
　　案：此注集魏武，梁孟氏，唐李筌、杜佑、陳暤、賈林，宋梅堯臣、
　　　　王晳、何廷錫、張預十一家之說，即《宋志》所稱“孫子十家
　　　　注”也。阮氏所見，從道藏錄出。此則明人專刊本也。
　　　　（卷四十二、葉一下）

吳子三卷　　宋刊宋印本
　　〔周〕吳　起撰
　　案：行款與《六韜》同。

司馬法三卷　　宋刊宋印本
　　撰人無考
　　案：行款與《吳子》同。

尉繚子五卷　宋刊宋印本

〔周〕尉繚撰

案：行款與《吳子》同。

黃石公三略三卷　　宋刊宋印本

〔漢〕黃石公傳

案：行款與《吳子》同。（以上見卷四十二、葉二）

李衛公問對三卷　宋刊宋印本

〔唐〕李　靖撰

案：行款與《孫子》、《吳子》同。（卷四十二、葉四下）

劉涓子鬼遺方五卷神仙遺論一卷　舊鈔本

〔齊〕龔慶宣編

案：《直齋書錄解題》：《劉涓子神仙遺論》十卷，東蜀刺史李頤
錄。《中興書目》引《崇文總目》云，宋龔慶宣撰。劉涓子
者，晉末人，於丹陽縣得《鬼遺方》一卷，皆治癰疽之法，慶
宣得而次第之。今案，《唐志》有龔慶宣《劉涓子鬼方》十
卷，未知即此書否？卷一版或止數行，名為十卷，實不多
也。（卷四十三、葉二十二下）

孫真人千金方三十卷　宋刊配元明刊本　黃蕘圃舊藏

〔唐〕孫思邈撰

案：宋本，每葉廿八行，每行二十五字，與日本刊本《千金方校
勘記》所引唐本皆合，是林億未校以前本也。元本每葉廿
四行，每行二十二字，題曰《重刊孫真人備急千金要方》。
明刊題名、行款，皆與元刊同，惟版心有某某類等字。（卷
四十四、葉三上）

外臺秘要方四十卷　北宋刊印本　高瑞南舊藏

〔唐〕銀青光祿大夫持節鄴郡諸軍事兼守刺史上柱國清源縣

開國伯王燾撰　〔宋〕朝散大夫守光卿直秘閣判登聞檢
院上護軍臣林億等上進

案：此熙寧二年刊本，為是書最初祖本。每葉二十六行，每行
二十四字。神宗以前帝諱嫌名皆缺避，哲宗以後不避。版
心有刻工姓名，每卷有目連屬正文。卷末或題"右從事郎
充兩浙東路提舉茶鹽司幹辦公事趙子孟校勘"，或題"右
迪功郎充兩浙東路提舉茶鹽司幹辦公事張寔校勘"。卷
一末有"朝奉郎提舉藥局兼太醫令醫學博士臣裴宗元校
正"一行。卷中有"武林高瑞南家藏書畫記"朱文長印、
"曹溶之印"朱文方印、"蔣氏彥恒子孫寶之"朱文方印、
"清寧東閣"朱文方印、"思濟堂"朱文方印、"京口世家"
白文方印、"浙右項篤壽子長藏書"朱文方印。案，高瑞南
名濂，字深甫，自號瑞南道人。明正德時人，家有妙賞樓，
藏書甚富，曾刻《瑞竹堂經驗方》者。項篤壽，嘉興人，有
萬卷堂藏書，《覆宋本東觀餘論》，其所刻也。蔣彥恒，鎮
江人。觀其印文，當是明弘正時人。曹溶字潔躬，明臣而
仕於本朝者。此書有崇正時刊本，以宋本校之，可補二萬
餘字。百宋一廛所得祇目錄及廿二卷。陽城張古餘有半
部，荛圃為之神往，見《賦注》。此本四十卷，完善如新，不
知黃氏見之，又當何如耳。（卷四十四、葉七上）

傷寒總病論六卷附音訓一卷修治藥法一卷　宋刊本
〔宋〕蘄水龐安時撰

案：此政和癸巳刊本，每葉二十行，每行二十字。卷中有"袁
氏尚之"朱文方印、"玉韻齋圖書印"朱文長印、"有竹居"
白文方印、"黃丕烈印""荛圃"朱文二方印、"士禮居"朱
文方印。尚之，袁裦字也，明嘉靖時人。有竹居，沈石田

齋名。（卷四十四、葉十三上）

大德重校聖濟總録二百卷　舊鈔本　陳仲魚舊藏

宋政和中奉敕撰

案：《四庫》所收程林《纂要》二十六卷，乾隆中有重刊二百卷本，並非全書，後人妄為補綴。此題元鈔本，尚是明人舊鈔，為陳仲魚孝廉舊藏，有仲魚小像、圖記：“得此書，費辛苦。後之人，其監我”白文方印。（卷四十四、葉十九上）

經史證類大觀本草三十一卷　元大德刊本

〔宋〕唐慎微纂

案：此元刊元印本，序後有“大德壬寅孟春宗文書院刊行”木印。每葉二十行，每行二十字，小黑口。《衍義》別行。明刊以《衍義》散入各條下，與元本小有異同。（卷四十五、葉一上）

史載之方二卷　北宋刊本

〔宋〕史　堪撰

案：史堪，字載之，蜀人。《書録解題》所謂《指南方》二卷，當即此書。每葉十八行，每行十七字。徽宗以前諱皆缺避，“丸”不改“圓”，不避欽宗嫌名，其為徽宗時刊本無疑。前有“嚴修能”朱文方印、“元炤私印”朱文方印、“芳椒堂印”白文方印、“士禮居藏”白文方印。嚴元炤，德清人，字久能。芳椒堂，其藏書之室也。此本已刻入《十萬卷樓叢書》。（卷四十五、葉十三上）

重校證活人書十八卷　宋刊宋印本

〔宋〕朱　肱撰

案：此南宋刊本，每葉二十行，每行十九字，版心有刻工姓名。每卷有目，連屬篇目。有“兼牧藏書記”白文方印。百宋

一塵衹有殘本三卷。此本惟首卷影鈔補，餘完善，真罕覯之秘笈也。（卷四十五、葉十六下）

雞峰普濟方二十四卷　宋刊宋印本　天籟閣舊藏

〔宋〕孫　兆撰　馮翊賈兼重校定

案：此南宋閩中刊本，字體與三山蔡氏所刻《陸狀元通鑑》等書同。每葉二十二行，每行二十二字，小黑口。每卷有"貴我齋"朱文圓印、"墨林山人"白文方印、"項子京家藏"朱文長印、"天籟閣"朱文長印、"檇李項氏家寶玩"朱文長印、"項元汴"朱文方印、"項墨林秘笈之印"朱文方印、"宮保世家"白文方印、"文石朱象玄氏"白文長印、"華齋朱氏"白文長印、"昆山徐氏家藏"朱文長印、"乾學之印""鍵庵"白文二方印。餘詳《儀顧堂集》。（卷四十五、葉十九上）

新編張仲景注傷寒百證歌五卷新編張仲景注解傷寒發微論二卷　元刊本

〔宋〕翰林學士許叔微知可述

案：《書錄解題》有《傷寒歌百篇》，又云《傷寒論》二卷，未見。所謂"百篇"，即《百證歌》也；《傷寒論》二卷者，即《發微論》也。每葉十六行，每行十七字，小字雙行。（卷四十五、葉二十上）

普濟本事方殘本六卷　宋刊宋印本　陳白陽舊藏

〔宋〕儀真許叔微知可述

案：每葉十六行，每行十六字，版心有字數及刻工姓名。餘詳《儀顧堂集》。（卷四十五、葉二十二）

醫經正本書一卷　影鈔宋刊本　汪喜孫藏

〔宋〕文林郎知隆興府進賢縣主管勸農營田公事沙隨程迥撰

案：《書録解題》：《醫經正本書》一卷，知進賢縣沙隨程迥可久
　　撰。專論傷寒無傳染，以救薄俗骨肉相棄之敝。（卷四十
　　六、葉九下）

衛生家寶產科備要六卷　影寫宋刊本

　〔宋〕朱端章撰

　案：朱端章，福建長樂人。書成於淳熙中。《四庫》未收。此
　　　從宋本影寫，每葉十八行，每行十五字。（卷四十六、葉十
　　　上）

急救仙方八卷　影寫道藏本

　不著撰人名氏

　案：《四庫》所收，從《永樂大典》鈔出。此則原本也。（卷四十
　　　六、葉十三上）

新刊續添是齋百一選方二十卷　東洋覆宋本

　〔宋〕山陰王璆孟玉撰

　案：王璆，山陰人。凡分三十一門，每門各有子目。《四庫》所
　　　未收也。（卷四十六、葉十三上）

幼幼新書四十卷　明刊本

　〔宋〕劉　昉撰

　案：樓璹，《解題》誤作徐璹。劉昉字方明，廣東湖陽人。紹興
　　　中，知漳州兼荊湖南路安撫使，與幹辦公事王歷義道、鄉貢
　　　進士王湜子是同編。既刻三十八卷而昉卒，樓璹以轉運判
　　　官攝郡事，續纂《歷代求子方論》冠於首。《四庫·醫家
　　　類》未收。此明萬曆重刊，凡分四十門，曰求端撰本，曰方
　　　書敘例，曰病源形色，曰形初保育，曰初生有病，曰稟受諸
　　　病，曰蒸忤魅啼，曰驚潮狂因，曰驚風急慢，曰驚癇噤病，曰
　　　痢論候法，曰胎風中風，曰傷寒變動，曰咳嗽諸病，曰寒熱

虐瘧,曰班疹麻豆,曰諸熱痰涎,曰熱蒸汗胆,曰寒痛逆羸,
曰癥癖積聚,曰五痔辨治,曰無辜疳劇,曰諸疳異證,曰諸
疳餘證,曰吐噦霍亂,曰泄瀉羸腫,曰滯痢赤白,曰諸血淋
痣,曰三蟲癩疝,曰水飲鬼疰,曰眼目耳鼻,曰口唇喉齒,曰
一切丹毒癰疽瘰癧,曰瘡瘻疥癬,曰頭瘡凍痱,曰鯁刺蟲
毒,曰論藥敘方。每門又各分子目。原序云四十卷,《解
題》作五十卷者,誤也。(卷四十六、葉十四下)

新刊圖解素問要旨論八卷　　元刊元印本

〔金〕劉守真撰　馬宗素重編

案:此元刊元印本,每半葉十五行,每行二十四字,小黑口。凡
九篇:曰彰釋元機第一,五行司化第二,六化變用第三,抑
沸鬱發第四,玄相勝後第五,六步氣候第六,通明行氣第
七,法明標本第八,守正防危第九。各家書目罕見著録,
《四庫》亦未收,醫書中秘笈也。有"王唯顗氏"、"楊賢元
季印記"等印。(卷三十七、葉一上)

新刊河間劉守真傷寒直格三卷後集一卷續集一卷張子和心境一卷
元刊本

〔金〕劉守真撰　臨川葛雍仲穆編校　《後集》瑞泉野叟鎦洪
輯編　臨川華蓋山樵葛雍校正　《續集》平陽馬宗素撰
述　臨川葛雍校正　《心境》門人饒陽常憙仲明編

案:《續集》後有"癸丑歲仲冬陳氏刊"八字,《心境》後有"心
境全集隨此印行"八字。

案:此元刊元印本,每葉二十六行,每行二十四字。前集《賢
醫要用直格》,後集《傷寒心要》,續集《傷寒醫鑒》《心
境》。(卷四十七、葉五上)

海藏老人陰證略例一卷　　舊藏本

〔元〕王好古撰

案：已刻入《十萬卷樓叢書》。《讀書敏求記》著于録。杜思敬
《拔萃方》所收乃摘本，此則足本也。（卷四十七、葉十一
下）

瑞竹堂經驗方十五卷　　東洋刊本

〔元〕竹堂先生薩謙齋經驗編集　〔明〕古杭瑞南道人高濂深
甫校刻

案：《四庫》所收，從《大典》録出，此則原本也。（卷四十七卷、
葉十六下）

濟生拔萃方十九卷　　元刊元印本

〔元〕杜思敬輯

案：此元刊元印本，每葉二十四行，每行二十四字。卷一《鍼
經節要》，卷二《潔古雲歧鍼法》，卷三《鍼經摘英》，卷四
《雲歧子脈法》，卷五《潔古珍珠囊》，卷六《醫學發明》，卷
七《脾胃論》，卷八《潔古家珍》，卷九《此事難知》，卷十
《醫壘元戎》，卷十一《陰證略例》，卷十二《直傷寒保命集
類要》，卷十四《癍論萃英》，卷十五《保嬰集》，卷十六《蘭
室秘藏節》，卷十七《活法圓機》，卷十八《衛生寶鑒》，卷
十九《雜方》。《四庫》所未收也。（卷四十七卷、葉二十
二上）

類編南北經驗醫方大成十卷　　元刊本

〔元〕文江孫允賢編纂

案：是書《四庫》不收，附存其目。此元刊本，每葉二十八行，
每行二十四字。有“汪士鐘印”白文方印，“閬原”白文方
印。（卷四十七、葉二十三下）

田畝比類乘除捷法二卷算法通變本末一卷乘除通變算寶一卷算法

取用本末一卷續古摘奇演算法一卷　汲古閣影元本

　　〔元〕錢塘楊輝集　《算法取用本末》錢塘楊輝史仲榮編集

　　案:是書每葉二十二行,每行二十五字。卷中有"毛晉私印"、
　　"子晉"、"汲古閣主人"朱文三方印,"仲雍故國人家"、
　　"子孫寶之"朱文二方印。趙文敏公書卷末云"吾家業儒,
　　辛勤置書,以遺子孫,其志何如。後人不讀,將至於鬻,頹
　　其家聲,不如禽犢。若歸他室,當念斯言,取非其有,无寧
　　舍旃"五十六字朱文大方印,"毛㞐之印"、"斧季"朱文二
　　方印,"毛晉"二字連珠方印。《汲古閣秘本書目》所謂"精
　　鈔之書,每本有費四兩之外者",此類是也。(卷四十八、
　　葉十二下)

數書九章十八卷　舊鈔本　焦里堂舊藏

　　〔宋〕魯郡秦九韶撰

　　案:《四庫全書》本,係從《永樂大典》録出者,此則原本也。
　　(卷四十八、葉十八下)

大唐開元占經一百二十卷　嚴豹人舊藏

　　〔唐〕銀青光禄大夫太史監事門下同三品臣瞿曇悉達等奉敕
　　修撰

　　案:卷中有"二酉齋藏書"朱文方印、"嚴蔚豹人"白文方印。
　　(卷五十一、葉三上)

五行類事占七卷　明人鈔本　朱竹垞舊藏

　　〔宋〕司天臺張正之輯

　　案:張正之,仕履無考,似是宋人而入元者。《讀書敏求記》著
　　録。(同上)

玉髓真經三十卷玉髓真經後二十一卷　明刊本

　　〔宋〕國師張洞玄子微秘傳　劉允中注　蔡元定發揮　《玉髓

後》門人天宋國房正一君、邯鄲蘇居簡子敬、通川朱明仲
煥叟、絳川裴安國武林朱景文華甫、大梁甘榮長茂、清台
散吏大梁吳從龍、上蔡司城已城夫、太原王宗望子聲、九
江豐耘耕叟、古絳裴誠敬仲、酉陽家瓊君寶、壽陽周伯大
洪卿、秦川樵安道常卿、雪川胡直諒友、漢中金大雅正卿
述

案：張洞玄字子微，里貫無考，宋初人。太祖將定都，徵地師十
七人議之。子微實定汴京之策，見後二十卷慕容德修序。
元貢師泰謂："卜宅之法，莫善於郭氏，《葬書》莫精于曾、
楊之學。欲知郭書，必求之曾、楊；欲知曾、楊，必求之《玉
髓》。"又言"朱子嘗為篤信而辯論之"。至正中，李仁齋撮
其微旨，著為《圖經》，見《玩齋集》卷第八。是宋、元之際，
此書頗為儒者所重。乾隆中開四庫館，未見是書。《敏求
記》雖著於錄，無後二十一卷。其流傳之罕可知。後第十
八卷張楫所記與朱子論《玉髓》語名曰《嶽麓問答》，似非
憑空肞造，貢氏所謂朱子"嘗篤信而辯論之"者，此也。
（卷五十一、葉五下）

三辰通載三十卷　影寫宋刊本

〔宋〕錢如璧編集

案：《三辰通載》，《書錄解題》、《文獻通考》、《讀書敏求記》著
錄，皆三十四卷。此本三十卷。卷一至卷三"星宮局格"，
卷四、卷五"日宮太陽"，卷六、卷七"月宮太陰"，卷八、卷
九"木德歲星"，卷十、卷十一"熒惑火星"，卷十二、卷十三
"土德鎮星"，卷十四、卷十五"太白金星"，卷十六、十七
"水德忌星"，十八、十九"天乙紫微星"，二十、二十一"太
乙月孛星"，卷二十二、二十三"天首羅喉星"，卷二十四、

二十五"天尾計都星",卷二十六至二十八"清台一百二十格",卷二十九"洞徹百六限",卷三十"竹羅三限"。首尾完具,似無缺佚。《四庫》未收,阮文達亦未進呈,流傳之罕可知。五星者,以此為最古矣。(卷五十一、葉十二上)

德隅齋畫品一卷　明仿宋本

〔宋〕李廌撰

戊辰二月,以洋銀兩餅,得之蘇州書估綠潤堂。此系坊賈所鈔,故訛字甚多,自《陵州渡黃河歌》不全,疑有缺葉。戊辰三月二十三日,陸心源識於儀顧堂。(卷五十二、葉八下)

金壺記三卷　宋刊本　季滄葦舊藏

〔宋〕釋適之撰

案:是書《四庫》不收,附存其目。此宋刊本,每葉二十二行,每行二十字,版心有字數及刻工姓名。有"宋本"二字朱文橢圓印、"孫氏志周"朱文方印、"錢受之""牧翁"朱文兩方印、"季振宜印""滄葦"朱文兩方印、"乾學"朱文方印、"徐健庵"白文方印。(卷五十二、葉九下)

書小史十卷　宋刊本　汲古閣舊藏

〔宋〕錢塘陳思纂次

案:每葉二十二行,每行二十字。宋刊,起卷第六,卷一至卷五毛氏影抄補。即《百宋一廛賦》所謂"書法道人"者也。(卷五十二、葉十五)

考古圖十卷　元刊本

〔宋〕呂大臨撰　〔元〕點齋羅更翁考訂

案:此元麻沙刊本。每葉十六行,每行十七字。(卷五十三、葉二上)

至大重修宣和博古圖三十卷　元刊本　馬玉堂舊藏

〔宋〕大觀中王黼等奉敕撰

案：此宋刊而元人修補者，故至大重修每葉十六行，每行十七字，每圖皆注明減小樣制，照原樣制。明寶古堂、泊如齋兩刊刪去，又將各圖一律改小，失其舊矣。惟嘉靖蔣暘刊與元本同。（卷五十三、葉七上）

酒經三卷　影寫宋刊本　錢謙益舊藏

〔宋〕大隱翁朱肱撰

案：此毛氏影寫宋刊本，每半葉十行，行十八字。字畫工整，烏絲欄格極精。毛氏印累累，《秘本目》所謂"每本費銀四兩"者，此類是也。（卷五十三、葉二十上）

白虎通德論十卷　元刊大字本　毛子晉舊藏

〔漢〕臣班固纂集

案：此大德大字刊本，每葉十八行，每行十七字。小黑口。卷中有"甲"字朱文方印、"毛扆之印"朱文方印、"斧季"朱文方印、"朱筠"朱文方印、"蘭揮"白文方印、"葉氏家藏"白文方印、"毛氏子晉""毛晉之印"朱文兩方印、"毛晉"二字連珠朱文印、"汲古主人"朱文方印。是書見《汲古閣秘本書目》，凡三冊，今猶毛氏舊裝也。（卷五十五、葉十八上）

賓退錄十卷　影宋鈔本　　顧千里臨何義門校

〔宋〕大梁趙與峕撰

案：卷末有"臨安府睦親坊陳宅經籍鋪"印。（卷五十六，葉十九下）

賓退錄十卷　朱竹垞手校本

〔宋〕大梁趙與峕撰

案：末有"臨安府睦親坊陳宅經籍鋪"印。（卷五十六、葉二十

二下）

困學紀聞二十卷　元刊本

〔宋〕浚儀王應麟伯厚撰

案：此元泰定刊本，每葉二十行，每行十八字，大黑口。卷末有
"孫厚孫寧孫校正"，"慶元路儒學正胡禾監刊"。① （卷五
十六、葉二十四下）

封氏見聞録十卷　舊鈔本　馬笏齋家藏

〔唐〕朝散大夫檢校尚書吏部郎中兼御史中丞封演撰

案：此本較雅雨堂刊本多數條，詳《儀顧堂二集》。（卷五十七
卷、葉四上）

冷齋夜話十卷　元刊本　鄭杰舊藏

〔宋〕僧惠洪撰

案：此元刊本，每葉十八行，每行十七字。卷有"鄭杰之印"、
"昌英珍藏"朱文兩方印，"鄭氏注韓居珍藏記"朱文長印。
（卷五十七、葉十上）

愧郯録十五卷　宋刊本　朱臥庵舊藏

〔宋〕相臺岳珂撰

案：每葉十八行，每行十七字。版心有字數及刻工姓名。《百
宋一廛賦》所有鈔補四卷。此本完善，尤為難得。卷中有
"朱臥庵考藏印"朱文長印、"朱之赤鑒賞"朱文長印、"華
莢廎藏"朱文長印、"白舫"朱文方印。（卷五十八、葉五
上）

---

①　傅增湘云："此本世傳以爲元刊，其實乃明正統間所刊。元刊本藏余家雙鑒
樓中，半葉十一行，每行二十一字，細黑口，爲元泰定二年慶元路儒學刊本。"見《藏園群
書經眼録》卷八，頁713，《藏園群書題記》卷七，頁391。

敬齋先生古今黈十二卷　舊鈔本

　　〔元〕敬齋李冶撰

　　案:《四庫全書》著録本,從《永樂大典》録出,此則原本也。後
　　　有"萬曆庚子春三月之吉""武林書室蔣德盛梓行"兩行。
　　　凡四百七十餘條,首尾完具,似無缺佚。所謂"舊本四十
　　　卷"者,恐傳寫之誤。(卷五十八、葉十四上)

續談助五卷　舊鈔本

　　〔宋〕晁載之撰

　　案:晁載之,字伯宇,補之從弟兄也。官封邱丞,著有《封邱
　　　集》二十卷。學問精確,嘗作《昭靈夫人祠詩》,曰:"殺翁
　　　分我一杯羹,龍種由來事杳冥;安用生兒作劉季,暮年無骨
　　　葬昭靈。"見《郡齋讀書志・呂紫微詩話》。《四庫》未收。
　　　《張月霄藏書志》著于録而不知其名。蓋載之先有《談助》
　　　一卷,見《宋史・藝文志》,故此名《續談助》也。(卷五十
　　　八、葉十七上)

紺珠集十三卷　舊鈔本

　　〔宋〕朱勝非撰

　　案:《書録解題》《秦中歲時記》下,又云"朱藏一《紺珠集》",
　　　則是書為朱勝非撰無疑。其書隨手摘録,以備遺忘。勝非
　　　亦紹興時人。想詹寺丞所得傳抄之本,不著姓名,故曰不
　　　知起于何代也。(卷五十八、葉十八上)

皇朝類苑六十三卷　舊鈔本

　　〔宋〕江少虞撰

　　案:江少虞,《四庫全書提要》云里貫未詳。愚案,少虞字宇
　　　中,常山人。政和八年進士,調天台學宮。寇至,守倅皆遁
　　　去,少虞獨率弱卒,堅守兩旬,慷慨感激,人有死志。首射

殺渠魁,賊遂潰。歷廷、饒、吉三州守,治皆第一,見《弘治
衢州府志》。(卷五十八、葉二十下)

藝文類聚一百卷　　元宗文堂刊本　　徐興公舊藏

〔唐〕太子率更令弘文館學士歐陽詢撰

案:元刊《劉靜修集》卷一後有墨記云"至順庚午宗文堂刊"木
記,則宗文堂為元時書坊無疑。每葉二十八行,每行二十
八字。明小字本,即從此出。每卷中有"在李鹿川處"朱
文長印、"郑囗之印"白文方印、"注韓居士"白文方印、"侯
官劉筠川藝文金石記"朱文長印、"徐氏興公"白文方印、
"侯官鄭氏藏書印"朱文方印。(卷五十九、葉二下)

白氏六帖類聚　　北宋本　　明文淵閣舊藏

〔唐〕白居易撰

案:此北宋刊本,每葉二十六行,每行二十六七字不等,小字雙
行,歐書極精。每卷有目連屬正文。"匡"、"敬"、"恒"皆
缺筆,"貞"字不缺,蓋宋仁宗時刊本也。版心分十二冊。
有"文淵閣印"朱文方印、"臣筠三晉提刑"朱文方印。徐
氏《傳是樓書目》、《季滄葦書目》皆著録。蘇州汪氏有南
宋刊本,題曰"新雕白氏六帖事類添注出經"。(卷十九、
葉六下)

白孔六帖殘本三十八卷　　宋刊本　　傳是樓舊藏

〔唐〕白居易　〔宋〕孔　傳撰

案:此南宋白孔合刊。每葉二十行,每行十九字。小字雙行。
有"宋本"二字朱文橢圓印、"東海"二字朱文長印,蓋傳是
樓舊物也。(卷五十九、葉六下)

太平御覽殘本三百六十六卷　　北宋刊本　　明文淵閣舊藏

〔宋〕翰林學士承旨正奉大夫守工部尚書知制誥上柱國隴西

縣開國伯食邑七百戶賜紫金魚袋臣李昉等奉敕纂

案：此北宋官刊祖本。存卷一至卷一百三十三，卷一百七十二
至卷二百，卷二百十二至卷三百六十八，卷四百二十四至
卷四百五十五，卷五百三十一至卷五百三十五，卷五百四
十一至卷五百四十五，卷七百二十六至卷七百三十。餘詳
《儀顧堂集》。（卷五十九、葉九下）

册府元龜殘本四百八十三卷[1]　北宋刊本

案：此北宋初刊本也。每葉二十八行，行二十四字。存一百二
十九至一百六十六，一百七十一至一百八十，一百八十二
至之二百四，五百五至五百三十八，五百四十二至五百六
十五，五百六十七至五百七十七，五百八十三至五百九
十九，六百四至六百五，六百八至六百六十，六百六十六至七
百一，七百六至七百八，七百十七至七百二十，七百二十六
至七百三十二，七百三十七至七百三十九，七百四十二至
七百五十六，七百六十一至七百九十一，七百九十六至八
百，八百三至八百六，八百十一至八百十二，八百十五至八
百六十五，八百七十六至九百，九百六至九百三十三，九百

---

[1]　此條所記“共四百八十三卷”有誤。因爲據其細目統計，不是“四百八十三
卷”，而是“四百七十七卷”，較《儀顧堂集》所記實數“四百六十六卷”，多出十一卷。這
十一卷是：卷五百四十二至五百四十四、卷六百七十六至六百七十八、卷九百零六至九
百零七、卷九百四十至九百四十二。其中，卷五百四十二至五百四十四，既不見於《儀
顧堂集》和傅增湘《藏園群書經眼録》，又不見於中華書局出版的《宋本册府元龜》，而
《宋本册府元龜》是根據張元濟先生早年從日本靜嘉堂文庫所攝版樣印製而成的。嚴
紹璗《日藏漢籍善本書録》，也沒有卷五百四十二至五百四十四這三卷。但《漢籍書録》
所記該書存卷細目又與陸氏《儀顧堂集》和《皕宋樓藏書志》互有差異，其總存卷數亦欠
精確。其中，卷六零一至六零三以及六零六共四卷，均不見於陸氏上述兩書，《漢籍書
録》或另有所本。

三十六至九百三十八,九百四十至九百四十二,九百四十
四至九百四十七,九百五十至九百五十六,九百六十七至
一千,共四百八十三卷。餘詳《儀顧堂集》。(卷五十九、
葉十一下)

重修事物紀原二十六卷目録二卷　宋刊本　五硯樓舊藏

〔宋〕高　承撰

案:此南宋刊本,《儀顧堂集》有跋。(卷五十九、葉十二上)

山堂先生群書考索前集六十五卷後集六十五卷續集五十六卷別集
二十五卷　元刊元印本

〔宋〕山堂宮講章汝愚俊卿編

案:目後有"延祐庚申圓沙書院新刊"木記。每半葉十五行,
每行二十四字。(卷六十、葉八下)

古今合璧事類備要前集六十九卷後集八十一卷續集五十六卷別集
九十四卷外集六十六卷　明刊本

〔宋〕膠庠進士謝維新去咎編

案:目後有"嘉靖壬子春正月三衢近峰夏相宋版摹刻丙辰冬
十月事竣"兩行。(卷六十、葉九上)

眉山重校正浙本書林事類韻會一百卷　明藍格鈔本

〔宋〕王百禄增輯

案:是書為蜀書坊所刻,規模類韻題選而加詳,見《直齋書録
解題》,亦不詳撰人。明以後流傳甚少,藏書家罕有著于
録者。考《宋學士翰苑別集》《韻府群玉題後》云"《韻府
群玉》乃因宋儒王百禄所增《書林事類韻會》、《錢諷史韻》
等書而附益之"云云,則是書乃百禄所增輯也。(卷六十、
葉十末)

聖宋名賢四六叢珠一百卷　舊鈔本　兼牧堂舊藏

〔宋〕建安葉蕡子實編

　　案：目後有“建安陳彥甫刻梓于家塾”兩行。葉蕡仕履無考，
　　　　即與魏齊賢同編《播芳文粹》者。《文粹》署曰“南陽”，蓋
　　　　葉氏郡望，此署建安，則其里貫也。凡十六門。卷一至十
　　　　六曰表牋，卷十之七十三曰啟，七十四之七十五曰諸式，七
　　　　十六之八十一曰內簡，八十二曰劄子、曰晝一稟目，八十三
　　　　曰長書，八十四曰婚啟，八十五之八十七曰青詞，八十八之
　　　　九十二曰講疏，九十三之九十四曰祝文，九十五至九十七
　　　　曰樂語，九十八曰勸農、曰上梁文，九十九曰挽詩，一百曰
　　　　祭文。每門之中又各分子目。每子目，先總說，次故事，次
　　　　為四六全篇，次四六摘句，間有七律摘句。卷首列引用書
　　　　籍目約五百種。其書自來藏書家罕見著錄，惟《天一閣書
　　　　目》、《元賞齋書目》有之。伏讀《四庫提要》云，《四六叢
　　　　珠彙選》十卷，題“當塗縣學官晉江王明嶅、繁昌教諭黃金
　　　　璽同校”，不著時代。有明嶅序稱，“宋季葉氏採當代名家
　　　　彙集成編，名曰《四六叢珠》，分門數百，成帙累千”云云，
　　　　則即宋人《四六叢珠》舊本而為之摘錄者也。據此則四庫
　　　　館中當亦未見全本，其書之罕見可知。此本影宋寫，有
　　　　“陳彥甫刊梓”兩行，當從宋刻。其書剽竊割裂，體例紛
　　　　如，疑當時書坊所刊。惟採摭繁富，遺文遺句，亦賴以存，
　　　　披沙揀金，往往見寶，且百卷巨帙，首尾完具，不必以兔園
　　　　册子薄之也。（卷六十、葉十二上）

纂圖增新群書類要事林廣記前集二卷後集二卷續集二卷別集二卷
新集二卷外集二卷　明永樂刊本　汲古閣舊藏

〔宋〕西穎陳元靚編

　　案：是書分六集，集各分上下卷，有子目，題曰西穎陳元靚編。

元靚有《歲時廣記》已著錄，仕履無考，當為季宋人。是編各類所徵引，皆至南宋止。如，《地輿》則止于宋四京二十三路，《歷代》則止於中興四將，《先賢》則止于羅豫章、李延平，《人事》《家禮》則止於溫公、朱子之說，惟《聖賢》類則有大元褒典，《字學》類則有蒙古書姓，當是元人增入。《郡邑》、《官制》、《俸給》三類，全是明代之制，乃明初人所加增也。新之名，蓋由于此。疑此書在當時取便流俗通用，自元而明，屢刊屢增，即其所分子目，恐亦非元靚之舊矣。目錄後有"永樂戊戌孟春翠巖精舍新刊"木記。卷中有"毛晉"二字朱文連珠印、"汲古主人"朱文方印、"汲古閣"朱文長印。（卷六十、葉十六下）

新編通用啟劄截江網七十四卷　宋刊本　蓮涇王氏舊藏

〔宋〕熊晦仲撰

案：此宋麻沙本，每葉二十八行，每行二十三字，小字雙行。《四庫》未收，各家書目皆未著錄。每卷有"太原叔子藏書記"白文長印、"子孫寶之"朱文方印。每門先雜事實，次箋表，次啟事，次答式，次小簡，次古風，次律詩、絕句，次詞曲，多載全篇。宋人文集之不傳者，多藉是以存。己未為開慶元，蓋宋季刊本也。（卷六十一、葉十八下）

玉壺野史十卷　丁純丁校本　繡谷亭舊藏

〔宋〕釋文瑩撰

案：同治十二年冬十月以五硯樓抄本校過，卷八後缺七八葉，須別抄補入。卷七"嘗謂文老不衰者"一條，為五硯樓本所無，"唐彥詢"一條五硯樓本缺後半，"徐常侍鉉"一條五硯樓本缺前半，惜行篋無守山閣、知不足齋兩本，無以校正耳。陸心源識。（卷六十二、葉十九）

群書類編故事二十三卷　明刊本

〔明〕四明王鎣編集　泰和梁輅校正

案：王鎣字宗器，其爲肇慶太守，在宣德五年，見《明史·李驥傳》。此本序中已云“肇慶太守四明王公”，則書刊於宣德以後可知。《研經室外集》題爲“元人元刊本”固誤。鎣之事迹，見于《明史·循吏傳》。《寧波府志》“鎣”均作“瑩”，文達偶不檢，故云無考。“鎣”又有《律詩類編》，見葉盛《水東日記》，云“四明王瑩宗器，喜言律詩”云云，則“鎣”、“瑩”互誤久矣。（卷六十一、葉二十四下）

南窗紀談一卷　舊鈔本　勞季言舊藏

〔宋〕徐　度著

案：《南窗紀談》，舊本不著撰人姓名，愚惟《施注蘇詩》卷十五《送顏復兼寄王鞏詩》，注“鞏大父文正公住牛行街，見徐度《南窗紀談》”，則是書度所著也。中間有引虞道園立碑事，乃元人所注，以爲蔡寬夫鑿地見灶之證，傳抄既久，誤入正文，或據此以爲元人作則謬矣。內有廿二條與《曲洧舊聞》同。（卷六十三、葉四末）

揮麈前録四卷後録二卷三録三卷　宋刊本　葉文莊公篆竹堂舊藏

〔宋〕朝請大夫主管台州崇道觀汝陰王明清撰

案：《百宋一廛賦注》，《揮麈後録》所存祇第一、第二兩卷，《三録》三卷全。此本《後集》亦祇二卷，《前集》《三集》皆完善，較勝百宋一廛。每葉二十二行，每行二十字，小黑口。卷端有“葉氏篆竹堂藏書”朱文圓印及“秋浦”、“憲奎”、“汪士鐘印”、“三十五峰園主人”四印，蓋明葉文莊公藏書，曾歸蘇州汪氏者也。（卷六十三、葉五下）

可書一卷　舊鈔本

〔宋〕張知甫撰

案：張知甫，襄陽人，見韋居安《梅磵詩話》。（卷六十三、葉十四下）

雞肋編五卷　舊抄本　吳尺凫舊藏

〔宋〕莊　綽撰

同治十二年孟冬，用穴硯齋抄本校。陸心源識。（卷六十三、葉十五）

夷堅甲志二十卷乙志二十卷丙志二十卷丁志二十卷　宋刊本　明文衡山舊藏

〔宋〕洪　邁撰

案：此書宋刻元印，每葉十八行，每行十八字。有“玉蘭堂”白文方印、“竹塢”朱文長印、“阮伯元印”朱文方印、“嚴元照印”白文方印、“嚴氏久能”朱文方印、“阮長生印”白文方印，蓋明時為文衡山、文竹塢所藏，國初歸季滄葦，嘉慶中歸吾郡嚴久能者也。陸師道手録《賓退録》一條於目録後及卷一末，小楷極精。（卷六十四、葉十九）

歷代編年釋氏通鑑十二卷　宋刊本

〔宋〕括山庵釋本覺編集

案：此南宋麻沙刊本。每葉二十二行，每行二十二字，小黑口。卷中有“文石朱象賢玄氏”陰陽文長印、“季振宜藏書”朱文長印、“汪士鐘印”白文方印。其書按年記載，至周世宗止，乃《四庫》所未收也。《季滄葦書目》著於録。（卷六十五卷、葉二十一上）

老子口義二卷　明正德刊本

〔宋〕鬳齋林希逸撰

案：《四庫》所收，惟《莊子口義》，此書及《列子口義》未收，想

當時無進呈者，"如登春臺"作"如春登臺"，所據猶舊本也。（卷六十六、葉五）

老子道德經集解二卷　元刊本

〔元〕清源圭山董思靖集解

案：思靖，清源天慶觀道士，所著尚有《玉章經解義》，見《道藏目錄》。此元刊本，每葉二十四行，每行二十四字，已刻入《十萬卷樓叢書》。（卷六十六、葉五下）

秘傳關尹子言外經旨三卷　元刊本　明晉藩舊藏

〔宋〕抱一先生門弟子希微子王夷受撰

案：此元刊元印本，每葉二十六行，每行二十四字。卷中有"晉府圖書"朱文大方印，阮氏所見，即從此本鈔出。（卷六十六、葉五末）

列子口義二卷　明萬曆施觀民刊本

〔宋〕福清鬳齋林希逸注

案：此書《四庫》未收。（卷六十六、葉十四上）

蔡中郎文集十卷外傳一卷　蘭雪堂活字本

〔漢〕左中郎將蔡邕伯喈撰

案：目後有"正德乙亥春三月錫山蘭雪堂華堅允剛活字銅版印行"二行。每葉版心有"蘭雪堂"三字。（卷六十七、葉一下）

嵇康集十卷　舊鈔本

案：魏中散大夫《嵇康集》，《隋志》十三卷，注云：梁有十五卷，錄一卷。新舊《唐志》并作十五卷，疑非其實。《宋志》及晁、陳兩家并十卷，則所佚又多矣。今世所通行者，惟明刻二本：一爲黃省曾校刊本，一爲張溥百三家集本。張本增多《懷香賦》一首及《原憲》等贊六首而不附贈答論難諸原

作,其餘大略相同,然脱誤幷甚,幾不可讀。昔年曾互勘一
過,而稍以《文選》、《類聚》諸書參校之,終未盡善。此本
從明吴匏庵叢書堂抄宋本過録,其傳抄之誤,吴君志忠已
據抄宋原本校正,今硃筆改者是也。余以明刊本校之,知
明本脱落甚多,答難《養生論》"不殊于榆柳也"下,脱"然
松柏之生,各以良殖遂性,若養松于灰壤"三句;《聲無哀
樂論》"人情以躁静"下,脱"專散爲應,譬猶游觀于都肆,
則目濫而情放,留察于曲度則思静"二十五字;《明膽論》
"夫惟至"下,脱"明能無所惑至膽"七字;答釋難《宅無吉
凶攝生論》"爲卜無所益也"下,脱"若得無恙爲相敗于卜,
何云成相耶"二句;"未若所不知"下,脱"者衆此較通世之
常滯然智所不知"十四字;"及不可以妄求也",脱"以"字,
誤"求"爲"論",遂至不成文義。其餘單詞隻句,足以校補
誤字缺文者,不可條舉。書貴舊抄,良有以也。(卷六十
七、葉二下)

寒山子詩一卷豐干拾得詩一卷　毛氏影宋本

〔唐〕僧寒山豐干拾得撰

案:此汲古閣影宋本也,每葉二十二行,行十八字。光緒己卯
以番銀五枚得之吴市,蓋何心耘博士舊藏也。端陽前五日
以舊藏廣州刊本及《全唐詩》校一過,《全唐詩》即從此本
出。卷末"怡然居憩地日"以下缺亦同。廣州本字句固多
不同,少詩八首,非善本也。惟此本序缺首葉,遂照廣州本
補録於前。(卷六十八、葉一下)

李太白文集三十卷　北宋蜀刻本　王敬美舊藏

〔唐〕李　白撰

案:此北宋蜀刊本。每葉二十二行,每行二十字,版心有六、

七、四、一等字,即《百宋一廛賦》中所謂“翰林歌詩,古香
溢紙;據染亂真,對此色死”者也。卷中有“徐乾學印”白
文方印、“健庵”二字白文方印、“崑山徐氏家藏”朱文長
印、“錢氏南金”朱文方印、“錢應庚”白文方印、“王杲之
印”“王氏敬美”白文兩方印、“百宋一廛”朱文長印。(卷
六十八、葉五上)

李翰林集三十卷　宋咸淳刊本

〔唐〕翰林供奉李白撰

案:此南宋刊本,每葉二十行,每行二十字。每卷有目連屬正
文。(卷六十八,葉七上)

分類補注李白詩二十五卷　元刊元印本

〔宋〕春陵楊齊賢子見集注　〔元〕章貢蕭士贇粹可補注　目
後有“建安余氏勤有堂刊”木印,是葉版心有“至大辛亥
三月印”一條

案:此元刊元印本。每葉二十四行,每行二十字,小字雙行,每
行二十六七字不等,小黑口。(卷六十八、葉十下)

集千家注分類杜工部詩二十五卷　元刊元印本

〔宋〕東萊徐居仁編次　臨川黃鶴補注　楊蟠觀子美畫像後
有“積慶堂刊”木印,是葉版心有“至正戊子二月”印一
條。

案:此元刊元印本,每葉二十二行,每行二十字。(卷六十八、
葉十六下)

新刊校定集注杜詩殘本六卷　宋刊本

〔唐〕杜　甫撰

案:存卷六、卷七、卷八、卷九、卷十、卷十一,此南宋粵東刊本。
每半葉九行,每行十六字,小字雙行,版心有字數及刻工姓

名。每卷有"史氏家傳翰林考藏書畫圖章"朱文長印、"張
燕昌"白文方印、"知不足齋主人所怡"白文方印。每卷後
有"寶慶乙酉廣東漕司録梓朝議大夫廣南東路轉運判官
曾噩、承議郎前通判韶州軍州事劉鎔、潮州州學賓辛安中、
進士陳大信同校勘"銜名。百宋一廛所謂"九家注杜,寶
慶漕梓;自有連城,蝕甚勿嫌"者,只存五十五葉。此本尚
存六卷,亦罕覯之秘笈也。(卷六十八、葉十七下)

王右丞文集十卷　　宋麻沙刊本　　徐健庵家藏

　　〔唐〕尚書右丞贈秘書監王維撰

　　案:此南宋麻沙本,每葉二十二行,每行二十字,版心有字數及
刻工姓名。即百宋一廛所謂"王沿進表,移氣麻沙;秀句
半雨,夙假齒牙"者也。卷中有"百宋一廛"朱文長印、"黃
氏丕烈"白文方印、"復翁"白文方印、"乾學之印"白文方
印、"健庵"白文方印、"季振宜字詵兮號滄葦"朱文大方
印,"有竹居"朱文方印、"季振宜藏書"朱文長印、"仲文
氏"朱文方印。(卷六十八、葉十九末)

唐陸宣公集二十二卷　　元至大刊本

　　〔唐〕陸贄贄撰

　　案:此元嘉興路學刊本,每葉二十行,每行十七字。卷中有
"朱文石氏"朱文方印、"華亭朱氏"白文方印、"芷齋圖
籍"朱文方印、"三間草堂"朱文方印、"香圃所藏"白文方
印、"忠宣第三十七世孫"朱文方印、"張載華印"朱文方
印、"佩兼"朱文方印。(卷六十九、葉三下)

昌黎先生集殘本十卷　　北宋本　　張敦仁家藏

　　〔唐〕韓　愈撰　　門人李漢編

　　案:《百宋一廛賦注》云,"殘本小字《昌黎集》,每半葉十一行,

行二十字。所存卷一至十,字畫方勁,而未有注,當是北宋槧本"者,即此本也。(卷六十九、葉五下)

朱文公校昌黎先生文集四十卷外集十卷集傳一卷遺文一卷 宋麻沙刊本 周九松家藏

〔唐〕韓 愈撰 晦庵先生《考異》 留耕王先生《音釋》

案:此宋刊宋印本,每葉十六行,每行二十三字,大黑口。卷中有"周良金印"朱文方印、"毗陵周氏九松迂叟藏書記"朱文長印。此書明覆本甚多,行款皆同。此則宋刊本也。①(卷六十九、葉六上)

劉賓客文集三十卷外集十卷 述古堂影宋本

〔唐〕正議大夫檢校禮部尚書兼太子賓客贈兵部尚書劉禹錫撰

案:每半葉十行,行二十字。格闌有"述古堂"三字。(卷六十九、葉十二上)

孟東野集十卷 毛氏影寫宋刊本

〔唐〕山南西道節度參謀試大理評事平昌孟郊撰

案:此毛氏影宋本,每葉二十行,每行十八字,版心有刻工姓名及字數。卷中有"宋本"朱文腰圓印、"用"字朱文圓印、"毛晉私印"朱文方印、"子晉"朱文方印、"毛扆之印"朱文方印、"斧季"朱文方印、"虞山毛晉"朱文方印、"汲古得修綆"朱文長印、"子晉書印"朱文方印。宋序後有"臨安府棚前北睦親坊南陳宅經籍鋪印"一行。(卷六十九、葉

---

① 《朱文公校昌黎先生文集》四十卷《外集》十卷《傳》一卷《遺文》一卷,陸氏原題宋刊。傅增湘云:"此乃元明間刊韓柳合集本,世多有之,余亦藏一帙,不知陸氏何緣而不解也。"見《藏園群書經眼錄》卷十二,頁1062。

十五上）

丁卯集二卷　影寫宋刊本

　〔唐〕郢州刺史許渾撰

　案：吳門黄孝廉《百宋一廛賦》有南宋臨安府睦親坊陳宅刊本
　　　《丁卯集》二卷，每半葉十行，每行十八字。此本行款、字
　　　數皆同，當從宋本影寫。（卷七十、葉十七）

浣花集十卷　宋刊鈔補本

　〔唐〕杜陵韋莊撰

　案：此宋刊宋印本，每葉二十行，每行十八字。卷中有"士禮
　　　居"朱文方印、"老蒮"朱文方印。（卷七十一、葉十七上）

范文正公集二十卷別集四卷尺牘二卷　宋乾道刊本

　〔宋〕范仲淹撰

　案：此南宋乾道中饒州路刊本，每葉二十四行，每行二十字，版
　　　心有字數及刻工姓名。綦煥跋後，有"嘉定壬申仲夏重
　　　修"一行，蓋宋乾道刊本，淳熙補刻，嘉定又修補也。元天
　　　曆刊本即從此出，行款皆同，惟字體有方圓之別。卷中有
　　　"季振宜藏書"朱文長印、"季振宜印"朱文大方印、"滄
　　　葦"朱文方印（卷七十三、葉十五上）

古靈先生文集二十五卷年譜一卷附録一卷　宋刊本

　〔宋〕陳　襄撰

　案：此紹興三十年重刊本，每葉二十行，每行十八字，版心有字
　　　數及刻工姓名。"擴"字缺筆，避寧宗嫌名，當是紹興刻而
　　　寧宗時修補者。字畫遒勁，是南宋槧之精者。目録第四有
　　　"贈剡縣過項秘丞"，"項"字不作缺筆字，竟注"神宗廟
　　　諱"四字。據李忠定序，是集為紹夫所輯，刻於紹興五年，
　　　不應獨於神宗廟諱注字，蓋據稿本也。或據此以為北宋刊

則謬矣。① 卷中有"拜經樓吳氏藏書"朱文方印。（卷七
十四、葉一上）

趙清獻公文集十卷目録一卷　明正德刊本　紅藥山房舊藏

〔宋〕趙　抃撰

案：每卷有"衢州府西安縣某某刊校"一行。（卷七十四，葉八
下）

范忠宣公文集二十卷遺文一卷　元天曆刊本

〔宋〕范純仁撰

案：此元天曆刊本，每頁二十四行，每行二十字。卷中有"季
振宜藏書"朱文方印、"季振宜印"朱文大方印、"滄葦"朱
文方印。（卷七十六、葉四下）

東坡集四十卷後集二十卷奏議集十五卷内制集十卷附樂語外制集
三卷應詔集十卷續集十二卷　明嘉靖刊本

〔宋〕蘇　軾撰

案：《續集》後有"嘉靖十三年江西布政司重刊""南豐縣學教
諭繆宗道校正"二行。（卷七十六、葉十三下）

增刊校正王狀元集諸家注分類東坡先生詩三十卷　元刊本

〔宋〕禮部尚書端明殿學士兼侍讀學士贈太師謚文忠蘇軾撰
王十朋注　廬陵須溪劉辰翁批點

案：此元刊本，每葉二十四行，每行二十三字，小字雙行。目後
有"龍集丙戌秋月劉安正堂刊本"一行。卷末有"丙戌歲

① 《古靈先生文集》二十五卷《年譜》一卷《附録》一卷。傅增湘云："此本與瞿
氏鐵琴銅劍樓藏本同。余曾校瞿本，其斷爛處覓此本核之，亦正相似。卷末《使遼語
録》亦不全。審其字體、刀法，與真西山《讀書記》極相類，或即宋末福州刊本歟？"見
《藏園群書經眼録》卷十三，頁1135。

孟冬月安正堂新刊”一行。（卷七十六、葉十九上）

山谷黃先生大全詩注二十卷　宋刊本

〔宋〕天社任淵注

案：此宋季閩中重刊紹興本，每葉二十二行，每行二十字，小字雙行，行二十四字。宋諱自“惇”、“廓”以上皆缺避，蓋宋寧宗時刊本。許尹序為山谷後山《詩注》而作，紹興有紀元而無歲月，皆坊刻疏漏之證也。（卷七十六、葉二十一）

濟南集八卷　文淵閣傳鈔本

〔宋〕李　廌撰

案：此系坊賈所鈔，故訛字甚多。《自陵州渡黃河歌》不全，疑有缺葉。（卷七十七、葉一上）

具茨晁先生詩集一卷　明晁汝璨重刊宋本

〔宋〕澶淵晁沖之叔用撰

案：晁沖之，字叔用，鉅野人，侍郎公武之父。衢本《郡齋讀書志》作三卷，《書錄解題》作十卷。此明晁汝璨覆宋刊本，末有“慶元己未校官黃汝嘉刊”一行。想黃汝嘉所合併，凡詩一百六十七首。劉後村稱其“不擬伊周倍殿下，相隨于蔿過樓前”一聯今具載集，題作“次二十一兄季此韻”，則為原編可知。《四庫》所未收也。（卷七十七、葉十四）

演山先生文集六十卷　影寫宋刊本　小草齋舊藏

〔宋〕黃　裳撰

案：此謝在杭影宋鈔本，每葉二十行，每行二十字，版心有“小草齋鈔本”五字。卷中有“晉安謝氏家藏圖書”朱文大方印、“周元亮鈔本”白文方印、“曾在李鹿山處”朱文長印。蓋此書本謝在杭所鈔，入本朝歸周亮工，後又歸李鹿山，余則得之楊雪滄中翰，皆閩人也。三百年前鈔帙，完善如新，

亦可貴也。（卷七十八、葉六末）

樂靜先生李公文集三十卷　　舊鈔本

〔宋〕鉅野李昭玘字成季撰

案：祥符周季貺太守藏舊鈔本，每葉二十行，行二十字。“構”
字注“御名”二字，蓋影宋本也。借校一過，缺卷與此本
同。卷一補《摘果》五古一首，《培花》二聯。卷八錯簡，不
可讀。照舊鈔本影寫一卷，訂入。惟周本以卷一、卷三合
而為一，題曰卷三。卷十六“吳正字啟”後半，屬以他文，
亦賴此本正之。（卷七十八、葉十九上）

金陵雜詠一卷　　舊鈔本

〔宋〕左朝請郎充天章閣待制知江寧軍府事武陽黃履著

案：黃履，字安中，邵武人，事蹟詳《宋史》本傳。《金陵雜詠》
十九首，石刻本在江寧府治，後移縣學。元人刻先師像於
碑陰，陰轉向外而正面倚壁，雖日午，非秉燭不能見。乾隆
中，嚴子進手拓其文，始傳於世。（卷七十八、葉二十三
下）

須溪先生評點簡齋詩集十五卷　　元刊本　　稽瑞樓家藏

〔宋〕陳與義撰　　胡穉箋

案：此元刊本，每葉十六行，每行十六字，小字雙行，大黑口。
第一卷賦，二之十四詩，第十五卷則無住詞也。穉字仲儒，
號竹坡，宋紹興時人。其注皆注出處，不同稗販，而與酬諸
人，皆一一考明里貫、仕履，真為簡齋功臣。張氏《藏書
記》所載宋刊三十卷本，前有樓鑰及穉自序。此元刊合并
本，兩序已失。（卷八十、葉十五下）

志道集一卷　　舊鈔本

〔宋〕古吳顧禧景繁著

案：顧禧，字景繁，吳郡人。父彥誠，靖康初仕兩浙轉運。禧居光福山，閉戶誦讀，不求仕進。紹興間，郡以遺逸薦，不起。後築室邸村，表曰"漫莊"。田居五十年而終。見《吳郡志》及《姑蘇志》。嘗與施宿注《蘇詩》，放翁序所謂"助以顧君景繁之賅洽"是也。施宿，紹熙四年進士，其官會稽通判在嘉泰中，刻《蘇詩》於淮東倉司，因而被劾，又在官會稽後，禧與施宿同注《蘇詩》，開禧、嘉定中當尚在也。紹興壬午，距嘉定壬申五十年，至元二十九年距嘉定壬申八十年。子元序云"少侍"景繁，若在十歲以內，作序時尚未到九十也[1]。行省非宋官名，或後人傳抄，沿元官名而誤。（卷八十一、葉八下）

韋齋集十二卷附玉瀾集一卷　元刊本

〔宋〕新安朱松喬年撰　《玉瀾集》新安朱槹逢年撰

案：此元刊元印本[2]，每葉二十行，每行二十字。卷中有"鹿原林氏藏書"朱文方印、"蔣絢臣曾經校藏"朱文長印、"是書曾藏蔣絢臣家"朱文方印。案，鹿原，林佶自號也。（卷八十一、叶十四上）

南蘭陵孫尚書大全集七十卷　舊鈔本　馬笏齋舊藏

〔宋〕孫　覿撰

案：覿，《宋史・藝文志》祇載《鴻慶居士集》四十二卷。此七十卷本，惟張氏《藏書志》著於録，為王文恪舊藏。此書又

---

① 《志道集》有序，序作者稱顧禧為從伯父，云"少侍伯父，稔知顛末，因援筆述之"。末署"至元壬辰春月泉州石井書院山長福州路教授侄長卿子元氏拜書"。

② 《韋齋集》附《玉瀾集》，陸氏題為元刊。傅增湘云："此乃明弘治刊本。余所見非一帙矣。"見《藏園群書經眼録》卷十四，頁1215。

從王本傳録，有"馬玉堂""笏齋"兩方印、"漢唐齋"長印。趙希弁《讀書附志》"孫尚書大全集五十七卷"，恐七十卷之譌。（卷八十二、葉七下）

豫章羅先生文集十七卷　明刊本

〔宋〕羅從彦著

案：目録後有"刻版八十三片，上二帙一百六十一葉，繡梓工資二十四兩"木記。（卷八十二、葉十三下）

香溪先生范賢良文集二十二卷　元刊本

〔宋〕范　浚撰　門人高梅編

案：此元刊元印本，每葉二十四行，每行二十二字，大黑口。每卷有目，連屬正文。（卷八十三、葉二十二下）

高峰集十二卷　舊鈔本

〔宋〕廖　剛撰

案：書中遇宋帝皆空格。每行二十四五字不等，當以宋元舊本影寫。今從武林丁松生大令借録原本，卷八有缺文，借吾鄉丁月湖殘舊本補足，通校一過。（卷八十四、葉十六）

周益文忠公集殘本六十九卷　宋刻宋印本

〔宋〕周必大撰

案：存《省齋文稿》卷一至卷八，卷二十八至卷三十六；《平園續稿》卷一至卷十五，卷二十七至卷三十，卷三十六至卷四十；《玉堂類稿》卷六至卷八，卷十一至卷十三；《歷官表奏》卷一至卷五，卷十至卷十二；《承明集》卷一至卷六；《書稿》卷九至卷十一；《附録》卷一至卷五。每葉二十行，每行十六字，版心有字數及刻工姓名。大題在下。事涉宋帝皆空一格，亦有空二格者。即《百宋一廛賦》中所謂"披益公而疏行"者也。（卷八十五、葉十五末）

東萊呂太史文集十五卷別集十六卷外集五卷附録三卷拾遺一卷
　　宋刊本
　　〔宋〕呂祖謙撰
　　案：此宋刊元印本，每葉二十行，每行二十字，版心有字數及刻
　　　　工姓名。卷中有“馬玉堂印”白文方印、“笏齋藏本”朱文
　　　　方印。（卷八十五、葉十九下）

野處類稿二卷　　舊鈔本
　　〔宋〕鄱陽洪邁景盧撰
　　案：是書後人所依託，實□□齋詩文也。餘詳《儀顧堂集》。
　　　　（卷八十七、葉五）

誠齋集一百三十二卷外集二卷　　影寫宋刊本　　朱竹垞舊藏
　　〔宋〕廬陵楊萬里廷秀撰
　　案：每卷後有“嘉定元年春三月男長儒編次”“端平元年夏五
　　　　月門人羅端良校正”兩行。餘詳《儀顧堂集》。（卷八十
　　　　七、葉八上）

批點分類誠齋先生文膾前集十二卷後集十二卷　　宋刊本
　　〔宋〕楊萬里撰
　　案：此宋麻沙刊本，每葉二十四行，每行二十字，大黑口。（卷
　　　　八十七、葉九上）

復齋先生龍圖陳公文集二十三卷拾遺一卷附録一卷　　鈔本　　從杭
　　州丁氏藏書傳録
　　〔宋〕陳　宓撰
　　案：陳宓，號復齋，莆田人。以父俊卿任，歷監泉州南安鹽稅，
　　　　官至直秘閣，事蹟詳《宋史》本傳。是集為藏書家所罕見，
　　　　惟《福建通志》著于録。卷一至卷五詩賦，卷六至二十三
　　　　文。別以《翰墨大全》所載“仰止堂規約”等為《拾遺》一

卷,《附録》則《宋史》本傳、同時諸名人往來書劄、贈送詩也。史稱宓嘉定七年封事、九年轉對劄子,慷慨盡言,指陳凱切。嘗為朱墨銘,辦理欲分寸之多寡,今具載集中。《宋史》脱脱所修,集末附《宋史》列傳,當是元初刊行。此本即從元刊影寫,洵罕覯之秘笈也。(卷八十七、叶十一上)

勉齋先生黃文肅公集四十卷附録一卷　宋刊本

　〔宋〕黃　幹撰

　案:此宋刊元印本,每葉二十行,行十八字,版心有注"延祐二年補刊"字樣,小黑口,宋刊元修本也。(卷八十八、葉六下)

永嘉四靈詩五卷　影寫宋刊本　汲古閣舊藏

　〔宋〕徐照暉三卷　徐璣改中二卷

　案:此汲古影宋本,每葉二十行,每行十八字,版心有字數。卷中有"宋本"朱文腰圓印、"稀世之珍"朱文方印、"毛晉私印""子晉""汲古主人"朱文三方印、"毛扆之印""斧季"朱文二方印、"席鑑之印""席氏玉焥"朱文二方印、"黃丕烈印"白文方印、"蕘圃"朱文方印、"虞山席鑑玉焥考藏"朱文方印、"虞山毛晉"朱文方印、"子晉書印"朱文方印、"汲古得修綆"朱文長印。(卷八十八、葉十上)

方是閒居小稿二卷　　舊鈔本

　〔宋〕劉學箕傳

　案:後有"至正庚子仲冬屏山書院重刊"木記。(卷八十九、葉一下)

後村居士集五十卷　宋刊宋印本

　〔宋〕劉克莊撰

案：此南宋刊本，每葉二十行，每行二十字，大黑口。前二十卷
　　題"後村詩"，後三十卷題"後村居士集"。（卷九十、葉二
　　上）

友林乙稿一卷　宋刊宋印本

　〔宋〕四明史彌寧撰

　案：此南宋刊本，每葉十六行，每行十六字。即《百宋一廛賦》
　　所謂"躋友林之逸品，儷聲價于吉光"者也。（卷九十、葉
　　十上）

張文忠公雲莊歸田類稿二十八卷　元刊元印本

　〔元〕張養浩撰　後附《畫像記》至正甲午倪中撰　《贊》劉耳
　　撰　《神道碑銘》張起巖撰　《祠堂碑銘》撰人闕

　案：此元刊元印本，每葉二十行，每行十八字，版心有字數，小
　　黑口。卷中有"松藹藏書"朱文方印、"嘉興李聘"朱文方
　　印、"黃錫蕃印"白文方印、"周春"白文方印、"松藹"朱文
　　方印。伏讀《四庫全書提要》云，"養浩嘗自序其集，稱《退
　　休田野録》，所作時文樂府九百餘首，歧為四十卷，名曰
　　《歸田類稿》。富珠哩翀序作三十八卷，數已異。《國史經
　　籍志》則作《文忠集》十八卷，書名、卷數更與養浩自序不
　　符。惟明季有刻本二十七卷，既多漏略，編次亦失倫類。
　　今據以為本而別採《永樂大典》所載，刪其重復，補其遺
　　缺，而釐為二十四卷"云云，則元刊之罕見可知。愚謂三
　　十八卷者，"三"乃"二"字之訛。今此二十八卷，猶是元時
　　刻本，完善無缺，翀序即冠卷端，則非別有三十八卷本明
　　矣。焦氏所見，當亦即此本，脫"二"字耳。（卷九十四、葉
　　二十二）

元松鄉先生文集十卷　元刊本　文瑞樓舊藏

〔元〕句章任士林叔實撰

案：此元刊元印本，每葉二十六行，每行二十三字，小黑口。卷
　　中有“蓮涇”朱文方印、“太原叔子藏書記”白文長印、“金
　　星輅藏書記”朱文長印、“家在黃山白社之間”白文方印、
　　“結社溪山”朱文方印、“元本”朱文腰圓印。（卷九十六、
　　葉三上）

松雪齋文集十卷外集一卷附録一卷　　元刊元印本

〔元〕趙孟頫撰

案：元刊元印本，每葉二十四行，每行二十二字，黑口。《行
　　狀》後有“花溪沈璜伯玉校刊”一行。（卷九十六、葉六下）

趙子昂詩集七卷　　元至元刊本

〔元〕趙孟頫撰　　宜黃後學譚潤伯玉編集

案：此元刊元印本，每葉二十二行，每行二十一字。目後有
　　“至元辛巳春和建安虞氏務本堂編刊”一行。（卷九十六、
　　葉八下）

筠溪牧潛集七卷　　元刊元印本

〔元〕高安釋圓至著

案：此元刊元印本，每葉二十二行，每行二十一字。卷中有
　　“錢天樹印”白文方印、“曾藏錢夢廬家”朱文長印。（卷
　　九十六、葉十一上）

秋澗先生大全文集一百卷　　元刊元印本　　季滄葦舊藏

〔元〕王惲撰　　前有制詞挽詩神道碑子公孺撰

案：此元刊元印本，每葉二十四行，每行二十字，版心有字數及
　　刻工姓名。卷中有“張”字朱文圓印、“孟弼”朱文方印、
　　“諫”字朱文方印、“季振宜印”朱文方印、“滄葦”朱文方
　　印、“御史之章”白文大方印、“季振宜印”朱文大方印、“滄

葦”朱文大方印。至治改元公儀跋，張氏《藏書志》所未有
也。（卷九十七、葉十一下）

清容居士集五十卷　　元刊元印本

〔元〕袁　桷撰

案：此元刊元印本，每葉二十行，每行十六字。字有趙子昂筆
意，元版中上乘也。（卷九十八、葉一上）

道園學古錄五十卷　　明嘉靖刊本

〔元〕雍虞集伯生撰

案：景泰、嘉靖兩刊，行款皆同，惟景泰本目錄後有補遺目，嘉
靖本則以補遺目散入各類。今人往往以景泰刊為元刊，其
誤始於吳兔床《拜經樓題跋記》。（卷一百、葉十一上）

新編翰林珠玉六卷　　元刊元印本　　黃蕘圃舊藏

〔元〕邵庵虞集伯生父全集　　儒學學正孫存吾如山家塾刊

案：此元刊元印本，每葉二十二行，每行二十字，大黑口。卷中
有“黃丕烈印”白文方印、“復翁”白文方印。（卷一百、葉
十五上）

檜亭稿九卷　　元刊本　　明徐興公舊藏

〔元〕天台丁復仲容父著

案：此元刊元印本，每葉二十行，每行二十字。面簽徐興公手
書“丁檜亭集，徐氏汗竹巢珍藏本元版”十四字。卷中有
“閩中徐惟起藏書印”朱文長印、“徐興公”白文方印、“晉
安徐興公家藏書印”朱文長印、“薩德相藏書印”朱文長
印、“薩守印”白文方印。（卷一百一、葉一上）

金華黃先生文集四十三卷　　元刊元印本

〔元〕黃　溍撰　　臨川危素編次　　番易劉耳校正

案：此元刊元印本，每葉二十四行，每行二十四字，語涉元帝皆

頂格,版心有字數,小黑口。自來藏書家罕見著録。張氏
《愛日精廬》有殘本二十三卷,則其書之罕見可知,真元版
中秘笈也。(卷一百一、葉十三)

黃文獻公集二十三卷　明正統補刊本

〔元〕黃　溍撰

案:卷一至三曰初稿,卷四至十曰續稿上,俱題臨川危素編;卷
十一至十六曰續稿中,題門人王禕編;卷十七至二十三曰
續編下,題門人宋濂、傅藻同編。合二十三卷。伏讀欽定
《四庫全書總目》云,"危素所編本為二十三卷,今未見",
則傳本之稀可知。此本不著刊刻年月。杜桓後序云,
"《黃獻公集》刊置學宮,垂及百年,正統丁巳,學毁于火,
教授王君樂孟從烈焰中挾文集版出,得弗毁。既而檢閱,
缺版百餘。金華縣大夫余侯捐俸刊補"云云,則當刊于元
至正中矣。(卷一百一、葉十五末)

吳禮部文集二十卷　元刊本　季滄葦舊藏

〔元〕吳師道撰　前有小像自贊

案:此元刊元印本,每葉三十二行,每行二十四字。卷中有
"季振宜藏書"朱文方印、"江夏"朱文方印、"無雙"白文
方印。(卷一百二、葉一)

陳眾仲文集十卷　元刊本　士禮居舊藏

〔元〕陳　旅撰

案:此元刊明印本,每葉二十行,每行二十字,大黑口。卷中有
"士禮居珍藏"朱文長印、"二酉藏書"白文方印。(卷一百
二、葉十六上)

鯨背吟集一卷　舊鈔本

〔元〕朱名世撰

案:《簡明目録》云,舊本題朱晞顏撰。《提要》云,舊本題朱名
　世撰。此本為長洲顧湘舟舊藏,亦題朱名世撰,與《提要》
　合。豈《簡明》所據又別一本歟?何與《提要》參差也?
　(卷一百三、葉十八下)

盧圭峰先生集七卷　舊鈔本
　〔元〕惠安盧琦撰
案:《圭峰集》七卷,元陳誠中編,從洪武刊本影寫。孫序後有
　"洪武癸丑五月七日重梓"一行,其證也。《四庫》著録本
　作二卷,乃館臣所重編,并非原本,《提要》已言之矣。萬
　曆莊氏刊本改"圭峰"為"圭齋",其名已誤。文與此本同,
　亦分為六卷,詩則增為七卷,較多二百餘首。謝在杭《筆
　精》云,內竄入薩天錫詩六十餘首。明人蓋已知之,但不
　知薩詩之外,所增又何據耳。是本雖祇四十餘首,篇篇可
　誦。萬曆本除薩、陳諸作外,多不足觀,其為後人妄竄無疑
　也。是書刊於洪武中,確有可證。莊序云,"誠中所編,欲
　鋟未就",又改孫序七卷為十五卷,作偽顯然,尤可笑也。
　(卷一百四、葉十)

夢觀集五卷　鈔本
　〔元〕釋大圭撰
案:《夢觀集》原本二十四卷,卷首語録三卷,次詩六卷,次雜
　文十五卷。四庫館惟取其詩,以卷四為卷一,卷五為卷二,
　卷六為卷三,卷七為卷四,卷八、卷九為卷五,編為五卷著
　于録,餘皆斥而不收。同治十二年,奉旨赴閩,從晉江黃制
　軍處借得翰林院底本,命小胥影寫副本,卷第則改為閣本
　焉。(卷一百四、葉十六上)

鹿皮子陳先生文集四卷　舊鈔本

〔元〕陳　樵撰　盧軹子友編輯

案:《鹿皮子集》有國朝董肇勳刊本,卷二缺《出塞曲》、《夜闌
　　曲》、《海人謠》、《望夫石》、《東飛伯勞西飛燕》五首,卷首
　　周旋序亦缺。此乃完帙也。(卷一百六、葉七上)

聞過齋集八卷　淡生堂鈔本

〔元〕吳　海撰　門人王偁編次　進士永嘉胡甯校正

案:卷首有山陰祁氏藏書之章。版心有"淡生堂鈔本"五字。
　　徐起、王偁兩序後,一題"歲在辛巳",一題"歲次辛巳",蓋
　　建文三年辛巳也。革除之後,跋經刊改,故不著年號。
　　(卷一百六、葉十一下)

鶴年詩集三卷　舊抄本　宋賓王校

〔元〕丁鶴年撰　門人四明戴稷、戴習,脩江向誠、向信道,方
　　外曇鍠編次

案:此集系竹塢文氏家藏,後有文點與也圖章。(卷一百六、
　　葉十七下)

梧溪集七卷　明初刊本　汲古閣舊藏

〔元〕江陰王逢原吉撰

案:此元刊明印本①,每葉二十六行,每行二十二字。卷中有
　　"元本"朱文腰形印、"甲子"朱文方印、"毛晉之印"朱文
　　方印、"毛氏子晉"朱文方印、"文瑞樓"白文方印、"秋夏讀
　　書,冬春射獵"白文方印、"汲古主人"朱文方印、"毛晉私
　　印""子晉"朱文二方印、"毛扆之印"朱文方印、"斧季"朱
　　文方印、"蓮涇"朱文方印、"太原叔子藏書記"白文長印。

————————————

①　傅增湘云:"此本有明景泰補版序,爲景泰七年陳敏政重修本。"見《藏園群
書經眼録》卷十五,頁1364—1365。

（卷一百七、葉十三上）

九靈山房集三十卷　明刊本　徐興公舊藏

〔元〕戴　良撰　男禮叔儀類編　從孫同伯初侗編

案：此明洪武刊本，每葉十四行，每行二十字。卷中有“徐燉
之印”白文方印、“興公氏”白文方印、“閩中徐惟起藏書
印”朱文長印、“徐氏興公”白文方印、“鄭氏注韓居珍藏
記”朱文方印、“鄭赤之印”白文方印。（卷一百八、葉八）

九靈山房集三十卷　明洪武刊正統修本　曹倦圃舊藏

〔元〕戴　良撰　男禮叔儀類編　從孫同伯初侗編

案：卷中有“曹溶之印”白文方印。（一百八、葉九下）

鐵崖先生古樂府十卷樂府補六卷　元刊本

〔元〕楊維禎著　門人富春吳復類編

案：此元刊元印本，每葉二十二行，每行二十字。卷中有“天
都陳氏西雅樓圖籍”朱文方印、“東臬先生後人”白文方
印。（卷一百九、葉十六）

鐵崖先生復古詩集六卷　元刊本

〔元〕太史紹興楊惟楨廉夫著

案：此元刊元印本，每葉二十二行，每行二十字。卷中有“天
都陳氏承雅堂藏書印”朱文方印。（卷一百九、葉十九）

鶴田蔣先生文集二卷　明鈔本

〔元〕建陽蔣易師文撰

案：蔣易字師文，建陽人，篤信好學，工詩，善屬文，有《鶴田
集》及編《元朝風雅》行于世，見《福建通志》。□□□□□
□□□□□□《鶴田集》，各家書目所無。此二卷得之福
州書攤，尚是明人鈔本，有蔣絢臣跋。絢臣又手錄劉彥昺
《哀蔣師文詩》二首，藍山、藍澗挽詩壽詩四章附後。（卷

　　　一百九、葉二十四）·

後圃存稿十卷　舊抄本

　　〔元〕休寧黃樞子運著

　　案：黃樞字子運，安徽休寧人。受業于趙東山汸。元季隱居講
　　　　學，明初徵為校官，不就。是集藏書家罕見著録，《四庫》
　　　　所未收也。（卷一百一十、葉十一下）

劉仲修詩集八卷　舊抄本

　　〔元〕劉永之撰

　　案：劉永之字仲修，江西臨江人。明初徵至京，將授校官，以重
　　　　聽辭。其集為門人章喆所編，《四庫》所未收也。（卷一百
　　　　一十、葉十四下）

益齋亂稿十卷拾遺一卷　舊抄本

　　〔元〕高麗李齊賢撰　後有《墓志銘》李穡撰　前有小像

　　案：李齊賢字仲思，號益齋，高麗人。年十五以文學中本國丙
　　　　科，元武宗時，高麗忠宣王入侍，檄召至都，與姚枚庵、趙子
　　　　昂遊，其學益進。又隨忠宣王使蜀，遊江南。故集中多吳
　　　　蜀留題之作。官至門下侍中，封雞林院君。至正二十七年
　　　　卒，年八十一，諡文忠。著有《櫟翁稗説》、《孝行録》、《益
　　　　齋文集》等書。是集初刊于元季，再刻於宣德，三刻于萬
　　　　曆。此本即從萬曆本傳録。卷一至卷四詩，卷五至卷九
　　　　文，卷十詞曲，拾遺則萬曆中其十一世孫發所輯也。其詩
　　　　文雖未足與中國諸名家校長絜短，實彼國之錚錚者。（卷
　　　　一百一十、葉十六上）

濟北集二十卷　舊抄本

　　〔日本〕虎關某撰

　　案：虎關某，字偕酉，所居曰濟北庵，均見集中。世履無考。所

作《無價軒記》署建武元年,《煎茶軸序》署正和第五,《端午軸序》署元應庚申,《長春花軸序》署元亨改建,《聚韻分略序》署嘉元丙午,《佛語心論序》署正中二年。考嘉元為日本後三条国王年號,丙午當元大德十年。正和為日本花園國王年號,二年當元皇慶二年。元應、元亨、正中,皆日本後醍醐國王年號,當元延祐、至治間。建武為日本光嚴國王年號,當元至順中。蓋宋末元初時日本人也。各家書目均罕見著録。詩文多俚語,録而存之,以廣異聞耳。

（卷一百一十、葉十八下）

正固先生詩文集二卷　　舊抄本

〔明〕西昌蕭尚仁撰　　前有《敕諭傳》解縉撰　《行述》《哀辭》周是修撰　　後附《蕭口道日誌》

案:蕭尚仁,泰和人。博通經史。洪武中,以賢良召對,授潭府長史,以老辭,俾教雲南。後召還,留京師,月給膳羞。求休致,賜路費、衣被而歸。門人私諡正固。其書罕見著録,《四庫》所未收也。（卷一百十一、葉四上）

白雲稿十一卷　　舊抄本　　淡生堂舊藏

〔明〕天台朱右撰

案:是書《四庫》不全,此則足本也。（卷一百十一、葉七下）

説學齋稿不分卷　　舊鈔本　　汪啟淑舊藏

〔元〕臨川危素太樸著

案:凡賦三、贊二、銘二、頌三、記五十、序七十七,共一百三十七篇。與《王白田集》合校,《四庫》本多四篇,無碑傳墓誌,即查氏本所謂《危太樸文集》者也。（卷一百十一、葉十一上）

蒲庵詩文集六卷　　舊鈔本　　瞿氏恬裕齋舊藏

〔元〕釋來復撰　門人曇鍠法住編次

案：來復，字見心，豐城人，蚤有詩名，為虞集、歐陽修、張翥所
重。洪武初，以高僧召至京，除授僧録司左覺義。二十四
年，僧知聰胡黨事發，辭連見心及泐、季潭，見心坐凌遲死，
年七十三歲。其詩與宗泐齊名。《千頃堂書目》、《明史‧
藝文志》皆著於録。《四庫》未收，其為罕見可知。（卷一
百十一、葉十一下）

敬所小稿一卷　　舊抄本

〔明〕建安蘇境仲簡撰

案：蘇境字仲簡，福建建安人。少習舉子業，程試必居前列。
洪武中嘗為閩縣學官，迪訓弟子員，出其門貢春官，必預首
選。弟子兄弟俱以儒術鳴於鄉。陳仲述序稱其古詩，“如
玄酒太羹、土鉶瓦缶，質而不俚”；近體律絕，“如正人端
士，褒衣危冠，樸而不陋”；歌行古詞，“如山下出泉，鏘然
有聲，聽之無窮”等語。《四庫》所未收也。（卷一百十一、
葉十三下）

臨安集十卷　　舊鈔本　　鮑以文舊藏

〔明〕文林郎國子博士致仕錢宰著

案：《四庫》所收，從《大典》輯出，此則其原本也。（卷一百十
一、葉二十下）

盤谷集十卷

〔明〕劉廌撰

案：廌，字士瑞，處州人，基之孫、連之子也。卜築雞山之下，名
曰盤谷，事迹附見《明史‧劉基傳》。其集為門人陳谷所
編，《四庫》所未收也。（卷一百十一、葉二十一）

耕學齋詩集十卷　　舊鈔本　　王烟客舊藏

〔明〕汝陽袁華子英著　河東吕昭克明編

案：閣本十二卷，凡古詩七卷，近體詩五卷。《提要》云不知何人所編。此本十卷，凡古詩六卷，近體詩四卷，分卷既殊，編次亦少異，題曰“河東吕昭克明編”。昭仕履無考。兩本相較，閣本《東臯集陶》兩首，較此本多一首，餘皆同。惟閣本《集古》諸詩，散入各體詩中，此則附於卷末，編次似較有法。別得曹倦圃藏本，脱落極多，雖分卷十二，編次又與閣本不同，非善本也。閣本不題編次之人，恐出後人所析。此本每卷題“汝陽袁華子英著，河東吕昭克明編”，分卷停匀，編次有法，洵稱善本。（卷一百一十一、葉二十五）

坦齋劉先生文集二卷　舊鈔本

〔明〕劉三吾撰

案：是書《四庫》不收，附存其目。錢氏《養新餘録》引朱竹垞帖云，“《三吾集》有耿炳文墓碑，卒於洪武二十七年”云云。今檢集中，祇有《長興侯耿炳文追封三代碑》，乃洪武二十七年作，《明宛炎集》亦載此文，並無炳文墓碑，蓋竹垞記憶之誤也。（卷一百十一、葉二十六下）

文選六十卷　宋贛州學刊本　朱臥庵舊藏

〔梁〕昭明太子撰　〔唐〕李善注　〔唐〕五臣吕延濟、劉良、張銑、吕向、李周翰注

案：卷中有“毛晉一名鳳苞”陰文方印，“汲古閣”陽文方印，“字子晉”、“汲古閣世寳”兩陰文方印，“毛褒之印”陽文方印，“華伯氏”陰文方印，“毛氏藏書、子孫永寳”朱文長印，“朱臥庵考藏印”、“休甯朱之非印”、“留畊堂印”兩陰文方印，“留與軒浦氏珍藏”朱文方印，“浦玉田藏書記”方

印。每卷有"左從政郎充贛州州學教授張之綱覆校""州
學司書蕭鵬校對"兩行,惟校勘銜名數卷易一人,或曰"鄉
貢進士李大成","或曰鄉貢進士劉才邵",或曰"鄉貢進士
劉格非",或曰"左迪功郎新昭州平樂縣尉兼主簿嚴興
义"。餘詳《儀顧堂集》。(卷一百十二、葉一)

王荆公唐百家詩選殘本十一卷　宋刊本　汲古閣舊藏

〔宋〕王安石編

案:每半葉九行,每行十八字。存卷一至卷五,卷十一、卷十
二、卷十三、卷十四、卷十五,凡十卷。分類編次,與宋牧仲
刊迥然不同。卷一《日》、《月》、《雨》、《雪》、《雲》五類,卷
二《四時》、《晨昏》、《節序》、《泉石》四類,卷三《花木》、
《茶菓》、《魚蟲》三類,卷四《京闕》、《省禁》、《屋室》、《田
園》四類,卷五《棲隱》、《歸休》二類,卷十一《音樂》、《書
畫》、《親族》、《墳廟》、《城驛》、《雜詠》六類,卷十二《古宮
榭》、《古京室》、《古方國》、《昔人遺賞》、《昔人居處》五
類,卷十三《送上》一類,卷十四《送下》一類,卷十五《別
意》、《有懷》二類。即《百宋一廛賦注》中所謂"小讀書堆
分類本"也。(卷一百十二、葉二十二)

三蘇先生文粹七十卷　宋蜀大字本　季滄葦舊藏

不著編輯者姓氏

案:此北宋蜀中刊本,每頁二十四行,每行十八字,版心有字數
及刊工姓名。語涉宋帝皆空格,"桓"字以下諱不缺避,蓋
北宋刊本也。卷中有"季振宜藏書"朱文長印。(卷一百
十二、葉二十四)

會稽掇英集二十卷續集五卷　錢叔寶手抄本

〔宋〕孔延之編　《續集》五卷將仕郎試秘書省校書郎守越州

會稽縣主簿黃康弼編次　將仕郎守大理寺評事簽書鎮
東軍節度判官廳公事徐鐸重校

案：此錢罄室手抄本。續集五卷，《四庫》未收也。卷中有"錢
穀"朱文方印、"叔寶"白文方印。（卷一百十三、葉一）

河南程氏文集十卷　成化广信府刊本

〔宋〕胡安国編

案：末有"成化丙申廣信府刊"木記。（卷一百十三、葉四）

樂府詩集一百卷　元至正刊本

〔宋〕太原郭茂倩編次

案：此元刊元印本，每頁二十二行，每行二十字。卷中有"錢
孫保一名容保"白文方印，"彭城"朱文腰圓印，"錢孫保字
求赤"白文方印，"孫保"朱文方印，"錢氏校本"朱文方
印，"天啟甲子"朱文方印，"錢興祖印"白文方印，"春草
堂"白文長印，"盛百二"白文方印，"秦川"朱文方印，"秀
水柚堂"朱文方印，"盛氏圖書"朱文方印，"臣百二"白文
大方印，"相舒一字秦川"朱文方印，"羅浮山人"朱文方
印。（卷一百十三、葉八）

端平重修皇朝文鑒一百五十卷　宋刊大字本

〔宋〕朝奉郎行秘書省著作佐郎兼國史院編修官兼權禮部郎
官臣呂祖謙奉聖旨詮次

案：此宋端平重修本，每頁二十行，每行十九字。版心有字數
及刊工姓名。（卷一百十三、葉十六下）

東萊先生分門詩律武庫前集十五卷後集十五卷　宋刊本　汲古閣
舊藏

〔宋〕東萊呂氏編于麗澤書院

案：此宋季麻沙刊本，每頁二十二行，每行十九字。語涉宋帝

皆空格。卷中有"平陽汪氏藏書印"朱文長印。《汲古閣
秘本書目》著于錄。《四庫》不收，附存其目。（卷一百十
三、葉二十二下）

迂齋先生標注崇古文訣二十卷　宋刊本　周九峰朱卡英舊藏

〔宋〕樓　昉編

案：此宋刻宋印本，每頁二十四行，每行二十三字。卷中有
"吳郡西崦朱叔英書畫印"朱文長印，"西崦"朱文長印，
"叔英"朱文方印、"士禮居"朱文方印，"黃丕烈""蕘
夫"朱文二方印。（卷一百十四、葉二）

中興群公吟稿戊集七卷　　舊鈔本　黃蕘圃舊藏

〔宋〕陳　起編

案：《中興群公吟稿》，凡四十八卷，百三十五家，見趙希弁《郡
齋讀書志》。今僅存戊集殘帙七卷。嘉慶中，石門顧氏彙
刻南宋小集，見知不足齋藏宋槧本，謂其板式與《群賢小
集》無異，定為陳起所刊，取附集後。今所列三十冊、三十
一冊是也。顧槧以目錄經書賈翦割，未以付梓，此從鮑本
傳錄，目之末葉有"中興江湖吟稿"字。案《四庫提要》云，
考《永樂大典》所載，有《江湖集》、《前集》、《後集》、《續
集》、《中興江湖集》諸名，則此為《江湖中興集》之一無疑。
《讀書志》雖未著錄編輯者之名，而顧氏定為陳起，似可信
也。（卷一百十四、葉十二）

名公書判清明集殘本二百三十二頁　宋刊本

不著編輯者姓氏

案：此宋刊本。每頁十八行，每行十六字。各家書目皆未著
錄，惟《竹汀日記》曾及之。（卷一百十四、葉十六下）

選編省監新奇萬寶詩山三十八卷　宋書林葉氏廣勤堂刊本

〔宋〕葉景達編

案：此宋書林葉氏廣勤堂刊本，每頁三十行，每行二十五字，宋
　　時兔園册也。王氏《孝慈堂書目》著録。（卷一百十五、葉
　　一）

翰苑英華中州集十卷中州樂府一卷　元至大刊本

〔金〕元好問輯

案：此元刊元印本，每頁三十行，每行二十八字。卷末有木記
　　曰“至大庚戌良月平水進德齋刊”。（卷一百十五、葉九）

宋詩拾遺二十三卷　舊鈔本

〔元〕錢唐陳世隆彥高選輯

案：世隆，字彥高，錢唐人，宋末書賈陳思之從孫。順帝至正
　　中，館嘉興陶氏，沒於兵，所著詩文皆不傳。惟《宋詩補
　　遺》八卷與《北軒筆記》一卷僅存，見《北軒筆記》所附小
　　傳。今此本三十三卷，完善無缺，尚是明人鈔本，則小傳所
　　云八卷，尚未見全書也。伏讀《四庫提要》云，今《宋詩補
　　遺》亦無傳本，則是書之罕見可知。（卷一百十五、葉二十
　　下）

洞霄詩集十四卷　元刊元印本　馬笏齋舊藏

〔元〕本道士孟宗寶集虛編

案：此元刊元印本，每葉十八行，每行二十字。卷中有“馬玉
　　堂印”白文方印、“笏齋”朱文方印、“馬笏齋藏書記”朱文
　　長印、“扶風書隱生”白文方印。（卷一百十六、葉十七）

玉山名勝集二卷　舊鈔本　馬笏齋舊藏

〔元〕玉峰顧瑛仲瑛編次　前有张翥《寄題玉山诗》一首

案：卷中有“休陽汪氏裘抒樓藏書印”朱文方印、“馬玉堂印”
　　回文方印、“笏齋”朱文方印。（卷一百十七、葉一）

詩式五卷　舊鈔本　盧抱經舊藏

〔唐〕釋皎然清晝撰

案:《直齋書録解題》,《詩式》一卷《詩儀》一卷,釋皎然撰。以十九字括詩之體。《四庫》開館時,未見此本進呈者。惟後人掇拾之一卷本,故斥而不收。此本首尾完俱,知為罕觀之秘笈矣。(卷一百十八、葉四下)

蒼崖先生金石例一卷　元至正刊本　季蒼葦舊藏

〔元〕潘昂霄撰　都陽楊本編輯校正　盧陵王思明重校正

案:卷末有"諸生趙光邈謹書　學生洪慶重録"二行。

蒼崖先生金石例十卷　元刊本

〔元〕潘昂霄撰　都陽楊本編輯校正　盧陵王思明重校正

案:兩本皆元刻。一本每葉二十行,行二十字;一本每葉二十行,行二十二字。二十字本序皆手書上版,二十二字本序跋皆匠人書也。二十字本當是原刻,二十二字本則覆刻也。(卷一百十八、葉二十二)

巢令君阮戶部詞一卷　汲古閣影宋本

〔宋〕松菊道人阮閱撰

案:阮閱,字閎休,又字美成,舒城人。元封中進士,知巢縣。建炎元年,以中奉大夫知袁州。初至,訟牒繁,閱乃依本分三字印榜四城牆壁,郡民化之,乃榜西廳為無訟,嘗為袁民雪插筆之謗。喜吟咏,時號"阮絕句",能為長短句。後致仕,居于宜春。妓有趙佛奴,籍中之錚錚者也,嘗為《洞仙歌》贈之。著《總龜先生松菊集》五卷、《彬江百詠》二卷、《詩話總龜》一百卷,見《萬姓統譜》、《能改齋漫録》、趙希弁《讀書附志》。《方輿勝覽》以"閱"為"閎",傳寫之訛。《贈佛奴詞》本集已缺,見《宜春遺事》。其詞《四庫》未

收，各家亦罕見著録。（卷一百十九、葉十）

樵歌三卷　　舊鈔本

〔宋〕朱敦儒希真撰

案：《至元嘉禾志》曰，"敦儒本中原人，以詞章擅名，天資遠
曠，有神仙風致。高宗南渡初寓此，嘗為《樵歌》"云云。
（卷一百十九、葉十三）

燕喜詞一卷　　汲古影宋本

〔宋〕雙溪居士曹冠字宗臣撰

案：冠字宗臣，東陽人，自號雙溪居士。居秦檜門下，教其子
塤，與塤同登甲科。未幾檜亡，坐為塤假手事覺奪官，易前
名，復赴廷試，得五品，仕至知彬州。著有《雙溪集》二十
卷、《景物類要詩》十卷，見《書録解題》。其詞《四庫》未
收，朱竹垞《詞綜》亦隻字未見，則流傳之罕可知矣。（卷
一百十九、葉十五上）

拙庵詞一卷　　汲古影宋本

〔宋〕東平趙磻老渭師撰

案：磻老字渭師，東陽人，官至工部侍郎，娶歐陽懋女，以懋待
制恩補官。從范石湖使金還，擢知臨安府。坐殿司招兵
事，謫饒州。著有《拙庵雜著》三十卷，見《直齋書録解
題》，《四庫》所未收也。（卷一百十九、葉十七下）

篁嶺詞一卷　　汲古影宋本

〔宋〕麻沙劉子寰圻父撰

案：劉子寰，字圻父，建陽人，自號篁嶺翁。嘉定十年進士，游
朱子之門。能詩文，與劉清夫齊名。著有《麻沙集》，劉克
莊為之序。其詞《四庫》未收，各家書目亦罕著録。（卷一
百十九、葉十八下）

嬾窟詞一卷　　汲古影宋本

　　〔宋〕東武侯寘彥周撰

　　案：《書錄解題》，《嬾窟詞》一卷，東武侯寘彥周撰。其曰母舅
　　　　晁留守者，晁謙之也。紹興中，以直學士知建康。（卷一
　　　　百二十、葉一上）

綺川詞一卷　　舊鈔本

　　〔宋〕苕溪倪偁文舉撰

　　案：倪偁，字文舉，吳興人，倪思之父。紹興八年進士，官太常
　　　　寺主簿。著有《綺川集》十五卷，見《直齋書錄解題》。此
　　　　舊鈔本，為勞巽卿舊藏，《四庫》所未收也。（卷一百二十、
　　　　葉二下）

澗泉詩餘一卷　　舊鈔本

　　〔宋〕韓淲仲止撰

　　案：淲字仲止，吳興人，元吉之子也。著《澗泉日記》二卷、《澗
　　　　泉集》二十卷。與趙章泉蕃齊名，稱“二泉”。（卷一百二
　　　　十、葉三下）

袁宣卿詞一卷　　舊鈔本

　　〔宋〕豫章袁去華撰

　　案：袁去華，字宣卿，江西奉新人，紹興乙丑進士，改官，知石首
　　　　縣而卒。善為歌詞，嘗賦長沙定王臺，見稱于張安國。著
　　　　有《適齋類稿》八卷，《書錄解題》著錄。其詞《四庫》未
　　　　收。朱竹垞輯《詞綜》，搜羅甚富，而云“隻字未見”，則流
　　　　傳之罕可知。（卷一百二十、葉三下）

龜峰詞一卷　　舊鈔本

　　〔宋〕陳經國撰

　　案：陳經國，字伯大，小字定父，潮州海陽縣人。寶祐四年進

士,見《登科録》。其書《四庫》未收,各家書目罕見著録。
（卷一百二十、葉四）

文定詞一卷　　舊鈔本

〔宋〕河南丘崈宗卿撰

案:丘崈,字宗卿,江陰軍人,隆慶元年進士,授建康府觀察推
官,累官至資政殿學士、同知樞密院事,謚文定。著有《文
定集》,《四庫》所未收也（卷一百二十、葉四下）

樂齋詞一卷　　舊鈔本

〔宋〕河內向鎬撰

案:《書録解題》,《樂齋詞》二卷,向鎬豐之撰。各家書目罕見
著録,《四庫》所未收也。（卷一百二十、葉四下）

龜峰詞一卷　　舊鈔本

〔宋〕陳人傑著

案:陳人傑,仕履無考。陳容字公儲,長樂人,端平初進士,官
至朝散大夫、知興化軍,耿挺不阿。賈似道常欲招致置幕
下,容輒卑侮之,人呼“陳所翁”。（卷一百二十、葉五下）

養拙堂詞一卷　　毛斧季手抄本

〔宋〕管鑑明仲撰

案:管鑑,字明仲,浙江龍泉人。祖師仁,崇甯中進士,仕至同
知樞密院事。鑑力學,好修父澤補官,再調江西常平提幹,
始家臨川。累官至廣東提刑,權知廣州兼經略安撫使,見
《萬姓統譜》。（卷一百二十、葉七）

省齋詩餘一卷　　舊鈔本

〔宋〕衡陽廖行之天民撰

案:行之,字天民,衡陽人。著有《省齋集》,《四庫》著録。其
詞較《大典》本《省齋集》多出一半。（卷一百二十、葉七

下）

無弦琴譜二卷　舊鈔本

〔元〕錢唐仇遠山村撰

案：仇遠，字山村，錢唐人，著有《山村遺集》，《四庫》著録。此
其所作詞也，《四庫》未收，《千頃堂書目》亦未著録。（卷
一百二十、葉十四下）

貞居詞一卷　舊鈔本

〔元〕句曲張天雨伯雨撰

案：天雨，字伯雨，句曲人，著有《句曲外集》，《四庫》著録。此
其所作詞也。（卷一百二十、葉十四）

扣舷集一卷　舊鈔本

〔明〕高　啟撰

案：高啟有《大全集》十八卷，《四庫全書》已著録。此其詞集
也，《四庫》未收，各家書目亦未著録。（卷一百二十、葉十
五）

朝野新聲太平樂府四卷　元刊本

〔元〕楊朝瑛撰

案：朝瑛，青城人。《千頃堂書目》著録，《四庫》未收。（卷一
百二十、葉二十）

陸狀元集百家注資治通鑑詳節一百二十卷　宋刊本

〔宋〕會稽陸唐老集注　《集注》姓氏後有“蔡氏家塾校注”六
字。

案：《百宋一廛賦注》云，《孫尚書内簡尺牘》十六卷，目後有
“蔡氏家塾校注”六字。予向有趙靈均校元本，首有《鈔補
序》一通，云“慶元三祀閏餘之月，梅山蔡建侯行父謹序”
云云，知是本爲寧宗時蔡建侯刊本也。缺卷九，卷十鈔補。

又卷二十三至三十、卷八十五至九十三,俱以别本刓改卷
數補入,撤出附後。(《續志》卷三、葉十末)

續考古圖五卷釋文一卷　影寫宋刊本

　〔宋〕趙九成撰

　愚案:李邴《嘯堂集古録序》有云:"鼎器款識極少,字畫復多
　　漫滅,及得吕大臨、趙九成兩家《考古圖》,雖有典型,辨
　　識不容無舛。"據此,則《續考古圖》亦九成所輯,不僅
　　《釋文》而已。(《續志》卷四、葉十四上)

附　　録

陸 跋 輯 佚

元朝名臣事略十五卷　武英殿聚珍本

〔元〕蘇天爵撰

右武英殿活字本蘇天爵《名臣事略》十五卷。今夏從昭文瞿氏借得元刊本校一過。補許有壬序一篇,王伯誠跋一首,卷二補《阿里海牙事略》三叶,卷九補《郭守敬事略》一叶,卷十一補趙良弼《賈居貞事略》六叶。行款均依元刻影寫,其餘訛奪亦不下千餘字,均照改正。元本有模糊處則以墨方圍記之,俟得元刊元印本再爲訂正。譯語不同亦注于旁,以存元刊之舊。蓋四庫所收據河間紀文達所進,文達之書原缺十頁,故誤連之耳。同治庚午冬十月既旁生霸,歸安陸心源識。

余於同治庚午既借元本校正訛奪,近得嘉興馬笏齋漢唐齋元刊元印本,凡瞿本模糊處,元印本皆明晰,因以朱筆補正之。光緒九年仲夏之月,潛園居士識於五石草堂。(見王重民《中國善本書提要補編》,北京圖書館出版社,第 13 頁)

〔淳祐〕**嚴州圖經三卷**　鈔本

〔宋〕劉文富撰

《嚴州圖經》,宋刊殘本。道光初藏姑蘇布商汪閬原家,道光末歸於上海洋商郁泰峰,今歸皕宋樓。此本爲同邑章紫伯明經舊藏,抄自金陵朱述之先生,即從宋刻傳錄者,行款皆仍宋刻之舊。相傳汪氏宋本出售,索值奇昂,述之先生力不能得,倩衆手錄副,一夕而就,故訛奪頗多。余既得宋刻,因命兒輩校勘一過,改正數百字,俾成善本。光緒十年秋九月歸安陸心源識。(同上,第97頁)

毘陵集二十卷　舊鈔本

　　〔唐〕獨孤及撰

　　右唐獨孤常州《毘陵集》二十卷,從吳匏庵叢書堂抄本傳錄,以影宋本校一過。卷九《福州都督新學碑銘》"俾浸"下補四百六十餘字,卷十《獨孤公靈表》"受正歡"下補二十字,"居易中立"下補五字,又改正數十字。潛園識。(見王重民《中國善本書提要》上海古籍出版社,第501頁)

呂和叔文集十卷　舊鈔本

　　〔唐〕呂　溫撰

　　右《呂和叔文集》,亦從馮已蒼宋本傳錄,而校語所錄寥寥,即宋本原有之雙行注亦脫落不全。因以張立人手校馮本詳錄一過。呂集足本已經秦敦父太史刊行,又有粵東伍氏重刊,世多有其書。馮氏校本則好古家所罕見也。光緒八年夏五月雨窗無事錄畢因識。潛園。(同上,第505頁)

李文饒公文集二十卷別集十卷外集四卷　明鈔本

　　〔唐〕李德裕撰

　　右明抄《李衛公集》,同治中曾以明正、嘉時刊本校一過,改補數百字。後得影宋抄本復校。卷六《與黠戛斯書》補前半首,凡一百二十字。卷七補《王宰詰意》第二首,凡三百九十二字。卷十四《論振武以北事宜狀》後補《論回鶻事宜狀》一首,凡一百六十餘字。卷十五《賜宏敬宜狀》後補《請發陳許兵馬狀》一首,凡一百廿七字;《請賜仲武詔王宰兼攻討使狀》、《石雄請添兵狀》,互相錯簡,几不可讀,皆據宋本乙正,重錄兩紙,補訂入册。其卷十《請立東都太微宮狀》、《請立東都太廟狀》二首,影宋本已缺,無可補也。《全唐文》館似亦未見影宋本,故所補三首亦未收耳。同治十二年孟春之月,陸心源識,福州官舍。

後得葉石君樸學齋藏本,亦明正、嘉所刻,用朱筆校正數百字,錯簡及缺文三首,皆未補,甚矣,影宋本之可貴也。潛園又識。(同上,第506頁)

河東柳仲涂先生文集十五卷　清曙戒軒藍格鈔本

〔宋〕柳　開撰　張　景編

右曙戒軒抄本《柳仲涂集》十五卷,以影宋抄本校之。卷十補殘缺表一首,計五百七十餘字,《在滁州陳情表》一首,計五百四十餘字。是集乃成全璧矣。時光緒七年仲秋之月旁生霸,歸安陸心源剛甫氏識於三十萬卷樓。(同上,第510頁)

申齋劉先生文集十五卷　影元鈔本

〔元〕劉岳申撰

右《劉申齋先生集》,爲仁和勞季言藏,從文瀾閣本傳抄。季言用舊鈔本校一過,亂後失其首册。余命寫官照影元本補錄,俾成全璧。光緒十年仲夏歸安陸心源識。(同上,第538頁)

周易原旨六卷　易原奧義一卷　陸心源手識舊寫本　靜嘉堂文庫藏本

〔元〕保　八述

案:牟陵陽卒於至大四年,年八十五。此題“年八十一”,當爲至大元年。惟上題“丙午”,則爲大德十年。丙午之明年,則丁未也,當爲大德十一年,年八十一,與《陵陽集・牟應復序》合。其不記年者,自比陶靖節也。(見《日藏漢籍善本書錄》,中華書局2007年版,第16頁)

古文四聲韻五卷　　陸心源校宋本　　靜嘉堂文庫藏本

〔宋〕夏　竦編撰

常熟瞿氏恬裕齋藏有宋本《古文聲韻》。卷一全缺，卷四存數頁，卷二、卷三、卷五僅缺數頁。行款與今刻同，蓋即汲古影宋本所從出也。今夏借校一過，改正篆文百餘字。卷三"艸"下，補艸篆及小注誤文二字，"早"下補昮篆，"罔"下補四字，"丑"下補丮篆及小注"古春秋"三字，"久"下炛篆下下補"說文"二字。"酒"下圅篆悉下不點點三文，皆宋本所無，並刪之。宋"貞"、"徵"、"桓"皆缺筆，蓋南宋刊本也。同治庚午孟夏校畢識，歸安陸心源。（見《日藏漢籍善本書錄》，第304頁）

日涉園集十卷　　陸心源手識古寫本　　靜嘉堂文庫藏本

〔宋〕李　彭撰

同治八年，從蔣慈軒茂才借鮑淥飲舊藏本，屬友人汪蘭舟影寫畢，校讀一過，駁正鮑說一條。陸心源識。（見《日藏漢籍善本書錄》，第1556頁）

廣東高廉道陸君神道碑

俞　樾

存齋陸君既捐館舍，其明年葬有日矣，其孤樹藩等具狀請銘。余惟子夏之言"仕優則學，學優則仕"，近世大夫以仕廢學者多矣。仕學兼優，其惟君乎！是宜襮之以告後世。

按狀：君諱心源，字剛父，存齋其號也。浙江歸安人。陸氏出吳郡唐宣公之後，宋季遷湖州。曾祖景熙，祖映奎，父銘新。曾祖妣羅，祖妣韋、妣吳，皆以君貴，累贈一品。本生曾祖景熊，貤贈中議大夫。祖昌陛，貤贈資政大夫。本生曾祖妣丁，祖妣兩淩氏，贈如其夫。

君生前一日，父榮祿公夢宋左丞葉夢得來。五歲入塾，嗜讀異常兒。祖資政公嘗曰："此兒大器也。"年十三通《九經》。贈公欲觀其志趣，陽命學賈，君力請卒業。贈公喜曰："吾父遺言信矣。"年二十入縣學。愈年，補廩膳生額，與同郡姚君宗誠、戴君望、施君補華、俞君剛、王君宗義、淩君霞，有"七子"之目。精于許、鄭之學，尤喜讀亭林顧氏書，以"儀顧"顏其堂。咸豐九年（己未，1859年），恩科中式舉人。明年會試報罷南歸，過清江，遇捻寇幾危，出奇計得脫。時江南大營潰，蘇、常陷，群盜如毛，君慨然有澄清之志。遵例以知府分發廣東。既至，適有王遇攀私刻關防之事，株連數十人。君與斷斯獄，開釋甚眾。同治二年（癸亥，1863年），直隸總督劉公蔭渠，因直隸毘連山東、河南，寇盜充斥，奏調赴直，督辦三省接壤剿賊事宜，凡軍需、善後諸務悉以屬君。軍事既峻，又奏留君整飭吏治。君感劉公知遇，整紛剔蠹，諸弊肅清。劉公疏稱君"才識精明，志行清直，可大用"，詔擢道員。明年，廣東督撫毛公寄雲、郭公筠仙會奏，請仍歸廣東。

四年（乙丑，1865 年），補南韶連兵備道。君將之官，行次英德，聞長寧土寇爲亂，翁源縣知縣張興烈戕焉。粵風雕悍，戕官事迭見，率以父老籲求，縛送一二人張甲李丙，任其所指，漫不深究。君曰："是可忍也，孰不可忍。"檄游擊湛恩榮率兵剿之，衆以爲危，君執不奪。罪人斯得，風氣一變，十餘年間，遂無戕官者。霆軍叛卒自楚入粵，其勢洶洶。君檄調恩榮回援樂昌，益以壯士千、樓船二十，水陸幷進，連戰皆捷，賊乃遁去。其時，粵寇餘党尚踞閩粵間，由龍南犯始興，又由連平犯翁源。君檄副將朱國雄守始興，檄參將任玉田扼雞仔嶺，賊不得逞。君部下僅三千人，然南韶卒無恙。干戈粗定，訪求疾苦，知商賈之經由韶關者，舊例一物漏稅，全船入官，吏緣爲姦，裒克自肥。君令漏者補納，餘物不問。商民感悅，願出其塗。

六年（丁卯，1867 年），調高廉道。高州山水清遠，士信民敦，君甚樂之。既下車，即舉吳川令姜君之賢，白之大府，風示屬僚。在韶時曾修復相江書院，祀濂溪周子，至是又修復石城之道南書院、茂名之敬仁書院，皆優給田租，以期永久。郡中有高文書院亦增益膏火，俾諸生得專心學術。又以梅菉坡租銀助會試膏秣之資。其他如建鄒中介祠，修范龍學墓，以表章先賢。置師堂渡，築上宮灣路，以便行旅。衎衎舉辦，吏畏民懷。俄奉旨開缺，送部引見。

先是，蔣果敏之由浙入粵也，所部甚衆，道出韶江，君籌發勇餉銀一萬兩，而其從者意未饜，讒之果敏，君之去官，大率坐此矣。贈公時就養于粵，語君曰："汝遵旨入京，吾先歸耳。"及歸，感疾遽卒。君聞訃奔赴，喪葬如禮，素不信形家言，葬贈公於逸村，躬自負土，首趾向一決于己。其後，有相地者過之，以爲深合葬法云。君以仕路險巇，服闋後有誓墓之意。

十一年（壬申，1872年），朝廷以李公子和督閩浙。李公素知君才，奏調赴閩。既拜疏，即命萬年清輪船來滬，趣君行，不得已赴焉。至則命君筦理軍政、洋務及稅釐、通商諸局，又總辦海防事宜，旋奏署鹽法道。君長于撥繁，案無稽牒，千端萬緒，部分如流。日本以生番事構釁于我，君執公法以爭，曰："各國屬地，他國不得過問！"倭將爲之氣奪。又有俄國公使以名刺召君往見，君曰："中國督撫不能傳見各國領事。各國公使豈能傳見中國司道?"亦以名刺報焉，俄使怏怏去。會又有讒君于當路者，命仍遵前旨，送部引見。而君歸志決矣，以吳太夫人年高乞歸養，然忌者猶未已，屢興大獄，冀以陷君。已而，竟以鹽務加耗奏落君職。時君歸里二載矣。鹽務之加耗也，自前鹽道具詳前督臣准行，皆未入奏。君援案再加，自有故事，行之已久，官商相安。因李公入覲，署督某公遂言公擅改章程，怨矣。未幾，以勸捐晉賑數至巨萬，賞還原銜。君自是奉太夫人居家，于城東蓮花莊北，購朱氏廢圃，疏泉疊石，雜蒔花术，名曰"潛園"。

君自少即喜購書，遇有秘籍，不吝重價，或典衣以易之，故爲諸生時，所得已不下萬卷矣。大江南北，兵燹之後，故家藏書往往出以求售。君既好之而又有力，於是悉歸于君。藏書之富，甲于海內。所得宋刊本二百餘種，元刊本四百餘種，較天一閣范氏所儲十倍過之。乃就潛園建守先閣，取明以後刊鈔諸帙及近人著述之善者藏庋閣中。好古之士，願來讀書者聽。會國子監徵求書籍，君進舊刻舊鈔書一百五十種，共二千四百餘卷。學使瞿子玖學士以聞，詔曰："陸心源自解官後，刊校古籍，潛心著述，茲復慨捐群籍，洵屬稽古尚義。伊子廩生陸樹藩、附生陸樹屏，均著賞給國子監學正銜。"士林傳述，以爲榮遇。

君所著書甚夥，有《儀顧堂文集》二十卷、《儀顧堂題跋》十六卷《續跋》十六卷、《皕宋樓藏書志》一百二十卷《續志》四卷、《金石粹編》《續編》二百卷、《穰梨館過眼録》四十卷《續録》十六卷、《唐文拾遺》八十卷、《唐文續拾》十六卷、《宋詩紀事補遺》一百卷、《宋詩紀事小傳補正》四卷、《千甓亭磚録》六卷《續録》四卷、《古磚圖釋》三十卷、《群書校補》一百卷、《吳興詩存》四十卷、《吳興金石記》十六卷、《歸安縣志》四十八卷、《宋史翼》四十卷、《元祐黨人傳》十卷、《校正錢澥薌疑年録》四卷《三續疑年録》十卷、《金石學録補》四卷，都凡九百四十餘卷，名曰《潛園總集》。而往年自粵東歸，創議纂修《湖州府志》，徵文考獻，君力爲多，以非出一手，故不列也。

君之仕也，器能政理，爲管、蕭亞匹；其爲學也，研精《墳》《典》，超逾楊、班，張、蔡之儔。烏呼，盛矣！君居林下，先後三十餘年，創立教忠義莊，又獨立興建升山橋，皆奉溫綸褒獎。其他如修復書院、籌備賓興、善堂、義學、育嬰、積穀，凡有益于梓桑者，引爲己任，不遺餘力。近則江浙，遠則直隸、山東、山西，有水旱之災，咸出巨資以助溫振，至于夏施茶藥，冬施衣米，猶其璨璨者已。自吳太夫人歿，惟以著書課子爲事。或薄游蘇、滬，與諸老輩文酒讌游，自稱潛園老人，憺然有以自樂。乃以捐助山東棉衣一萬襲，東撫張勤果公遣材官二人策馬來迎，請游泰山，遂往，留十餘日，徧探名勝而還。張勤果公遂以君"學識閎深、才堪經此"入告，得旨開復原官，交吏部引見。同時，浙撫崧公亦叙君本省籌賑之功，奏加二品頂戴。已而，直督大學士李公又言君"學識閎通，器局遠大，屢試艱鉅,見義勇爲,軍務洋務,幷所習練",詔以道員記名簡放。君以輔臣推轂,聖意優隆,不敢以山林遁世之士自居,遂于十八年(光緒壬辰,1892年)二月入都。四月壬子引見。乙卯,召見於勤政殿。垂問廣東歷官及國子監進書本末,玉音嘉獎,有"爾著作甚多,學問甚好"之諭。

綜君一生,惟學與仕二事。仕則群公交薦,學則天語褒揚。仕學兼優,其弗信矣乎?旋奉旨交李鴻章差遣,仍交軍機處記名簡放。君至天津,適感痢疾。李公命至滬,稽查招商局。事遂,航海南歸,俄左目生翳。君體素宜溫補,醫家治目,率用寒凉之品,痰阻氣鬱,胸膈不舒,遂以成疾。縣歷年餘,時劇時瘥,浸至不起。君彭觴一視,神明不衰,惟勉諸子以"努力讀書,勿負國恩",且以著述未盡刊刻爲念。二十年(光緒乙未,1894年)十一月辛巳卒于正寢,年六十有一。

娶莫氏,同邑大學生又村公女,封一品夫人。側室六人:鄧氏、陶氏、劉氏、李氏、邵氏、金氏。鄧、陶均以子貴封宜人。子四人:樹藩,光緒十五年舉人,侍讀銜內閣中書;樹屏,光緒十七年舉人,內閣中書,幷賜藍翎;樹聲、樹彰皆幼。女子子三人:長適兩淮候補運判同縣丁乃嘉,次適兩淮候補仁和徐望之,又次適同縣學生趙毓鋆。孫五人,熙績、熙咸、熙明、熙登、熙康。孫女四。某年月日,葬君某原。銘曰:

惟學惟仕,爲兩大端;兼而優之者,人之所難。惟君之才,美而且完;入則服古,出則勤官。博能返約,猛能濟寬;經術許、鄭,勛名范、韓。昔葉左丞,博學多識;入文苑傳,尤稱奇特。及居外任,克盡厥職;發粟振民,團兵殺賊。未竟其才,論者太息;君之生平,足與相匹。謂是後身,或得其實;我作斯銘,銘君幽室。(見《春在堂全集雜文六編》)

二品頂戴記名簡放道員前廣東高廉兵備道陸公神道碑銘

繆荃孫

公諱心源，字剛父，號存齋，晚號潛園老人，姓陸氏。浙江歸安人。曾祖景熙，祖映奎，父銘新，三代皆以公貴，封榮祿大夫，妣皆一品夫人。公資稟奇穎，讀書目數行下。年十三通《九經》，尤精鄭、許之學。受知于萬文敏公青藜、吳閣學式芬、張文貞公錫庚。先輩如徐莊愍公有壬、朱司馬緒曾，皆引爲忘年交。與同郡姚宗諶、戴望、施補華、俞剛、王宗羲、淩霞，以古學相切劘，時有"七子"之目。性喜管、商書，于國朝諸儒，尤服膺亭林之學。

中咸豐己未舉人（九年，1859），尊例以知府分發廣東。奉直督劉公長佑奏，辦直東豫交界剿匪事宜告竣，以才識精明，志行清直，奏留直隸。整頓吏治，薦擢道員。乙丑（同治四年，1865），簡廣東南韶兵備道，行抵英德，即聞長寧土匪擾六里鄉，翁源知縣張興烈被戕，嶺南姑息成政，戕官之案叠出。每辦匪鄉必有耆老數輩，携婦女哀乞承認繳匪，官民相爲粉飾。公視事，檄游擊湛恩榮率兵剿洗，罪人斯得，地方敉平。自是十餘年，粵中無戕官案。會霆軍叛勇突湖南入粵，勢洶洶，急檄湛游擊回援樂昌，益以壯士千、礮船二十，水陸幷捷，賊遁江西。而洪逆餘黨踞粵閩之交，思復踩江楚，南韶當其沖，始由龍南撲始興，即檄副將朱國雄扼縣城。再由連平犯翁源，檄參將任玉田扼雞仔嶺，賊不得逞，南韶卒無恙。韶關商賈，貨物盈艑，一物漏稅，全船充公。公革除弊政，凡漏稅者，祇准補繳，不准充公。積蠹一消，商民感悅。

六年(1867)，調高廉道，旋奉旨開缺，送部引見。繼丁外艱，星奔回籍。壬申(同治十一年，1872)，閩督李公鶴年以佐治需人，奏調赴閩，總辦稅釐通商善後諸局，幷海防事宜，署糧鹽道。與署督不合，即乞養歸，仍以鹽務加耗參奏削職。時公歸異，已二載矣。

公循陔之瑕，娛意林泉，就城東蓮花莊北闢小園，水木明瑟，極清曠之致，署曰潛園。酷嗜異書，大江南北，兵燹之後，故家藏書出以求售，所得宋元版書，于斯爲盛。光緒戊子(十四年，1888)，進書國子監，舊刻舊鈔一百五十種，計二千四百餘册，附以所刻叢書三百餘卷，奉旨襃獎。公在家，獨建昇山橋，修復安定、愛山兩書院，仁濟、善堂、義學，無不具舉。張勤果公曜撫山左，以才堪濟世，學識閎深奏。李文忠公鴻章督直隸，以氣局遠大，見義勇爲奏，得旨開復原官，交軍機處記名簡放。癸巳(光緒十九年，1893)，引見召對一次，歸抵天津，即嬰末疾。次年十一月九日卒于里第，年六十有一。夫人莫氏。子四：樹藩，舉人，江蘇候補道；樹屛，舉人；樹聲，湖北候補知府；樹彰幼。以□年□月，葬公于□□鄉。

所著《儀顧堂文集》二十卷，《儀顧堂題跋》十六卷、《續跋》十六卷，皆古書源流、金石考證之學。藏宋刊書至一百餘種，元刊至四百餘種，儲之皕宋樓，作《皕宋樓藏書志》一百二十卷、《續志》四卷。所得金石碑版九千餘通，多青浦王尚書未著録者，作《金石粹編續》二百卷。鑒藏書畫，作《穰梨館過眼録》四十卷、《續録》十六卷。生平篤嗜唐文，于殫斷僉朽，掇拾録存，與金石之文新出土者，成《唐文拾遺》八十卷、《唐文續拾》十六卷。樊榭山人《宋詩紀事》，于兩宋詩人搜羅備至，復輯得三千餘人，得詩八千首，作《宋詩紀事補遺》一百卷,其屬書《小傳》,有仕履不詳、時代未著者,別爲《小傳補正》四卷。其他善本卷帙繁重、不及徧刻者,作《群書校補》一百卷。搜故鄉風雅,補志乘闕遺,作《吳興詩存》四十卷、《吳興金石記》十六卷、《歸安縣志》四十八卷。病《宋史》蕪簡,考黨禁始末,作《宋史翼》四十卷、《元祐黨人傳》十卷。嘉定錢氏《疑年錄》之作,大抵詳于儒林、文苑及書畫之士。公既校正錢辛楣《疑年錄》四卷,復益以名臣、大儒、氣節、文章之士,作《三續疑年錄》十卷。儲藏三代秦漢鐘鼎彝器百餘種,晋唐古鏡六十餘種,輯古今言金石者,以補李學博富孫之缺,得三百餘人,作《金石學錄補》四卷。合署《潛園總集》,共九百四十餘卷。

嗟夫,士大夫達而在上,則出其經濟,爲國家拯災救患,措斯世于隆平;即不然,亦以培植鄉里之後進,刊播古人之著述,有益于前賢,有造于末學。出處雖殊,事功則一。若公者,可謂兼之矣。公沒後,公子樹藩以碑文爲請,荃孫諾之而未有以應也。今補作此碑,以踐前言。銘曰:

公初筮世,才氣無雙;聲名炳爍,閩江粵江。五聲七政,四達八窗,未盡石畫,難泯衆哤。自修有方,止謗乏術;不占豹變,遂甘蠖屈。昌谷嘔心,武鄉抱膝;乍起東山,已迫西日。我在京師,因友通郵;我歸江南,遣子從游。不矜山海,而納壤流;知己之感,衷于千秋。仰止亭林,古今一致;顧則空談,公則實事。詎料長才,止供小試;著作永存,儒林職志。銘墓一諾,瞬已十年,荒山寂寂,宿草芊芊。大名如在,豐碑再鑴;文以傳公,翻藉公傳。(見《藝風堂文續集》卷一)

書儀顧堂題跋後

余嘉錫

《儀顧堂題跋》十六卷,《續跋》十六卷,清歸安陸心源剛父撰。《題跋》成於光緒十六年,《續跋》成於十八年,自刻本。《題跋》後三卷、《續跋》後二卷,爲書畫碑帖跋,餘皆藏書及讀書跋也。

陸氏富收藏,精鑒別,所著《皕宋樓藏書志》及《穰梨館過眼錄》皆爲世所稱,又長於校讐之學,著有《羣書校補》,故是書於板本文字異同,言之極詳。然餘以爲其精博處,尤在能攷作者之行事也。

蓋目錄之學,昉於劉向。向所作《戰國策》書錄,於以殺青可繕寫之下,冠以"敘曰"。故知《七錄序》所謂"劉向校書,輒爲一錄,論其指歸,辨其訛謬"者,《隋志序》略同。皆羣書之敘也。古人作敘,未有不詳撰人行事者。最早者如淮南王安受詔所作之《離騷傳》,王逸及《隋志》均謂之《離騷章句》,蓋是《離騷》之注,猶之《春秋傳》《詩傳》云耳。《淮南王傳》注師古曰:"傳謂解說之,若毛氏《傳》"。攷班孟堅《離騷序》謂安說五子以失家巷謂五子胥也,知師古之說確不可易。王念孫《讀書雜志》謂傳爲賦字之誤,殊爲失攷。而班固《離騷序》引其文,自"國風好色而不淫,小雅怨誹而不亂",至"推此志雖與日月爭光可也",皆與《史記·屈原列傳》同,蓋是其敘中語,太史公作原《傳》即用安《敘》,章炳麟《檢論》卷二《徵七略》已有此說,但章誤以爲安僅作列傳,不知尚有章句也。猶之用司馬相如自敍作列傳也。見《史通·雜說篇》。後司馬遷、揚雄自敍，皆縷敍平生事蹟，班固則名之爲敍傳，誠以書敍本是傳體也。故劉向之晏子、孫卿書錄皆詳攷行事，補《史記》本傳所不及。《隋志序》謂"王儉《七志》不述作者之意，但於書名之下，每立一傳"。是儉所作解題，直謂之傳矣。六朝、唐人爲人作文集敍，猶多用此體者。釋氏目錄之書，如僧祐之《出三藏集記》，道宣之《大唐内典錄》，智昇之《開元釋教錄》，皆爲譯著人作傳，蓋即用《別錄》、《七志》之體。而宋以後爲目錄學者，乃不知出此，晁、陳書目但署作者姓名，於爵里且有著有不著，無論行事也。《四庫提要》體裁稍備，然亦只及名字爵里而已，而又多曰"里貫未詳"、"仕履未詳"、"始末未詳"；實則其所謂未詳者，非竟無可攷，散見羣書不暇繙檢耳。陸氏此書獨於《提要》所不詳者，旁稽博攷，輯錄成篇，略如列傳之體，可謂得向、歆之遺意，不失目錄家法者。故余作《目錄學發微》謂"陸雖不述作者之意，然此一節則軼今人而追古人"，非溢美也。

陸氏最熟於宋人掌故，嘗作《宋史翼》。故此書於有宋一代爲尤詳，所引書於史傳、地志、說部、文集，皆所不遺。然攷證之學，本無盡藏，百密一疏，尚所時有，且其體例亦多可議。今就瀏覽所及，隨手摘出，條舉於下：

其攷證之失有三。一曰辯正未確：《題跋》卷九"宣和書譜跋"云"不著撰人名氏，相傳以爲即蔡京、蔡卞、米芾所定。案：《衍極》卷三云：'大德壬寅延陵吳文貴和之裒集宋宣和間法書文字，始晉終宋，名曰《宣和書譜》二十卷。'據此則《書譜》爲吳文貴所撰集，非蔡、米所定矣。竊謂《書譜》、《畫譜》皆非宣和所集，故陳《直齋書錄解題》不著於錄。《畫譜》或出宋人之手，故僞作徽宗序文，《書譜》出於吳文貴，則鄭杓所目繫也。蓋汴梁之變，宣和所藏，盡輦而北,金亡復入於元。文貴當據元時內府所藏及勢家所得成之,故二王墨迹,較之《鐵圍山叢談》所見僅存十之一二耳。"嘉錫案:《天一閣書目》卷三,有鈔本《宣和畫譜》,附載"大德壬寅延陵吳文貴跋"云:"宣和書、畫《譜》,當時未嘗行世,傳寫訛舛,余竊病之,博求衆本參校,遂鋟諸梓。"丁丙《善本書室藏書志》卷十,亦有明鈔本,並有錢塘王芝"後序",亦云:"吳君和之刻二譜於梓。"然則吳文貴特嘗校刊此書,鄭杓得之耳食,而未見其本,遂妄意爲文貴所撰耳。陸氏所得非明鈔本,未見序跋,固不足怪。然《天一閣目》,不容不見,乃遽據《衍極》之說,從而爲之詞,是其疏也。至以此譜爲蔡、米所撰,乃《四庫提要》之說,攷之本書亦非是,別詳余《提要辯證》中,茲不具論。又卷十三"《癸巳類稿》易安事輯書後",引《建炎以來繫年要錄》"張汝舟以妻李氏訟其妄增舉數入官,除名柳州編管",謂"汝舟即張飛卿,妻字上脫'趙明誠'三字。汝舟奪職編管,無可洩憤,改其謝啓,認爲伊妻,列五證以明之"。攷證既精,情事亦合,足補俞氏所未及。惟其第四證云:"男女婚嫁,世間常事,朝廷不須問,官吏豈有文書。啓云'弟既可欺,持官文書輒信',當指蚩語上聞置獄而言。改嫁不必由官,有何官文書之有。"嘉錫案:此用韓昌黎《王適墓誌銘》中語,與對聯非玉鏡臺,安知皆指婚嫁事也。《墓誌》云:"妻上谷侯氏處士高女。初,處士將嫁其女,懲曰:'吾以齟齬窮,一女憐之,必嫁官人,不以與凡子。'君曰:'吾求婦女久矣,惟此翁可人意,且聞其女賢,不可以失。即謾謂媒嫗,吾明經及第,且選即官人。'諾許白翁。翁曰:'誠官人耶? 取文書來。'君計窮吐實。嫗曰:'無苦! 翁大人,不疑人欺。我得一卷書,粗若告身者,我袖以往,翁見未必取眂,幸而聽我行其謀。'翁望見文書銜袖,果信不疑,曰:'足矣!'以女與王氏。"然則所謂官文書者,乃選人出身之告身,非謂改嫁須經官也。

此言汝舟已登第服官，易安弟之主張其姊改嫁，但欣慕其爲官人
耳。此正改謝啓者，巧於用事，陸氏尚不能得其出處。又卷四"朝
野雜記跋"云"宋李燾撰"，按此書乃李心傳撰，燾字當是筆誤。陸
氏之疏不至此。

　　二曰引證不詳：陸氏之攷仕履詳矣，然其引證亦尚有遺漏者。
如題跋卷七"黃帝内經太素跋"云："楊尚善撰。尚善貫里無攷，僅
據結銜知爲通直郎太子文學而已。《新唐書・藝文志》著於錄。"
嘉錫案："尚善"，新、舊《唐志》均作"上善"。其所著書，除醫家之
《黃帝内經明堂類成》十三卷、《黃旁内經太素》三十卷外，新、舊《志》
均著錄。道家有《注老子道德經》二卷，此據《新志》，《舊志》無。別有《太上
玄元皇帝道德經》二卷，楊上器撰，《新志》神仙類有楊上器《注太上玄元皇帝聖紀》十
卷，未知是一人否。又《注莊子》十卷，新、舊《志》同。《老子指略論》二
卷，《舊志》作《老子道德指略論》。《道德經三略論》三卷，此據《新志》。《舊
志》作《道德經》三卷《略論》三卷。疑《新志》略字上脫卷字。又疑此兩書均即係上二
卷本重出。新、舊《志》皆失檢也。《六趣論》六卷，又《三教銓衡》十卷。新、
舊《志》同。《新志》析入釋氏子目内。《新志》於《老子指略論》下注云"太
子文學"，攷《法苑珠林》卷一百傳記篇雜集部云："《六道論》十
卷，皇朝左衛長史兼宏文館學士楊尚善撰。"《六道論》蓋即《六趣論》。
是尚善之官太子文學，有《新志》可證，不僅見本書結銜；又據《珠
林》知其官亦不止於太子文學。《珠林》釋道世著，其書成於唐高
宗總章元年，則尚善亦唐初人矣。又案：楊守敬《日本訪書志》卷
九云："李濂《醫史》、徐春甫《醫統》並云：'楊上善，隋大業中爲太
醫侍御，述《内經》爲《太素》。'顧《隋志》無其書。此書當北宋時嘗經林
億等校正，陸氏跋中攷之甚詳。楊氏謂高保衡、林億皆不及見，誤甚。今刪去。上善
爵里時代，古書無徵據，其每卷首題"通直郎守太子文學臣楊上善
奉勅撰注"。案：《唐六典》'魏置太子文學，自晉以後不置。至後

周建德三年，置太子文學十人，後廢。皇朝顯慶中始置。’是隋代並無太子文學之官，則上善爲顯慶以後人。此書殘卷中丙主左手之陽明，注云‘景丁屬明陽者，景爲五月’云云，唐人避太祖諱丙爲景，則上善爲唐人審矣。《醫史》、《醫統》之說，未足據也。”楊氏據《唐六典》推知上善爲高宗顯慶以後人，與《法苑珠林》時代暗合，甚善。惟是其官太子文學，明見於《新唐志》，志中凡注官爵者皆唐人，蓋與列傳相輔，以補《儒林》、《文苑》所不及，全志成例照然，可覆案也。是上善之爲唐人，可不煩言而解，無俟取證於避諱也。此與陸氏題跋無與，因攷上善仕履，牽連書之。卷八“學林跋”攷王觀國仕履甚詳。案：《容齋隨筆》卷七，稱“觀國字曰彦賓”，與《四庫提要》作“字至道”者不同，《提要》據本書。陸氏未引。又“吳坰五總志跋”不載其字，案：蘇過《斜川集》卷二，有《和吳子駿食波稜粥》詩，與《五總志》所載相合，知其字爲子駿也。卷九“唐語林跋”，據李燾《通鑑長編》卷四百三十，知讜爲呂大防子壻。案：邵博《聞見後錄》卷十五云：“呂微仲丞相作法雲秀和尚碑，欲得東坡書石，委甥王讜言之。”甥蓋謂館甥，與《通鑑長編》合。又《金石萃編》卷一百二十八熙寧癸丑呂公等華岳題名，有樊川王讜，呂公即呂大忠，公弼乃大防之兄，亦讜丈人行也。卷十一“金氏文集跋”，攷金君卿事，尚有《容齋隨筆》卷三稱爲“浮梁人金君卿郎中”，又言“范公范仲淹在饒時，延置館舍”，及《夷堅丙志》卷十三稱君卿爲番陽人二條未引。卷十二“王子俊格齋四六跋”僅引《江西人物志》。案：朱子《晦菴文集》卷六十有《答王才臣子俊之字書》一首，足正《人物志》之失。又岳珂《桯史》卷十五，亦有才臣事蹟，陸氏皆未攷。以上五條均詳見《四庫提要辨證》。

　　三曰持論矛盾：《題跋》卷八“原本秦九韶數書九章跋”云：“案：韶爲賈似道所陷，謫梅州而卒。周密《癸辛雜識》敘其事甚詳,毀之者亦甚至,焦里堂力辨其誣。愚謂九韶既爲履齋吳潛號所重,爲似道所惡,必非無恥之徒;能於舉世不談算法之時,講求絕學,不可謂非豪傑之士。密以詞曲賞鑒遊賈似道之門,乃姜特立、廖瑩中、史達祖一流人物,其所著書謗正人,而於佞胄、似道多恕詞,是非顛倒可知。"此篇凡數百言,極力爲九韶平反。而《續跋》卷八"同治烏程縣志跋"第二首云:"其各傳皆取材於府志,而於宋寓賢增秦九韶傳。攷九韶之爲人,有不孝、不義、不仁、不廉之目,後村謂其人暴如虎狼,毒如蛇蝎,非復人類,見《劉後村集》卷八十一,繳駁九韶知臨江軍政;與周密《癸辛雜識》原本誤作"志"。所言大略相同。周密與九韶同寓湖州,或有鄉里私怨;後村氣節文章,名重當世,且見之奏駁,必非無影響。故余修府志,於寓賢不爲立傳,而謝城汪謝城先與陸氏同修《溫州府志》,後獨修縣志者。矜爲獨得,不免變亂是非矣。"此篇臚舉九韶罪狀,亦數百言。以九韶一人之身,前則謂其爲豪傑之士,必非無恥之徒,後則謂其不孝不義不仁不廉,非復人類,何其毀譽懸絕,冰炭相反也。蓋前者出於好古之心,因書以及人,所謂愛人者及其屋上烏。後者因與汪謝城同修府志使已獨任其勞,跋謂以三年之久,謝城僅任蠶桑一門,餘皆己與丁寶書任之,不滿之意,溢於言表。及修縣志,又於府志之外,有所增益,以形其短,故力詆九韶之爲人,以見不當並傳;所謂憎人者惡及儲胥也。尚論古人,不能平心靜氣以出之,求其務協是非之公,而惟以私意爲愛憎,學者著述,不當如是。

　　至其體例之可議,亦有三焉。《題跋》卷一"六經圖跋"攷楊甲仕履,與張澍《養素堂集》卷十二"楊甲非遂寧人攷"及"楊鼎卿六經圖碑攷"同。《續跋》卷八"輿地紀勝跋",攷王象之始末,與朱緒曾《開有益齋讀書志》卷二同。卷十三"藏海詩話跋"攷吳可始末,與朱氏《讀書志》卷五同。"六經圖"一條,猶可謂之暗合;至朱氏之書，陸氏曾爲之作跋，見《題跋》卷五。則不能諉爲未讀，而此二條皆無一言稱引及之，未免鄰於掠美矣。此其可議一也。

　　陸氏之書，意在合板本、校勘、攷證三者之長。然《題跋》卷二"讀兩漢循吏傳書後"，獨通篇爲議論文字，與全書宗旨不合。陸氏若欲爲古文，則自有其《儀顧堂文集》在，固當編入彼書，不當取此一篇雜廁攷證之中，同卷"書宋史李定傳後"雖亦雜以議論，然尚有攷證，與此不同。徒取體例不純之議也。此其可議二也。

　　書中所攷前人事蹟往往類敍其事於前，而總著其出處於篇末，使讀者不能知其某事出某書，無從取原書覈證，此惟纂修史傳成一家之言者則可，作攷證文字則不可也。其間或有每一條後即著出處者，然亦多不載篇卷，檢查原書，仍有未便。此其可議三也。

　　陸氏此書，在同時目錄家，可謂嶢然而出其類者，然其疏漏尚不免如此。蓋見聞或偶有不及，思慮亦容有未週。攷證之學，原非一人所能完成，端賴後人遞爲糾駁，作古人之諍友，自不必曲徇以阿所好。但全書大體既佳，徵引亦富。其精博之處，固不以一眚掩也。一九二九年四月廿一日武陵余嘉錫跋於故都之讀已見書齋。
（見《余嘉錫論學雜著》）

四角號碼書名人名索引

\[說明\]本索引所收書名,以陸跋所著錄的詞目爲主,兼收同書异名及與之內容相關聯者;所收人名,以撰著者爲主,兼收陸跋對其事迹有所考證者。以期爲讀者提供更多方便。